박완서

나목 · 도둑맞은 가난

Published by MINUMSA

The Naked Tree and other stories
Copyright © 1981 by Park Wan-so
All rights reserved.
Printed in Seoul, Korea.

For information address Minumsa Publishing Co.
506 Shinsa-dong, Gangnam-gu, 135-887.
www.minumsa.com

Third Edition, 2005

ISBN 978-89-374-2011-5(04810)

오늘의 작가총서 11

박완서

나목 · 도둑맞은 가난

민음사

차례

나목

1

갈색 털이 무성한 손이 대뜸 내 코앞까지 뻗어와 우뚝 멈추었다.
그의 손아귀에 펴든 패스포트 속에서 긴 머리의 아가씨가 활짝 웃
고 있었다.

"예쁘군요."

그들에게는 좀 허풍스런 찬사를 보내야 하는 법인데 오후의 피
곤 때문일까 나도 모르게 나른한 소리를 하고 말았다.

내 앞에 선 우람한 지 아이(GI)도 몸집보다는 민감한 듯했다. 금
방 샐쭉해지더니 사진을 낚아채듯 제 눈앞에 가져다가 새삼스럽게
찬찬히 훑어보았다. 이윽고 제풀에 안심이 되는지 다시 입을 헤 벌
렸다.

나도 이때를 놓칠세라 재빨리 직업의식을 발휘했다.

"내가 본 어떤 여자보다도 아름답군요. 당신은 행운아예요. 물론

그녀를 위해 초상화를 그리셔야죠. 어때요? 이 고운 실크 스카프에
다 그리면."

나는 우선 한 귀퉁이에 용(龍)의 모양을 날염한 번들한 인조 스
카프를 권해 보았다. 그것이 우리 초상화부로서는 제일 수지가 맞
는 품목이었다.

"노."

그는 입을 삐쭉하고 고개를 젓더니 쇼케이스로 다가가 초상화
바탕으로 진열된 여러 가지 치수의 액자용 실크, 스카프, 손수건 따
위에서 서슴지 않고 손바닥만 한 손수건을 가리켰다.

(이 구두쇠……)

나는 그림 값까지 통틀어야 삼 달러밖에 안 되는 약소한 주문에
다시 새침해지며, 흑백 사진의 경우 으레 알아두어야 할 모발이나
눈 또는 의상의 색 등을 좀 쌀쌀맞게 사무적으로 물어 카드에 기입
하고 나서,

"언제쯤 찾으러 오실 수 있죠?"

"빠를수록…… 늦어도 모레까지는 일선으로 돌아가야 하니까."

(또 골칫거리군……)

나는 내 책상 서랍에 밀린 일거리를 생각하고 살짝 눈웃음을 치
며 화제를 돌렸다.

"짧은 휴가를 마음껏 즐겨야겠군요. 일선이면 어디쯤?"

"갓댐 양구(楊口)."

그는 마치 저주를 내뱉듯이 안면을 크게 일그러뜨렸다.

"안됐어요. 그런데 요샌 전황은 좀 어때요?"

겸연쩍은 김에 나는 또 한 번 어리석은 질문을 하고 말았다.

그는 입을 삐쭉하더니 어깨를 추스르고 두 팔을 펴 보이는, 양키
들 특유의 알게 뭐냐는 듯한 시늉을 한다. 나는 아주 난처해졌지만

여전히 교태를 잃지 않고,

"좋은 그림은 시간이 걸리는 법이에요. 당신같이 바쁜 사람들을 위해 우리는 찾으러 오는 수고를 덜어드릴 수도 있어요. 저희가 부쳐드릴 테니까요. 그녀의 주소와 송료만 따로 주신다면."

"노, 부칠 필요는 없어요. 그 그림은 나를 위한 거니까……."

"왜 그녀에게 부치지 않나요? 누구나 다들 그렇게 하는데……. 당신은 당신의 걸 프렌드를 기쁘게 해주고 싶지 않아요?"

그는 별안간 몸 전체에 야릇한 육감을 풍기더니,

"난 그 그림을 그녀 대신 내 품에 품고 싶단 말요. 될 수 있는 대로 빨리. 이제 좀 알아들었소?"

그는 꼬깃한 일 달러짜리 석 장을 내던지고,

"씨 어겐 데이 아프터 투머로."

경쾌한 리듬을 붙여 읊조리고 떠나갔다.

부옇게 흐린 날씨에 정전까지 겹쳐 네 명의 환쟁이들은 한결같이 능률을 못 내고 있었다. 나는 방금 주문받은 것을 급한 일 쪽 서랍에 떨어뜨리고 환쟁이들 사이를 뒷짐 지고 돌아다니며 뾰족한 목소리로 재촉도 하다가 또 적당히 짜증을 부리기도 하다가 마침내는 은근히 공갈을 치고 말았다.

"암만 해도 안 되겠어요. 맨날 시달려서 살 수가 있어야죠. 환쟁이를 몇 명 더 쓰자고 최 사장이 나오면 의논을 해봐알까 봐요."

일제 그들이 움찔하는 것을 나는 손아귀에 쥔 작은 생선의 할딱임을 감지하듯 피부로 느낄 수 있었다.

그도 그럴 것이 네 명의 환쟁이들이 밥벌이로 하고 있는 이 초상화 그리기가 실상 이만치라도 바쁜 것은 고작해야 미군들 봉급날인 월말을 전후해서 일주일쯤이지 그 밖의 날은 그저 심심풀이나 면할 정도였다. 그림 그린 만큼 보수를 따져 받는 그들은 놀지 않고 한

장이라도 더 맡아 그리려고 비굴하도록 내 눈치만 살피는 처지였으니까.

실은 나도 환쟁이가 더 필요하다고 생각하고 있는 것은 아니었다. 짜증 비슷한 감정이 뱃속에서 뽀개고 있어서 좀 심술궂게 굴었다뿐이지 그들에게 특별한 악의가 있는 것도 아니었다.

그들을 통틀어 환쟁이라 부른대서 가끔 최 사장은 그렇게 사람 깔보면 못쓴다고 나를 나무라지만 부르기 편할뿐더러 그 이상 그들에게 어울릴 만한 호칭을 아직 못 생각해 냈다 뿐이지 털끝만큼도 그들을 경멸할 생각이 있어서는 더군다나 아니었다.

내가 누굴 조금이라도 경멸한다면 아마 내가 깍듯이 최 사장이라 부르고 있는 최만길(崔萬吉)이었을지도 모른다. 내가 일하고 있는 이곳 미 8군 PX 아래층은 서쪽으로 삼 분의 일쯤이 한국물산 매장으로 되어 있어 그 경영은 한국인 위탁업자들이 맡아 하고 있었다. 너나 할 것 없이 해먹을 것이 궁색한 전시라 그 위탁 판매장 맡아 하기도 웬만한 빽이나 수완 없인 어림없다는 게 최 사장의 말이었고, 앞을 다투어 갖가지 업종——수예품, 유기 그릇, 대 그릇, 고무신, 피혁 제품, 귀금속——이 다 들어앉은 뒤에 엉뚱하게도 밑천 한 푼 안 드는 초상화 간판을 들고 들어올 수 있었던 것은 보통 상술이 아니라는 게 최 사장의 자부였다.

아무튼 휘황한 PX 아래층 중앙부에 초상화부를 차리고 간판쟁이들을 모아다가 밥벌이를 시켜줍네 자기도 그 덕에 약간의 치부도 하고 내 월급도 주고 또 사장이라 불리기를 한없이 갈망하고 즐기는 최만길에게 난 가끔, 그가 너무 궁금하지 않을 만큼 가끔 최 사장이라든가 사장님이라든가 불러주고 불러준 것만큼 그를 경멸해 줌으로써 비겼다고 생각하려 들었다.

다시 전기가 들어왔을 때는 셔터가 서서히 내릴 무렵이었다.

"제기랄. 오늘은 잡쳤는걸."

먼저 환쟁이 김씨가 신경질적으로 붓을 부옇게 꺼룩해진 액체에 흔들어 빨자 다른 환쟁이들도 꿈틀거리듯이 서서히 화구를 챙기기 시작했다.

갑자기 환한 조명 속에 펼쳐진 건너편 미국 물품 매장 쪽을 나는 마치 객석에서 무대를 바라보듯 설레는, 좀 황홀하기조차 한 기분으로 바라봤다.

언제 보아도 싫지 않은 '메이드 인 유에스에이'의 화사하고 매력적인 상품들, 그 풍요한 상품들을 후광처럼 등지고 서서 저녁 화장에 여념이 없는 세일즈 걸들. 나는 이런 것들을 바라보기를 즐겼다.

특히 폐점 후 이맘때 온종일 시야를 가로막던 누런 군복들이 썰물처럼 빠지고 청소부 아줌마들이 물뿌리개로 타일 바닥을 축여가며 비질을 할 무렵이면 공기가 어찌나 투명해지는지 나는 그녀들이 날렵한 솜씨로 비틀어 올린 립스틱의 빤들한 대가리의 빛깔들이 제각기 조금씩 다르다는 것까지도 식별해 낼 수가 있었다.

다이아나 김, 린다 조, 수장 정 따위의 이그조틱한 이름을 가진 그 어여쁜 아가씨들이 쓰고 있는 립스틱의 조금씩 다른 빛깔까지 알고 있으면서도 나는 그녀들 중의 아무하고도 아직 친하지는 못했다.

나는 항상 집 근처까지라도 동행할 만한 친구를 아쉬워했지만 친구는 생길 듯 생길 듯하면서도 좀처럼 생기지 않았다. 특히 퇴근할 때 종업원 출입문으로 통하는 어둑하고 긴 복도에서 서로 체온을 나눌 수 있을 만큼 빽빽이 붐비며 보초 순경들의 몸수색 차례를 기다리노라면 불쾌한 몸수색에 대한 공통의 피해의식으로 제법 서로 다정해져서 흉허물 없는 대화를 나누기도 하지만 이런 종류의 유대의식이란 결국 고무풍선 속에 압축된 공기 같은 것이어서 풍선의 좁은 주둥이인 출입문만 벗어나면 그만이었다.

모두 바쁘게 어둠 속으로 인사도 없이 사라져갔다. 김장철을 앞둔 을씨년스러운 날은 황혼을 생략하고 벌써 두꺼운 어둠에 싸여 있었다.

출입문이 면한 뒷골목은 외등 하나 없고 단 하나 맞은편 냄비우동집의 희미한 유리문이 오히려 주위의 어둠을 한층 칠흑으로 만들고 있었다.

나는 종종걸음으로 어두운 모퉁이를 재빨리 벗어나 환한 상가로 나섰다. PX를 중심으로 갑자기 발달한 미군 상대의 잡다한 선물 가게들──사단이나 군단의 마크를 수놓은 빨갛고 노란 인조 머플러, 담뱃대, 소쿠리, 놋그릇, 별로 신기할 것도 없는 그런 가게 앞에서 나는 기웃거리며 될 수 있는 대로 늑장을 부리다가 어두운 모퉁이에서는 숨이 가쁘도록 뜀박질을 했다.

그러나 번화가인 충무로조차도 어두운 모퉁이, 불빛 없이 우뚝 선 거대한 괴물 같은 건물들 천지였다. 주인 없는 집이 아니면 중앙우체국처럼 다 타버리고 윗구멍이 뻥 뚫린 채 벽만 서 있는 집들, 이런 어두운 모퉁이에서 나는 문득문득 무섬을 탔다.

어둡다는 생각에 아직도 전쟁 중이라는 생각이 겹쳐오면 양키들 말마따나 갓댐 양구, 갓댐 철원, 문산 그런 곳이 지금 내가 있는 곳에서 너무도 가까운 것 같아 나는 진저리를 치며 무서워했다.

나는 그런 곳에서 좀 더 멀리 있고 싶었다. 적어도 대구나 부산쯤, 전쟁에서 멀고 집집마다 불빛이 있고 거리마다 사람이 넘치는 곳에 있고 싶었다.

나의 빨랐다 느렸다 하는 걸음은 을지로를 지나 화신 앞에서부터는 줄창 뜀박질이 되고 말았다.

외등이라든가 구멍가게라든가 그런 아무런 표적도 없는 죽은 듯이 어두운 비슷한 한식 기와집 사이로 미로처럼 꼬불탕한 골목길을 무섭다는 생각에 가위 눌리면서 달음박질쳤다.

드디어 집이 가까워지면서 어둠만이 보이던 나의 눈에 별이 박힌 부연 하늘이 들어오고, 그 부연 하늘을 이고 서서 한쪽이 보기 싫게 일그러져 나간 채인 우리 집의 지붕이 이상하리만큼 선명하게 보인다.

그러면 내 무서움증은 드디어 절정에 달해 금세 심장이 멎을 것 같아진다.

"엄마, 엄마."

나는 빗장이 부러져라 하고 어머니가 문을 열 때까지 계속해서 흔들어댄다.

"나간다, 나가. 웬 수선일까? 쯧쯧."

딸의 다급함에 도무지 아랑곳없는 느리고 가라앉은 어머니의 음성이 들리고 삐이걱 하고 대문이 둔중하게 열렸다.

"엄마두 참, 불 좀 켜놓으시래두. 온통…… 안채구 바깥채구 온통……."

"전기 값은 무얼로 당하려구."

"내가 돈 벌지 않우?"

"그래 그래. 내일부턴 골목이 환하도록 방마다 전깃불을 켜놓으마."

그러나 나는 그것을 믿지는 않았다. 우리 모녀는 거의 매일 이와 똑같은 대화를 되풀이하고 있으니까.

나는 어머니의 손을 잡고 긴 대문간을 지나 중문을 넘고 해묵은 오동나무가 한 그루 서 있는 마당으로 들어섰다. 그래도 안채는 보이지 않고 돌담에 가로막혀 있다. 돌담에 달린 쪽문을 들어서야 휑하니 넓은 안마당이 나오게 돼 있었다.

오동나무가 서 있는 뜰은 중정(中庭)이라고나 불러야 할지 집을 지은 선조가 무슨 멋으로 그렇게 설계했는지 짐작할 수 없는 쓸모없는 여백이었다.

나는 이 중정에서 다시 한번 행랑채의 이지러진 한쪽을 돌아보고 쫓기듯이 쪽문을 지나 어머니의 손을 놓고 단 하나 불이 켜진 안방으로 뛰어들게 마련이었다.

어머니는 까닭 없이 혀를 두어 번 차곤 내 가쁜 숨결이 채 가라앉기도 전에 밥상을 들여오고, 이내 구뜰한 찌개 냄새라도 풍기면 나는 쉽사리 마음이 놓였다.

"먼저 잡수시지 않고……."

나는 내가 밥그릇을 반쯤 비울 때까지 맞은편에 우두커니 앉았다가 수저를 들기 시작하는 어머니에게 왠지 짜증 비슷한 걸 느꼈다.

어머니가 별로 소리도 내지 않고 한껏 느릿느릿 수저를 놀리면서 의치를 빼놓은 호물때기 입을 이상한 모양으로 우물거리는 것을 보고 있으면 먹는다는 것이 무슨 저주받은 의무로 느껴져 나는 미처 배가 부르기도 전에 식욕부터 가셨다.

나는 먼저 수저를 놓고 어머니의 식사하는 모습을 지켜보며 왈칵왈칵 치미는 혐오감을 되새김질했다.

나는 어머니가 싫고 미웠다. 우선 어머니를 이루고 있는 그 부연 회색이 미웠다. 백발에 듬성듬성 검은 머리가 궁상맞게 섞여서 머리도 회색으로 보였고 입은 옷도 늘 찌든 행주처럼 지쳐빠진 회색이었다.

그러나 무엇보다도 견딜 수 없는 것은 그 회색빛 고집이었다. 마지못해 죽지 못해 살고 있노라는 생활 태도에서 추호도 물러서려 들지 않는 그 무섭도록 탁탁한 고집. 나의 내부에서 꿈틀대는, 사는

것을 재미나 하고픈, 다채로운 욕망들은 이 완강한 고집 앞에 지쳐
가고 있었다.

회색빛 벽지에 몸을 기대듯이 앉은 어머니의 부옇고도 고집스러
운 모습, 의치를 빼놓은 입의 보기 싫은 다뭄새, 이런 것들을 피하
듯이 나는 건넌방으로 건너와 불을 켰다.

혁(赫)이 오빠와 욱(郁)이 오빠가 같이 쓰던 장방형의 드넓은 방
은 전압이 낮은 삼십 촉의 전등으로 고루 비추기에는 너무 넓었다.
네 귀퉁이가 어두운 채 남겨진 불그죽죽한 밝음 속에서 나는 세차
게 몸서리를 쳤다. 나는 나를 둘러싼 이 우울한 외로움에 좀처럼 익
숙해질 수 없었다.

내가 겨우 사람을 알아보기 시작할 때부터 검은 양복을 입은 남
자만 보면 몹시 낯을 가리던 버릇이 거의 네댓 살까지 계속되어서
애를 먹었노라고 어머니에게 들은 적이 있었다. 그때 검은 양복이
내 어린 눈에 어떻게 비쳤기에 그랬는지 지금 생각해 낼 수는 없어
도 나는 아직도 그때만큼이나 쬐그매져서 고독이란 검은 거인 앞에
서 측은하도록 심한 낯가림을 하며 두려워하고 있었다.

어떤 이는 숫제 고독을 천성처럼 타고나서 남보다 신비스럽게
돋보이기도 하고 그렇지는 못할망정 액세서리처럼 달고 다닌다거
나 또는 가끔 알사탕을 꺼내 핥듯이 기호품의 일종처럼 음미하기도
하는데 나에게는 그런 편리한 재간이 없었다.

나는 한꺼번에 여러 사람, 여러 가지를 좋아하며 그중 한 사람,
한 가지에 열중하며 끊임없이 여러 가지를 재미나 하고팠고 실상
나는 그런 속에서 태어나 그렇게 살아왔던 것이다.

"그때는 좋았지……."

나는 늙은이처럼 푸듯이 뇌까리고 벽에 걸린 기타의 젤 굵은 줄
을 엄지와 집게로 잡았다 놓으니 음산한 저음이 둔중하게 울렸다.

욱이 오빠 손에서 갖가지 재미나는 가락을 내던 것—기타 소리뿐이었을까? 그때의 생활은 온통 소란스럽고도 신나는 음향으로 가득 차 있었던 것 같다. 음향뿐이 아니었다. 여러 가지 색채, 위태롭도록 다채롭고 현란한 색채가 있었던 것 같다.

벽면을 가득 메운 잡다한 것들—압정으로 가로 세로 혹은 비스듬히 눌러놓은 각종 기념사진, 배우들의 브로마이드, 서투른 데생, 제법 그럴듯한 수채화, 그림엽서, 괴물처럼 늘어진 야구 글러브, 때 묻은 유도복—어떤 용한 무당도 아마 이 방 주인들의 취미나 생활을 점칠 수는 없으리라.

그들은 몹시 바빴고, 난 또 얼마나 바빴을까. 세상에는 재미난 일들이 너무나 많았고 좋아할 것이 연달아 널려 있어서 혁이 오빠도 욱이 오빠도 눈이 돌 지경이었고, 난 또 그것을 덩달아 하느라 신이 났었다.

우리 집에 무상출입하는 오빠들의 유쾌한 친구들을 좋아했고, 그들이 즐기는 스포츠와 유행 음악에 덩달아 열중했고 그들이 반한 영화배우에 나도 반했고, 부드럽고 말랑한 손과 구수한 음식 솜씨를 가진 우리들의 어머니를 또한 얼마나 사랑했던가.

나는 벽면의 난잡한 진열품들을 샅샅이 훑어보고 나서 다시 한 번 기타줄을 퉁기고 자리에 엎드렸다.

가슴 밑 명치께가 요사이 늘 그렇듯이 체증 비슷한 거북함으로 보깨기 시작했다. 나는 엎드린 채 그 밑에 베개를 괴고 지그시 눌렀다. 난 알고 있었다. 그 속에서 사랑하고픈 마음이 얼마나 세차게 꿈틀대고 있는지를. 그러나 도대체 누구를 덩달아, 누구를, 무엇을 좋아할 수 있을 것인가?

사랑할 만한 가치, 열중할 만한 대상을 찾아내는 데 실로 혁이나 욱이 오빠만 한 날쌘 재주꾼이 또 있을까?

보잘것없어 보이는 친구도 "그치 그래 봬도 이것 하난 국보적이지." 하며 공 차는 폼을 지어 보인다든가 "그 새긴 꼴은 꺼벙해도 속이야 꽉 찼거든." 어쩌구 단언을 할라치면 난 금세 그들이 그렇게 보였고 그들을 좋아할 수 있었다. 난 오빠들을 통해서만 모든 사물을 받아들였고 이해하려 들었다.

그들이 없는 지금 우리들이 함께 그렇게도 사랑하던 어머니까지도 어쩌면 그렇게 보기 싫게 퇴색해 버리는 것일까?

혁이나 욱이 오빠가 있었더라면 하다못해 그 병신상스러운 환쟁이 김씨에게서 세잔이나 고흐와의 공통점쯤은 쉽사리 찾아내었으리라.

나는 다시 한번 명치께를, 괴어놓은 베개에 세차게 누르니 그 속에 고였다 밀려나오는 듯싶은 미적지근한 눈물이 왈칵 올라왔다.

그러고는 환쟁이들, 최 사장, 어머니, 다이아나 김, 린다 조——이런 것들이 심한 근시안이 안경을 잃은 후처럼 부연 혼돈 속에서 부유하다가 아슬하게 멀어져가고, 나는 잠이 들었다.

2

"하아이."

"하아이."

"굿모닝."

"굿모닝."

아침 인사들이 탄력 있게 튀는 매장을 가로지르는데 초상화부 쪽에서 최 사장이 번쩍 손을 들어 나를 반기고 있었다. 나는 어정쩡한 채로 우선 꾸벅 머리부터 숙여 보이고,

"일찍 나오셨군요. 오늘이 벌써 토요일이던가요?"

내가 아직도 미심쩍은 채 어물거리고 있으려니까,

"난 뭐 간조오 날만 나오는 줄 알아? 가끔 기습을 해서 사무 감사를 해야지. 안 그래?"

그는 매주 한 번 우리가 일주일 동안 벌어들인 달러가 사무실로부터 매장 사용료로 이 할을 제하고도, 마치 요술처럼 놀라운 부피의 원화로 둔갑하여 지불되는 토요일에나 싱글거리며 나타나게 마련이었다.

분명 오늘은 토요일이 아닌데도 그는 기분이 유난히 좋아 보였고 그가 기분이 좋을 때면 늘 그렇듯이 몹시 우쭐대고 싶은 모양이었다. 들은 풍월은 있어서 사무 감사다 뭐다 하는 꼴이…….

최 사장 옆에는 그와는 대조적으로 우람하게 큰 중년의 사나이가 겸연쩍은 듯이 웃고 있었다.

염색한 군복을 비좁은 듯이 입고 있는 그의 얼굴은 일종의 선량함, 어리석지 않은 선량함으로 의젓해 보였다.

그의 늠름한 체구와 구겨지지 않은 표정으로 해서 옆의 최만길이 한결 왜소하게, 그리고 말쑥한 양복과 붉은 타이가 갑자기 천박하게 보였다.

나는 그런 묘한 대조가 유쾌해서 그를 향해 마주 웃어주고는 책상 서랍에서 일거리를 꺼내 기한을 봐가며 급한 것부터 네 사람의 환쟁이들의 오늘의 일거리를 대충대충 묶을 지어봤다.

"잠깐, 미스 리."

"네?"

"오늘부터 화가 한 사람 더 쓰기로 했어."

나는 흠칫 놀라 두 사람을 다시 돌아다봤다.

(저치도 저 나이에 기껏 환쟁이였군.)

"옥희도 씨라구……."

최만길은 제법 대수롭지 않게 굴려는 듯 그 우람한 사나이의 등허리를 가볍게 툭툭 쳐보였으나 최 사장의 체구가 원체 작은 탓에 우습도록 채신머리없어 보였다.

나는 마침 어제 환쟁이들에게 환쟁이를 더 써야겠다고 엄포를 떤 것이 본의 아니게 들어맞게 되어 묘하고 난처해지지 않을 수 없었다.

네 명의 환쟁이들의 여덟 개의 눈동자가 일제히 나의 옆얼굴을 아프게 쏘아왔다.

"요새 일거리가 그렇게 많지도 않은데…… 네 명만 가지고도…… 너끈히……."

나는 실상은 환쟁이들이 들으라는 듯이 좀 큰소리로 항의를 하려는데 최 사장이 잽싸게,

"아아 무슨 소리. 이 초상화부 주인은 내가 아닌가. 처음부터 내 취지는 불우한 예술가들을 한 사람이라도 더, 에…… 또 불우한 예술가들에게……."

"훗후후……."

난 그만 불우한 예술가 소리에 실소를 터뜨리고 말았다.

그는 환쟁이를 새로 데려올 때는 으레 비장하도록 '불우한 예술가'를 내세우다가 갈아치울 때면 '형편없는 칠쟁이놈들'로 둔갑을 시키는 것이 상투적인 말버릇이었다.

"웃긴…… 에…… 또 그러니까 미스 리도 그쯤 알고 내 뜻을 받들어 불우한 예술가들을 위해 사업 실적을 올리도록 힘써 줘야지. 일거리야 미스 리 수완에 달린 게 아닌가."

그야 환쟁이가 열 명으로 불어난대도 최 사장이야 뜨끔할 것도 없고 결국 한 그릇의 밥에 식구만 느는 격이니 환쟁이들만 손해요,

그런 환쟁이들이 딱해서 한 장이라도 주문을 더 맡으려고 아득바득 하는 사이에 나는 나도 모르게 미군을 다루는 솜씨 같은 것이 늘어 갔다.

최만길이 슬금슬금 환쟁이 수효를 늘리는 속셈도 바로 그런 데 있었다. 어떻든 환쟁이가 느는 대로 조금씩 사업이 번창해 가고 최만길의 수입도 덩달아 늘어만 갔으니 말이다.

새로 온 환쟁이에 대한 약간의 호감은 우습게 사그라져버렸다. 결국 이 우람한 사나이도 내 어깨에 매달린 또 하나의 짐에 불과했으니까.

"미스 리."

최 사장은 별안간 속삭이듯 나직이 나를 부르더니,

"미스 리도 이제 그만 하면 멋을 좀 낼 줄 알아야지. 좀 야하게시리 말야. 잘 가꾸면 이 매장에서 눈에 확 띌 수도 있을 텐데."

도대체 이 남자는 나에게 어쩌라는 것일까. 그러고 보니 이 조그만 남자야말로 나에게 매달린 얼마나 끈덕지고도 다부진 짐일까?

"그럼 미스 리, 난 바빠서 가봐야겠는데, 에…… 또 어쩐다. 참 우선 의자 하나만 새로 마련해 주고, 싸진한테 말해서 임시 패스라도 하나 내주도록. 그럼 부탁해."

나는 걸레니 깡통이니 대야니 하는 우리 초상화부의 독특한 너절한 것들을 감추기 위한 칸막이 뒤에서 우선 낡은 의자를 찾아내어 그에게 권했다.

삐이걱 하고 그의 육중한 궁둥이 밑에서 의자가 위태롭게 뒤뚱대자 그는 몸을 약간 들었다 다시 고쳐 앉으며 편히 몸의 중심을 잡았다.

"에이 썅."

바로 그의 옆자리가 된 김씨가 뭐가 잘못됐는지 노랗게 칠했던 머리를 붉은빛 나는 갈색으로 세차게 뭉개는가 하면, 맞은편의 '돈 씨' ——실은 그도 같은 김씨지만 늘 '돈', '돈' 한대서, 또 김씨끼리 구별하기 위해서 그런 별명이 붙었다——는,

"미스 리. 이건 뭐라는 소리요? 원 잡것들은 원체가 잡것들이 라…… 망측한 머리 빛깔도 다 있다."

투덜대며, 내가 사진 뒤에 첨부한 메모를 퉁명스럽게 내민다.

"네…… 이리 줘보세요."

나는 내가 한참 바쁠 때 급히 받아쓰느라 흘려놓은 글씨를 더듬 거리며 읽어줬다.

"네…… 머리는 은빛 도는 회색, 눈은 회색빛 도는 푸른색…… 그리고 옷은……."

"에이 망측한 잡것들 같으니라구."

환쟁이들은 모두 좀 시무룩해하고들 있었다. 필시 새로 온 옥희 도 씨 때문에 나를 못마땅해하고들 있는 눈치였다.

돈씨가 에이 잡것들 하자 김씨가 다시,

"에이 썅 기분 잡쳐. 손속이 나야 뭘 해먹지."

하며 그리다 만 얼굴을 뭉개버리고 새 스카프를 갖다가 다시 스케 치를 시작했다.

홧김에 스카프를 망쳐봤댔자 결국은 환쟁이들의 손해일 뿐이었 다. 나는 그들이 망쳐놓은 스카프라든가 액자용 화폭, 하다못해 손 수건까지도 깔축없이 셈하여 두어야 했으니 말이다.

새로 온 옥희도 씨는 환쟁이들한테 이렇게 환영받지 못하고 있 다는 걸 아는지 모르는지 듬직한 등을 이쪽으로 돌린 채 아무것도 진열돼 있지 않은 쇼윈도를 가려놓은 부연 휘장을 물끄러미 바라보 고 있었다.

나는 그가 그릴 것을 마련하기 위해 서랍 속의 사진들을 모조리

꺼내었다. 기한에 관계없이 그리기 쉬운 것, 까다롭지 않은 주문을 찾아내기 위해서였다.

숱한 얼굴, 얼굴들. 이국의 아가씨들은 한 번도 전쟁이 머리 위를 왔다 갔다 하는 일을 겪어보지 않았기 때문일까. 그늘진 데가 조금도 없어 오히려 인간적이 아닌, 동물이라기보다는 화사한 식물에 가까운——만개한 꽃 같은 얼굴들이었다.

그중에서 특징을 잡기 쉽고 모발이나 눈빛이 복잡하지 않은 것을 몇 장 골라 가지고 옥희도 씨한테로 갔다.

"시작해 보시겠어요?"

그는 조용히 시선을 창에서 나에게로 돌리더니,

"고마워."

하고는 누런 종이봉투에서 가늘고 굵고, 납작하고 둥근 각종의 붓을 우르르 쏟았다.

"어머나, 붓까지 준비하셨어요. 붓은 여기도 있는데……."

나는 빈 깡통에 꽂힌 별로 쓸모 있어 보이지 않는 몽톡한 붓들을 눈으로 가리키며 몇 가지 필요한 일을 일렀다.

"붓이나 물감은 제공하기로 돼 있어요. 헝겊도 제공하기는 하지만 망쳐놓으면 배상하셔야 되구요. 스카프 하나 망쳐놓으면 그림 두 장 값이 날아가게 되니까 까딱 잘못하면 하루 종일 헛수고하게 되죠. 그래도 망쳐놓은 만큼의 물감 값은 따지지 않으니 후하다고 봐야겠죠. 그리고 참 손님이 마땅치 않아 하면 몇 번이라도 고치든지 뭣하면 아주 새로 그려줘야 되구요. 아무튼 제일 중요한 건 닮게 그리는 거예요. 아시겠어요?"

그는 대답 대신 어린애처럼 깊게 고개를 끄덕였다. 그리고 잠시 그와 나의 눈길이 마주쳤다. 내가 먼저 섬뜩해져서 눈을 피했다. 아주 황량한 풍경의 일각 같은 것이 그의 눈 속에 깊이 잠겨 있는 것 같아서였다.

그는 연방 고개를 기우뚱거려가며 밑그림을 그리면서 가끔 주문처럼 나직이 "아주 닮게 아주 닮게." 하는 것이었다.

나는 암만 해도 그가 못 미더워 손님이 없는 사이사이마다 그의 곁에 가서 그림이 돼가는 것을 지켜보고 내 돼먹지 않은 글씨도 읽어주며 하였다.

"너무 닮게에만 신경을 쓰실 필요는 없어요. 조금쯤 달라도 뭐…… 이를테면 사진보다 조금 예쁘게 닮을 수 있으면 그것도 괜찮으니까요. 요령이 있어야 해요."

"흥 그런 요령이 하루아침에 생길 줄 아나베. 남은 몇 년 두고 익힌 거라구."

평소 말수 적은 진씨까지 오늘은 조금 빈정댄다.

"저…… 이런 그림에 경험이 좀 있으신지?"

"그야 난 본시가 환쟁인걸."

"그럼 전직도 역시……. 극장 같은 데도 계셔봤겠군요."

"아—니. 직장은 여기가 처음이고, 난 그냥 환쟁이였소."

(그냥 환쟁이라? 그냥 환쟁이…….)

나는 잠시 속으로 '그냥 환쟁이'를 풀이하다가 양키들이 밀어닥치는 바람에 바쁜 일과 속으로 휘말려 들어갔다.

"좀 봐주겠어?"

그가 최초의 작품을 들고 섰는 모습은 수줍으면서도 조마조마해 보였다. 마치 여선생 앞에 선 착하디착한 국민학교 학생 같았다.

그림은 쓸 만했다. 나는 좋다고 말하는 대신,

"싸진한테 패스를 부탁해야겠군요."

하며 너그럽게 웃었다.

그리고 쇼케이스를 기웃거리고 있는 한 패의 미군한테로 다가서

서 좀 너스레를 떨었다.

걸 프렌드가 있느냐는 둥 그녀들의 초상이 든 스카프를 그녀들에게 선물한다는 것이 얼마나 재치 있고도 깊은 애정의 표시겠느냐는 둥…… 지껄이다가 좀 솔깃해하는 눈치만 보이면 당신 같은 핸섬한 남자의 걸 프렌드를 보고 싶다고 추켜세워 사진이 든 패스포트라도 꺼내 뵈게 하면 일은 다 된 거나 마찬가지였다.

거의 놓치지 않고 하다못해 손수건 초상이라도 그리도록 붙들고 늘어졌다. 식구가 불었다는 압박감이 나를 전에 없이 활기차게 만들었다.

다른 날보다 제법 푸짐한 달러를 셈하여 사인 카드와 대조하여 다시 한번 틀림없는 것을 확인한 후 이 층 사무실에 입금시키고 낮에 싸진에게 부탁해 놓은 임시 패스를 찾아가지고 내려와 보니 환쟁이들은 다 돌아가고 옥희도 씨만이 말끔히 빤 붓을 다시 헝겊으로 닦고 있었다.

"패스 여기 있어요."

"고마워 여러 가지로……."

몇 자 타이프로 치고 벌레 기어간 자리 같은 사인이 휘갈겨진 명함만 한 엉성한 패스를 그는 소중히 받아서 안주머니에 깊숙이 찔렀다.

"갈까?"

그는 아주 밝은 낯으로 붓을 넣은 두툼한 봉투를 겨드랑이에 끼며 나를 채근했다.

"붓은 두고 가심 어때서……."

나는 칠칠치 못한 환쟁이들이 어지럽히고 간 뒤처리를 대충 하면서 그에게 훈훈한 친근감을 느끼기 시작했다.

"손도 심심하고…… 소중하기도 하고……."

그는 웃지도 않고 그렇게 말하고 내 일을 거들어 책상을 바로잡고 의자를 제자리에 챙기고 난 후 같이 거리로 나왔다.

"어디지, 집이?"

"계동이에요."

"그럼 마땅히 탈것이 없겠군."

"괜찮아요. 늘 걷는걸요 뭐."

"난 연지동 쪽이지만 어디 그 근처까지 걸어볼까."

"괜찮대두요. 상관 마시고 뭘 타세요."

그러나 그는 대꾸 없이 군화인 듯싶은 구두 소리를 둔중하게 울리며 내 옆을 따랐다.

김장철 특유의 을씨년스러운 첫 추위에 미군 상대의 선물 가게들은 초저녁인데도 한산했다. 밖에 내걸린 요란한 수를 놓은 파자마가 쓸쓸하게 펄럭이고, 그 곁에서 양키를 부르는 쇼리가 몸을 동그랗게 웅숭그리고 피곤한 듯이 졸고 있었다. 나도 바바리 깃을 세우고 목을 움츠렸다. 목덜미에 닿는 바바리 깃의 매끈한 감촉에 으스스 소름이 끼쳤다.

바로 우리 앞을 머쓱한 미군과 그에게 살짝 상체를 기댄 여인이 걸어가고 있었다.

여자와 남자가 이루는 풍경, 거기엔 적어도 춥지 않은 무엇이 있었다. 저들도 춥기 때문에 어쩔 수 없이 사랑을 할지도 모른다. 어쩌면 나도 추운 김에 아쉬운 대로 옆에 있는 옥희도 씨라도 좋아해볼까 하는 뚱딴지같은 생각을 하느라 별로 무섭다는 생각도 없이 어두운 길목들을 지났다.

"집이 계동이랬지? 그럼 고향은?"

"서울이에요."

"서울이면 좋겠군. 난 이북인데…… 황해도. 좋은 곳이지."

그의 목소리가 갑자기 애조를 띠었다.

"저어, 전 이쪽으로 가야겠어요. 별안간 볼일이 생각나서⋯⋯."

어쩌자고 나는 실상 아무 볼일도 없는 명동 쪽으로 꺾어 들어갔다. 그의 다음 이야기는 들으나 마나 뻔하다. 이북이 고향이구, 거기선 잘 살았구, 암 그때야 설마 이랬을라구⋯⋯ 그때가 좋았지, 이런 투로 시작되는 따분하고도 길고 긴 넋두리를 난 얼마나 주워들었던가.

가끔 어머니가 푸듯이 뇌는 소리, 또 말 많은 환쟁이들이 입에 거품을 뿜어가며 겨루는 소리, 청소부 아줌마들에서 잡역부들에게 이르기까지 찌든 사람들의 그 허망한 넋두리.(그때야 이렇지는 않았지⋯⋯ 그때가 좋았지 좋았구말구.)

과거에 대한 망상은 미래에 대한 망상보다 듣기에 구질구질하고 때로는 처참하게조차 느껴져 끝내 들어줄 수 있는 참을성이 나에겐 없었다.

명동은 밝고 흥청댔다. 가게마다 쇼윈도가 있었다.

나는 날씬한 마네킹이 걸친 푹신한 외투를 실컷 선망하고 완구점 앞에서 태엽만 틀어주면 징도 치고 위스키도 따라 마시는 유쾌한 침팬지를 보고 마음껏 소리 내어 키득대기도 했다.

드디어 나는 다시 어둠 속에 섰다. 한쪽에 부연 하늘을 이고 검게 치솟은 성당 건물이 보였다.

무엇이든 기구하고픈 충동으로 나는 발을 멈추었다. 그러나 무엇을 소망해야 할지 얼른 떠오르지 않았다.

(마리아 당신이 아니고서야 누가 알기나 하리까.)

무언가 뿌듯이 밀려오는 것 같았다.

(마리아, 당신만은 아시리다⋯⋯.)

청순한 동경이 언 몸을 깃털처럼 감쌌다.

(마리아, 당신이 아니고서야 누가 알기나 하오리까……. 마리아, 당신만은 아시리다…… 그다음은 뭐더라…….)

문득 나는 내가 전에 애송한 시의 구절을 생각해 내려고 골몰하고 있음을 깨닫는다. 남의 흉내, 빌려온 느낌은 그것을 깨닫자 흥을 잃고 싱거워졌다. 그리고 가식 없는 나의 것만이 남았다. 그것은 무섭다는 생각과 춥다는 생각뿐이었다. 그것만이 온전한 나의 것이었고 그 느낌들은 절실하고도 세찼다. 나는 어두운 길을 달음질치기 시작했다. '무섭다', '춥다'를 거푸 뇌까리며 '무섭다', '춥다'에 떠밀리듯 달음질쳤다.

3

조그만 알루미늄 도시락통에서 네모로 반듯하게 굳은 찬밥 덩어리를 젓가락으로 적당한 크기로 나누어 입에 넣으면 그만인 점심 식사가 이곳 PX에선 이만저만 눈치가 보이는 일이 아니었다.

점원들의 점심 식사에 대해 특별한 제약이 있는 것은 아니었으나 대부분이 외식을 하게 마련이었고 점심을 위한 특별한 시설이 없는 이곳에서 도시락통을 들고·쩔쩔매는 것은 거의 부수입이 전연 없는 한국물산 매장의 점원들이었다. 같은 건물 안에서 비슷한 일을 하면서도 우리들과 그들은 취급하는 상품의 국적이 다른 것만큼이나 생활도 달랐다.

나는 이 층 한 모퉁이에 베니어판으로 사방을 막아 만든 점원 휴게실 구석에서 재빠르게 점심을 마치고 몸이 으스스한 채로 찬물로 열심히 양치질을 했다. 민망한 김치 냄새를 가시기 위해서였다.

휴게실도 말이 휴게실이지 긴 나무 의자에 거울 하나가 걸렸을

뿐 잠깐 화장을 고친다거나 청소부 아줌마들이 옷을 갈아입기 위한
곳에 불과했다.

"이걸 씹어."

커다란 백을 어깨에 메고 들어선 다이아나 김이 껌을 하나 삐쭉
내밀며 자기도 하나 질근거리기 시작했다.

"벌써 점심 먹은 모양이군. 오늘은 미스 리에게 뭐 근사한 것 좀
먹여줄까 했는데……."

"뭘……."

나는 이런 난처한 경우 비굴하지 않아야겠다고 도사릴수록 사교
에 능하지 못한 탓으로 시무룩해 보이는 게 고작이었다.

"나하고 얘기 좀 할래?"

(보나마나 또 그 일이겠지.)

나는 싫증이 와락 치미는데도 짐짓 태연한 척 껌을 뱉어 휴지에
뭉갰다.

"또 왔어……. 이번엔 답장을 해야겠는데 어쩌지."

그녀는 다시 색동 모양의 포장을 찢고 가락지같이 생긴 캔디를
재빨리 내 입에 쑤셔 넣었다. 혀를 조이는 새큼한 맛을 즐기면서도
기분은 역시 좀 씁쓸했다.

그녀와 나는 우습게도 서로 비슷한 약점을 통해 우연히 알게 된
사이다.

그녀는 내가 듣기엔 미국 여자처럼 능숙하게 영어를 하면서 조
금도 읽고 쓸 줄은 몰랐고, 난 능숙하진 않지만 읽고 쓰면서도 우리
초상화부에서 필요한 몇 마디 외엔 통 지껄일 자신이 없었다.

며칠 전, 그림을 찾으러 온 미군이 트집을 부리기 시작했다. 자
기 애인과 그림이 얼토당토않다고 투정을 하자 미안하다고 사과를
하며 다시 한번 그려주겠노라고 해보았으나 그다음부터 그가 홍분

해서 마구 지껄여대는 소리를 통 알아들을 수 없었다. 나는 환쟁이들 앞에서의 체면도 있고 해서 알아들은 척 얼버무리려 했으나 결국 동문서답을 주고받은 격이라 그는 참다못해 고래고래 소리를 지르기 시작했다. 나는 난처한 나머지 그만 오열이 목구멍까지 치밀어 오르는데 기적처럼 다이아나 김이 나타난 것이었다.

그녀는 하이힐 소리도 오만하게 나타나 단 몇 마디로 거짓말처럼 말끔히 그 성난 미군을 설득해 보내고 나를 경멸하듯, 약간 불쌍하기도 한 듯 굽어보는 것이었다.

나는 얼떨결에 고맙다는 인사를 하고 나서 망신을 조금이라도 만회해 보려고 초조한 나머지 어리석게도, 내가 실상은 아주 무식하지는 않다고, 학교에서 배운 영어와 실제로 쓰는 영어가 많이 달라 가끔 곤란을 느낄 따름이라고 넌지시 비쳐 보였다. 그녀가 내 말에 흥미를 느끼는 것같이 보이자 한술 더 떠서 E대 영문과 재학 중이었는데 전쟁 통에 어쩌구저쩌구 하며 뜻하지 않은 거짓말까지 보태고 말았다.

그녀는 호들갑스럽게 놀라며,

"어머머…… 어쩜 어쩜, 너하고 난 그렇게 닮았을까?"

"뭐가요?"

"넌 눈은 탁 트였어도 반벙어리, 난 입은 청산유순데 아깝게도 까막눈이란다. 재밌지? 안 그래?"

뭐가 재미있는지 어리둥절한 채로 나는 그녀로부터 귀국한 그녀의 애인의 편지를 대독하고 답장을 대필하는 일을 떠맡게 된 것이다.

결국 난 이렇게 하여 내 뜻하지 않은 거짓말의 대가를 톡톡히 치러야만 했다.

그녀의 말로는 그런 것쯤 해줄 애들이야 수두룩하지만 그 방면에 닳고 닳아 여우같이 눈치 빠르고 입이 싼 것들이라 탐탁지 않았는데 나야말로 적격자라는 것이었다.

이 세상에서 가장 사랑하는 다이아나로 시작된 애절한 보고픔을 호소한 편지를 읽어주는 동안 그녀는 줄곧 줄칼로 길고 아름다운 손톱을 갈며 입으론 별난 소리를 내며 껌을 씹고 있었다. 손톱을 가느라고 내리뜬 눈은 짙은 속눈썹에 가려 별 표정이 엿보이지 않았으나 눈 밑의 피부가 늘어진 건 그녀의 숨은 나이를 말해 주는 것 같아 처량했다.

사랑하는 다이아나, 우리의 이별은 길지 않을 것이오. 나는 어떤 방법으로든지 당신을 미국으로 데려올 수 있는 수를 생각해 보겠소. 사랑하오. 당신이 필요하오. 당신의 충실한 '바브'

그녀는 별 반응 없이 선인장에 핀 꽃처럼 요기롭게 다듬어진 손톱을 자못 만족한 듯이 감상하고 나서,

"싱겁게 그뿐이야? 크리스마스가 내일 모렌데 선물 얘기도 없구……"

하품을 크게 했다.

동그란 목구멍이 마치 빈방의 입구처럼 황량하게 열려 있었다. 고뇌도 환희도 깃들여 있지 않은 을씨년스러운 빈방.

"답장 좀 써줘. 비싸게 굴지 말구."

"난 그런 편지 자신 없는데……"

"경험이 없으시다 그 말이지. 너무 순진한 척할 건 없구……. 적당히 써봐. 뜨겁게, 열렬하게 말야. 참 그리고 선물 얘긴 어떻게 넌지시 꺼낸다?"

청소부 아줌마들이 쓰레기가 담긴 커다란 상자를 밀고 들어오더니 치마를 홀러덩 걷어 올리고 내의는 종아리까지 내려 허연 속살

을 거침없이 드러내고 휴지통 속에서 치약이니 비누니 꾸역꾸역 꺼내더니 종아리서부터 쌓아올리기 시작했다. 한 층 쌓고는 내복을 그만큼 올려서 고무줄로 동이고 또 한 층 쌓고는 고무줄로 동이고 하여 삽시간에 종아리를 지나 엉덩이, 허리를 입혀갔다.

그리고 치마를 내리고 코트를 걸치고는 어기죽어기죽 걸어 나갔다. 점심시간에 한탕 하러 나가는 꼴이었다.

눈 깜짝할 사이에 이런 일을 능숙하게 해치우고도 그녀들은 좀 전과 다름없이 둔해 보이고 어수룩해 보이기에도 또한 능숙했다.

이미 한탕 한 패들이 다만 점심을 먹고 올 뿐이라는 듯 예사로운 얼굴로 느리게 걸어 들어왔다.

다이아나 김과 몇몇 점원들이 잽싸게 그들을 둘러싸고 달려와 두툼한 원화 뭉치의 분배가 민첩하게 이루어졌다.

다이아나가 분배에 불만이 있는 듯 잠깐 옥신각신하더니 커다란 백에 돈뭉치를 아무렇게나 쑤셔 넣으며,

"아줌마들, 트릿하게 굴면 앞으로 국물도 없을 줄 알아요. 수틀리면 내가 직접 차고 나갈 테니까."

"아이구 구책 좀 작작 떨어. 요 허리에 잘도 차겠다."

누군가가 그녀의 상큼한 허리를 한 팔로 꼭 조이며 키득댔지만 그녀의 눈은 웃지 않고 빳빳한 속눈썹 속에서 차게 빛났다.

나는 그사이에 '바브'의 편지를 거기 그대로 놔둔 채 휴게실을 빠져나와 계단을 뛰어내렸다.

빈 도시락통 속에서 반찬 그릇이 흔들리는 소리가 공허하게 울렸다. 나는 초상화부 바로 앞에 유기부의 미숙에게 빈 도시락통을 흔들어 보이곤 내 자리로 왔다.

한국물산부 중에서도 귀금속부나 수예부같이 큰 곳은 점원이 서너 명씩 되었으나 유기부와 우리 초상화부만은 점원이 한 명뿐이라

미숙과 나는 점심시간이면 서로의 매장을 교대로 봐주기로 돼 있었다.

"언니 너무해요. 나 기다리다 못해 진열장 밑에 쭈그리구 짭짭해 버린걸."

나보다 두 살 아래인, 양 갈래로 땋은 윤기 있는 머리와 건강한 볼을 가진 이 소녀에 대해 나는 별안간 궁금증이 났다. 그녀의 내부도 역시 썰렁한 빈방일 따름일까 하고.

"너 하품 좀 해볼래?"

"언니두, 하품도 마음대로 하우? 오늘 매상이 없어서 하품을 많이 하긴 했지만."

"그럼 입이라도 벌려봐. 아 하고."

그녀는 순순히 입을 크게 벌렸다. 선명하게 붉은 입속과 목천장에 매달린 목젖.

그녀는 이내 입을 닫고 미군이 기웃거리는 자기 매장으로 갔고, 나는 멍청하니 아까 다이아나 김에게서 엿본 빈방과 그 빈방을 공허하게 울리는 전화벨 소리 같은 '바브'의 연애편지를 생각하며, 왈칵왈칵 목구멍으로 치솟는 싫증을 주체 못하고 있었다.

싫은 게 나인지 나 외의 남인지 어쩌면 그 모든 것인지 난 아무튼 나를 포함한 내 주위의 너절한 풍경을 종잇조각 구기듯 마구마구 구겨 던져버리고 싶었다.

"에이 썅."

환쟁이 김씨가 몽톡한 붓에 뻘건 물감을 듬뿍 묻혀 방금 그려놓은 그림을 단숨에 뭉개려다 꿀꺽 참고 붓을 냅다 동댕이치고 담배에 불을 붙인다.

"에이 해괴한 잡것들 같으니라구."

돈씨도 담배 생각이 나는지 붓을 던지곤 주머니를 뒤지다가 아

무엇도 잡히지 않자 입맛을 쩝쩝 다시곤,

"에이 잡것들 같으니라구…… 자네 거 꽁초 하나 없나?"

"자넨 맨날 잡것 잡것 하면서 왜 온종일 그 잡년들 쌍통을 그리구 않았나?"

"꽁초 없냐니까 웬 딴청이야. 왜 몰라서 묻냐? 돈 땜에 그린다, 돈 땜에 그려. 그러는 자네는 그럼 취미루 그리나? 예술이라도 하는 셈치구 그리느냐 말야?"

"그래 난 예술한다. 하우스보이 하던 놈이 어엿이 사장질도 하는데 간판쟁이가 예술 좀 한다기로서니 누가 뭐래."

"흥 뚫린 입이라고, 육갑 떠네. 거 꽁초는 있는 거야 없는 거야?"

"있으면 냉큼 줬지 여태껏 약을 팔았을라구. 거 참 미스 리, 어느 양놈 하나 붙잡고 넌지시 럭키 스트라이크나 한 보루 사달래 보구레. 그쯤이야 미스 리가 맘만 먹으면 안 될 것도 없잖아?"

"미스 리야 원체 도도하셔서……."

어느 틈에 화살이 나에게로 왔으나 난 대꾸 없이 웃어넘겼다.

그들도 지금 그들의 둘레를 닥치는 대로 마구마구 구겨버리지 않고는 못 배길 거라고 눙쳐줄 수 있었다.

옥희도 씨가 조용히 붓을 놓고 양쪽 어깨를 번갈아가며 몇 번 툭툭 치곤 피곤한 듯 창을 바라보는 자세로 몸체를 돌렸다.

창이라야 전에 쇼윈도로 쓰던 곳으로 내부와의 칸막이를 탁 터버려서 안의 면적을 넓히고 그 대신 밖에서 안이 들여다보이는 것을 막기 위해 잿빛 휘장으로 유리 전체를 가려놓았기 때문에 아무런 전망도 주지 않는 곳을 그는 가끔 신기한 풍경이라도 즐기듯이 마주하고 있는 것이다.

오늘이야말로 그를 위해 잿빛 휘장을 잠시 들어줄까 보다고 벼르고 있는데,

"나 좋은 생각이 갑자기 떠올랐어."

하며 다이아나 김이 내 어깨를 치며 생글댔다.

"우리 매장에서 여기를 보고 있자니 별안간 신기한 아이디어가 확 떠오르지 않겠어?"

"뭔데요?"

"바브 녀석한테 선물을 울궈내려면 슬쩍 내가 먼저 선수를 쳐야 겠다고. 값싸고도 그럴듯한 것을 이쪽에서 먼저 보내는 거야. 어때? 내 초상화를 그려 보내면?"

"글쎄요."

"틀림없을걸, 내 꾀가. 그런데 저치들 중에서 누가 좀 낫게 그려?"

그녀가 목소리를 낮추느라 내 귓전에 얼굴을 바싹 디미는 바람에 여러 가지 향료가 뒤범벅이 된 야릇한 체취가 확 풍겨, 나는 뒤로 물러서며 얼떨결에 옥희도 씨를 가리키고 말았다.

난 곧 후회했으나 그녀는 벌써 하이힐 소리도 요란하게 옥희도 씨 앞으로 가,

"내 초상 좀 급히 그려주셔야겠어요. 미국에 있는 애인에게 부칠 거니까 특별히 공들여서."

옥희도 씨의 대답은 나에게까지 들리지 않았다.

"어머머…… 비싸게 구시네. 품삯은 양키들만큼 준다는데도. 육 딸라를 입금 안 시키고 직접 드리죠. 딸라로 말예요. 그럼 고스란히 당신 차지가 되는 건데, 그래도 싫어요?"

"……."

"이인 뭘 이렇게 우물댈까? 빨리빨리 본이나 떠요. 뭐라구요, 사진을 가져오라구요. 어머머…… 기가 막혀. 실물을 앞에 놓고 사진을 가져오라니 간판쟁이란 별수 없군. 모델이 뭔지도 모르니…… 어디 샘플이나 좀 봅시다."

그녀는 옥희도 씨가 그려놓은 그림들을 제멋대로 뒤적이며 사진과 비교도 해보고, 고개를 기우뚱거리기도 하며 잠시도 입을 다물지 않고 종알댔다.

이 여잔 여기를 요렇게 살려야 하는데 아주 망쳐놨다든가, 이 여잔 사진보다 열 살을 더 젊게 그려놓았으니 아마 실물보다는 스무 살은 젊을 거라는 둥, 양놈 어수룩하게 보고 이렇게 돼먹지 않은 그림을 함부로 그려 팔다가 큰코다칠 날이 있을 거라는 둥.

그녀에게 가려 옥희도 씨의 모습을 살필 순 없었고, 대꾸하는 목소리도 잘 들리지는 않았으나 나는 분명히 옥희도 씨에게 큰 잘못을 저지른 것 같아서 안절부절못할 뿐 무안해서 그들 옆으로 가볼 수도 없었다.

"꼭 사진이라야 한다면 할 수 없죠. 하긴 나도 따분하게 모델 설 시간도 없고, 내일 사진을 가져올 테니 우리 스위트 하트가 다시 화끈 몸이 달 만큼 섹시하게 그려줘요."

그녀는 나에게 찡긋해 보이고 돌아갔다. 그리고 옥희도 씨의 눈과 내 눈이 한참 마주쳤다. 어리석지 않게 선량한 눈에 담긴 피로와 상심…… 순간 그의 상심이 예리한 아픔으로 나를 찔렀다.

순간적인 아픔이 지난 후에도 측은한 마음은 길게 끌었다.

퇴근길에 나는 조금 먼저 나간 그를 빠른 걸음으로 뒤따랐다. 그를 위해 뭔가 하고 싶었다. 하다못해 며칠 전에 하다 만 따분한 회고담 같은 거라도 참고 들어줘야겠다는 아량이 생겼다.

"저…… 아까 그 여자 땜에 노하셨죠? 죄송해요."

"아아니, 별로."

"실상 그럴 맘은 아니었는데, 그만 어쩌다가…… 그 여자가 그렇게 무례하게 굴 줄은 정말 모르구서……."

나는 더듬거렸다.

"뭘 그러는 거야? 그 여잔 후한 보수를 약속하고 그림을 그려 달 랬을 뿐인데. 미스 리 오늘 좀 이상하군."

그러고 보니 이상한 건 나인 것도 같았다. 다이아나 김하고 그림 흥정을 한 이가, 김씨나 돈씨였더라도 내가 이렇게 마음을 썼을까? 그럼 옥희도 씨에 대한 마음 씀을 그만둘까 하니 그것은 이상하리 만큼 애틋한 아쉬움을 남겼다.

계엄 사령부의 포고문이 한 귀퉁이가 찢긴 채 스산하게 펄럭이 는 밑에서 신문팔이 소년이 내일 아침 신문을 길게 외치고 그 옆에 양담배 모판 앞에서 노파가 꼬깃한 돈을 펴서 셈하고 있었다.

옥희도 씨는 소년에게서 신문을 한 장 사더니 환한 가게 앞에 잠 깐 멈춰서, 큰 활자를 대강 훑고는 아무렇게나 접어서 포켓에 찔 렀다.

──괴뢰군 동계 대공세 준비?──이런 활자를 나도 흘끗 보았다.

"이런대로 무사히 올겨울을 넘기고 싶군."

피로와 상심이 짙게 밴 음성으로 혼잣말처럼 중얼거렸다.

난 뭐라고 대꾸하려다 말고 입을 다물었다.

그의 피곤과 상심은 남의 어설픈 헤아림이나 보살핌이 들어설 여지가 없는, 어쩔 수 없는 그만의 것──체취 같은 것으로 여겨졌 기 때문이다.

북녘 하늘에서 포성이 은은히 울렸다. 두려움과 기대 같은 것으 로 가슴이 울렁거려왔다.

나는 승전이고 휴전이고 간에 평화 같은 것은 믿지 않았다.

다만 전쟁이 밀물처럼 밀려오고 밀려가는 일만이 앞으로 수없이 되풀이되는 것으로 알고 있었다.

사람들은 어리석게도 평화를 바라고 있지만 그렇게는 안 될걸. 전쟁은 누구에게나 재난을 골고루 나누어주고야 끝나리라. 절대로 나만을, 혁이나 욱이 오빠만을 억울하게 하지는 않으리라. 거의 광적이고 앙칼진 이런 열망과 또 문득 덮쳐오는 전쟁에 대한 유별난 공포. 나는 늘 이런 모순에 자신을 찢기우고 시달려, 균형을 잃고 피곤했다.

4

전공(電工)이 군데군데 불 나간 곳의 전구를 갈아 끼우고 있었다.

마침 내 테이블 위의 천장에 여러 날째 꺼진 채로 있던 전구도 갈아 끼우려는 모양으로 내 의자가 바로 역 V자 모양의 사다리 밑에 들게 되어 나는 의자를 꺼내다가 테이블의 다른 한쪽에 놓고 자잘분한 일들을 보기 시작했다.

사진을 추려서 환쟁이들에게 분배하는 일, 다 된 그림 중에서 좀 마음에 드는 것은 쇼케이스에 진열하고 또 부칠 것은 우선 이 층 포장부로 보내야 하고 포장부에서 포장되어 온 것에는 미리 써놓고 간 주소를 붙여서 다시 이 층 포스트 오피스로 보내야 하고, 변화 없는 이런 일에 난 능숙했다.

"아가씨 나 좀……"

사다리 위의 전공이 나를 부르더니 겸연쩍게 웃으며,

"미안하지만 내 이 사다리 좀 붙잡아주지 않겠어요?"

나는 역 V자의 한쪽을 붙들고 그를 쳐다봤다.

사다리는 튼튼하고, 평평한 타일 바닥에 편안히 놓여 있어 내가 붙들지 않아도 조금도 근뎅거리지 않아 안전해 보이는데도 그는 자꾸 불안해했다. 조심스럽게 드라이버를 돌려 먼지가 쌓인 젖빛 갓을 빼내어 한쪽 옆구리에 끼고는 다시 한번 밑을 내려다보더니,

"꼭 붙들어야 해요"

하고 당부를 하는 것이었다.

그의 자세는 어설프고 약간 떨고 있었다.

"염려 말아요."

나는 두 팔을 펴서 사다리의 양쪽 다리를 꽉 잡아 보이며 그를 격려했다.

내가 손을 놓기만 하면 그는 지레 겁을 먹고 굴러 떨어질 듯이 불안한 자세였다. 본시 전공은 아닌 게 분명했다.

(잘못 굴러들어 왔군.)

그는 헌 전구를 비틀어 빼서 작업복 주머니에 찌르고 다른 한쪽 주머니에서 미리 넣어온 새 전구를 꺼내 끼고 갓을 끼우기 시작했다.

나사못 돌리는 것이 서툰지, 갓이 전처럼 들어맞지 않아 몇 번이고 이리저리 돌려 끼워보면서도 몸의 중심은 잘 잡아 차차 자세가 안정되었다.

그동안 그는 다시 아래를 내려다보지 않았고, 난 밑에서 그런 일에 열중하는 그를 쳐다보고 있었다. 거의 동일 수직선상에서 한 사람을 관찰한다는 것은 완전히 새로운 경험이었다.

목에 두드러져 있는 남자 특유의 목뼈와 완강한 턱밑의 푸른 면도 자국은 예기치 않은 감미로운 파동을 나에게 일으켰다.

나는 사나이가 일이 뜻대로 안 돼 초조해하고 있는 사이에 처음 느껴본 전류처럼 짜릿하던 충동을 좀 더 구체적인 욕망으로 비약시키고 있었다.

그의 푸른 턱에 내 이마를 대보고 싶어진 것이다. 상상만으로도 이마에 아릿한 간지러움이 오며, 싱싱한 기쁨이 전신에 흘렀다.

"자, 내려갈 테니 잘 잡아줘요."

그는 올라갈 때보다 쉽게 내려왔다.

"수고했어요. 이런 일은 아직 서툴러서……."

그는 머리를 긁적이며 겸연쩍은 듯이 웃었다. 어처구니없게도 마주본 얼굴은 아주 평범했다.

나는 배반당한 기분으로 시무룩해졌다.

"왜 그런 얼굴로 날 봐요?"

그는 사다리를 접으려다 말고 나에게 물었다.

나는 당황해서 아직도 간지러움이 남아 있는 이마를 황급히 문지르며,

"밑에서 쳐다보니 영 사람이 달라 보여요. 꼭 바보같이 보이더니만 마주보니 그렇지도 않군요."

난 생판 딴소리를 하고 그는 내 말을 어떻게 들었는지 얼굴을 소년처럼 붉히며,

"이런 일은 처음이라서 좀 떨었거든요. 뭐 곧 익숙해질 겁니다."

그는 사다리를 접어가지고 건너편 매장 쪽으로 갔다.

옥희도 씨는 아침부터 육 달러짜리 그림을 그리고 있었다. 거의 다이아나 김의 얼굴 같지 않게 곱게 수정된 사진을 놓고도 옥희도 씨는 웬일인지 다이아나 김의 실물을 닮게 그리고 있어 난 좀 불안해졌다.

"사진처럼 그리지 않구……."

나는 혼잣말처럼 중얼거리며 자주 그의 옆을 서성댔다.

"흥, 우리 팔자에 횡재가 당한가? 돈을 다섯 배 받으면 열 배의 똥줄을 빼야 할걸."

김씨가 빈정대니까 돈씨는 말머리를 놓칠세라,

"뭐니 뭐니 해도 잡것들 그리기가 편하지 순종 그리기가 그리 쉬운 줄 아나."

"순종은 무슨 말라비틀어진 순종이야. 양갈보두 순종 족보에

드나?"

"이런 무식한 것. 쯧쯧, 순종이야 어디 계집 서방 갖구 따지나,
에미 애비 족보로 따지지."

(또 시작이군.)

돈씨는 입에 거품을 물고 우리 민족의 순수성과 양키들의 잡종
론에다 슬쩍슬쩍 음담을 섞어가며 장황하게 열을 올린다.

옥희도 씨는 그럭저럭 다이아나의 초상을 마치고 다른 때보다
오래 부연 휘장이 드리운 창에 시선을 둔 채 양쪽 어깨를 번갈아가
며 치고 있었다.

돈씨의 묘한 애족론이 어느 틈에 완전히 외설로 변해 버렸고, 그
편이 훨씬 재미있을 수밖에 없는 환쟁이들이 맞장구를 쳐가며 익살
을 주고받고 하는 동안에 옥희도 씨는 등을 돌린 채 바위처럼 담담
했다.

나는 문득 옥희도 씨만은 다른 환쟁이들과 조금이라도 달랐으면
하고 바랐다. (그는 딴 사람과 다르다. 그는 딴 사람과 다르다.) 나는
마치 꿀샘을 찾아낸 곤충의 예민한 촉각처럼 나의 새로운 생각에
강하게 집착했다.

"아침에는 수고했어요. 차 사주고 싶은데 괜찮아요?"

퇴근길에 만난 아침의 전공이 하도 친근하게 구는 바람에 나는
괜찮고말고라고 선뜻 응했다.

나는 그와 나란히 걸으며, 그의 턱밑에서부터 목 부분을 유심히
훑었다. 무심결에 낮에 사다리 밑에서 그를 쳐다보며 경험한 그 짜
릿한 느낌의 반복을 노렸지만 허사였다.

그는 나보다 약간 큰, 남자로서는 중키 정도여서 그를 쳐다보는
위치일 수는 없었고, 정면에서 본 그의 얼굴은 너무도 빈틈없이 평
범했다.

유토피아 다방의 맨 구석자리에 앉자마자,

"나 황태수(黃泰秀), 유는?"

"난 이경(李炅). 외자 이름이라 경아라고들 불러요."

우리는 마주 씽긋 웃고 금세 친숙해진 것 같았다.

"저…… 위에서 내려다보면 뭐 별다르게 눈에 띄는 거 없어요?"

"위라니?"

"사다리 위 말예요."

"글쎄 처음이라 다리가 휘청거려 아래 경치까지 살필 여지가 있어야지. 그렇지만 사다리 위가 별걸라구…… 세상을 내려다보려면야 이 층 삼 층도 있고 고층 건물 옥상도 있고 높은 벼슬자리도 있고 한데……."

"그래도 사다리 윈 다를 것 같아요."

"왜 재수 없게 사다리 얘기만 자꾸 하지?"

"그럼 왜 하필 재수 없는 사다리를 직업으로 택했죠?"

"택했다구? 천만에. 택했다면 골라잡았다는 뜻 아녜요? 누가 요즘 팔자 좋게 직업을 골라잡아요. 무작정 얻어걸리는 대로 비집고 들어왔지."

"아무리 그래도 사다리 위에서 벌벌 떠는 것도 마다하고, 그까짓 PX를 비집고 들어오다니……."

"글쎄……."

그는 난처한 듯이 머리를 긁적인다.

"병역 기피?"

난 멸시하듯 쏘아주었다. PX 노무자에게 웬 병역 문제의 특전이 있을 까닭이 없었지만, 군복을 착용할 수 있고 통근할 때 군 버스를 이용할 수 있어서 병역 기피자들의 만만한 온상이란 걸 들어서 알고 있기 때문이다.

“천만에. 난 이래 봬도 명예 제대한 상이용사라나요.”

“거짓말. 사지가 멀쩡한데 무슨 명예 제대예요?”

“겉보기엔 멀쩡해도 넓적다리엔 형편없이 끔찍한 흉터가 있답니다. 지금도 가끔 쑤셔요.”

그는 눈썹을 잔뜩 모으고 정말로 아픈 듯이 한쪽 손으로 넓적다리를 꾹꾹 주무르기 시작했다.

“정말? 지금도 아파요?”

“아—니.”

씽긋하더니 금세 눈썹을 펴고 식은 엽차를 후룩후룩 요란하게 들이켜곤, 레지를 불러 성냥을 부탁하며 눈을 찡긋해 보이는 폼이 도무지 경박스러워만 보이고, 그의 말이 어디까지가 정말인지조차 종잡을 수 없어졌다.

그는 담뱃불을 붙여 몇 번 거푸 연기를 흠뻑 빨아 유연히 내뿜더니,

“자아, 그러니 국가를 위해서도 할 만큼은 했겠다. 이제 뭐 체면 볼 것 없이 돈벌이나 하자고 쏘다니다가 겨우 얻어걸린 게 PX 전공 자리지만 뭐 상관있어요. 큰돈이 활발하게 왔다 갔다 하더군요. 나도 그 축에 끼겠어요. 달리 큰 욕심은 없고, 삼팔선 넘어서 무진 고생만 하며 다니던 학교를 남과 같이 허리 쭉 펴고 다닐 수 있을 만큼만 벌어놓으면 되니까. 학교라야 기껏 대학 이 년이 남았으니까 전쟁 끝나면 졸업하고 의젓한 곳에 취직해서 신뢰받고 다시 몇 년 후면 존경받고, 어때요?”

“시시하군요.”

“내 그럴 줄 알았다니까. 여자에겐 허풍이나 흠뻑 떨어야 하는 건데, 그만 고지식한 소리를 하고 말았으니…….”

입맛을 쩝쩝 다시곤 기지개를 크게 펴더니 그대로 고개를 뒤로

젖혀 머리를 위자 뒤에 눕혔다.

완강한 턱과 그 밑의 푸른 면도 자국과 든든한 목이 또다시 내 눈에 들어오고 싱싱한 어떤 느낌으로 어쩔 수 없이 다시 나는 설렜다.

나는 수치감으로 얼굴을 붉히며 그런 충동을 재빨리 뭉갤 양으로 엽차를 단숨에 들이켜고 간지럽기 시작하는 이마를 세게 문질렀다.

그는 이내 평범한 얼굴을 바로 세우고,

"미스 린 어때요? 초상화부 일, 따분하지 않아요?"

"나도 취미로 하고 있진 않아요. 이래 봬도 진지하게 밥벌이를 하고 있는걸요."

"아마 아직 학생이죠? 고등학교 졸업반? 아니면 여대생?"

"글쎄요……."

실상 나는 대학 시험에 실패하고 약간 실의에 빠져 있다가 전쟁을 당했다는 이야기가 거추장스러워서 애매하게 얼버무렸다.

"전쟁으로 질서가 무너지는 통에, 사람들은 전연 낯선 경험들을 하게 마련이죠. 엉뚱한 곳에서 서로 만나고…… 그게 오히려 자연스럽잖아요? 이 북새통에도 여전히 자기 세계만을 집착하는 건 오히려 더 비극이더군요."

"무슨 뜻이죠?"

"옥희도 씨 같은 분 말예요. 거기서 그런 그림 그리고 있다는 것은 진작부터 알고 있었지만 막상 그 속에서 그 양반을 대하니까 마음이 좀 이상하더군요. 그 양반이야 원체 그림밖에 모르는 분이긴 하지만……."

"그럼 옥희도 씰 알고 계셨던가요?"

나는 소스라쳤다. 그리고 보니 오늘 아침 사다리를 접어가지고 그의 옆을 지나면서 인사말 같은 것이 오갔던 것도 같았다.

"아다뿐이에요. 같은 고향이구, 우리 맏형님하군 절친한 사이였죠. 지금도 가끔 만나시나 보던데……."

"그분 뭐 하던 분이죠?"

"시방 말하지 않았어요? 그림밖에 모르는 분이라구. 화가죠. 이번에 남하했으니까 이쪽에선 별로 알려지지 않았을는지 몰라두 아는 사람은 알 겁니다. 일제 때 몇 번 선전(鮮展)에도 입선하고, 뭐 특선까지 했었다니까."

"그럼 진짜 화가란 말이군요?"

최만길이 모아들인 '불우한 예술가' 속에 진짜 불우한 예술가가 있을 줄이야.

"그분을 보면 화가라기보다는 화가일 수밖에 없는 화가라는 생각이 들어요. 난 해방 후 곧 삼팔선을 넘었지만 그분은 원체 딸린 식구가 많아서 이번 난리 통까지 거기서 버티셨으니 그동안 무얼 했을까 문득 궁금해져요. 김일성의 초상화라도 그릴 수밖에 없지 않나 하고. 고지식하게 한 가지밖에 모른다는 게 이런 경우 비극이 아니고 뭡니까."

나는 처음 옥희도 씨에게 전직을 물었을 때 '그냥 환쟁이요.' 하던 구김살 없이 순박하던 모습을 상기했다.

"아마 아이들이 다섯이나 된다던데, 무슨 딴 도리를 생각하지 않고 기껏 그 짓을 하고 있으니……."

(그는 다른 사람과 다르니까. 너 따위하곤 더군다나 다르단 말야.)

"다행히 부인이 똑똑해서 살림을 야무지게 꾸린다더군요."

(그이는 딴 사람하곤 다르다. 아무도 그것을 아는 사람은 없을 게다. 야무진 부인은 바가지나 야물게 긁겠지.)

"우리 형님 말이 부인이 한땐 꽤 미인이었다더군요."

"고만 가요."

나는 먼저 일어나 밖으로 나왔다. 찬바람이 휙 머리카락을 날렸다. 나는 잠깐 멈춰 서서 머플러로 머리를 싸맸다.

"왜 성났어요?"

급히 따라 나온 태수가 내 표정을 살피듯이 얼굴을 가까이 들이대고는 친근한 동작으로 아무렇게나 쓴 머플러를 다시 잘 고쳐주고 앞머리를 살짝 내려주기까지 하며,

"머플러 하나 제대로 쓸 줄 몰라서야 쯧쯧……."

그가, 급속히 나와의 간격을 좁혀옴을 느꼈으나 나는 모르는 체하고,

"안녕, 내일 만나요."

"바래다주고 싶은데……."

"괜찮아요. 나 혼자 가고파요."

혼자가 된 후, 옥희도 씨에 대한, 그의 우직에 대한 연민이 어둠처럼 밀려옴을 나는 잠잠히 받아들였다.

집에는 큰아버지가 와 있었다.

"계집애가 이렇게 늦게까지 싸다니다니. 취직은 무슨 놈의 취직, 망측하게스리. 곱게 들어앉았다 시집이나 갈 것이지 쯧쯧."

큰아버지는 내가 미처 인사도 드리기 전에 꾸짖기부터 하였다.

그러나 나는 큰아버지가 별로 나를 염려하고 있지 않음을 잘 안다. 다만 그는 그렇게 해야 한다고 생각했을 뿐이다. 젊은 애는 일단 트집을 잡아 나무라놓고 보는 것이 어른 된 도리라고 여기고 있었고, 특히 남자 없는 이 집안의 가장 가까운 웃어른으로서, 좀 까다롭게 참견하는 것이 우애와 의리가 두터운 집안끼리 마땅히 할 일로 알고 있을 따름이었다.

"언제 올라오셨어요?"

"응 오늘 왔다. 좀 자주 와봐야 하는 건데, 그놈의 도강증(渡江

證)이니 뭐니 여간 까다로워야지."

나는 그냥 좀 웃었을 뿐 별로 송구스러워할 필요는 없었다. 큰아
버지는 아마 자기 집을 돌보러 온 길에 우리 집에 들렀을 뿐이라고
나는 짐작하고 있었으니까.

"지금 막 너의 어머니하고 의논하려던 참이다만 이런 흉가 같은
데서 여자 둘이서 살게 뭐니? 너희가 피란지에서 굳이 먼저 서울로
오겠다고 우길 때만 해도, 나도 자리도 안 잡혀 그만 얼떨결에 떠나
보냈다만, 원 이거야 어디 그냥 두고 볼 수 있냐 말이다. 이게 어디
온전한 정신 가진 사람이 살 집이냐? 다시 내려가든지…… 너만이
라도 말이다."

큰아버지는 잠깐 말을 멈추고 어머니 눈치를 살피는 듯했지만
어머니가 지극히 담담해하자,

"그게 싫으면 우리 집에라도 가 있으면 어떻겠니? 지금이야 이
집을 팔려 해도 작자가 없을 테니 잠가놓고. 우리 집이야 이집보다
우선 아담해서 좋고……."

지금 큰아버지 댁을 지키고 있는 사람이 마땅치 않은 모양이다.
주인집 세간을 마구 뒤지고, 꼭 싸놓은 이부자리를 제 것처럼 꺼내
덮고, 간장 고추장은 마구 퍼내 팔아먹고……. 뻔한 일이다.

"너도 너다만, 계수씬 어쩌면 끄떡 않고 이 흉가에서 견디십니
까? 그런 끔찍한 참척을 겪은 곳에서……."

"그럼 어딜 갑니까? 저도 이 집에서 죽어야죠."

"어느새 돌아가시긴…… 경아는 어쩌시고요. 오래 사셔서 경아
낙을 보셔야지요."

어머니는 대꾸 없이 웃었다. 아주 허탈하게……. 딸의 낙에 구차
스럽게 매달리지 않겠다는 어머니의 현명함이랄까. 그런 게 웃음
속에 있었다.

"에이 모르겠다. 남은 일껏 생각해서 하는 소린데."

"왜 큰아버지 댁 돌보는 사람이 마땅치 않으세요?"

나는 기어이 그 소리를 사고 말았다.

"글쎄 그것들이 알짜는 다 빼돌리고도 내가 올 적마다 큰 적선이나 베푸는 것처럼 공치사를 해쌓니…… 빌어먹을 것들."

"참으셔야죠. 살려고 피란들 간 뒤에 남아서 세간을 지킬 사람이 따로 있다는 것만 해도 뭐가 좀 잘못된 거 아니겠어요?"

"그야 어디 내가 봐달란 거냐? 저희가 봐준단 거고, 또 그것들이야 우리에게 그만한 의리쯤은 있는 것들인데, 그렇다고 말이다. 그래서 우리 집을 봐달라고 너희보고 오라는 건 아니고…… 이 흉가는……."

"오빠 언니들은 다 잘 있어요?"

"응 그럼, 진(眞)이는 이번에 훈장을 타고 중령으로 진급했지. 그리고 아주 좋은 자리로 가고, 민(旼)이도 저의 형 덕에 말이 군대 생활이지 누워서 떡 먹기로 편하지. 난(蘭)이, 말(末)이는 학교를 계속 다니고 있고 피아노가 집에 없는 게 짜증들이다만 피란 통에 그쯤 고생도 안 하겠니?"

그는 난리 통에 하나도 다치지 않은 그의 아들딸의 이름을 나열하며 완전히 주름을 폈다. 순간 그는 거침없이 행복해 보였다. 우리 집의 처지와 자기들과 비교함으로써 그의 행복은 완벽한 것 같았다.

남의 불행을 고명으로 해야 더욱더 고소하고, 맛난 자기의 행복…….

"네 소릴 많이들 하지. 함께 지내지 않고 어쩌자고 혼자 고생을 하는지 모르겠다고. 말이가 제일 너 보고 싶다고 보챈단다."

"저도요."

나는 인사성으로 그렇게 말했을 뿐이었다. 속에선 하나의 심술궂은 생각이 사납게 일었다.

전쟁은 아직 끝나지 않았다고, 전쟁이 몇 번이고 되풀이될 테고 그사이에 전쟁은 사람들에게 재난을 골고루 나누리라고. 나는 다만 재난의 분배를 일찍 받았을 뿐이라고.

"고단하실 텐데 일찍 주무세요."

나는 건넌방에 큰아버지의 자리를 봐드리고 오래간만에 어머니와 나란히 누웠다.

아주 오랜만이었으나 별로 할 말이 없었다. 어머니의 나직한 한숨이 들렸다.

"큰아버지가 돈 내놓으셨어요?"

"응 내놓으시더라. 생활비라고……."

"얼마나요?"

"글쎄 모르겠다. 저기 두었으니 네가 나중에 헤어보렴."

"저녁은 잡수셨어요?"

"응."

"반찬은 뭘로 해드렸어요?"

"별로…… 그저 우리 먹는 대로 드렸지."

손님 대접 솜씨가 유별나게 깔끔하던 어머니는 이제 아주 치매가 되어버린 것일까?

"나 취직한 거 뭐라고 하셔요?"

"시집도 못 보내려고 그런 곳에 취직시켰다고 한탄하시더라."

"엄마도 그렇게 생각해요?"

"아니."

"그럼 상관없다고 생각해요?"

"아아니."

난 돌아누웠다.

건넌방에서도 잠 못 이루는 듯 큰아버지의 기침 소리가 간간이 들려오고 옆에 누운 어머니는 잠이 들었는지 깨었는지 나에겐 숨소리조차 잡히지 않았다.

스산한 바람만이 차양을 덜컹이고, 미닫이를 가늘게 흔들고, 또 어디서 나는지 모를 흉흉한 소리를 내며 온 집 안을 횡행했다.

나는 이불을 푹 썼다.

그래도 들리는 흉가를 흔드는 바람 소리. 행랑채의 뚫어진 지붕으로 휘몰아쳐 들어와 부서진 기왓장을 짓밟고, 조각난 서까래를 뒤적이고, 보꾹의 진흙을 떨구고, 찢어져 늘어진 반자지와 거미줄을 흔들고, 쌓인 먼지를 날리느라 마구 음산한 휘파람 소리를 내며 돌아다니는 바람은 이불 속에서 귀를 막아도 사정없이 고막을 흔들어 댔다.

나는 할 수 없이 옥희도 씨를 생각했다. 그리고 주문처럼 '그는 딴 사람과 다르다. 그는 딴 사람과 다르다.'라고 되뇌었다.

나는 그런 되풀이를 통해 어쩌면 새로운 생활에의 노크를 시도하고 있는지도 모를 일이었다.

5

매장 한가운데 크리스마스트리가 세워지고 쇼윈도에 장식된 산타클로스와 썰매를 끄는 네 마리의 사슴에는 각종 장식 전구가 휘황하게 켜졌다. 매장은 요즈음 한결 붐비고, 특히 한국물산부는 대목을 만난 듯이 혼잡을 이루었다.

용이나 공작을 수놓은 하우스 코트나 파자마가 날개 돋친 듯이 팔리는가 하면, 조그만 꽃바구니가 품절이 되는 소동까지 빚어냈다.

이렇게 한국물산부에서는 업주들이 톡톡히 호경기를 누렸고, 미국 물품 매장의 아가씨들은 지 아이들과의 데이트 약속, 파티의 예약, 미국에 주문한 물건 자랑 등으로 분별없이 설레고들 있었다.

밖에 나가면 여전히 거리는 쓸쓸하고 언제 무슨 일이 날지 모르는 전방 도시 특유의 암담하고 불안한 기운이 무겁게 가라앉아 있어, 아무도 어설픈 외국 명절 따위에 주책없이 들뜨려 하지 않았다.

초상화부도 만만치 않게 대목을 보느라 온종일 바쁜 가운데서도 짬짬이 나는 엉뚱한 실수를 할 만큼 설레고 또 호젓이 집에 돌아가는 길목에서는 문득 불안에 떨었다. 그러나 이미 그런 설렘이 성탄을 앞둔 여러 사람들의 흥분과 비슷한 것일 순 없었고, 또 그런 불안이 전쟁이나 어둠에서 기인한 것만일 수는 없게 되었다.

나는 이제 옥희도 씨를 사랑한다고 생각하기 시작했고, 그런 생각은 때론 아프고, 때론 감미롭고 어쩌면 두렵고 하여 어떤 뚜렷한 감정을 추려낼 수는 없어도, 그 생각에서 조금도 헤어나지를 못했다.

태수는 분주히 싸진 뒤를 따라다니며, 크리스마스 데커레이션에 바쁜 중에도, 엉뚱한 곳에서——사다리 위라든가, 쇼윈도의 창틀 위 같은 데서 '하아이' 하고 나를 불러놓고 장난스레 윙크를 보낸다거나, 지나는 길에 작업복 엉덩이를 내 테이블 위에 거침없이 올려놓고 실없는 소리 하기를 좋아했다.

"어때요? 나 이제 전공 티가 꽉 박혔죠?"

"그게 그렇게 대견해요?"

"대견타마다요. 이젠 사다리 위에서 벌벌 떠는 대신 제법 유유히 경치를 즐길 만해졌으니……."

"경치요?"

"기막힌 경치죠."

그는 드라이버, 펜치 따위를 가지고 절거덕 쇳소리가 나게 손장난을 해가며 그 경치란 걸 풀이했다. 미스 아무개는 글쎄 쌍가마라든가, 미스 아무개의 허술한 네크라인을 통해 브래지어도 안 한 '뭐'가 모이더라든가. 내가 화를 내면,

"난 미스 리 좀 웃겨줄랴고 일껀 준비한 유머인데 그렇게 화내면 내가 무안하잖아요. 그러니 좀 웃어봐요. 웃는 건 미용에도 좋고 건강에도 좋다는데……."

나는 별수 없이 웃어주며,

"그만 가봐요, 싸진 발콤한테 들켜서 모가지 잘리지 말고……."

그는 모가지를 장난스레 움츠리며,

"그건 안 되지. 안 되고말고. 모가지 당하면 미스 리 보고 싶어 젊은 놈 하나 아주 버릴 테니."

하기가 일쑤였다.

"미스 리, 춤출 줄 알아요?"

오늘은 좀 색다른 말을 걸어왔다.

"못 춰요. 왜 그런 걸 묻죠?"

"며칠 있으면 지하실 스낵바에서 종업원들을 위한 파티가 있대요."

"파티?"

"응, 양키들의 선심이죠. 뭐 팝콘하구 콜라는 무진장 먹여준다나요."

"치사하게 겨우 팝콘과 콜라?"

"그럼 스테이크라도 바랐어요?"

"스테이크구 콜라구 아이 치사해."

별안간 화증이 주체할 수 없이 치솟아, 나는 손에 잡히는 대로 종이 같은 것을 함부로 짓구기며,

"난 도대체 그 콜라니 팝콘이니가 싫어서 미치겠단 말예요. 대갓

집의 허드레 음식 같은 거. 설마 미스터 황도 굶주린 거러지 모양 그런 걸 얻어먹으려고 파티에 가려는 건 아니겠죠?"

"웅, 뭐 얻어먹으려고가 아니라 그냥 파티라는 데 가보고 싶었어. 가서 미스 리를 안고 춤을 추었으면 했을 뿐이야."

"어머머…… 난 춤 못 춘댔잖아요."

"못 추긴 나도 마찬가지야. 그게 뭐 그리 큰 상관이라구…… 어떻든 난 그러고파요. 응? 그래주지 않겠어요, 미스 리?"

난 또 별수 없이 웃음을 터뜨렸다. 그의 앳된 나이 때문일까. 그런 소리를 거침없이 지껄여도 조금도 음흉스럽다든가 능글맞다고 그를 생각할 수 없었다.

아무런 저의도 감추지 않은 단순한 소망으로 그의 평범한 얼굴이 소년처럼 빛났다.

그것은 잠깐이나마 팝콘이나 콜라에 대한 혐오감을 뭉개고도 남을 만한 싱싱한 매력이었다. 나는 그것을 밀어내듯이 세차게 고개를 도리질했다.

"고집쟁이, 두고 봐요."

그는 별로 섭섭해하지도 않고 한 눈을 찡긋해 보이곤 가버렸다.

점심시간에 오래간만에 다이아나 김이 왔다. 그녀는 몹시 흥분하고 있었다.

"얘 무슨 일이 났는지 넌 아마 짐작도 못할 게다. 너 또 나 좀 도와줘야겠다. 같이 나가지 않겠지?"

"여기서 말하세요."

나는 딱 잘라 말했다.

"여기서 말할 수 없으니까 나가자는 거 아냐? 너 참 저번 일로 아직도 토라진 채로구나. 참 별꼴이야. 왜 남의 일을 네가 맡아가지고 악착같이 덤빌 게 뭐니? 보기보다는 너도 꽤 오지랖이 넓구나."

그녀는 잠시나마 나의 이용 가치를 잊은 듯, 하고 싶은 말을 막 해버리고 그녀 특유의, 사람을 불쌍히 여기는 눈초리로 나를 굽어 보았다. 나는 그녀에 대한 미움으로 치를 떨었다.

그녀는 옥희도 씨에게서 그녀의 초상화를 찾아갈 때도 옥희도 씨를 그런 눈으로 보며 빈정댔었다.

"어머머…… 이것도 그림이라고 그렸으니…… 설마 이걸 가지고 육 딸라를 벌어보려는 심보는 아니겠지? 이 서푼도 못 되는 그림 솜 씨로……."

"언니, 무슨 말을 그렇게 함부로…… 이분은, 이분은……."

나는 옥희도 씨가 어떤 사람이라는 걸 말하려다 말고 말끝을 흐 려버렸다. 그것은 말해 보았댔자 다이아나에게나 다른 환쟁이들에 게 웃음거리밖에 되지 못할 것이 뻔했기 때문이었다.

그가 딴 사람과 다르다는 것은 결국 나만의 일이었으니까.

나에게 남겨진, 그를 위해 할 수 있는 일이란 그림 값을 받아내는 데에 불과했다.

"언니, 어디가 어떤지 말해 줘요. 고쳐드리도록 부탁하겠어요. 뭣하면 아주 다시 그리든가."

애걸하다시피 하는 말을 옥희도 씨가 조용히 가로막으며,

"난 고만두겠어 미스 리. 딴 사람에게 부탁하도록 해요"

하더니 다이아나 김의 손에서 스카프를 잡아채 손아귀에 아무렇게 나 구겨 뭉갰다. 스카프를 움켜쥔 손등에 푸른 힘줄이 성난 듯이 솟 구쳤을 뿐 그의 얼굴은 담담한 채였다.

"어머머…… 어머머…… 너무해요. 어찌 남의 얼굴을…… 너무 해요. 이리 주지 못하겠어요. 어머머…… 남의 얼굴을 이렇게 구겨 놓고…… 다리면 쓸 수 있겠지. 버릴 거면 가져야지."

그녀는 어느 틈에 공짜로 스카프를 가지고 가버렸고, 그 후에 나

는 그림 값을 받으려고 그녀를 끈덕지게 졸랐다. 지금 그녀가 말한 대로 악착같이 안달을 떨었다.

그만하면 잘된 그림이라고, 실은 지 아이들도 그런 그림은 그냥 오락삼아 그려 보내는 거지, 진짜 초상화로 그리는 사람은 없으니 좀 맘에 안 들더라도 애교로 곁들이고 멋진 편지로 바브의 마음을 사로잡을 수도 있다고 그녀를 달래놓고, 나는 밤새 콘사이스를 찾아가며 농후한 애정 표현의 러브 레터를 썼다.

편지 사연은 그럭저럭 그녀를 만족시켰으나 결과를 두고 봐서 그림 값을 주마는 것이었다.

"나는 말이다. 밑천을 먼저 들인 적은 한 번도 없었다. 하다못해 양놈들한테 ×구멍을 팔 때도 딸라를 먼저 받아서 깊숙이 찔러 넣은 후였으니까. 그러니까 바브 녀석한테서 육 딸라 이상 가는 선물이라도 오면 빼줄 테니 그 전엔 작작 졸라라."

나는 그녀에게서 그림 값을 받는 것을 단념했다. 그리고 오늘에 이르기까지 그녀에 대한 미움을 애써 감추려 들지 않았다.

종종 마주치는 그녀를 모르는 척할 수 있다는 것과, 그녀의 필요성에서 내가 완전히 벗어났다는 것은 마치 남루를 벗어던진 것처럼 홀가분했다.

이렇게 지낸 그녀가 오늘 갑자기 다시 나를 그녀의 필요성으로 끌어들이려는 눈치였다.

나는 그녀의 야유를 묵살하고 재빨리 주판알을 튕겼다.

오늘이 토요일이라 지난주의 총수입의 내역과 다섯 명의 환쟁이들의 개인별 일주일의 작업량과 그에 따라 지불될 금액을 한눈에 알 수 있게 장부에 기입했다.

크리스마스 대목으로 초상화부 수입은 상승일로였으나 옥희도 씨 몫이 제일 적었다.

나는 나직이 한숨을 쉬고 장부를 덮었다.

그녀는 가지 않고 내 앞에서 커다란 붉은 가죽 백을 뜻 없이 몇 번 여닫았다. 금속 장식이 요란한 소리를 내며 백 속의 두툼한 천원 다발이 내 눈을 끌었다. 내 눈이 지폐를 스친 것을 알자 그녀는 입가에 야릇한 웃음을 흘리며,

"그러지 마, 네가 그렇게 안달을 안 해도 나도 다 생각이 있단 말야. 오늘은 너와 얘기도 좀 하고 저번 그림 값도 주려고 하는데……."

그녀는 다시 한번 뜻 없이 백을 여닫았다.

"빨리 가자 얘, 나 오늘 기분 좋아 막 미칠 것 같다 얘."

그녀는 내 태도가 누그러진 눈치를 채자 갑자기 큰 소리로 서둘러댔다. 나는 맥없이 그녀 뒤를 따랐다. 이번만은 그림 값을 받을 수 있을 것 같았다. 다섯 명의 아이들, 바가지 긁는 아내. 옥희도 씨를 위해 무언가 할 수 있다는 생각만이 나를 이끌었다.

다방에서 그녀와 마주 앉자 나는 좀 놀랐다. 그녀의 눈이 기쁨으로 충만해 아름답게 빛나고 환성인지 한숨인지를 휘몰아 쉬느라 숨가빠하고 있었다.

"요 깍쟁이, 어쩜 무슨 일이냐고 묻지도 않니?"

"알 만해요. 바브가 결혼 수속이라도 하겠나 보군요."

"훗후후, 내가 아무럼 그까짓 결혼 수속쯤으로 이렇게 흥분할까."

"그럼 뭐예요?"

"이거야 바로."

그녀는 반지르르한 까만 장갑을 조심스럽게 벗겼다. 무명지에서 녹두알만 한 다이아가 찬란히 빛났다.

그녀의 잘 가꾼 매끈한 손이 그 다이아로 해서 한층 요염하게 아름다웠다.

"글쎄 그 바브 녀석이 이걸 보내왔단다. 어떻게 보내왔느냐고?

글쎄 난 그 녀석의 편지 봉투를 아무렇게나 쭉 찢는데 뭐가 툭 떨어지지 않겠니? 화장지에 꼬깃꼬깃 싼 게. 무심히 화장지를 비집고 보니까 이거잖아. 글쎄 적어도 이건 다이안데, 진짜배기 다이안데, 어쩌면 그렇게 허술하게 보낸 게 도중에서 어떻게 되지도 않고 내 손까지 무사히 들어왔으니. 참 양놈들이란 좋긴 좋아. 엽전들 같아 봐라. 어림도 없다. 어림도 없구말구. 난 오죽해야 시골 어머니한테도 못 미더워 돈 한 푼 송금 못하지 않니? 뭐가 못 미더우냐구? 이 엽전들 우체국을 어떻게 믿고 돈을 부치니? 엽전들 같아봐라. 어떤 부처님이 종이 한 꺼풀 사이에 있는 다이아를, 진짜 다이아를 그냥 두었겠나. 안 그래?"

"……."

"어머머…… 내 정신 좀 봐. 이것 좀 읽어줘야지. 그리고 답장도……. 저번 편지가 보통이 아니더라니 이런 게 굴러들어왔지, 어서 읽어보라니까."

"그럼 값 먼저 주었으면 좋겠어요."

"어머머…… 정말 너 그동안에 닳고 달았구나. 좋아, 얼마였더라."

"육 딸라."

"그랬던가. 어차피 바꿔서 쓸 테니까 원으로 줄게. 육 딸라만큼 쳐주면 되겠지? 그러니까 공정 환율로 따지자면 얼마나 되나?"

"원으로 줄려면 야미 시세로 줘야 옳잖아요? 액수의 차가 굉장히 질 텐데요."

"너 정말 앙큼해졌구나. 난 이 편지 안 읽어도 고만이야. 또 너 말고는 읽어줄 사람이 없는 것도 아니고. 그러니 생각해서 해."

그녀는 좀 전의 흥분을 완전히 식히고 눈은 다시 금속성으로 차게 가라앉았다.

옥희도 씨를 기쁘게 해줄 수 있을지도 모를 가능성이 또 한 번 허탕을 칠 것 같아 나는 주춤했다.

내가 그를 돕고 있다는 것을 그가 앎으로써 나도 그와 대등하게 어른스럽게 그에게 비치고 싶었다. 나의 성숙한 감정을 그에게 알리고 싶었다.

"그럼 그대로라도 계산해 주세요."

그녀는 그 독특한, 남을 불쌍해하는 웃음으로 입가를 삐뚤어뜨리면서 아까부터 넌지시 엿뵈던 푸른 지폐 뭉치를 날렵한 솜씨로 세었다.

나는 그동안 그녀의 무명지의 다이아를 물끄러미 바라보고 있다가 그녀가 건네주는 돈뭉치를 받아 세지 않고 안주머니에 깊숙이 간직하고 나서야 '바브'의 편지를 읽기 시작했다.

여전히 과장된 사랑 표현의 나열이 있을 뿐 구체적인 이야기는 없었다. 다이아에 대해서도 변치 않는 사랑의 표시라고밖에 별 딴 말이 없었다.

내가 그런 사연을 읽는 동안 그녀는 줄창 다이아에 입김을 쐬어 가지고 손수건으로 닦는 일을 열심히 되풀이할 뿐 내가 편지를 다 읽고 난 후에도 별 반응이 없었다.

"별것도 아니군요. 결혼이나 약혼에 대한 구체적인 이야기도 없구⋯⋯."

나는 돈을 받아 넣은 후라 마음 놓고 빈정댔다.

"흥, 결혼? 난 국제결혼에 허겁지겁할 풋내기 갈보 시절은 벌써 지난 지 오래야. 미국 가서 업신 받고 살 바본 줄 알아? 어림도 없지. 난 여기서 돈 벌어서 남을 실컷 업신여기며 살고 싶단 말야. 난 돈이면 다야."

"그건 그렇고 다이아는 진짜로 진짠가요?"

"벌써 금방에서 감정시켰어. 그리고 너한테로 간 거야."

"그럼 언니하고 바브하곤 어떻게 되는 거죠?"

"뭣이 어떻게 돼? 다이아가 진짜라고 아이 러브 유까지 진짠 줄 알아?"

"아무렴 장난삼아 진짜 다이아를 보낼라구요."

"부자 나라 놈들이니까 한번 그렇게 거드럭거려 보는 거겠지. 원체 기분파들이니까. 우리 PX에서도 내일모레쯤 엽전들에게 팝콘이니 콜라니 실컷 먹여준다면서? 명색이 파티라나, 그 인색한 것들이. 바브 녀석도 아마 그런 거겠지."

나는 얼떨떨했다. 미국의 부가 팝콘이나 콜라의 홍수쯤으로 대변된다면야 그 속됨과 그 부박함에 모멸을 던질 수도 있으련만 다이아가 콜라처럼 예사로운 부란 내 상상력으론 좀 벅찬 것이었다.

설사 그들의 부가 전통이나 정신의 빈곤이란 약점을 짊어졌다손 치더라도 부 그 자체만으로도 얼마나 두려운 것일까?

나는 그림 값으로 받은 돈을 폐점 후 제일 늦게까지 남아서 꼼꼼히 뒷정리를 하는 옥희도 씨에게 내밀었다.

"웬 돈이야?"

"다이아나한테 받았지요, 오늘."

"그건 그냥 준 건데."

"그냥 주다니요? 그 여잔 그 그림 덕을 얼마나 톡톡히 본 줄 아세요? 선생님만 어수룩하게 헛수고하실 필요가 어디 있어요. 그래서 제가……."

"알았어. 이제 와서 새삼 그 끔찍한 여자가 그 돈을 제풀에 내놨을 턱은 없고…… 미스 리, 왜 그런 수고를 했어?"

그의 어진 눈동자가 슬픈 듯한, 낭패한 듯한 빛을 띤 채 나를 나무라고 있었다.

그것은 분노보다도 더욱 나를 곤혹감에 빠뜨렸다.

"왜 잘못했어요? 저는 그저 선생님을 도와드리고 싶을 뿐인데……."

"경아, 경아 같은 어린 사람이 다 날 도와주어야겠다 싶으리만큼 그렇게 내가 무능해 보이던가?"

나는 울고 싶었다. 모두가 엉망진창이 돼버린 것이다.

그는 다이아나의 모멸을 받았을 때보다도 한층 깊이 상심하고 나는 그냥 그런 상심의 둘레를 맴도는 어린 사람일 따름이니 말이다.

그는 한참 무엇을 억누르듯 고개를 떨구고 있다가 다시 나를 보았을 때는 완전히 평정을 회복하고,

"미안해. 나를 위해 애썼는데……."

그의 시선은 어루만지듯이 부드러웠다. 우리는 같이 거리로 나왔다.

"공돈이 생겼으니 쓰고 싶군."

그는 양품점 쇼윈도를 기웃대다가 다시 성큼성큼 걸으며,

"어쩌지? 미스 리를 위해 무얼 사자니 그 돈으론 좀 꺼림칙하고, 저녁이나 같이 할까?"

"괜찮아요. 그냥 댁으로 들어가세요."

"술이 먹고 싶은데 어쩌지?"

그는 혼잣말처럼 중얼거리며, 그렇다고 술집을 찾는 눈치도 아닌 채로 사람에 떠밀리듯이 그냥 걷고 있었다.

명동은 여전히 전시답지 않게 흥겨움과 사람이 출렁이고 있었다.

나는 옥희도 씨와 헤어져야겠다고 생각하면서도 맞춤한 기회를 못 잡은 채 그의 옆을 같이 걸었다.

"술이 먹고 싶은데 어쩌지?"

한참 만에 그가 같은 소리를 또 한 번 되풀이하자 나는,

"그럼 한잔 하세요. 전 여기서 고만……."

"가지 마. 같이 있어줘."

그는 재빨리 달아나려는 내 어깨를 한 손으로 잡으며 어두운 시선으로 무겁게 나를 짓눌렀다.

"가지 마. 대폿집 같은 데로 가자진 않을게. 어디 조촐한 곳에서 경아는 식사하구 나는 술을 조금만 마시구 그럴 수 있는 곳으로 가자구. 참 돈이 있지? 넉넉히 쓸 수 있는 공돈이란 즐겁군. 하하하……."

그는 좀 허풍스럽게 웃으며 명랑을 가장하려 했지만 나는 어쩔 수 없이 그가 깊이 숨긴 절망을 엿보고 있었다.

이윽고 우리는 어느 왜식집, 화로가 놓인 다다미방에 안내되었다. 현관이고 복도고 모퉁이마다 동백꽃이나 국화가 꽂꽂이된 정갈한 집이었다.

일본식 운두 높은 사기 화로 속에서는 네댓 토막의 참숯이 곱게 타고 화로 언저리는 알맞게 따끈했다.

풍로에 얹은 채 들여온 전골냄비에서 전골이 지글지글 소리를 내며 구수하게 고기 익는 냄새가 풍기기 시작했다.

나는 젓가락으로 전골을 뒤적여 알맞게 익은 부분을 공기에 덜어 옥희도 씨 앞에 놓았다.

그는 흰 사기잔에 노르께한 정종을 자작으로 따라 맛나게 들이마시고 나서 나를 보고 무슨 말을 할 듯하더니 빙긋 웃고 말았다. 눈이 따뜻하게 풀려 있었다.

나도 무슨 말을 하려다 말고 조심조심 전골만을 뒤적였다.

차분한 분위기에 쾌적한 온도와 맛난 냄새와 사랑하고픈 사람에게 시중드는 시간을 나는 마치 섬세한 유리그릇처럼 소중히 다루고 있었다.

어느 틈에 그는 네 번째의 잔을 들고 있었다.

"어쩜 그렇게 마구 마시세요. 마치 샘물이라도 마시듯이……."

"샘물? 그래 가끔 목마를 때, 샘물보다 술 생각이 간절하게, 그렇게 목이 마를 때가 어쩌다 있지."

"오늘 같은 날 말이군요. 죄송해요. 그 일로 그렇게 언짢아하실 줄은 저는 정말 몰랐어요."

"별소리 다 하는군. 언짢아하다니? 그 일로 이런 성찬을 갖는데."

그는 다음 잔을 단숨에 마셨다.

"술 너무 많이 드시는 것 같아요."

"괜찮아. 이 정도론 끄떡없을 테니. 술 마시는 사람을 두려워하는군 그래. 그런 얼굴로 나를 보니."

"두려운 게 아니라 근심이 돼요. 술이란 어떤 감정을 유별나게 돋우거든요."

"무슨 뜻이지?"

"좋을 때 마시면 흥을 돋우기도 하지만, 그렇지 않을 때는 화를 돋우기도 하니 말예요."

"술에 대해서 제법 알고 있네."

"아버지가 약주를 좋아하셨으니까요. 술 시중도 많이 들어봤어요."

"그럼 아버님께서 경아에게 주정으로 화풀이까지 하셨던가 보군."

"아아뇨. 별로 그런 일 없었어요. 늘 집에 들어오시면 기분이 좋으셨고, 제 시중을 받으시며 반주 드시기를 특히 즐기셨죠. 술이 거나하게 취하시면 저는 응석을 부리며 여러 가지 약속을 멋대로 시켰죠."

"약속을 시키다니?"

"아버지한테 말예요. 용돈을 올려준다는 약속이나, 근사한 데서 양식을 먹여준다거나 하는 약속을 시키는 거죠."

어떤 따습고 환한 회상으로 나는 차츰 상기했다.

"약속은 지켜졌나?"

"그럼요. 아버지는 반주 정도지 과음은 별로 안 하셨거든요. 그래도 아침엔 시침을 떼시고 잊으신 척하시려 드셨지만, 속으론 제가 그 약속을 일깨우기를 은근히 기다리는 눈치였죠."

그는 내 이야기가 정말로 재미있다는 듯이 거푸 들던 술잔을 아까부터 멈추고 빙그레 웃고 있었다.

"좋은 아버지시군."

나는 '네.' 하고 서슴지 않고 긍정하려다 말고 퍼뜩 회상에서 깨어났다.

그러자 내부에서 무엇인가 자꾸 균형을 잃으려 하고 있었다. 난 그것을 막으려고 안간힘을 쓰듯이 고개를 흔들고 아까부터 내 접시에서 식어가는 전골을 한 젓가락 집어 황급히 입에 쓸어 넣었다. 미끌미끌한 당면이 들척지근하고 느글느글했다.

그도 술잔을 잡으며 다시 한번,

"좋은 아버지시군."

하며 빙그레 웃었다.

"좋은 아버지라구요? 아버진 돌아가셨어요."

"그랬던가. 참 안됐군. 경안 무척 아버질 따랐던 것 같은데."

"따랐다구요? 천만에요. 전 아버질 미워해요."

나는 이제 완전히 균형을 잃고 말았다. 머릿속이 어수선하게 어지러워지며 아버지에 대한 깊은 애정과 야속함이 뒤죽박죽이 되고 말았다. 나는 울지 않으려고 사나워졌다.

"무슨 소리야, 별안간."

"아버지는 돌아가셨단 말예요. 육이오 바로 한 달 전쯤, 평화롭고 화창한 날, 아들딸들이 임종을 지켜보는 가운데 편히, 무책임하게시리 우리만 남겨놓고, 나만 남겨놓고……."

나는 악을 썼다.

그는 처음엔 놀란 듯하다가 차차 인자하고 측은해하는 빛이 역력해졌다.

나는 거기 힘입어 오열까지 섞어가며,

"그러곤 그만이에요. 어쩌면 그럴 수가…… 난 그 후 혼자서 많은 끔찍한 일을 겪었어요. 그때마다 그래도 열심히 아버지의 도움을 빌었어요. 악마도 감동할 만치 절실히 빌었단 말예요. 아버진 죽어서 신이…… 신까진 몰라도 아무튼 초인이 됐을 거라고 믿었으니까요. 그렇지만 아버진 모른 척하더군요. 우릴 위해 아무것도 안 해 줬어요. 어쩌면 그럴 수가…… 난 아버질 미워하다 지쳐서 전연 생각조차 안 하기로 했단 말예요."

난 어쩔 수 없이 흐느꼈다. 그가 더욱더욱 나를 측은해하길 원했다.

"자아 그만그만, 눈물 씻고, 응."

그의 두 팔이 내 양 어깨를 다정하게 감싸는 것을 느끼자 나는 더욱 세차게 흐느끼며, 오열하는 쾌감에 흠뻑 젖었다.

그가 내민 손수건에서 담배 냄새와 물감 냄새가 희미하게 풍겼다. 나는 그것을 더욱 탐하려는 듯이 그의 가슴에 온몸을 던졌다.

그곳은 널찍하고 요람처럼 편안했다. 더할 나위 없는 충족감이 왔다. 그 충족감을 놓칠 수는 없는 일이었다.

"선생님이 좋아요. 괜찮겠죠?"

난 가슴이 좀 두근댔을 뿐 아무런 수치감도 주저도 없이 그에게 물었다.

"괜찮고말고."

"정말이죠? 약속해요."

나는 너무 쉽사리 그의 승낙을 얻은 것이 믿기지 않아 그의 새끼

손가락에 내 새끼손가락을 감아 한 번 아프게 힘을 주어 흔들어주고 나서 풀어주었다.

그러고도 한동안을 나는 그의 품에서 안식과 충족감을 탐했다.

"그만 가보자구."

그가 먼저 나를 안은 채 일으켜 세웠다.

우리는 다시 거리로 나왔다.

"조금 걷다 가요. 괜찮죠?"

나는 내 행복을 좀 더 확인하고 서서히 즐기고 싶었다.

거리엔 사람이 뜸하고 빈지문을 닫기 시작하는 가게도 드문드문 있었다.

칸델라 불을 켜놓은, 바퀴 달린 자판에서 군밤을 구워 팔던 소년이 하품을 크게 하며 주섬주섬 그의 상품을 챙기고 있었다.

"돈 남았죠? 군밤 좀 사주세요."

나는 그의 팔에 의지한 채 그를 졸랐다. 우리가 그 앞에 멈추자 소년은 큰소리로,

"따끈따끈한 군밤이오. 말랑말랑한 군밤이오."

잠에서 덜 깬 듯이 외치다가 멋쩍게 웃었다.

군밤 무더기는 싸늘하게 식어 있었다.

"별로 따끈따끈하지도 않구먼."

옥희도 씨가 웃으며 돈을 내밀자,

"잠깐만 기다리세요. 곧 설설 끓여드리지요."

소년은 흰 이를 드러내고 쾌활하게 웃으며 철사로 엮은 군밤 굽는 통에 식은 군밤을 쏟아 넣고 풍로를 휘저었다. 하얀 재 속에서 불빛이 가냘프게 깜박댔다.

"그대로 주렴."

나는 받아 든 군밤을 옥희도 씨의 염색한 군복 잠바의 헐렁한 호

주머니에 넣고 까먹기 시작했다.

"재미난 데를 알고 있어요. 구경하고 가요."

"너무 늦었는걸. 집에서 기다리시잖아?"

"잠깐이면 돼요."

나는 언젠가 구경한 장난감 가게의 침팬지를 생각해 냈다.

나는 그때 그 앞에서 혼자 킬킬대며 재미나 했었는데 지금 생각하니 그때의 내가 눈물이 나도록 불쌍했다.

난 위스키를 따라 마시던 침팬지에게 내 행복을 뽐내고 싶었다.

남의 집 추녀 끝에 벌인 완구점 주인은 졸고 있었고, 침팬지는 한 손에 위스키 병을 든 채 그 만화적인 얼굴을 반듯이 쳐들고 무료하게 서 있었다.

"아저씨, 태엽 좀 틀어주세요."

내가 침팬지를 가리키며 붙임성 있게 말하자, 놀란 듯이 눈을 크게 뜬 주인이 별로 귀찮아하지도 않고 침팬지 궁둥이의 태엽을 틀자, 침팬지는 전신을 리드미컬하게 흔들며 거푸거푸 위스키 병에서 위스키를 따라 마셨다.

구경꾼이 조금씩 모여들었다. 나는 군밤을 질겅질겅 씹으며 마음껏 웃고 침팬지의 율동에 장단을 맞춰 어깨를 흔들었다.

드디어 태엽이 풀리면서 침팬지의 동작은 서서히 느려지고 유쾌한 애주가의 폭음(暴飮)은 부스스 멎었다.

구경꾼들은 하나 둘 비어갔다. 홍겨운 시간은 삽시간에 지난 것이다.

침팬지만이 사람들에게 아첨 떨기를 멈추고 한껏 외롭게 서 있었다. 그의 고독이 가슴에 뭉클 왔다. 사람과 동물로부터 함께 소외된 짙은 고독과 절망.

나는 옥희도 씨를 쳐다보았다. 그는 하염없이 화필을 놓고 잿빛 휘장을 바라볼 때처럼 그런 시선으로 침팬지를 보고 있었다.

문득 나는 그도 역시 침팬지의 고독을 앓고 있음을 짐작했다. 그리고 나도 그를 도울 수 없음을.

좀 전의 충족감이 포말처럼 꺼졌다. 나는 그에게서 소리 없이 밀려나 있었다. 침팬지와 옥희도와 나…… 각각 제 나름의 차원이 다른 고독을, 서로 나눌 수도 도울 수도 없는 자기만의 고독을 앓고 있음을 나는 뼈저리게 느꼈다.

우리는 계동 어귀까지 말없이 걸었다.

"이제 다 왔어요. 그만 돌아가세요."

"밤도 늦었는데 집 앞까지 바래다주지."

"혼자 갈 수 있어요."

나는 그때까지 찌르고 있던 그의 헐렁한 주머니에서 손을 빼고는 날쌔게 혼자 골목길을 들어서서 다시 한번 꼬부라졌다. 그리고 먼발치로 이지러진 내 집 지붕을 똑바로 바라보며 돌진하듯이 달렸다.

그가 자기만의 고독을 아무에게도 나누려 들지 않듯이 나도 아무에게도 도움을 받을 수 없는 나만의 일이 있는 것이다.

긴 골목길을 어제와 조금도 다름없는, 공포와 이제는 거의 육체적인 통증으로 변해 버린 아픔을 견디며 걸어야 하는 것은 누구에게도 나눌 수 없는 나만의 일인 것이다.

저녁을 먹고 왔다고 말하고 곧장 장방형의 내 방으로 들어온 나를 어머니는 따라 들어와서 한참 멍하니 앉아 있었다.

"가서 주무세요."

나는 참다 못해 짜증 섞인 목소리로 쏴주었다.

"큰아버지가 편지하셨더라."

"그래서요?"

"널 부산으로 내려오라구…… 너 하나 대학 공부는 마쳐줘야 큰 댁의 체면이 서겠다구……. 마치 내가 너를 이 집에 붙들어두고 놓지 않는 것처럼 나를 못마땅해하시는 투더라."

어머니는 참 오래간만에 꽤 긴 말을 떠듬거리지 않고 조리 있게 한 편이었다.

"어머니는 어떡허면 좋다고 생각하세요?"

"너 좋을 대로 하렴."

"그럼 엄마도 같이 가겠수?"

"갈 걸 왜 기를 쓰고 왔겠니?"

"그건 저도 마찬가지죠."

할 말은 다 한 셈이다. 그래도 어머니는 일어나지 않고 그대로 멍하니 앉아 있었다. 나는 잠옷으로 갈아입고 일부러 크게 하품을 했다.

"아이 졸려. 내일 일찍 깨워주세요."

"저…… 저…… 말이다. 이 에미 때문에 못 간다면 다시 한번 잘 생각해 봐라."

"그렇다면? 만일 그렇다면 같이 가주시겠수?"

나는 어머니를 싫어하면서도 어머니가 살아가는 데 내가 어느 만큼의 보람이나 힘이 되고 있나쯤은 문득문득 궁금해하는 터였으므로 짓궂게 어머니에게 따지고 들었다.

"아아니. 그래도 난 못 가. 난 여기가 편타."

그리고 내가 더 무엇을 물을까 봐 꺼리는 듯 일어나서 소리 없이 나갔다.

나도 물론 부산에 갈 생각은 추호도 없었고, 그것이 결코 어머니를 위해서는 아니었다.

이 드넓은 고가에 단둘만이 살면서 우리는 애정이라든가 의무로 묶여 있지는 않았다. 차라리 우리는 다 같이 고가의 망령에 들려 있음이 분명했다. 나도 결국 누구 때문도 아닌 채 이곳을 떠날 수는 없는 것이다.

6

다음 날 아침, 잠에서 깨어 눈도 뜨기 전에 떠오른 것은 그 요람같이 완전한 신뢰와 휴식을 나에게 준 옥희도 씨의 포옹이었다. 따뜻한 이불 속에서 그 훈훈한 가슴팍의 회상은 쾌적하고도 감미로웠다.

부엌 쪽에서 덜그럭대는 소리를 희미하게 들으며 탁상시계의 빨간 초침의 부산스러운 선회를 지켜보고 있자니 차차 어제의 회상에도 파문이 일고 나도 빨간 초침처럼 초조해졌다.

옥희도 씨와 나와의 사이가 어제의 일로 하여 달라졌다고 믿고 싶었으나, 한편 그 믿음엔 썩 자신이 없고 어찌어찌 생각하면 그에게서 밀려났던 것 같은 석연치 않은 기억조차 찌꺼기처럼 남아 있었다.

세수를 하고 주변을 챙기고 아침을 들고 하는 새 이런저런 생각들은 더욱 뒤숭숭하게 엉켜갔다.

다만 한 가지 또렷한 것은, 나는 그가 필요하다는 것뿐이었다.

(나는 그를 사랑한다. 나는 그가 필요해.)

이렇게 몇 번 속으로 다짐하는 새에 차차 마음이 가라앉으며 용기와 자신이 솟았다. 그를 만나면 뭔가 달라진 것이 있겠지. 설사 달라진 것이 없다손 치더라도 나는 영악스럽게 그와 나와의 사이를 달라지게 만들 수 있으리라.

그러나 다음 날 옥희도 씨는 결근이었다. 그리고 그 다음 날도.

나는 습관화된 여러 가지 일들을 하면서 가끔가끔 실수를 저지르고, 또 환쟁이들에게 짜증을 내고 하며 조바심을 주체 못하고 있었다.

바로 내 눈앞에 크리스마스트리가 또 하나 세워져서 오색 전구가 돌아가며 윙크하듯이 깜박거리는 것이 눈에 피곤하다 못해 골속이 지끈지끈 쑤셔왔다.

"굿모닝, 미스 리."

태수가 전깃줄 다발을 든 채 싱글대며 인사를 걸어왔다.

"지금이 몇 시라고 얼빠진 소릴 또 하는 거예요."

나는 매몰스럽게 쏴주었다. 그와 실없는 말을 주고받을 마음의 여유가 없었다.

"내 아침은 미스 리를 만나는 것으로 비롯되니까."

"그 돼먹지 않은 소리 좀 작작해요."

"왜 오늘 또 이렇게 저기압이에요? 찌푸리면 쉬 늙는대두."

"어머, 걱정도 팔자."

"나는 나보다 먼저 늙어버리는 여자를 아내로 갖고 싶진 않으니까."

"정말 나 미스터 황하고 장난할 기분이 아니란 말예요. 날 좀 내버려둬 줘요."

"그러고 보니 안색이 나쁘군. 어쩐 일이죠?"

그는 정색을 하고 정말 근심스러운 듯이 나를 살폈다.

"아마 저 나무 때문인가 봐요. 누더기같이 걸친 금종이랑 깜박거리는 전구랑 어지러워서 미치겠어요. 좀 멀리 치워줄 수 없어요?"

나는 생트집을 잡았다.

"글쎄, 싸진 자식이 여기가 좋대지 않아. 그 자식이 원체 까다로워서 글쎄 어쩐다."

그는 아주 난처한 듯이 머리를 긁적이고 코를 벌름거렸다. 소년 같아서 밉지 않았다.

"좋은 수가 있다."

그는 별안간 씽긋 웃더니 불끈 쥔 주먹으로 한쪽 손바닥을 탁 치며,

"됐어. 잠깐만 기다리세요."

"뭐가 돼요?"

"전기실에 가서 어디 한 군델 합선시키든지 아무튼 불을 몽땅 꺼 버리면 될 게 아네요?"

나는 어처구니없어 기어이 웃고 말았다.

"큰일 날 소리 작작해요. 전깃불이 나가면 제일 먼저 골탕 먹는 데가 어딘지나 똑똑히 알고 말해요."

얼굴을 잔뜩 구긴 채 그림을 그리고 있는 환쟁이들을 턱으로 가리켰다. 옥희도 씨의 빈자리가 가슴에 뭉클 왔다.

"참 어째 옥 선생님이 안 나오셨네요?"

무심히 태수가 한 말에 어떤 생각이 재빠르게 떠올랐다.

"혹시 옥 선생님 댁 알아요?"

"아아뇨, 전혀."

"혹시 미스터 황 형님께선 아실지도 모르잖아요?"

"아실걸요. 그런데 왜요?"

"나 좀 가봐야겠어요. 댁 좀 알아다 줘요. 부탁해요, 꼬옥."

"내일은 나오시겠죠."

"안 나오심 가봐야 돼요. 일거리가 밀려서 야단이거든요."

"쳇, 이 사업이 그렇게 수지맞나?"

"마침 대목이라 더해요. 꼬옥 알아오는 거죠?"

"그야 어렵지 않지만……."

"뭣하면 같이 가요. 실은 나 겁쟁이라 미스터 황이 동반해 준다면……."

"이거 영광인데. 밤길에 미스 리를 동반하게 됐으니……. 좋아요."

"꼬옥이에요."

"나도 부탁할 일이 있는데 꼬옥 들어줘야 돼요."

그는 내 흉내를 내서 '꼬옥'에 유난히 악센트를 주느라 입을 삐죽이 내밀었다.

"뭔데요?"

"오늘 저녁 파티 같이 가주는 거죠?"

"어머머. 또 그까짓 너절한 파티 소리. 누가 그런 데 갈까 봐."

"난 가고파요. 꼬옥 미스 리와 함께."

"난 안 간대두요."

"좋아요. 그럼 나도 옥 선생님 댁 안 알아올 테니까. 그래도 괜찮아요?"

"어쩜 비겁하게시리…… 좋아요. 같이 가주죠."

나는 좀 약이 올랐으나 그의 조르는 품엔 도시 미워할 수 없는 무엇이 있었고, 파티에 대한 호기심도 없지 않아 있었다.

그는 동그랗게 만 전선 다발을 빙빙 돌리며,

"결국 옥 선생님의 결근이 나를 도운 셈이군요?"

"옥 선생님은 웬일일까요. 혹시 여기 그만두시려는 거 아닐까요?"

"글쎄, 그 양반 주변으로 이만한 직장도 드물 텐데. 어디 좀 편찮은 정도겠죠. 그건 그렇고 미스 리 오늘 저녁 뭐 입을 거죠?"

그의 머리에는 파티 생각만이 꽉 들어차 있었다.

"왜 이대로면 미스터 황 체면 깎일까 봐?"

난 초라한 곤색 수트의 앞자락을 들추면서 좀 토라진 척했다.

"아아니, 난 그대로의 미스 리가 좋아."

그의 목소리가 쉰 듯이 가라앉으며 눈에 야릇한 광채가 담기니 갑자기 그가 어른스럽게 보였다.

'피이' 하고 나는 입을 삐죽대는 정도로 언제나와 마찬가지로 웃어넘길 셈이었으나 부자연스럽게 당황하여 그다음 말끝을 잇지 못하고 말았다.

폐점 시간이 다른 날보다 한 시간쯤 앞당겨지고 저녁 파티 이야기로 모두 킬킬대며 들떠 있었다.

이 층 휴게실에서는 청소부 아줌마들이 벌써부터 비로드 치마와 양단 저고리로 갈아입고 주르르 늘어앉아, 얼굴에 마지막 손질을 하며, 네 것은 '가네보오' 치 내 것은 '경도' 치니 하며 이 최고급 나들이옷의 우열을 대조하느라 눈에 쌍심지를 돋우고들 있었다.

난 한구석에서 머리를 좀 빗는 척하다 내려와서 우두커니 태수를 기다렸다.

지하실로 통하는 계단을 맨 먼저 비로드 치마들이 궁둥이를 흔들며 내려가고, 몰라보게 말쑥이 단장한 노무자 잡역부들, 그리고 세일즈 걸들의 현란한 옷차림들이 빽빽이 계단을 메웠다.

나는 점점 열없어지고 나중에는 도망쳐버리고 싶으리만큼 파티에 간다는 게 역겨워졌다.

"오래 기다렸죠?"

이윽고 나타난 태수가 붉은 타이를 맨 목둘레를 거북한 듯이 만지며 수줍어했다. 그의 수줍음은 마치 새싹처럼 싱싱하여 섣불리 뭉개버릴 용기가 나지 않았다.

"정말 가야 돼요?"

앙탈 비슷하게 한마디 하고 그가 내민 손을 순순히 잡고 아래층 '스낵바'에 들어섰을 때는 벌써 넓지 않은 홀이 발 들여놓을 틈도 없는 혼잡을 이루고 있었다.

음악과 뒤범벅이 된 아귀다툼 같은 소음으로 귀가 멍멍할 뿐 사람들에 가려 아무것도 보이지 않았다.

우리는 서로 손을 잡은 채 한동안 밀치는 대로 밀리자니 자연히 그 아귀다툼 둘레까지 밀리고 있었다.

음악은 조그만 포터블 전축에서 흘러나오는 중이었고, 음악을 뭉개는 아귀다툼은 먹을 것이 있는 근처, 콜라 박스, 팝콘 봉지 등을 에워싼 둘레에서 기승스럽게 일고 있었다.

"좀 점잖게 굽시다. 한국사람 체면을 생각해서라도……."

이런 투의 애국자는 어디에나 반드시 한두 명은 있다.

"쳇, 체면이 뭐 말라비틀어진 체면, 체면이 배불려 주나."

"거 차례로 타 먹읍시다레……."

"그렇구만, 나라비를 쓰면 어터카소?"

"그 기통 터지는 소리 좀 작작 하라우. 요꼬도리한테 다 빼앗기고 우리 입엔 헛김이나 들어오라구……."

"개애새끼들 겨우 이게 파티야? 쌍, 실컷 먹여준다더니."

"서두르지 말라구. 기계가 돌아가야 강냉이도 튀겨내지."

실상 팝콘 튀기는 기계가 제아무리 부지런히 팝콘을 토해 내도 미처 수요를 못 따르고 있었다. 태수와 나는 그냥 그렇게 밀리고만 있었다. 먹을 것과 좀 먼 곳에서 그닥 먹을 것에 주리지 않은 패들이 서로 비비적대며 춤이라고 추고 있는 모양이고, 아줌마들은 비로드 치마를 허리까지 걷어 올리고 구지지한 인조 속치마에 싸인 넓적한 궁둥이를 타일 바닥에 털썩 앉히고 버석버석 씹고 마시기가 한창이었다.

"쌍, 그저 엽전들이란 이렇다니까 이래, 쌍."

먹는 싸움에서 비실비실 밀려나고 만, 키 큰 사내가 가래침을 탁

뱉으며 증오에 찬 눈으로 사람들을 노려보다가 다시 결심한 듯 그 거센 소용돌이의 중심을 향해 돌진을 시도하고 있었다.

태수는 내 손을 자기 손 안에서 만지작거릴 뿐 완연히 풀이 죽어 있었다.

"춤추자더니 어쩔 셈이에요?"

나는 그의 기를 돋워줄 양으로 상냥스럽게 말했으나 그는 손을 쥔 채 비실비실 한구석으로 밀리면서,

"홀의 수용 능력도 생각 않고 사람들을 원체 많이 초대해 놔서…… 실상 정식 초대랄 것도 없지만…… 이렇게 많이 모일 수가…….."

그는 이 난장판에다 지극히 논리적인 해설을 붙이느라 떠듬대다가 쑥스러운 듯이 말끝을 얼버무렸다.

실상 이런 곳에선 점잖고 타당성 있는 것처럼 촌스럽게 보이는 것도 없었다. 나도 남들처럼 평소 감추고 있던 치부를 거침없이 드러내고 한바탕 놀아보고 싶었다.

나는 태수를 춤추는 무리 속으로 이끌었다. 그 속에는 흑인의 어깨에 턱을 올려놓은, 다이아나 김의 흰 얼굴이 거칠고 거무튀튀한 흑인의 뒤통수와 나란히 있음으로 해서 백합처럼 가련하게 부침하고 있었다.

"우리도 춤을 추든지 하다못해 콜라라도 한 병 얻어오든지…… 어서요."

나는 그의 한 손을 잡고 다른 한 손을 친절하게 내 허리에 감아주었으나 그는 힘없이 손을 떨구며,

"가만히 있어 봐요. 저기 저 새끼들을 그저…….."

그가 자못 험악하게 노리고 있는 쪽을 보니, 바의 주방에서 홀을 향해 뚫린 창구로 대여섯 명의 지 아이들이 머리가 비좁게 끼여서 홀 내의 아귀다툼, 문자 그대로의 아귀다툼을 흥미진진하게 관람하

고 있었다. 그중에는 아래층 담당의 마스터 싸진도 끼여 있고, 그들은 자기들이 연출한 연극의 기대 이상의 성과에 만족한 듯이 득의의 미소들을 짓고 있었다.

태수의 목덜미가 붉어지며 치욕을 참지 못하는 눈치였다.

"자아, 춤을 추든지 하다못해 팝콘이라도……."

"싫어. 미스 린 창피하지도 않아?"

"창피하긴요? 딴 사람들 다 그렇게 하는데. 우리도 순순히 딴 사람들과 같이 되는 거예요. 이 사람들과 다른 척하기란 피곤하고 무의미해요."

"그렇지만 양키들이 보고 있잖아? 저렇게 재미나 하면서."

"난 흠뻑 재미나 하고픈데 왜 미스터 황은 멋없이 비분강개만 해요? 저들은 저들대로 좋아하게 내버려두면 되잖아요. 특별히 그들이나 우리의 국적 같은 걸 들추니까 속상한 거예요. 실상은 굶주린 자와 포만한 자의 차이뿐인데. 저들도 우리처럼 전쟁을 겪고 오락과 먹을 것에 오래 굶주리면 우리보다 몇 배 추태를 부릴걸요. 만일 우리도 남에게 베풀 수 있는 처지라면 저치들보다 몇십 배 거드름을 피웠을 테구……."

"그러니 어쩌라는 거야?"

그가 별안간 퉁명스럽게 굴었다. 나는 더욱 상냥스럽게 그의 귓전에 대고 꾀었다.

"어쩌기는요. 우리도 춤을 추고 실컷 추태를 부립시다. 딴 사람들과 다른 척하는 거 제발 고만둬요. 네?"

나는 멋대로 그를 리드해서 춤추는 소용돌이로 이끌었다.

다이아나의 백합 같은 얼굴이 내 주위를 맴돌다가 사라졌다.

나는 멋대로 흔들며 여러 사람들과 비비적대며 마치 진창에 몸을 뒹굴리는 듯한 야릇한 쾌감에 젖었다.

어느 틈엔가 나는 태수에게 리드를 당하고, 차츰차츰 소용돌이에서 밀려나고, 그의 억센 팔에 허리를 잡힌 채 밖으로 난 계단을 올라 아주 밖으로 밀려났다.

상기한 볼에 찬 밤공기가 상쾌하게 와 닿았다.

입구에 우뚝 선 순경과 엠피가 아래위를 눈으로만 훑고 몸은 만져보지도 않고 귀찮다는 듯이 통과시켜 주었다.

"오늘은 여기까지 프리 패스군. 콜라 병이라도 하나 차고 나올 걸."

그는 대꾸도 안 하고 시무룩이 내 허리를 감은 채 돌진하듯이 요란하게 걸었다. 나는 그에게 마음 쓸 것 없이 콧노래를 흥얼거렸다. 별안간 그가 우뚝 멈춰서더니 충동적으로 왈칵 나를 안았다.

그의 찬 입술이 아직도 상기한 채인 볼을 몇 군데 급히 스쳐 드디어 내 입술을 헤치고 그 안으로 안타까이 파고들었다. 마치 그의 언 입술을 녹일 더운 곳을 찾듯이.

나는 고개를 흔들어 그의 입술을 피했다. 내가 경험한 최초의 입맞춤은 차다는 느낌뿐이었다.

"미안해."

그는 나직하게 사과를 하고도 나를 꼬옥 붙안은 채 놓아주려들지 않았다. 나는 아주 세찬 그의 가슴의 고동을 역력히 들었다. 그것은 과히 싫지 않은 기분이면서도 가슴이 답답해서 몸을 비틀어 그의 팔에서 빠져나왔다.

"왜 지금 그런 짓을 해요? 아까는 얼마든지 그럴 수 있었는데도 점잔을 잔뜩 부리더니."

"아까 얘기는 듣기도 싫어."

"모두들 터놓고 그렇게 하던데."

"왜 이렇게 시침을 떼는 거야? 그들이 그렇게 하는 것과 내가 그렇게 하는 것과 다르다는 것쯤을 설마 모르지 않을 텐데. 나는 사랑해요, 미스 리를."

"사랑하는 사람끼린 으슥한 곳이 좋다, 이 말인가요? 어젠 굳이 파티에 가자고 조르더니."

"그 시궁창 같은 파티 소리, 제발 고만 해요. 성인이 되어 신사복 차림으로 사랑하는 여자를 동반하고 파티에 가는 꿈쯤은 평범한 사내 녀석이라면 누구나 한 번쯤은 꾸는 꿈이죠. 그 꿈이 너무 쉽사리 왔다 싶어 서둘렀다가 공연히 치사한 구경만 하구…… 하여튼 미안해요."

"난 재미있었어요. 다들 재미있어 하던데요."

그는 별안간 내 팔을 아프게 비틀면서,

"왜 자꾸 약을 올리는 거야. 미스 리를 그런 갈보년들 틈에, 더구나 양키들의 모멸의 시선 속에 두고 보는 것을 내가 참을 수 있을 줄 알아? 너는 딴 여자들과는 좀 달라야 돼."

숫제 협박조였다. 그러면서도 그의 시선엔 어느 때보다도 강한 갈망이 이글댔다.

그러나 나는 그가 나에게서 무엇을 바라는지 분명히 알고 있지를 못했다. 그가 나와의 더 오랜 입맞춤이나, 더 오래 안아보기를 바란다면 그렇게 못 해줄 것도 없지만 내가 딴 여자들과 다르기를 그렇게도 소원한다면 난처한 노릇이었다.

사람들끼리 제각기 생김새나 성격이 조금씩 다른 것만큼 꼭 그만큼만 나는 딴 여자들과 다를 뿐인데, 태수가 나한테 바라는 것은 그만큼만은 아닌 모양이니 말이다. 그는 내가 마치 시궁창 속에서 피어난 장미꽃이라도 되는 것처럼 생각하고픈 눈치였고, 나는 그의 간절한 태도를 봐서라도 다소곳이 그런 척이라도 해줘야겠는데 그게 도무지 쑥스럽고 귀찮았다. 결국 나는 서툰 연기를 하면서까지 그의 마음에 들어야 할 까닭이 없는 거였다.

나는 그를 사랑하지 않았고 사랑하지 않는 사이의 홀가분함을 한 발도 양보하고 싶지 않았다.

그는 초조하게 담뱃불을 붙여 물더니 몇 모금도 안 빨고 발끝으로 비벼 끄는 게, 무슨 말을 더 하려고 벼르는 눈치가 분명했다. 나는 그의 쓸데없는 조바심을 눙쳐주고 싶어서 고작 한다는 소리가,

"하늘 좀 봐요. 별이 많죠?"

그러나 좀 서툰 수작이었나 보다. 그는 버럭 화를 냈다.

"놀리지 말아줘, 지금 한가하게 하늘 쳐다볼 심경이 아니잖아? 난 좀 더 진지하게 중대한 이야기를 나누고 싶어."

그와 더 긴 이야기를 나누다간 암만 해도 더 세게 팔을 비틀리는 일이 일어나고 말 것 같았다.

"안녕, 미안해요."

나는 날쌔게 어둠 속으로 몸을 날렸다.

7

다음 날도 또 다음 날도 옥희도 씨의 자리는 비어 있었다. 그가 없는 하루가 주체할 수 없이 길게 느껴지고, 그의 독특한 어리석지 않게 선량한 시선과 문득 마주치던 고통스러운 기쁨이 도저히 돌이킬 수 없이 먼 곳으로 사라져버렸다는 절망감에 시달리는 사이에 저녁나절이 되었다.

태수는 아침결에 잠깐 마주쳤을 뿐이었다.

"옥 선생님 댁 알아봤어요?"

내 물음에 모호하게 고개를 끄덕였을 뿐 딴 수다를 떨지를 않아서 다행이었다.

오늘따라 그림을 찾으러 오는 미군들마다 크고 작은 트집을 잡으려 들었다. 나는 약간의 교태로 그대로 떠맡길 수 있는 것까지 말대꾸가 귀찮아서 모조리 다시 그려주마고 사정없이 환쟁이들에게 돌려보냈다.

"아, 미스 리. 오늘 웬일이오? 섣달 대목에 떡국거리는 못 장만하고 그래 이 잡년들 쌍통이 그려진 인조 보자기로 우리 식구가 나란히 목매달아 늘어진 꼴을 봐야 시원하겠소?"

공교롭게도 퇴짜 맞은 것 중에는 돈씨 것이 제일 많아 입이 험한 그가 퇴짜 맞은 스카프를 자기 목에 걸고 칵 조르는 시늉까지 해가며 시비를 걸자, 다른 환쟁이들도 술렁이기 시작했다.

나는 그런 소리들을 귓전으로 흘리면서 쇼윈도에 친 잿빛 휘장의 한 귀퉁이를 들추었다.

밖에는 눈이 내리고 있었다. 분분히 내리는 눈은 어쩌다가 유리에 와 부딪히곤 했지만 유리에 댄 내 볼에는 와 닿지 않았다.

얇으나마 유리창이 사이에 있으니 그것은 당연한 일인데도 나는 한동안을 유리에 볼을 댄 채 눈송이가 볼에 와 닿기를, 그리고 눈이 올 때의 그 함박꽃 같은 기쁨이 내게 다시 오기를 초조하게 바랐다.

"미스 리, 손님 왔어요."

진씨가 나를 불렀다.

나는 다시 테이블로 가서 사진을 받고, 눈빛, 모발의 빛, 의상의 빛, 그런 것들을 묻고 찾으러 올 날짜를 기입하며, 이런 일이 재미없어 미치겠으니 날 좀 살려달라는 절규를 어금니 사이에서 가까스로 짓눌렀다.

환쟁이들이 나직하게 수군대고들 있었다.

"미스 리, 지금 휘장 뒤에서 울었잖아?"

"울 만도 하지. 아직 어린 사람을 그렇게 모질게 몰아붙였으니…… 쯧쯧."

"젠장, 자기는 안 그랬던 것처럼."

가끔가끔 그들은 어쩌자고 이토록 맥없이 착해지는지. 오늘은
통 못 견딜 것투성이였다.

탐스러운 눈발 속에 저만치 태수가 웅숭거리고 나를 기다리고
있었다. 나는 줄달음질치듯이 그에게로 뛰어갔다.

한쪽 어깨에 멘 우체부 가방처럼 멋없이 큰 백 속에서 빈 도시락
통이 요란하게 덜그렁댔다.

나는 줄달음 끝에 태수의 한쪽 팔에 확 매달렸다. 그는 약간 비
실대며 우울하게 웃었다. 나는 그의 팔에 매달린 채 가볍게 눈 위에
서 미끄럼을 타며 의미 없이 키득댔다.

나는 내가 온종일 우울에서 헤어날 수 없었던 것과 마찬가지로
이 전신을 간지럽히는 희열로부터도 도저히 놓여날 수 없음을 잘
알고 있었다.

"뭐 좋은 일이라도 있었어?"

그도 조금쯤은 밝아지면서 물었다. 나는 그냥 어깨만 움츠려 보
이며 고개를 젖히고 혀를 내밀어 떨어져오는 눈송이를 맛있게 핥
았다.

"온종일 찡그리고 있더니만……"

"후후후…… 그랬어요?"

"원, 변덕도."

나는 대답 대신 그에게 더욱 친근하게 매달렸다.

눈이 오는데 누가 우뚝 기다리고 섰다는 건 얼마나 기막힌 축복
일까?

이따금 지나는 육중한 군용 트럭이 비추는 두 줄기의 강력한 빛
속에서 눈의 난무가 한층 황홀하게 바라보였다.

그 속에 지난날의 순간들 중에서 간추려진 반짝이는 단편(斷片) 들이 훨훨 어지럽게 모여들기 시작했다. 그것들은 다만 단편일 뿐 서로 아무런 연관성도 없었고, 회상이라기에는 조금도 감상(感傷) 이 섞이지 않은 채여서 나는 그것들을 부담 없이 그냥 즐길 수가 있 었다.

등교길에 문득 고개를 젖히고 우러른 가로수의 눈부신 신록과 햇빛의 오묘한 조화. 동부인해서 나들이 가시는 검정 세루 두루마 기의 아버지와 늘 좀 떨어져 걷는 옥색 모본단 두루마기의 화사한 어머니. 섣달 그믐날 소반 위에 가지런히 늘어선 볼록한 만두의 행 렬. 처음 신사복을 맞춰 입던 날의 혁이 오빠와 욱이 오빠의 몰라보 게 준수하던 모습. 어머니와 내가 같이 사랑하던 어머니의 소지품 들. 뽀오얀 수달피 목도리와 늘 낀 채로 있던 굵은 금가락지. 화창 한 날 뚝뚝 떨어져오던 중정의 보랏빛 오동꽃.

난 내 속에 숨겨놓은 그림엽서의 부피가 너무 많은 것 같아 어리 둥절했지만 그런대로 즐거웠다. 동심이 그림을 보듯 그것들을 즐겼 을 뿐, 그것들을 모아 어떤 이야기를 꾸밀 만큼 나는 어리석지는 않 았으니까.

"문병인데 뭐라도 좀 사지 않겠어?"

문득 태수가 어떤 노점 앞에서 멈추는 바람에 나도 퍼뜩 정신이 들었다.

알이 잘지만 탄탄하고 검붉게 익은 홍옥을 노점 아주머니가 헝 겊으로 열심히 닦고 있었다. 나는 그중에서 예쁜 놈으로만 골라 양 회 봉지에 담기 시작했다. 예쁜 게 자꾸만 나와 꽤 묵직한 봉지가 되고 태수는 돈을 치렀다.

다시 걷기 시작한 나는 사과를, 그 붉고 단단한 살을 깨물고 싶은 욕망으로 이뿌리가 근질거리는 것을 참을 수 없어졌다.

나는 사과를 꺼내 태수에게 먼저 하나를 주고 나서 나도 한입 아 싹 베물고 사근사근 씹기 시작했다. 사근사근, 상쾌한 신맛과 사근사근 하는 쾌감. 사근사근, 난 연달아 몇 개의 사과를 먹었다. 사근사근.

"찬 것을 너무 먹는군."

태수가 사과 봉지를 빼앗아 저쪽 손에 쥐고 다른 한쪽 손으로 내 허리를 감으며 엉뚱한 소리를 꺼냈다.

"사과를 사근사근 먹는 볼이 붉은 사내애를 갖고 싶지 않아?"

"걔는 대관절 누굴 닮았을까?"

나도 한껏 엉뚱한 대답을 해줬다.

"그야 경아와 날 반반쯤 닮았겠지."

그의 얼굴이 숨결이 닿을 만큼 와락 나에게로 가까워졌다.

"어머나……."

나는 호들갑스럽게 놀라는 척하면서 속으로 태수가 좀 측은해졌다. 볼이 붉은 사내아이도 나쁠 것은 없지만 그런 것을 얻기엔 너무도 긴 세월이 걸린다. 너무도 아득한 시간, 오 년이나 십 년쯤. 바로 산 너머쯤에 전쟁이 있는 이 살벌한 거리에서 오 년이나 십 년 후쯤을 꿈꾸다니 얼마나 미련한가 말이다.

나는 그렇게 천천히 살 수는 없는 것이다. 아주 상식적이고도 완만한 궤도로부터 과감히 탈선해서 지름길로 삶의 재미난 것을 재빠르게 핥으며 가야 하는 것이다.

태수는 좀 멋쩍은 듯이 내 허리에서 팔을 풀고 입을 다물고 말았다.

"전차를 탈까? 이대로 걸을까?"

전차 정류장을 두어 군데나 지나놓고서야 태수가 싱겁게 물었다.

"옥 선생님 댁이 어디쯤인데요?"

"거기가 아마 연지동이라든가……."

"자신 있어요, 집 찾기?"

"알고 보니 전에도 몇 번 가본 적이 있는 곳이었어. 피란 간 형님 친구 집에 들어 있다더군."

마침 전차 정류장께까지 왔을 때 텅 빈 전차가 와서 우리는 올라탔다. 종로 4가에서 내리자 태수는 횡 하니 나보다 앞질러 걷더니 큰길에서 골목으로 접어들자 가끔가끔 멈칫거리기도 하고 두리번거리기도 하는 품이 거지반 옥 선생 댁에 가까이 온 눈치였다.

나는 점점 어떤 열기 같은 것에 휩싸여갔다. 오 년이나 십 년 후쯤의 볼이 붉은 소년을 꿈꾸기에는 너무도 다급한 갈망, 자포자기와도 통하는 갈망에 나는 쫓기고 있었다.

드디어 그는 어떤 나지막한 기와집 앞에서 멎더니 플래시를 꺼내어 문패를 비추었다. 옥희도란 문패는 아니었다.

"이 집이군. 몇 번 와봤어도 이런 밤길은 처음이라."

두어 번 문을 흔들자 빗장을 따고 내다본 것은 키가 거진 나만 한 여자애였고, 그 뒤에 올망졸망한 애들이 우르르 몰려나와 수선대는 꼴이 전에도 별로 손님이라곤 맞아보지 못했던 것이 완연했다.

안채는 대청에 분합문이 굳게 닫힌 채였고 사랑채에서만 밝지 않게 불이 비치고 있었다.

"태숩니다. 옥 선생님 계십니까?"

"뭐 태수? 자네 웬일인가?"

"네, 경아도 같이입니다. 어디 많이 편찮으십니까?"

"응 좀. 추운데 어서 좀 들어오게."

불빛이 비치는 미닫이를 사이에 두고 이런 대화를 나누면서 우리는 외투를 벗어서 눈을 털었다. 안에서는 급히 치우는 눈치더니, 조용히 미닫이가 열리고 부인인 듯싶은 여자가 내다보았다.

그 사이 애들은 우리들을 둘러싸고 호기심 가득한 눈으로 쳐다보고 저희들끼리 수군대며 킬킬대기도 했다.

"들어오시지요."

"들어오게나, 누추하지만."

옥 선생은 아랫목에 펴논 자리 위에 비스듬히 앉았고 부인이 우리들의 외투를 공손히 받아 걸었다.

"원 이거 대단치 않은 감긴데, 이렇게 눈까지 맞고…… 하여튼 고마우이."

옥희도 씨는 미처 말을 마치기도 전에 심한 기침의 발작을 일으켰다. 그동안 부인은 조용히 한 손을 남편 등에 대고 기침이 멎기를 기다렸다가 재빨리 사기 재떨이를 입에 갖다 대고 가래를 뱉게 하는 동작이 조용하면서도 지성스러웠다. 요새 유행하는 기침이 심한 악성 감기인 모양이다.

"형님은 요새 재미 좀 보시나?"

"글쎄요. 늘 분주하시게는 지냅니다만."

"피차 살기에만 골몰하다 보니 한가하게 대포 한잔 나눌 새가 없으니……."

"형님도 늘 비슷한 소리를 하시죠."

그들이 띄엄띄엄 재미없는 대화를 나누고 있는 동안 부인은 한켠에 몰려 선 아이들에게 우리가 사온 사과를 한 개씩 들려 윗방으로 쫓고 나서 접시에 사과를 깎아 담기 시작했다. 나는 그런 그녀를 날카롭게 관찰했다.

거무스름한 통치마에 윗도리는 국방색 남자용 방한 점퍼를 걸친 초라한 차림새가 그녀의 섬세한 목과 얼굴을 도리어 돋보이게 떠받치고 있었다.

점퍼의 목둘레가 헐렁한 때문일까, 목이 좀 길어 보이고 그 사이로 드러난 내복이 정결하게 흰 것에 호감이 갔다.

나는 그녀에게 호감을 느끼는 내가 너무 마음이 좋은 것 같아 좀 화가 났다.

그러나 그녀의 희고 긴 목은 남의 미움 같은 걸 도저히 감당할 것 같지가 않았다.

나는 그녀가 권하는 사과 한 쪽을 오래오래 씹었다. 그녀는 애들을 보내는 것도, 사과를 권하는 것도 말없이 그저 눈으로만 했다. 그녀의 눈짓과 동작에는 풍부한 느낌과 사연이 있었다. 나는 점점 더 화가 났다. 도무지 바가지를 긁을 것 같지도 않으니 말이다.

궁상맞고 헐렁한 방한 점퍼 속의 정결한 내의.

게다가 희고 긴 목과 섬세한 얼굴은 하필이면 내가 좋아하는 모딜리아니가 그린 여인들을 닮았을 게 뭐람.

나는 좌절감과 초조로 아랫입술을 지근대며 앉음새를 이리저리 고쳤다. 그녀를 내 감정상으로 도저히 선명하게 처리할 수 없어서였다.

"방바닥이 좀 찬가 보죠. 어쩌나."

부인이 내 무릎 밑에 손바닥을 넣어보며 자못 민망해하자,

"저런, 이리, 이리로 내려와요."

옥희도 씨는 깔고 있는 요의 한켠을 들면서 서둘렀다.

나는 그의 옆으로 다가가 요 밑에 손을 넣고 그의 소박하고 따뜻한 시선을 더듬었다.

그는 눈이 마주치자 조금 웃었다. 나도 그를 닮아 아주 착한 웃음을 웃었다.

"미스 린 선생님 출근 안 하셔서 얼마나 걱정을 했다고요. 오늘도 실은 미스 리가 자꾸 문병 가자고 졸라서 전 안내만 한 셈입니다."

"하여튼 고마워."

"요새 대목 아닙니까. 그 장사가 그렇게 수지맞는 장산 줄은 저도 정말 몰랐습니다. 미스 리가 혼자 달달 볶이는 모양입니다. 요새 신경질이 부쩍 늘었습니다. 선생님이 어서 나으셔야 텐데……."

"거진 다 나은걸. 넉넉잡고 삼사 일만 더 조리하면 되겠는데……."

"많이 편찮으셨어요?"

난 처음 그에게 말을 걸었다.

"감기에 몸살이 겹쳤던가 봐. 그동안 워낙 무병했으니까. 인제 다 나은 셈이야. 이제 이놈의 기침만 좀 멎었으면, 쿨…… 쿨……."

그의 말끝을 다시 기침이 가로막았다. 나는 나도 모르게 사기 재떨이를 그의 입에 대주고 등을 어루만지는 동작을 할 뻔했으나 그런 일은 벌써 부인이 당연히 하고 있었다.

내가 그렇게 하고 싶다는 욕망으로 가슴이 타는 듯했다.

기침이 멎은 그는 벽에 피곤한 듯 등을 기대고, 윗방에 갇혀 있던 아이들이 장지문을 빠끔히 열고 번갈아가며 기웃대기 시작했다. 가야 할 시간이 된 것 같았다.

제일 어린 아이가 드디어 장지문을 활짝 열고 아랫방으로 내려와 사과 봉지를 만지작거렸다. 비위 좋게 생긴 건강한 사내아이였다.

나는 그를 사뿐히 끌어다 무릎 위에 앉히고 사과를 하나 들려줬다. 그리고 아이의 정결하고 보드라운 머리털에 코를 살며시 묻었다. 희미하게 고소한 냄새가 나고 아이는 열심히 사과를 사근댔다. 나는 점점 우울해졌다.

고소한 냄새와 사과 씹는 소리는 쾌적하면서도 슬펐다. 나는 울먹이지 않으려고 자꾸자꾸 세게 안았다.

건강하고 둔한 사내아이는 윤기가 나는 사과의 표피를 아낌없이 침식하고 노르께한 과육을 탐욕스럽게 먹어 들어갔다.

드디어 씨가 보이자 나는 거의 오열이 터질 것 같았다.

86

"가봐야겠어요."

나는 아이를 거칠게 내려놓고 발딱 일어났다.

"왜 좀 더 놀다 가지."

"엄마가 기다리실 거예요."

난 불쑥 생각지도 않던 소리를 했다.

"저런 애기 같으니, 그새 엄마 생각이 나나 보지."

태수가 이죽대며 따라 일어서더니 눈을 찡긋하며 내 볼을 꼭 지르고 나서 못에 걸린 내 오버를 꺼내 입혀주고 머플러로 머리를 매주었다. 그리고 언젠가처럼 몇 가닥의 머리카락이 이마에 늘어지도록 손질하는 것까지 잊지 않았다.

그 한참 동안을 옥희도 씨와 그의 부인이 나를 아주 귀엽다는 듯이 너그러운 웃음으로 바라보는 것을 지그시 견디지 않으면 안 되었다.

어떤 심한 모욕도 이보다는 견디기 쉬웠으리라. 나는 댓돌에서 구두를 신으면서 때늦게 세차게 발을 굴러보았으나 분은 풀리지 않았다.

윗방에서 아이들이 우르르 쪽마루로 몰려나와 안녕히 가세요라든가 안녕 바이바이 식의 인사를 해와도 나는 무뚝뚝하게 입을 다문 채였다.

어둑한 중문간에서 부인의 까실하지만 따뜻한 손이 내 손을 꼬옥 쥐었다.

"고마워요, 이렇게 와줘서. 그리고 우리 애기아빠가 늘 신세만 져서……."

나는 그녀의 손을 거칠게 뿌리치고 깡충 문지방을 넘어 먼저 밖에 나간 태수에게 매달렸다.

그동안에 눈이 씻은 듯이 멎고 맑게 갠 하늘에 별이 차게 박혀 있었다. 그리고 심한 회오리바람이 땅에서부터 하늘로 눈을 퍼붓고 있었다.

소매 속으로 치맛자락 밑으로 눈가루가 사정없이 날아들어 왔다. 나는 추웠다. 걸을수록 점점 더 추워져서 이가 맞부딪힐 만큼 떨려왔다.

거대한 촉루(觸髏) 같이 늘어선 가로수들도 모진 바람 속에서 애처로운 소리를 내며 떨고 있었다. 바람은 점점 더 심해지며 짐승의 울부짖음 같은 사나운 소리를 냈다.

태수는 자기의 점퍼를 벗어 내 오버 위에 덧입혀줬다. 그래도 떨렸다. 나는 내가 눈가루처럼 어디론지 날아가 버릴 것 같아 한 팔로 태수의 허리를 꽉 얼싸안았다.

그래도 떨림은 좀처럼 가라앉지 않았다.

"점퍼를 같이 써요."

"난 괜찮아. 별로 안 추운데."

"같이 쓰자니까요. 체온이 필요해요."

"웬일이야? 병이라도 나려는 거 아냐?"

우리는 둘이서 점퍼를 같이 들쓰고 서로를 힘껏 안은 채 눈보라 속을 걸었다. 지구의 종말에 둘이만 남겨진 듯 행인도 불빛도 없는 폐허의 거리를 눈은 자꾸만 땅에서 하늘로 향해 치솟고 있었다.

태수는 계속 떨고만 있는 나를 정말 자기의 체온으로라도 녹이려는 듯이 열심히 어루만졌다.

저만치 파출소의 불빛이 보였다. 우리는 그 앞에서 잠시 떨어졌다가 다시 한 몸이 되어서 걷기 시작했다.

"집까지 데려다 줘요. 혼자선 못 가겠어요."

"염려 말고 어서 기운이나 좀 차려."

그는 내가 마치 동사(凍死) 직전에 있는 것처럼 열심히 내 온몸을

아프게 주무르면서,

"가만히 있지 말고 뭐라고 좀 그래."

"왜 의식이라도 잃을까 봐 겁나요?"

"아냐. 설마 그렇진 않겠지만 춥다는 생각을 좀 잊을 수 있으리라고……."

"옥 선생님 사모님 미인이더군요."

"뭘, 그저 그렇지."

그것으로 화제는 또 끊겼다. 한편에 낀 고궁의 담은 한없이 길고 그 속의 수목들이 주린 짐승같이 음산한 아우성을 치고 있었다. 한참 만에 태수가 또 다그쳤다.

"뭐라고 좀 그래."

그는 우습게도 또 불안한 모양이었다.

"노래라도 부를까요."

"아무케나……."

"날 저무는 하늘에 별이 삼형제……."

목이 쉬어서 노랫소리가 너무 슬프게 들려서 나는 노래를 끊고 말았다. 하늘에는 삼형제가 다 뭐야, 달도 없는 밤이라서 별이 총총히 박혀 있었다.

"미스터 황, 광년이란 말 알아요?"

"그럼 고것도 모를라구."

"어서 말해 줘요."

"에에 또, 광년이란 듣기에는 시간의 단위 같지만 실은 거리의 단위거든. 빛은 일초에 지구를 일곱 바퀴 반이나 도는데 그 빛이 하루 이틀도 아니고 자그만치 일 년이나 가는 엄청난 거리. 알겠어?"

"그것쯤은 나도 알고 있어요."

"그럼 왜 물었어?"

"그런 거리를 실감할 수 있느냐 말예요? 짐작이라도 할 수 있어요? 게다가 몇천 몇만, 심지어 몇억 광년 따위를 짐작이라도 할 수 있냐 말예요?"

"무슨 소리야?"

"뭐라고 지껄이라고 해놓구선…… 별 삼형제의 거리가 너무 멀어서 허망해져서 그래요."

"그런 게 아마 무한이라는 거겠지. 어때, 좀 덜 추워?"

"……"

나는 문득 한쪽이 일그러져나간 우리 집의 지붕을 보았다. 그새 우리 집 골목 어귀에 다다른 것이다.

나는 걸음을 멈추고 호흡을 조정했다. 훈훈한 점퍼로부터 날쌔게 몸을 빼내고 꼿꼿한 자세로 몸을 도사렸다.

"다 왔나 보군, 어디야?"

"돌아가요."

나는 단호히 명령했다.

"도대체 어느 집이야? 따끈한 차라도 한 잔 있어야 게 아냐?"

"아직도 멀었어요. 돌아가요."

"집까지 바래다달래 놓구선. 이렇게 추운데 여기까지 모셔온 사람을 막 쫓기야? 너무한데."

"제발 어서 돌아가요."

나는 악을 썼다. 추웠으나 이가 맞부딪힐 정도는 아니었고 이제부터 혼자여야 한다는 비장한 의무가 나를 강하게 했다.

태수는 비실비실 돌아설 듯하더니,

"그럼 여기 서 있을게, 어서 혼자 가."

미련스럽게도 눈으로라도 배웅할 뜻을 보였다.

"그냥 가라니까요."

나는 초조한 나머지 발까지 구르며 또 한 번 악을 썼다.

그는 어리둥절한 채 단념한 듯 '쳇.' 하고 돌아서서 뒤도 안 돌아보고 골목 어귀를 돌아가 버렸다.

그의 발자국 소리가 안 들리자 비로소 나는 내 집을 향해 떳떳한 자세로 겨눠 섰다. 한쪽 추녀가 달아난 커다란 한옥은 마치 날개를 잃은 전설 속의 큰 새 같았다.

하늘을 향한 비상을 단념한 새는 쓸모없는 괴물처럼 누워 있다. 머리끝이 쭈뼛하도록 무서우면서도 이 무서움증을 아무에게도 아직은 덜어줄 순 없다는 오기는 떳떳하고 흡족했다. 나는 긴 골목을 돌격하듯이 달음질쳤다. 드디어 내 몸이 대문에 거세게 부딪혔다. 나는 내 몸이 아프리만큼 온몸으로 대문을 흔들며,

"엄마, 엄마."

하고 부르짖었다.

"나간다, 나가. 웬 수선이냐."

아무런 기다림도 반가움도 담겨 있지 않은 느리고 가라앉은 어머니의 목소리가 들려오고 언제나와 똑같은 느리디느린 고무신 끄는 소리가 가까워지고 대문이 무겁게 열렸다.

나는 허겁지겁 어머니의 손을 꼬옥 쥐었다. 차지도 덥지도 않은 까실한 손은 결코 마주 쥐어오는 법이 없다. 나는 그것을 알면서도 그것을 바랐다.

눈보라는 중정에 쌓인 눈을 한쪽으로 휘몰아다가 돌담 밑에 큼직한 무덤을 만들어놓고 오동나무는 떨다가 지친 듯이 죽지를 늘어뜨린 채 흐느적대고 있었다.

이 집에도 눈이 오고 바람이 불고 시간이 가서 자정이 가까우련만 어머니는 딸을 기다리는 일을 까맣게 잊고 있는 것 같았다.

"나 늦었죠? 지금 몇 시나 됐어요?"

"글쎄다."

"아휴 지독한 눈보라예요. 나 하마터면 불려 날아갈 뻔했어요."

"……."

어머니는 아무런 대꾸도 안 하고 부연 그림자처럼 휘청휘청 부엌으로 들어가서 저녁을 챙기기 시작했다.

나는 우두커니 댓돌에 서서 눈 쌓인 마당과 별 박힌 하늘을 보았다.

(어머니가 기다리실 거예요…… 어머니가 기다리실 거예요…….)

(저런 애기 같으니라구…… 훗후후.)

어머니가 상을 들고 나왔다. 그제야 나는 눈투성이의 구두를 벗으며 건넌방에까지 불이 켜져 있음을 알았다. 나는 섬뜩 놀라 옷의 눈은 털지도 않은 채 건넌방 미닫이를 열었다.

늘 걸려 있던 기타가 방바닥에 뒹굴고, 몇 개나 되는 사진첩들이 모두 펼쳐진 사이로, 사진들까지 방바닥에 흩어져 있는데 한쪽에는 유도복이 똘똘 뭉쳐져 있었다. 나는 그 유도복에서 체온을 직감했다.

딸에 대한 기다림을 잊게 한 것이 바로 이것이었구나.

유도복을 품에 품고, 사진을 보며 기타를 퉁기며. 나는 목구멍으로 왈칵 치밀어 오르는 연민인지 분노인지 모를 것을 감당할 수 없었다.

어머니는 느린 동작으로 꾸부정히 상을 들고 들어왔다.

"여태껏 건넌방에 계셨군요?"

나는 앙칼지게 따졌다.

"건넌방에 들어가지 말라고 몇 번이나 일렀잖아요. 혼자 들어가시지 말라고 그렇게 일렀는데."

어머니는 비실비실 웃기만 했다.

"왜 들어갔어, 왜? 그렇게 일렀는데 왜 들어갔어요? 혼잔 안 된다고 그렇게 일렀는데…….."

"안방에 앉았으려니까 글쎄 건넌방에서 기타 소리가 나지 않겠니? 꼭 욱이가 치는 것 같더라."

"그건 회오리바람 소리였단 말예요. 난 그 눈보라 속을 얼어 죽을 뻔해 가며 걸어왔단 말예요. 이 기타 소리가 아니었단 말예요."

"나는 '말예요'에 힘을 주다 못해 그만 기타를 쳐들고 방바닥에 내동댕이쳐서 산산이 부수고 싶은 광폭한 충동을 느꼈다.

"이놈의 기타 소리가 아니었단 말예요."

드디어 나는 기타를 높이 쳐들었다.

"안 된다. 안 돼!"

별안간 어머니의 목소리가 이십 년은 젊어진 듯 새되게 울리더니 기타를 빼앗으려고 나에게 달려들었다.

나는 더욱더욱 안 뺏기고 부숴놓고야 말겠다는 강한 충동으로 몸을 떨며 기타를 높이 쳐든 채 맴을 돌았다.

어머니도 지지 않고 덤볐다. 그녀는 이미 그림자가 아니었다. 힘찬 맥박이 뛰는 건강하고 뜨거운 여인이었다.

드디어 내 팔을 할퀴다시피 매달린 어머니의 손에 기타의 한쪽이 잡혔다. 나도 필사적으로 기타의 대가리를 부둥켜안고 당기다가 어머니가 힘차게 낚아채는 바람에 방바닥에 동그라졌다. 그래도 나는 놓지 않았다.

우리 모녀는 기타를 사이에 놓고 미친 듯이 방바닥을 뒹굴고 짐승처럼 씨근대며 자신의 육신을 돌보지 않고 처절한 싸움을 했다.

한참 만에 나는 가쁜 숨을 몰아쉬며 빈손으로 물러났다. 이긴 쪽은 어머니였다.

모처럼 시도해 본 과거와의 단절은 이렇게 해서 수포로 돌아갔다.

다시 기타와 유도복이 제자리에 걸리고 앨범이 꽂히고 평상시와
똑같은 방 모양이 되자 우리 모녀는 마주 앉아 아무 일도 없었던 것
처럼 다 식은 김칫국을 후룩후룩 마시며 덤덤히 저녁 식사를 했다.
　"편지가 왔더라."
　어머니는 입을 호물적대다 말고 예의 시들한 소리로 한마디 했다.
　"어디서요?"
　"부산 큰댁에선가 보더라."
　어머니는 한껏 느리게, 맛없어 보이게 식사를 끝낸 후에야 장 서
랍에서 편지를 꺼냈다.
　큰댁 말이(末伊)로부터였다. 사촌 중에 나의 손아래는 말이 하나
뿐이어서 그녀로부터 처음으로 '언니'라고 불리기 시작한 어린 시
절의 으쓱하고도 간지럽던 기억이 왠지 지금 생생했다.

　보고 싶은 경아 언니.
　언니가 떠난 지도 벌써 넉 달째가 되는군요. 어떻게 지내고 있어
요? 보고 싶어요. 언니가 있는 곳이 이곳에선 너무도 멀고 싸움터에
선 너무 가까워 자꾸 불안해요. 언니, 전쟁이 무섭지도 않아요? 참,
작은어머니도 안녕하신지요. 올해도 그 솜씨 좋은 김치를 담그셨는
지요. 우리 집 김치 맛은 말씀이 아니랍니다. 오빠들은 작은어머니
손이 안 갔기 때문이라고들 하죠. 작은어머니 손이 버무려놓은 것을
한번 휘젓고 지나가기만 했더라도 김치 맛이 훨씬 달라졌을 거라나
요. 나도 동감이죠. 그렇지만 엄마는 이곳 기후 탓으로 돌리지요. 겨
울날이 이렇게 맨날 후텁지근해서야 김치 맛이 날 게 뭐냐구요.
　언니, 실은 나 김치 얘기를 하려고 이 편지를 쓰는 건 아니에요.
몇 번이고 망설였지만 안 쓸 수가 없었어요. 요전에 아빠가 서울 다
녀오셨잖아요. 그날 밤 늦도록 엄마 아빠가 은밀히 수군대는 소리를

엿듣고 말았어요. 아빠는 작은어머니를 의사에게 보여야 할까 보다고 근심이시고 엄마는 의사보다는 무당을 불러 지노귀굿이라나 그런 걸 해야 나을 거라고 우기시더군요. 아빠는 분명 정신과 의사라고 하셨어요. 나는 놀라움에 몸을 떨었어요. 그런데 또 언니 얘기를 마구 하시지 뭐예요. 좋은 데 시집보내기는 다 틀렸다고 언니가 아주 타락된 생활을 하고 있는 양 말씀하셨어요.

언니, 난 무서워요. 어째서 행복하던 집안에 이런 끔찍한 일이 연달아 일어날 수 있을까요. 믿어지지 않아요. 일간 진이 오빠가 서울 간다니깐 들를 거예요. 언니, 큰오빠를 따라 내려와 줘요. 설사 언니가 좀 타락된 생활을 했대도 전 이해할 수 있어요. 언니는 우리 신세 안 지고 혼자 힘으로 살아보려다 그렇게 된 거예요. 언니, 눈 딱 감고 신세를 져요. 우린 집안끼리가 아네요. 엄마도 아빠도 작은댁을 도와드리는 것을 의무로 알고 계세요. 그리고 우리 집 경제 사정은 아주 좋아요. 모든 일이 뜻대로 척척 되고 있다나 봐요.

언니, 보고 싶은 언니 돌아와 줘요. 그리고 다시 예전처럼 행복해 져요──.

나는 누구하고라도 이야기를 좀 하고 싶은 참이었으므로 곧 답장을 썼다.

마리야, 오늘 밤 이곳은 굉장한 눈보라다. 나는 눈이 땅에서 하늘을 향해 거꾸로 쏟아지는 장관을 보았단다. 설마 오늘 밤은 제아무리 부산이라도 김치가 시게 따뜻하지는 못하리라.

그리고 착한 마리야, 네가 근심하고 있는 걸 난 도무지 이해할 수가 없구나. 작은어머닌 아주 건강하시다. 의치를 빼버려서 십 년은 더 늙어 보이지만 기력은 오히려 이십 년은 더 젊어지신 듯하다──.

나는 아직도 뻐근하게 결리는 어깨와 허리를 한 손으로 꾹꾹 주무르고 나서 계속했다.

오늘 저녁에도 나는 어머니와 팔씨름을 했는데 내가 졌단다. 심심해서 장난삼아 한 거지만 난 꽤 열심히 덤볐는데도 졌다. 너는 믿지 않겠지만 정말이다. 거듭 말하지만 작은어머닌 젊은이 뺨치게 정정하시다. 다만 좀 달라진 게 있다면 아무리 부탁해도 의치를 끼려 들지 않으시는 것뿐. 너도 알다시피 작은어머닌 멋쟁이셨지 않니? 아들이나 남편에게 젊고 예쁘게 보이려는 정성이 이만저만이 아니셨더랬는데 나를 위해선 조금도 그런 신경을 써주려 들지 않으시는구나. 그러나 어쩌겠니? 아직 작은아버지 삼년상도 안 났는데 당연하지.

참 내가 타락했다고. 너의 아버지도 망령이시지. 난 그동안 좀 멋쟁이가 됐거든. 그뿐이야. 아버진 계집애들이 어떤 시기에 갑자기 부쩍 어른스러워질 수도 있다는 걸 통 이해하려 들지 않으시나 봐.

마리야, 그리고 난 여태껏 자립이라든가 그런 걸 막연히나마도 생각해 본 적이 없단다. 그 점은 좀 뻔뻔하다고나 할까. 난 다만 서울이 좋고 내 집이 편하고 그뿐이다. 그러니 아마 진이 오빠가 뭐래도 난 여기 남게 될 거다. 진이 오빠 바쁠 텐데 들를 거 없다고 그래다오.

그만 쓰겠다. 안녕——.

난 쓰기를 그쳤다. 밤이 깊다. 밤은 텅 빈, 무엇으로도 충족시킬 수 없는 텅 빈 내일을 몰고 오리라. 차라리 내일이 없었음 좋겠다.

바람은 아직도 멎지 않은 채 고가의 허술한 곳들, 함석 차양, 수많은 문짝과 창문을 흔들었다. 설음질을 끝마친 어머니가 분합문을

드르륵 닫으며,

"꼭 난리가 쳐들어오는 것 같군. 쯧쯧."

하며 안방으로 들어갔다. 그러고 보니 오늘 밤의 소란은 꼭 전쟁의 소음 같다. 전쟁의 노도가 어서 밀려왔으면, 그래서 오늘로부터 내일을 끊어놓고 불쌍한 사람을 잔뜩 만들고 무분별한 유린이 골고루 횡행하라.

광폭한 쾌감으로 나는 마녀처럼 웃으면서도 그 미친 전쟁이 당장 덜미를 잡아올 듯한 공포로 몸을 떨었다. 다시는 다시는 그 눈먼 악마를 안 만날 수만 있다면.

서로 용납될 수 없는 이 두 가지 절실한 소망은 항상 내 속에 공존하고, 가끔 회오리바람이 되어 나를 흔들었다. 미구에 나는 동강나 버리고 말 것이다. 나는 자신이 동강날 듯한 고통을 실제로 육신의 곳곳에서 느꼈다. 나는 아픔을 잊으려는 듯이 안방을 마구 서성대며 이 아픔의 까닭이 비롯된 시절로 자꾸 기억을 더듬어 올라갔다.

큰댁 덕에 비교적 윤택하던 피란살이, 아니 그 전일 게다. 황량하던 피란길, 그때도 아니다. 그 전, 어수선하던 크리스마스였던가. 피란을 갈까 말까 어머니 몰래 보따리를 챙겼다간 풀고, 다시 챙기고. 그때도 아니다. 그 전, 수복 후의 나날들, 텅 빈 집과 뒤뜰의 은행나무들, 그 자지러지게 노오란 빛들, 비췻빛 하늘을 인 노오란 빛들, 아낌없이 쏟아지던 노오란 빛들, 지금도 눈이 부시다. 그때도 아니다. 그럼 그 전, 그렇다, 그 전, 그러나 나는 여기서 기억의 소급을 정지시켰다. 몇십 년이나 묵은 은행이 가을엔 왜 그렇게 처절하도록 노오랬던가. 난 그것을 보며 왜 그렇게 살고 싶고, 죽고 싶고를 번갈아가며 격렬하게 소망했던가. 지금도 그것이 궁금할 뿐 내 기억의 소급은 노오란 빛 속에 용해되어 다시는 헤어나질 못했다.

8

해가 1952년으로 바뀌고 나는 스물한 살이 되었다.

설날 아침에도 나는 김칫국이 반찬의 전부인 아침상을 받았다. 나는 며칠 전서부터 설에 만두를 해달라고 어머니를 졸랐고, 그럴 때마다 어머니는 시들한 대답을 했는데 어머니는 기어이 내 기대를 허탕 치게 하고 말았다.

시척지근한 김칫국에 밥을 몇 숟갈 떠서 말아서 홀짝홀짝 들이마시려 했으나 잘 안되었다.

울적함이 쉽사리 달래지지 않은 채 목구멍 근처에 묵직하게 걸려 있었다.

"그래도 설날인데 만두라도 좀 빚으시지. 흰떡 하긴 번거롭지만……."

어머니는 대꾸 없이 언제나와 똑같은 양의 식사를 우물우물 한껏 느리게 끝내고 나서야,

"설은 무슨 놈의 설이누. 같잖게시리. 한두 살 먹은 어린애도 아니구……."

독백처럼 입 속에서 웅얼거렸다.

나는 목구멍 근처에 걸려 있던 덩어리가 뜨겁게 콱 치미는 걸 의식하며 막 상을 들고 나가려고 뭉싯거리며 일어서는 어머니의 치맛자락을 잡았다.

"엄마. 우린 아직은 살아 있어요. 살아 있는 건 변화하게 마련 아녜요. 우리도 최소한 살아 있다는 증거로라도 무슨 변화가 좀 있어얄 게 아녜요?"

"왜? 이대로도 우린 살아 있는데."

"변화는 생기를 줘요. 엄마, 난 생기에 굶주리고 있어요. 엄마가

밥을 만두로 바꿔만 줬더라도…… 그건 엄마가 할 수 있는 아주 쉬운 일이잖아요. 그런 쉽고 작은 일이 딸에게 싱싱한 생기를 불어넣을 수 있다는 걸 엄만 왜 몰라요?"

어머니의 부연 시선이 아무런 뜻도 지니지 않은 채 나를 보는지 내 어깨 너머로 윗목의 장롱을 보는지 초점 없이 한군데 머물러 있었다.

나는 이내 그녀가 다만 나에게 잡힌 그녀의 치맛자락을 놔주기를 기다리고 있을 뿐이란 걸 알아차렸다. 그리고 또한 내 바람이 완강하게 거부당하고 있음도, 그 거부 앞에 내가 얼마나 무력한가도 알아차렸다.

나는 치맛자락을 놓으면서 맥없이 지껄였다.

"줄창 그러자는 게 아니에요. 네, 엄마. 때때로, 아주 때때로만이라도……"

내 말이 채 끝나기도 전에 그녀는 슬머시 상을 들고 부엌으로 내려가 버렸다. 양은 그릇 부딪치는 소리와 물 따르는 소리가 드문드문 들렸다.

오랜만의 휴일이다. 나는 방바닥을 훔치고 화류 장롱에 장걸레를 쳤다. 불로초와 사슴과 학을 공들여 닦았다. 자개로 수놓인 불로장생의 심벌들이 신비하게 빛났다.

조상들의 꿈을 아무리 공들여 닦아도 내 꿈이 달래지는 않았다.

나는 양키한테 얻은 콜라 회사의 달력을 회색 벽 위에 걸었다. 건강한 남녀가 스키로 하강을 끝내고 콜라로 목을 축이고 있었다. 그들이 입고 있는 대담한 원색의 스키복이 눈에 상쾌했다. 나는 갑자기 빛깔에 대한 걷잡을 수 없는 갈망을 느꼈다. 그것은 오랫동안 내 속에 억압되어 별수 없이 잠재해 있다가 열기를 만난 인화 물질처럼 타올랐다.

나는 황황히 장문을 열어젖혔다. 흰색, 회색, 기껏해야 옥색 나들이옷들을 마구 들쑤셨다. 드디어 나는 재작년의 설빔이었던 한복 한 벌을 찾아낼 수 있었다.

다홍치마에 다홍호장을 단 색동저고리는 고운 때도 안 묻은 새 것이어서, 차곡차곡 개켰던 자리만 다리면 화사한 설빔이 될 것 같았다. 특히 알록달록한 색동의 고운 빛깔들이 나를 흥분시켰다.

나는 가슴을 두근대며 흰 인조 단속곳과 어머니의 버선까지 한 켤레 집어내 가지고 건넌방으로 건너갔다.

전기다리미를 꽂고 다홍 모본단 치마부터 어루만지듯이 다렸다. 본견 특유의 천박하지 않은 윤택과 가볍고 부드러운 질감을 손바닥의 피부로 즐기며 오랜 시간을 걸려 한복 한 벌을 다렸다.

감색 바지와 회색 스웨터를 활활 벗어 발길질을 해서 윗목으로 차던지고, 흰 속곳 위에 다홍치마와 색동저고리로 산뜻한 설빔 차림을 했다.

화장이 약간 짧은 듯했을 뿐 모든 곳이 꼭 맞았다. 등신대의 거울 앞에 섰다.

나는 사뿐히 그리고 갑자기 어른스럽게 세배를 했었다. 아버지가 환하게 웃으며,

"여보, 쟤가 제법 색시 태가 나는구려. 이제부터라도 슬슬 사윗감을 덧봐야지 않겠소?"

"몰라, 몰라. 어서 어서."

나는 좀 전의 의젓했던 것과는 딴판으로 손바닥을 내밀고 어리광을 부렸다.

아버지는 정겨운 눈으로 옆에 단정히 앉은 어머니와 나를 번갈아보며,

"쟤가 왜 저래? 응 왜 저래?"

하며 딴청을 부리셨다. 옆에서 오빠들이 싱글거리며 놀려댔다.

"시집가서 시아버지한테 세배하고도 세뱃돈을 달라고 무용을 할 테니…… 쯧쯧. 아버지 안 되겠어요. 경아 시집보내는 건 당분간 보류하셔야지. 저 봐, 시집 안 보낸다니까 별안간 얌전해지는 꼴 좀 봐. 시집은 가고 싶어서."

나는 기어코 세뱃돈을 두둑히 탄 후에 내 방으로 건너와 그 가슴 답답한 한복을 미련없이 벗어던지고 머슴애 같은 편한 옷으로 갈아입었다.

나는 그 후에 그 꼬까옷을 까마득히 잊고 있었다. 등신대의 거울 속의 나는 이 년 전의 나지, 지금의 나 같지가 않았다. 그래서 좀 서먹서먹하고 너무 예뻐서 질투 비슷한 감정까지 솟았다.

나는 거울 보기를 그만두고 어머니에게 들키지 않게 살그머니 집을 빠져나왔다. 소한을 앞둔 소스리바람이 아프도록 찼다. 그러나 바람을 함뿍 안은 한복은 마치 날개옷 같았다. 나는 거의 체중을 의식 못할 만큼 가볍게, 훨훨 날 듯이 걸었다.

다방 '유토피아'는 한산했다. '요한 슈트라우스'의 봄의 소리 왈츠가 알맞은 볼륨으로 울려 퍼지고 있었다. 구석자리에서 태수가 번쩍 손을 들었다. 나는 그에게 다가가며 한 마리 나비가 된 듯한 경쾌한 착각을 했다.

"이렇게 오래 기다리게 하는 법이 어디 있어? 눈이 닷발은 빠져 나왔잖아."

그러나 그는 활짝 웃고 있었다. 나는 치마폭을 여미며 조심스럽게 그의 앞에 앉았다. 그는 시종 벙글대기만 하며 내 꼬까옷을 감상했지, 내가 기대한 만큼 빈정대거나 칭찬하려 들지는 않았다.

"무려 두 시간이나 기다렸단 말야. 고양이도 낯짝이 있다고 좀 미안한 척이라도 해봐요. 이 빤빤한 아가씨야."

나는 조금도 미안하지가 않아 내 옆에 걸린 낯익은 풍경화를 보며 덤덤히 웃었다.

오늘 만나잔 건 순전히 태수의 일방적인 약속이었을 뿐 내가 그의 약속에 맞장구를 친 적이 없으니 조금도 미안해할 까닭이 없었다. 여기까지 왔다는 것만도 나의 의사였다기보다는 어쩌면 날개옷 같은 설빔 때문이었을지도 모른다.

어제 섣달 그믐날, 태수는 해가 바뀐다는 걸로 마치 어린애처럼 들떠 있었다.

"내일 우리 어디서 만날래?"

"왜요?"

"왜라니. 내일이 설날 아냐? 내일이 바로 내년이란 말야. 또 모처럼의 휴일이고. 어떻게 그냥 보낼 수 있어. 우선 만나. 재미있는 플랜은 만나고 나서 짜도 되니까. 안 그래? 그리로 나와, 유토피아 말야. 열 시까지. 이를수록 좋잖아?"

나는 그 소리를 들으며 만나야겠다는 생각도, 만날까 말까 하는 망설임도 없었다. 그냥 그가 말하는 내년이란 게 이상하리만큼 아득하게 들렸다. 조금도 내일 같지 않고 아주 먼 훗날로 여겨져 나하곤 상관없는 일 같았다.

"설빔은 했는데 어디 갈 데가 있어야죠."

"뭐라구? 사과를 하랬더니 한 술 더 떠서 누굴 약 올리는 거야."

태수가 내 언 손을 비틀듯이 잡아낚았다가 슬그머니 놔주었다. 차를 날라 온 레지가 찻잔을 내려놓고는 무쇠 난로의 커다란 뚜껑을 열고 무섭도록 이글대는 조개탄을 쇠꼬챙이로 두어 번 콕콕 찌르더니 난로의 아랫문을 덜커덕 닫고 갔다. 난로는 온몸이 장밋빛으로 이글대고 있었다.

몸이 점점 녹아왔다. 소름이 끼치던 속살에 차차 피돌기가 활발해지고 따뜻한 커피가 입술과 목구멍을 쾌적하게 축였다.

더할 나위 없이 감칠맛 있는 커피였다. 차차 그와 마주 앉아 있는 것이 싫지 않아졌다.

"헤이 아가씨, 성냥 좀."

그는 카운터에다 대고 엄지와 집게로 딱 소리를 내며 성냥을 부탁하고는 '럭키 스트라이크'의 새 갑의 테이프를 잡아당겼다.

"그 흔한 라이터 하나 못 사요?"

"모르는 소리. 라이터도 성냥도 없이 담배만 넣고 다니다가 문득 담배 생각은 간절하고 쩔쩔매다가 마침 담뱃불을 확 켜는 친구가 있어 꾸벅 하고 불 좀 빌려서 휴우 내뿜는 담배 맛이라니 천하일품이거든. 또 다방 같은 데선 레지 아가씨하고 자연스럽게 수작을 걸 수도 있고……."

"할아버지뻘이나 되는 노인한테 담뱃불 빌리려다 뺨 맞은 일은 없어요?"

"아직은."

그는 담배 연기로 공중에 몇 개의 동그라미를 그리는 재주를 열심히 해보였다. 한 살 더 먹었어도 철딱서니 없이 경망스럽기는 매한가지였다. 골방 속에서 아버지 몰래 꽁초를 피워보는 불량소년 태가 가시지 않은 채여서 도시 담배 맛을 알고 피우는지조차 의심스러웠다. 관념상으로지만 태수보다는 내가 훨씬 더 많은 종류의 담배 맛을 알고 있는 것 같다. 나는 아버지의 그 유연한 흡연 광경을 회상했다. 나는 아직까지 아버지처럼 멋있게 담배 피우는 사람을 본 적이 없다.

여름날, 북창문을 열고 등의자에 기대앉아서, 방심한 듯 망연한 듯 즐기던 파이프 담배. 시름에 잠긴 것도 같고, 완전히 시름을 잊고 있는 것도 같은 그 분간 못할 무심한 옆얼굴.

옥희도 씨의 흡연하는 모습도 나쁘지는 않지만 아버지만은 훨씬 못하다. 그에겐 너무 짙은 상심이 있다.

환쟁이들도 누구 못지않은 열렬한 애연가지만 그 집착이 지나쳐서 치사하고 보기에 궁상맞다.

뜻하지 않은 아버지의 회상으로 태수가 좀 더 못마땅해졌다. 오늘 이렇게 성장을 했는데 좀 더 중후한 인생이 스쳐간 사나이와 마주하고 싶었다.

"우리 어디로 갈까? 뭐 재미있는 계획 없어?"

"어디든지 괜찮은데요."

"영화 구경을 하고 점심을 사 먹고…… 또 길을 헤매고, 생각나는 게 고작 그뿐이니……."

그는 크게 하품을 했다. 나도 하품이 나왔다.

"좀 더 짙은 방법은 없을까?"

"짙다니요?"

"딴 뜻은 없어, 그저 뭔가 좀 충족하고 싶어. 사랑하고 또 사랑받고 있다는 충족감이 아쉬워. 우리 사이엔 그게 없거든."

"당연하잖아요. 우린 서로 사랑하고 있지 않으니까."

"제발 날 놀리지 말아줘."

그의 표정에서 실없는 태가 가시고 소년처럼 순수해졌다. 나는 그를 잠자코 바라보았다. 그가 보기보다는 예민하다고 짐작하면서.

그의 미간에 서린 초조와 고뇌가 내 시선 속에서 점점 짙어갔다. 내 시선 때문인 것도 같았다. 그러나 나는 그로부터 시선을 비키지 못한 채 그의 초조와 고뇌를 열병처럼 옮겨 받고 있었다. 가슴이 심하게 아파왔다. 그러나 어처구니없게도 내 아픔은 태수를 위한 것은 아니었다.

나는 옥 선생을 생각하고 있는 것이다. 희고 긴 목을 가진 그의 부인과 그들의 다섯 아이들. 고소한 체취를 가진 건강한 막내 녀석. 뜨거운 사모와 깊은 절망을 감당할 수 없어졌다. 나는 내 부드럽고 화사한 긴 옷고름을 돌돌 말아 올렸다가 다시 펴는 의미 없는 손장난을 되풀이했다.

"나가요, 어디든."

나는 가까스로 일그러진 얼굴을 바로잡으며 먼저 일어섰다.

"벌써……."

그는 황망히 테이블 위의 담배와 장갑을 챙기면서 좀 아쉬운 듯이 따라나섰다. 레지에게 윙크를 던지는 것까지 빼놓는 것을 보면 그도 잠깐 심각했던 것 같다.

수도극장에서 「귀향」이란 영화를 보고 다시 거리로 나왔다. 영화를 썩 탐탁하게 본 것도 아닌데 길에 나서니 꼭 쫓겨난 것 같은 기분이었다. 스산함만이 길을 꽉 채우고 있었다. 우리는 별수 없이 점심 먹을 곳을 찾아 기웃댔다. 난방이 안 된 극장에서 영화를 본 나는 몹시 발이 시렸다.

"양식으로 할까?"

"싫어요. 온돌방에 마음 놓고 퍼더버리고 싶어요."

"흐음, 한복을 입으셨다 이 말이군."

"맞았어요. 의자에 앉아서 고무신을 벗고, 버선발을 번쩍 치켜들고 스토브에 발을 쬐는 지지리 궁상을 상상해 봐요. 정떨어지죠?"

"아아니 과히 나쁘지 않을 것 같은데."

나는 거의 감각이 마비될 정도로 발이 얼어서 고무신에서 저절로 버선발이 빠져나와 그대로 아스팔트를 밟을 뻔하기를 여러 번 했다. 설날이라 열어논 음식점이 별로 눈에 안 띄었다.

한동안을 헤맨 후에야 우리는 과히 정갈치는 못하지만 따뜻한 온돌방에 들어앉을 수 있었다. 소녀가 구정물 같은 차를 날라 왔다.

나는 방석 밑에 처넣은 버선발을 꼭꼭 주물렀다.

"뭘루 할래?"

"설날이니 떡만두를 먹을까 봐요."

"그럼 나두 그렇게 할까?"

만두 꺼풀은 두껍고 만두 귀는 덜 익은 채 허연 날밀가루가 그대로 씹혔다. 나는 만두를 한쪽으로 밀어내고 떡을 몇 점 씹다 말았다.

태수는 맹렬히 먹어댔다. 맛없는 음식을 달게 먹는 광경은 측은하다 못해 슬프기까지 했다. 운치 없는, 순전히 만복감만을 위한 식사의 비애를 너무도 잘 알고 있기 때문일까? 맛을 알고 먹는지조차 의심스러운 빠른 식사를 나는 물끄러미 지켜봤다.

"맛있어요?"

"응, 좀 시장했거든. 그런데 왜 미스 린 먹다 말지?"

"덜 시장했나 봐요. 미스터 황은 늘 그렇게 탐스럽게 식사를 해요?"

"그럼 남자가 먹는 데 까다로워서 뭣에다 쓰게."

"황해도 송편은 발바닥 같다면서요?"

나는 웃으며 좀 엉뚱한 소리를 꺼냈다.

"인절미고 송편이고 서울 것보다야 스케일이 컸던 건 사실이지만 그런대로, 소박하고 구수하고 이를테면 황해도 사람 인품 같지. 음식도 사람이 만드는 거니까. 간사한 서울 사람들이 먹을 것도 없이 가짓수만 많은 음식을 만드는 것과 같은 이치야. 그건 그렇고, 왜 남의 고향 음식을 하필 발바닥에다 비기노?"

그는 아주 화난 시늉을 하면서도 퍽 이치에 닿는 소리를 했다. 그럼 그 비할 데 없이 매혹적이고 깔끔한 개성(開城) 여인들의 인품이란 또 얼마나 귀한가.

나는 자랑이 하고 싶어졌다. 개성 여인을, 어머니를.

"개성 음식 먹어봤어요? 진짜 개성 음식을?"

"글쎄. 나야 뭐 특별한 미식가도 못 되고, 배부르면 그만이지 음식의 본적지까지 따지진 않아 봐서. 미스 리 고향이 개성인가?"

"아아뇨. 엄마 쪽이. 우리 엄만 맛난 것 만들기 선수예요."

나는 내 그릇에 남아 있는 퉁명스럽게 생긴 만두를 숟갈로 이리저리 굴리면서,

"개성 만두는 생김새부터가 유머러스하거든요. 얄팍하고 쫄깃하게 잘 주무른 만두 꺼풀을 동그랗게 밀어서 참기름 냄새가 몰칵 나는 맛난 만두소를 볼록하도록 넣어서 반달 모양으로 아물린 것을 다시 양끝을 뒤로 당겨 맞붙이면 꼭 배불뚝이가 뒷짐 진 형상이 돼요. 떡국은 또 어떻고요. 만두보다 더 재미있어요. 조랑떡이라구, 잘 친 흰떡을 참기름을 묻혀가며 손바닥으로 가늘게 굴려요. 서울 흰떡보다 가늘게 되면 대〔竹〕 칼로 잘룩하게 허리를 조이고 다음엔 아주 똑 끊고, 한 번 조이고 똑 끊고 하면 마치 조그만 누에고치 같기도 하고 8자 같기도 하고……."

나는 연방 조랑떡 만드는 시늉까지 손으로 해가며 열심히 주워섬겼다. 마치 지극한 예술 애호가가 절묘한 예술품을 가지고 논할 때처럼 도도한 감흥을 느꼈다. 내 열변에 비하면 태수는 지극히 담담했다. 맛도 없는 것을 하도 맛나게 먹기에 음식 얘기라면 침이라도 꼴깍 삼킬 줄 알았는데 시들하게 싱글대기만 했다.

"도대체 언제쯤 그 희한한 성찬에 초대되는 영광을 누릴 수 있을까. 난 그게 궁금하군."

나는 대번에 풀이 죽었다. 부연 그림자 같은 어머니와 한결같이 시척지근한 김칫국이 떠올라서였다. '성찬에의 초대', 그런 것이 있을 수 있을 것인지. 있다면 언제쯤이나 되려는지. 그게 궁금하기는 태수보다 내 쪽이 더 절실하다.

"듣자 하니 내 장모님 되실 분의 음식 솜씨가 놀라운 모양인데, 덕택에 나도 식도락을 누려보겠는걸. 더구나 사위 사랑은 장모라는데 어련하겠어."

"피이, 어림없는 소리 말아요. 미스터 황에겐 발바닥 같은 송편이 제격일걸."

태수의 실없는 수작으로 완전히 흥에서 깨어나자, 그저 내 앞에 놓인 다 식은 만둣국에 와락 구토를 느꼈다.

소녀가 그릇을 날라 가고 상을 훔쳤다. 우리는 다시 거리로 나왔다. 황량한 겨울의 뒷골목을 한동안 정처 없이 걸었다.

아무런 신기한 것도 눈에 안 띄고 차고 건조한 바람이 회색 보도 위로 까만 먼지를 이리 날리고 저리 날리고 할 뿐. 한쪽 귀퉁이가 벽에서 떨어진 채 펄렁대는 영화 광고 속의 클라크 게이블의 찡긋한 표정도 방금 보고 나온 게니 조금도 신기할 리 없다. 창문이 굳게 닫힌 표정 없는 회색빛 건물들, 그 네모난 생김새도 꼭 성냥갑을 세로로 세웠다거나 가로로 세웠다거나 하는 만큼의 차이밖엔 없다.

안녕, 하고 어느 모퉁이선가 헤어져야 했으나 나는 주저하고 있었다. 집으로 가기엔 아직 너무 밝았다. 밝은 낮에 우리 집을 바라보며 걸어 들어가는 나를 나는 상상할 수도 없었다.

달아나버린 한쪽 지붕과 용마루에 뚫린 나락 같은 구멍과 조각난 기왓장들을 밝은 빛 속에서 선명하게 바라본다는 것은 공자님의 나체를 상상하는 것만큼이나 무의미한 모독 같았다.

반드시 어둠 속에서 부연 하늘을 이고 섰어야 하는 우리 집. 그 앞에서 내가 누리는 일종의 외경과도 통하는 공포. 나의 하루의 초점이 그 순간에 있고 나는 그것을 추호도 변경시킬 수는 없는 것이다.

"우리 집에서 쉬었다 가지 않겠어? 몸도 녹일 겸."

태수의 잠긴 듯한 음성이 나를 구출했다. 나는 고개를 깊게 끄덕이고 묵묵히 그를 따랐다. 그의 팔이 갑자기 친근하게 내 허리께로 감겨왔다.

"춥지 않아? 얇은 때때옷만 입고. 요전날 밤엔 몹시도 떨더니……."

그는 내가 그때처럼 떨기를 기다리고 있는지도 모를 일이었다. 그러나 나는 떨지 않았다.

"잠바를 벗어줄까?"

그는 자꾸만 내가 떨기를 재촉했다. 나는 고개를 젓고 그의 팔에서 벗어나 좀 떨어져서 걸었다.

음식점이 많은 회현동 골목에서도 유독 피부비뇨기과의 간판 때문에 눈에 띄는 낡은 일본식 이층집이 태수의 거처였다. 이 층에 세들었다 했다.

아래층 병원을 통하지 않고 이 층으로 직접 통할 수 있는 좁은 계단이 한길로 나 있고 유리문이 달려 있었다. 유리문에 달린 커다란 자물쇠를 태수가 여는 동안 나는 물끄러미 '회현피부비뇨기과'라는 간판을 보고 있었다.

사조 반의 다다미방은 불기 없이 썰렁했다. 태수는 부랴부랴 난로에 장작을 지피고, 나는 구태여 그를 거들지 않아도 될 것 같아 창틀에 걸터앉았다. 불쏘시개 종이에 불을 붙이고 잘게 팬 나무토막을 들어뜨려 불꽃이 활활 넘실대자 굵은 장작을 마구 처넣으니 쉽사리 방에 훈김이 돌았다.

그는 불 피우는 일이 더할 나위 없이 흥겨운 일이라도 되는 듯 줄곧 신나게 휘파람을 불더니 난로의 윗뚜껑을 닫자 일이 끝난 모양이었다. 손을 털고 씽긋 웃었다.

"혼자예요? 형님하고 같이 있는 줄 알았더니……."

"군대 가기 전까지는 같이였는데 제대하고 취직도 되고 해서 나와버렸어. 조카들도 여럿 있고 하니 마냥 형한테 얹혀살기가 형수 한테 괜히 미안하더군."

"조카들이 몇이나 돼요?"

"다섯."

"그래요? 꼭 옥 선생님 댁 아이들만큼이군요. 황해도 사람들은 자식 욕심이 많은가 보죠."

"다섯이 뭐 많다고 그래? 우리 형수는 아직도 진행 중일걸."

"뭘요?"

"종족 보존 사업 말야. 아직 사십 전인걸."

"옥 선생님 댁도 진행 중일까요?"

"그럴 테지."

나는 깊은 한숨을 목구멍에서 눌렀다. 몸이 따뜻해지자 별수 없이 방 안을 두리번거렸다. 특색 없이 간결한 방이었다. 희게 회칠한 벽엔 단 하나 시골 이발관에나 걸렸음 직한 풍경화 액자가 걸려 있고 나머지는 온통 깨끗한 공백이었다. 그 풍경화를 액자 가게에서 샀을 태수를 상상하자 절로 미소가 흐르며 긴장이 풀어졌다.

"어때? 내 방. 생각했던 것보다 깨끗하지?"

"아아뇨."

"그럼 실망했겠네. 실은 미스 리를 데려오려고 대청소를 하고 꾸미느라 꾸며본 건데."

꾸몄다는 건 필시 저 액자를 말하는가 싶어 나는 아주 활짝 웃고 말았다.

"미스 린 내가 아주 근사한 데 살고 있으리라 생각했나?"

"아아뇨. 별로 어떠리라고 미리 생각해 본 적이 없는걸요."

나는 솔직히 말했다.

"그래? 여자들도 혼자 있을 땐 보이프렌드의 신변에 대해 이것저

것 공상을 하는 줄 알았는데. 안 그런가?"

"글쎄요. 미스터 황이나 그런가 보죠."

"그럼 총각이 혼자 있을 때 뭘 하겠어. 여자들 생각뿐이지. '들'이라면 기분 나쁠지 모르지만 미스 리같이 청순한 아가씨의 침실을 공상하기도 하지만 때로는 다이아나 김이 검둥이와 뒹구는 장면을 그려보기도 하거든."

나는 창틀에 걸터앉은 채 황혼이 오는 바깥을 물끄러미 보고 있었다. 점포에 하나 둘 불이 켜지고 지나가는 행인이 좀 더 추워 보이기 시작했다. 노점의 칸델라 불이 창백한 춤을 추기 시작하자 목판에 양담배와 껌을 벌였던 아줌마는 짐을 꾸리기 시작했다.

오래잖아 좀 더 짙은 어둠이 오리라. 이지러진 검은 지붕과 싸늘한 전율. 나는 예술가처럼 섬세한 감각으로 맞춤한 어둠을 가늠하고 있었다.

"골났어? 그런 소릴 해서. 그렇지만 믿어줘. 대부분의 시간을 경아 생각만 하고 있다는걸."

늘 그렇듯이 태수가 진지해지면 나는 대답을 잊고 만다. 대화가 끊기고 어색해졌다.

창 옆에 오도카니 놓여 있는 테이블 위엔 콘사이스와 영문 잡지와 앨범이 크기 순서로 포개져 있었다. 나는 앨범을 집어다가 대충 넘겼다. 그가 재빨리 내 옆으로 와서 창틀에 앉았다. 그는 필시 사진에 설명을 붙일 것이다. 나는 그를 좀 더 알게 될 것이다. 그의 지난날 친구, 가족 따위 그의 군더더기들을. 나는 그런 것들을 알기가 귀찮아서 그가 미처 끼어들 새를 마련하지 않으려고 부랴부랴 앨범을 넘겨버렸다.

무쇠 난로가 겉까지 벌겋게 보일 만큼 달아올랐다. 사조 반의 좁은 방이 후끈후끈했다.

나는 달아오른 볼을 식히려고 유리에 한쪽 뺨을 댔다. 상가의 불빛이 점점 그 수효가 늘었다.

어둠이 물감 칠하듯 눈에 보이게 짙어갔다.

"경아, 오늘은 너무 예쁘군."

그는 유리에 닿은 내 얼굴을 서서히 자기 앞으로 끌어당기며 떨고 있었다.

나는 그에게 안겼다. 나의 볼이 그의 가슴의 심한 동계(動悸)를 또렷이 감각하면서 눈은 역시 바깥세상의 어둠의 알맞은 농도를 가늠하고 있었다.

유리로 식혔던 볼을 그의 입술이 뜨겁게 문질러왔다. 다음은 입술로──. 그는 거의 몸부림 같은 세차고 흐트러진 동작으로 나를 구하려고 안타까워하고 있었다. 내 눈은 바깥세상의 어둠의 알맞은 농도를 가늠하고 있었다.

내 몸의 어떤 부분도 그를 향해 열리지는 않았다. 내 심장은 조금도 규칙을 어기지 않고 조용히 뛰고 내 체온은 난로가 달구어놓은 것 이상 달아오르지 않았다.

그는 열심히, 점점 더 초조하게 나를 애무했다. 나는 그대로 시선을 밖으로 둔 채 그의 애무에 순순히 몸을 맡겼을 뿐, 별다른 느낌 없이 다만 시각만이 또렷했다.

드디어 그는 다다미 바닥에 무릎을 꿇고 내 치마폭에 얼굴을 묻으며

"아아 이럴 수가…… 경아, 이럴 수가…….."

탄식 같은 신음 소리를 냈다. 남자와 여자 사이에 일방적인 격정이 얼마나 무의미하고 참담한 것인가를 이제야 깨닫기 시작한 모양이었다.

나는 그의 두 팔 사이에서 무참히 구겨진 모본단 치마를 살몃살

멋 빼냈다. 인조 속치마를 부둥켜안은 그는 훨씬 더 불쌍해 보였다.

잠시 후 그는 전등을 켜고 담배에 불을 붙였다.

"내가 싫어?"

더할 나위 없이 비참한 그의 표정에 놀란 나는 황급히,

"아아뇨, 아니에요."

고개까지 흔들어가며 세게 강조했다. 거짓말은 아니었으나 그가 그 반대로 질문을 했어도 나는 똑같은 대답을 했을 것 같아서 속으로 몰래 곤혹을 느꼈다.

그는 무엇인가 더 말할 듯이 입을 쫑긋대다 말고 다시 담배만 길게 빨았다.

"저녁을 지을까? 좀 도와주겠지."

한참 만에 한결 명랑을 회복한 그가 골방문을 밀었다. 위 칸에는 이부자리가 아무렇게나 구겨 박혀 있고 아래 칸에는 너절한 취사도구와 간장병 나부랭이가 보였다.

"곧 가야 돼요."

이제 밖은 완전한 밤이었다. 두터운 어둠이었다.

"엄마가 기다리니까…… 그렇지?"

그는 구태여 붙들려 들지 않고 골방문을 도로 닫으며 피곤한 듯이 말했다.

가파른 계단을 더듬더듬 내려와 적십자가 그려진 외등이 켜진 현관 밖에서 찬 공기를 크게 심호흡하고 나서 뒤따르는 그에게,

"안녕, 오늘은 재밌었어요."

인사치레를 하고 나서 그의 대답도 기다리지 않고 재빠르게 걸었다. 한참 걷다가 뒤돌아보고 그가 따라오지 않는 것을 안 후에야 천천히 두리번거리기를 즐겼다.

갖가지 음식 냄새가 코에 싫지 않은 거리를 지났다. 다시 양장점

과 양품점이 즐비한, 아까보다는 좀 더 환하고 신나는 거리로 나왔다. 얼마든지 구경을 즐길 수 있는 거리인데도 아직도 한 가지 냄새가 코에 남아 있었다.

김칫국 냄새였다. 시큼털털한 김칫국 냄새는 코를 막아도 풍겨 왔다. 그리고 어머니에 대한 노여움과 아침나절에 참담했던 기분이 서서히 되살아났다.

만두를 먹고 싶다는 게 단순한 식욕뿐이었을까? 식욕보다는 훨씬 절실한 것, 목탄 나무의 단비에의 갈구 같은, 자혜에의 애타는 소망에 그토록 굳게 잠길 수가……. 남도 아닌 내 어머니가.

육친이라서 주저되던 그녀에 대한 미움이 인내의 한계를 넘어서서 북받쳤다. 그 놀라운 인색, 무서운 고집, 이 세상 어느 누구도 타인을 그토록 참담하게 만들 권리는 없으리라. 그토록 자혜롭기에 인색할 수가.

나는 이글대는 분노를 식히려고 자꾸자꾸 찬바람을 심호흡했다. 문득 어떤 깨달음 같은 것이 내 발을 멈추게 했다. 다다미 바닥에 무릎을 꿇었을 때의 태수의 참담한 모습이 떠오르며, 그때 그도 내가 만두를 못 먹었을 때만큼이나 참담했을 것 같은 생각이 든 것이다.

그럴 수가? 그래도 혹시 그만큼이나 그가 비참했다면? '아아 이럴 수가, 경아 이럴 수가.' 하는 그 절망적인 신음과 내가 어머니의 치맛자락에 매달려 '때때로 아주 가끔만이라도.' 하고 애걸했던 것과 무엇이 다를까?

나는 멈춰 선 채 성급하게 분홍색 봄 코트를 걸친 마네킹이 빙글빙글 돌고 있는 쇼윈도에 이마를 대고 머리를 쉬었다. 분홍 코트는 자꾸만 돌았다. 조금도 어지러워하지 않고 우아한 미소를 지은 채 돌고 돌았다. 나는 어떤 생각을 매듭짓느라 같은 생각을 이리 굴리고 저리 굴리며 좀 어지러워하고 있었다. 내 생각은 좀처럼 앞으로 진전되지 않았다. 분홍 코트의 선회가 훼방을 놓고 있기 때문일 것 같았다. 나는 눈을 감았다. 그리고 회색빛 엄마를 보고 김칫국 냄새를 심호흡했다.

결정은 쉽사리 내려졌다.

나는 단연 발길을 돌렸다. 태수에 대한 연민으로 흐느낄 것 같았다. 그에게 내가 베풀 수 있는 것을 베풀고 싶었다. 왜 진작 그렇게 못했던가를 뉘우치며, 아무도, 이 세상 어느 누구도 내가 만두를 못 먹었을 때만큼 그렇게 크게는 비참해져서는 안 된다고 다짐하며 양장점과 양품점의 거리를 질주하고, 다시 음식점의 거리로 접어들었다.

그동안 나는 그를 다시 본의 아니게 허탕 치게 하는 일이 없도록 열심히 궁리를 거듭했다. 어떡하면 그를 향해 나를 열 수 있을까 하고. 그가 나에게 멋있게 보이던 순간들을 모아봤다. 그 푸른 면도 자국의 남자다운 완강한 턱의 회상이 가장 마음에 들었다. 그의 턱에 이마를 대면 훈풍에 생경한 꽃봉오리가 열리는 기적이 나에게도 일어날 것이다. 그의 턱에 이마를 대고 그의 심장의 고동을 듣는 일은 내가 언제나 바랐던 일이었잖은가. 그렇게 우선 해줘야지. 그다음 생각은 말기로 하자. 그 다음은 태수가 알아서 할 테니까. 드디어 피부비뇨기과의 간판 앞에 섰다. 태수의 방은 불이 꺼져 있고 이층으로 올라가는 유리문에는 커다란 자물쇠가 걸려 있었다.

9

나는 출입문을 들어서자마자 옥희도 씨가 나와 있는 것을 먼저 보았다. 나는 춤추듯이 탄력 있는 걸음으로 매장을 가로질렀다. 좋은 일은 예고 없이 오기 때문에 더욱 즐거웠다.

"새해 복 많이 받으세요."

"새해 복 많이 받으세요."

나는 청소부 아줌마랑 잡역부 아저씨랑 닥치는 대로 여러 사람을 축복했다.

환쟁이들이 옥희도 씨와 악수를 하며 오늘이 초면인 것처럼 인사를 하고 있었다.

"편찮으신데 한번 가 뵙지도 못하고, 인제 아주 완쾌하셨나요?"

말수 적고 점잖은 진씨가 자못 정중하다.

"그 욕보셨수다. 그저 없는 사람은 무병한 게 제일인데……."

"그 좋던 신수가 많이 빠지셨구만요, 쯧쯧. 자, 담배……."

김씨와 돈씨도 착하디착하다. 이것으로 그동안 인사말 한마디 없이 잔뜩 악물고 지내던 옥희도 씨와 환쟁이들도 자연스럽게 첫인사를 나눈 셈이었다. 나도 뭐라고 좀 끼어들고 싶었다.

"새해 복 많이 받으세요."

나는 환쟁이 하나하나에 진심으로 복을 주고 싶은, 그런 인사를 하고 난 뒤, 옥희도 씨에게도 복 많이 받으란 소리를 하고 나서,

"이제 아주 나으셨어요?"

하고 조그맣게 덧붙였다.

"응, 덕분에."

그도 나직이 대답하고 그것으로 난 흡족했다.

"미스 리, 한 살 더 먹더니 몰라보게 예뻐졌는걸."

"미스 리, 올핸 시집가야지. 이런 데 너무 오래 있으면 못써."

"왜 인석아, 미스 리가 잡종 새끼들에게 채여갈까 봐 겁나니?"

환쟁이들은 모두 돈씨 흉내를 내서 양키들을 잡종의 새끼로 부르고 있었다.

"씨이발, 세상 못 만나서 엽전의 총각놈들은 싸움판에 끌려 댕기다가 반반한 색시들은 잡종 새끼들에게 다 빼앗기게 생겼으니."

"야 인석아, 그런 걱정을랑 고만두고 네 계집이나마 안 뺏기려면 어서 잡종의 쌍판이나 그려라."

"맞다 맞다. 너 오랜만에 옳은 말 한마디 했다."

농지거리들을 해가며 담배 한 개비씩을 태우고 난 다음, 환쟁이들이 화구를 챙기는 동안 나는 사진들을 나누는 일을 시작했다. 어제 하루 쉬었다뿐인데 일이 손에 서툴렀다. 등 뒤에 옥희도 씨를 의식한다는 것만으로도 그윽한 충만감이 오고 그 충만감이 아직은 익숙지 못해 나는 좀 설렜다.

아직 치워지지 않은 크리스마스트리는 더덕더덕 금종이 은종이를 걸친 채, 쉴 새 없이 붉고 푸른 윙크를 보내고 양키들이 둘러멘 트랜지스터에서 목쉰 소리가 '파피 러브'를 부르고, 이런 것들이 조금도 싫지는 않았으나 이런 것들 때문일까 마음이 좀처럼 차분치를 못했다.

마주 보이는 '캔디 카운터'에서 다이아나가 미군에게 과자를 팔고 달러를 셈하고 그럴 때마다 무명지에서 다이아가 번쩍였다. 꼭 다이아를 위해 마련된 것 같은 섬세하고 어여쁜 손이었다.

그녀가 별안간 팔꿈치를 '쇼케이스' 위에 고이고 손바닥에 이마와 머리카락을 한꺼번에 파묻고 잠시 쉰다. 그녀는 곧잘 그런 모양으로 쉬었다. 움켜쥔 검은 머리카락 사이사이로 빨간 손톱과 다이아가 엿뵈고 그것이 비할 데 없이 아름다웠다. 저런 멋진 포즈로 돈 말고 좀 딴생각을 하고 있었으면 얼마나 좋을까 하고 나는 부질없는 생각을 했다.

드라이버, 펜치, 그런 것을 손에 쥔 태수가 내 앞을 지나갔다. 인사도 윙크도 없이 아주 예사로운 척 지나갔다. 나도 그냥 그뿐이었다. 내가 그에게 관대하고자, 자비롭고자 한 시간은 이미 지난 것이다. 그가 좀 초췌해 보여도 나에겐 그것이 이미 나 때문일 까닭이 없는 것이다.

옥희도 씨가 가끔 쿨룩거렸다. 저번에 문병 갔을 때보다야 훨씬 가벼운 편이었으나 가끔 꽤 길게 할 적도 있었다.

"기침에는 무즙에 꿀을 섞어 마시면 즉흔데, 진짜 꿀만 구할 수 있다면 말야."

진씨가 듣기에 딱했던지 한마디 혼잣말로 중얼거리자,

"꿀이 얼마나 비싼데. 파에다 살구씰 넣고 달여서 들어보십시오."

"예끼 이 사람. 지금 어디 가서 살구씰 구하나. 우리 고장에선 초에다 달걀을 삭혀서 마시데."

환쟁이들이 돌아가며 약방문 하나씩을 발표하자 잠자코 있던 돈씨가 기지개를 켜며,

"쳇 그 약방문 한번 희한타. 의사 다 굶어죽겠다. 그래도 개똥에 쇠똥을 버무려 먹으란 소리가 빠졌으니 고맙지. 안 그렇습니까? 옥형. 병후 소복은 뭐니 뭐니 해도 잘 먹어야 됩니다. 뱃속에 기름이 빠지면 허해서 기침이 나고 밤엔 식은땀이 나고 어질어질하고 목소리는 뱃속에서 잡아당기고…… 그렇습죠 옥형?"

"제기랄 한술 더 떠서 무꾸리까지 하네."

"인석아, 무꾸린 왜 무꾸리냐. 당당한 진맥이다, 인석아."

"진맥을 했으면 처방을 해야지."

"그러니 우리 옥형 소복도 시켜드릴 겸 우리도 출출한데 기름이 둥실둥실 뜨는 설렁탕이나 먹으러 가자구, 어때? 우리 비록 때를 못 만나 잡것들의 쌍통을 그려 목구멍에 풀칠을 할망정 사나이 가슴에 정까지 말라붙을쏘냐?"

"옳소."

그들이 오늘은 너무 착하다.

"저는요. 저도 따라갈까요?"

나도 생글대며 참견을 했다.

"아 참 그렇지. 그렇지만 여길 아주 비울 수 없고……. 미스 리, 빵 사다줄까? 빵."

"좋아요. 집 잘 볼게, 빵이나 많이 사오세요."

그들이 우루루 몰려나갔다. 한 떼의 양키들이 콜라를 찔끔찔끔 마셔가며 햄버그 샌드위치를 탐스럽게 먹으며 지나갔다. 기름이 번드르르 흐르는 것 같은 그들의 비만이 까닭 없이 밉다.

나는 유기부의 미숙에게 큰소리로 말을 걸었다.

"금년엔 좋은 일이 있을 것 같지 않니?"

"왜요? 언니."

그녀가 쪼르르 내게로 왔다.

"화가들은 다 어디 갔수?"

"점심 먹으러. 빵 사온댔으니 너도 점심 먹지 마."

"그래요, 아이 좋아."

그녀가 바싹 내 옆에 다가앉았다. 나는 그녀의 어깨를 감싸 한층 내 옆으로 당기고 수그린 그녀의 목고개에 내 얼굴을 포갰다. 목 뒤에 머리카락 몇 오라기가 코끝을 간질이며, 화장품 냄새로 흐려지지 않은 순수한 사람의 냄새가 싱그럽게 풍겼다. 그녀는 독특한 체취를 갖고 있었다.

들꽃과 갓 난 짐승의 냄새를 합친 것 같은 배릿하고 향긋한 냄새를 맡고 있노라면 나도 모르게 사람 그리움이, 슬프도록 절실한 사람 그리움이 자욱이 서려온다. 나는 그녀의 냄새를 맡으며 땋아 늘인 윤기가 있는 머리카락을 손끝으로 애무했다.

"무슨 좋은 일이 있을 것 같아요?"

그녀는 푸듯이 아까 내가 한 말을 지금 되묻고 있다.

"그냥 막연한 예감이야."

"새해엔 누구나 한 번씩 그래보나 봐."

자못 어른스러운 소리를 하고 나서,

"미국 사람하고 정식 결혼을 해도 양갈보라구 그럴까?"

갑자기 화제를 비약시킨다.

"나 미국 사람하고 결혼할까 봐, 언니."

나는 대답 대신 짧게 웃었다.

"언니 진짜예요."

그녀는 중대한 고백이라도 하고 싶은 눈치였고, 나는 그냥 편안하게 들꽃 냄새 같은, 강아지 냄새 같은 그녀의 체취를 숨 쉬며 따뜻한 목덜미에서 오후의 피곤을 달래고 싶었다.

"언니도 봤을걸. 우리 매장에 매일 와서 한 시간쯤 있다 가는 피에프 씨(PFC). 결혼해서 같이 미국 가자나."

"너도 그 사람 좋아하니?"

"그 사람이 좋은 건지 미국 가는 게 좋은 건지 모르겠어요."

"그래 그렇게 미국 가고 싶니?"

난 좀 놀랐다.

"꼭 미국이 아니라도 좋아. 그저 이 나라를 떠나고 싶어요. 전쟁이니 피란이니 굶주림이니 지긋지긋해. 궁상맞은 꼴 영 안 봤음 좋겠어."

그녀는 연필 끝으로 종이쪽에 구멍을 내서 찢어내고, 다시 잘게 찢어내는 일을 되풀이하며 맹랑한 소리를 했다.

"시궁창 같아 너절해. 꼭 시궁창이라니까. 구질구질해."

그녀는 혀로 날름날름 마른 입술을 침으로 축여가며 혼자 쫑알댔다.

"뭐가?"

나는 듣고만 있기가 안돼서 성의 없이 한마디 했다.

"우리 집 말이에요. 꼭 시궁창이야. 언니는 상상도 못할걸."

나는 응당 물어야 할 시궁창 같다는 그녀의 집안 사정은 묻지 않은 채 그녀 등 뒤에서 나직이 오래오래 웃었다. 그녀가 향기롭다는 게, 시궁창 속에서도 향기롭다는 게, 그녀가 시궁창 냄새만 알았지 자기의 훈향을 모른다는 게 유쾌해서 견딜 수 없었다.

"웃긴, 언니두 참. 나 우스갯소리를 하려는 게 아녜요. 좀 심각한 이야길 하고 싶은데……."

그녀는 아직도 내가 심각한 얘기 따위를 주고받기엔 얼마나 서투른 상댄지 모르고 있다.

"국제결혼이라는 거 어떤 걸까?"

"뭐, 수속 말이니?"

"아뇨. 그런 형식쯤이야 다 어떻게 되는 거겠죠. 실제가 어떤 건지? 내용 말예요."

그녀는 왠지 어려운 말을 골라 쓰느라 말까지 떠듬거리면서 종이를 찢는 일만은 더욱 날쌔게 하고 있었다.

상기한 볼이 과실의 향기라도 풍길 듯이 싱싱하다.

"그야 뭐 해놓고 보면 저절로 알 게 아니니?"

"언니도 참, 하기 전에 알고 싶단 말예요. 그 사람과의 미래가 너무도 짐작이 안 돼요. 미국 갈 수 있다는 가능성에만 현혹돼서 그 밖의 것들은 숫제 깜깜해요. 누가 우리의 미래를 헛말로라도 보장해 줬으면 좋겠어."

그녀는 말하는 '누가' 가 바로 나인 것 같았으나 나는 그 '누가' 가 될 마음이 조금도 없었다.

"결혼을 앞두고 불안한 건 누구나 마찬가질 거야. 그래서 사람들은 사주라든가, 궁합 같은 걸 만들어낸 거 아니겠어?"

그녀는 내가 기대기 알맞게 다소곳이 수그렸던 고개를 별안간 꼿꼿이 세우며,

"그런 게 아니란 말야. 그런 것하곤 사뭇 다르단 말야."

하며 그녀답지 않게 신경질적으로 악을 썼다. 마침 점심을 마친 환쟁이들이 이를 쑤시며 들어왔다. 김씨가 커다란 빵봉지를 내 앞에 던져주자 뒤따르던 돈씨가 한 눈을 찡긋하며,

"미스 리, 그 빵 우리가 가부시끼한 거야."

"어떻든 배는 불렀겠다, 슬슬 잡종들 쌍통이나 그려볼까?"

나는 미숙에게 빵을 한 개 주며 그녀의 절실한 눈매에 쫓기다 못해 더듬거리며,

"내가 보증할 수 있는 건…… 그야 보증할 수 있지. 네가 그 사람과 결혼해서 애기를 낳으면 틀림없이 잡종이 되겠지? 그렇지, 아마."

나는 별 뜻도 없이 환쟁이들이 '잡종' 소리를 또 하기에 문득 한 소리였으나 그녀는 날카로운 꼬챙이에라도 찔린 듯이 파르르 했다.

"언니두 어쩜, 그런 상소리를, 짐승에게나 할 소리를. 언니두 참."

빵을 한 입 베어 물다 말고 눈에 눈물까지 글썽해서 자기 매장으로 도망치듯 달아나버렸다. 나는 몇 개의 빵을 따로 싸다가 그녀에게 주었지만 그녀는 쳐다보지도 않고 화를 내고 있었다.

환쟁이들은 모두 그림을 그리기 시작했는데 옥희도 씨만이 회색 휘장을 마주하고 쉬고 있었다. 나는 그에게로 다가갔다. 휘장을 보고 있는지 그 너머를 보고 있는지 상심한 듯 피곤한 듯한 시선의 초점을 나는 도무지 짐작할 수 없었다. 아무튼 그는 깊게 몰두하고 있었다. 나와는 무관한 것에 깊게깊게 몰두하고 있었다.

나는 조심스럽게 그의 옆으로 다가가 서성대며 잔기침을 해봤다. 그는 못 들었는지 바위처럼 담담했다. 그의 깊은 몰두를 나에게

로 돌렸으면.

나는 열심히 그의 주위를 서성대며 그가 곧 그림을 시작할 수 있도록 스카프를 펴놓고 화구를 정돈했다. 그래도 그는 그 깊은 몰두에서 깨어나지 않았다. 그의 주위를 돌리려면 타일 바닥에 물구나무라도 서야 할 것 같았다. 물구나무를 서서 내 검은 머리로 타일 바닥을 휩쓸며, 두 팔로 온 매장을 걸어 다닌다면 모든 사람이, 옥희도 씨를 포함한 모든 사람이 나를 보겠지. 그렇게 할까 보다. 누가 못할 줄 알구, 그렇게 할까 보다. 나는 그렇게 벼르기만 했지 차마 그렇게 하지도 못하고 여전히 두 발로 선 채 깊은 한숨을 쉬었다.

미숙은 쇼케이스에 이마를 대다시피 깊이 엎드려 있었다. 까만 머리를 양분한 흰 가리마가 곧고 청초하다. 나는 이번에는 미숙을 위해 깊은 한숨을 쉬었다.

그녀도 옥희도 씨도 아득하게 멀게 느껴졌다. 그들은 지금 시름에 잠겨 있다기보다는 삶을 멈추고 정지된 시간 속에 고즈넉이 용해되어 있고, 나만 초조한 시간의 흐름에 휩쓸리고 있는 것 같았다.

그들과 내가 각각 다른 시간 속에 있다는 생각으로 나는 꽃샘추위 같은 으스스한 외로움을 느꼈다.

익살맞게 생긴 지 아이가 팝콘을 버석버석 씹으며 진열된 초상화를 기웃댄다.

"메이 아이 헬프 유?"

나는 장사를 시작했다.

점점 오후의 손님들로 매장이 붐비기 시작한다. 미숙도 나도 양키들을 상대로 잘 돌지 않는 혀로 영어를 지껄여야 했고, 옥희도 씨도 어느 틈에 그림을 그리기 시작했다.

"언니, 언니가 낮에 한 소리 난 영 못 잊겠어요."

셔터가 내린 후 그녀는 쪼르르 내게로 와서 낮의 이야기를 이으려 했다.

"미안해. 그게 아마 상소리였나 보지. 동물에게나 쓰는. 난 늘 들어서 고만 무심했어. 사람은 아마 혼혈이라고 하던가……."

나는 더듬거리며 사과를 했다. 우리는 같이 거리로 나와 어디라는 방향도 없이 걸었다.

"혼혈이구 잡종이구 마찬가지지 뭐. 중요한 건 내가 애를 낳을 것이라는 예언이에요."

"그것도 예언 속에 드나. 결혼해서 애를 낳는 것은 필연이지."

"바로 그거예요. 그러니까 두려워요."

"무슨 소린지……."

그녀가 자꾸 까다로운 소리를 할 것 같아 성가셨다. 나는 나와 상관없는 일로부터 놓여나 피곤한 몸을 마음껏 흐느적대며 내 일을 생각하고 별과 상가의 불빛을 보고, 그다음은 어둠과 추위에 나를 팽개쳐야 하고, 꼭 나 혼자만 해야 할 일들로 꽤나 바쁜 것이다.

"집이 어느 쪽이지? 버스를 타야지. 난 걸을 텐데."

나는 그녀의 꽁꽁 언 손을 정답게 정류장으로 잡아끌며 서둘렀다. 그녀가 걷는다면 나는 또 딴 길로 갈 수도 있을 것이니, 우선은 우리가 각각 집으로 향하고 있을 뿐이라는 걸 분명히 해두고 볼 일이었다.

"언니 제발 부탁이에요. 나하고 조금만 더 이야기하다 가요."

그녀는 울상이 되며 나에게 밀착해 왔다.

"빨리 가봐야지. 엄마가 기다리시잖아?"

"흥, 기다리라죠. 내가 뭐 어린앤 줄 알아요? 다방에서 좀 쉬고 얘기하다 가요. 늦게 들어가도 상관없어요."

나는 별수 없이 어느 이 층 초라한 다방에 그녀와 마주 앉았다.

찬바람 때문인지 늘 분홍빛이던 그녀의 볼이 핼쑥했다. 검은 유리창에 비친 내 얼굴도 피곤하다. 그녀가 이제부터 더욱 나를 피곤하게 할 것 같아 두렵다. 나는 유리창에 관자놀이를 기대고 눈을 감았다. 졸음이 달콤하게 밀려왔다.

"언니, 커피 식겠어."

그녀는 자기 커피는 마시지 않은 채 나를 채근했다. 나는 미지근한 찻잔을 손바닥으로 안았을 뿐 그 까만 물을 마실 일이 왠지 난감했다.

"언니 나 미국 가는 거 고만둘까 봐."

"왜?"

난 좀 반가웠다.

"언니 때문에…… 잡종 때문에……."

"또 잡종이야, 혼혈이래도. 그리고 미국에서야 혼혈에 대한 편견이 설마 여기 같을라구. 미국이란 게 거대한 혼혈 아니겠어?"

"그게 아니에요. 내가 두려운 건 실은 언니가 낮에 한 소리가 나에게 까맣게 잊고 있는 걸 번개처럼 확 일깨워줬단 말예요."

"뭘?"

"미국 가는 것 말구 또 할 일이 있다는 것을. 이를테면 결혼을 좀더 구체적으로 생각한 거죠. 애기를 낳으려면 치러야 할 과정이랄까, 그런 걸 그 피 에프 씨와 갖는다는 상상조차 소름끼쳐요."

그녀는 양미간을 곱게 찌푸렸다. 나는 그녀의 말을 잘 이해 못하면서 그저 지칠 대로 지쳐 있었다.

"미국도 가고 싶지만 더 중요한 것도 있거든요."

"그게 뭔데?"

나는 마지못해 한마디 했다.

"남자와 여자와의 최초의 접촉이 황홀하리라는 꿈요. 그 꿈을 그 피 에프 씨가 엉망으로 만들게 내버려둘 순 없잖아요."

"너 오늘 하루 종일 그런 맹랑한 생각만 했댔구나."

"아아뇨. 그 생각은 언니가 '잡종' 하는 순간 일순에 해버렸어요. 실은 그런 생각은 늘 있으면서도 내가 덮어두었던 걸, 얇게 어설프게 미국 간다는 꿈으로 덮었던 것을 언니가 벗겨준 것뿐이에요."

나는 얼떨떨해서 서투르게 웃었다. 내가 잘했다는 건지 못할 짓을 했다는 건지 짐작이 안 된 채 그녀로부터 놓여나고 싶을 뿐이었다.

"나 온종일 쭉 미국 가지 않고도 시궁창을 빠져나올 궁리를 했어요. 결국 언니하고 의논하기로 했어요."

그녀는 다 식은 커피를 냉수 들이켜듯이 홀짝 마시고 나서 어느새 볼이 붉어 있었다.

"나 언니네 가 있으면 안 될까?"

그녀가 비로소 결심한 듯 의외의 제안을 해왔다.

나는 다시 유리창으로 눈을 돌렸다. 어두운 뒷골목으로 난 유리창에는 아무런 풍경도 없고 다만 내 모습만이 있었다.

나는 내 찬 손에 내 더운 이마를 포갰다. 콧등을 찌부러뜨리고 눈을 감았다. 그녀로부터, 또 난처한 대답으로부터 놓여날 궁리를 하려다 말고 그런 시시한 궁리가 귀찮고 짜증스러워 허술한 유리창이 덜컹대도록 머리를 흔들었다. 다시 졸음이 안개처럼 서려왔다.

"밥값은 낼게."

어느 틈에 내 옆자리로 옮겨 앉은 그녀는 내 등을 정답게 감싸며 바로 귓전에 따뜻한 입김으로 속삭였다.

들꽃과 갓 난 야생 동물을 합친 것 같은 그녀의 독특한 체취가 풍겨왔다. 그녀가 자신이 시궁창에서도 이처럼 향기롭다는 걸 모르다니 참 답답하다.

그녀가 서 있는 땅이 시궁창이라면 내가 서 있는 땅은 지독한 한

발(旱魃)의 땅이다.

그렇지만 그 한발의 의미를 그녀에게 어떻게 설명한다? 차라리 영어로 시조(時調)를 해설하는 것이 수월할 것 같다.

남의 일로 힘들이고 난처해하기는 정말 싫었다. 나는 시치미를 떼기로 작정했다.

"이제 그만 가자. 우리들의 엄마가 기다리시겠다."

나는 그녀의 손을 잡아 일으키면서 나도 일어났다.

"우리들의 엄마?"

"응, 너의 엄마와 우리 엄마."

나는 아무렇지도 않게 가볍게 말했다.

"언니, 내가 지금 말한 건 생각해 보는 거지?"

"머플러를 쓰지 그래. 밖이 춥던데."

먼저 머플러로 머리를 감고 시범이라도 보이듯이, 앞머리를 몇 가닥 이마로 내리며 씽긋 웃어줬다.

"밥값은 낼게. 나도 그만큼은 번다 나."

"점심을 빵으로 때웠더니 좀 출출하지. 넌 안 그래?"

나는 앞장서서 어둡고 가파른 계단을 능숙하게 내려왔다. 한길은 추웠다. 추운데 혼자는 딱 질색이다. 춥기 때문에 그녀와 좀 더 다정하고 싶었지만 그럴 수는 없었다. 어떤 매듭을 짓고 싶은 눈치가 역력한 그녀에게 나는 단호히 '안녕.' 하고 말았다.

혼자가 된 나는 배에 힘을 주고 고개를 오버 깃 속에 깊이 묻었다. 그리고 비로소 시선을 내 내부로 돌렸다. 고개를 딱지 속에 처넣은 달팽이의 시계(視界)만큼이나 어둡고 협소한 나의 시계. 그러나 내 옹졸한 시선은 그런 좁디좁은 시계에서만 당황하지 않고 안식을 누릴 수 있었다.

나는 우두커니 전차 정류장에 서 있었다. 전차는 좀처럼 와주지 않았지만 기다리는 사람들이 불어나는 것도 아니었다. 화신 앞까지만이라도 타고 싶을 만큼 나는 피곤했다. 오늘은 거의 이백 달러나 벌어들였으니 나는 지칠 대로 지쳐 있었다.

문득 나는 내가 지쳐 있는 부분이 다리가 아니라 입임을 깨닫는다. 중학교 일 학년 영어 교과서 정도의 영어의 수없는 되풀이로 저녁때쯤은 혀가 거의 경련을 일으킬 지경이었다.

"하우 뷰티풀 쉬 이즈!"

"캔 아이 헬프 유?"

"왓 칼라 헤어 쉬 해즈?"

그러고 보니 나는 오늘 온종일 우리말을 한 번도 못 지껄여본 듯하다. 오늘은 워낙 바빴고, 미숙도 태수도 나를 찾지 않았고, 옥희도 씨에겐 내가 말을 걸 틈이 없었으니까. 불현듯 나는 우리말이 해보고 싶어졌다. 아까부터 전차를 기다리는지 그냥 우두커니 서 있는 건지 알 수 없는 중년의 사나이 옆으로 가서 나는 가만히 중얼거렸다.

"당신의 부인은 참 아름답군요!"

"그녀의 눈은 무슨 빛인가요?"

"그녀의 머리색은요?"

다행히 그 말은 아주 작은 웅얼거림에 그쳤다. 아무리 작아도 내가 오늘 입 밖에 낸 최초의 우리말, 그러나 그것은 우리말이었을 뿐 결코 내 말은 아니었다. 나의 느낌, 내 의사가 담긴 내 말을 하지 않고는 못 배길 것 같았다. 말이 아니라 외침에라도 몸짓에라도 짙은 나를 담고 싶었다.

중년의 사나이가 휘적휘적 저쪽으로 가버렸다. 그뿐, 전차도 안 오고 전차를 기다리는 사람이 더 늘지도 줄지도 않았다. 나는 서성거리다가 어느 틈에 걷기 시작했다.

미군 상대의 선물 가게에서 쇼리가 웬 흑인을 붙들고 안간힘을 쓰고 있었다. 나는 멈춰 서서 그의 슬픈 영어를 들었다.

"할로, 프리이스 캄 캄 룩크 룩크. 위 해브 메니 메니 베리 나이스 프레센트."

"아이 돈 헤브 모니. 유 프레센트 오오케?"

쇼리는 열심히 치켜들었던 놋재떨이와 담뱃대를 제자리에 탁 놓더니

"씨이발 개애새끼."

통쾌한 우리말이다. 금세 속이 후련해진 나는 꼬마에게 크게 미소 지어 보이며 물었다.

"오늘 많이 팔았니, 꼬마야?"

이것이 내가 오늘 한 최초의 내 의사가 담긴 우리말인 것 같았다. 나는 꼬마의 대답은 기다릴 것도 없이 흐느적거리며 여러 가게 앞을 기웃거리며 지나갔다.

대소쿠리, 담뱃대, 지게, 삼태기, 요란한 수가 앞뒤로 놓인 점퍼, 색이 바랜 조악한 천의 파자마, 갓 쓴 할아버지, 통통 멘 농부의 목각 인형……, 우리 것이랍시고 내세운 물건들이 외국사람, 아니 나에게 오히려 낯설고 정이 안 간다. 팔아먹을 것의 고갈, 그렇지만 팔아먹지 않고는 연명할 도리가 없는 상태, 그런 것이 바로 가난의 생태인가 보다. 나는 이들 가게 앞을 지나 다시 어두운 모퉁이에 섰다.

그리고 달음질쳤다. 무섭다는 이유 말고도 또 하나의 급한 용무가 생긴 것이다. 나는 완구점의 침팬지를 만나고 싶었다. 그 유쾌한 친구가 위스키를 따라 마시고 또 마시고 하는 광적인 폭음에서 차차 동작이 느려지며 허탈로 돌아가는 모습 앞에 있고 싶었다.

여전히 노점인 완구점은 붐볐고 구경꾼은 거지반 어른이었다. 장난감을 좋아하는 어른이 나뿐이 아니어서 적이 마음이 놓였다.

무더기로 쌓인 자동차, 기차, 인형, 비행기, 총칼 따위를 다 제쳐 놓고 유독 손님들의 총애를 독차지하고 있는 침팬지란 놈이 주인을 위해 돈을 좀 벌어준 것 같지는 않으니 뻔뻔한 놈이다.

오늘은 그놈이 옆에 시종까지 거느리고 있었다. 눈이 툭 불거지고 흰 이를 드러낸 검둥이 인형이 꽁무니에 태엽을 단 채 징을 들고 서서 주인의 향연을 기다리고 있었다.

무표정한 완구점 주인 영감이 하품을 늘어지게 하고 나서, 쭉 늘어선 구경꾼을 시들한 듯이 흘겨보고 마지못한 듯이 마른 나뭇가지 같은 손을 침팬지 쪽으로 뻗는다. 개막 징을 듣는 관객같이 나는 숨을 죽이고 흥분을 누른다.

주인 영감은 먼저 침팬지 꽁무니의 태엽을 틀어주고, 이어 검둥이의 태엽을 틀어 나란히 세웠다.

두 놈은 리드미컬하게 어깨춤을 춰가며, 한 놈은 위스키를 따라 마시고 한 놈은 신나게 징을 두드렸다. 두 놈은 아주 호흡이 잘 맞아 한 놈이 점점 빠르게 위스키를 따라 마실수록 한 놈은 주흥을 돋우듯이 점점 세게 징을 쳤다.

그러자 구경꾼들은 덩달아 전신을 흐느적대고 웃고 또 웃었다. 나도 웃었다. 웃다 웃다 나중에는 눈귀에서 눈물이 흐르도록 웃었다.

구경꾼들이 숨을 죽이기 시작하자 그놈들의 동작도 점점 느려졌다. 그들의 동작이 완전히 멈추자 맥이 탁 풀리며 몸이 흐느적흐느적 땅으로 흘러내릴 듯한 피곤이 왔다.

눈귀의 눈물을 닦고 사람들이 흩어지고 새 사람이 오고 하는데 나는 그저 망연히 서 있었다. 머리가 텅 빈 채 아무런 생각도 들어서지 않았다. 나는 문득 내가 쓰러지지도, 땅으로 흘러내리지도 않고 서 있을 수 있음은 누군가의 부축 때문인 것을 깨닫는다. 그의 부축은 능숙하고 편안했다. 찬란한 빛처럼 어떤 예감이 왔다. 나는 돌아보지 않고 오래도록 그 예감만을 즐겼다.

"그만 가지."

예감대로 옥희도 씨의 음성이었다. 따뜻하고 착한 시선이 나를 굽어보고 있었다. 오랜 별리 끝의 해후처럼 반가움이 벅차왔다. 우리는 사람을 헤치고 나와 같이 걸었다.

"어린애같이 아직도 장난감을 좋아하나?"

"선생님은요?"

"별안간 그놈이 보고 싶었어. 그 주정뱅이가……."

"저도요. 막 뛰어왔어요."

"나도 그랬어. 왜 그랬을까? 사뭇 걷잡을 수 없을 만큼이었어."

"우리는 우리들의 해후를 예감했나 봐요."

"해후라니? 우리는 요새 늘 같이 있었는데……."

그는 같이 있었다는 걸 다짐이나 하듯 내 손을 잡았다. 그의 두툼하고 따뜻한 손 속에서 내 작은 손이 녹아 오르고 그의 체온, 입김, 시선, 그런 것이 거의 법열과도 같은 황홀한 기쁨을 나에게 주었다.

"오랜만이죠?"

나는 여기서 그를 만난 게 다시 한번 고맙고 신통하고, 암만해도 온종일 같이 있었던 사람 같지 않게 그가 새로웠다.

"우리는 늘 같이 있었잖아."

그가 내 손을 더욱 꼬옥 잡았다.

"같이 있었음 뭘 해요. 서로 말 한번 못해 보게 바빴잖아요. 외로웠어요."

"저런 가엾어라."

그는 빙긋 웃으며 장난스럽게 말했으나 내 마음을 어루만지기에 충분한 성의가 있었다.

"다시는, 다신 절 가엾게 하지 마세요."

난 응석 부리듯이 그의 어깨에 머리를 기대고 천천히 걸었다. 그는 대답이 없었다.

양장점, 양품점, 양화점, 보석상들의 휘황한 조명 앞을 지나면 침침한 호떡집을 마지막으로 어두운 성당 앞 고갯길이었다. 나는 대답 없는 그의 눈치를 살피려 마지막 불빛인 호떡집의 삼십 촉짜리 외등 앞에서 그를 쳐다봤다. 착하고도 총명한, 그래서 가끔 상심과 피곤이 담기는 것 외에는 한껏 평온하기만 하던 그의 눈이 여태껏 본 적이 없는 이상한 열기로 타고 있었다.

나는 흠칫 놀라 시선을 돌렸다. 다시 그를 쳐다봤을 때는 이미 불빛을 지나, 침침한 외등 빛을 뒤로 하고 얼굴은 어둡게 그늘진 채였으나 눈빛만이 아직도 타고 있었다.

나는 숨을 죽였다. 그리고 전신의 감각으로 이 바위 같은 사나이가 깊숙이 떨고 있음을 느꼈다. 어느 틈에 나도 떨고 있었다. 그에게 잡힌 손이 매우 새로운 감각을 전해 왔다. 나는 잠깐 그 새로운 감각에 저항을 느꼈다. 그에게 잡힌 손을 빼내야겠다고 생각했으나 의외로 그는 완강했다. 어쩔 수 없이 그에게서 남자를 느꼈다.

심장이 걷잡을 수 없이 뛰기 시작했다. 나는 그에게 잡히지 않는 한쪽 손으로 왼쪽 가슴을 눌렀다. 심장이 나와는 별개의 생동하는 생물이 되어 자신을 가두고 있는 늑골을 박차고 튀어나올 듯한 위기를 느꼈다. 나는 허둥지둥 발길을 헛디디며 그에게 끌려가다시피하고 있었다. 그는 두렵도록 억셌다. 드디어 충동적으로 멈춰선 그는 튀어나올 듯한 내 심장을 육중하게 자기 체중으로 눌렀다.

나는 또 한 번 아주 가까이에서 그의 열기를 보고 느꼈다.

"가엾게시리…… 떨고 있군."

그는 몹시 떨리는 음성으로 내 귓바퀴가 간지럽도록 가까이서 속삭였다. 나는 그가 뭔가 몹시 두려워하고 있음을 알았다. 그리고 나도 똑같이 그가 두려워하는 것을 두려워하고 있음도.

나는 두려운 것이 오기를 두려워하며 기다렸다. 그의 숨결이 주저하며, 그러나 어김없이 다가오는 것을 느꼈다. 나는 고개를 젖히고 그의 숨결을 받아들이기 전에 높이 솟은 성당의 첨탑을 보았다. 그러자 언젠가 이 앞에서 잊었던 시의 한 구절이 이상하리만큼 선명하게 떠올랐다.

어느 틈에 나는 한숨을 뱉듯이 그것들을 띄엄띄엄 읊조리고 있었다.

——마리아, 당신만은 우리에게 자비로우서야 해요. 당신의 핏줄로 태어난 우리올시다. 동경이 얼마나 가슴 아픈 것인가를 당신이 아니고서야 누가 알기나 하오리까——.

어쩌자고 그 소중한 순간을 그런 쑥스러운 짓으로 망쳐놓고 말았는지 모를 일이다.

그의 숨결은 더 이상 다가오지 않았다. 나는 아쉬움과 안도를 동시에 느꼈다. 우리는 다시 걷기 시작했다. 천천히 고개를 내려와 모퉁이를 돌았다.

"춥지?"

"네, 너무 추워요."

"오늘이 아마 소한이지."

"소한 추위가 대한 추위보다 더하다니 이상하죠?"

"우리 선조들의 속임수지. 복중에 슬쩍 입추를 끼워놓는다든가, 어감으로 혹한이나 혹서의 괴로움을 덜려는 천진한 속임수야."

"그렇군요."

실은 우리도 속임수를 쓰고 있었다. 우리들이 여태껏 소한 추위로 그렇게 떨었던 것처럼 떨림도 열기도 모두 소한 추위로 돌리고 안심하려 들었다.

우리는 같이 길을 건너고 아무 말 없이 골목들을 지났다.

"영하 몇 도쯤이나 될까요?"

"글쎄 오늘 아침이 십오 도였다던가……."

가끔 쓸모없는 대화를 띄엄띄엄 나누며 평정을 회복하여 갔다. 드디어 아까 성당 앞에서의 순간을 이을 대화를 찾지 못한 채 우리는 예의 바른 인사를 나누고 헤어졌다.

집 앞에는 낯선 지프차가 멎어 있었다. 폐가처럼 퇴락한 우리 집 앞에 멎어선 지프차는 마치 현실이 미아가 되어 꿈속으로 뛰어든 것같이 안 어울려 보였다. 나는 집에 들어가기를 망설이며 이 불의의 침입자가 나를 귀찮게 굴 것을 짜증내 봤으나 밖은 영하 십오 도였다. 나는 순전히 추위 때문에 떨기를 원치 않았다. 대문은 열린 채였고 댓돌에는 윤기 나는 군화와 허술한 군화가 나란히 놓여 있었다. 곧 큰댁 진이 오빠가 와 있음을 알았다. 나는 신을 벗으며 두 켤레의 구두에 촘촘히 뚫린 구두끈 구멍이 너무도 많고, 구두끈이 하도 길어 그런 신을 신고 벗어야 하는 진이 오빠가 가엾게 생각되었다.

다소나마 그를 가엾게 생각할 수 있다는 건 큰 다행이었다. 큰 근심거리이던 진이 오빠와의 대결이 한결 수월하게 생각되었으니 말이다.

진이 오빠는 건넌방 아랫목에 벌렁 누워 있고 운전병인 듯싶은 작업복 차림의 하사가 윗목에 거북한 자세로 앉아 있었다.

"늘 이렇게 늦게 오니?"

선하품을 하며 일어나 앉은 진이 오빠는 첫마디부터 못마땅해하는 눈치가 역력했다.

"오늘은 좀 늦었어요."

그의 앞에서 풀이 죽는 것은 오래전부터의 습관이었고 오늘도 어쩔 수 없었다. 구두의 끈 구멍 따위가 도움이 될 리 만무였다.

잘생긴 얼굴이 군인답지 않게 희고 여전히 위엄과 귀티가 있었다. 중령이라는 계급이 얕잡아볼 수 없는 계급이라서가 아닌, 군인이라든가 장교라든가 그런 것과는 상관없는 그 독특한 품위와 위엄은 설사 그를 공중탕 속에 던져 넣는다 해도 여전할 것 같았다.

속칭 유엔잠바라 불리는, 중국옷같이 생긴 볼품없는 방한복이 진이 오빠에게는 그의 귀티를 조금도 손상시킴 없이 썩 잘 어울렸다.

나는 오버를 벗어 걸고 도시락통을 내놓고 하는 사이 줄곧 진이 오빠의 그 귀티 나는 얼굴에 썩 잘 어울리는, 남을 좀 얕잡아보는 듯한 삐뚜름한 웃음이 나를 좇고 있음을 느끼고 있었다. 그러나 그런 부자유에서 놓여날 방도는 암담했다.

난 언 손을 진이 오빠가 깔고 있는 포대기 밑에 넣으며 윗목의 하사에게 먼저 말을 건넸다.

"추운데 이리로 좀 내려오시지 않구."

엉거주춤 거북한 모습으로 앉은 그에게 나는 친밀한 동류의식을 느꼈다. 그러나 그는 천부당만부당하다는 듯이 황급히 궁둥이를 더 뒤로 밀었다.

"직장이 견딜 만하니?"

"네 그럭저럭 견딜 만해요."

한참을 화제가 끊기고, 편한 자세로 앉아 있는데도 나는 윗목의 하사만큼이나 거북했다.

진이 오빠는 퍼멀 한 개비를 뽑아서 불을 붙여 유연히 내뿜었다. 건강하고 깨끗한 손가락 사이에서 퍼멀이 푸른 연기를 가늘게 뿜았다. 까닭 없이 사치한 풍경이었다.

맛난 것만 가려서 먹고 폭신하게 자고 고상한 생각만 골라서 한 것 같은 이 큰집의 귀하디귀한 장손에게 어머니는 김칫국을 먹였겠지. 아니면 된장에 김치를 썰어 넣은 찌개쯤을 먹였을까? 하여튼 상을 받은 진이 오빠의 얼굴을 못 봐둔 게 한이지만 그에게 사정없이 김칫국을 먹였다는 생각은 큰소리로 웃고 싶으리 만큼 통쾌했다.

"저녁상 가져오랴?"

어머니가 미닫이를 반쯤 열고 물어왔다.

"네, 근데 오빠 뭐 좀 해드렸어요?"

"아아니 먹고 왔다던데."

어머니는 시들하게 억양 없이 말하고 부스스 미닫이를 닫았다.

"엄마 나도 참 저녁 먹고 왔어요. 깜빡 잊었네."

나는 그 앞에서 김칫국을 훌쩍거리기가 싫어서 황급히 저녁을 취소했다.

"저녁 먹은 걸 그새 잊냐?"

그가 담배를 비벼 끄며 한마디 했다. 나에게는 그것이 심한 빈정거림으로 들렸으나 어쩔 수 없었다.

그에게 김칫국을 못 먹였다니 생각할수록 억울했다. 그 때문에 저녁을 굶어야 하는 것도 좀 억울하지만, 맛난 것에 포만한 듯 기름진 그 앞에서 김칫국을 마셔야 하는 수모를 감당하기보다는 훨씬 낫지 않은가.

그러나 김칫국을 거부하고 나서도 역시 그 앞에선 좀 초라하고 거북해지는 것을 어쩔 수 없었다. 나는 어느 틈에 윗목의 하사만큼이나 엉거주춤 볼품없이 앉아 있었다.

"그냥 이대로 지낼 각오냐? 실은 너를 강제로라도 끌고 오라는 명령을 받고 왔다만……."

그는 입귀로 잠깐 웃었다.

"그렇겐 안 될걸요."

나는 그를 똑바로 보며 약간 도전적으로 쏴주었다.

"그렇게 겁낼 건 없다."

"누가 겁을 내요? 오빤 누구든 오빠 앞에서 떤다고 생각하는 버릇까지 여전하군요."

"너도 여전하구나."

그는 또 입귀로 잠깐 웃었다.

"큰아버지께서는 가장을 잃은 작은댁을 돌보는 것을 당연한 의무로 생각하고 계시지. 그래서 혹시 의무를 소홀히 했다는 비난을 훗날 친척이나 친지들로부터 들을까 봐 두려우신 거야. 그래서 마리를 시켜서 편지도 쓰게 하고 또 나도 보내시구. 난 내 아버지의 위선을 너무도 잘 알고 있다."

"뭣 때문에 나에게 그런 소릴 하죠?"

"네가 너무 쌀쌀한 것 같아서. 내가 온 것도 그런 위선의 제스처로 받아들이는 것 같아서 말이다. 난 자의로 온 거니까. 조금쯤은 너도 보고 싶고 이 고가도 궁금했으니까."

그는 아까보다 훨씬 부드럽게 웃어 보였다.

"제발 큰아버지도 오빠도 우리에게 관심 갖지 말아줘요. 그럭저럭 살 수 있을 테니까요."

"그렇겐 안 될걸. 큰아버진 난이가 춤바람이 나고 민이가 여자 문제로 말썽을 일으키고 다녀도 태평이셔. 오로지 걱정은 서울 작은댁 걱정뿐이시란다. 입 밖에 내서 하는 걱정 말이다. 일가친척한 테 보이기 위한 선전용 걱정이 요새 점점 더하셔서 민망할 지경이지. 실상은 우리를 아는 사람들은 우리가 너희에게 크게 신세진 걸 다 알고 있으니 아버지의 고충도 이해할 만하지 안 그래? 경아야."

그는 도대체 무슨 말을 들추려는 걸까 하고 덜컥 겁이 났지만 다행히 그는 좀 더 딴생각에 잠겨 있는 듯 그 문제는 흐지부지 넘기고 혼잣말처럼 뇌까렸다.

"그렇지만 도로야. 헛수고일 뿐이야."

"네 그러믄요. 전 안 갈 테니까요."

"그런 뜻이 아냐. 아버지의 남을 보이기 위한 인사치레나 성의조차도 생략해도 무관하리라는 뜻이야. 네가 생활고로 양갈보가 됐대도 훗날 친척들이 우리를 비난하지도 않을 테고 우리 체면에 영향을 줄 리도 없고…… 전쟁이 끝나면 사람들은 좀 더 자기 일에 바쁠 테고 좀 더 이기적인 게 판칠 테니까."

난 어리둥절한 채로 냉소로 일그러진 그의 입가만 보고 있었다.

"가족이란 개념도 좀 더 축소될 거야. 조카딸쯤 안 돌본 걸 헐뜯는 양반은 아무도 없을걸. 대가족 제도의 호주의 권위는커녕 아마 사람들은 제 자식도 못 다스리게 될 테니까."

그는 혼자 제멋대로 지껄이고 다시 퍼멀을 한 개비 뽑아 불을 붙였다. 금속성으로 차게 빛나던 그의 눈에 담배 연기 때문일까, 한 가닥 우수가 서렸다. 그는 나에게 좀 잔혹한 소리를 한 셈인데도 오히려 자기 쪽에서 풀이 죽어 있었다. 한참 만에 좀 멍청한 듯한 시선을 나에게로 돌리더니,

"아마 장차의 젊은이들은 혈연이나 인습의 굴레를 부수기에 좀 더 대담하고 자기의 문제를 자기가 책임지기에 용감하고 성실해질 거야. 젊은이다운 세상이 될 거야."

그는 지금 문득 자기의 문제를 생각하고 자기의 이야기를 하고 있는 것 같았다. 단지 여자의 집이 지체가 낮다는 이유만으로 부모의 완강한 반대로 첫사랑을 이루지 못하고 여태껏 독신으로 버티고 있는 자기의 문제를.

그러나 그가 지금 단순한 회상을 하고 있는지 깊은 회한에 잠겼

는지는 그의 표정에서 읽을 수 없었다. 흡연이 끝나자 내가 착각한 우수도 말끔히 가시고, 역시 눈은 차고 얼굴은 빈틈없이 잘생겼다는 것 외에는 아무런 표정도 없었다.

이 차고 단단한 남자에게 자국을 남길 수 있었던 여자는 대체 어떤 여자였을까 하고 문득 궁금해졌지만 그는 어느 누구의 궁금증도 받아들일 성싶지 않게 역시 차고 단단했다. 그가 지닌 품위와 위엄도 성품으로 지녔다기보다는 그 속에 자기를 깊이 가두고 있다는 표현이 적절했다.

나는 간신히 말했다.

"오빠, 무슨 소릴 하려는 거예요. 너무 어려운 소리만 하시면 곤란해요."

"간단해. 네가 자유롭다는 소리야. 어른들에게 마음 쓸 것 없어."

그는 냉랭하게 말하고 나는 나도 모르게 왈칵 격앙했다.

"훗후후…… 그거야 말로 도로(徒勞)군요. 큰아버지의 헛수고보다 더 기막힌 헛수고예요. 도도하신 오빠가 여기까지 와서 그렇게 긴 이야길 했으니. 난 오빠가 자유 선언을 하기 훨씬 전서부터 자유로웠으니까요. 큰댁 체면 때문에 내가 뭐 못한 거 있는 줄 아세요? 나는 내 문제만 생각하고 내 맘대로 살고 있어요. 앞으로도 그럴 테니 걱정 마세요. 생활비 보조도 이제부터 거절하겠어요. 내가 큰댁 속셈을 모를 줄 아세요. 치사하게 몇 푼 생활비가 아까워서 별별 소릴 다 한 거죠? 좋아요 안 받겠어요. 나도 돈쯤은 버니까."

"왜 그렇게 옹졸하니?"

그의 냉랭하게 가라앉은 목소리가 내 격앙을 눌렀다.

"받아두는 거야. 큰아버진 부자니까. 좀 더 달래도 돼. 실상 우린 너희에게 그 이상 빚지고 있는 셈이기도 하고……. 내 이야길 좀 새겨듣지 못하겠니?"

그는 말을 멈추고 안방 쪽에다 잠깐 신경을 쓰는 듯했다. 조용했다. 최소한도의 인기척도 잡을 수 없었다.

"넌 말귀가 어둡구나. 넌 우선 너의 어머니로부터, 그다음은 이 음산한 고가로부터 자유로워져야 돼."

"네?"

나는 흠칫 놀라 몸을 소스라쳤다.

"우선 너의 어머니로부터 자유로워지라구."

"날더러 어쩌라는 거죠?"

"너의 어머닌 이미 이 고가의 일부야. 그것이 그분의 가장 편한 처신이라면 우린들 어쩌겠니? 그렇지만 너까지 이 고가의 일부이기에는 너무나도 젊고 발랄하다. 그러니 어머니에 대한 의무에 너를 얽매지 말란 말이다."

"그럼 엄만 어떻게 되는 거죠?"

"어머닌 아직은 신체상으론 정정하시구……."

그는 느닷없이 정정한 걸 신체상으로 국한시키고, 난 그게 듣기에 심히 못마땅했다.

"아무튼 자기 신변을 자기가 돌볼 만은 하시구 식생활이야 여전히 큰아버지가 돌보실 테니까. 아까도 말했지만 큰아버지는 부자고 내가 좀 헐뜯긴 했지만 좋은 분이야. 친척 간에 의리를 지키는 것을 큰 자랑으로 삼고 계시니까. 이를테면 구대인을 대표하는 호인이시지. 그 호인에게 기대는 거다. 어머니도 그리고 너도 한번 기대봐. 알겠니? 맘 내킬 때 부산으로 내려오렴. 공부도 계속할 수 있을 테고 네 나이에 맞는 응분의 생활을 가질 수 있을 테니까. 아무튼 그곳에선 좀 더 화안한 생활을 찾을 수 있을 거야."

그는 '화안한'을 어쩌면 그렇게 풍부한 감정을 곁들여, 고혹적으로 발음을 하는지 나는 단박에 가슴이 울렁거려왔다. 빛과 기쁨이 있는 생활에의 갈망이 세차게 고개를 들었다.

윗목에 엉거주춤 거북하게 앉아서 졸던 하사가 어느 틈에 자세를 무너뜨리더니 거침없이 코를 드르렁거렸다. 사지를 편히 늘어뜨리고 보기에도 쾌적한 깊은 잠에 빠져 들어갔다.

진이 오빠의 입가에 처음으로 미소다운 미소가 떠올랐다.

"녀석, 퍽 고단했나 보다."

나는 방바닥에 놓인 그의 라이터를 집어 엄지손가락이 아프도록 불을 켰다 껐다 하는 실없는 장난을 되풀이하여 설렘을 달래고 있었다. 그는 자신의 말의 효과에 십분의 자신을 갖고 유유히 나를 관찰하고 있었고, 나는 심상한 얼굴로 맞섰다.

그러나 나는 심하게 찢기고 있었다. 새롭고 화안한 생활에의 동경과 지금 이대로에서 조금도 비켜설 수 없으리라는 숙명 사이에서 아프게 찢기고 있었다. 또한 나는 이 찢김, 이 아픔이 완전히 무의미하다는 걸 알고 있었다. 이 아픔을 통해 내가 조금도 새로워질 리가 없을 테니까.

누가 뭐래도 결코 나는 놓여날 수 없는 것이다. 전전긍긍 전쟁을 기다리며 하루 한 번 한쪽이 달아난 검은 지붕을 경건하게 우러르며, 어머니를 미워하고 김칫국을 마셔야 하는 일에서 결코 나는 놓여날 수 없는 것이다.

나는 새삼 나를 층층이 얽맨 사슬을 느꼈다. 그 사실의 시초가 궁금했다. 나는 가끔 그 사실의 시초로의 소급을 시도하다가 우습게도 좌절당하고 마는데, 진이 오빠의 도움이 있다면, 어쩌면 나는 쉽사리 그 시초를 볼 수 있을 것 같았다. 그러나 난 두려웠다. 그 시초를 보기가. 난 그 시초를 결코 망각한 게 아니라 교묘하게 피하고 있을 뿐인 것이다.

"내일모레 나 가는 길에 같이 가자꾸나."

그는 심상하게 그러나 자신 있게 말했다.

"어쩌면 어머니 시중들 애도 생길 것 같다. 김 하사 누이동생이 얌전하다기에 내가 부탁했으니까 십중팔구 틀림없겠지."

그는 윗목의 하사를 턱으로 가리켰다. 그러곤 자기 일은 인제 완전히 끝났다는 듯이 얄팍한 입술이 안으로 굳게 닫히며 그 독특한, 타인에 대한 관심에 아주 인색한, 극도로 이기적인 눈매로 돌아와 있었다.

나는 계속 라이터로 손장난을 하고 있었다. 얼마나 여러 번 껐다 켰다를 되풀이했던지 이젠 좀처럼 불이 당겨지지 않고 불똥만이 몇 개씩 흩어졌다. 나는 라이터를 그의 앞에 밀어놓고 빨갛게 부풀다시피 한 엄지손가락의 지문에 호호 입김을 불어넣으며,

"안 가겠어요."

아무 망설임 없이 또렷이 말했다. 그는 별로 놀라지 않고 그렇다고 딴말을 걸려 들지도 않았다. 시계를 보더니,

"김 하사를 깨워라."

그가 조금이나마 남에게 관심을 갖기로 한 시간은 이미 지난 모양이다.

김 하사는 맹렬히 코를 골고 있었다. 꿇었던 무릎은 완전히 펴져서 커다란 발바닥이 거침없이 그의 오만한 상관을 향하고 있었다. 업어 가도 모를 듯한 깊은 숙면에 빠져 있는 그가 나에게는 웬일인지 이 커다란 집 속의 유일하게 살아 있는 사람같이 여겨졌다.

"조금만 더 재워요. 별일 없으면."

"그럴까……."

그는 무료한 듯이 하품을 하고 다시 담배를 꺼냈다. 세 개비째였다. 나는 성냥불을 그어댔다. 든든해 보이면서도 여자같이 피부가 섬세한 손가락 사이에서 모락모락 연기를 뿜는 담배 개비가 눈에

즐겁다.

"오빠도 전쟁을, 죽고 죽이고 하는 진짜 전쟁을 해보았수?"

나는 모멸을 곁들였다.

"물론. 지금은 후방 근무다만."

"사람도 죽이고 총도 쏴보구……."

나는 좀 더 노골적으로 비꼬았다.

"난 무용담은 질색이야."

그는 차게 내 야유를 거부했다. 난 좀 더 끈덕졌다.

"그래도 육이오 때나 일사후퇴 땐 도망도 했드랬겠죠? 작전상 후퇴라나 하며……. 후후…… 오빠가 도망치는 모습이란 상상도 안돼요."

나는 어떡하든 그의 오만을 모멸로써 뭉개고 싶었다.

"그럼 당신 적진으로 들어가 수십 명의 모가지를 자르는 상상은 어떠니? 안됐지만 난 신라의 화랑도, 이조 시대의 의병도 아냐."

그는 교묘하고도 선명하게 내 모멸을 피했다. 화제가 끊겼다. 우리 둘은 똑같이 숨을 죽였다. 드넓은 고가를 완전히 점령한 정적을 듣고 있었다.

김 하사는 여전히 방약무인하게 코를 고는데도 우리는 똑같이 그의 코고는 소리를 청각에서 몰아내고 오로지 밖의 정적에만 귀를 기울였다. 가끔 고가의 허술한 곳에 바람이 지나는 소리가 안 나는 것도 아니었으나, 정확히 말해서 우리는 인기척을 찾고 있었다.

사람이 전혀 살고 있는 것 같지 않은, 산 적도 없었던 것 같은 그 공허한 정적은 도깨비가 나타나 아무리 예민한 코를 벌름거려도 사람 냄새를 못 맡을 것 같았다. 장구한 폐허의 정적 같은 고요가 한동안 계속됐다. 드디어 견디지 못한 건 진이 오빠 쪽이었다.

"내 말대로 할 것이지 너마저 미치고 싶니?"

씹어뱉듯이 한마디 하고는 장갑과 라이터를 주머니에 쑤셔 넣더니,

"김 하사."

하고 카랑한 목소리로 외쳤다. 용수철에 튕긴 듯이 김 하사의 몸이 방바닥에서 솟구쳤다.

그들이 댓돌에서 구두끈을 매는 동안 어느 틈에 어머니도 소리 없이 마루 끝에 서 있었다.

나는 어머니 귀에다 대고 자고 가라고, 인사치레나 하라고 소곤 댔다. '너마저 미치고 싶니?' 하던 진이 오빠의 말로 미루어 분명히 어머니는 이미 미친 것으로 치부해 놓은 모양이니 난 억울해서라도 정상적인 어머니의 모습을 보여주고 싶었다.

그러나 어머니는 숫제 못 들은 척, 말없이 그들의 인사를 받고 내가 하는 대로 대문까지 따라 나와 지프차가 골목을 나가는 것을 멍청하니 바라보다가 대문을 걸고 소리 없이 안방으로 들어가 버렸다.

나는 배가 고팠다. 김칫국을 못 먹어도 배가 고프다는 게 어쩐지 좀 슬펐지만 배가 고픈 건 속일 수 없었다.

(너마저 미치고 싶냐고. 홍 이렇게 또렷이 배가 고픈데 내가 미칠라구. 홍 제까짓 게 뭔데. 아무리 콧대를 돋우고 거만을 떨어도 누가 모를라고. 저도 육이오 땐 도망을 쳤겠지. 우리를 그 몸서리치는 살벌과 잔혹의 지배하에 동댕이쳐 놓고 비실비실 도망친 주제에 남아서 온갖 것을 인내하고 감수한 끝에 아직도 그 후유증을 앓는 우리를 아주 불쌍한 듯이 보다니, 아니꼽게. 별꼴이야. 별꼴이야. 제까짓 게 뭐라구. 여자와 망령밖에 없는 집이라구 업신여기구.)

나는 자리를 깔고 몸을 뒤채며 거듭 진이 오빠를 욕해 봤지만 좀처럼 직성이 풀리지 않았다.

(비겁한 새끼. 도망병. 누가 모를 줄 알구.)

144

나는 내가 마지막 생각해 낸 말, 도망병이란 말이 마음에 썩 들어서 속이 후련해졌다. 안방에서 두어 번 기침 소리가 났다. 뒤이어 차양이 두어 번 덩그렁댔다. 그리고 다시 바스락 소리 하나 없는 깊은 정적이 왔다.

그러나 나는 미치지 않을 자신이 없었다. 나는 내 속에 감추어진 삶의 기쁨에의 끈질긴 집념을 알고 있다. 그것은 아직도 지치지 않고 깊이 도사려 있으면서 내가 죽지 못해 사는 시늉을 해야 하는 형벌 속에 있다는 것에 아랑곳없이 가끔 나와는 별개의 개체처럼 생동을 시도하는 것이었다.

그래서 나는 사랑을 시작하게 된 것일 게다. 그러고 보니 옥희도 씨를 만날 수 있었다는 건 얼마나 큰 축복이요, 구원일까. 그를 못 만났다면 지금쯤 어쩌면 나는 정말 지쳐서 허물어져 있었을지도 모른다. 진이 오빠가 가엾어하기에 알맞은 꼴로 말이다. 나는 문득 아주 어린 날을 회상했다.

아버지는 나를 편애했다. 그러면서 누가 고명딸을 너무 편애한달까 봐, 그래서 버릇없다고 여겨질까 봐, 그런 대수롭지 않은 남의 이목 따위를 꺼렸다. 그래서 가끔 느닷없이 엄하게 구셨다. 하찮은 일로 지나치게 가혹한 벌을 받는 일도 있었다. 그런 일로 가끔 어머니와 다투는 일까지 있었던 걸로 기억된다.

어머니가 외출한 어느 날 나는 학용품을 사고 남은 거스름돈으로 군것질을 했다는 이유로 사랑방의 높은 벽장에 갇혔다. 골방문은 밖으로 잠겼다. 까무러칠 듯이 울어대면 용서받을 수 있다는 걸 뻔히 알면서도 웬일인지 나는 안 울었다. 무서워서 발딱발딱 뛰는 가슴을 꼭 누르고 무서움을 잘 견디었다. 그리고 벽장 속이 그렇게 어둡지만은 않다는 것을 차차 알게 되었다. 눈이 어둠에 익어 차차 주위의 물건들을 식별하게 되자 나는 골방 속이 밖의 세상보다 훨씬 재미난 물건들로 차 있는 데 놀랐다.

오빠들이 쓰던 장난감들은 먼지만 털면 아직도 새것이었고, 제각기의 기능이 완전했다. 나는 운전수가 될 수도, 비행사가 될 수도, 금세 완전무장을 할 수도 있었다. 나는 그런 짓을 다 해보았다. 그러나 금세 싫증이 났다. 난 그때 일 학년이었으니까. 그리고 그것 말고도 첩첩이 쌓인 식구들에게 잊혀진 물건 하나하나의 신기함을 점검해야겠기에 마음은 조급했다.

꿀항아리에 손가락을 넣어 꿀을 몇 번 찍어 먹어보고는 한구석에 쌓인 책으로 옮겨왔다. 재미난 책을 골라내기에는 역시 빛이 모자랐다.

이때 기적처럼 눈부신 빛이 쏟아져 들어왔다. 그 빛은 서쪽의 벽면과 기둥목 사이의 틈으로 새어든 오후의 햇살이었다. 나는 곰팡내 나는 책들을 표지만 보고 밀어놓기도 하고 혹시 그림이라도 있음직한 책은 책장을 넘겨보기도 했다. 그러다가 문득 나는 '안데르센'을 만난 것이다.

좁은 벽장 속에 경이롭고 영롱한 꿈의 세계가 펼쳐졌다. 나는 인어요 백조요 동시에 공주였다.

귀가한 어머니의 비명 소리가 들리고 벽장문이 황급히 열리며 나는 어머니에게 안겼다.

"에구구 경아야. 얼마나 놀랐니? 얼마나 울었니?"

어머니는 나를 꼭 껴안았다. 어머니의 가슴이 놀라 뛰고 있었다.

"아유 미련한 양반, 주책없는 양반, 우리 경아를 어떤 딸이라고 이런 데다 가두다니. 가엾어라. 하마터면 큰일 날 뻔했지. 어린 게 무섬에 지쳐 까무러치기라도 했으면 어쩔랴고. 내가 빨리 오기를 잘했지. 뭐가 짚이는 게 있어 그저 집에 빨리 오고 싶더라니."

어머니는 호들갑을 떨며 내 볼에 얼굴을 비비며 손수건으로 눈물도 안 흐른 눈언저리를 자꾸만 닦아주는 것이었다. 나는 할 수 없이 조금 훌쩍거렸다.

"아유 가엾어라. 어쩜 눈물도 말라붙어 버렸구나. 아유 이 미련한 양반은 어느 구석에 박혀서 내다도 안 보누."

나는 어머니의 계속되는 수다로 내가 그동안 가엾지 않았다는 설명을 할 기회를 놓치고 말았으므로 할 수 없이 어머니에 대한 대접성으로 '앙' 하고 울음을 터뜨렸다. 끽소리 못하고 있던 아버지가 내 울음소리에 황급히 뛰어나와 빨간 가루를 숟갈에다 풀어서 나에게 자꾸 먹으라고 했다. 놀란 데 좋은 약이라면서.

그 약을 먹었는지 안 먹었는지를 지금 기억해 낼 수는 없어도, 내가 형벌을 받는 동안 조금도 가엾지 않았다는 게 지금도 대견스럽게 회상됐다.

그렇지. 나는 결코 나를 가엾게 내버려둘 수는 없지. 나는 내가 조금씩 소중스러워졌다. 소중한 나를 배고프게 내버려둘 수는 더군다나 없었다.

발딱 일어나 부엌으로 나갔다. 그리고 어머니가 눈치 채지 않게 소리를 죽여가며 밥상을 챙겼다.

10

옥희도 씨와 나는 아무런 약속도 안 했으면서 매일 밤 어김없이 침팬지 앞에서 만났다. 눈이 몹시 온다든가 날씨가 유별나게 춥다든가 하면 완구점 앞의 구경꾼은 우리 둘뿐일 때도 있었다. 그럴 때는 주인에게 태엽을 틀어달라기도 미안쩍어서 한참 그놈의 무료한 얼굴만 보고 섰다가 가야 했다.

실상 나는 침팬지가 위스키를 마시든 안 마시든, 검둥이가 징을 치든 말든 그게 그렇게 대수로운 일일 수는 없었다. 어김없이 그 앞에서 그를 만날 수 있다는 데만 열중하고 있어 그 밖에는 매사에 심드렁했다.

삼한사온을 잊은 채 계속해서 춥던 날씨가 좀 풀리는가 싶더니 또 눈이었다. 추위도 유별나고, 눈도 유난히 잦은 겨울이었다.

"빌어먹을, 또 눈이야. 가뜩이나 잘 먹지도 못해 휘청거리는데, 나자빠지기 똑 알맞겠구나."

"녀석은 허기 귀신이 붙었나. 맨날 먹는 타령이니."

"그럼 인석아. 먹는 것보다 중한 게 이 세상에 뭐냐? 있거든 대봐라."

"돈이다 돈. 돈만 있어 봐라. 뭘 못 먹나. 갈비로 아침저녁 하모니카를 불어댄들 누가 뭐라나. 그저 원수는 돈이니라, 돈. 안 그렇습니까, 옥형."

김씨와 돈씨가 입씨름을 하다가 슬쩍 옥희도 씨에게 말을 걸었다. 요즈음 그들이 말끝마다 옥희도 씨를 끌어들이려 드는 것은, 별저의가 있어서라기보다는 그저 그렇게 하는 것이 옥희도 씨에 대한 큰 대접성으로 생각하는 모양이었다.

옥희도 씨는 '글쎄요.' 하며 화필을 놓았으나 더 이상 말참견을 하지는 않았다. 피곤한 듯 어깨를 치며 웃음을 머금은 따뜻한 시선으로 거의 눈사람이 되다시피 해서 들어오는 양키들을 보고 있었다.

"언니, 눈이 많이 오나 보지."

미숙이 밝은 얼굴로 내 곁으로 왔다.

"눈 오는 게 좋니?"

"응, 눈을 뭉쳐서 마구마구 던졌으면. 지 아이들의 뒤통수랑, 가게 유리창이랑."

정말 당장에 그럴 듯이 두 손을 모으며 깡충 뛰었다. 국제결혼을 이야기할 때보다 눈싸움을 소망하는 그녀가 훨씬 어울리고 사랑스럽다. 그만큼 그녀는 아직 어린 것이다.

그녀는 타일 바닥을 깡충대는 것만 가지고는 직성이 안 풀리는지 초상화부로 들어와 구지레하게 늘어진 잿빛 휘장을 활짝 한쪽으로 밀었다.

"아유 멋있어라."

그녀가 호들갑스럽게 탄성을 지르자 화가들도 나도 일제히 밖을 보았다.

"그 아가씨 한번 시원스러워 좋다."

하도 자주 와서 조금도 신기할 것 없는 눈이지만 미숙의 천진한 수선에 모두 눈 오는 풍경을 싫지 않게 보고 있었다.

눈송이는 탐스럽고도 차분하게 내리고 있었다. 지긋지긋하도록 보아온 풍경——대부분이 군복인 행인, 길 건너의 조악한 선물 가게, 보기 싫게 헐벗은 가로수——들이 눈발로 부옇게 반투명으로 흐려진 공간 속에서 마치 애조 띤 흑백 영화의 라스트신같이 허망하고도 슬프게 보였다.

미숙도 입을 다물고, 모두 조용히 잔잔한 음악이라도 들릴 듯한 착각에 빠져 있었다.

"눈이 잦으면 보리 풍년이 든다는데."

진씨의 지극히 상식적인 소리가 귀에 거슬릴 만큼 궁상맞게 들리는 것은, 지금 모두 약간의 감정의 사치를 누리고 있는 중이기 때문일 게다.

"눈이라면 나에게도 사연이 좀 있지."

김씨가 가라앉은 소리로 한마디 했다.

" '가노조'와 만난 것도 눈 내리는 밤이요, '가노조'와 이별한 것도 눈 내리는 밤이었드라, 이런 사연인가?"

"에이 인석아, 헤어지긴 왜 헤어져."

"그럼 눈 내리는 밤 만난 '가노조'가 지금의 너의 마누라라도 된다더냐?"

"바로 맞았다. 인석아."

"에이 쓸개 빠진 녀석 같으니라구, 네놈 때문에 김 확 빠졌다."

미숙이 아쉬운 듯이 휘장을 밀었다. 어느 틈에 우리는 바깥 구경을 하고 있는 게 아니라 구경을 당하고 있음을 알았기 때문이다.

구두닦이 통이니, 껌, 양담배 목판을 가진 소년들이 유리창에 다닥다닥 붙어서 안쪽을 이상한 듯이 엿보고 있었다.

밖에서 들은 PX라면 마치 알리바바가 발견한 동굴만큼이나 별의별 값나가는 물건들로 가득 찬 걸로 아는 터라 구지레한 남자들이 그림을 그리고 앉았는 모습에 적이 실망도 하고 뭔가 납득이 안 가는 모양이었다.

환쟁이들은 다시 그림을 시작했다. 눈이 내린다 해서 소년들을 잠깐 실망시킨 것 외에는 아무것도 일어날 리 없는 오후다. 옥희도 씨만이 휘장이 닫혀진 것조차 의식 못하는지 눈을 창으로 둔 채 꼼짝도 안 했다. 그는 어느 때보다도 오래 그런 자세로 있었고 나는 눈발 속에 잠겼던 그의 시선이 궁금해서 그가 돌아다보기를 기다리느라 오래 그의 뒤통수를 지켜봤다.

그러나 그는 우두커니 그대로였다. 나는 점점 궁금증이 지나 초조하게 그가 돌아보기를, 그의 따스한 시선과 만나기를 갈망했다.

갈망은 마침내 허기증으로 변하고 허기증이 나로 하여금 뭔가 아우성치고픈 충동을 일으켰다.

사려 깊고도 자혜로운, 착하고도 어리석지 않은 눈매를 만나고 픔을 크게 아우성치고 싶었다.

나는 가끔 미숙이 생각에 잠길 때 하는 버릇인, 펜촉으로 종이를 잘게 찢어내는 일을 흉내 내서 노트장을 갈기갈기 부숴가며 아우성을 달랬다.

그리고 열을 셀 때까지 안 돌아다보면, 그때 가서 아우성을 치리라 마음먹었다. 한꺼번에 여러 음색과 감정이 뒤섞인 아우성을 나는 칠 수 있을 것 같았다.

느리게 하나 둘을 세었다. 그래도 그는 바위처럼 움직이지 않고 마침내 셈을 끝낸 나는 가까스로 아우성을 삼켰다. 그리고 딴 내기를 걸었다. 다시 열을 세기로. 그동안에도 안 돌아보면 오늘 밤 침팬지 앞에는 안 가리라고.

어쩜 나는 그런 소중한 걸 걸고 만 것일까? 침팬지 앞에서의 그 고마운 해후, 그리고 어두운 산책길에서의 그의 숨 막히는 열기, 그 열기에의 무분별한 유인과 두렵디두려운 망설임, 이런 소중한 것들을 걸고 나는 셈을 세었다. 아까보다 느리게 셈을 세었다. 점점 더 느리게 여덟 아홉 열을 끝마쳤다.

셈을 끝낸 나는 마치 낯선 역에 내린 것처럼 조금 암담하고 조금 허했다. 나의 내기를 엿본 사람이 없으니 나에게는 아직 그를 만날 수도 안 만날 수도 있는 자유가 있는 셈이었으나 나는 나의 내기를 지키기로 했다. 그에 대한 야속함을 그렇게 해서라도 풀고 싶게 나는 좀 토라져 있었다.

오늘 어느 순간, 풍성한 눈발 때문이었을까, 나는 그의 일별(一瞥)만으로도 가히 충일을 얻을 수 있는 아주 작은 그릇이었는데, 그는 그 일별을 끝끝내 거부하고 말았던 것이다.

미숙이 입을 한껏 벌려서 하아 하고 입김을 불어가며 쇼케이스 유리를 말끔히 닦고 있었다. 눈 때문일까. 매장은 한산했다. 그녀의 건강한 볼이 시기가 날 만큼 오늘은 빛나게 아름답다. 나는 그

볼에 끌리듯이 유기부로 마실을 갔다.

유리를 닦고 있는 그녀를 뒤로부터 감싸 안으며 등에 내 얼굴을 파묻었다. 빨간 털스웨터의 폭신한 감촉과 따스한 체온이 볼에 쾌적하게 느껴지며 울적함이 차츰 풀렸다.

"뭣 좀 팔았니?"

"통 못 팔았어. 언니는?"

"나도. 너 아직도 눈싸움 하고 싶니?"

"응 몸이 근질대 죽겠어요. 심한 운동이나 장난 같은 게 하고파서……."

"그래서 그렇게 유릴 몹시 닦나 보지."

우리는 함께 짧게 웃었다.

사랑스럽고 심신이 건강한 친구가 가까이 있다는 게 새삼 대견스러워졌다. 그리고 제 나이에 과분한 고뇌를 호소하던 때가 불과 며칠 전이었는데 어쩌면 그렇게 빨리 말짱하게 회복되었는지 신통했다.

그녀가 자기 근심을 나누려 했을 때, 나는 무심히 방관한 데 그치고 만 게 조금 뉘우쳐지기도 했다. 지금이라도 그녀에게 도움이 되는 소리를 해줄까 궁리를 해보았으나 별로 신통한 생각이 떠오르지 않았다. 훌륭한 사람들이 만들어낸 격언 같은 것도 아니었으나 그런 점잖은 충고에 알맞은 엄숙한 표정을 지을 자신이 나에겐 없었다.

바로 맞은편에 곧바로 보이는 캔디 카운터에 다이아나 김의 단정한 옆얼굴이 보였다. 그녀는 열심히 손톱을 갈고, 린다 조는 크게 하품을 하고 나서 립스틱을 다시 칠하고, 아래층 책임자인 싸진 발콤은 수잔 정과 키득대고, 수로 셀 수 있을 만큼 드문드문 지 아이가 매장을 오갈 뿐 한산한 오후였다.

"저 여자 예쁘지."

미숙이 다이아나 킴을 턱으로 가리켰다.

"아아니 조금도."

나는 앙칼지게 도리질을 하고 나서 저 여자보다는 네 쪽이 백배는 낫다는 표시로 미숙의 짤막하고도 끝이 뾰족한 손을 꼬옥 쥐어주었다.

"저 여자 저렇게 젊어도 아들이 둘이나 있대요."

"그래? 처음 듣는 소린데. 물론 혼혈아겠지?"

"글쎄, 그게 아니래지 뭐유? 청소부 아줌마들이 그러는데 자기들도 놀랐대. 아무리 뜯어봐도 순전히 엽전이더래. 엽전치고는 아주 잘생긴 엽전이더라나."

"그래서?"

"극성맞게 돈을 모으는 것도 알고 보니 다 애들 때문이었더라고 그러던데요."

"흥 나쁜 년. 어머니라는 이름으로 어떤 파렴치한 짓도 이해받을 수 있다고 믿고 있나 보지. 낯가죽 두꺼운 쌍년 같으니라구."

"어머머…… 언니두 너무해요. 다들 갸륵하다고들 하던데."

미숙은 질겁을 하며 나를 흘겼다. 사람들이, 특히 착하고 어리석은 사람들이 어머니라는 이름에 너무 관대한 게 나에겐 견딜 수 없이 화가 났다. 난 그녀가 어머니라고 해서 그녀에 대한 내 모멸의 십분의 일도 상쇄시킬 수는 없었다.

"언닌 가끔 너무 쌀쌀맞아요. 남을 이해하려는 성의가 통 없어 보이기도 하고……."

"그럴까? 그건 아무래도 상관없지만 너에게도 그랬다면 사과하고 싶다."

"언닌 늘 내게 친절했어요."

"저번 일만 해도 실은 너에게 좀 더 도움이 됐어야 하는 건데

실은……."

나는 무슨 소리를 하려는지 자신도 잘 모를 소리를 어물쩍거렸다.

"그때는 고마웠어요."

"그때 내가 뭘 했다고. 실은 그때……."

"그때 언닌 나에게 가장 적절하게 대했어요."

그녀는 마치 자기가 나를 크게 위로해야 될 일이라도 있는 것처럼 너그럽게 웃으며 토실한 두 손으로 내 손을 폭 감쌌다.

"나 그때만 해도 분별없이 뭔가 저지르지 않고는 못 배길 것 같았거든요. 그때 만약 언니가 내 응석을 받아줬어 봐요. 어찌 됐겠어요? 언닌 설교 같은 건 아예 할 생각도 안 하고도 내 흥분을 식히고 생각할 시간을 갖게 해줬거든요."

"그래서 뭘 생각했니?"

"도망하지 않기로 했어요. 내 나라와 내 집에서 내 문제를 피하지 않고 열심히 감당해 보겠어요. 그렇게 사는 게 옳겠죠?"

나는 별수 없이 고개만 끄덕였다.

"언닌 끝끝내 내 문제를 물어보지 않는군요."

"미안해."

"괜찮아요. 언니는 내 문제에 대해 개입하지 않고도 벌써 내가 어떻게 살 것인가를 가르쳐줬으니까요."

나는 적잖이 당혹했다. 내가 누구에게 어떻게 살 것인가를 가르쳐줄 수 있다니, 그녀 스스로가 그것을 알고 처리했을 뿐인데, 그녀는 아직 어리기 때문에 스스로를 처리할 자유가 있다고 믿기보다는 윗사람에게 순종했다고 믿는 것이 마음 편한 모양이다.

하여튼 미숙은 또렷이 알고 있지 않은가, 어떻게 살 것인가를. 아마 다이아나 김도, 수잔 정도 스스로 그것을 분명히 알고 있을 게다. 환쟁이 김씨도, 돈씨도, 옥희도 씨도 아마 알고 있을 게다. 나만 빼놓고 저희들끼리는 다 알고 있을 게다.

나는 미숙에게 잡힌 손을 빼고 망연했다. 나만이 사람들의 어떤 질서, 대열에서 따돌림을 당하고 있는 것 같다.

나는 내가 도저히 견제할 수 없는 여러 갈래의 많은 '나'의 제멋대로의 아우성 속에서 살고 있는 것이다. 그 아우성들을 간추린다거나 억누를 생각 같은 건 해본 적도 없이 그 아우성들에게 나를 조금씩 나누어 빙빙 어지럽게 맴을 돌고 있을 뿐인 것이다.

옥희도 씨는 어느 틈에 그림을 그리고 있었다. 내가 잠시나마 그렇게 갈구했던 시선을 어떤 이국의 아가씨에게 떨군 채 천천히 꼼꼼히 그림을 그리고 있었다.

나는 모두, 옥희도 씨를 포함한 모두가 어떻게 살까를 알고 있다는 게 자꾸만 부럽고 불안했지만 실은 어떻게 살 것인가 하는 막연하고도 좀 건방지게 들리는 물음 자체가 대단한 철학 용어처럼 난해했다.

나는 또 물구나무가 서고 싶어졌다. 악을 쓰며 물구나무를 서서 온 매장을 헤매며 여러 사람의, 자기가 살아갈 길을 충실히 지키고 있는 여러 사람의 시선을 받으며 소리쳐 묻고 싶었다.

오늘 저녁 침팬지 앞에 가는 것이 옳으냐, 안 가는 것이 옳으냐 하고. 나는 그것조차 모른다고. 그러나 나는 물구나무도 못 서고 악도 못 쓴 채 멍하니 갈까 말까만을 되풀이했다.

"언니, 손님이야, 가봐."

미숙이 내 옆구리를 찔렀다. 양키들이 서너 명이나 초상화 구경을 하고 있었다.

그중 나이 지긋한 싸진이 천연색 가족사진을 내밀었다. 온후한 부부와 고만고만하게 귀여운 세 딸들이 햇볕 쏟아지는 푸른 잔디 위에 자연스럽게 웃으며 앉아 있었다.

밝고 아름답고, 저절로 미소로운 가족사진이라기보다는 인생을 못 견디게 사랑하는 어느 아마추어 화가의 그림 같은 느낌이 들었다.

나는 싸진에게 이 단란한 가족과 그와의 관계를 물었다. 그는 자기 가족이라고, 자기가 세 딸의 아버지노라고 하는 것이었다.

내가 놀라 보이니까 그는 그 사진의 아버지가 바로 자기라는 것을 어떻게라도 증명하려는 듯이 그의 자애롭고도 천진한 얼굴을 내 눈앞에 바짝 들이댔다.

"미안해요."

나는 입 속에서 간신히 중얼댔다.

"괜찮아요. 군복은 사람을 많이 달라 보이게 하니까."

"미안해요."

"괜찮대두. 마음 쓰지 말아요."

나는 결코 그를 못 알아봐서 미안해한 게 아니었다.

그가 그의 행복과 단란을 버리고 살벌한 이국의 싸움터, '갓댐 철원', '갓댐 장단' 영하 삼십 도의 이름 모를 고지 같은 데서 끊임없이 죽음에 직면해야 한다는 게 죄송스러워서 몸이 오그라들었다. 그가 만약 죽는다면 그 죽어야 하는 명분은 무엇일까?

아아, 전쟁은 분명 미친 것들이 창안해 낸 미친 짓 중에서도 으뜸가는 미친 짓이다.

그는 실크 바탕에 일가족을 함께 그려달라며 가격을 물었다. 실크라야 싸구려 노방에다 잔뜩 풀을 먹여 쟁을 친 것을 그렇게 부르고 있었다.

나는 거저 그려주고 싶었다. 그에게 잠시 기다리라 해놓고 환쟁이들을 돌아다보았다.

그들은 마치 내 마음을 미리 알고 있어서, 내가 입을 열기 전에 내 부탁을 거절해야겠다고 생각하고 있기라도 한 것처럼 한껏 궁상맞은 모습으로, 한껏 이악스러운 눈초리로 그림을 그리고 있었다.

옥희도 씨라면? 그는 내 부탁을 들어줄 것이다. 이번에는 내 쪽에서 황급히 그 생각을 뭉갰다. 그를 위해서는 내가 먼저 이악해졌다.

결국 나는 그 싸진에게 아무것도 베풀 수 없음을, 베풂을 받는 게 제격임을 알았다. 서글픈 한숨이 절로 나왔다. 베풂을 받기만 해야 하는 서글픔, 베푸는 자의 여유와 보람. 그가 낯선 땅에서 죽을지도 모른다는 명분이 그런 데 있을지 모른다.

그는 내가 아주 셈이 더딘 여자인 줄 알았는지, 정가표에 8인치×12인치의 실크바탕이 오 달러로 되어 있고, 다섯 식구면 실크도 더 들 테고 하니 다섯 배로 하여 이십오 달러를 내면 되지 않겠느냐고 후하게 셈을 해서 나에게 제안을 했다.

나는 그에게서 이십오 달러를 받고 사진을 맡았다. 그가 간 후에도 사진을 오래오래 봤다. 보면 볼수록 미소로운, 그리고도 가족, 가정 그런 것에 대한 향수를 강하게 불러일으키는 사진이었다.

햇볕 쏟아지는 푸른 잔디, 착한 아내, 꼭 천사 같은 세 딸, 그런 곳에서 멀리 떨어져 그는 지금 황량한 이국의 거리에서 찬 눈을 맞고 서 있을 게다.

"씨이발."

김씨가 기지개를 크게 켰다.

"제에기랄."

돈씨가 붓을 던지고 담배를 물더니 라이터를 덜그럭댔다. 낡은 라이터는 불똥만 튈 뿐 좀처럼 불이 안 당겨졌다.

"인석아. 그것도 라이터라고 가지고 다니냐? 숫제 부싯돌을 가지고 다녀라. 부싯돌을."

김씨가 먼저 자기 담뱃불을 붙이고 나서 찌그러진 성냥갑을 휙 돈씨 앞으로 던져줬다.

"눈이 아물아물한다 했더니 벌써 시마이 시간이군."

나이 지긋하고도 그림은 더디고, 남하고 어울리려 들지도 않아 제일 존재가 희미한 백씨가 니켈 딱지의 회중시계의 유리를 꾀죄죄한 손수건으로 닦는 거였다.

우리 초상화부 유일의 시계. 그러나 아무도 그 시계의 권위를 인정하려 들지 않았다. 김씨는 주섬주섬 화구를 챙기면서도 결코 백씨의 시계 때문은 아니란 듯이,

"아아 속 쓰리다. 요놈의 배꼽시계는 일분일초도 안 틀린단 말야."

청소부 아줌마들은 물뿌리개로 타일 바닥을 축이고 세일즈 걸들은 저녁 화장을 시작했다. 저녁 시간은 삽시간에 창밖에 어둠을 몰아오고 셔터가 서서히 내려졌다.

나는 자꾸 초조해졌다. 세일즈 걸들이 비틀어 올린 립스틱의 빨간 대가리가 입술을 대담하게 그려가는 모습을 구경하는 게 전처럼 재밌지도 않았다. 나는 구경을 그만두고 하루의 셈을 보기 시작했다. 근래 드물게 보는 약소한 수입이었으나 계산은 자꾸만 틀렸다.

나는 입술을 깨물고 머리를 두 손으로 감싸고, 침팬지에게 들러서 가야겠다는 생각과 그럴 수는 없다는 고집 사이를 수없이 오갔다. 나는 아무것도 할 수 없고 오직 그것만을 할 수 있을 뿐이었다.

"왜 그러고 있어. 어디 아파?"

태수가 어깨를 쳤다. 나는 쌓인 카드와 주판을 내밀며,

"도무지 셈이 안 돼서……. 좀 해주시겠어요?"

"애개개 요까짓 걸. 응 알았다. 오늘은 통 장사가 안 돼서 풀이 죽었구만, 쯧쯧."

나는 엎드린 채 그가 제법 측은해하면서 나를 굽어보는 것을 느꼈다. 나는 고개를 들어 멍한 채 조금 웃어주었다.

"굉장히 피곤해 뵈는데, 정말 어디 아픈 게 아냐?"

그는 입김이 닿을 만큼 얼굴을 바싹 대며 내 안색을 심각하게 살폈다. 그제야 나는 내가 갈까 말까 사이를 수없이 왕복하느라 얼마나 지쳐 있나를 느꼈다. 마치 시계추 같은 나쁘고 단조로운 왕복에서 벗어나 좀 쉬고 싶었다.

그의 얼굴이 너무 가까이 있어 나는 의자 뒤로 머리를 젖혔다. 그랬더니 그의 손이 이마를 짚었다. 찬 손이었다.

"열도 좀 있나 봐, 어쩌지? 오늘 미스 리한테 시간 좀 내달랬랬는데……."

그는 정말 낭패한 것같이 중얼거렸다.

"왜 무슨 일 있어요?"

"아아니. 그냥 저녁이나 같이 하며 이야기나 하려고……. 그런데 감기 든 거 아냐? 열이 그렇게 있고 암만 해도 독감 같은데."

"아녜요. 오늘은 맛난 것 먹고파요. 따라갈게요."

나는 별안간 마음을 정하고 아주 명랑해졌다. '갈까', '말까'의 지겹도록 어지러운 왕복에서 쉽사리 헤어날 수 있을 것 같았다.

"고마워. 식사 말고도 좀 할 일이 있긴 하지만 이따가 얘기할게. 정말 괜찮겠어?"

"괜찮대두. 다시 한번 짚어봐요."

"하여튼 고마워."

나는 고개를 들고, 바로 앞에 갈망과 동경이 서린 앳된 얼굴을 보았다. 나는 그의 갈망이 측은해서 좀 전 내 이마를 짚었던 그의 손을 잡았다. 알맞게 크고 사내답게 단단한 손을 부드럽게 애무했다. 싫지 않은, 어쩌면 상당히 기분 좋기까지 한 감촉이었다.

그렇다고 상대가 반드시 태수여야 할 필요가 별로 없는 그냥 남성이라는 신비한 성(性)이 불의에 나를 유인하고, 나는 부득이 그와의 접촉에 황홀하게 애착했다.

먼저 태수가 내 손 사이에서 자기 손을 빼서 점퍼 주머니에 찌르고 겸연쩍은 듯이 딴 곳을 봤다. 벌겋게 상기한 한쪽 볼을 나는 볼 수 있었다. 그리고 문득 여벌로 또 하나의 태수가 있었으면 했다. 내가 마음 편하게 무관심할 수 있는 태수와 가끔, 아주 가끔이지만 애착하고 접촉할 수 있는 태수가 따로 있어야 할 것 같았다.

한 사람에게 내 멋대로 애착과 무관심을 변덕스럽게 반복한다는 것은 암만 해도 좀 잔인했다.

그러나 지금 나는 아직도 피부적인 쾌감의 여운 속에 있었다.

"우리 어디 조용한 데서 저녁 식사를 해요, 네?"

나는 달콤하게 속삭였다.

"으? 응."

그는 딴생각을 하고 있었던 것처럼 당황했다가 다시 상기했다.

태수의 도움으로 계산을 끝맺고 우리는 같이 거리로 나왔다. 눈은 멎었으나 쌓인 눈이 발목까지 파묻혔다. 나는 눈을 맨손으로 뭉쳐 차도 쪽으로 팔매질을 몇 번 하고 나니 팔의 근육이 상쾌하게 풀렸다.

"뭘 사줄려고 그래요?"

나는 새큼한 야채 무침, 따뜻한 생선 매운탕, 알맞게 구워진 두툼하고 기름진 스테이크, 그런 것이 함께 먹고 싶었다. 왕성한 식욕으로 입에 군침이 돌았다.

"중국 음식이면 안 되겠어?"

"난 중국 음식은 짜장면밖에 못 먹어봤는데…… 딴 것으로 해요."

"실은 말야. 실은 나 오늘 저녁 또 하나의 약속이 있어. 형님하고 형수님하고 지금 중국집에서 기다리고 계셔."

그가 하도 난처해하는 바람에 나는 내 미식에의 소망을 양보하기로 했다.

"괜찮아요. 내일 사주면 될 걸 가지고. 그럼 나 혼자 갈게 마음 쓰지 말아요."

"아니야, 그게 아니라니까."

그가 내 소매를 황급히 잡았다.

"미스 리가 꼭 있어야 되는 일이야. 실은 말야, 미스 리 골내지 말아줘. 실은 말야, 미스 리와 내가, 형님 내외분과 같이 식사를 할 약속을 해버렸거든. 미안해, 내 맘대로 정해서. 그렇지만 안 된다곤 말아줘, 응?"

그는 어린애처럼 소매에 매달리다시피 졸랐다.

"안 될 건 없지만 내가 왜 그 자리에 껴야 되나요?"

"그게 그렇게 됐어. 대수롭지 않은 일이니까 걱정 말고 같이만 가줘."

"대수롭잖은 일이라면 더욱 나쯤 빠져도 상관없을 게 아네요?"

"근데 실은 그게 아니란 말야. 형님 특히 형수님이 미스 릴 봤으면 해서. 하도 그래서 말야……. 그래서 그렇게 하기로 된 거니까."

그는 여전히 내 한쪽 팔을 잡은 채 민망하도록 허둥댔다. 나는 차츰 재미있어졌다.

"왜요? 왜 그분들이 나를 보고 싶어 하는 거죠? 허둥대지만 말고 자세히 좀 말해 봐요."

나는 곧 도망칠 듯한 자세를 고쳐 그의 옆을 나란히 걸으며 물었다.

"우리 형수님은 말야, 아주 마음 좋은 분이긴 한데 말이야. 좀 치마폭이 넓다 할까 늘 남의 걱정에 마음 편할 날이 없거든. 특히 나 때문에 밤잠도 제대로 안 온다는 거야."

"고마운 분이군요. 그런데 무슨 몹쓸 짓을 했기에 형수님이 그렇게 마음을 못 놓는 거예요?"

"그게 아니라 내가 독신으로 자취 생활을 하는 걸 필요 이상으로 걱정해서 어찌나 어중이떠중이 색싯감을 갖다 대는지 넌더리가 나서 말야. 그래서 말야……."

"그래서요?"

"미안해. 그래서 말야. 난 색싯감이 있다고, 벌써부터 미래를 약속한 규수가 있다고 거짓말을 시키고 말았지 뭐야. 난 그것으로 어물쩍 넘어갈 줄 알았는데 그게 아니지 뭐야. 부득부득 만나봐야겠다지 않아. 만나보나 마나래두, 선본다고 생각 말고 시집식구 생면하는 셈만 치라나. 그게 그거지만 미안해. 미스 린 그냥 암말 말고 내 옆에 있기만 하면 되는 거야. 꼭 있어줘, 응?"

별로 신통치 않은 흔히 듣던 이야기 줄거리 같았다. 나는 하품을 하고 고개를 끄덕여 승낙을 해버렸다.

"고마워. 별로 어렵진 않을 거야. 내 옆에 있어만 주면 돼. 그리고 우리 형수님은 좀 수다꾼이니깐 미스 린 좀 귀찮겠지만 적당히 웃으며 딴생각하며 듣고만 있어."

나는 또 고개만 끄덕였다.

"그리고 말야. 너무 내게 쌀쌀하게는 말아줘. 사랑하는 사이답게 해줘야 돼."

내가 덮어놓고 고개를 끄덕여주니까 그는 점점 만만하게 굴려들었다. 나는 피식 웃으면서 가게의 유리창과 부연 하늘을 보고 다시 한번 하품을 했다.

그는 한참 만에 명동 뒷골목의 복순루(福順樓)란 중국집의 유리문을 밀었다.

복순루란 시골 계집애 같은 이름이어서 절로 웃음이 나면서 장차 이 건물 속에서 내가 겪을 일들을 짐작하게 하였다. 과히 세련되지 못한 채 인정미와 어수룩함이 듬뿍 곁들인 조금쯤은 우습고 조금쯤은 지루하기도 할 일들을. 이 층으로 난 좁고 삐걱대는 계단을 오를 때 그는 눈을 찡긋하더니 내가 팔을 낄 수 있도록 자기의 팔꿈치를 나에게로 내밀었다. 나는 그의 팔을 끼고 계단을 조심조심 올라 그대로 구두와 고무신이 나란히 놓인 방으로 들어갔다. 나이 지긋한 촌의 면서기같이 좀 답답하고도 소심하게 생긴 그의 형님은 앉은 채였고, 형수인 듯싶은 여자가 후닥닥 일어나며,

"아이구 세상에, 도련님도……."

하며 영문 모를 웃음을 자꾸만 웃어댔다. 나는 팔을 낀 모습을 그들이 충분히 보았다 싶을 때 팔짱을 풀고 두 번 정중하게 허리를 굽혔다. 그리고 될수록 상냥하게 웃으며 때 묻은 방석 위에 얌전히 꿇어앉았다.

태수의 형수는 입이 큰 데다가 넓적한 앞니가 앞으로 삐드러져서 마음이 무한히 좋아 보이면서도 태수 말대로 여간 수다스러워 보이는 게 아니었다.

"아이구 세상에 도련님도. 참말로 이런 색시가 있었구려. 내 눈으로 보니까 믿지, 원 이럴 수가."

"왜 아주머니 마음에 안 드셔요?"

"에구 도련님도 큰일 날 소리. 하도 신통해서 그런다니까요. 황씨네 골샌님 집안엔, 부모가 짝지워 주지 않으면 생전 총각귀신 못면할 골샌님만 모인 줄 알았더니……. 세상에 도련님은 어쩌면 연앨 다 하고, 아이구 세상에 당신도 봤죠? 아이구 답답한 양반."

그녀는 작고 소심한 눈을 깜박거리고 앉아 있는 남편의 무릎을 꼬집기까지 하며 수선을 떨었다.

"그런데 나이는 참 몇 살이지? 우선 겉궁합이라도 맞춰봐야지."

그녀는 마디 굵은 손가락을 세워서 벌써 육갑 짚을 준비 운동부

터 한다.

"1932년생이에요."

나는 슬그머니 좀 짓궂어졌다. 셈이 더디 보이는 그녀가 내가 태어난 해로부터 내 나이를 산출하고 다시 난 해의 간지를 꼽아 올라가노라면 꽤 오랜 시간이 걸릴 테고, 나는 그동안만이라도 잠자코 있고 싶었다. 그러나 내 속셈은 맞아들지 않았다. 그녀는 육갑은커녕 내 나이도 꼽아보지 않고 부모가 다 생존해 계시냐는 둥 학교는 어느 학교까지 나왔냐는 둥, 거의 대답 같은 건 기다리지도 않고 줄줄줄 질문만을 퍼부었다.

"얘가 요릴 좀 시키잖구……."

처음으로 그의 형님이 입을 열었다. 태수가 엉거주춤 몸을 일으키자,

"에구머니 내 정신 좀 봐."

하더니 손으로 요란스럽게 쳐서 사람을 부르는 눈치가 요리 시키는 것까지 그녀가 도맡을 모양이었다. 그녀는 우리 의견 같은 건 묻지도 않고 자기 마음대로 몇 가지 요리를 시켰다. 나는 그녀가 득의에 찬 얼굴로 나열한, 귀에 선 몇 가지 요리 중에 자장면이 없는 게 이상하면서도 다행스러웠다. 한층 다행인 것은 요리가 들어오기 시작하고는 그녀의 수다가 딱 멎은 것이었다.

그녀가 먹음직스럽게 식사를 즐기는 모습은 흐뭇하면서도 딴 사람 입에까지 군침이 돌게 했다.

들척지근하고 느글느글한 음식을 나는 꽤 많이 들었다. 나는 이 앞니가 뻐드러진 여자가 점점 좋아졌다. 그녀가 수다와 식사를 동시에 즐기려 들지 않는 분별력만 해도 좋아하기에 충분했다. 나는 식사를 마치고 잘 먹었다고 특별히 그녀를 향해 고개를 숙이고 살짝 눈웃음까지 쳐주었다. 그녀는 무슨 생각에서인지 자리를 내 옆

으로 옮기더니 내 손을 잡고 손등을 자기의 손바닥으로 쓱쓱 쓸기 시작했다.

그런 동작이 조금도 어설프지 않고 무언가 수다만으로는 표현할 수 없는 깊은 신뢰와 애정 같은 것이 깃들여 있었다.

그녀의 손바닥은 거칠어서 내 손등은 알맞게 긁히는 것같이 시원했다.

"이런 예쁜 색시가 내 동서가 되다니……."

그녀는 손등 쓸기를 멈추고는 좀 아프리만큼 내 손을 꼭 쥔 채,

"여보 빨리 성례를 서둘러야겠어요. 이런 참한 색시를 하루 바삐 우리 식구로 만듭시다."

"저희들이 어련히 알아서 할라구……."

"아이구 이 딱한 양반아. 중이 제 머리 깎소?"

나는 그들의 대화를 무심히 듣다 말고 별안간 태수의 형님이 옥희도 씨의 오랜 친구였다는 사실이 생각났다. 나는 자리가 자꾸 거북해졌다. 내가 맡은 배역에 자신이 없어졌다. 암만 해도 태수의 부탁에서 빗나갈 것 같아 자꾸만 조마조마했다.

"뭐니 뭐니 해도 아직도 혼인은 인륜대사 중에도 대산데 윗사람 된 도리로 마땅한 절차를 밟아줘야지. 젊은 혈기에 망신스런 일들 이나 저질러봐요. 안 그렇소? 여보."

그녀는 남편 무릎을 상 밑으로 발길질까지 하며 졸라댔다.

"그만 가봐야겠어요. 엄마가 기다리실 거예요."

나는 가까스로 공손히 말하긴 했으나 거세게 그녀의 손을 뿌리쳤다.

"아유 신식 색시가 부끄럽긴. 허긴 절차는 어른들끼리 의논해야 겠구먼. 그렇죠, 여보? 언제쯤 내가 색시 집으로 찾아가면 좋을까? 아무 때고 쉬 갈 것이니 어머니께 귀띔이나 넌지시 해봐요."

그녀는 치마를 주섬주섬 걷어쥐고 남편 옆으로 옮겨 앉더니 '그렇지 않아요?'를 말끝마다 붙여가며 그 절차라는 것을 의논하고 남편은 '응'이라든가 '글쎄' 정도의 소극적인 맞장구를 치는 것이었다. 나는 중국 음식과 그녀의 수다가 동시에 체증을 일으킨 것처럼 구토를 느꼈다.

"나 좀 가게 해줘요, 미스터 황."

"곧 끝날 거야. 미안해. 조금만 참아줘, 조금만."

"더 견딜 자신이 없어요. 까딱하단 실수할 것 같아요."

"미안해."

나는 태수와 수군대며 양해를 얻기도 귀찮아져서 혼자 일어섰다. 태수도 난처한 듯 따라 일어섰다. 골치가 띵해서 태수에게 기댔다.

우리는 별수 없이 들어올 때처럼 정답게 팔을 낀 자세로 그 방을 나왔다.

그녀는 말없이 '건방진 년, 뉘 앞에서 꼭 팔짱이야.' 하는 듯한 시선으로 우리를 배웅했다.

우리는 눈길을 걸었다. 길이 미끄러워 나는 팔짱을 풀지 않았다. 적막하고 부연 눈길을 팔짱을 꼈을 뿐, 한 번도 서로의 마음끼리 화음(和音)을 이룬 적이 없는 사이라는 데 추호도 변한 것이 없는 채 서성대듯이 걸었다.

나는 무의식중에 태수를 완구점으로 인도하고 있었다. 완구점은 벌써 폐점한 후여서 추녀 밑에 침팬지와 각종 장난감이 놓였던 널빤지가 세로로 비스듬히 세워져 있을 뿐 옥희도 씨도 딴 아무도 없었다.

밤늦은 명동은 사람의 왕래가 거의 없고 불빛도 드문드문 남아 있고 거리는 졸음이 오듯 희미했다. 나는 완구점 앞에서 태수와 헤어졌다. 명동을 벗어나 별수 없이 집으로 향했다.

눈 때문에 어둠도 부옇고 어둠 때문에 눈도 부옇고, 고개를 젖히니 하늘도 자욱하니 별빛을 가로막고 암회색으로 막혀 있었다. 나는 명도만 다른 여러 종류의 회색빛에 갇혀서 허우적대듯 걸었다. 아무리 허우적대도 벗어날 길 없는 첩첩한 회색, 그 속에서도 나는 환상과도 같은, 회상과도 같은 황홀한 빛들을 간직하고 있었다. 완구점 앞에서의 옥희도 씨와의 만남이 그것이었다.

그것은 회상이라기에는 너무도 휘황해서 마치 환상 같으면서도 환상이라기에는 너무도 생동하는 감각을 지니고 있었다. 나는 곧 태수와 그의 가족들과 있었던 일은 잊었다. 그것은 그냥 부연 회색의 일부분일 뿐이었다.

11

어제 그를 허탕 치게 한 보상으로 먼저 그를 기다리며 서 있고 싶었다. 나는 부지런히 퇴근해서 완구점 앞에 섰다. 별로 오래 기다릴 것 없이 나는 등 뒤에서 그를 느꼈다. 마음이 푹 놓이고 주위의 모든 일들이 즐겁고 재미있어졌다.

술 마시는 침팬지, 징을 치는 검둥이의 재롱이 끝나자 여러 가지 장난감의 천진한 원색(原色)과 단순한 기능을 즐겼다. 나는 금발 인형의 배를 눌러 단조로운 비명을 듣기도 하고, 빨간 불자동차를 굴리고 권총의 방아쇠를 당겼다. 만일 풍로와 솥과 세 사람분의 식기와 노란 꽃이 그려진 접시가 있는 소꿉장난 세트를 옥희도 씨로부터 선물 받을 수 있다면 내 행복은 절정에 달할 것 같았다.

나는 그것을 그에게 조를 수도 있었지만 그렇게 하지는 않았다.

나는 행복을 그렇게 헤프게 써버리지 않을 만큼 조심스러웠다.

우리는 구경만을 즐긴 후 서서히 걷기 시작했다. 행인 중 남자는 대부분이 군복 아니면 군복을 염색한 두툼한 방한복 속에 고개를 깊이 움츠리고 여자들도 염색한 담요 오버쯤이 고작인데 쇼윈도의 마네킹은 벌써 진달래꽃 봄 코트를 걸치고 요염하게 서 있었다.

이 성급한 이방인 앞에서 호콩을 팔고 있는 남루한 소년으로부터 호콩을 한 홉 사서 옥희도 씨와 한 움큼씩 나눠 가졌다. 어금니 사이에서 호콩을 바숴서 고소한 물을 마시는 일을 될수록 서서히 하며, 그만큼 느리게 성당 앞 어둠에 접근하려 들었다.

나는 그에게 매달리듯이 체중을 의지했다.

"조금만 느리게 걸어요. 피곤해요."

"그래? 가엾어라."

그는 담담히 나를 부축했다. 드디어 환한 상가가 끝나고 어두운 성당 앞 고갯길이 시작되었다. 비탈진 길이 우리를 자연스럽게 숨 가쁘게 했으나 우리는 서로의 숨 가쁨을 숨기느라 몹시 조심하고 있었다.

"왜 어제는 안 왔지?"

옥희도 씨의 목소리가 딴 사람같이 갈라져 있었다. 나는 호콩을 우지직우지직 바숴서 빨리 고소한 국물을 삼켰다.

"얼마나 기다렸다구."

나는 느닷없이 그에게 억세게 휘어잡혔다. 그는 썩 남자다웠고 그의 그런 변모가 두려워서 나는 몇 걸음 뒷걸음질 치다가 다시 그에게 거칠게 휘어잡혔다.

"얼마나 기다렸다구."

나는 고개를 젖혀서 성당의 첨탑을 보려 했으나 아주 못생기고 모난 집들이 눈에 들어올 뿐이었다.

그 네모난 지붕이 도저히 나에게 잊어버린 시의 구절, 그의 열기를 식힐 수 있는 시의 구절을 상기시키지는 못할 것 같았다.

나는 그의 열기 앞에 완전히 무방비 상태인 채 그의 광포한, 그러고도 못 견디게 슬픈 몸짓에 유순하게 나를 맡겼다.

그러나 내가 아무리 유순해져도 그의 동작에는 아무런 진전도 없었다. 나는 그에게 세차게 안겼다가 놓여나고 다시 안기고, 따가운 턱이 볼과 이마를 아프게 비비고 그런 몸짓이 그렇게도 슬플 수가 없었다.

점점 그의 슬픈 몸짓의 상태는 내가 아닌 바로 그 자신이란 생각도 들었다.

"왜 어제는 안 왔지? 얼마나 기다렸다구."

대답이 필요 없는 독백인데도 나는 그의 슬픈 몸짓이 견딜 수 없어서 기어이 쓸데없는 소리를 하고 말았다.

"어젠…… 어제는 선을 봤어요."

말을 마치기도 전에 후회했으나 소용이 없었다. 그의 팔에서 힘이 빠르게 걷히고 나는 쉽사리 놓여났다.

"그러려고 그렇게 된 게 아니라…… 어쩌다가 그만……."

"……."

"정말 본의는 아니었어요."

"태수 형님 아시죠. 그분하고 형수님에게."

"태수 형님?"

그가 비로소 입을 열었다. 나는 그에 힘입어 열심히 변명을 시작했다.

"글쎄 태수가 제 마음대로 나를 제 색싯감처럼…… 글쎄 순전히 제 마음대로 선을 봤지 뭐예요."

내리막길은 몹시 미끄러웠다. 나는 허둥대며 몇 번이고 발길이 빗나갔으나 그때마다 옥희도 씨는 침착하게 나를 잡아주었고 덜 미끄러운 곳으로 인도해 주었다.

"잘못했으면 용서해 주세요. 정말 그럴 마음은 아니었는데⋯⋯."

"⋯⋯."

"제에발 태수와 저 사이를 나쁘게 생각하진 말아주세요."

"무슨 소리야. 나쁘게 생각하긴⋯⋯ 썩 잘 어울리는 한 쌍이라고 생각하고 있는데."

그는 완전히 평정을 회복하고 보기에 자애롭기까지 했다.

"농담하시면 싫어요. 어울리고 뭐고가 어디 있어요. 전 태수를 사랑하지 않는걸요. 저는 선생님을 사랑하고 있어요. 아시면서⋯⋯."

나는 또렷이 말했으나 이내 섬뜩했다. 내가 그에게 사랑이라는 말을 써보긴 이번이 처음인데 그 말이 내 귀에 하도 공소(空疎)하게 들려서였다.

역시 사랑이란 말은 하도 여러 사람의 입에 오르내리느라 옥희도 씨를 향한 내 지극한 열망을 담기에는 너무도 닳아 있었다.

마지막 상영을 끝낸 극장에서 사람들이 꾸역꾸역 쏟아져 나오더니 서서히 마지못한 듯이 흩어져갔다. 나도 마지막 관객의 한사람이었던 것처럼 허탈한 심정이었다.

"어울리는 사이라는 건 사랑하는 사이라는 것보다 몇 배나 더 축복받을 만한 가치가 있다고 나는 생각해."

말을 마친 그도 마지막 관객이었던 것처럼 목소리에 망연한 허망이 담겨 있었다.

나는 한숨을 삼키고 별을 보았다. 그리고 총총히 박힌 별과 별 사이에 가로놓인 광년과 또 몇백 몇천의 광년을 어림했다.

언젠가 태수와 걸으며 입이 심심해서 지껄인 소리가 지금 와서야 그 허망감이 절실하나 나는 그 허망감을 몰아내듯이 세차게 고

개를 저으며,

"저는 선생님을 사랑하고 있어요. 죽도록. 선생님도 절 사랑하시죠. 그뿐이에요. 딴소리는 다 무의미한 군소리예요."

나는 별수 없이 또 사랑이란 소리를 강조하면서 그와 나 사이엔 암만 해도 딴 낱말이 필요하다고 느꼈다. 아무도 안 써본 슬프고 진한 어휘가.

"지금 나에겐 어울린다는 게 훨씬 부러워. 조화, 균형……."

나는 그의 입을 내 손으로 막고 그의 한 손을 끌어다가 손등에 오래오래 정성껏 입을 맞추었다. 마치 불쌍한 강아지가 주인에게 깊은 신뢰와 애정을 호소하듯이.

"오오, 우리는 어쩌려는 걸까? 우리는, 더구나 난 철부지도 아닌데."

그의 풀 죽은 목소리가 슬프게 떨렸다.

"저도 철부진 아녜요."

"나는 거진 경아만 한 딸도 있는데."

"알고 있어요."

"이럴 수는 없어. 정말로 이럴 수는."

그는 단호히 멈춰 섰으나 이내 자신이 없는 듯 풀이 죽었다.

"왜요? 어울리지 않는다는 시시한 외관 때문에요?"

"어울리지 않는다는 게 절대로 시시한 외관에 불과할 수만은 없어. 남녀 간에 어울리는 사이란 고층 건물의 기초 같은 거야. 얼마든지 미래를 쌓을 수 있지만 우리는 파국을 목전에 둔 모래성을 쌓고 있을 뿐이야. 나는 괜찮지만 경아를 파멸로 인도할 순 없어. 정말 어쩌려는 걸까? 나에게 그만한 분별은 있어야 하는 건데."

"그럼, 그럼 저에게 긴 미래가 없다면 괜찮겠군요?"

"무슨 소리야, 경안 이렇게 젊은데. 두렵도록, 부럽도록 젊은데."

그의 팔이 나에게 어깨동무를 해오며 손바닥으로 내 뺨을 어루만졌다. 그는 다시 가늘게 떨고 있었다. 나는 그를 안심시키고 싶어서 다시 한번 내 뺨께를 더듬고 있는 그의 든든한 손을 끌어다가 정성껏 경건하게 입을 맞추었다.

"염려 말고 저를 사랑하고 가지세요. 어차피 저에겐 긴 미래가 없을 테니까요."

"무슨 소리야? 왜 그런 생각을? 나 때문인가?"

"선생님 때문이 아녜요. 전쟁 때문이에요. 이 미친 전쟁이 멀지 않아 우리들을 차례차례 죽일 테니까요. 아무도 그 미친 손으로부터 놓여날 수는 없을걸요."

나는 신들린 무당처럼 자신 있게 말했다.

"못써요. 그런 어리석은 생각이 어디 있어? 전쟁은 곧 끝나야 되고 경안 살아남아야 되고 오래도록 행복해야 돼."

"후후후."

나는 대꾸 없이 짧게 웃었다.

"경아가 그런 엉뚱한 생각을 하고 있을 줄이야. 아마 나 때문일 게야. 그래 맞았어. 분명히 나 때문이야."

그는 혼자 입속에서 우물우물 웅얼거렸다.

나는 구태여 그렇지 않다고 우기지도 않았다. 내 점괘는 내 마음 속 깊이에서만 생채(生彩)를 내는 나만의 것이어서 애써 남의 이해나 공감을 필요로 하지 않았다. 더군다나 누구 때문이라는 핑계 따위는 그리 대수로울 까닭이 없었다.

우리는 헤어져야 할 갈림길에 왔다. 나는 가로수의 수척한 나신(裸身)에 몸을 기댔다.

그는 멈춰 서서 나를 굽어보는 자세로 오래 있었다. 나는 그를 실컷 보고 또 보았다. 그의 착하고도 어진, 맑으면서도 깊은 상심이 침전된 시선을 오래오래 볼 수 있다는 건 얼마나 큰 기쁨이요 또 아픔일까.

이윽고 내가 먼저 그로부터 시선을 비껴 부연 불투명한 공간에 까닭 모를 한숨을 내뱉었다.

그는 어디까지나 후하게 자기를 나에게 나누어주려 들었을 뿐 그의 전부를 주려 들지는 않고 있음을 알았기 때문이다. 더구나 그는 그의 아주 중요한 부분을 나로부터 은닉하고 있음 직했다.

나는 문득 머리 위에 굵게 얽힌 가로수 사이로 별을 보고 싶었다. 별은 가지에 걸려 있으면서도 너무 아득했다. 별수 없이 나는 저만치 보이는 흐릿한 전등불빛 속에서 설렁탕 곰탕 떡만두의 글자를 읽고, 성냥갑 같은 전차가 불을 달고 가까워졌다 다시 멀어져가는 모습을 전송했다.

"자아, 이제 가봐야지."

"먼저 가세요. 전 좀 쉬었다 갈 테니까요."

"쉬긴 집에 가서 쉬고 자아 어서. 엄마가 기다리실 게 아냐?"

나는 와락 모멸을 느끼고 쏜살같이 혼자서 길을 건넜다. 그리고 그가 보이지 않도록 여러 골목을 꼬부라진 후, 한꺼번에 여러 가지 생각을 하기 시작했다.

딴 사랑하는 사람들끼리는 그 지독한 반쪽의 슬픔과 허기증에서 어떻게 하나가 되는 환희와 포만을 얻는 것일까고. 어떡하면 가끔가끔 엄마의 딸이 되기를 고만둘 수 있을까고.

어머니한테 의치를 다시 끼우게 할 수는 없을까고. 그렇지, 의치를 끼우게 해야지, 강제로라도 내가 어머니의 딸인 게 아무리 거북해도 못 면하듯이, 엄마도 거북한 의치로부터 결코 자유로울 수는 없으리라.

의치를 끼우게 해야지. 강제로라도, 애원을 해서라도.

그러고는 죽고 싶다는 생각을 했다. 곧이어 살고 싶다로 고쳤다. 죽고 싶다, 살고 싶다. 죽고 싶다, 살고 싶다. 두 상반된 바람이 똑같이 치열해서 어느 쪽으로 나를 처리할 수 없다.

어머니는 그림자처럼 나와서 문을 열었다. 문득 어머니는 긴 낮 동안 무슨 생각으로 소일하였을까가 궁금해졌지만 묻지는 않았다. 나도 어머니의 대답을 미리 알고 있기 때문이다. '아니 아무것도.' 틀림없이 이렇게 대답할 것이다. 아무것도 생각 않는 상태, 완전한 허(虛), 이런 걸 나는 짐작도 할 수 없다.

내가 어머니를 미워하면서도 두려워하는 것은 바로 그녀의 완전히 허(虛)일 수 있는 상태인지도 모른다.

나는 어머니의 식사하는 모습, 특히 저작(詛嚼)하는 추한 입모양에서 눈을 떼지 않았다. 손질 안 한 회색빛 머리가 이마며 귓바퀴에 함부로 늘어져 있으나 얼굴에는 별로 주름이 없는 대신 잘다란 주름이 의치를 빼놓은 입술 둘레에 모여 입술을 보기 싫게, 마치 잘못 꿰맨 상처 자국처럼 닫아놓고 있었다.

와락 어머니에게 의치 얘기를 꺼낼 용기가 솟았다.

"어머니, 의치는 어떻게 하셨어요?"

나는 어머니하고 단둘이서 생활을 하기 시작한 후로 어머니를 엄마와 어머니의 두 가지로 부르는 습관이 생겼다. 오늘은 어머니 쪽이다.

"의치? 무슨 소리냐?"

"틀니 말예요."

"글쎄다. 빼놓은 지 하도 오래돼서."

"찾아다 끼우세요."

"싫다."

"왜요?"

"거북해서. 그걸 끼면 잇몸이 얼마나 아픈 줄 아니."

"전엔 늘 끼고 계셨잖아요. 누구도 엄마 이가 의친 줄도 모를 정도로 늘 끼고 계셨잖아요."

"글쎄다. 그랬던가. 그야 뭐…… 아무튼 그때하고 지금하고야 다르지 않니?"

"뭐가 달라요. 뭐가 어떻게 다르냐 말예요?"

"애는, 넌 그걸 몰라서 묻니? 쯧쯧."

그녀는 혀를 차고 숟가락을 놓았다.

"뭐가 달라요 네? 뭐가 달라요, 끼우세요. 찾아서 끼우세요. 제가 찾죠."

나는 별안간 피가 머리로 모이는 듯한 화끈하고도 서먹서먹한 기분으로 장롱을 열어젖혔다.

삼층 장의 커다란 서랍들과 문갑의 서랍을, 그리고 이불장 양복장의 큰 서랍과 반닫이의 깊은 구석까지를 마구 뒤졌다.

어머니는 조금도 상관하려 들지 않고 언제나와 마찬가지로 느리게 그릇들을 챙기더니 무릎에서 딱 하는 소리를 내며 뭉기적하고 일어나서 상을 들고 나갔다.

나는 마구 장롱 서랍을 뒤엎으며 점점 이상한 생각이 들기 시작했다. 서랍이 너무나 깨끗이 정돈되어 있어서였다.

어머니는 본래 부지런한 살림꾼이었으나 빈틈도 많아 가끔 자기가 둔 물건의 행방도 몰라 아버지에게 핀잔을 맞아가며 서랍을 들쑤시기가 일쑤였고, 그래서 그런지 서랍 속은 늘 좀 뒤범벅이 되어있어 잊은 물건은 또한 어머니 아니면 못 찾게 되어 있었다.

더구나 피란을 워낙 늦게 갔다가 일찍 돌아와서 잃은 물건이 많지는 않아도 형편없이 뒤범벅이 되어 있던 장롱 속을 이렇게 깨끗이 정돈할 경황이 어머니에게 있었다는 것은 너무도 의외였다.

쓸모 있는 것보다 쓸모없는 것이 더 많던 서랍에서 쓸모없는 것은 다 버렸는지 빈 서랍이 많고 몇 개의 서랍에 아버지와 오빠의 유품들이 종목별로 가지런히 들어 있고, 큰 서랍에는 또한 곧 나들이라도 나갈 수 있게 잘 손질된 옷들이 계절별로 차곡이 쌓여 있었다.

흠잡을 데 없는 완벽한 정돈, 그러나 거긴 통 생활의 냄새가 없었다. 한기가 돌았다. 그것들은 아버지와 오빠들의 유품인 동시에 어머니의 유품인 것도 같았다.

그것들은 언제까지나 그 완벽한 정돈 속에 남겨질 뿐 그것들이 그것들 본연의 기능을 발휘할 날이 있을 것 같지 않았다. 나는 맥이 탁 풀려서 뒤지던 손을 놓았다.

생활의 냄새가 없는 공허한 서랍들. 생각을 완전히 몰아내고 빈 채일 수 있는 어머니의 머릿속 같은 완전한 '허' 의 서랍들. 나는 뒤지기를 아주 단념했다.

아니 어쩜 그것들이, 그 서랍 속의 유품들이 내 손길을 차게 거부하고 있는 것도 같았다.

나는 장롱들을 먼저처럼 꼭꼭 닫아놓았다. 어머니에게 의치를 끼우게 하려던 것이 얼마나 무의미한 헛수고였던가를 깨달았다. 그 의치는 어머니가 미련 없이 내다버린 쓸모없는 쓰레기의 일부였음이 분명하니까.

어머니는 아직도 느리게 간간이 양은 그릇 부딪히는 소리를 내가며 설음질하고, 나는 어머니가 설음질을 하며 띠고 있을 엷은 비웃음을 보는 것 같아 내 머리를 마구 쥐어뜯다가 내 방으로 가서 뒹굴었다.

아무리 뒹굴어도 나도 내가 이 드넓은 고가, 한쪽 날개를 잃은 흉가에서 완전히 혼자서 살고 있다는 무시무시한 생각을 덜 수는 없었다.

나는 이 고가 밖에는 그래도 사람이 살고 있다는 생각으로 나를 달래며 바깥 사람과의 대화를 궁리했다.

편지지와 만년필을 꺼냈다. 그리고 '사랑하는   에게' 라고 쓰고 그 빈칸을 어떤 이름으로 메울까를 궁리했다.

나는 꼭 '사랑하는' 이라고 서두를 쓰고 싶게 지금 절실히 사랑하고픔을 주체 못하고 있었다. 우선 옥희도 씨를 생각했다. 그러나 그의 이름 위에 씌우기에는 '사랑하는' 은 너무도 초라한 관이다.

'사랑하는 태수', 거짓말이 좀 지나친 것 같아 마음이 내키지 않는다.

그럼 좀 더 멀리 부산으로 띄울까. '사랑하는 말이(末伊)', 그녀는 늘 누군가를 염려하고파서 못 견디는 애니까 틀림없이 나는 긴 답장을 받게 될 것이다.

답장이 필요 없는 편지를 쓰고 싶다. 답장이 올까 봐 조마조마해하지 않아도 되는 편안한 편지를 쓰고 싶다.

'사랑하는 진(眞)이 오빠'. 나는 진이 오빠의 금속성으로 비정한 눈과 굳게 닫힌 얄팍한 입술을 생각했다. 그는 절대로 너절한 답장 따위는 안 쓸게다.

'사랑하는 진이 오빠'. 그러고 보니 친척 중에서 그를 가장 좋아하고 있는 것도 같았다.

——사랑하는 진이 오빠에게

저는 오빠에게 안부도 묻기 전에 제일 먼저 엄마가 얼마나 정상적인가를 알려드리고 싶습니다. 엄마는 아주 잘 정돈된 서랍을 갖고 계셨습니다. 저는 오늘에야 그것을 알았습니다. 여자의 서랍이라든가 핸드백 속은 곧 그 마음속과 일치한다고 저는 믿고 있습니다. 어머니는 외면이나 내면이 똑같이 단순하고 평화로움에 틀림이 없습니다. 사람이 미친다는 것은 너무도 많은 생각을 처리 못하고 뒤죽박죽이 된 상태가 아닐까요. 그런데 오빠, 저는 오늘 너무도 많은 생각을 했습니다. 저만 한 계집애들이 흔히 하는 좀 부끄러운 생각과 아무도 안 해본 것 같은 생각도 좀 했습니다. 죽고 싶다와 살고 싶다를 똑같이 바랐는데 둘 다 거짓말이 조금도 안 섞인 간곡한 바람이었습니다. 제가 왜 이런 소리를 하는지 아십니까? 저는 오빠도 지난날 어쩌면 그런 모순된 바람을 동시에 한 적이 있었던 것같이 짐작이 되어서입니다. 그것이 틀린 짐작이었대도 저를 나무라지는 말아주십시오. 만약, 그런 적이 있었다면 오빠는 어떤 처리를 하셨는지 궁금합니다. 그러나 답장은 안 주셔도 좋습니다. 사랑하는 진이 오빠. 좀 쑥스럽지만 이렇게 부르고 싶습니다. 이웃의 개 짖는 소리도 안 들리게 넓은 집에 외롭게 살고 있기 때문인가 봅니다. 이 무섭도록 완벽한 적막을 견디는 길은 사랑하는 여러 사람들을, 사랑하는 남자, 사랑하는 친구, 사랑하는 혈연을 가졌다는 믿음뿐입니다. 그럼 안녕——.

어머니의 그 독특한 마른기침 소리가 나고 그것에 호응해서 문풍지가 울고 분합문과 차양이 떨었다.

"요새 난 자꾸 이상한 생각이 들어."

이제는 시들해진 침팬지의 재롱도 끝나 망연히 서 있는 내 손목을 잡으며 옥희도 씨가 푸듯이 말했다.

나는 그의 목소리만 들어도 오늘 그의 눈에 따뜻함보다는 상심이, 상심이라기보다는 섬뜩하도록 청량한 풍경 같은 것이 담겨 있는 것을 알 수 있다.

나는 그런 짐작만으로 가슴이 아려온다. 우리는 매일 하루도 안 거르고 침팬지 앞에서 어쩔 수 없이 만나고 있는 것이었다. 정말 어쩔 수 없이 만나고 있는 것이었다.

나는 아까 그가 한 말의 대꾸를 안 하고 그대로 서 있었다.

"무얼 사주고 싶군."

나는 자꾸만 침팬지 앞에서의 만남이 오늘로 마지막이 될 것 같은 예감이 들어서 암담했다.

"말해 봐. 무엇이든지 마음에 드는 걸."

"글쎄요. 모르겠어요."

"바보. 자기가 갖고 싶은 것도 몰라."

나는 내가 이 장난감이 탐이 날 나이가 아니라고 소리치고 싶은 것을 꾹 참고 있었다. 그는 오늘 기어이 나를 장난감이 필요한 어린 애로 만들고 싶은 눈치였고 나는 그것을 거역해서는 안될 것 같았다.

"소꿉장난감을 사주시겠어요?"

나는 풍로와 솥과 식기와 노란 꽃이 그려진 접시가 한 세트인 소꿉장난감을 가리켰다.

그가 그것을 달라자 주인 영감은 퍽 어리둥절한 눈치였다. 영원한 구경꾼인 줄만 알았더니 물건 살 날이 다 있군. 그러면 그렇지, 저도 덩치 값을 해야지. 맨날 공짜 구경만 하고 배길라구, 하는 듯한 엷은 미소를 띠고 장난감을 쌌다.

그가 그것을 받아든 후에도 나는 그 앞을 선뜻 떠나지를 못했다.

"그만 가지."

"잠깐만 더 있어요."

"뭐 더 사고 싶어?"

"네. 이번엔 제가 뭘 사드리고 싶어서요."

"나에게 장난감을?"

나는 처음으로 그가 밉살스럽다고 생각했다.

"아아뇨. 선생님 막내아드님에게 선물을 하려고요."

나는 내 무릎에서 사과를 사근대던 그 실팍한 사내애를 생각했다. 그 맹렬한 탐욕과 건강과 사랑스럽고 고소한 체취를.

우리는 참 부질없는 짓으로 자신을 견제하려고 안간힘을 쓰고 있었다.

나는 이것저것 장난감을 뒤적였다. 그 녀석이 무엇을 좋아할까는 거의 생각 안 하고 그냥 오래도록 장난감을 이것저것 주물렀다. 그러다가 손에 잡히는 대로 빨간 트럭을 싸달랬다.

길에서 주운 예쁜 돌이나 자기가 신었던 신발쯤은 넉넉히 벗어서 실을 수 있을 만큼 큰 트럭이었다.

우리는 완구점을 떠나 느릿느릿 걸으며 묵묵히 선물을 교환했다.

"우리는 현자(賢者)일까, 우자(愚者)일까?"

나도 그때 마침 O. 헨리의 현자의 선물 이야기를 생각하고 있던 중이므로 아주 모를 소리는 아니었다.

"둘 다 틀려요. 교활한 자라면 또 몰라도."

나는 기어이 좀 토라진 소리를 하고 말았다.

한 손으로 포장지 속의 풍로와 솥과 접시를 더듬으며 나는 일부러 옥희도 씨로부터 좀 떨어져서 걸었다.

양품점에서 눈 서투르지 않게 생긴 한 쌍의 젊은 남녀가 주인 마담의 아첨 섞인 전송을 받으며 활짝 웃는 얼굴로 나왔다. 여자의 손엔 붉은 리본을 매화꽃처럼 예쁘게 맨 선물 꾸러미가 들려 있었다.

나는 그들이 멀어져갈 때까지 물끄러미 전송했다.

"부러워?"

"네."

"뭐가?"

"적어도 저 여잔 소꿉장난거리는 안 받았을 테니까요."

그가 깊은 한숨을 쉬었다.

"용서하세요. 공연한 소리를 해서."

"아냐. 나도 부러워서 그래."

"뭐가요?"

"저들이 잘 어울리는 게. 저들이 아름다운 한 쌍인 게."

이번에는 내 쪽에서 깊은 한숨을 쉬었다. 또 그 답답한 소리를 시작할 모양이고 나는 도저히 그를 내 타당한 생각으로 유인할 자신이 없었다.

성당 앞 어두운 비탈길이 시작되었다.

"요새 난 자꾸 이상한 생각이 들어. 침팬지 앞에 서기만 하면 말야."

그는 다시 아까 침팬지 앞에서 하려다 만 소리를 이었다.

"어떤 생각인데요?"

"나도 경아도 침팬지가 돼가는 느낌이 들지 않겠어?"

"어떻게 진화가 거꾸로 됐네요."

"글쎄 말이야. 그놈의 태엽만 틀면 술을 마시는 게 처음엔 신기하더니만 점점 시들하고 역겨워지기까지 하더군. 그놈도 자신을 역겨워하고 있는 눈치였어. 그래서 그런 슬픈 얼굴을 하고 있을 게야. 그러면서도 어쩔 수 없이 태엽만 틀면 그 시시한 율동을 안 할 수 없고…… 한없이 권태로운 반복, 우리하고 같잖아. 경아는 딸라 냄새만 맡으면 그 슬픈 '브로큰 잉글리시'를 지껄이고 나는 딸라 냄새에 그 똑같은 잡종의 쌍판을 그리고 또 그리고."

그는 몸을 떨었다.

이제 그는 나 때문에 떨고 있지는 않았다. 성당 앞까지 왔다.

"사람이고 싶어. 내가 사람이라는 확인을 하고 싶어."

그는 나를 끌어안았다.

그의 온몸 곳곳에서 맥박이 힘차게 뛰는 것을 나는 느꼈다.

물론 나는 시도 읊지 않고 선본 얘기도 하지 않았다. 그런 후회할 짓을 세 번씩이나 할 수는 없었다.

기쁨과 충족감에 순순히 몸을 맡겼다. 그의 입술이 덮쳐오며 덜거덕 하고 그의 손에서 장난감 트럭이 떨어졌다. 이어서 내 손에서 소꿉장난감이 땅으로 뒹굴고 나는 두 팔로 거침없이 그의 목을 감았다.

우리는 서로를 깊이깊이 탐했다. 탐해도 탐해도 포만이 없는 탐욕에 몸부림쳤다.

그가 먼저 나를 밀치고 장난감 트럭을 주워들었다. 나도 저만치나가 뒹구는 소꿉장난 꾸러미를 주워들었다.

황홀한 입맞춤 끝에 형언할 수 없이 깊은, 아프고도 깊은 슬픔이 여운처럼 남았다.

우리는 열기를 식히며 내리막길을 내려갔다. 또 극장의 마지막 상영이 끝난 뒤였다.

관객들이 꾸역꾸역 몰려나와서 흩어지고 극장 문들이 휑하니 열린 채 어둑한 내부가 보였다. 커다란 간판에는 분홍 '토슈즈'를 신은 '모이라 샤라'가 퉁퉁 부은 피맺힌 발로 어쩔 수 없는 숙명적인 광란의 춤을 추고 있었다.

"내일은 좀 일찍 나와요. 우리도 이제 침팬지 구경은 그만 하고 영화 구경이나 해요. 네?"

그는 대답 없이 부시럭거리더니 담배에 불을 붙여 깊이 빨았다. 그의 표정은 나를 안기 전이나 조금도 달라진 게 없는 채 내 이해가 닿지 않는 깊은 상심에 잠겨 있었다. 나는 답답하고 초조했다.

"무슨 생각을 하고 계세요? 제발 그런 얼굴을 하지 마세요. 저를 안은 것만 가지고 사람이란 확신이 부족하다면 더 마음대로 하셔도 돼요. 그러니 제발."

그는 담뱃불을 저만치 던지고는 쫓아가서 그 둔탁한 군화로 필요 이상으로 오래 비벼 끄곤,

"나 며칠만 좀 쉬어야겠어. 며칠이면 될 거야. 괜찮겠지?"

"왜요? 안 돼요."

나는 다급하게 가로막았다.

"그래야겠어."

그는 한결 단호해지더니,

"내가 아직도 화가인가 알고 싶어."

"네? 뭐라고요?"

"난 오랫동안 그림을 못 그렸어. 너무 오랫동안…… 아직도 내가 화가인지 궁금할 만큼 오랫동안. 나는 내가 사람이 아니란 것보다 화가가 아닌 것이 더 두려워. 화가가 아닌 난 무엇일 수 있을까 도무지 짐작도 할 수 없어. 며칠 동안만 내가 화가일 수 있게 해줘."

"그렇게 화가이고 싶으세요?"

"그냥 그림이 그리고 싶어. 미치도록 그리고 싶어. 정진과 몰두의 시간을 마음껏 누리고 싶어."

그는 이글대고 있었다. 부끄럼 없이 거친 숨결을 내뿜고 있었다. 그러나 이미 나 때문은 아니었다.

그는 지금 자기만의 일을 가지려 하고 있고 그 일엔 어떤 동반자도 필요 없는 것이다.

우리는 언제나와 같은 길목에서 담담히 헤어졌다.

혼자가 되자 성당 앞에서의 숨 막히는 일 같은 건 아예 있었던 일 같지도 않았다.

그 우람한 사나이가 나 때문에 떨었던 일도, 나 때문에 뜨거웠던 일도 전혀 있었던 것 같지 않았다.

그것은 아마 한겨울밤의 환각이었나 보다.

불쌍한 성냥팔이 소녀가 꾼 것과 같은 꿈. 굶주렸던 그녀가 칠면
조 고기와 따뜻한 난로를 환각했듯이 오랜 외로움 끝에 인자한 할
머니를 생각했듯이 나도 내가 굶주렸던 것을 환각한 것뿐이다.

나에게 분명 있었던 일은 다만 소꿉장난감을 선물 받았다는 일
뿐인 것이다.

나는 그 장난감을 한껏 얼어붙은 땅으로 동댕이쳤다.

그러고도 모자라, 다시 저만치 구르는 희끄무레한 뭉치로 힘껏
달려가 구두 굽으로 바싹 눌렀다.

마치 갓 구워낸 셈베이를 어금니 사이에서 부수는 듯한 상쾌한
음향이 들리고 그런 쾌감이 구두 굽을 타고 전신에 흘렀다.

12

중앙 계단의 난간을 비스듬히 짚고 서서 싸진 발콤이 태수를 나
무라는 눈치였다. 쇠붙이로 된 삐죽삐죽한 연장을 대여섯 종류나
뒷주머니에 꽂은 태수가 머리를 긁적이며 어색하게 웃고 있었다.

심각한 얼굴이던 발콤이 갑자기 태도를 누그러뜨리며 태수의 어
깨를 툭툭 치며 아주 관대한 표정을 지었다. 그리고 그 관대한 표정
을 바꾸지 않은 채 매장을 한 바퀴 서성댔다.

태수는 약간 풀이 죽어 싸진이 짚고 섰던 난간에 기대선 채 주머
니를 부시럭대는 꼴이 담배를 찾는 눈치였다.

싸진 방에서 시중드는 쇼리 녀석이 계단을 오르다가 태수를 보
더니 자기 모가지를 손으로 칵 자르는 시늉을 하며,

"파이어?"

하고 묻는다. 태수는,

"낫 옛"

하더니 그 짧은 대화를 계기로 재빨리 기분을 돌이킨 듯 얼굴에 그 본래의 장난스러움이 담기더니 뒷주머니에서 연장을 두어 개 빼내서 손장난을 치며 내 쪽으로 왔다.

그의 궁둥이가 거침없이 내 책상 위에 올라왔다. 나는 그의 주머니에 담긴 연장을 빼내 쇳소리를 내보고 그 성능을 물었다.

"이건 뭐하는 거예요?"

"전깃줄 까는 거."

"이건?"

"전깃줄 자르는 거."

"이건?"

"쇠파이프 자르는 거."

"아이그 이것들만 죄다 있으면 은행 금고라도 털겠네요."

"쳇, 도둑질이 쉬운 줄 알아. 남의 속도 모르고."

"왜 무슨 일 있었어요?"

"전지 다말 빈 상자 사이에 숨겨가지고 나가다가 들켰지 뭐야. 그게 어디 훔친 건가, 딸라 주고 산 건데도 숫제 도둑놈 취급이니 더러워서."

"여기가 어디라고 엽전이 딸라로 물건을 사요. 무엄하게시리……."

"돈 벌기도 생각보다는 어려워."

그가 어울리지 않게 심란한 표정을 했다.

"이거나 안 당했어요?"

나는 아까의 쇼리 모양 손으로 목을 치는 시늉을 하며 물었다.

"이번만 용서해 준다나? 치사해서……."

"봐줬군요."

"남들은 도라꾸 떼기도 하는데 전지 다마 한 상자로 걸리다니 창피해서……. 밑천은 또 얼마나 들었다구. 전기용품 매장의 수잔 정을 며칠 전부터 따라다녀서, 처음 튼 거랜데 망신만 톡톡히 당했지."

"에이 쌍."

김씨가 붓을 던지고 기지개를 켰다.

"씨이발 잡것들."

돈씨도 따라서 붓을 던졌다.

오후의 권태와 피곤이 서서히 시작되고 있었다.

"에이 쌍, 씨이발 잡것들."

태수가 한술 더 떠서 걸직하게 호응하며 크게 기지개를 켰던 양손을 깍지를 껴서 뒤통수에 대고 고개를 젖혔다. 무심히 천장을 보고 있었다. 그의 머리 위엔 부연 먼지 덮인 갓을 쓴 백 촉짜리 전구가 바로 그를 비추고 있었다.

그는 한동안이나 멍청했다. 아직은 맑은 눈이었다. 그의 시선이 닿는 곳에 전깃불이 아닌 딴것이 마련되어 있었으면 싶었다. 한 조각의 하늘쯤이라도.

"싫증나죠? 뺑소니치고 싶잖아요? 옥 선생님처럼."

"응 뭐라고? 옥 선생님이 어디로 뺑소니를 쳤다구?"

그는 재빨리 자세를 바로잡으며 다그쳐 물었다.

"아녜요."

나는 모호하게 얼버무렸다. 옥희도 씨 일은 나만이 알고 있는 일이고 싶었다.

"오늘 안 오셨구만. 그래 어디로 도망을 쳤다구?"

"아니래도요. 며칠 쉬겠댔어요. 그건 그렇고 미스터 황은 전공 아닌 딴것이고 싶은 적 없어요?"

"전공 노릇도 제대로 못하는 판에 무슨 딴것을 꿈꾸겠어. 왜 어디 좋은 자리라도 있어?"

"직업을 바꾼다거나 그런 것 말고 말예요. 생활의 방편 말고 좀 더 다른 것에 자기를 몰두시키고 싶잖아요?"

"글쎄, 막연하군."

"막연하게라도, 문득이라도 자기가 지금의 자기 말고 딴것이고 싶다는 생각 없어요?"

"무슨 소리를 하려는 거야? 딴것이고 싶은 게 딱 하나 있지. 미스 리의 애인이고 싶다든가 장차의 남편이고 싶다든가 그런 걸 겸할 수 있다면 전공을 죽도록 해도 나쁘지 않을 것 같아."

그의 시선이 어린애처럼 보채왔다. 나는 그의 커다란 뒷주머니에 그 신기한 연장들을 하나하나 차례로 꽂아주었다.

"그만 가봐요. 가뜩이나 싸진 눈 밖에 났는데 태업까지 하면 써요?"

그는 순순히 다시 전공이 되고 환쟁이들은 다시 그림을 그렸다. 나는 열심히 어수룩한 지 아이가 내 앞에 얼씬거리기를 기다렸다. 그리고 입속에 "메이 아이 헬프 유?"를 대기시키고 하품을 삼켰다.

모두 조금씩 자기 일에 싫증을 내고 있으면서도 아무도 감히 자의로 자기 궤도를 이탈할 것 같지 않다.

미숙이 하품을 하며 나에게로 왔다. 나는 그녀의 토실한 손을 꼭 쥐며,

"어때. 요샌 아무 일 없어? 아무 일도 안 저지르구."

"염려 마, 언니."

나는 부스스 그녀의 손을 놓았다. 아무 일도 못 저지를 사람은 지금의 나에겐 시들하다.

점점 나는 내가 뭔가 저지르고 싶어서 견딜 수 없어진다. 내가 기껏 내 자의로 저지를 수 있는 일이란 뻔하다. 물구나무를 서서 매

장을 휩쓸고 싶다든가 중앙 계단에 올라서서 마음껏 아우성을 쳐보고 싶다든가. 그러나 그것도 생각뿐이지 실제로는 절대로 그렇게 할 수 없음을 나는 너무도 잘 안다.

건장한 양키가 쇼핑한 물건들을 한 아름 내 테이블에 올려놓고 편지봉투를 한 묶음 꺼내 겉봉을 쓰기 시작했다. 나는 내 장사를 시작할 맞춤한 기회를 잡느라 침을 꼴각 삼키며 그가 겉봉을 다 쓰기를 기다렸다.

양키들 특유의 아슬아슬할 정도의 속필로 그는 여러 주소를 거침없이 써 내려갔다. 나는 보다 못해 기어이 한마디 하고 말았다.

"조심하세요."

"뭘?"

"암만 해도 수취인과 편지 내용이 뒤바뀔 것 같아요."

그는 잠깐 쓰기를 멈추더니 입을 삐죽하고 어깨를 움츠리곤 두 팔을 크게 펴 보이는 양키들 특유의 알게 뭐냐는 몸짓을 한다.

나는 아직도 그를 내 손님으로 만들 생각이었으므로 상냥하게 웃으며,

"정말 그렇게 마구 써도 괜찮아요?"

"상관없어. 비슷한 내용이니까."

"그래도 수취인이 모두 다른데."

"다 계집애들이거든. 계집애들이 좋아할 소린 뻔하잖아."

나는 어이가 없어 대화를 잇지 못했다. 그는 깊은 녹색의 눈을 가지고 있었다. 아름다운 눈이었다. 콧대는 오만한 게 끝이 갈고리처럼 약간 굽었고 얄팍한 입술은 안으로 굳게 닫혀 있었다. 진이 오빠와 흡사한 이기적인 입모습이었다.

나는 그에게 초상화를 그리게 하려던 생각을 단념했다. 나는 그간의 경험으로 몇 마디만 주고받으면 초상화를 그릴 손님을 가려낼

수 있었다. 좀 어리석다든가, 이것저것 닥치는 대로 해보고 싶은 좀 주책없이 호기심이 강한 친구라든가, 하다못해 동정심이 남보다 헤퍼 한국 사람과의 거래는 무조건 베푸는 셈 치고 있는 아니꼬운 친구라든가. 그는 이 중 어느 누구하고도 달랐다.

그 녹색의 눈은 쉽사리 남의 말에 귀를 솔깃해할 것 같지도 않거니와 좀처럼 호기심 같은 게 일 것 같지도 않은 매사에 시들한 권태가 막처럼 덮여 있었다.

"그렇게 무더기로 편지를 보내니 답장도 무더기로 받겠네요."

"메이비."

"대개 어떤 답장을 받나요?"

"물론 내가 한 소리와 비슷한 소리를 다시 듣게 되지."

"당신이 어떤 소릴 했는지 궁금하군요."

"사랑한다고, 당신 생각뿐이라고."

"맙소사."

그는 다시 입을 삐죽하며 어깨를 움츠려 보였다.

"당신은 여복도 많군요. 행복하겠어요."

"아아니. 조금도."

"왜요?"

"난 그녀들의 말을 안 믿으니까."

"왜요?"

"나도 그녀들에게 거짓말을 했거든. 내가 한 소리도 안 믿는데 더군다나 그 답장을 믿어?"

"그럼 왜 이런 헛수고가 필요한가요?"

"헛수고라니. 아주 헛수골 수만은 없어. 나는 가끔 사랑한다는 말을 허공에다라도 안 하곤 못 배길 때가 있거든."

나는 문득 그의 눈에 서린 권태 저편에 아주 깊숙이 감춰진 어떤 기갈(飢渴)을 엿보았다. 그건 아주 섬뜩한 느낌이었다. 나는 이유 없이 혼자 당황하고 나서 안 할 소리를 하고 말았다.

"당신은 여자를 살걸 그랬나 봐요."

"내가 여자를 안 샀다고? 누가 이 나라에서 여자를 안 사고 배겨? 그 싸구려 여자들을. 오 딸라라도 오케이, 일 딸라도 오케이, 세계에서 가장 싸구려 섹스를 가진 여자들. 그렇지만 사고 보면 일 딸라도 아깝지. 세상에 그렇게 운치 없이 섹스를 거래하는 계집들이 이 나라밖에 또 있을까. 이것들은 숫제 무인 판매기야. 상품은 실용성 말고 쇼핑에의 즐거움도 있어야 한다는 장사의 초보 상식도 모르면서 딸라에만 허겁지겁하는 엉터리 장사치들."

그는 내가 마치 그 엉터리 장사꾼이었던 것처럼 그 깊고 아름다운 눈을 불태우다시피 이글대며 덤비는 것이었다.

"미안해요."

나는 얼떨결에 내가 예전에 그를 사기 친 일이라도 있었던 것처럼 사과를 했다.

"네가 왜 미안해. 너는 보아하니 동방예의지국인가 본데."

"베그 유어 파아든."

그는 동방예의지국을 우리말로 서투르게 발음했고, 나는 그것을 어려운 영어로 알았기 때문에 몇 번이고 '베그 유어 파아든.'을 되풀이한 후 겨우 동방예의지국을 알아들었어도 그가 말하려는 뜻을 모르기는 마찬가지였다.

"무슨 뜻이죠?"

"창부 아닌 여자들 말이야. 지 아이들만 보면 섹스 따위는 오래 전에 떼어버렸습니다 하는 점잖은 표정을 짓고 있다가 혹시 윙크라도 한번 하면 강간이라도 하려고 덤비는 줄 지레짐작을 하고 엄살을 떠는 여자들 말야."

그는 좀 전의 격앙을 쉽사리 잊고 졸리우리만큼 권태로운 표정으로 띄엄띄엄 설명을 했다.

"바이 바이 동방예의지국."

그는 시들하게 말하고 훌쩍 가버렸다. 이 층으로 오르는 중앙 계단을 두 층씩 성큼성큼 오르는 그의 뒷모습을 나는 물끄러미 배웅했다. 좀처럼 잊혀질 것 같지 않은 지 아이였다.

그는 아마 이 층 우체국에서 그 많은 러브레터를 부치고 무인 판매기에서 섹스를 사야 할 밤을 예감하고 있으리라. 나는 그를 붙들고 내가 창부도 아니요 동방예의지국도 아니라고, 꼭 그 한마디만을 해줄 걸 그랬다고 슬그머니 후회가 됐다.

녹색 눈의 지 아이가 다녀간 지 사흘째가 되니 옥희도 씨도 벌써 사흘째 결근한 셈이었다.

"이 양반이 어디가 또 아픈 모양이로군. 생기긴 기걸 차게 생긴 이가 강단이 우리만도 훨씬 못하니…… 쯧쯧."

"미스 리, 우리 모두 문병 좀 가게 양놈 하나만 꼬여서 무과수나 몇 통 사주구레."

"인석아, 주책 좀 작작 떨어라. 가뜩이나 요새 미스 리한테 눈독들인 양놈들이 많아서 조마조마한데 그까짓 무과수 몇 통 때문에 양놈이 우리 미스 릴 넘보게 해?"

"인석아, 아무리 미스 리가 무과수에 넘어갈 여자냐. 우리 미스 린 순금이다 순금이야."

나는 그들에게 좀 많은 양의 일거리를 분배하고 옥희도 씨는 병이 아니라 집안일로 며칠 더 쉬게 될 테니 무과수 걱정일랑 말라고 일렀다.

그는 자기가 화가임을 증명하는 데 앞으로 며칠이나 더 걸릴 것인가. 나는 그의 자리에 앉아서 멍하니 회색 휘장을 마주 봤다. 처음에는 하늘색이었다가 바래고 때가 묻어서 회색을 이룬 휘장, 그는 이 회색에서 탈출해서 지금 마음껏 현란한 색채들을 부리며 몰두와 정진을 누리겠지.

나는 끝없는 혼돈 속에 혼자 버림받은 듯한 불안을 느꼈다. 아우성쳐서 그에게 구원을 청하고 싶을 만큼 불안이 나를 조여왔다.

그러나 지금의 옥희도 씨는 내 아우성의 침범이 용납되지 않는 곳, 돌아가신 아버지만큼이나 먼 곳에 있는 것이다.

회색 휘장은 미동도 안 하고 나는 다시 무언가 저지르고 싶다는 간절한 소망으로 설렌다. 이 회색을 탈출하지는 못하더라도 이 탁탁하고 두꺼운 회색에 파문이라도 균열이라도 일으키고 싶었다.

"미스 리, 손님이야."

진씨가 붓끝으로 내 옆구리를 찔렀다. 나이 어린, 좀 심술궂게 생긴 피 에프 씨가 영수증을 내밀었다. 나는 그림을 찾아 그의 앞에 펴 보였다. 그는 선뜻 싸달라지 않고 고개를 갸우뚱대며 찌뿌듯한 얼굴을 만드는 꼴이 말썽깨나 부릴 것 같다.

나는 그림을 다시 그려주면 그려주었지 서툰 영어로 그를 달랠 일이 아득해서 아예 딴전을 피우고 있었다.

"호오, 이 그림 참 좋은데. 아주 예술적이야. 여봐요, 아가씨. 이거 어떤 화가가 그린 거지?"

사흘 전의 녹색의 눈, 죠오였다. 좀 놀라워하는 나에게 그는 한 눈을 찡긋했다. 나도 재빨리 장단을 맞추어 환쟁이 중에서 그래도 제일 풍채가 그럴듯한 진씨를 가리키며,

"저분이 그린 거죠. 저분이야말로 존경할 만한 예술가랍니다. 저분의 그림을 가질 수 있는 사람은 행운이죠."

"그래 잘됐어. 내 그림도 저 사람에게 부탁해야겠군. 꼭 저 사람에게 그리게 하는 것, 잊지 말아요."

그는 수선스럽게 안주머니를 뒤지며 사진을 찾는 시늉까지 한다.

나이 어린 피 에프 씨는 심술궂은 표정이 점점 멍청하게 누그러지더니 그림을 싸달란다. 나는 짓궂게 그림이 마음에 들었느냐, 안 들었으면 다시 그리도록 딴 화가에게 부탁하겠다고 하니 썩 마음에 들었단다.

그가 가자 죠오는 꺼냈던 사진을 어름어름 다시 넣어버리고 말았다.

"안 그릴 건가요, 초상화를?"

"난 딸라의 가치를 남들보다는 좀 더 알고 있어."

"아무튼 도와줘서 고마워요."

"뭐 또 도와줄 게 있나 서슴지 말고 말해 봐."

"다시 만나 기뻐요."

"정말? 내 생각을 했나?"

"아뇨. 그렇지만 오늘부턴 할 것 같아요."

"고맙군."

그가 처음으로 활짝 웃었다. 그는 의외로 한쪽 뺨에 보조개를 갖고 있었다.

그 보조개는 그의 남자다움을 조금도 다치게 하지 않은 채 다만 그의 방약무인한 인상을 대번에 누그러뜨리며 와락 안기고 싶을 정도의 친근감을 일으켰다.

나는 그가 걷잡을 수 없이 좋아지고 있었다.

그와 나는 말없이 마주 본 채였다. 막처럼 덮였던 권태가 서서히 걷히고 대신 거침없이 기갈(飢渴)을 드러낸 녹색의 눈에 나는 깊이 빨려들고 있었다.

"네 귓전에 사랑한다고 속삭여주고 싶다."

그의 목소리가 별안간 아주 섹시하게 들렸다.

"오늘은 러브레터를 안 썼나요?"

"어쩌면 안 쓸 수 있을 것도 같다. 너 때문에."

나는 가빠오는 숨을 깊은 한숨으로 얼버무렸다.

나는 그의 기갈을 통해 나를 보며 내 나름으로 그를 이해하고 있었다.

그는 좀 욕심꾸러기인 것이다. 무인 판매기에서 섹스를 사는 것만으로 위로받을 수 없는 사치한 영혼과 러브레터를 수백 통 써봤댔자 해결 지을 수 없는 왕성한 성(性)을 아울러 가진, 또 그것들을 아울러 누리기를 집요하게 추구하는 욕심꾸러기인 것뿐이다.

팽팽하게 맞섰던 시선을 그가 먼저 허물어뜨리고 '올드 골드'를 한 개비 뽑아 달게 빨았다. 그는 미동도 안 하고 연기를 깊이 탐했다. 나는 그의 그런 모습을 통해 섹스에의 강한 동경을 느꼈다.

나는 그 다음 날, 문득문득 죠오를 기다렸다. 드디어 털북숭이 그의 억센 손에 내 작은 손이 아프도록 잡혔다.

주린 짐승처럼 기갈 들린 눈이 내 온몸을 핥듯이 지나갔다. 마치 마술에라도 걸린 듯이 내가 관능적인 암짐승으로 변하는 걸 느꼈다.

나는 환쟁이들 앞이라 그에게 잡힌 손을 조심스럽게 빼냈다. 그러나 민망하게도 생동하기 시작한 어떤 의식으로부터 나를 빼낼 수는 없었다.

"어쩌려는 거죠? 나를?"

목소리가 갈라져 들렸다.

"너와 사랑을 하고 싶다. 나와 더불어 많은 재미난 일을 꾸밀 수 있을 게다. 너를 통해 이 나라까지도 사랑하고 싶다."

그는 내 귓전에 나직이 고혹적으로 속삭였다. 그의 기갈 들린 눈에 꿈이 깃들이니 약간 눈이 부셨다.

나는 그가 갖고 온 페이퍼북을 두서없이 펄럭펄럭 넘기며 두서

없는 내 생각들을 넘겨갔다.

그의 오만한 콧대와 이기적으로 얄팍한 입술은 이국의 여자와 앞이 긴 사랑을 원할 것 같지는 않다. 그는 다만 충분히 연애감정을 누리고 나서 여자를 안고 싶어 할 뿐이다.

단순한 배설이 아닌 이국에서의 정사(情事)쯤을. 내가 구태여 그의 정사의 피해자일 필요가 있을까. 공범자가 될 수도 있지 않은가. 그와 멋진 정사를 공모해야겠다. 그와 즐거운 이야기를 나누고 그의 푸른 눈을 보며 음악을 들을 수 있으면 더욱 좋겠다. 난롯가에서 그의 어린 날의 이야기를 들을 수도 있을 게다. 내 어린 날의 이야기는 그를 충분히 웃길 것이다. 나는 그의 보조개를 마음껏 즐길 수 있을 게다.

책을 덮었다. 표지의 요란한 원색의 그림의 윤곽이 차차 눈에 들어왔다.

슈미즈가 반쯤 어깨에서 흘러내린 여자가 침대에 비스듬히 누워 있고, 그녀의 발치에 한 사나이가 꿇어앉아 머리를 쥐어뜯고 있었다.

남녀가 욕정에 일그러진 얼굴을 하고 있는 품이 창부의 방이 분명했다. 나는 책의 제목을 보았다. 의외로 도스토예프스키의 『죄와 벌』이었다.

나는 '도스토예프스키'를 정독하지는 못했어도 문학청년이었던 혁이 오빠의 영향으로 무조건 그를 경외했고 '죄와 벌'의 소냐를 성녀쯤으로 알고 있었으므로 그 저속한 그림이 심히 못마땅해서 책을 뒤집어놓았다.

"왜 그런 얼굴을 해? 이 그림이 싫어?"

"『죄와 벌』에 이런 그림은 너무해요. 싸구려 책이긴 하지만."

"왜 나빠? 이 그림이. 이것이 남자와 여자의 본연의 모습인데."

그는 금방 격앙해서 싸울 듯이 덤볐다.

"그래도……."

"넌 역시 동방예의지국이군. 잊을 뻔했어."

그는 금방 격앙했듯이 격앙을 식히고 웬일인지 낭패한 얼굴이
됐다. 표정이 풍부한 눈에 다시 권태가 막처럼 덮였다.

"잊을 뻔했어, 네가 동방예의지국이란 걸."

그는 또 한번 푸듯이 말했다. 나는 발칵 화를 냈다.

"왜 툭하면 동방예의지국을 쳐들죠? 이국인인 당신이 무슨 권리
로 하필 이 나라의 대대로 내려오는 긍지를 헐뜯다가 요령부득의
슬랭을 만들려 드는 거죠?"

"난 적어도 이 나라를 위해 싸우러 왔어. 어쩌면 이 나라에서 내
생애를 마치게 될지도 몰라. 물론 그렇게 안 되길 바라지만. 좀 더
이 나라를 알고 싶어. 특히 이 나라 여자를. 그렇지만 이 나라 여자
들이란 얼마나 두터운 터부에 둘러싸였는지. 이방인이 뚫을 수 없
는 터부, 돈으로 살 수 없는 여자들이 지닌 터부를 통틀어 그렇게
불러본 것뿐이야. 잘못됐으면 용서해."

그는 꽤 심각하게 의외의 소리를 했다.

"당신은 단지 이방인끼리 서먹서먹한 걸 너무 과장하는군요."

"과장이라구? 천만에. 나는 이 나라의 높은 담장 작은 창 속의 신
비에 싸인 생활이 궁금했다. 나는 너를 통해 그 신비의 베일 안을 보
고 싶었어. 그렇지만 너는 못할걸. 네가 만일 창녀가 아니고 양가의
처녀라면 너는 나를 절대로 네 집에 초대는 못할걸. 어때 맞았지?"

"글쎄요, 그건……."

나는 몹시 당황했다. 이 사나이와 우리 집 문을 두드리고 부연
어머니의 마중을 받는 상상을 나는 도저히 할 수 없다.

"난 이 황량한 도시 어디에나 있는 아름다운 궁전에 잔디가 돋으
면 너와 그 궁전의 뜰을 거닐 것을 공상했다. 잔디를 뒹굴며 너를 애

무하길 바랐어. 너 그럴 용기가 있니? 있으면 너는 분명히 창불걸."

언젠가 미숙이 미군과 정식 결혼을 해도 양갈보라고 할까 하며 근심하던 생각이 났다. 그 어린것도 결혼에 따른 두려움이나 동경보다는 남의 이목에 대한 두려움이 더 강했던 것이다. 그러고 보니 우리들은 얼마나 남의 시선에 예민한 족속일까. 양갈보, 실상 나라고 뭇사람의 그런 시선으로부터 초연할 배짱이 있을까.

"너와 번화가를 거닐고 쇼핑을 하고 커피숍에서 음악을 들을 수 있을까. 네가 그것을 용납할까. 용납한다면 넌 분명히 양가의 처녀가 아닐걸."

그는 자꾸 빈정댔다. 다시 흥분하지는 않은 채 권태의 막을 쓴 시선을 졸린 듯이 가느스름히 뜨고 나를 조롱했다.

"그리고 마지막엔 네 옷을 벗겼으면 했지. 이렇게 말야."

그는 엎어놓았던 페이퍼북을 발딱 젖혔다.

"넌 절대로 이런 끔직한 짓은 안 할 거 아냐? 그림만 보고도 얼굴을 붉히던데. 넌, 너희들 동방예의지국 여자들은 사나이 앞에서 옷을 벗는 일 따위는 절대로 없을걸. 안 그래?"

그의 야유는 여기서 끝났다. 그와의 만남은 오늘로 파탄이 나고만 것 같았다.

그러나 난 그 다음 날도 그를 기다렸다. 장사에는 별로 마음이 없어 여러 군복들 사이에서 그를 가려내는 수고를 수없이 되풀이했다.

나는 그가 틀림없이 오리라는 걸 알고 있었다. 그는 어제 페이퍼북을 놓고 간 것이다. 우리는 한 번쯤은 다시 만날 수 있는 구실을 갖고 있는 셈이었다.

나는 자꾸자꾸 그를 다시 보고 싶어 하며 한편으로는 그의 핥는 듯한 기갈 들린 시선이 점액질의 끈적끈적한 액체처럼 내 몸 여러 군데에 묻어 있는 것 같은 불쾌감도 느꼈다.

그의 회상은 이렇게 단순치가 않아서 그만큼 내 감정의 처리도 선명할 수가 없었다. 나는 내 감정의 처리가 선명치 못할 때 겪는 조바심을 그를 기다리는 데 모으고 있었다.

그에 대한 기다림은 내가 겪은 어떤 기다림하고도 다른 점액질의 끈끈함이 있었다. 나도 어느 틈에 그로부터 오염당하고 있는지도 모를 일이었다.

"씨이발."

환쟁이 김씨가 스카프를 뭉쳐서 옆으로 밀어놓더니 늘어지게 기지개를 켰다. 그는 오늘 두 장째 스카프를 망치고 있었다.

"인석아, 웬일이냐. 뭐 못 먹을 거라도 먹고 나왔냐?"

"씨이발. 아침부터 여편네가 재수 없게 바가질 긁어대더니 통 손속이 안 나는구나."

"우리도 마찬가지다. 내일 모레가 음력 설 아니냐? 그럴수록 부지런히 그려서 떡국도 끓여 먹고 마누라에게 베루벳도 치마라도 해줘얄 게 아니냐."

돈씨의 말투가 심란해졌다. 나는 왈칵 옥희도 씨의 빈자리를 의식했다.

그는 자기가 화가임을 증명하기 위해 다섯 아이들을 굶겨도 좋단 말인가? 설에 떡국도 못 끓여줘도. 그리고 그 목이 긴 여자가 그 궁상스러운 군복을 벗고, 벨벳은 아니라도 조금 정상적인 여자의 의상을 걸친다면 얼마나 돋보일 수 있을까, 상상이라도 한 적이 있을까? 그가 그렇게도 절실히 추구하지 않으면 안 되는 일이란 도대체 무엇일까? 그에 대한 야속함이 오열처럼 치밀었다.

내가 그 끈적끈적한 양키를 기다리는 조바심도 다 옥희도 씨 때문인 것으로 여겨졌다. 무슨 일을 저지르고 싶음도 다 그 때문인 것이다. 그의 따뜻한 시선이 지켜준다면 얼마든지 나는 착할 수도 있는데 그는 그것을 거부하고 자기만의 일을 갖고자 하고 있다. 그에게 보여주기 위해서라도 나는 무슨 일이고 저질러놓고야 말 테다.

나는 아무도 받아줄 리 없는 무분별한 생떼를 쓰고 있었다.

죠오는 끝내 와주지 않고 나는 아직도 그가 와줄 구실이 될 수 있는 페이퍼북을 서랍 밑 깊숙이 간직하고 퇴근했다.

"언니, 나 좀 도와줘."

미숙이 뒤에서 나를 불러 세웠다.

"뭘?"

"나하고 대폿집 좀 같이 가요."

"얘는 새록새록 맹랑한 소릴 하네."

"언니도 내가 설마 막걸리 마시잘까 봐? 빈대떡을 몇 조각 사려고 그래요. 순 녹두빈대를요."

"그게 그렇게 먹고 싶니?"

"아아뇨. 엄마가 좋아하시거든요. 요새 그 몹쓸 감기를 앓고 나시더니 통 식사를 못하셔서 오늘 그거나 좀 사다 드려볼까 하고. 그래서 주인아저씨한테 순녹두로 돼지고기도 넉넉히 넣고 부치는 집을 알아놨는데 혼자 가긴 좀 무서워서."

"그러렴."

마음이 훈훈해지며 그런 김에 그녀와 더불어 나도 빈대떡을 살 것 같은 예감이 들었다. 어머니도 빈대떡을 좋아했던 것 같다.

부엌 같은 데서 결코 군입정질을 하는 일이 없는 어머니가 섣달 그믐께 빈대떡을 부칠 때면 빈대떡은 따끈따끈할 때 먹어야 제 맛이 난다면서 제일 먼저 지져낸 놈을 미처 남에게 권할 생각도 안 하고 초장에 찍어서 눈을 가느스름히 뜨고 맛보던 모습이 눈에 선하다.

명동에 이런 골목이 있었나 싶을 만큼 으슥하고 협소한 뒷길을 미숙이 앞장서서 인도해 갔다. 협소하지만 구수한 냄새와 소음으로 활기를 띠고 있었다.

"이 집이야, 바로."

미숙이 유리문도 아닌 볼품없는 널쪽문이 달린 집을 가리켰다.

문은 부드럽게 열리고 문 속은 훈훈한데 밝지 않은 전등불에 연기인지 김인지 잔뜩 서려 부옇게 흐려 있었다.

남자들이 술 마시는 광경이 궁금하지 않은 것도 아니었으나 우리는 의식적으로 술꾼 쪽으로 한눈팔지 않고 곧장 주모 쪽으로 걸어갔다. 넓다란 번철에서 여남은 조각이나 되는 빈대떡과 누런 기름덩이가 한꺼번에 지글대고 있었다. 가마솥의 솥뚜껑만큼이나 커다란 번철이었다.

노랫가락까지 섞인 소요와, 음식과 술과 사람들의 짙은 냄새로 나는 상기했다.

"아주머니, 따끈한 걸로 주세요. 될 수 있는 대로 갓 지진 걸로요."

미숙이 다섯 조각을 사는 바람에 나도 다섯 조각을 덩달아 샀다. 우리는 쫓기듯이 대폿집을 나와서 휴우 한숨을 쉬고 마주보고 웃었다.

제법 대단한 경험이나 한 듯이 자랑스럽기까지 했다.

걷는 사이에 빈대떡이 주체 못하게 부담이 됐다. 나는 그것을 산 것을 순전히 미숙 탓으로 돌리고 짜증스러워했다. 나의 이런 눈치를 알 리 없는 그녀는 오버를 들추더니 빈대떡을 가슴에다 품었다.

"얘는 옷에서 냄새나게시리."

"괜찮아요. 빈대떡은 식으면 암 맛 없대."

그녀와 헤어지고 나서도 나는 다섯 조각의 빈대떡을 주체 못하고 있었다. 그것은 내 손 속에서 점점 따끈한 기를 잃어가고 있었다.

어느 길목에서 드디어 나는 그것을, 오버를 들추고 한술 더 떠서 스웨터까지 추켜올리고 내의 위에 얹고 스웨터와 오버를 여미고 두 손으로 안았다.

"그 계집애 때문에 공연한 걸 사가지고 이 고생이야."

나는 아직도 그것을 산 것을 미숙 탓으로 돌리고 있었다. 그러나 집이 가까워질수록 나는 엉뚱한 기대를 하고 있었다. 어머니의 부연 눈에 어쩌면 감정을 깃들이게 할 수도 있으리라는 바람이었다.

나는 엄마를 야단스럽게 부르며 대문을 덜컹댔다. 가슴이 훈훈했다. 아직도 식지 않은 빈대떡 때문이었다. 나는 한 손으로 어머니의 손을 잡고 한 손으론 불룩한 가슴을 안고 어느 때보다도 어머니에게 몸을 밀착시켰다.

"엄마. 엄마 무슨 냄새 안 나요? 좋은 냄새, 알아맞히세요, 흠흠."

나는 호들갑스럽게 코를 벌름거렸다.

"냄샌?"

그녀는 시들하게 대꾸하고 마른 나뭇가지 같은 손이 결코 마주 잡아오지 않았다.

나는 댓돌에 서고 어머니는 희미한 전등이 매달린 부엌으로 들어갔다.

"엄마, 빈대떡."

나는 불쑥 그것을 내밀었다.

"식기 전에 잡숴봐요. 식을까 봐 가슴에 품고 왔어요."

이번에야말로 설마 어머니의 눈이 무슨 뜻을 지녀오겠지 하고 기대하며 주시했다. 어머니는 시들하게 받아놓고 습관화된 딴 일을 시작했다. 국을 데우고 상에다 수저와 그릇들을 올려놓고. 그녀의 눈은 결코 딴 뜻을 지니지 않았다. 죽지 못해 살고 있을 뿐이라는 완강한 고집 외에는.

나는 빈대떡을 산 것을 후회했다. 가슴에 품고 왔음도.

특히 내가 한 나중 말, '식을까 봐 가슴에 품고 왔어요.'를 후회했다. 물건이라면 뺏고 싶도록 그 말을 물러받고 싶었다.

마루로 올랐다. 빈대떡이 얹혔던 가슴이 분노로 타고 있었다. 나는 느닷없이 북창문을 열어젖혔다. 겨우내 한 번도 연 적이 없는 문이다.

매웁도록 찬바람이 휘몰아쳐 들어왔다. 양키를 데려올 것을. 내일은 오겠지 '죠오'가. 그의 팔짱을 끼고 대문을 두드리면 설마 어머니의 눈이 그렇게 부옇게만은 열릴 수 없으리라. 별수 없이 무슨 감정을 지녀오겠지. 그를 이 높은 담장 속, 우아한 '亞'자 창 속으로 초대해야지. 설마 그때야 어머니도 놀라겠지. 나는 어머니의 놀라움에 아랑곳없이 죠오를 데리고 이 집을 횡행해야지. 설마 어머니도 놀라겠지. 아버지가 늘 앉았던 폭신한 의자에도 앉히고 오빠들의 소유물이었던 이것저것들을 만지게 하고 그를 위해 부엌에서 불고기를 구울 테다.

후원의 나무들이 전신을 흔들며 나에게 바람을 보내왔다. 그러나 아직도 빈대떡이 데워놓은 자리는 식지 않고 있었다.

그에게 말해야지. 이 나무들은 지금은 이렇게 볼품없어도 작년 가을엔 얼마나 눈부시게 노랬던가를. 얼마나 아낌없이 그 노란빛을 땅으로 흘리고 또 흘렸던가를. 어머니 앞에서 그에게 그런 말을 도란도란 속삭여야지. 설마 그러면야 어머니도 부연 눈으로 시들하게 딸을 바라볼 수만은 없을 게다.

어머니를 놀라게 할 일은 그 다음 날도 일어나지 않았다. 꼭 올 것 같은 죠오는 좀처럼 와주지 않았다.

마침 화가들의 주급이 나오는 날이어서 나는 옥희도 씨 몫의 돈을 맡아 가지고 있었다.

환쟁이들은 그들이 번 돈을 어떻게 적절하게 쪼개 써서 세월의 마디를 무사히 넘길 수 있을까를 의논 겸 한탄하고들 있었다.

나도 오만 원이 채 안 되는 옥희도 씨의 목돈으로 내 나름으로 떡국과 설빔을 장만하다가 설빔의 수효가 너무 많아 그만 아득해졌다. 그러나 다행히도 그것을 쪼개는 일이 결코 내 일일 수는 없는 것이다. 나에게 용납된 그 돈의 용도란 옥희도 씨를 자연스럽게 찾을 수 있는 구실이 될 수도 있다는 것뿐일 것이다.

나는 그것을 안주머니에 넣고 퇴근을 해서도 선뜻 연지동으로 향하지는 못했다. 구실 없이, 또 다섯 아이나 목이 긴 여자의 입회 없이 그를 만났으면 싫었다.

내일쯤은 그가 불쑥 자기 의자에 앉아 있을 수도 있을 게고, 참 어쩌면 아니 분명히 이 허허하고 어두운 밤 그가 불쑥 침팬지 앞에 우두커니 서 있을 수도 있을 게다.

나는 천천히 내 바람을 즐기며 완구점으로 갔다. 한산했다. 구경꾼은 한 명도 없고 주인 영감이 꾸벅거리고 졸다가 날 보고 희미하게나마 아는 척을 했다. 침팬지도 검둥이도 보이지 않았다. 기어이 그놈들이 주인 영감을 위해 돈을 좀 벌어준 모양이다.

나는 갑자기 미아가 된 듯한 막막함을 느꼈다. 나는 뜻 없이 손에 잡히는 대로 인형의 배를 눌러보고는,

"파셨군요, 침팬지를."

"비싸도 그놈들은 나오기가 무섭게 팔린다우. 요샌 그게 잘 안 나와서."

그는 하품을 하며 자못 다정하게 설명을 했다. 그러고 보니 그놈들은 다만 팔려가고 팔려오고 했을 뿐, 내가 생각한 한 놈은 아니었나 보다.

"할아버지. 혹시 그동안 제가 안 온 동안 저하고 늘 같이 오던 남

자분 안 왔던가요?"

"글쎄, 못 봤는데."

"잘 생각해 보세요."

그가 그림을 그리다가, 암만 해도 나에게는 미지인 몰두와 정진을 누리다가 문득 이 앞으로 달려와서 나를 기다렸을지도 모른다고 나는 굳이 그렇게 생각하고 싶었지만 노인은 두세 번이나 고개를 저었다.

그럼 그는 그동안 한 번도 그의 정진과 몰두에서 비켜서지 않았단 말인가? 다시 한번 나도 무언가 저지르고 싶다는 격한 감정에 휩싸였다.

나는 연지동으로 향했다.

"어머나 웬일이야요. 이렇게 늦게."

"오늘이 간조오 날이기에……."

"저런 고마워라."

그녀가 내 손을 꼬옥 잡았다. 나는 뿌리치지 못하고 잡힌 채 시무룩하니 그녀를 조금도 미워하지 못하는 나에게 화내고 있었다.

"그러지 않아도 저이한테는 말도 못하고 속으로만 간조오 날이거니 하고 돈 생각이 굴뚝 같았다우."

그녀는 내 귀에다 대고 나직이 속삭였다.

"타가지고 오시라고 그러시지 그랬어요."

"어떻게 그럴 수가 있어요? 저이는 오랜만에 그림을 그리고 있는데 돈 걱정 같은 걸 시킬 수야. 얼마나 오랜만이라고요."

그녀는 남편이 그림을 그리기 시작했다는 사실로 뭇사람들의 축복이라도 받고 싶게 행복한 얼굴을 하고 있었다.

"참 그러시겠군요. 그건 그렇고 이 주일에 노셨으니 요 다음 주일엔 간조오도 없을 텐데 어쩌나."

"염려해 줘서 고마워요. 없으면 없는 대로 살게 되겠죠, 뭐."

그녀는 돈 걱정 따위는 아예 시시한 걱정으로 넘기며,

"좀 들어왔다 가요. 차를 대접하고 싶어요."

그녀는 좀 들떠 있었다. 돈이 생겨서일까 남편이 그림을 그리기 시작해서일까.

들떠 있는 그녀는 전번보다 훨씬 젊고 발랄해 보였다. 복장도 전보다는 훨씬 여성적이었다. 흰 동정이 정갈한 자주 저고리 위에 허름하지만 그래도 여자용 스웨터를 걸치고 있었다.

그녀는 확실히 그녀 자신의 용모의 가치를 알고 있었다. 그래서 항상 정갈한 흰색으로 떠받들고 있었다.

"여보 미스 리 학생이 왔어요. 오늘이 간조오 날이라나 봐요. 일부러 갖고 왔군요. 우린 깜빡 잊고 있었는데."

"들어와서 몸 좀 녹여 가라지 그래."

식구가 몽땅 한 방에 모여 있었다.

무릎에 막내아들을 앉히고 신문을 보고 있는 옥희도 씨는 무척 수척해 보였다. 내가 들어가니 큰 아이들은 조금씩 윗목으로 물러가고 막내만이 자랑스럽게 아버지의 무릎을 점령한 채,

"사과 안 사왔어?"

"이런 뻔뻔한 녀석 좀 봐."

옥희도 씨가 그놈의 궁둥이를 들썩거려 한 번 치니 온 식구가 다 웃었다. 화기애애한 저녁 한때였다.

나도 조금 웃으며 방 안을 휘둘러보았다. 그림을 그리고 있다는 흔적은 아무 데도 없었다.

투박한 찻잔에 생강차가 나왔다. 노르께한 액체가 따끈하고 알맞추 맵싸고 알맞추 단 것이 추위에 맞춤이었다.

"그림은 다 그리셨어요?"

제일 궁금하던 것을 조심스럽게 물었다.

"어디 있어요? 좀 봐도 될까요?"

무릎에 앉았던 막내가 벌떡 일어나더니 윗방으로 난 장지를 열었다. 나는 그제야 오늘 부인이 애들을 윗방으로 보내지 않은 이유를 알았다. 전등이 없는지, 있는데도 안 켰는지 윗방은 어둑한데 80호 정도의 캔버스가 벽에 기대어 놓여 있고 넓지 않은 방바닥은 온통 빈틈없이 어지러져 있었다. 테레빈유의 냄새가 확 끼쳤다.

나는 캔버스 위에서 하나의 나무를 보았다. 섬뜩한 느낌이었다.

거의 무채색의 불투명한 부연 화면에 꽃도 잎도 열매도 없는 참담한 모습의 고목(枯木)이 서 있었다. 그뿐이었다.

화면 전체가 흑백의 농담으로 마치 모자이크처럼 오톨도톨한 질감을 주는 게 이채로울 뿐 하늘도 땅도 없는 부연 혼돈 속에 고목이 괴물처럼 부유하고 있었다.

한발(旱魃)에 고사한 나무──그렇다면 잔인한 태양의 광선이라도 있어야 할 게 아닌가? 태양이 없는 한발──만일 그런 게 있다면, 짙은 안개 속의 한발…… 무채색의 오톨도톨한 화면이 마치 짙은 안개 같았다.

왜 그런 잔인한 한발이 고사시킨 고목을 나는 그의 캔버스에서 보았을까?

잠시도 가만히 있지 못하는 꼬마는 잽싸게 장지문을 닫아버렸다.

향긋한 생강차가 식어가는데 나는 마실 구미를 잃었다.

나는 그림에 대한 전문적인 감상안이 거의 없지만 그림을 단순하게 사랑하고 즐겨왔다. 국민학교 교실 벽을 장식한 그림에서부터 화랑에 전시된 유명 무명 화가의 그림들, 또 인쇄 잘된 화첩의 대가의 그림들을 사랑했다.

나는 그런 그림들에서 어떤 언어를 시각했다기보다는 그냥 그

빛과 빛깔을 즐겼다. 삶의 기쁨이 여러 형태의 풍성한 빛깔로 나타난 그림들을 사랑했다. 이렇게 나의 그림에 대한 눈은 오색풍선을 동경하는 아이들처럼, 포목점 앞에서 아름다운 천을 선망하는 여인처럼 소박하고 단순했다.

내 이런 소박한 감상안은 그의 그림에 적잖이 당혹해하고 있었다.

꼬마가 내 무릎으로 옮겨 앉았다.

"요 다음엔 사과 사올 거야?"

"응 그래."

나는 그에게 천 원짜리를 두어 장 쥐어주었다. 그리고 식은 생강차를 남겨놓은 채 일어섰다.

혼자가 되어 내가 겪은 당혹을 정리하고 싶었다. 옥희도 씨도 부인도 별로 붙들지 않았다.

그들은 다 같이 꼬마가 장지문을 연 후 말이 없었다.

부인이 골목까지 따라 나왔다.

"왜 그런 그림을 그리셨을까요?"

"왜요? 그분 그림이 마음에 안 들었어요?"

"아주머닌 좋아하세요?"

"그러믄요. 그분 그림인걸요."

"아주머닌 좀 더 그분을 위해 뭔가 해드려야겠다고 생각 안 하세요?"

"왜 그런 생각이 없겠어요. 그분이 살림 걱정 없이 마음껏 그림만 그릴 수 있게 해드리지 못하는 것이 학생한테도 부끄러워요. 원체 애들이 많아놔서……."

"아주머닌 생활의 어려움을 말하고 계시군요."

"부끄럽지만 그래요."

"아주머니가 부끄러워해야 할 건 그게 아니란 말이에요."

"학생은 무슨 소릴 하려는 거야? 모르겠구먼."

"제가 보기엔 아주머니는 화가의 부인으로서 자격이 없어요."

그녀가 흠칫 멈춰 섰다. 나도 걸음을 멈추고 우리는 마주 섰다.

"뭐라고? 난 거의 이십 년 동안 그분을 모셔왔어."

"흥, 그게 그렇게 자랑이 될 수 있을까요?"

"도대체 학생 따위가 뭘 안다구…… 이십 년의 세월을 그림밖에 모르는 남자를 보살피구 행복하게 해드린 게 자랑이 될 수 없단 말인가?"

"자부심이 대단하군요."

"여봐요 학생. 나는 학생이 두려워지는군. 왜 느닷없이 나에게 시비를 걸려 드는 거지?"

"시비가 아녜요. 옥 선생님이 불쌍해서 그래요."

"말 함부로 말아요. 왜 그분이 불쌍해요. 학생 따위가 불쌍해해야 할 이유가 없어요. 난 적어도 이십 년이나 화가의 아내였으니까 알고 있어요."

우리는 달도 없는 그믐밤에 눈에 횃불을 켜고 맞섰다. 그녀는 나에게 '학생 따위' 란 소리를 두 번씩이나 했다. 나는 나대로 그 '따위' 에 앙갚음을 하려고 안간힘을 썼다.

"그분의 그림에서 그 절망적인 궁상을 못 읽다니……."

"궁상이 어디 나만의 책임인가요? 난 그분이 가난을 직접 피부로 느끼지 않게 방파제 노릇을 하기만도 벅차요."

"난 물질적인 빈곤을 말하는 게 아녜요. 빛과 빛깔의 빈곤, 즉 삶의 기쁨에의 기갈이 짙게 서렸어요."

"학생은 아직 어리고 그림에 너무 무지해요. 울긋불긋해야만 좋은 그림이 아녜요."

그녀는 나를 의젓이 타이르려 들었다. 나는 왈칵 그녀를 짓밟아버리고 싶었다.

"그림은 시각 언어예요. 전 그분의 그림을 보고 곧 그분의 빈곤과 절망을 읽었어요. 아주머닌 좀 더 그분에게 삶의 기쁨을 줄 수도 있었을 텐데."

"아무도 나만큼은 그분을 모실 수는 없을걸."

"전 할 수 있어요."

"어떻게? 도대체 어떻게 하겠다는 건가?"

"저라면 선생님이 죽은 나뭇등걸 따위를 그리는 걸 보느니, 차라리 옷을 벗고 제 몸뚱이를 그리도록 하겠어요."

나는 그때까지 조금도 생각하고 있지 않던 소리를 불쑥 했다. 말을 하고 나니 정말 그렇게 하고 싶다고, 그렇게 하는 것이 나를 위해서나 옥희도 씨를 위해서나 꼭 필요한 일 같았다.

"뭐라구? 네 옷을 벗기느니 차라리 내가 옷을 벗겠다."

"아주머닌 애를 다섯이나 낳았다는 걸 잊었나요. 선생님이 누굴 원하실 것 같아요?"

"넌, 도대체 뭐니?"

그 여자는 분명히 두려워하고 있었다. 음성이 떨렸다.

어둠 속에서 흰 동정과 가냘프고도 우아한 목을 볼 수 있었다. 나는 그녀가 그분을 위해서라면 그 섬세한 목 위에, 자기 체중의 몇 배나 되는 짐도 서슴지 않고 질 수 있으리라는 것을 뻔히 알고 있다.

그리고 나는 그 여자를 좋아하고 있다. 그런데도 나는 기어이 그 여자가 나를 싫어하게 만들고 말았다.

전혀 예상치 않은, 전혀 계획된 바 없는, 그리고도 이유 없는 저항을 나는 그녀에게 하고 있었다. 그러나 나는 한번 시작한 저항을 멈출 수가 없었다.

"내가 뭔지 몰라서 물어요?"

"몰라 몰라, 넌 정말 뭐니?"

"차차 가르쳐드리죠, 내가 뭔지."

나는 그녀를 내버려둔 채 골목을 달음질쳐 빠져나왔다. 곧 그녀가 마음 얹짢아 할 일 같은 건 잊고, 안개인지 매연인지 모를 불투명한 공간에서 죽어간 나무 둥치를 생각하고 있었다.

그 그림은 물론 그녀 때문일 리는 없었다. 그것은 필경 그 회색 휘장 때문일 게다. 부옇게 그의 시선을 가로막은 휘장 때문일 게다. 그 휘장이 그의 영감을, 그의 환상을 억압했을 게다.

아니 어쩌면 환쟁이들 때문일지도 모른다. 궁상맞고 수다스러운 속물들을 견디기가 얼마나 괴로웠을까.

어쩌면 전쟁 때문인 것도 같다. 살벌한 거리와 회색의 건물들과 촉루 같은 가로수 때문인 것도 같다. 그 모든 것 때문일 것도 같다. 그 모든 것이 그로 하여금 심한 기갈을 앓게 했을지도.

그도 역시 기갈을 앓고 있음이 분명하다. 녹색 눈의 지 아이가 앓고 있는 기갈하고는 또 다른 기갈을.

나는 지 아이의 기갈을 도울 수는 있어도 옥희도 씨의 기갈을 도울 수는 도저히 없음을 서글프게 깨닫는다.

13

"하아이, 베이비."

오래간만에 죠오였다. 나는 그를 몹시 기다린 적도 있었는데 그를 보자 별로 반갑지도 싫지도 않았다.

나는 서랍에서 그의 책을 꺼내서 아무렇지도 않은 얼굴로 그에게 내밀었다. 그가 다만 책을 찾으러 왔을 뿐이라고 그와 나에게 다짐하는 셈이었다.

"보고 싶었다."

그의 깊은 눈이 내 몸의 각 부분을 핥듯이 지나갔다. 나는 황급히 눈을 내리깔았다.

그에의 이끌림은 다분히 피부적이고 말초적이어서 그를 못 보는 동안에 쉽사리 잊을 수 있었던 것이 그를 보자 욱신욱신 되살아났다.

"나도요."

나는 나도 모르게 복잡한 표정으로 그에게 속삭이며 내 속삭임이 전혀 내 목소리 같지 않게 쉬어 있음에 수치감을 느꼈다.

만약 그가 원하기만 한다면 그와 더불어 무슨 일이고 저지르게 되리라는 예감이, 아니 확신이 들었다.

그의 대담하고 육감적인 시선 속에서 나는 내 육신을 구성한 여러 관절들이 그가 나를 망가뜨리기에 알맞게, 허술하게 풀려감을 느꼈다.

나는 망가진 나를 상상하는 게 조금도 두렵거나 측은하지 않았다. 내가 망가진대도 그것은 내 탓이 아니니까. 나는 망가지는 당사자가 바로 나라는 게 조금도 중요하지 않았다. 다만 내 탓이 아니라는 사실만이 중요하고 그 사실을 누구에게나 외쳐주고 싶었다.

옥희도 씨 때문이라는, 그가 내 곁에 좀 더 가까이 있었더라면 절대로 그런 일은 안 일어났을 거라는 변명만이 더없이 소중했다.

"너를 여기 말고 어디 딴 곳에서 만날 수 없을까?"

"우리 집으로 초대할까요?"

"정말?"

"정말이고말고요. 오늘 저녁에라도 좋아요."

그는 잠깐 생각에 잠기는 듯하더니,

"그만두겠어. 너에게 초대되는 걸."

"왜요, 당신은 그것을 원했을 텐데."

"너의 집 대문은 좀처럼 쉽사리 열리면 안 돼. 그래야만 나에게 너는 양가집 처녀일 수 있는 거야. 너를 창부로 생각하긴 싫다."

"그럼 번화가를 산보할까요? 쇼핑은 어때요. 내 발에 예쁜 구두를 신기고 내 목에 실크 스카프를 감아주면⋯⋯."

"그것도 안 돼. 넌 역시 겹겹의 터부로 둘러싸여 있어야 돼. 그래야만 너는 나에게 창부가 아닐 수 있는 거야."

"까다롭군요."

나는 그 의도하는 바가 난해해서 살피듯이 그를 응시했다.

아름답지만 여전히 기갈 들린 눈, 나는 까닭 없이 으스스한 한기를 느끼며 옥희도 씨가 그리고 있는 고목을 생각했다.

"펜과 종이를 좀 주겠어?"

그는 방위표를 그리고 도로를 그리고 하더니 나에게 설명을 하기 시작했다.

그는 회현동 뒷길의 어떤 호텔의 위치를 나에게 가르치려는 눈치였다.

"경서 호텔이라고⋯⋯. 큰 건물이라고 생각하면 못 찾아. 정원이 좀 널찍한 일본식 건물이야. 7호실, 내가 예약한 방이야. 너는 곧장 들어오면 되는 거야. 키고 뭐고 소용없어. 일본식 후스마문이니까. 다시 한번 일러두지만 호텔이라고 해도 호텔다운 건물을 상상하면 못써. 그 집에 둘러싸여 낡은 일본식 건물이 잘 보이지도 않는 그런 곳이야. 내가 먼저 가 있을 테니까 꼭 오겠지?"

"어쩌려는 거죠?"

"글쎄⋯⋯ 네 의상을 벗기고 싶다."

"자신 있어요? 난 양가집 처녀고 창부가 아닌데. 더군다나 동방예의지국일지도 모르는데."

나는 그의 흉내를 모조리 냈다.

"그래도 상관없어."

"자신만만이로군요."

"그럼, 네가 배꼽이 있는 한 자신이 있다."

"후후후……."

나는 입을 크게 벌리고 높게 들뜬 소리를 냈다. 그도 덩달아 웃었다. 얇고 크고 비정해 보이는 입이 활짝 벌어지며 한쪽 볼에 보조개가 깊게 팼다. 나는 내 육신에서 어쩔 수 없이 배꼽을 느꼈다.

"어때? 배꼽은 있겠지?"

"글쎄요. 있는가 없는가 미리 확인을 해봐야겠군요. 있으면 7호실을 찾고, 없으면 그만두겠어요. 당신에게 헛수고를 시키고 싶지 않으니까요."

"있을걸."

우리는 또 같이 웃었다. 점점 나는 내 몸에서 배꼽이 확대되어 가는 기분이었다. 배보다 배꼽이 크다는 우리나라 속담이 문득 생각나서 나 혼자 또 한번 웃었다. 나는 백지처럼 자주 킬킬대며 다만 배꼽만을 느꼈다.

"왜 웃어?"

그는 내가 혼자 웃는 게 못마땅한지 따졌다. 그러나 나는 애써 속담을 설명하지는 않았다. 그것은 나만이 우습지 그와 내가 더불어 재미있어 할 화제 같지는 않았다.

그가 다시 한번 배꼽이 있을걸, 하는 자신감을 남겨놓고 간 후 나는 그려놓은 삐뚤삐뚤한 약도를 잘 접어서 백 속에 간직했다.

폐점 후, 나는 이 층 휴게실에서 정성 들여 양치질을 하고, 청소부 아줌마들이 내미는 껌까지 받아서 입 구석구석을 굴렸다.

그러나 거리로 나온 나는 회현동을 등지고 명동 쪽으로 걸었다.

급한 볼일이라도 있는 듯이 서둘러서 완구점으로 갔다.

완구점 앞은 여전히 쓸쓸했다. 여태껏 침팬지가 그 집의 주인이었던 것 같은 착각이 들 정도로 주인 영감도 있고 상품도 많은 이 완구점이 나에겐 쓸쓸했다.

"할아버지, 침팬지는 또 안 들어오나요?"

"요샌 아마 그게 안 나오나 봐. 그게 국산 물건이 아니고 일본서 직접 들여오는 거라. 왜, 사려구 그래? 혹시 나오면 팔지 말구 두어 두랄까?"

"아, 아아뇨."

여기도 내가 쉴 곳은 못 됐다. 나는 성당 앞까지 올라갔다가 되돌아 내려왔다.

나는 집으로 곧장 가지도 못하면서 배꼽에 심한 저항을 느꼈다.

큰길을 여러 번 산책하고 뒷골목의 빈대떡 냄새 나는 대폿집 앞도 서성대봤다.

나는 춥고 좀 지쳤다. 크리스마스용으로 만든 빌딩 모양의 데커레이션케이크가 아직도 쇼윈도에서 치워지지 않아 무척 화려한 느낌이 드는 양과점의 문을 밀었다.

나는 난롯가에 허물어지듯이 주저앉았다. 엽차는 향긋하고도 따끈했다.

나는 비로소 마음이 놓였다. 몸이 풀리니 소르르 졸음이 왔다. 푹신한 의자에 편히 기대 눈을 감았다.

"혼자서?"

바로 난로를 사이에 둔 옆자리에 다이아나가 앉아 있었다. 나는 졸던 것이 겸연쩍어 어설프게 웃으며 필요 이상으로 눈을 크게 떴다. 다이아나의 옆자리에는 귀여운 사내애들 둘이 나란히 앉아 있었다. 미숙이 말한 그 엽전의 아들임이 분명했다.

애들은 건강하고 어딘지 모르게 품위까지 있었다. 엷은 화장으로 바꾼 다이아나가 딴 사람같이 유순하고 따뜻한 시선으로 아들들을 지켜보고 있었다.

"혼자면 이리로 오렴."

나는 멍하니 애들만 보고 있었다.

"누굴 기다리니?"

"아아뇨."

"그럼 이리 와. 빵 사줄게."

그녀가 꾸밈없이 소탈하게 웃었다. 오늘은 그녀의 주름살이 조금도 추하지 않았다. 앞에 앉힌 아들들 때문일 게다. 제기랄, 제법 다복해 뵈는 모자다. 나는 그녀의 옆자리가 아닌 애들의 옆자리로 옮겨 앉았다.

"인사해, 엄마 회사에 같이 있는 아줌마란다."

"안녕하셨어요?"

아이들은 깍듯이 인사를 하고 고개를 까닥했다.

"응, 인사성도 밝아라. 누가 형이지?"

"저요."

좀 큰 듯한 애가 자랑스럽게 가슴을 펴 보였다.

"꼭 쌍둥이 같네요."

"응, 연년생이라."

그녀는 나를 위해 케이크와 빵을 주문하고는, 볼이 미어지게 빵을 먹어대는 애들에게 좀 천천히 꼭꼭 씹어 먹으라는 둥, 물을 마셔 가며 먹으라는 둥 잔소리를 했다. 그 잔소리가 별로 듣기 싫지 않았다.

'제기랄 어머니이기 때문일까? 쌍, 저 따위가 어머니라니.'

울화통이 부글부글 치밀어 쌍소리가 목구멍에 뿌듯하게 치받쳤다.

"몇 살이지?"

"여섯 살."

"난 다섯 살."

"애들이 똑똑하군요. 잘생겼구요. 언니 안 닮았어요."

"꼭 저의 아버지를 빼났지."

그녀는 담담했다. 나도 별로 그 애들 아버지까지 궁금하지는 않았다. 별수 없이 화제가 끊겼다.

나는 자애롭고 어떤 기품까지 곁들인 그녀가 낯설어 거북하기 짝이 없었다.

그녀는 애들을 데리고 먼저 자리를 떴다. 정중한 인사를 아이들에게 시키고 자랑스럽게 아이들에게 앞세우고, 내 몫까지 계산을 치르고 나갔다.

나는 혼자 슈크림을 터뜨려서 찐득한 내용물을 핥으며 어떤 게 진짜 다이아나 김일까를 곰곰이 생각했다.

그녀는 여러 벌의 옷을 바꿔 입듯이 여러 벌의 자기를 갖고 있어서 수시로 바꿔 입고 있다. 구미호처럼 능란하게. 어떤 것이 여벌의 다이아나고 어떤 것이 진짜 다이아나일까? 다이아나란 이름도 실은 여벌일 게다. 진짜는 복순이나 순득이쯤일 게다.

악착같이 달러에 집착하고 검둥이에게 안기고 연년생으로 잘 생긴 아이를 낳고, 그 아이 아버지의 아내이기도 하고. 옥희도 씨를 모욕한 게 다이아나 김이었으면서도 그중 몇 개는 가짜임에 틀림없고, 그녀 자신은 아마 어머니라는 배역이 가장 마음에 들어 그게 진짜로 보이고 싶은 눈치지만 나는 절대로 그렇게 속아주진 않을걸 하고 부질없이 마음을 도사려 먹었다.

어쩌면 그녀는 온통 가짜투성이이고, 어머니고 갈보고 수전노고 다 가짜고, 가짜를 빼면 그녀는 마치 빈 동굴 같을 게라고, 완전한 허(虛)인 그녀, 나의 어머니 같은 허만 남겨진 그녀를 상상하고 나는 비로소 안도와 쾌감을 느꼈다.

나는 슈크림을 다 먹고 계속해서 몇 개의 빵을 먹어치웠다. 아무도 물을 마셔가며 먹으라고 일러주진 않았기 때문에 나는 목이 메도록 미련하게 빵을 먹어치웠다.

다 먹고도 나는 꽤 오래 그렇게 앉아 있었다. 문득 나는 오버가 견딜 수 없이 무거워졌다.

난로는 잘 달고 창마다 두꺼운 모직의 커튼이 드리워 있었다. 외투를 벗어서 무릎 위에 뭉쳤다. 그래도 나는 거북했다. 나는 모든 의상을 벗고 싶었다.

휠휠 의상을 하나하나 벗어서 발길로 시원스럽게 차 던지고 싶었다. 쾌적한 실내 온도 때문만은 아니었다. 나는 지금 밖의 어디쯤을 서성대고 있어도 역시 옷을 벗고 싶었을 게 틀림없다.

그렇다. 나는 지금 경서 호텔로 가기를 원하고 있는 것이다. '죠오'에 의해 옷이 벗겨지기를 원하고 있는 것이다. 그는 틀림없이 내 옷을 벗길 것이다. 동시에 여러 겹의 터부도 누더기처럼 벗어던져 줄게다.

그리고, 또 하나의 기대로 가슴이 울렁거려 왔다. 그 기대야말로 가장 중요한 의의를 지닐지도 모른다.

나는 그를 통해 수많은 군더더기의 나를 벗기를 원하고 있는 것이다. 때로는 나를 찢고, 때로는 내 뒤에 숨고 내 뜻과는 상관없이 제 나름으로 요변하는 여러 개의 나를 벗기를 갈망하고 있는 것이다.

죠오의 도움으로 나는 그럴 수 있으리라 믿었다. 그는 틀림없이 진짜 나를 보여줄 것이다. 그를 통해 나는 내 영육(靈肉)의 적나라한 모습을 보고 싶었다.

나는 무서워하지 않고 떳떳하게 이지러진 지붕을 대낮에도 볼 수 있었으면 싶었다. 똑바로 용마루를 꿰뚫는 구멍을 보고, 부서진 기왓장을 보고 싶었다. 미워하지 않고 어머니를 볼 수 있었으면 더욱 좋겠다.

죠오는 내 육신의 의상을 벗기고 나는 그를 통해 영혼의 남루함을 벗기를 꾀하고 있었다.

나는 다시 오버를 입고 핸드백에서 지도를 꺼냈다. 지도에 그려진 길들을 머리에 간직하고 거리로 나왔다.

경서 호텔은 쉽게 찾을 수 있었다. 상록수에 가린 커다란 일본식 주택은 철문 위에 '경서 호텔'이란 붉은 네온사인만 없다면 여느 주택과 조금도 다르지 않았다.

철문은 활짝 열린 채였다. 현관까지 곧장 디딤돌이 놓여 있고, 정원은 불빛 없이 어두운데 상록수들은 눈을 희끗희끗 달고 있었다.

현관 옆에 유리문이 달린, 수부인 듯싶은 꽤 넓은 사무실에는 벽에 여자의 옷이 몇 벌 걸려 있을 뿐 아무도 없었다.

나는 아무도 만나지 않고 곧장 7호실을 찾을 수 있었다. 7호실 앞에서 잠시 머뭇거렸다. 7이란 싫지 않은 숫자라는 생각 외엔 망설임 같은 건 전혀 없었다.

순 일본식 집인데도 죠오의 말과는 달리 복도로 난 방의 문이 도어로 개조되어 있었다. 키 없이도 도어는 부드럽게 열렸다.

죠오가 창틀에 걸터앉아 두툼한 책을 읽고 있었다. 나도 창틀에 가 나란히 앉았다.

다다미를 여남은 장이나 깐 넓은 방. '도꼬 노마'에는 청솔가지에 노란 국화가 곁들여 꽂혀 있고 한 길체로 분홍빛 시트를 씌운 더블베드가 놓여 있었다.

다다미방에 침대라는 어색한 배치가 나에겐 왠지 불안했다. 더군다나 분홍빛 시트는 천박해 보여서 마음에 걸렸다.

"밖이 추워?"

그는 능숙하게 내 외투를 벗겨 옷걸이에 걸며 물었다. 나는 고개만 좀 흔들어 보이고 그가 읽던 갈색의 두꺼운 책을 넘겼다.

"소설책인가요?"

"아니."

그는 책을 저만치 밀어놓으며 예의 기갈 들린 눈으로 나를 샅샅이 훑었다. 잘생긴 숫짐승 같은 눈은 나를, 빠르게 암짐승으로 만들어가고 있었다.

그러나 나는 거칠게 다가오는 그의 가슴팍을 밀며 엉뚱한 소리를 했다.

"무슨 책이예요? 당신이 지금까지 뭘 생각하고 있었나쯤은 알고파요."

"역사책 같은 거야."

"어느 나라? 물론 당신 나라겠죠?"

"아니, 사람들의 역사. 사람들이 어떻게 짐승으로부터 갈려서 문화를 만들고 예술을 창조했나 하는 이야기야."

"재미있겠군요. 이야기해 주지 않겠어요."

"너에게 그런 것보다 더 재미있는 걸 가르쳐주고파."

죠오는 내 목을 따뜻이 감싼 스웨터의 깃을 젖히고 목덜미에 입술을 문질러댔다.

나는 몸을 비틀어 빼고 스웨터의 깃을 다시 단정히 여미었다.

"당신은 본국에서 그런 공부를 했나 보죠. 그런 공부를 뭐라고 하나요. 역사학? 사회학?"

"너를 기다리기가 지루해서 읽고 있었다뿐이야. 제발 이 따위를 우리 사이에 끼우지 말라구."

그는 두꺼운 책을 더 멀리 발로 밀었다. 그의 녹색 눈이 초조와

갈증으로 충혈돼 보였다. 나도 초조했다. 특별히 그 갈색의 책이 필요할 것은 없어도 그가 내 의상을 완전히 벗기기 전에 그를 조금 더 알아두고 싶었다. 그가 매혹적인 숫짐승이란 것 말고 좀 더 딴것을 알아둬야만 될 것 같았다.

"너를 사랑해."

그의 턱수염이 목덜미를 찌르고 고혹적인 저음이 귓전에 속삭였다. 스웨터 깃과 앞 단추가 허술하게 열렸다. 나는 다시 여미지를 못했다.

그러나 나는 가빠오는 숨을 죽이며 안간힘을 쓰고 있었다. 옷을 벗기 전에 할 일이 꼭 있을 것 같았다.

좀 더 대화를. 아무튼 나는 그와 나 사이의 철두철미한 피부적인 이끌림을 조금이라도 심화하고 싶었다.

어째서 옷을 벗기 전에 그런 과정이 꼭 필요하다고 지금 깨닫기 시작했는지 모를 일이었다. 진작 그런 걸 짐작했다면 아마 이 분홍빛 침대가 있는 방에 오는 것을 며칠 늦출 수도 있었을 게다.

이 방은 다만 옷을 벗기 위해 마련된 방이었다. 분홍빛 침대가 그러했고 침대 머리에 달린 화장대 위에 얹힌, 진홍빛 갓을 쓴 전기 스탠드도 그러했고, 침대에 누우면 똑바로 볼 수 있게 나직이 붙여진 여러 포즈의 누드 사진이 그랬다.

갈색 책은 저만치 나동그라져 있어 나에게 어떤 도움을 주기에는 너무도 멀었다. 그리고 나는 점점 능동적으로 그의 애무를 받아들이고 있었다.

마침내 보랏빛 스웨터가 완전히 벗겨져 갈색 책 위로 날아갔다. 그러나 추위를 몹시 타는 내가 겹겹이 껴입은 속옷들을 다 벗기려면 아직도 멀었다. 그는 별로 초조해하지 않고 내 여러 곳을 애무했다. 그러면서 그는 어김없이 옷을 벗겨가고 있었다. 나도 이제 완전히 옷을 벗은 쾌감에만 젖었다.

다다미 위에 여러 색깔의 옷이 너절하게 흩어졌다. 꽤 별러서 고르다가 산 옷들도 벗어 동댕이쳐 놓고 보니 영락없이 남루했다. 추하고 쓸모없는 누더기였다.

나는 희미하게나마 내 내부에서도 어떤 탈피가 일어나고 있다고 짐작했다. 아니 바랐다.

나는 고치를 벗고 훨훨 날개를 가질 수 있을 것 같았다. 날개를. 나를 꼼짝 못하게 가둔 두꺼운 고치로부터 자유로워질 수 있는 날개를 갖는 것이다. 날개를.

이윽고 나는 실제로 날개를 가진 듯이 공중으로 둥실 떠올랐다. 내 비상을 막는 아무런 저항도 없었다. 나는 완전히 체중을 잃었다.

나는 얇다란 슈미즈를 한쪽 어깨에만 걸친 채 가볍게 안기고 있었다. 드디어 그가 나를 분홍빛 침대로 나르고 있었다.

그것은 아무래도 좋았다. 나는 날개를 가질 것이다. 편협한 번데기의 방을 벗어날 것이다.

탄력 있는 침대가 나를 반쯤 묻었다. 그가 내 옆에 눕는 것을 느꼈다. 나의 여러 곳에 빠짐없이 그의 입술과 손길이 닿았다. 그는 마술사처럼 나에게 깊이 감추어진 감각들을 찾아내어 나에게 푸짐한 육감의 향연을 베풀어주고 있었다. 그의 숨결이 점점 고르지 못하게 흩어졌다.

그러나 나는 아직도 향연의 손님일 따름이었다. 미식(美食)에 초대된 손님치고는 좀 교활한 손님이었다. 다시 말해서 나는 음식 맛을 너무도 잘 알고 있었다. 감칠맛 있고도 조금씩 다른 맛들을 너무도 또렷이 감별해 가며 맛보고 있었다.

어쩌면 미식은 곧 식상할지도 모른다. 그리고 미식은 어디까지나 미식일 따름이지, 주인이 주인일 따름인 것과 손님이 손님일 따름인 것을 변경시키지는 못한다.

우리의 향연에는 무엇인가가 빠져 있었다. 이를테면 미식에 곁들인 향기 높은 미주(美酒)가, 향연을 무르익게 하고 주인과 손님을 혼연일체로 묶어버리며, 딴 음식까지도 발효시켜 취기로 이끄는 미주가 아쉬웠다.

죠오도 그것을 느끼는 것 같았다. 연방 사랑한다고 속삭이며, 그러나 그의 애무는 점점 초조하고 거칠어졌다.

하여튼 나는 그의 능숙한 애무를 예민하고 성숙한 감각으로 받아들였을 뿐 결코 도취하지는 못했다.

"불을 끌까 봐요."

초조한 나머지 나는 그에게 그런 제안을 했다. 스위치는 도어 옆에 있었다. 그는 어정어정 걸어가서 까만 스위치를 눌렀다.

칠흑의 어둠이 뒤덮었다. 그의 숨결이 한결 거세게 들렸다. 짐승의 냄새 같은 짙은 그의 체취가 확 끼쳤다.

나는 그가 어둠 속에서 거침없이 사나운 짐승 같은 얼굴을 하고 있으려니 싶어 몸이 오그라들었다. 아주 추한 모습으로 변모해 있을 것 같아서 두려웠다.

"불을 켜요, 불을."

그는 대답도 안 하고, 간신히 한쪽 어깨에 붙어 있는 슈미즈 끈을 낚아챘다.

"불을 켜라니까요."

나는 슈미즈를 부둥켜안고 단호히 악을 썼다.

그는 투덜투덜 필시 쌍소리인 듯싶은 소리를 지껄이고는 상반신을 일으켜 침대 머리를 더듬었다. 그는 필경 진홍빛 갓을 쓴 전기스탠드를 찾고 있음이 분명했다.

스위치가 만져졌는지 찰칵 소리가 났다. 진홍빛 갓 속에 진홍빛 꼬마전구가 켜졌다.

나는 죠오의 얼굴을 찾기 전에 핏빛으로 물들어 보이는 침대 시트를 보았다. 핏빛 시트…… 핏빛 시트. 오오 핏빛 시트…….

내 기억은 터진 봇물처럼 시간을 달음질쳐 거슬러 올라갔다.

노란 은행잎, 거침없이 땅으로 땅으로 떨어지던 노란 은행잎, 눈부시게 슬프도록 아름답던 그 노란빛들도 마침내는 내 기억의 소급을 막지는 못했다.

나는 잊을 줄 알았던, 아니 교묘하게 피하던 어떤 기억과 정면으로 부딪쳤다. 막다른 골목으로 쫓긴 도망자처럼 체념하고 나는 그 기억을 맞아들였다.

어머니가 정성들여 다듬이질한 순백의 호청을 붉게 물들인 처참한 핏빛과 무참히 찢겨진 젊은 육체를. 얼마만큼 육체가 참담해지면 그 앳된 나이에 그 영혼이 그 육체를 떠나지 않을 수 없나, 그 극한을 보여주는 끔찍한 육신과, 그 육신이 한꺼번에 쏟아놓은 아직도 뜨거운 선홍의 핏빛을 나는 본 것이다.

"꺄악."

나는 내 목청이 낼 수 있는 한도껏 날카로운 비명을 지르고 슈미즈를 움켜잡고 침대에서 다다미 바닥으로 굴러 떨어졌다.

"왓쓰 메러 위드 유?"

의외의 사태에 기겁을 한 죠오가 침대에서 몸을 일으키며 나에게로 가까이 오려 했다.

"꺄악."

나는 다시 이 건물 구석구석까지 흔들릴 만큼 찢어지는 듯한 비명을 질렀다.

나는 방금 내가 느끼고 있는 위기를 어떤 방도로도 표현할 수가 없었다. 지금 나는 당장 내 육신이 죠오에 의해 처참하게 망가질 것

같았다. 혁이 오빠와 욱이 오빠의 육신처럼 시트를 붉게 물들이며
참담하고 추악하게 조각날 것 같았다.

도망쳐야지, 도망쳐야지.

"왓쓰 메러?"

그가 다시 나에게 접근해 왔다.

"오 노오, 프리이스 프리이스 돈 브레이크 미."

나는 나를 제발 망가뜨리지 말아달라고 애걸을 하며 두 손을 모
아 싹싹 빌었다.

털북숭이의 팔과 가슴을 드러낸 죠오는 마치 거대한 성성이나
고릴라 같았다. 밖이 두런두런하더니 도어를 노크하는 소리가 들렸
다. 이 건물 구석구석이 내 비명으로 모두 잠을 깬 듯이 어수선했
다. 죠오가 도어를 빠끔히 열더니 뭐라고 몇 마디 했다. 나는 그사
이에 재빨리 내의 하나를 걸쳤다. 도어가 닫히고 다시 죠오와 나만
이 남겨졌다.

"왓쓰 메러? 아 유 크레이지?"

나는 고개를 끄덕이며 흘금흘금 옷을 주웠다. 미쳐도 좋고 아무
래도 좋았다. 나는 피를 쏟고 망가지기만은, 그 아픔만은, 그 추악
함만은 면하고 싶었다.

"겁내지 마, 내 옷 입는 걸 도와줄게."

"오 노우. 프리이스 돈 브레이크 미."

나는 다시 두 손을 모아 빌고 나서 그 여러 겹의 옷들을 민첩하게
주워 입었다.

내가 옷을 다 걸치자 그는 오버를 꺼내 입혀주려 하였으나 나는
질겁을 하며 가까이 오지 말고 던지라고 찢어질 듯 소리를 질렀다.

그는 내가 알아들을 수 없는 욕지거리를 지껄이고는 오버를 던
졌다.

나는 오버를 집어 들고 도어를 밀었다. 밖에는 근심스러운 듯이 사람들이 모여 있었다. 나는 그들이 나에게 무엇을 물을 틈을 주지 않고 몸을 날려 복도를 지나 현관에서 재빨리 구두를 신고 긴 정원을 지났다.

철문을 지나 비탈길을 달음질쳤다. 돌아다보니 경서 호텔이란 네온사인이 선명했다.

나는 다시 뛰었다. 큰 거리로 나와서 다시 돌아다보았다. 아무도 쫓아오지 않고 붉은 네온사인도 보이지 않았다. 피곤이 한꺼번에 몰려오고 비로소 찬 야기(夜氣)를 느꼈다. 나는 팔을 꿰기가 귀찮아서 그대로 어깨에 오버를 걸치고, 가로수를 껴안았다. 가로수의 거친 피부에 뺨을 비비며 안도의 눈물을 주룩주룩 흘렸다.

머리가 한결 개운해지며 좀 더 선명하게 잊었던 날들이 되살아났다.

14

아버지의 죽음이 그다지 슬픈 일로 회상되지 않는 것은 이상한 일이다. 나는 아버지의 사랑을 거의 독차지하다시피 했고, 아버지의 죽음은 갑자기 왔는데도, 그의 죽음보다는 그 임시에 겪은 대학 입시의 낙방이 한층 더 충격적인 것으로 회상된다. 물론 한 가장의 죽음과 한 계집애의 대학 낙방 따위를 비할 바가 아니지만, 아버지의 죽음은 오빠들과 더불어 겪을 수 있었고, 대학 낙방은 나만의 일이었기에 그렇게 회상되는지도 모를 일이다.

아무튼 초상 당시도 결코 침울한 분위기는 아니었던 것 같다. 욱이 오빠도 혁이 오빠도 한 번 실컷 몸부림쳐 울고는 빠르게 슬픔에서 회복되어 갔다. 초상 당시보다는 사십구재를 치를 때의 한결 정리된 아릿한 슬픔이 지금도 생생하다.

피부가 장밋빛으로 곱고, 이목구비가 빈틈없이 아리따운 젊은 이승(尼僧)의 회심곡(悔心曲)이 법당 안에서 낭랑히 울려 퍼졌다.

——우리 부모 날 기를 제 어떤 공력 들였을까. 진자리는 어머님이 누우시고 마른자리를 아기를 뉘며 음식이라도 맛을 보고 쓰디쓴 것을 어머님이 잡수시고 다디단 것은 아기 먹여——

법당 뜰에는 금잔화며 채송화 봉숭아가 한창이었다. 난데없는 포성이 은은히 들렸다.

어머니는 자주 부처님 앞에 깨끗한 새 지전을 놓고 정성껏 절을 되풀이했다.

어머니의 표정은 조용하면서도 침범할 수 없이 엄숙했다. 만수향이 푸르고 가는 연기를 계속 올리고 회심곡은 낭랑히 계속되었다.

포성이 또 은은히 들렸다. 그러나 법당 안팎은 태고처럼 고즈넉했다. 금잔화의 탐스러운 꽃송이가 부옇게 흐려 보이고 콧등이 시큰한 것은 새삼스럽게 아버지의 죽음이 슬퍼서인 것 같지는 않았다.

회심곡이 슬프디슬퍼서, 이승의 목소리가 너무도 앳되고 낭랑해서 가슴이 아팠다.

어머니도 손수건으로 눈물을 닦았다. 비통한 모습으로 시종 묵묵히 서 있던 오빠들도 중단(中單) 소매 속에서 손수건을 꺼내 눈을 눌렀다.

회심곡은 슬프디 슬펐다.

——인간 칠십은 고래희요, 팔십 장생, 구십춘광, 장차 백세를 다 산다 해도 병든 날과 잠든 날이며 근심 걱정을 다 제하면 단 사십을 못 사는 초로 같은 우리 인생, 아차 한번 죽어지면 싹이 나느냐 움이 날까 이내 일신 망극하다. 명사십리 해당화야 꽃진다고 설워 마라——

그러나 사십구재에서의 귀로는 즐거웠다. 오빠들은 흔히 하던 유쾌한 농담은 물론 삼가는 중이었지만, 상복을 벗고 신사복으로 갈아입어 장성하고 준수한 청년임을 과시하며, 아직도 좀 멍하니 슬픔에 잠긴 어머니를 양쪽에서 정성껏 부축하고 있었다. 어머니는 그런 부축에 흡족하지 않으신 듯했다.

"조금만 더 사시지. 며느리 볼 일, 사위 볼 일, 온통 경사만 남겨 놓고. 욕심도 지지리도 없는 양반아."

어머니는 대청마루에서 사십구재 음식으로 반기를 나누며 푸듯이 말했다.

"어머니, 이제 아버지 생각은 고만 하시고 어머니나 오래 사세요. 아버지 몫까지 오래오래 사셔야 해요."

욱이 오빠가 어머니 무릎을 흔들며 어리광 부리듯이 말했다.

"그래요. 참 어머니, 며느리만 보실라구요, 손자도 보셔야죠. 손자며느리는 못 보실라구요. 이렇게 젊으신데 오래오래 사세요."

혁이 오빠가 어머니 뺨에 자기 뺨을 댔다.

"에이 징그럽다. 다 큰 녀석이……."

어머니가 처음으로 활짝 웃었다. 고운 얼굴이었다. 아버지가 돌아가신 후로는 기름을 바르지 않아 약간 잔머리가 일어서 보이나 그래도 자연의 윤기를 지닌 검은 머리가 곱게 빗겨져 있고, 윤곽이 고운 얼굴과 아름다운 치아도 여전했다.

나는 어머니가 너무도 좋았다. 그러나 내가 하고픈 이야길 오빠들이 다 해버리고 어리광까지도 피워 보였으니 나는 다시 되풀이하기도 쑥스러워 가만히 있었다. 좀 쓸쓸했다. 늘 아버지는 내 차지였고 어머니는 오빠들 차지였는데 아버지가 안 계신 지금 나는 어머니를 오빠들로부터 나누어 갖고 싶었으나 오빠들은 그런 내 눈치에 너무 무심했다.

포성이 또 들렸다. 조금 또렷이 들리고 또 들렸다. 멀리지만 콩 볶듯이 계속해 들리기도 했다. 그러나 아무도 불안해하지는 않았다.

이백 평 가까운 대지에 들어앉은 운치 있는 고가는 법당 속보다 더 고즈넉했다.

뒤뜰에서는 두 번째 핀 사철장미가 한 잎 두 잎 지고 있었다.

다음 날은 좀 달랐다. 포성이 너무도 지척에서 들리고 큰길에는 피란민이 넘친다 했다. 그러나 우리 집은 큰길에서 너무도 깊숙이 있어서 피란민을 실제로 보지는 못했다.

큰아버지가 몇 번 다녀가고 오빠의 친구들이 부산히 오갔다. 황혼 무렵이 되자 큰아버지의 안색이 좀 더 나빠지고 어머니와 오래 무엇을 상의하는 눈치였다. 아들들만 피란을 보내기로 합의가 된 모양이다. 작은집 큰집 아들들이라야 모두 네 명인데 큰집 진이 오빠는 국군 장교였으니 집에 있을 리 없고, 실은 그 때문에 큰집에서는 더 경황이 없고 초조해 보였다.

찹쌀로 미숫가루를 만들고 김밥을 싸고 마른반찬을 챙기고 어머니는 분주했다. 나도 어머니를 도와 오빠들의 내복을 챙기고 륙색을 꿰맸다. 커다란 피란 짐이 세 개 만들어진 것은 꽤 어두워진 뒤였다.

오빠들은 아직도 전쟁을 실감하고 있는 것 같지가 않았다. 등산이라도 떠나는 듯이 좀 떠들썩하게 집을 나섰다.

어두운데도 불안하고 궁금해서 밖에 나와 서 있는 동네 사람들에게까지 여유 있는 농담을 섞어 인사를 하고, 골목 어귀 구멍가게에서 군것질거리를 사서 피란 짐에 추가하는 등 철없이 굴며 떠났다.

결국은 이렇게 광고 치듯이 여러 사람들에게 보이고 떠난 게 훗날 여러 모로 도움이 되었다.

그들은 다음 날 새벽에 돌아왔기 때문이다. 그들은 전날 밤 너무 여러 친구 집에 들러서 인사도 하고 같이 갈 친구와 합세도 하느라고 그만 한강을 못 건너고 만 것이다.

다행히 돌아올 때는 아무의 눈에도 안 띄게 살짝 돌아왔다. 결국 이웃 간에 오빠들은 피란 간 것으로 돼버리고 말았다.

같이 피란 떠났던 큰집 민이 오빠도 자기 집으로 가고 오빠들만의 답답한 은둔 생활이 시작되었다. 우리는 충분한 식량과 넉넉한 밑반찬을 갖고 있었다.

우리 집은 터가 넓다뿐 이웃에 새로 들어선 문화주택에 비한다면 보잘것없는 고가(古家)였고, 이웃 간에는 인심 좋은 착한 이웃으로 통했고, 우리의 생활은 거리에서부터 너무도 깊이 은닉되어 있었다.

좀 답답하고 무료하다뿐 더할 나위 없이 좋은 조건 속에서 6·25를 맞고 붉은 세상을 탈 없이 조용히 지내고 있었다.

물론 느닷없이 들이닥치는 민청원입네 여맹원입네들의 눈에서 오빠들을 보호하기 위해 용의주도하게 은신처를 마련해 놓고 있었다.

찬마루 위 천장은, 다락하고는 분리되어 있으면서, 천장이 베니어판이 아닌 든든한 판자로 되어 있어서 어머니와 나는 판자의 한쪽을 뜯어내어, 그 위에 감쪽같이 훌륭한 방을 꾸몄다.

라디오와 기타와 전기스탠드에 책까지 비치되었는데도 그들은 거기에 푹 배겨 있지를 못했다. 그들은 하루에도 몇 번이고 천장을 오르내렸다. 전쟁이 났대서, 잠시도 가만히 있지 못하는 그들의 버릇에 신통한 변화가 생길 리 만무했다.

신나는 뉴스를 들었다고 어머니에게 보고하러, 군것질거리를 찾아서, 담배를 피우러, 찬물에 발을 담그러 그들은 분주히 오르내렸고 그들의 발랄한 젊음은 그만한 운동을 안 하고는 못 배겼다.

어머니는 오빠들이 앞마당이나 뒷마당을 서성대는 걸 제일 꺼렸다. 서울 집이 제아무리 커도 이웃으로부터 완전히 차단될 수는 없었다. 앞마당에서는 원경으로나마 국민학교 옥상이 보였고, 옥상에는 가끔 군복 입은 군인이 서성대는 게 보여 어머니는 그게 마치 우리 집 마당을 망보는 것 같다고 질색이었다. 뒷마당은 한 번도 전지(剪枝)를 한 적이 없는 향나무니 전나무니 하는 상록수와 한창 녹음 짙은 은행나무가 짙은 숲을 이루고 있어, 한낮에도 으슥하고 시원해서 무더운 날이면 훌쩍 나무 그늘에서 낮잠 자기를 즐겼지만, 앞마당보다는 좀 더 가까이에 이웃 양옥의 창을 바라보고 있었다.

"에그, 그만 올라가거라. 반장 올라."

어머니는 또한 매일 드나들다시피 하는 인민반장을 가장 두려워했다. 남자 신발은 모조리 치우고 하다못해 빨래까지도 남자들 것은 방구석에서 말리는 등 한시도 마음을 못 놓는 것도 다 인민반장 때문이었다.

모든 것이 감쪽같이 잘돼 갔다. 게다가 세상도 잘돼 가는 모양이었다. 오빠들은 자기들이 자유로워질 날이 멀지 않았다고 벌써부터 설레고 있었다.

"사내자식이 이거 할 노릇인가. 국군만 다시 돌아와 봐라, 단박에 입대해서 분풀이를 실컷 해줘야지."

"내가 입대할 테니 형은 어머나 잘 모시구 있어. 장남은 옥체 보중하시라구."

그들은 아령으로 단련한 팔뚝을 허공에다 대고 휘두르며 날쳤다.

"진(眞)이가 살았을까. 국군도 수태 상했다던데."

장남 소리에 어머니는 큰댁 장손인 진이 오빠를 생각한 모양이다.

"어머도, 진이 형은 졸병이 아니란 말예요. 소령인데 그렇게 호락호락 총에 맞았을라구요."

그들은 소령 계급장을 방패쯤으로 아는 모양이었다.

"그건 그렇고 큰댁은 어디에 잘 가 계셨으면 좋으련만. 그날 민이나 붙들어둘걸."

마음이 좋은 어머니는 가끔 그 일로 한숨을 쉬었다. 피란 갔다가 그대로 돌아온 날, 민이는 집이 궁금하다고 즉시 집으로 돌아가고 나서는 소식이 없기에 내가 가봤었다. 큰댁에는 웬 민청간판이 붙어 있어 가까이 가보지도 못하고 이웃에게 대충 알아보니, 군인 가족이어서 미리 겁을 먹고 온 가족이 피신을 한 모양이었다. 다행히 아무도 놈들에게 잡히지는 않은 것 같았다.

폭격이 한결 잦아지고 포성이 밤낮없이 들리기 시작했다. 인천이 함포 사격을 받고 있다는 뉴스를 오빠들은 신이 나서 전했다.

세상이 다시 한번 바뀌려는 단말마의 몸부림으로 거대한 도시가 숨 가쁘게 허덕이고 있었다.

우리도 차츰 인민반장이나 동 인민위원회로부터 피란 간 가족이란 눈총을 심상치 않게 받아가며 마포강에다 방공호를 파는 일에 동원되기도 하고, 심야에 소속도 계급도 분명치 않은 군복들이 난입해서 곳곳에 흙 발자국을 남기고 구석구석을 뒤지는 일도 겪어야 했다. 그들이 찾는 게 곡식인지 사람인지조차 분명치 않은 채 우리는 곡식도 사람도 들키는 일이 없었다.

그러나 이런 괴로움쯤은 산고와도 같다 할까, 절박하지만 희망 찬 진통이어서 조금만 더 조금만 더 참으면 하고 서로를 위로하며, 차라리 그들의 발악이 더해 갈수록 진통으로부터의 해방도 가까우리라는 기대로 참을 만한 것이었다.

그런 어느 날 밤, 우린 통 소식을 모르던 큰아버지와 민이 오빠의 방문을 받았다.

그들은 몰라보게 야위고, 행색은 영락없는 거지였다. 시골 처가로 전전하다가 세상이 험악해지니 거기도 만만찮아 여자들만 남겨 놓고 이리로 온 모양이었다. 군인 가족──이것이 그들이 아무 데도 발붙일 곳 없는 죄명이었다.

그들은 어머니가 급히 지은, 보리가 듬성듬성 섞인 밥을 한 그릇씩 게 눈 감추듯이 비웠다. 입이 까다롭고 도도하던 모습은 찾아볼 수 없었다.

그들을 통해 우리는 비로소 흉흉한 세상을 피부로 느꼈다.

얼마나 무고한 많은 사람들이 끌려가고 죽어갔나를, 얼마나 혹독한 굶주림들을 겪고 있나를 들으며 우리는 기적처럼, 무자비한 액신(厄神)으로부터 소외당하고 있음을 알았다.

큰아버지가 알려준, 죽음을 당하고 혹은 끌려가고 혹은 바뀐 세상의 동조자가 되기도 한 젊은이들은 우리가 아는 집안 내의 거의 모든 젊은이를 포함하고 있었으므로 우리 모녀는 이 세상에 온전히 살아남은 젊은 남자는 욱이와 혁이 오빠 두 사람밖에 없는 것처럼 여기게 되었다.

어머니가 조용히 합장하며 엄숙하게 말했다.

"다 너희 아버님이 돌보심이니라."

우리는 물론 큰아버지와 민이를 감춰주는 것을 당연한 일로 알았다. 어머니는 그들의 참담한 몰골을 보고 진작 우리 집으로 오지 않은 것을 거듭거듭 섭섭해할 지경이었다.

여기까지의 내 회상에는 '나'가 없다. '우리'가 있을 뿐이다. 특별히 '나'라는 개체가 필요 없는 가족이란 '우리'를 통해서 사고하고, 우리의 애환이 곧 나의 애환이었다.

그날 밤 그들을 한 집에 재우며 나는 몹시 불안해했다. 나는 웬일인지 그 불안을 아무에게도 내색 안 했다.

포성이 너무도 크고 가까웠다. 전쟁이 다가오고 있었다. 미구에 머리 위를 지날 것이다.

식구들은 다치지 않고 지나가게 해주십시오. 나는 어머니가 엄숙하게 아버지가 돌보심이니라 하던 것을 생각하고 내심 든든해졌다. 나는 아버지의 고명딸이었고, 아버지는 생전에도 내 부탁이라면 거절한 적이 없고, 지금의 아버지는 적어도 인간 이상인 것이다. 신? 신선? 유령? 아무래도 상관없다. 아무튼 그는 신비한 힘으로 우리를 도울 수 있는 한층 높은 데 있음이 틀림없으니까.

나는 밤새 포성에 잠을 못 이루며 아버지와 대화를 나누고, 절실히 가족의 무사를 갈구했다.

그래도 해가 뜨니 불안했다. 여태껏 우리 식구만 유독 안온과 만복을 누렸다는 게 마음에 걸려서 견딜 수 없었다.

어쩌다가 액신의 눈이 우리를 비껴갔을 뿐, 매도 먼저 맞는 놈이 낫다고 더 무서운 보복이 대기하고 있을 것 같은 예감이 들었다.

포성이 더욱 가깝고 오빠들은 신이 나서 싱글벙글 연방 천장과 찬방 사이를 오르내렸다.

나는 그런 그들이 나보다 훨씬 손아래의 철부지로 느껴졌다. 암만 해도 심술궂은 액신의 눈에 띌 것 같았다. 나는 그들을 좀 더 깊숙한 곳에 은밀히 감추고 싶었다.

"얘야, 큰아버님과 민이 잠자린 어디다 마련하면 좋겠니?"

"글쎄요. 찬마루 위는 너무 좁고."

"넓어도 함께 계시게 할 수야……."

"어때요. 큰아버지도 이 난리 통에 그쯤 고생이야 각오하셨겠죠."

"누가 고생스러울까 봐 그러니?"

"그럼요?"

"식량도 몇 군데로 나누어 감추지 않니? 혹 무슨 일을 당하더라도 함께 몽땅 당하게 할 수야 없지 않니?"

나는 이리저리 또 하나의 은신처를 궁리하며, 교활하게도 좀 더 안전한 곳을 욱이나 혁이 오빠의 거처로 삼으리라 마음먹었다.

　"행랑채의 벽장이 어떻겠어요?"

　"너무 외져서……."

　"그렇지만 여태껏 아무도 행랑채를 열어본 사람은 없었잖우? 아무도 그쪽은 거들떠도 안 보던데."

　"원체 오래 비워두고, 또 퇴락해서."

　"그러니 좀 좋아요, 그렇게 해요."

　"글쎄다."

　어머니도 솔깃해했다. 첩첩이 닫힌 행랑채는 내가 철들고도 한 번도 열어놓거나 치우는 것을 본 적이 없다. 회색으로 변한 창호지가 찢겨진 채 너덜너덜 매달린 덧문은 굳게 닫힌 채, 특별히 잠긴 것도 아니지만 또 특별히 열어볼 까닭도 없었다.

　행랑 제도가 없어지자 자연히 잊혀진 한 모퉁이에 지나지 않았다. 세를 놓을 만큼 집안이 궁색하지도 않았고, 많지 않은 식구에 그 외에도 빈방이 많은데, 행랑방이란 천한 명칭이 붙어 내려온 방을 꾸며서 쓸 까닭도 없었다.

　"오빠들을 그리로 보내요."

　"왜?"

　"거기가 더 안전할 것 같아요."

　"원 애도……."

　어머니는 좀 흠칫하며 민망해하더니 묵인하려는 눈치였다. 이 판에 좀 더 자기에게 가까운 육친을 한층 소중하게 꼽으려는 것은 아주 당연했다.

　나는 행랑채의 벽장을 치우기 시작했다. 거미줄을 걷어버리고 먼지를 털고 쓸고 걸레질을 하고 돗자리를 깔았다. 청결을 좋아하는 어머니를 미리 윽박질렀다. 그래도 어머니는 반짝반짝하도록 다듬질한 호청을 온통 돗자리 위에 깔고 요를 깔았다.

오빠들은 순순히 이사를 했다. 나는 이삿짐을 날랐다.

"우리가 그리로 갈 걸 그랬죠? 괜히 부산만 떨게 해서……."

큰아버지가 송구해했다.

"아이구 아주버님을 어떻게 그 구질구질한 행랑방에 모실 수가……."

어머니는 능청맞도록 천연스러웠다.

먼저 껑충 뛰어 올라간 욱이 오빠가 불쑥,

"잘 꾸며놨는데, 꼭 관 속 같구나."

"어머머…… 오빠도 사위스럽게시리."

나는 느닷없이 가슴이 두방망이질 치듯이 두근대기 시작했다.

"너도 계집애라 별수 없구나. 벌써 사위를 쳐드는 걸 보니."

그들이 벌렁 누우니 벽장 속이 꽉 찼다.

"너무 좁잖아? 좀 더 넓은 데로 할걸."

"괜찮으니 이사는 이것을 마지막으로 해두자."

포 소리가 가까이 들리다 못해 이제는 막 머리 위를 날기 시작했다. 포탄과 공기가 스치는 소리가 날카롭게 신경을 건드렸다. 그것은 견디기 힘든 소리였다. '쌔애――ㅇ' 하는 소리가 길게 어미를 끌다가는 반드시 우르르쾅 하는 파괴음으로 끝을 막았다.

폭격은 밤낮없이 계속되고 마침내 지상의 화염이 하늘까지 붉게 물들였다. 그러나 아직도 이 도시는 붉은 치하에 있었다. 전쟁이 6·25 때처럼 쉽게 머리 위를 지나지 않고, 오래오래 머리 위에 머물러서 그 광기의 극을 다하고 있었다.

달이 처절하도록 밝은 밤이었다. 나는 새벽녘까지 잠을 못 이루고 달의 초연한 고요와 전쟁의 광란하는 소름을 동시에 받아들이고 있었다.

걷잡을 수 없는 불안과 공포를 지성스러운 기도로 달래려고 안간힘을 썼다. 나는 아버지를 수없이 불렀다.

"평화가 오면 제일 먼저······."

옆에 누운 어머니도 여태껏 못 잔 듯 맑은 목소리로 말을 걸어왔다.

"제일 먼저?"

나는 반문하면서, 평화가 오면이란 평범한 서두가, 내가 새가 되면 어쩌구 하는 불가능을 전제한 가정법쯤으로 들렸다.

"네 오라비를 장가들일까 보다."

"엄마두. 장가가 뭐 그리 급해서."

"장간 안 급할지 몰라두 손주는 급하다. 더구나 세상이 이래놓으니 빨리 씨를 받아놓고 봐야지."

종족 보존의 본능은 좀 미련하고 잔인하다. 난 돌아누웠다.

"말을 들을까?"

"글쎄요. 결혼까지는 또 몰라도 애 아버지가 되는 오빠들은 상상도 할 수 없어요. 너무 일러요."

"이르긴 뭐가 일러? 나는 너희 아버지 열여섯에 시집을 왔어도 신랑이 어찌나 어려웠는지 한 달이 지나도록 신랑 얼굴 한번 똑똑히 정면으로 쳐다보지 못했느니라."

"그럼 프로필만 봤겠네."

"갖다가 프로펠라는······."

나는 다시 어머니 쪽으로 돌아누웠다. 나야말로 어머니의 프로필이 보고 싶었다. 즐거웠던 날의 회상과 즐거운 일에의 꿈이 서렸을 어머니의 고운 프로필을, 푸른 달빛을 받은 프로필을.

그러나 나는 그것을 못 보고 말았다. 우리 모녀는 외마디 소리를 지르며 서로 얼싸안았다. 방바닥이 크게 들썩이며 귀가 꽝꽝했다. 그러나 꽝꽝한 건 어떤 큰 음향의 여운일 뿐 최초의 큰 폭음은 너무도 커서 뚜렷한 청각의 기억이 없었다. 다만 그 폭음의 여운들이 기둥을 흔들고 분합과 들창의 유리들을 악살박살 내는 소리만을 들을 수 있었다.

우리 집 어느 곳을 폭탄이나 포탄이 명중했으리라고 어렴풋이 느끼며 나는 눈을 감은 채 우선 내 사지를 움직여보고 어머니의 얼굴을 더듬었다.

어머니는 내 손길을 뿌리치고 악을 쓰며 일어났다.

"어디냐? 어디냐?"

어머니가 미친 듯이 뛰어나갔다. 아직도 멍멍한 귀에 어머니의 맨발이 마루에 흩어진 유리 조각을 밟는 소리가 소름끼치게 들렸다.

나는 벌떡 일어나 앉은 채 어머니가 부연 흙먼지와 푸른 달빛 속을 쏜살같이 가로질러 중문을 박차고 나가는 모습을 멍하니 보고만 있었다.

뒤미처 곧 비단을 찢는 듯한 처절한 비명이 길게 들리고 주위가 고요해졌다. 실제로는 그동안이라고 전쟁의 소음이 우리를 위해 멎었을 리 없겠지만 내 회상으로는 어머니의 비명과 큰아버지가 찬마루 천장에서 겁에 질린 얼굴로 내려오기까지의 시간처럼 길고도 처절한 고요를 다시 생각해 낼 수는 없다.

"경아야! 경아 게 있니?"

큰아버지가 안방을 기웃댔다.

"네."

나는 간신히 혀를 아물며 소리를 냈다.

"응 넌 살았구나. 그럼 행랑챈가?"

행랑채, 행랑채! 나는 그제야 정신이 벌떡 들면서 아까 어머니처

럼 맨발로 마루와 댓돌에 흩어진 유리 조각을 마구 밟으며 마당을
가로질러 행랑으로 내달았다.

방바닥에 쌓인 흙덩이와 아스러진 기왓장 위에 어머니가 길게
정신을 잃고 쓰러져 있고 나는 휑하니 뚫린 지붕의 커다란 구멍으
로 마구 쏟아져 들어오는 달빛으로 처참한 광경을 또렷이 보았다.

검붉게 물든 호청, 군데군데 고여 있는 검붉은 신혈, 여기저기 흩
어진 고깃덩이들. 어떤 부분은 아직도 삶에 집착하는지 꿈틀꿈틀
단말마의 경련을 일으키고 있었다.

그 싱싱한 젊음들이 어쩌면 저렇게 무참히 해체될 수 있을까?

나는 악을 쓰려 했으나 목이 콱 막혀 아무런 음향도 이루지 못하
고 거듭거듭 몸을 떨며 몸서리를 치며 황급히 도망치려 했으나 발
이 휘청거렸다.

휘청거리는 발에 붉은 호청이 치근하고 감긴다 싶더니, 다시 내
시야를 온통 붉은 호청이 뒤덮었다.

나는 붉은 호청에 걸려 붉은 호청으로 온몸을 감은 채 방바닥에
뒹굴며 차츰 정신을 잃었다.

나는 깨끗하고 푹신한 침대에 동화 속의 공주처럼 누워 있었다.

나는 아마 좀 아픈가 보다. 어떤 꾀병을 앓고 있을지도 모른다.
아무래도 뚜렷이 아픈 곳이 없으니 말이다.

그래도 나는 큰아버지, 큰어머니, 또 사촌 언니 오빠들로부터 중
환자 취급을 받으며 극진한 보살핌을 받고 있었다. 그들은 번갈아
가며 자꾸 맛난 것을 나에게 먹이려 들었고 말이는 시 같은 것도 읽
어주고 방에는 향기 짙은 꽃이 꽂혔다.

그러니 나는 병일 수밖에 없지 않은가. 나는 모든 곳이 편안했
다. 그렇다고 큰댁 이 층 말이의 아담한 침대에 여러 날 누워서 사
과즙과 우유와 반숙한 계란을 받아먹는 일을 그만둘 기력이 있는

것도 아니었다.

나는 매일 침대에서 세수와 양치질을 하고 거울을 보았다. 수척한 얼굴에 좀처럼 화색이 돌지 않았다. 그래서 나는 쓰디쓴 한약도 받아먹었다.

이 집 어디엔가 어머니도 앓고 있음을 나는 알고 있었다. 나는 세상이 바뀐 것도 알고 있었다. 그리고 나는 어머니와 내가 왜 빨리 건강해지지 못하나도 알고 있었다.

그것은 사루비아 때문인 것이다. 큰댁의 과히 넓지 않은 아담한 정원은 여름 동안 많이 황폐했으나 한쪽 구석에 사루비아만은 기승스럽게 자라 선홍빛 꽃이 만발하고 있었다.

나는 사루비아를 좋아했다. 너무 애련하거나 연약하지 않은 그 건전함을. 줄기찬 선홍빛 생명력이 허약한 나에게 엄숙하게조차 느껴졌다. 나는 물끄러미 창밖의 사루비아를 바라보다가 혼곤하게 낮잠에 빠지곤 했다. 그리고 나는 붉디붉은 호청을 꿈꿨다. 피 묻은 호청에 휘감기는 악몽은 매일 낮 계속되고 잠 못 이루는 밤이 뒤따랐다. 집으로 가고 싶었다.

나는 꼭 선홍빛 사루비아 때문에 그런 꿈을 꾸고 그런 악몽이 차츰 나를 좀먹는다고 생각하기 시작했다.

어머니는 어느 방에 누워서 저 선홍빛을 봐야 하는 걸까? 가엾은 어머니, 어머니가 저런 걸 봐야 하다니. 아무도 모를 게다. 어머니가 저런 걸 봐서는 안 되는 까닭을. 가엾은 나의 엄마. 나는 어머니에 대한 연민과 사랑으로 몰래 오열했다.

나는 제일 내 곁에 많이 있는 말이에게 부탁했다.

"집으로 가게 해주렴."

어머니를 위해서라도 하루빨리 집으로 가고 싶었다.

"언니두, 이런 몸으로 어떻게."

"몸이 불편할수록 제 집이 좋은 법이란다."

그녀는 친절하고 다정했기 때문에 여러 번 거듭해서 그녀를 졸랐다.

기온은 상쾌하고, 하늘은 높푸르고 마당의 사루비아는 허구한 날을 지칠 줄을 모르게 붉디붉었다.

그러던 어느 날 마침내 어머니와 나는 진이 오빠의 지프차에 실렸다. 큰어머니가 어머니를 부축하고 말이가 나를 부축했다.

나는 비로소 의치를 빼놓은 어머니를 보았다. 어머니는 내가 아는 어머니보다 이십 년은 더 늙어 보였고 아주 낯선 부연 눈을 멍하니 뜨고 있었다.

나는 눈물이 나려는 것을 억지로 참느라 눈을 씀벅대며 시선을 아무 데도 고정시키지 못한 채 두리번거렸다.

차창 밖의 거리는 활기에 넘쳐 있었다. 나는 그것이 어떤 먼 이국의 거리처럼 신기했다. 더욱 신기한 것은 건강하고 활기찬 젊은 이들이 얼마든지 눈에 띄는 것이었다. 나는 어머니가 그런 광경을 봐야 하는 게 사루비아를 봐야 하는 것만큼이나 견딜 수 없었다.

낯익은 가게 모퉁이를 지나 우리 집이 보이는 골목으로 차가 꺾였다.

나는 우리 집을 보았다. 한쪽 지붕이 날아간 우리 집을. 나는 악을 쓰려 했으나 악이 써지지를 않았다. 입술을 떨며 말이의 치마폭에 얼굴을 묻었다. 눈을 꽉 감고도 모자라 검정 스커트에 얼굴을 파묻었는데도 내 시야에는 선홍빛이 넘쳤다. 처음의 그것은 큰댁 마당의 사루비아였다. 녹색의 잎도 푸른 하늘도 안 가진 그냥 선홍빛이 흐드러지게 만발한 사루비아였다.

나는 그 선홍빛이 역겨워 고개를 절레절레 저었다. 고개를 저을수록 그 선홍빛은 점점 진홍으로 변하고 그 진홍은 점점 끈적한 액체로 번졌다.

"안 돼, 안 돼."

나는 고개를 계속 흔들며 중얼댔다.

"언니, 가엾은 언니."

말이가 울먹이며 내 등을 쓸었다.

지프가 멎고 우리는 그리운 집의 낡은 대문과 또 중문을 지나 안마당과 세벌대의 화강암 댓돌을 지났다. 안채만은 말끔히 치워져 있었다. 분합에는 두꺼운 물결무늬의 새 유리가 끼워져 있었다.

어머니는 안방에 눕고 나는 건넌방에 누웠다. 큰댁에서 심부름 하는 아이가 오고 큰어머니도 매일 다녀갔다.

"네가 빨리 나아야 하느니라. 너의 어머니 생각을 해서라도."

큰어머니는 매일 그날이 그날인 어머니보다도 나를 더 열심히 보살펴주었다.

"어서 기운을 좀 차려라. 너까지 어떻게 돼봐라, 너의 어머니 신세가 뭐가 되나."

이런 말만 곁들이면 쓴 한약도 꿀꺽꿀꺽 잘 마셨다.

"그래도 경아가 무사했기에 천만 다행이지, 어쩔 뻔했누."

그렇지 참 어쩔 뻔했누, 가엾은 엄마를. 나는 새삼 내가 소중해서 열심히 나를 보살폈다.

나는 점점 빠르게 좋아져갔다. 사과즙 대신, 알이 단단한 사과를 껍질째 먹을 수 있게 되고 비릿한 우유보다는 밥이 좋아졌다.

한옥의 높은 창은 푸른 하늘만을 안겨줄 뿐 아무런 풍경도 주지 않았고 미닫이를 열면 안마당의 장독과, 사슴과 소나무와 불로초가 그려진 화초담이 보였다.

나는 점점 어머니 시중까지도 들게 되었다. 어머니는 변함없는 부연 혼미 상태에 있었다. 깨어 있을 때도 의식이 있는지 없는지 분간 못할 부연 눈을 뜨고 있다뿐 어떤 감정을 읽어낼 수는 없었다.

"가엾은 엄마."

나는 점점 건강해지며 점점 정성을 다해 어머니를 간호했다. 궁리를 다해 영양 있는 미음을 끓여드리기도 하고 허옇게 센 머리를 곱게 빗기기도 하고 옷도 자주 갈아입혔다.

어머니는 이런 일을 착한 아이처럼 순순히 받아들였다. 이런 나를 큰어머니는 퍽이나 측은해했다.

"쯧쯧, 경아가 철부진 줄 알았더니 그 끔찍한 일로 단박에 어른이 돼버리고 말았구나. 암 그래야지. 너의 어머닌 인제 너 하나뿐이구나. 많이많이 효도를 해야지. 행여 이다음에라도 섭섭하게 해드리면 못쓴다."

까닭 모를 신열과 혼수상태가 며칠씩 계속될 때도 있었다. 그럴때는 굳게 닫힌 입술이 숭늉도 거부했다. 나는 급히 큰댁에 연락하고 큰아버지가 보낸 의사가 묵묵히 주사를 놔주고 가면 나는 그 병상에서 밤을 새웠다. 그런 밤은 몹시 근심스러우면서 한편 흡족했다. 나는 아직도 부드러운 어머니의 손을 마음껏 어루만질 수도 있었고, 하고 싶은 이야기를 도란도란 속삭일 수도 있었으니까. 나는 실상 깨어 있는 어머니를 두려워했다. 그 부연 눈을 보면 내 모든 것이 위축됐다. 어머니에 대한 애정도 나 자신에 대한 꿈도.

"가엾은 엄마."

나는 어머니의 까실한 손이 꼭 알맞게 말랑말랑해질 때까지 정성껏 애무하며, 그녀에의 사랑과 나의 미래에의 꿈을 마음껏 누렸다.

"가엾은 나의 엄마. 엄마가 그런 걸 보셨다니. 어쩌면 엄마가 그런 걸 보실 수 있을 줄이야. 그렇지만 엄마, 저를 위해서라도 오래오래 사셔야 돼요. 이렇게 제가, 엄마의 딸이 있잖아요. 제가 엄마를 행복하게 해드리겠어요. 오빠들 몫까지 효도를 하고말고요. 가

없은 나의 엄마, 빨리빨리 나으셔야 돼요."

나는 어머니의 손을 내 손 사이에 받들고 기도 드리듯이 경건하게 어머니의 쾌유를 빌었다.

어머니가 별안간 눈을 크게 떴다. 처음엔 눈이 부신 듯이 가늘게 그러다가 점점 크게 열리며 내 눈과 마주쳤다.

"엄마, 나예요, 경아."

나는 벅찬 탄성을 질렀다. 참으로 오랜만에 어머니의 눈에 부연 안개가 걷히고 어떤 감정이 담겼다. 나는 내 시선을 조금이라도 어머니로부터 비끼면 모처럼 돌아온 어머니의 영혼이 다시 훌쩍 떠나버릴 것 같아 열심히 어머니의 눈에 맞추었다.

그러나 빛나던 어머니의 눈이 점점 귀찮다는 듯이 게슴츠레 감기며 나에게 잡혔던 손까지 슬그머니 빼내고 부스스 돌아눕더니 휴 하고 긴 한숨을 쉬고는,

"어쩌면 하늘도 무심하시지. 아들들은 몽땅 잡아가시고 계집애만 남겨놓으셨노."

나는 비실비실 일어섰다. 간신히 안방 미닫이를 열고 대청으로 나왔다. 시야가 부옇게 흐려 보였다. 나는 그 부연 것을 헤치려고 자꾸만 눈을 꿈벅이며 북창문을 열었다. 우수수 하고 스산한 바람이 치마폭으로 펄렁 안겨왔다. 나는 맥없이 몸을 떨었다. 바람이 다시 뒷마당을 골고루 휩쓸었다. 쏴아 하고 정원수들이 상쾌하고도 차디찬 소리를 냈다. 나는 비로소 자지러지게 노란 은행나무를 보았다. 은행나무는 바람이 지날 때마다 그 풍성하고 찬란한 의상들을 땅으로 아낌없이 떨구고 있었다. 화려한 광경이었다.

그는 얼마나 풍부한 의상을 걸쳤기에 그렇게 노란빛들을 마구 쏟아놓고도 저렇게 변함없이 아름다울 수 있는 걸까? 그것은 꽃보다도 훨씬 찬란했다.

나는 휘청휘청 뒷마당으로 내려섰다. 나무 밑은 노란 융단을 깐 것처럼 알맞게 폭신했다.

나는 그 화려한 융단 위에 몸을 던졌다. 어쩌면 계집애만 남겨놓으셨노. 원성과도 같은 주문(呪文)과도 같은 끔찍한 소리가 귀에 쟁쟁하다.

"그만, 그만."

나는 고개를 절레절레 흔들고 또 흔들었다. 그러고도 모자라 몸을 뒹굴었다. 우수수 금빛 조각들이 때로는 한 잎 두 잎 날고, 때로는 한꺼번에 쏟아져왔다.

나는 돌연 뒹굴기를 멈추고 세차게 흐느꼈다. 오열은 한번 시작하자 멈출 수가 없었다. 마치 노란 잎들이 땅으로 쏟아지듯이 나는 그렇게 울었다. 노란 잎이 하나라도 나무에 있는 한 낙엽은 계속될 것이고, 나는 내 속에 축적된 눈물만큼만 울면 되는 것이다. 조금치의 슬픔도 동반되지 않은 그냥 순수할 따름인 울음 끝에 나는 부드러운 융단 위에서 혼곤한 숙면에 빠졌다.

그 후부터 나는 어머니의 병상을 지키기보다는 은행나무 밑에서 많은 시간을 보냈다.

아무리 쏟아져도 다할 날이 없을 것같이 풍성하던 황금빛 의상도 점점 희박해 갔다. 나는 두꺼운 융단 위에 누워, 성깃한 노란 잎 사이로 푸른 하늘을 마음껏 바라볼 수 있었다. 나는 그런 시간이 좋았다. 무엇보다도 살아 있다는 것이 조금도 거리낌이 없어 좋았다.

그날 이후 나는 어머니를 될 수 있는 대로 피하고 있었다. 어머니를 보면 살아 있다는 것이 송구스러워 절로 몸이 오그라들고 고작 어머니로부터 피한다는 게 은행나무 밑이었다. 나는 나도 모르게 은행나무 밑에서 하루하루 어머니에 대한 미움을 키우고 있었다.

어머니를, 지금의 내가 비참한 것만큼의 다만 얼마라도 비참하게 만들어주고 싶었다.

'너까지 어떻게 돼봐라. 너의 어머니 신세가 뭐가 되나.' 큰어머니가 분명 그랬겠다. 어머니를 남들이 불쌍하게 여기도록 해줘야지. 자식이라고는 없는, 딸도 없는 불쌍한 여인으로 만들어주어야지.

죽고 싶다. 죽고 싶다. 그렇지만 은행나무는 너무도 곱게 물들었고 하늘은 어쩌면 그렇게 푸르고 이 마당의 공기는 샘물처럼 청량하기만 한 것일까. 살고 싶다. 죽고 싶다. 살고 싶다. 죽고 싶다.

문득 전쟁이나 다시 휩쓸었으면 싶었다. 오빠들이 죽은 후에도 내 인생이 있다는 건 참을 수 있어도 내가 죽은 후에도 타인의 인생이 있다는 건 참을 수 없다. 다시 전쟁이 몰려왔으면. 지금의 나는 전쟁에 의해 구제받을 수밖에 없지 않은가?

이렇게 해서 비롯된 내 전쟁에 대한 갈망은 하루하루 그 열도를 더해 갔다. 전쟁이 끊임없이 되풀이됐으면.

그러나 전쟁이라면 곧 떠오르는 핏빛 호청과 젊은 육신의 처참한 파편들, 나는 그 부분을 망각하려고 고개를 미친 듯이 흔들고 낙엽 위를 뒹굴었다. 나는 매일같이 이렇게 푹신한 낙엽 위에서 몸부림치고 낙엽은 하루하루 두껍게 쌓여 나를 포근히 안았다.

어머니는 내 간호 없이도 차츰 회복되어 가는 눈치였다. 정확히 말해 그녀의 신체의 기능은 과거의 습관을 되찾기 시작하고 있었다. 문득 걸레질을 치고 설음질을 했다. 여전히 아무런 뜻도 담기지 않은 부연 눈을 한 채 간단히 묻는 말에 대답도 했다. 처음 보는 사람이라면 좀 말수 적고 멍청할 뿐 정상적인 노인으로 여길 만했다. 어머니가 얼마나 발랄하고 적극적으로 살았는지를 모르는 이에게는 말이다.

큰댁 심부름하는 아이도 돌아가고 큰댁 식구들의 방문도 뜸해졌다. 집안 살림이 다시 어머니에게로 돌아오고 나는 어쩔 수 없이 자주 어머니와 마주치지 않으면 안 되었다. 그럴 때마다 나는 어머니의 부연 눈에 공포와 증오를 동시에 느꼈다.

나는 웅얼웅얼 변명 비슷한 소리를 했다. 곧 또 난리가 날 거라든가 또 난리가 나면 살아남을 사람이 없을 거라든가. 나는 이렇게 내가 살아 있다는 게 민망해서 구구한 변명을 늘어놓지 않으면 안 되었다.

때로는 오빠 친구들이 다녀갈 때도 있다. 그들은 오빠들의 죽음이 믿어지지 않는 듯 아주 서투른 조의를 표하고 갔다. 실상 그들 나이에 친구의 죽음에 조의를 표하는 일에 능란한 이가 있어도 이상하다.

나는 어머니의 부연 눈으로부터 그런 그들의 젊음과 그들의 삶을 가려주고 싶었다. 그래서 그들이 다녀가면 으레 하는 소리가 있었다.

"아직 난리가 끝난 게 아니거든요. 쉽사리 끝장이 안 난대요. 저들도 아마 살아남지는 못할걸요."

이런 조심스러운, 약간 겁먹은 듯한 중얼거림도 도수가 거듭됨에 따라 점점 자신과 앙칼짐을 더해 갔다. 어느 틈에 나는 어머니를 위해 시작한 바람을, 제법 절실한 나 자신의 바람으로 만들고 있었다.

어머니의 눈에는 다시는 어떤 느낌이 담기지는 않았다. 부연 눈이 다만 죽지 못해 살고 있을 뿐이라고 말하듯 목숨을 끊을 수 있는 사람보다 더 완강하게 삶을 거부하고 있었다.

승승장구 통일과 승전으로 끝마칠 줄로만 여겨지던 동란에 중공군이 끼어들었다. 유엔군의 후퇴가 다시 시작되었다. 서울은 다시 술렁이고 분노에 치를 떨며 피란 짐들을 챙겼다. 다시 전쟁이 머리 위로 다가오고 있었다. 내가 예언한 대로.

나는 어머니의 부연 눈이 한결 집요하게 나를 쫓고 있다고 생각했다. 그 눈이 나로 하여금 꼼짝없이 앉아서 전쟁을 겪도록 강요하고 있다고 생각했다.

나는 어머니 모르게 피란 짐을 챙겼다 풀고, 풀었다가는 또 챙겼다. 그것은 피란을 갈까 말까보다 훨씬 복잡하고 절실한 내 몸부림의 일부였다.

나는 이미 내 갈등을 마음껏 동댕이치고 뒹굴 수 있는 폭신한 낙엽 더미를 상실하고 있었다. 계절은 이미 깊은 겨울로 접어들어 내 핏빛 추억을 먹은 은행나무 잎들은 칙칙하게 퇴색한 채 바람에 날려 담장 밑에 추한 쓰레기더미를 만들고 있었다.

나는 매일 전쟁이 금세 덜미를 쳐올 듯한 공포와, 전쟁이 어서 밀려오고 밀려가며 사람들을 죽여주었으면 하는 열띤 바람에 찢기며 피란 짐을 쌌다 풀었다 했다.

이미 이런 모습은 어머니의 저주나 핏빛 호청의 추억 때문만은 아닌, 그냥 나의 것이었다.

나는 이미 핏빛 호청도, '어쩌다 계집애만 살아남았노.' 하던 어머니의 탄식도 완전히 망각할 수 있었으니까. 그것들은 이제 썩어간 낙엽들의 것이지 내 것은 아니었다.

이렇게 나는 뿌리를 상실한 채 무성한 모습만을 넘겨받아, 그 모순에 나를 찢기우게 내맡기고 있었다.

몹시 춥던 어느 날, 몇몇 가족과 피란 짐이 실린 대형 트럭 위에 어머니와 나는 마치 피란 짐처럼 무력하게 실렸다. 큰댁에서는 그들의 피란길에 우리를 동반하는 것을 의무로 알았고 나는 못 이기는 척 받아들였다. 우리는 부산에 짐짝처럼 내려졌다.

큰댁 식구와 섞여서 떠들썩한 생활이 시작되었다. 나는 점점 더 어머니를 피했다. 실상 단둘이 마주할 만한 호젓한 시간도 없는 생활이었지만, 마주치면 으레 지껄이던 변명거리를 잃고 말았으니 어머니가 한층 두려울 수밖에 없었다.

'곧 또 난리가 날 거래요.' 라는 내 말을 통해 이번에 난리가 나면 난들 살아남겠느냐, 나도 곧 죽을 것이라고 말한 셈이었는데, 난리를 피해 도망 와 있으니 무슨 낯으로 그녀를 볼 수 있을 것인가.

처음 몇 날 동안은 영문을 몰라 그런지 어리둥절한 채 순수하던 어머니가 의외로 끈덕지게 서울로 보내달라고 집을 비워둘 수 없다고 보채기 시작했다. 서울이 갈 수 없는 고장임을 그녀에게 아무도 납득시킬 수 없었다. 난리고 중공군이고 그녀에겐 조금도 대수롭지 않았다. 그녀에겐 한쪽 지붕이 달아난 고가(古家)만이 모든 것이었다. 그녀는 서울 고가에 대한 집착으로 하루하루 여위어갔다.

서울이 수복되자 진이 오빠의 주선으로 우리는 텅텅 빈 서울에 먼저 돌아왔다.

15

나는 옷을 황급히 주워 입었다뿐이지 여밀 곳을 제대로 여미지 못해 거북했다. 뭉쳐 있는 소매 속의 내복을 빼내고 단추를 끼우고 지퍼를 올렸다. 그리고 오버를 걸쳤다. 머리를 손질하고 스카프를 썼다. 집으로 향하다 말고 문득 가기 싫어졌다.

내가 갑자기 지난날의 어떤 순간을 기억해 낼 수 있었다고 해서 어머니와 나와의 관계가 달라질 수 있을 건지 의심스러웠다. 조금쯤은 달라질 수도, 어쩜 많이 달라질 수도, 조금의 변동도 없을 수도 있겠고, 그건 당해 봐야 알 노릇이었다.

그러나 난 당해 보기 전에 미리 정하고 싶었다. 나는 갑자기 어떤 일을 당하는 건 딱 질색이었다.

어머니를 계속 미워할 것인가 연민할 것인가, 그런 걸 미리 정해 놓고 싶었다. 그건 아주 난해한 수학풀이 같았다. 난 도저히 그 문제를 풀 것 같지 않았다.

나는 지금 의사이고도 환자인 모양인데 그 둘을 겸하기가 좀 벅찼다. 그렇지만 그 둘 중의 하나를 누구에게 양보할 수는 도저히 없는 것이다. 너무 피곤해 더 생각을 이을 수가 없었다. 쉬고 싶다, 집아닌 곳에서. 다시 가로수의 거친 몸을 안았다. 볼이 사정없이 따가웠다. 나는 목이 긴 여자를 생각했다. 그 긴 목이 어깨가 되어 흐르는 그 유려하고도 따스한 고장에 내 얼굴을 묻을 수 있었으면.

나는 며칠 전에 그녀에게 미움을 살 짓을 거침없이 저지른 것을 잊고, 다만 그녀에게 푹 안기고 싶다고만 생각했다.

나는 집으로 가기를 그만두었다. 오버 깃에 고개를 묻고 그녀를 생각하는 것만으로도 마음이 누그러졌다.

전차가 멎었다. 나는 탈까 말까 망설이고 있었다. 차장이 냉냉 줄을 잡아당기며 '막차요, 막차.' 했다. 나는 냉큼 올라탔다. 막차에 탔다는 게 더할 나위 없이 기분이 좋았다.

길게 누워도 좋을 만큼 의자는 비어 있었으나 종로 5가는 금방이었다. 나는 차장에게 고맙다는 인사까지 하고 막차에서 내려 연지동 골목을 더듬었다.

남을 방문하기엔 너무도 늦은 시간이었으나, 나는 방문이 아니니까 상관없다고 생각했다. 방문은 다시 돌이켜 나오는 것을 전제로 하지만 나는 거기서 잘 것이니까.

그의 창에 불이 있었다. 나는 대문을 흔들지 않고 창문을 두드렸다.

"아주머니, 아주머니."

나직이 한두 번 불렀을 뿐인데 방에서 인기척이 나고 황급히 대문이 열렸다. 그녀는 아직도 안 자고 있었는지 평상복이었다.

나는 그녀의 눈치도 살피기 전에 먼저 와락 안겼다. 그리고 그녀의 아름다운 목덜미에 얼굴을 묻었다. 향긋하고 따뜻했다.

아주 끈적한 슬픔이 복받쳐왔다. 그래도 눈물이 되지는 않았다. 눈물 따위가 돼서 쏟아지기에는 너무도 짙은 끈적끈적한 슬픔이 목을 메웠다.

"웬일이야? 경아. 무슨 일이 있었어?"

그녀는 학생이라 그러지 않고 처음으로 내 이름을 불렀다. 나는 그것이 그렇게 고마울 수가 없었다.

"자고 가고 싶어요. 재워주세요."

"어머니가 기다리시잖겠어? 혼자 계시다며."

"지금이 몇 시라고요. 집에 다녀오는 길이에요. 말씀드렸어요."

나는 거짓말을 했다.

"그래요? 들어와요."

그녀가 나를 채근했지만 나는 그녀에게 안긴 채 움직이지 않았다.

"자, 어서 들어가요."

그녀가 다시 나를 채근했다.

"조금만 더 이대로 계세요. 추워서 그래요."

"그래? 방이 따뜻한데."

그러면서도 그녀는 춥다는 나를 꼭 안아주었다. 풍부한 가슴과 따뜻한 체온과 아무것도 묻지 않는 관대함. 나는 편안했다.

"거 누구요?"

방에서 옥희도 씨의 소리가 들렸다. 우리는 포옹을 풀고 방으로 들어갔다.

아이들은 나란히 잠들고 옥희도 씨도 누운 채였다. 그녀는 아마 아이들과 남편을 재우고 혼자 뜨개질을 하고 있었던 듯 머리맡에 뜨개질거리가 놓여 있었다.

"경아가 좀 재워달라는군요."

옥희도 씨는 아무 말 없이 머리맡에서 담뱃갑을 집어다 불을 붙였다.

그녀는 내 자리를 마련하느라 아이들을 아래쪽으로 밀고 윗목에다 자리를 깔았다.

"어서 벗고 누워요. 추울 텐데."

다시 뜨개질감을 들며 그녀가 눈웃음을 보내며 말했다.

"아주머닌 어디서 주무시려고."

나는 이 방이 마치 이들 가족을 위해 짜놓은 뒷박 같아서 내가 끼어든 게 송구스러웠다.

"염려 말아요. 어디로 비집고 들어갈 수 있을 테니까."

"그래도…… 제가 윗방에서 잘 걸 그랬나 봐요."

"염려 말래두, 경안 만원 전차도 못 타봤나 봐. 아직도 몇 사람쯤은 문제없어요, 후후후……."

그녀는 아주 천진하고 맑게 웃었다. 어쩜 그녀는 가난을 저리도 궁상맞지 않게 다스리는 것일까?

나는 대강 윗옷만 벗고 자리에 누웠다. 몇 번을 돌아눕고 이불을 뒤집어쓰고 해도 좀처럼 잠은 오지 않았다.

"여보. 그만 전깃불을 끄구려. 경아가 잠이 안 오나 본데."

"참 그렇겠군요. 미처 생각을 못 했어요."

뜨개질을 밀어놓고 불을 껐다. 짙은 어둠이 덮여왔다. 부스럭부스럭 옷 벗는 소리가 들렸다. 나는 숨을 죽이고 기다렸다. 나는 그녀가 내 곁에 눕기를 간절히 소망했다.

그녀의 풍부한 가슴 언저리나 따뜻한 목덜미께에 머리를 대고 혼곤히 잠들고 싶었다.

옷 벗는 소리, 이불 들치는 소리가 멎었다. 그러곤 잠잠해졌다. 아무리 기다려도 잠잠한 채였고, 내 자리나 내 옆의 자리가 좁아지지도 않았다.

분명 옥희도 씨가 그녀를 맞아들였을 게다. 행여 아이들의 자리가 좁아질세라, 불편해질세라 자기 몸을 모로 눕히고 그녀를 품에 밀착시켰을 게다.

그녀 또한 행여 아이들이 깰세라 자기 몸을 될 수 있는 대로 작게 오므려 그의 가슴에 안겼을 게다. 두 부부는 지금 아이들과 나를 위해 그들 자신의 몸의 피부를 최소한으로 줄이고 있음에 분명했다.

나는 이불을 조심스럽게 걷고 짙은 어둠 속에서 동공을 크게 열고 숨을 죽였다. 야릇하고도 긴박한 느낌이었다. 나는 철들고 여태껏 부부의 침실에서 같이 자본 적이 없었다. 나는 두근대는 가슴을 누르고 막연히 알고 있는 어떤 일을 기다렸다. 그러나 아무리 시각과 청각을 곤두세워도 희끄무레한 이불깃이 뵈고 잠든 얼굴들이 숨을 쉬고 있을 뿐 아무 일도 일어나지 않았다.

내 이불 속도 점점 따뜻해 왔다. 누운 자리도 너무 좁거나 너무 넓지 않고 맞춤하게 안락했다. 그러나 나는 잠을 이룰 수가 없었다.

지금 옥희도 씨에게 밀착되어 있는 여인은 이미 아까 나의 끈적한 슬픔을 달래주던 풍요한 모성은 아니었다. 지금의 그녀는 '넌, 도대체 뭐니.' 하고 치를 떨며 대들던 며칠 전의 바로 그녀였다.

그 두 여인은 완전히 다른 여인이었고, 난 그게 조금도 이상하지 않았다.

나는 만일 내가 기대한 일이 벌어진다면 '꺄악' 하고 악을 써주리라, 그래서 아이들이 모두 일어나서 그들의 추태를 볼 수 있게 해주리라고 짓궂게 별렀다. 그러나 아무 일도 일어나지 않고 그들은 고른 숨을 쉬고 있을 뿐인데, 나는 그 따위 속임수에는 안 넘어가야지 하고 까딱하면 잠이 올 것 같은 나를 일깨웠다.

여러 가족들은 한결같이 고른 숨을 쉬고 나는 몸이 완전히 녹고 또 피곤했다. 나도 어느 틈에 고른 숨을 쉬다가 깜짝 놀라서 눈을 크게 비벼 떴다가 다시 고른 숨결에 이끌렸다.

나는 부드러운 침상에 비스듬히 누워 있었다. 옥희도 씨의 화실이었다. 넓은 화실의 한쪽 벽은 온통 커다란 창뿐인데 광선을 마음대로 조절할 수 있게끔 풍요한 주름이 잡힌 비로드 커튼이 육중하게 늘어져 있었다. 지금 그 커튼은 거의 창을 가려 화실은 박명(薄明)과도 같고 황홀과도 같은 부드러운 어둠 속에 있었다.

내 침상은 부드럽고도 향긋했다. 나는 마구 묻뜯어다 놓은 여러 풍성한 빛깔의 꽃송이에 거의 묻히다시피 드러누워 있었다.

나는 꽃잎에 묻힌 부분 외에는 거의 전라(全裸)였다. 내 몸은 장밋빛으로 빛나고 있었다. 나는 내 몸이 꽃보다도 훨씬 아름다운 데 만족했다.

내 나신(裸身) 앞에서 꽃들이 점점 그 하나하나의 생채를 잃고 마침내 환상적인 화면으로 변했다. 내 나신을 돋보이게 할 아름답고 환상적인 화면 속에서 내 나신만이 살아서 누워 있었다.

나는 지금 옥희도 씨의 모델인 것이다. 나는 그의 모델임에 손색이 없다는 게 기뻤다. 그런데 옥희도 씨는 무엇을 하고 있는 것일까? 어서 모델을 위해 경이의 탄성을 지르며 화필을 잡을 것이지. 나는 차츰 초조했다. 나는 내 윤기 흐르는 장밋빛 나신이 수명 짧은 화사한 꽃처럼 퇴색하기 전에 옥희도 씨의 캔버스에 담겨지길 바라고 있었다.

이윽고 나는 어두운 방 한구석에 웅크리고 있는 옥희도 씨를 보았다. 그는 그 구석에 경건히 꿇어앉아 무언가 열심히 어루만지고 있었다. 그가 쓰다듬고 있는 건 목이 긴 백자의 술병이었다. 때깔과 자태가 빼어나게 고운 이조 백자다 싶었다.

그는 어쩔 셈인지 백자를 쓰다듬기에만 몰두하고 있어 침상에 누운 나에게는 일별도 주지 않았다.

그가 백자에게 바치는 애착이 너무도 지극해 나는 얇은 질투를 느꼈다. 나는 그의 주의를 나에게 돌리려고 무슨 말을 걸려 하였으나 목구멍이 탁 막혀 아무 소리도 낼 수 없었다.

마침내 백자를 쓰다듬던 그의 손길이 백자를 경건히 받쳐 들더니 백자의 주둥이에서부터 목으로 서서히 입을 맞춰 내려갔다. 그의 이런 동작은 이미 경건을 지나 어쩌면 극히 관능적인 몸짓이었다.

내 질투도 걷잡을 수 없이 타올랐다. 나는 악을 쓰려 했으나 좀처럼 목구멍이 트이질 않았다. 하다못해 손에 잡히는 뭐라도 백자를 향해 던지고 싶었으나 내 주위는 온통 부드러운 꽃잎, 아니 환상적인 몽롱한 화면 속에 나만이 살아 부유하고 내 손엔 아무것도 잡히는 실체가 없었다.

나는 이 고요한 화실에 바스락 소리 하나 일으키지 못한 채 지글대는 질투를 견디지 않으면 안 되었다. 그것은 모진 형벌보다 가혹했다.

그의 입이 백자의 긴 목을 지나 풍요한 몸체로 더듬어 내려갔다. 그러자 맑고 차가워 보이기만 하던 백자의 몸에 점점 핏기가 돌았다. 그럴수록 그의 입맞춤은 그 열기를 더해 가고 그의 눈은 신들린 사람처럼 타고 있었다.

백자는 드디어 완연한 생명을 지닌 우아한 여인의 모습으로 변했다. 그것은 틀림없이 옥희도 씨 부인, 목이 긴 여자였다.

나는 단숨에 무슨 욕설이라도 퍼부으며 그들에게 달려가려 했으나 몸이 말을 듣지 않았다.

나는 꼼짝도 할 수 없었다. 나도 생명이 없는 것일까? 두려워하며 다시 나 자신을 훑었다. 어쩐 일일까. 나 자신은 그 찬란한 장밋빛 생기가 가시고 여위고 보잘것없이 평범했다.

어쩌자고 이런 빈약한 자태를 부끄러움 없이 벗을 수 있었단 말인가. 나는 몸을 가릴 것을 찾으려 했으나, 이미 내 주위에는 꽃잎도 환상적인 색채도 없고 부연 혼돈만이 있었다. 부연 혼돈 속에 추한 나신을 어쩔 수 없이 드러내고 있었다.

나는 비탄의 몸부림과 통곡을 마음껏 하고 싶었으나 여의치 않았다. 겨우 짐승 같은 신음소리를 괴롭게 쥐어짰다. 나는 내 미운 신음소리에 잠에서 깨어났다.

방 속은 꿈속의 화실처럼 어슴푸레한 박명이었고 다행히 내 신음에 깬 사람은 아무도 없는 채 역시 꿈속의 화실처럼 고즈넉했다.

옥희도 씨 옆에 가지런히 누운 그녀의 단정한 얼굴을 정갈한 순백의 이불깃이 받들고 있는 것이 박명 속에서도 아름답게 보였다.

그리고 그들 부부와 다섯 아이들, 맨 끝에 누운 암만 해도 군더더기인 나. 나는 비로소 어젯밤 이 집을 찾은 것을 후회했다. 그렇다고 집으로 갈걸 하는 생각도 없이 그냥 고아처럼 처량했다.

나는 이불 속으로 깊게 파묻혔다. 그리고 그녀가 일어나는 소리를 듣고 밥 짓는 소리, 막내아이의 요란한 기상, 쉬야 하는 소리 그런 걸 샅샅이 듣고도 자는 척 숨을 죽이고 있었다.

"어쩌나 벌써 여덟신데."

"그대로 좀 더 놔두구려. 무척 고단한가 본데. 늦게 가도 뭐랄 사람은 없으니까."

아마 그들이 나를 두고 하는 말인 것 같았다. 나는 선하품을 하

며 일어났다. 그녀의 자상한 시중으로 낯선 집에서의 아침 소세(梳
洗)가 조금도 불편하거나 겸연쩍지 않았다.

따뜻한 콩나물국과 향긋한 김쌈이 놓인 아침상을 받았다. 나는
가정에 초대된 고아만큼이나 이런 밥상이 신기하고 눈부셨다.

"언제쯤 나오시겠어요?"

"글쎄…… 경아가 보고 싶어 오늘쯤 나가려 했는데, 경아를 봤으
니 이삼일 더 있다 나가지 뭐."

만일 그가 좀 더 은밀하게 그런 소리를 했다면 나는 조금쯤 행복
할 수도 있었는데, 그는 여러 식구와 두리기상에 둘러앉은 채 아무
런 저의도 없는 듯이 밝게 말했다.

"그림은 끝내셨나요?"

"응, 마지막 손질이야 두고두고 하지 뭐."

나는 굳게 닫힌 장지문을 흘끗 쳐다보며 으스스한 기분으로 그
고목을 회상했다. 그러나 옥희도 씨의 표정은 한껏 밝고 담담했다.

그 마른 가지에 꽃이나 잎이라도 달아줬단 말인가. 새라도 머물
게 했단 말인가. 나는 불현듯 장지문을 열고 싶었지만 그렇게 하지
는 못했다.

나는 아이들의 요란한 배웅을 받으며 그 집을 나섰다. 부인이 골
목까지 따라 나왔다.

"도시락을 싸 넣었는데 입에 맞을는지."

"고마워요."

"좀 늦더라도 집에 다녀가요. 어머니가 밤새 얼마나 기다리셨겠
어요."

"알고 계셨군요. 그러면서도 왜 어젯밤 저를 내쫓지 않으셨나요?"

"너무 춥고 너무 늦었잖아요."

그녀는 내 기분을 안 거스르려고 자기가 한 일을 조심스럽게 미

안해하고 있었다.

차갑게 맑은 아침이었다. 동네가 온통 빈 것 같았다. 그녀와 나와 단둘뿐인 것 같았다.

그녀의 옷깃은 늘 좀 헐렁했다. 목이 상큼해서 그렇게 보이는지 그래서 목이 한층 상큼해 보이는지 모를 일이었다. 상큼하고 흰 목이 사십 대를 바라보는 여인답지 않게 가련하고 연약해 보이고 오늘 아침은 좀 춥게도 보였다.

그러나 어떤 걸 입어도 우아하고 단정하고 비할 나위 없이 관대한 그녀. 그러나 나에게 지금 그녀는 옥희도 씨의 열띤 입맞춤을 받던 꿈속의 그녀였다.

나는 그녀에게 맹렬한 적의를 느꼈다. 미움으로 가슴속의 온갖 것들이 사납게 꿈틀대며, 드디어 미움이 팽팽하게 온몸을 충족해 왔다. 나는 그녀에 대한 내 증오에 만족했다. 비로소 그녀에 대한 내 감정이 선명해진 셈이니까. 그리고 나는 남을 미워한다는 게 이다지도 흐뭇하고 기분 좋은 것인 줄을 처음 깨달은 것이다.

"신세 많이 졌어요. 꼭 갚고야 말 테니까 그렇게 아세요."

"무슨 소리야, 경아……."

그녀는 뭐라고 나직나직 계속해서 말했으나 나는 들은 척도 안하고 구두 굽으로 언 땅을 힘 있게 두들기며 골목을 빠져나왔다.

남을 사랑할 때도 도저히 누릴 수 없었던 충족감을 미움을 통해 얻을 수 있을 줄이야.

나는 차를 타지 않고 곧장 집으로 향했다. 물론 그녀의 부탁 때문은 아니었다. 공기는 매웁도록 찼지만 화사하고 밝은 아침이었다. 햇살만 퍼지면 제법 따뜻한 겨울날일 수도 있을 것 같았다.

대한을 지난 지도 벌써 오래니 입춘이 멀지 않았거나 어쩜 지났을지도……. 나는 오늘이 며칠인가를 생각해 내려 했으나 통 생각나지 않았다.

나는 서서히 긴 골목을 걸어 들어갔다. 똑바로 지붕을 우러르며 자세와 호흡을 흐트러뜨리지 않고 태연히 대문 앞에 섰다.

동향 대문인 고가는 기왓장이 서리를 함빡 인 채 아침의 양광 속에 숙연했다. 서리 덮인 고가는 비할 데 없이 아름다웠다.

나는 달아난 한쪽 지붕의 기왓장과, 진흙덩이와 부서진 서까래 조각이 너덜너덜 달린 보기 싫은 구멍을 눈 하나 깜빡 안 하고 똑똑히 보았다.

"나 때문이었을까?"

망설이며 물었다.

"나 때문이었을까?"

좀 더 대담하게 그 문제와 대결했다.

내가 전전긍긍 두려워한 건 실은 부서진 지붕이 아니라, 바로 오빠들의 죽음이 꼭 나 때문일 것 같은 가책이었던 것이다. 오빠들을 행랑방 벽장에 감추자는 생각을 해낸 것이 바로 나였으니까.

나는 오빠들의 죽음이 나 때문이라는 생각이 미치도록 두려워 그 생각을 몰아낸 대신 헐린 고가라는 새로운 우상을 외경(畏敬)으로 섬겼던 것이다.

순전히 내가 서둘러서 그 관 속 같은 골방에 그들을 밀어 넣지만 않았던들 그 속에서 벌어진 처참한 일이 아무리 충격적이었대도 헐린 지붕 앞에서 허구한 날을 그렇게 떨지는 않았을 게다.

비록 한쪽 날개를 잃었어도 남은 추녀는 여전히 하늘을 향해 우아한 호(弧)를 그리고, 담장의 사괴석(四塊石)은 오랜 연륜과 고난의 퇴적에도 불구하고 품위 있고 고고했다.

아름다운 고가(古家). 나는 아버지가 차남이었으면서도 할아버지가 분재(分財)하실 때 딴것을 다 마다하고 이 고가를 상속받았음

이 이해가 갔다. 다시 한번,

"나 때문이었을까?"

나는 내가 던진 질문의 화살에서 여유 있게 비켜났다.

나 때문이기도 하였지만 전쟁 때문이기도 하였고 어쩌면 그럴 팔자인지도 모른다.

나는 내 허물을 딴 핑계들과 더불어 나누어 갖기를, 나아가서는 내가 지은 허물만큼 그동안 나도 충분히 괴로웠다고 믿고 싶었다.

우상 앞에서 한껏 우매하고 위축됐던 나는 진상 앞에서 좀 더 여유 있고 교활했다. 나는 오빠들의 죽음에 나 말고 딴 핑계를 대기도 했다. 그리고 나에겐 좀 더 관대하기로. 관대하다는 것은 얼마나 큰 미덕일까.

나는 전상(戰像)을 지닌 고가를 비로소 연민과 애정으로 바라봤다. 오랜만에 고가를 고가로서만 바라봤다.

고가로부터의 해방으로 자유로워진 나는 밝은 아침 햇살에서 섣불리 봄을 느끼기까지 하고 있었다. 그러나 대문을 두드리지는 않았다. 나는 돌아섰다.

내가 내 허물에 관대해졌다 해서 어머니의 허물에까지 관대할 수는 없었다. 나는 결코 어머니를 용서할 수는 없는 것이다.

"어쩌다가 딸만 남겨놓으셨노."

그 야속한 기억을 다시는 잊어주지 않을 테야. 어머니는 밤새 나의 안부를 궁금해하지 않았을 테고 나 역시 어머니의 안부가 궁금할 리 없으니 새삼 문을 두드려 어머니를 보아야 할 까닭이 없었다.

나는 옥희도 씨 부인과 헤어졌을 때처럼 힘차게 구두 굽으로 땅을 두드리며 긴 계동 골목을 돌아 나왔다. 또박또박 상쾌한 음향이 들리고 전신이 뿌듯하도록 활기가 넘쳤다.

점심 때 휴게실에서 무심히 도시락을 끄르다가 잠깐 어리둥절했다. 김치 아닌 반찬들이 이상했다. 봉투에 넣은 김쌈, 콩자반, 계란 말이. 옥희도 씨 부인의 정성스럽고 깔끔한 솜씨였다.

나는 자랑스럽게 느릿느릿 식사를 즐겼다. 세일즈 걸들이 들락거려도 도시락을 감출 까닭이 없었다.

다이아나가 커다랗고 붉은 백을 멋지게 어깨에 메고 들어왔다.

"이제 점심이니?"

그녀는 막 점심을 마치고 오는 모양이다. 루즈가 벗겨진 입술을 콜드로 말끔히 닦아내더니 본래의 입술보다 크고 대담하게 진홍빛 루즈를 칠하고 퍼프로 얼굴을 몇 번 두드리고는 가운뎃손가락으로 눈귀의 잔주름을 뱅글뱅글 돌려가며 문지르고 백을 닫았다.

"어제는 잘 먹었어요."

나는 내가 그동안 무척 사교적이 되었다고 느끼며 어제 빵 먹은 인사를 상냥하게 했다.

"뭘……."

"애들하고 그렇게 자주 다니세요?"

"애들은 그러길 바라지만 어디 짬이 있어야지. 어제도 며칠 별러서 데리고 나온 거야. 데리고 나와야 어디 갈 데가 있던? 애들 갈 곳 말이야."

"어른이 갈 데는 많은가요?"

"많지 않구. 댄스홀이 없니, 호텔이 없니, 극장이 없니, 말만 전쟁이지, 엔조이할 데야 많지."

나는 내가 아이일까 어른일까 하는 생각으로 비실비실 웃었다.

기껏 완구점 앞에서 성당 앞까지를 오르락내리락 했을 뿐, 어른들의 고장엔 생소한 대로 얼마나 성숙한 오뇌와 환희를 경험한 것일까.

"아이들이 잘생겼던데요."

어제도 그 소리를 한 것 같지만 또 해주었다.

"꼭 저희 아범을 빼닮았어."

어제도 그와 똑같은 소리를 들은 것 같다.

"아버진…… 걔들 아버진 어디 있나요?"

"흥."

"왜 돌아가셨나요?"

"죽긴, 두 눈이 시퍼렇게 살아 있단다."

"그럼 같이 지내고 있어요?"

"어머머 망측해라. 얘는 사람을 뭘루 알아, 내가 아무리 그렇게 지독한 화냥년인 줄 아니? 서방을 두구 샛서방을, 그것도 검둥이 흰 둥이 막 붙어먹는……."

그녀는 끔찍하다는 듯이 소름끼치는 시늉까지 했다.

"그럼 애들 아빠는 군인이라도 나갔나요?"

"얘는 점점 더 지독한 소리를 하네. 내가 그래 남편을 전쟁 통에 내보내놓고 그새를 못 참아 샛서방을……."

"아…… 알았어요."

그녀가 똑같은 사설을 되풀이하려 들기에 나는 황급히 가로막 았다.

"뭘 알아? 응 네가 알긴 뭘 알아. 내 기막힌 사정을 네가 어떻게 알아?"

나는 정말이지 그녀의 그 기막힌 사정을 알고 싶지가 않아서 다 먹은 도시락통을 싸서 가방에 넣고 양치질을 하며 그녀를 모른 척 했다.

"얘는 얘기를 하다 말고 가려고만 하면 어떻게 해. 다 듣고 가 야지."

"괜찮아요."

"뭐가 괜찮아? 넌 괜찮아도 난 안 괜찮은걸."

"글쎄 괜찮대두요."

"네가 날 그렇게 화냥년으로만 아는 걸 내가 참을 수 있겠니?"

"그럼 뭘로 알아주길 바라죠?"

나는 정색을 하고 좀 깐깐하게 따졌다.

"저것 봐. 꼭 날 화냥년으로 알았지. 나처럼 불쌍한 년도 없단다."

"간단히 말하세요. 우리 매장이 비었어요."

"그래 그래. 내 점심시간도 십 분밖엔 안 남았을 거야. 애아범이 날 속였지 뭐니? 총각이라구. 멀쩡하게 처자식이 있는 놈이……."

"그래서요?"

"어쩌겠니? 내가 물러났지 뭐."

"왜요?"

"왜라니? 첩 노릇을 하겠니, 남의 남편을 아주 빼앗겠니? 내가 물러나는 게 제일 깨끗하고 도리에 합당하지."

아니꼽게도 그녀의 체념에는 도덕적인 만족이 있다.

"언닌 화냥년만도 훨씬 못하군요."

나는 그녀의 대답을 기다릴 것도 없이 휴게실을 빠져나왔다. 그렇다고 내가 정말 그렇게 생각하고 있는 건 아니었다. 나는 다만 그녀를 모멸할 욕설이 필요했을 뿐이었다.

나는 내 자리로 와서도 맛있게 먹은 점심이 그녀 때문에 메스껍게 올라올 것 같았다. 지금의 나에게 메스꺼운 건 그녀뿐만 아니라, 온갖 도덕적인 것이 포함되어 있었다.

나는 여태껏 옥희도 씨를 사랑하는 일과 그의 부인과를 결부시켜 민망하게 생각한 적은 한 번도 없었다. 심지어 그녀를 미워할 수조차 없었으니까.

그럴 수 없었던 것은 전쟁 때문이었다. 전쟁이 모든 것을 종결지어 주리라는 광신 때문에 그런 일이 조금도 대수로운 일일 수가 없었다.

그러나 지금은 달랐다. 나는 전쟁을 기다리거나 바라지 않아도 되는 것이다. 나도 여느 사람들처럼 전쟁을 조금쯤 두려워하며, 전쟁으로부터 자기의 행복을 지키기 위해 용감해질 수도 있어야겠다.

나는 옥희도 씨와 더불어 좀 더 긴 사랑을 설계하고 싶었다. 목이 긴 여자로부터 그를 빼앗아 나에게 몰두시키고 싶었다. 그런데 느닷없이 윤리 도덕 따위에 훼방을 당할 수는 없는 것이다. 나는 혼신의 힘으로 온갖 도덕적인 것을 배척해야만 하는 것이다.

"쌍년, 갈보년이 구구로 갈보년인 척이나 할 것이지."

나는 한동안을 그녀에게 필요 이상의 화를 내고 있었다. 그러고 보니 나는 갈보에다 구두쇠인 파렴치한 그녀가 가장 마음에 들었다. 그녀가 어머니란 것도 아니꼽지만, 생각해 보면 짐승도 어머니는 될 수 있을 테니 어머니가 뭐 그리 자랑스러울까 보냐고 깔봐줄 수도 있는데, 도덕적인 체하는 것만은 참을 수 없었다.

"언니, 우리 매장(賣場) 좀 부탁."

미숙이 도시락통을 번쩍 들어 보이고는 어린애처럼 경쾌하게 계단을 뛰어 올라갔다.

점심을 마치고 들어온 돈씨가 성냥개비를 갈라 이를 후볐다.

"인석아 아니꼽다. 갈비라도 뜯은 시늉하지 마."

"말도 마, 벌레 먹은 이에 생강 조각이 꼈는지 냄새가 고약하다."

"물배라도 채우려고 김치를 냅다 쓸어 넣은 모양이로구나. 짜아식, 공거라면 쓰고 단 것도 모르니, 쯧쯧."

"아닌 게 아니라 남자들에게도 휴게실이나 하나 만들어줬으면 밥을 두둑이 싸다가 먹을 텐데…… 우동 한 그릇 가지고야 간에 기별이나 가야지."

"고만해 둬라, 인석아. 난 우동도 걸렀는데 네 녀석이 먹는 타령을 하니 뱃속의 회가 동하는구나."

"먹어라 먹어. 먹는 것 애낀다고 돈 모아보겠니. 언제 죽을지 모르는 세상에 먹구나 보자."

"요새 마누라가 골골해서 사는 게 말씀이 아니다."

"그거 안됐구나. 없는 백성은 몸이나 성해야 하는데, 병원에나 가봤니?"

돈씨가 정색을 하며 근심스러운 얼굴이 된다. 김씨가 대답 없이 아까 비벼 끈 꽁초에 불을 붙이려니까 진씨가 얼른 담배를 갑째로 던져준다. 마누라의 병으로 금방 동정을 받는 게 당장은 좀 우습다.

김씨가 담배를 한 개비만 꺼내고 나서 다시 진씨에게 던져주니 자기도 한 개비 붙여 물고는,

"옥씨는 웬일인가요? 그이도 마나님이 병이라도 난 게 아닌가……."

"그림 좀 빨리 그리셔야겠어요. 밀린 게 너무 많아 큰일 났어요."

나는 그들의 화제를 중단시켰다.

"옥 선생님은 그림을 그리고 계시니까 염려들 마세요."

"뭐? 집에서 그림을 그리다니? 뭔 그림을?"

"그분이 화가거든요. 알 만한 사람은 다 알아주는 진짜 화가예요."

"우리도 대강은 알고 있었어. 이런 데서 썩을 이가 아니란 걸. 근데 무슨 큰 수지맞을 그림이라도 부탁받았나?"

"그렇겠지. 모르긴 해도 몇백만 원씩 가는 그림도 있다던데."

"서울에 웬 돈 있는 사람이 있어서 그런 그림을 맡았을까?"

"우리 그림이 급하대두요. 빨리 좀 시작하세요."

나는 짜증을 내고는 밀린 그림들을 대충 챙겨보고 창가로 가서 휘장을 밀었다.

을씨년스러운 보도와 총총히 지나가는 행인, 벌거벗은 가로수의 보기 싫은 몸뚱이, 나는 어쩔 수 없이 또 그가 그린 고목(枯木)을 생각했다.

그 그림을 처음 보았을 때의 섬뜩한 느낌이 생생하게 되살아났다.

그가 아득하게 느껴진다. 외로움이 오한처럼 엄습했다.

"언니두 우리 매장 좀 봐달랬더니."

미숙이 눈을 곱게 흘겼다.

"미안, 미안."

그러나 그녀도 자기 매장으로 가지 않고 내 옆에 섰다. 성질이 깔끔한 그녀가 유리창에 입김을 불어넣고 닦아내니 좀 시야가 맑아졌다.

카랑하게 맑은 하늘과 회색빛 낡은 건물들, 바로 앞이 미8군의 버스 정류장이라, 한 떼의 지 아이들이 방한복에 양손을 찌르고 버스를 기다리는지 사람을 기다리는지 우뚝우뚝 서 있는데 누렇게 윤기 나는 버스가 같은 빛깔의 지 아이들을 한 무더기 토해 놓고, 그만큼 싣고 미끄러지듯이 떠나갔다.

다시 똑같은 풍경이 계속됐다.

가끔 쇼리들이 미군들에게 물건을 팔려는지 구걸을 하려는지 팔에 대롱대롱 매달렸다간 욕설을 듣고 물러나기도 하지만 조금도 민망하거나 측은하지 않다. PX 앞에서 온종일 일어나는 시들한 일인 것이다.

우린 어떠한 변모도 기대할 수 없는 풍경 앞에 망연히 서 있었다. 나는 나도 모르게 압축된 호흡을 토하듯이 내뱉었다.

쇼리들이 한두 명씩 모여들더니 유리창에 다닥다닥 매달렸다. 어떤 녀석은 손으로 이상한 시늉을 하며 우리를 놀려댔다.

우리는 우리[柵] 속에 갇힌 원숭이인 것이다. 유쾌한 구경꾼들이 자꾸만 몰려들었다. 우리는 그들을 위해 아무런 재주도 부릴 줄 모르는 무능한 원숭이일 뿐, 우리의 절망이 그들에게 미칠 리 없고 또한 그들의 애환이 우리에게 생소하다. 우리는 휘장을 밀었다.

16

나는 대문을 연 어머니의 손을 잡지 않았다. 나는 혼자 어두운 중문과 중정을 지났다.

어머니는 어젯밤의 딸의 행방을 궁금해하는 눈치가 조금도 없었다. 나도 어머니의 지난밤에 무관심하기로 했다. 어머니는 이미 나에게 무관심이 어떤 형태의 증오보다도 가혹할 수 있다는 걸 가르쳐주었고, 나는 그녀를 그런 무관심한 동거인으로 대하리라 마음먹었다.

어머니는 나에게 김칫국조차 생략한 김치뿐인 밥상을 갖다놓고는 미리 깔아놓은 자리에 눕고 말았다.

"먼저 잡수셨어요?"

"아니 몸이 좀 아파서."

어머니는 요 밑에 넣어놓은 밥그릇을 힘없이 밀어내며 시들하게 말했다.

색이 바랜 연두 양단 이불 위에 힘없이 얹힌 까실한 손에, 정맥만이 딴 생명체처럼 비대하게 솟아 보였다.

나는 어머니의 손을 만져보았다. 따끈따끈했다. 머리를 짚었다. 꽤 높은 신열이 있다고 짐작되었다. 관자놀이가 빠르게 뛰고 있는 게 보였다.

"열이 있군요. 어디가 어떻게 편찮으세요?"

"감기겠지 뭐."

그녀는 귀찮은 남의 일처럼 말하고 돌아눕고 말았다.

허술하게 풀린 쪽에서 흑각(黑角) 비녀가 흘러내려 낡은 베개 모서리에 비스듬히 걸려 있고, 부스스하게 일어선 회색 머리 속에 실제의 머리통이 너무 작아 애처로웠다.

나는 식사를 끝마친 후에도 한동안을 어머니 옆에 멍하니 앉아 어머니가 높은 신열을 지녔다는 게 믿기지 않는 심정이었다. 다시 머리를 짚었다. 어머니는 귀찮은 듯이 낯을 찡그리며 바로 눕더니,

"상 게 놔두고, 가 자거라."

어머니는 그 짧은 소리를 마치 기차가 가파른 언덕을 오르듯이 띄엄띄엄 헐떡이며 말했다. 말을 마친 후에도 어머니의 가슴은 두꺼운 솜이불을 크게 파도치게 할 만큼 높이 헐떡이고 있었다.

어머니의 초췌한 얼굴은 마치 코만 있는 듯, 코의 양쪽 콧방울을 무섭게 벌름대며 고통스러운 호흡을 유난히 빠르게 되풀이하고 있었다.

나는 상을 들고 나와 대강 설음질을 했다. 어머니의 괴로운 기침 소리와, 목구멍에서 글컹대는 소리가 부엌에까지 들렸다.

나는 곧장 건넌방에 가 누웠다. 기침 소리는 자꾸 반복되었다. 늘 귀에 익은 목기(木器)를 두드리는 것 같은 공허한 소리가 아닌 탁하고도 고통스러운 울림이었다.

나는 도저히 그 기침 소리를 들으면서 잠들 수가 없었다. 기침 소리 사이사이에 그르렁그르렁 가래 끓는 소리까지도 육간대청을 사이에 둔 건넌방에 잡힐 듯이 들렸다. 그뿐, 앓는 소리라든가 헛소리라든가 그런 건 통 들리지 않았다.

나는 숨을 죽이고 어머니가 나를 부르기를 기다렸다. 하다못해 물을 달라든가 고통을 호소한다거나 하기 위해 딸을 부름 직했다.

그러나 육성이라고는 아이고 소리 하나 들리지 않았다.

나는 기다리다 못해 부엌으로 나와 보리차를 준비해다가 화로 위에 얹고 거리로 나왔다. 약방은 꽤 멀리 있었다. 막 빈지를 닫으려는 시간이었다. 약방 주인이 나이 지긋한 남자여서 마음이 좀 놓였다.

"약을 좀 지어주세요. 감기약을……."

"감기도 여러 가진데 증세가 어떤가요?"

"열이 심하고, 아주 심해요. 아마 사십 도쯤, 어쩌면 더 될지도 몰라요."

"그리고?"

약사가 빙긋이 웃었다.

"기침도 꽤 하고 숨이 차 보이구 목구멍에서 이상하게 그르렁 소리가 나구요."

"호, 그리고?"

"그리고, 가슴이 이만큼씩 솟았다 내렸다 할 만큼 숨이 차고 코가 무섭게 벌름대고."

"호, 그리고?"

빙긋빙긋 웃고만 있던 약사가 비로소 정색을 하며 내 이야기를 귀담아듣는 눈치였다.

"그것뿐이에요. 그런 증세가 다 심해요. 기침 소리만 들어도 목구멍이 얼마나 아플까 싶게 갈라지는 소리를 내요."

나는 눈살을 찌푸리고 호소하듯이 그에게 말했다.

"애기가 몇 살인데요."

"애기라니요? 노인인데요. 저희 어머닌걸요."

"그래요? 연세가 어떻게 되셨는데요?"

"쉰다섯이세요."

"다행이군요."

"뭐가요?"

"십중팔구는 폐렴 같은데, 나이가 너무 어리다든가 너무 노쇠한 분은 좀 어렵거든요. 쉰다섯이면 한창이시니까⋯⋯."

"어쩌나. 그렇지도 않아요. 실제로는 예순쯤⋯⋯ 아녜요. 일흔쯤. 그 기력밖에 없을걸요."

그가 또 빙긋이 웃었다. 그리고 약을 조제하기 시작했다. 캅셀에 든 약과 노르께한 분말을 따로따로 주며 분말은 식후에, 캅셀은 네 시간에 두 개씩 꼭 시간을 맞추어 복용시키며 경과를 관찰하라고 친절히 일러줬다.

나는 그 약을 받아가지고 집으로 달음질쳤다. 화로에서는 보리차가 뚜껑을 들썩대며 끓고 있었다. 어머니는 여전히 목구멍에서 높은 소리를 내며 반듯이 누워 있었다. 입술이 고열로 까맣게 타보였다. 나는 보리차를 호호 식히며 어머니를 흔들었다.

"약 좀 잡수세요. 네? 약 좀."

"약은 무슨⋯⋯."

어머니는 의외로 의식이 분명했다. 나는 막연히 어머니가 의식 불명인 것으로 생각하고 있었으므로 흠칫 놀랐다. 다시 한번 그녀가 '어쩌다가 계집애만 남겨놓으셨노.' 하며 부연 눈에 짙은 원망이 담길 것 같아 덜컥 겁까지 났다. 그러나 어머니의 눈은 높은 신열로 몽롱하게 충혈되었을 뿐 별 딴 뜻은 지녀오지 않았다.

나는 어머니의 상반신을 일으켜 캅셀을 권했다. 그녀는 순순히 입을 벌려 두 개의 약을 꼴깍 삼키고는 나를 뿌리치고 덜컥 누우며,

"가 자렴. 무슨 복에 죽을병이 들겠니?"

입가에 까닭 모를 미소까지 희미하게 떠올렸다.

나는 꾸벅 졸다가도 깜빡 깨면서 어머니의 병상을 초조하게 지

컸다. 빨리 시간이 가서 약이 몸속에서 녹아 여러 기관으로 흐르고 또 약 먹을 시간이 오기를 바랐다.

어디 그런 기운이 숨어 있나 싶을 정도로 어머니의 가슴은 지칠 줄 모르게 높이 솟았다 내렸다를 되풀이하고 있었다.

"아유 가슴이야."

그녀의 마른 나뭇가지 같은 손이 자기 가슴을 쥐어뜯으며 처음으로 고통을 호소해 왔다.

"어디가요?"

나는 황급히 되물으며 그녀의 가슴을 헤쳤다. 나는 가슴 어디에 종기나 상처 같은 것을 생각했는데 그런 흔적은 통 없었다.

담벼락같이 달라붙은 가슴 양쪽에 까만 젖꼭지가 매달려 있을 뿐, 늑골을 셀 수도 있을 만큼 피골이 상접한 가슴은 섬뜩하도록 처참한 느낌이었다. 생명이 깃들여 있을 것 같지도 않은 수척한 육신이 그러나 높은 신열로 타고 있었다.

이 삭정이 같은 육신 어드메에 이 뜨거운 열원(熱源)이 있는 것일까? 그리고 이 노한 파도 같은 격렬한 운동원은 어디 있는 것일까?

나는 헤쳤던 내의를 여며놓고 세 시간밖에 안 지났는데도 또 두 개의 캡셀을 어머니에게 권했다.

그녀는 귀찮다는 듯이 몸을 뒤틀더니 눈살을 찡그리고 드러누운 채 입만 약간 벌렸다. 나는 약을 하얗게 백태가 낀 혀 저쪽으로 밀어 넣고 물을 퍼부었다. 이상한 소리를 내며 물만 넘어가고 캡셀은 그대로 남아 뒹구는데 어머니는 다시 심한 기침의 발작을 일으켰다. 나는 약도 뱉게 할 겸 기침의 고통도 덜 겸 상반신을 일으키고 등을 토닥거렸다. 어머니는 기침으로 상기한 안면을 이상한 모양으로 일그러뜨리고 헛손질로 무언가를 찾았다. 얼떨결에 들이댄 사기 대접에 적갈색의 가래와 노란 약이 멍클멍클 얽혀 있었다.

나는 재빨리 세 번째 캅셀을 꺼내고 몽롱하게 누워 있는 어머니를 뒤로부터 일으키며, 먼저 보리차 물을 한 숟갈 떠 넣었다. 그녀는 맛있게 받아 마시고는 좀 더 달라는 시늉까지 했다. 나는 컵에다 보리차를 따라놓고 그녀의 입에다는 캅셀을 쳐넣었다.

그녀는 완강하게 머리를 흔들어 약을 뱉어버리고는 헛소리처럼 "물, 물." 했다.

나는 할 수 없이 컵을 들이댔다. 그녀는 몇 모금 마시더니 내 팔에서 요 위로 미끄러져 떨어졌다.

나는 끝내 어머니에게 약을 먹일 수 없었기 때문에 더욱 그 갸름한 베개같이 생긴 캅셀이 신통력을 지닌 영약같이 생각되었다. 어떡하든 그 약을 어머니의 내부에 밀어 넣을 수만 있다면 단박에 모든 것이 거짓말같이 좋아질 것 같았다.

그렇지. 주사라는 게 있지. 왜 진작 병원을 찾지 않고 알량한 양약방 따위를 찾았던고 하는 뉘우침으로 미칠 것 같았다.

나는 탁상시계의 초침이 너무 늦게 선회하는 게 견딜 수 없어 일어서서 안방을 어지럽도록 맴돌았다.

그뿐, 실상은 그녀를 위해 아무것도 할 수 없는 채 좀처럼 창이 밝아오질 않았다.

나는 어머니가 아주 나쁜 상태라는 걸 막연히 알았다. 아버지나 오빠들의 죽음을 보았지만 그 죽음들은 슬픔이나 놀라움을 준비할 새도 없이 일순에 기습해 왔다.

등잔에 기름이 다하듯이 사람의 생명이 차츰 다해 가는 모습을 혼자서 보기는 처음이었다. 혼자서라니.

나는 여태껏 이 흉흉한 고가에서 혼자 살아왔다고 생각했는데 이제 생각하니 그래도 어머니와 같이 살아온 것 같다. 이제야말로 혼자인 것이다. 아주 혼자라니.

나는 어머니의 가래 끓는 소리와 헐떡이는 숨결과 혼자라는 생각에서 도망치듯이 건넌방으로 오고 말았다. 이불을 썼다. 그러곤 어린애처럼 빨리 깊은 잠에 빠지고 말았다.

눈을 떴을 때는 거짓말처럼 환한 아침이었다.

어머니의 용태는 밤과 조금도 다름이 없었다. 그러나 나는 단잠을 잤기 때문인지 맑은 아침이기 때문인지 새로운 용기가 솟았다. 어머니의 병이 보통 심한 감기 정도로 여겨지기도 했다. 주사만 맞을 수 있다면 금세 나을 수 있을 것 같았다. 나는 거리로 나왔다. 좀처럼 병원 간판이 눈에 안 띄었다. 거의 안국동까지 왔다.

의사들은 모조리 군의관 아니면 부자인 것이다. 서울 같은 어중간한 곳에 있을 양반들이 아닌 모양이었다.

나는 좀 짜증이 났지만 아주 실망하지는 않았다. 설마 서울에 의사가 없을라구. 그렇지만 왕진이니 좀 가까운 곳에서 병원을 찾고 싶었다.

무심히 들여다본 좁은 골목에서 어제의 양약방보다 더 초라한 병원 간판을 하나 발견했다.

소아과였지만 의사는 늙고 믿음직했다. 나는 어젯밤 양약방에서 하듯이 어머니의 용태를 자세히 설명하고 의사는 간호원도 없이 혼자 왕진 준비를 했다.

나는 그의 왕진 가방을 들고 앞섰다. 생각보다 가방이 무거운 게 믿음직했다.

어머니는 의사의 손길을 아는지 모르는지 깊은 혼미 상태 속에서 여전히 높은 신열로 타고 있었다.

의사는 어머니를 가슴에서 등으로 청진기도 대보고 두드려도 보고 눈꺼풀도 까보았다. 그동안 나는 마른 침을 삼키며 그의 눈치만 살폈다.

진찰을 끝마치고도 의사는 묵묵히 어머니의 앙상한 궁둥이에 주
사를 꽂았다. 나는 댓돌에 놓인 그의 구두를 솔로 문지르는 척하며,

"선생님, 저의 어머니 상태는 어떤가요? 곧 나을 수 있을까요?"

하고 간신히 물었다.

"지금 뭐라고 말할 수는 없지만 상당히 위독한 상탠걸."

"선생님, 저희 어머닐 살려주세요."

"가족은 학생뿐인가?"

"네. 오빠들이 있지만 다 군인 나갔어요."

나는 거짓말로 그 의사의 동정을 사려 했다.

"거 안됐군. 내 최선을 다하리다. 주사를 네 시간 간격으로 놔야
겠는데."

"어떡하죠?"

"내가 네 시간마다 오기로 하지. 용태의 변화도 관찰할 겸."

"선생님, 정말 고맙습니다."

"방을 따뜻하게 하고 공기가 건조하지 않게 물수건 같은 걸 널어
놓도록 하지. 보리차 정도는 찾으면 얼마든지 드려도 좋고."

의사는 네 시간마다 어김없이 와서 주사를 놓고 갔으나 어머니
는 그대로였다. 그렇다고 더 나빠지고 있는 것 같지는 않은 게 다행
이었다.

"밤에도 와주실 건가요?"

밤 열 시, 네 번째로 왕진 온 의사에게 나는 우선 그것부터 물었
다. 그는 다시 면밀히 어머니를 진찰하고는 묵묵히 마루 끝까지 나
와서야 혼잣말처럼 중얼거렸다.

"나로선 최선을 다했는데……."

"네? 어머니는 나아가고 있는 게 아닌가요?"

"오늘 밤이 고비가 될 것 같은데……."

그는 무척 나를 측은해하는 눈치였다.

"도와주세요."

나는 그의 묵직한 왕진 가방을 부여잡았다. 그 가방이 마치 기적을 만드는 요술 주머니같이 생각되었다.

"의술로써 할 최선을 다했소. 이제 환자의 살려는 의지가 앞으로의 경과를 좌우하게 될지도 모르지."

살려는 의지, 나는 슬그머니 그의 가방을 놓았다.

"학생, 낙심하지 말아요. 거듭 말하지만 최선을 다했으니 우리같이 환자의 의지를 믿읍시다. 오늘 밤이야 별일 없을 테니 너무 근심하지 말고."

의사의 말대로 어머니는 밤새 별일 없었다. 새벽녘이 되자 숨결과 목구멍의 가래 끓는 소리까지 많이 가라앉았다.

즐거운 꿈이라도 꾸는지 얼굴에 희미하게 미소까지 어렸다.

헛소리처럼 웅얼거리는 말 속에 가끔 여보라든가, 욱아, 혁아라든가 하는 낱말을 골라 들을 수 있었다.

그런 그녀의 표정은 그녀가 아주 즐겁던 날의 표정을 닮아가고 있었다. 그녀는 지금 꿈속에서 고인들과 더불어 있는 것일까.

어쩌면 그녀는 회복돼 가고 있는 것도 같았다.

나는 문득 어머니가 회복돼 가고 있다는 게 두려웠다. 그녀는 지금 행복한데, 깨어날 것이, 그녀의 정신과 육체가 유명을 달리할 것이 두려웠다.

의사의 말은 틀린 것일까? 그녀는 분명 살려는 의지 없이도 회복돼 가고 있고, 나는 죽음보다도 더 살려는 의지 없는 삶이 두려웠다.

나는 어머니의 헛소리를 피해 건넌방으로 왔다. 그리고 환자가 회복되고 있다는 사실로 한꺼번에 피로가 덮쳐왔다.

창밖에서는 날이 밝아오는데 꿈같은 단잠이 늪처럼 나를 빨아들였다.

깨어났을 때가 몇 시쯤인지 짐작이 안 되는 채로 나는 막연히 한낮이거니 했다.

환자를 위해 미음이라도 끓일까 보다 하고 부엌으로 내려가다가 마루에서 휘청 하고 주저앉았다. 일신이 찌뿌드드했다.

"이번엔 내가 앓아누우려나."

나는 어머니의 간호를 받는 내가 좀처럼 상상이 안 돼, 쓴웃음을 짓고 말았다.

안방의 어머니는 너무 조용했다. 나는 조심스럽게 이마를 짚다 말고 오싹하는 전율을 느꼈다. 너무도 찼다. 불길한 어떤 예감으로 황급히 가슴을 헤치고 심장께를 더듬었다. 심장이 미미하게 뛰는 것도 같고 어쩌면 벌써 멎어버린 것도 같았다.

나는 대문을 박차고 거리로 뛰어나와 병원을 향해 달음질치려 했으나 마음뿐 하반신이 자꾸 후들거려 좀처럼 앞으로 가질 않고 현기증조차 느꼈다.

비실비실 겨우 계동 어귀를 빠져나올 때였다.

"에구 세상에, 여기서 경아 학생을 만날 줄이야."

태수 형수였다. 나는 그대로 지나치려 했다.

"에그, 나 좀 봐요. 히히히, 지금 막 경아 학생네를 찾아가는 길이라우."

"왜요?"

"왜라니? 혼사 매듭을 지을랴구 그러지. 도련님은 뭐 급하냐고 한사코 안 가르쳐주는 걸 내가 억지로 졸라서 겨우 이 근처라는 걸 알구 찾아 나서기는 나섰는데, 못 찾으면 어쩌나 겁도 나드니 요렇게 쉽게 학생을 만날 줄이야. 히히히."

그녀는 어이없이 뻐드러진 이를 드러내고 키들댔다. 내가 부끄럼이라도 타고 있다고 생각하는 모양이다.

투박한 검정 외투 밑으로 다홍 뉴똥 치마가 흐드르하게 늘어진 게 더할 나위 없이 촌스러우면서도, 친근감이 가는 소박함이 있었다.

나는 별안간 지금의 나에게 의사보다도 그녀가 더 필요하다고 느꼈다. 아무런 까닭도 없는 직감이었다.

"도와주세요."

나는 그녀의 거칠고도 큰 손을 덥석 잡았다.

"뭘 말이우?"

그녀는 그 언젠가처럼 거친 손바닥으로 내 손등을 대견한 듯이 쓸면서 물었다. 거칠지만 추운 날씨인데도 따뜻한 체온을 잃지 않은 손이 미더웠다.

"같이 가요. 사람이 죽어가고 있어요. 저희 어머니가요."

"뭐? 뭐라구?"

"도와주세요."

그녀와 나는 손을 잡은 채 경정경정 뛰었다. 그녀에게 이끌리어 내 발에도 힘이 생겼다.

그녀는 뛰면서도 잠시도 입을 다물지 않고 나에게 여러 가지를 다그쳐 묻는 모양인데 나는 통 귀담아듣지 않고 적당히 고개를 가로로 저었다 세로로 저었다 할 뿐이었다.

밖에서 뛰어든 때문일까. 대낮의 안방이 동굴처럼 침침했다. 나는 한구석에 비켜서서 눈만 씀벅댔다.

그녀는 주저 없이 어머니에게로 다가가 처음에는,

"사돈어른, 사돈어른, 정신 좀 차리세요, 네? 사돈어른."

하고 귓전에다 대고 악을 썼다.

그녀의 '사돈어른'이란 기발한 호칭으로 나는 며칠째의 긴박감이 확 풀리며 미소까지 떠오를 뻔했다.

어머니가 대답이 없자 그녀는 의사보다도 능숙하게 맥을 짚고 가슴을 헤치고 자기 귀를 갖다 심장 근처에 대보고 나서 눈꺼풀을 뒤집어보더니 엄숙하게 선언했다.

"임종이야."

머리끝까지 홑이불이 씌어졌다.

"내가 한 발 늦었어."

진작 와서 임종을 지킬 걸 늦었다는 소리인지, 자기가 어머니를 살릴 수 있었는데 늦었다는 소리인지 분명치 않았으나 그녀는 그 소리를 '임종이야.' 하는 소리만큼이나 엄숙하게 말했다.

나는 그녀에게 민망하도록 슬프지 않았다.

어머니는 눈치 보이고 거북한 딸네 집에서 마음 편한 아들네 집으로 홀홀히 가버린 것이다. 그뿐인 것이다. 나는 다만 좀 피곤했다. 그뿐이었다.

태수의 형수는 마치 이런 궂은일을 위해서 태어난 사람처럼 능숙하고 또 신이 나서 '사돈어른'의 장사를 도맡았다.

촌스러운 다홍치마를 홀떡 벗어놓고 스스럼없이 어머니의 회색 치마로 갈아입은 그녀는 안팎일을 분주하고 신속하게 처리해 나갔다.

나는 망연히 방관만 하며 작고 큰 돈의 쓰임새만 관리하다가 그것도 아예 그녀에게 맡기고 말았다.

부산 큰댁에 전보도 치고 환쟁이들에게도, 태수에게도 부음이 갔다.

서울에 남아 있는 친척——대개는 노인들——에게도 기별이 가 일흔이 넘는 대고모 할머니가 제일 먼저 오시고 밤부터는 환쟁이들까지 모여들었다.

빈소가 마련되고 부엌에서는 크고 작은 솥에서 국이 끓고 항아리에는 부연 막걸리가 그득그득 부어졌다.

동회에서도 몇몇 사람들이 밤샘을 하겠다고 오고 낯선 남자들이 오래 비워둔 사랑방에서 노름판을 벌였다.

집 안이 온통 구수한 냄새와 사람들의 높은 담소 소리로 생기에 넘쳤다.

나는 어머니의 죽음 직후의 이런 생기가 아직은 생소해서, 생기와는 인연이 먼 북창 밖의 나무들을 바라보며 축축한 무상함에 젖었다.

'어머니는 기어이 오빠들 곁으로 가버렸구나.'

어머니가 생전에 조금도 생에 집착한 바 없기 때문일까. 어머니의 사후에도 별로 그 흔적이 없었다. 고인을 생각나게 하는, 고인이 아끼던 물건이라든가 고인이 하다 만 일 따위가 조금도 안 남은 상가에서 고인이 한 번도 본 적이 없는 '사돈댁'이 부산하게 설쳤다.

어머니는 아직 어머니가 인지(認知)한 적이 없는 '사돈댁'에 의해서 '사돈어른'이란 호칭으로 자주 불리고 이야기되고 있었으나 물론 그것이 어머니의 생전의 참모습일 리 만무하다.

대고모 할머니도 어떻게 되는 사돈 간인가 묻기 전에 우선 부르기 편한 그녀를 '사돈댁'이라 부르고 차차 사랑의 술꾼들도, '사돈댁, 여기 막걸리 좀. 사돈댁, 여기 찌개 좀.' 하게끔 되었다.

나도 무심코 '사돈댁' 하기가 일쑤였다. 마치 어머니가 전에 부리던 부엌 여인을 '상주댁' 하고 부르듯이 그렇게 부른 셈인데 그녀는 질겁을 하며 굳이 형님이라고 부르란다.

"에그 망측해라. 누가 들으면 어쩔라고……. 나한테는 형님이라고 하는 거라우. 알아들었수? 쯧쯧 그저 한 발자국만 내가 일렀어도 사돈어른이 유한 없이 돌아가게 해드리는 건데. 다 큰 딸을 여의지도 못하고 눈을 감는 사돈어른 심사가 어땠을꼬."

그녀는 훌쩍이며 어머니의 부연 치맛자락에 눈물인지 콧물인지를 닦았다. 또 가끔, 상가에서 곡성이 안 나면 남이 흉본다면서 아이고 아이고 구성지게 곡까지 했다. 그녀의 곡성은 기름지고도 구슬퍼서 옆의 사람까지도 저절로 눈물이 솟게 했다.

나도 그런 그녀의 선창으로 몇 번 눈시울을 적셨지만 순전히 그녀의 곡의 효과이지 어머니의 죽음과는 무관한 눈물이었다.

장사 준비는 빈틈없이 진행되었다. 어머니는 큰댁에서 보내온 생활비와 내가 벌어온 돈으로 쌀을 사는 것 외에는 거의 안 썼기 때문에 큰댁에서 목돈이 오기를 기다릴 것도 없이 풍족하게 여러 일을 치를 수 있는 모양이었다.

다만 내일이 삼 일째인데도 삼일장으로 할 것인가 오일장으로 할 것인가를 결정짓지 못하고 있었다. 부산서 아직 아무도 상경하지 않았기 때문이었다.

준비는 삼일장을 전제로 진행 중이었으므로 모두 대문만 바라보고 있었다.

옥희도 씨가 부인을 앞세우고 들어왔다. 다른 환쟁이들은 어제부터 사랑에서 제일 떠들썩한 조객 노릇을 하고 있는데 그에겐 부음이 늦게 간 모양이었다.

나는 아주 서투른 상제였지만 옥희도 씨 부부의 조상(弔喪)도 아주 서툴렀다. 특히 그녀는 아무 말도 못하고 입만 쫑긋대다가 맑은 눈이 젖어갔다.

검정 세루 두루마기 밑으로 검정 치마가 엿보이는 검은 차림의 그녀는 차라리 나보다 더 창백했다. 그러나 물론 태수의 형수처럼 곡을 하는 일은 없이 눈물어린 눈을 천장께로 돌리고 두루마기와 같은 천의 숄을 벗었다.

흰 동정과 우아한 목이 드러났다. 나는 그녀에게 몸을 던졌다. 그리고 처음으로 서럽게 서럽게 호곡했다.

"어쩌다가 이런 일을……."

그녀도 흐느끼며 겨우 한마디 했다. 나는 한동안 세찬 호곡을 가라앉히면서 띄엄띄엄,

"저 때문이었어요. 저 때문이란 말예요. 그때 있잖아요? 제가 아주머니 댁에서 자고 온 날 어머니는 밤새, 저 골목 밖에서 떨면서 저를 기다리셨대요. 노인네가 그 추운 밤에 그래서 그만 급성 폐렴이 돼서 그만 그만……."

나는 다시 울음을 이었다.

"그랬군요. 어쩌면, 그랬군요."

그녀가 내 등을 어루만졌다. 그녀는 딴 아무 말도 안 했지만 그녀의 부드러운 손길로 나는 충분히 위로받고 있었다.

"그랬구만, 쯧쯧."

사돈댁이 또 한번 울먹한 소리를 하며 치마끈으로 눈물을 찍어내는 눈치였다.

나의 한마디로 어머니의 죽음에 생판 새로운 뜻이 주어지고 안방에 모여 앉은 여자 조객들은 숙연한 채 한동안 말들을 잊고 있었다.

나의 호곡은 제풀에 훌쩍임으로 변하고 마침내 멎었다.

그리고 어머니의 죽음이 나 때문이라는 생각에서도 차츰 꿈에서 깨듯이 깨어났다.

나는 그런 엉뚱한 생각 때문에 호곡을 했는지 호곡을 하고 싶어 그런 엉뚱한 생각을 꾸몄는지 모를 일이었다.

아무튼 늦게나마 다행으로 그 생각에서 완전히 깼다. 그리고 적잖이 당혹했다. 어쩌자고 나는 또다시 또 하나의 죽음의 핑계가 되

려는 것일까?

그럴 수는 없었다. 또다시 그럴 수는 없었다.

나는 목이 긴 여자의 우아한 어깨에서 잠깐 슬픈 꿈을 꾸고 싶었을 뿐인데. 슬프고도 좀 아름다운, 그러나 어리석은 꿈을 꾼 것뿐인데.

나는 와락 내 꿈에, 또 내 꿈꾸는 버릇에 혐오감을 느꼈다. 그것은 내가 어머니 생전에 어머니에게 품은 혐오감과도 비슷했다.

내가 어머니를 기피하고 미워한 만큼 앞으로의 나는 내 꿈을 기피하고 혐오할 것 같았다.

나는 옥희도 씨 부인을 쌀쌀하게 밀었다. 그리고 주위의 사람들이 깜짝 놀라게 코웃음을 쳤다.

"흥, 후후후. 제가 지금 한 말 곧이들었어요? 거짓말이에요. 순전히 제가 꾸며낸 새빨간 거짓말이에요. 어머니가 돌아가신 건 저하고는 아무 상관도 없어요."

"그럼 그럼. 상관없고말고……."

그녀가 아까보다 더 측은하게 가라앉은 소리로 다시 울먹한 표정이 됐다.

"우리 어머닌 실상 저 같은 건 상관도 안 하려 드셨어요. 나 같은 걸 기다릴 게 뭐예요? 후후후……."

"알았으니 그만해 둬. 아무렴 학생 때문일라구. 사돈어른 명이 그뿐이셨겠지."

사돈댁까지 다시 울먹였다.

"아무렴 그렇구말구. 가엾은 것!"

대고모 할머니가 내 상반신을 안았다. 나는 대고모 할머니를 쳐다보았다. 그리고 나는 그녀도 내 말을 믿지 않고 있는 것을 알았다. 그녀는 내가 처음 한 말, 어머니의 죽음이 나 때문이란 말만 믿고 있었다.

딴 사람들도 마찬가지였다. '사돈댁'도, 옥희도 씨 부인도, 당고모, 당숙모, 그 밖에 촌수 모를 친척들도 온통 내 처음 말만 믿고 내나중 말은 가책이 빚어낸 슬픈 거짓으로 알고 있었다.

그들은 한결같이 슬픈 이야기를 좋아하고, 단 하나의 상제인 나를 한껏 비극적으로 만들어놓고 마음껏 동정하고픈 눈치가 역력했다.

나는 아니라고 악을 쓰고 또 썼다. 어머니의 죽음과 상관없다고 악을 썼지만 그럴수록 나는 어머니의 죽음과 깊은 상관을 맺어가고 있었다. 어쩔 수 없이 나는 내가 조작한 사건에 갇히고 만 것이다.

나는 방바닥을 미친 듯이 뒹굴며 아니라고 외쳤으나, 그럴수록 여러 사람의 동정을 점점 더 받아가며 최루제(催淚劑)처럼 여러 사람들을 울릴 따름이었다. 어쩔 수 없었다.

며칠 동안의 불면과 제때에 식사를 못한 탓으로 가뜩이나 쇠약해진 나는 허공과 씨름하는 듯한 몸부림으로 기진맥진하고 말았다.

사돈댁은 부랴부랴 나를 위해 팥죽을 쑤고, 싫다는 나에게 강제로 퍼 먹였다.

"상제가 지나치게 애통해서. 쯧쯧 가엾어라."

"안 그렇겠어요? 어머니 한 분마저 여의었으니 인제 천애고안데."

"고안 왜? 백부가 엄연히 살아 있는데."

나는 기진한 채 누워서, 지나치게 애통해하는 상제요 또 하나의 죽음의 핑계임을 체념하고 감수했다.

그리고 나는 완전히 타의로 또 하나의 내가 되고 있었다.

의외로 옥희도 씨 부인과 사돈댁은 서로 잘 아는 사이였다. 그러나 그것은 나에게 의외일 뿐, 그녀들이 같은 고향이고 또 희도 씨와 태수 형님이 죽마지우고 보면 당연했다.

다만 나는 그녀들의 인상이 하도 동떨어져서 그녀들이 서로 반기고 공통의 화제를 가졌다는 게 자꾸 이상했다.

옥희도 씨 부인은 뻔질나게 불리는 '사돈댁'이란 호칭의 내력과, 사돈댁이 이 상가(喪家)에서 궂은일을 도맡아 치르게 된 내력을 물을 수밖에.

"에그 여태껏 몰랐우? 하긴 모를 수밖에. 당신 남편이나 내 남편이나 알량들 해서 벌이 씨앗 닷곱 해오느라고 변변히 만날 새도 없이 지내니. 우리 시동생 있잖우? 그래 맞았어. 그래, 그 코흘리개가 글쎄 벌써 의젓한 신랑감이 돼서, 히히히 경아 학생과 정혼한 사이라우."

대고모, 당고모, 모두 다 이 말들을 주고받았다. 그날 밤 늦게 상경한 큰아버지 내외분에게도 이 새소식은 전해지고 모두 차라리 잘됐다는 듯한 표정이었다. 아무도 앞으로 나를 책임지지 않아도 되니까.

그로부터 '사돈댁'은 진짜 융숭한 사돈댁 대우를 받기 시작했다.

다만 코믹하게만 들리던 '사돈어른', '사돈댁'의 호칭이 실은 엄연히 나를 매개로 이루어지고 있었다.

다행이 그들은 문득문득 혼사라는 현실적인 문제를 꺼내다가도 지금이 상중이란 걸 깨닫고 입을 다물어 자중하는 눈치가, 오늘 내 일로 어떤 구체적인 협의가 이루어질 것 같지는 않았다.

아무튼 나는 이런 일들을 말똥말똥 듣고 보면서도 항거나 해명을 할 기력이 없었다. 나는 너무 내 기력을 헛되게 써버린 것이다. 변명은 차차 하기로 했다. 차차 해도 늦지는 않을 것 같았다.

어머니는 언 땅에, 그러나 아버지와 오빠들 곁에 누웠다. 그리고 부득이 나는 고가의 주인이 되었다.

삼우제도 끝내고 내 거취만 결정되면 큰아버지에게는 우리 집 일이 어느 정도 일단락되는 셈인 것이다.

이 드넓은 고가에 계집애 혼자 놔두고 갈 수도 없고 부산으로 데리고 가든지 사돈댁에 맡기든지 나를 처리하는 방법은 이 두 가지였다.

나중 방법은 '사돈댁'이 강력히 원하는 바요, 내가 '사돈댁'— 나에게는 시댁이 되겠지만—에 머물게 된다는 건 실질적인 약혼을 의미하게 될 것이고, 실은 큰아버지도 그것을 바라고 있었다.

실상 자기가 데리고 내려가 봤댔자 일시적인 처리가 될 뿐이지 이 기회에 영구적인 처리가 되기를 바라고 있는 눈치가 역력했다.

그러나 나는 고가에 남아서 세일즈 걸의 생활을 계속하기를 택했다.

심부름하는 아이까지 생겨서, 나는 좀 외롭고 조금쯤은 행복하기도 했다.

옥희도 씨는 다시 초상화를 그리고 나에게는 더할 나위 없이 다정했다. 나는 그에게 부탁하면 언제고 그에게 의지한 채 허물어진 지붕을 담담히 우러르며 긴긴 계동 골목을 외롭지 않게, 춥지 않게 걸어 들어올 수 있었다.

나는 그에게 헐린 지붕의 내력을 먼 옛이야기처럼 들려줄 수도 있었고, 가끔 대청마루까지 청해 들여 아버지가 즐겨 앉던 낡은 안락의자에 그를 앉히고 부엌에서 구수한 커피를 끓일 수도 있었다.

그가 북창 밖의 나무들을 보며 무심히 담배 연기를 뿜다가 차를 날라온 나를 보고 빙긋이 웃을 때의 기쁨을 무엇과 바꿀 수 있을까?

"커피를 더 좋아하세요, 생강차를 더 좋아하세요?"

"둘 다."

"둘 다는 곤란해요."

"잘 끓였군. 솜씨가 점점 느는데."

그는 화제를 슬쩍 돌리며, 그의 눈에 상심보다 더 깊은 아픔이 지나간다.

그는 그가 해결지어야 할 이 조그만 현실도 미결인 채 피하려고만 들었다. 나는 구태여 더 깊이 추궁하려 들지 않았다.

미결인 상태, 그 몽롱하고 무책임한 상태가 주는 휴식이 지금의 나에게는 필요했다.

나는 아직도 좀 피곤했다. 아직도 나는 달도 안 가신 상제였으니까.

그러나 사돈은 나에게 그런 휴식이나마 주려 들지 않았다. 마치 제집 드나들 듯, 나의 고가를 수시로 드나들며 온갖 살림 걱정을 도맡으며 수선을 떨고 나서는 반드시 혼사 이야기를 꺼내게 마련이었다.

"에그 학생도 생각해 봐요. 내가, 글쎄 애새끼가 다섯씩 딸린 내가 두 집 살림하기가 얼마나 벅찬가. 에그 내 정신 좀 봐. 두 집 살림이 뭐냐. 도련님 뒤까지 거두어야 하니 세 집 살림이지. 그러니 날 봐서라도 어서 혼사를 서둡시다. 나도 내 살림하고 차분히 좀 들어앉았어얄 게 아뉴."

나는 차분히 들어앉았는 그녀를 상상할 수 없다. 세 집 살림이 필요한 건 그녀지 결코 이쪽이 아니란 걸 일깨워줄 혹독한 말이 생각나지 않는 것도 아니었지만 아직도 어머니 장례 때 진 신세 때문에 그녀를 핀잔주는 건 망설여졌다.

요사이 그녀는 가끔 '경아 학생' 대신 나를 숫제 '새댁'이라 부르기까지 했다. 나는 이제 그만 그녀로부터 놓여나고 싶었다. 그녀가 필요한 시간은 이미 지난 것이다.

"미스터 황, 오늘 시간 있어요?"

"그럼."

장례 후 태수와 나는 서로 변변한 시간을 못 가져봤기에 그는 반색을 했다.

"유토피아, 어때요?"

"오케이."

그가 휘파람을 불면서 처음으로 활짝 웃었다. 요새 그는 나만 만나면 상제라는 걸 염두에 두고 으레 슬프디슬픈 근엄한 얼굴을 하려고 애쓰는 것이 민망할 정도였다.

"오늘 차 사주실래요?"

나는 언제나와 같이 옥희도 씨와 퇴근하며 물었다.

"나는 오늘 경아가 끓인 커피를 먹고 싶었는데."

"저는 선생님 차가 먹고 싶어요."

나는 슬쩍 응석을 부려가며 그를 유토피아로 이끌었다. 태수는 먼저 와 있었다.

그는 나를 보고 손을 번쩍 들다 말고 뒤따르는 옥희도 씨를 보자 좀 의아한 눈치였다.

그들은 띄엄띄엄 재미없는 이야기를 겨우 잇고 있었다. 그들의 공통 화제란 태수의 형님의 신변 이야기일 수밖에 없는데, 그 형님이 워낙 심심한 위인이고 보니 그들의 화제 역시 활발할 수가 없었다.

그들은, 특히 태수는 상대방이 먼저 일어섰으면 하는 눈치가 역력했다. 겨우 잇던 시원찮은 화제가 드디어 끊겼다.

"미스터 황. 이번에 미스터 황 형수님 신세를 너무 졌어요."

"뭐 그쯤은 당연하지."

"우리 사이가 아무것도 아니라도 당연할까요?"

"무슨 뜻이지?"

"형수님은 고마운 분이지만 오버 센스가 지나친 것 같아요."

"미안해. 알겠어. 지금 경아가 그런 문제를 생각할 시기가 아니란 것쯤 나도 알고 있어. 그래서 나도 형수님께 제발 서두르지 말라고 그렇게 일렀는데도 워낙 그분은 좀 주책이라⋯⋯." 하다가 말끝을 얼버무리며 옥희도 씨 눈치를 흘끗 살피고는,

"형수 문제는 사과하겠어."

"이 기회에 우리 사이를 분명히 해두고 싶어요."

"사과한다지 않아. 그러니 제발 우리 문제는 우리끼리 해결할 기회를 따로 갖자구."

물론 옥희도 씨를 두고 하는 말이었다. 옥희도 씨가 피우던 담배를 미리 비벼 끄며 엉거주춤했다.

"앉아 계세요."

나는 단호히 말하고 그의 소매를 잡았다.

"내가 있을 자리가 아닌 것 같은데⋯⋯."

"두 분이 다 같이 필요하기 때문에 제가 마련한 자리예요."

태수의 얼굴이 창백해졌다.

"미스터 황, 우리는 그냥 알고 지내는 사이일 따름인 걸 똑똑히 말해 두겠어요."

"알고 있어. 아직은 그렇다는 걸."

"아직은?"

"그래 '아직은' 이야. 우리 사이에 그만큼의 여유는 둘 수 있다고 생각하는데."

"우리는 쭉 알고 지내는 사이일 뿐일걸요."

"그런 선언을 하는 데 꼭 입회인이 필요한가?"

그는 아직도 옥희도 씨의 존재를 꺼림칙하게 여기고 있었다.

"필요하니까 모신 거예요. 옥 선생님과 저는 사랑하는 사이니까요."

나는 그들이 둘 다 똑같이 놀라는 것을 보기가 민망해서 한동안 딴전을 피우고 있었다. 그러나 내가 하도 남의 말 하듯 불쑥 말했기 때문인지 둘 다 별 반응이 없었다.

"농담이겠지? 경아."

태수가 비교적 태연이 말했다.

"정말이에요. 선생님 그렇죠? 정말이라고 말해 주세요."

나는 옥희도 씨가 어름어름 비켜날 수 없게 빤히 쳐다보면서 다그쳤다.

내가 이런 자리를 마련한 의도는 비단 '사돈댁'으로부터 풀려나야겠다는 이유 때문만이 아닌 또 하나의 이유, 옥희도 씨로 하여금 정면으로 어떤 문제와 부딪히게 하고픔이었다.

"선생님, 정말이십니까?"

옥희도 씨가 대답이 없자 태수가 한마디 거들었다.

"정말일세."

나는 험한 고개를 겨우 오른 것처럼 마음이 놓이고 한편 뿌듯한 승리감을 느꼈다.

"그럴 수가, 선생님 그럴 수가……."

태수는 분노했다기보다는 차라리 아연했다는 편이 옳을 게다. 그는 차차 놀라움을 가라앉히고는 옥희도 씨 앞이라 삼가고 있던 담배를 비교적 여유 있게 피워 물었다.

"경아 어쩌려구…… 그런 철부지 같은. 선생님은 더구나 그만한 분별력쯤은 있을 만큼 나이 지긋한 분이, 도대체 어떻게 하겠다는 겁니까?"

그는 아직도 아연해 있고 그 최초의 아연함으로 차라리 자기 문제를 잊고 있었다.

"선생님도 참 딱하십니다. 이제 고아나 진배없는 경아를 잘 이끌어주시지는 못할망정 신세를 망치려 드십니까. 더구나 그 착하디착한 사모님 생각을 해서라도 속 좀 차리셔야죠. 아이들은 또 어떡하실 작정입니까?"

그는 정말로 기가 찬 듯이 한숨을 쉬고 말을 중단했다. 말이 모자라는 게 아니라 말을 할수록 더욱 기가 차서 이쯤 해두자는 눈치였다.

"부끄럽네."

"이게 부끄러운 것만 가지고 될 문젭니까? 저는 이 문제를 사모님과 의논해서라도 적극적으로 무슨 결말을 내고야 말겠습니다. 분명히 말씀드리지만 제 목적을 위해서 이러는 게 아닙니다. 지금 비겁하게 제 문제를 사모님의 도움으로 해결하고 싶지는 않습니다. 우선 여러 사람의 비극을 막고 싶습니다. 더구나 의지가 없는 경아의 비극을 방관할 수는 없습니다. 제 문제는 그다음입니다."

옥희도 씨는 어쩔 수 없이 수세에 몰리고, 내 눈에도 지금 태수쪽이 훨씬 떳떳해 보임은 또한 어쩔 수 없었다.

"우리 집사람을 개입시키지 말아주게. 우리 집사람은 자네와 경아가 맺어지는 걸로 알고 있으니까."

"점점 더 파렴치한 소리를 하시는군요. 그래서 도대체 어쩌시겠다는 겁니까?"

그는 더 지독한 말을 가까스로 참는 듯 침을 꼴깍 삼켰다. 입술 언저리가 부들부들 떨렸다.

나는 그들의 다툼을 흥미 있게 구경하다가, 내 자리 바로 옆의 벽에 걸린 풍경화를 감상하다 했다.

"나는 아내와 아이들을 사랑하네."

옥희도 씨는 막다른 골목에 몰린 유약한 짐승의 비명처럼 비참한 소리를 냈다. 나는 흠칫 놀라 숨을 죽이고 그를 응시했다.

"왜 이러십니까? 선생님. 제발 제가 아주 선생님을 경멸하지 않도록 해주십시오. 더구나 경아까지 선생님을 경멸하면 어쩌려구 그러십니까? 나잇값을 하셔서라도 남들이 납득할 소리, 이해할 소리를 하셔야죠."

"남의 이해 같은 건 바라지도 않네."

"흥, 고고한 예술가시다 이 말씀이군요. 속인의 이해 따위는 오불상관인……."

"나를 그만 조롱해 주게. 나는 말주변이 없어 그대로 진실을 말했을 뿐인데."

"정말 너무하시는군요. 선생님이 진실이란 소리를 하시니 구역질이 치미는군요. 변명이라도 좋으니 좀 이치에 닿는 소리를 해 보세요."

"이치? 사막에서 목마른 자가 신기루나 환각으로 오아시스를 보는 데도 이치가 있을까?"

"무슨 말씀을 하시려는 겁니까? 지금 우리는 경아와 선생님과 사모님이 당면한 아주 현실적이고도 절박한, 좀 추잡하기도 한 이야기를 하고 있는 중인데 느닷없이 추상적인 말을 끌어내 얼버무리려 들지 마시죠."

"오, 어떡하면 자네가 알아줄 수 있을까? 내가 살아온, 미칠 듯이 암담한 몇 년을, 그 회색빛 절망을, 그 숱한 굴욕을, 가정적으로가 아닌 예술가로서 말일세. 나는 곧 질식할 것 같았네. 이 절망적인 회색빛 생활에서 문득 경아라는 풍성한 색채의 신기루에 황홀하게 정신을 팔았대서 나는 과연 파렴치한 치한일까? 이 신기루에 바친 소년 같은 동경이 그렇게도 부도덕한 것일까?"

"선생님은 마치 육신을 해탈할 도사 같은 소리를 하시는군요."

"너무 남의 아픈 곳을 찌르지 말아주게. 나도 사람이니까. 그 때

문에 무척 괴로워했고 경아를 안 다치게 할 수 있었던 게 지금의 나
에겐 유일한 위안이니까."

"슬쩍 변명이 능란하시군요."

"자네에게 이런 책망을 듣기 전에 경아와의 사이가 끝나 있어야
하는 건데…… 실은 그럴 작정이었는데 내가 우유부단한 탓도 있지
만, 이번 경아의 불행이, 어쩌면 그것을 핑계 삼아 경아를 잊을 것
을 잠시 늦추려 들었는지 모르지만, 아무튼 이번 경아의 불행으로
내 결심이 흔들렸네. 내가 경아의 외로움을 덜고 있다는 데 기쁨과
보람을 느꼈거든. 나 좀 먼저 가겠네. 너무 긴 말을 한 것 같아 혼자
가 되고 싶구만."

"혼자 가시면 어떻게 해요."

나는 그를 다시 끌어 앉히려고 붙들었다.

"경아. 경아는 나로부터 놓여나야 돼. 경아는 나를 사랑한 게 아
냐. 나를 통해 아버지나 오빠를 환상하고 있었던 것뿐이야. 이제 그
환상으로부터 자유로워져봐 응? 용감히 혼자가 되는 거야. 용감한
고아가 돼봐. 경아라면 할 수 있어. 자기가 혼자라는 사실을 두려움
없이 받아들여. 떳떳하고 용감한 고아로서 모든 것을 다시 시작해
봐. 사랑도 꿈도 다시 시작해 봐."

그는 훌쩍 가버렸다. 우리는 둘만이 남겨졌다. 고아끼리인 셈인
가. 고아들은 남을 사귀기에 서투르다. 내가 먼저 일어나고 우리는
같이 다방에서 나왔지만 의식적으로 다른 방향으로 헤어졌다.

퇴근한 나는 막막했다. 저만치 미숙이 가고 있었다. 나는 헐레벌
떡 뒤따랐다.

"미숙아, 오늘은 빈대떡 안 살 거니?"

"빈대떡은 뭘……."

그녀는 내 눈치를 봐가며 말끝을 흐리는 꼴이 내가 어머니를 생각하고 있는 것으로 지레 짐작을 하는 모양이었다. 어쩌자고 요새는 내 주위의 사람들이 나를 돌아간 어머니와 결부시켜 보려고만 드는 것일까.

얼굴 표정 하나 내 마음대로 가질 수 없었다.

"우리 같이 빈대떡 먹지 않을래? 내가 살게."

"언니두 하필 빈대떡을. 우리 케이크집으로 가요. 내가 살게."

"아냐, 빈대떡으로 해. 내가 살게."

나는 굳이 그녀를 끌고 전에 그녀와 빈대떡을 산 적이 있는 대폿집으로 갔다. 나는 서슴지 않고 빈지문을 열고 드럼통을 엎어놓은 상으로 가 앉아서 소독저의 종이를 벗기며 빈대떡 한 접시를 청했다.

"언니. 사가지고 안 가고 먹고 갈려구 그래? 난 몰라."

미숙은 얼굴을 붉히며 어쩔 줄을 몰라 했다.

아직 초저녁이라 술꾼이 붐비지는 않았으나 그래도 몇몇 술꾼들이 일제히 우리 쪽을 보고 있었다.

"야아, 경아가 이런 델 다 오고."

저만치서 혼자 대포 사발을 들이키던 태수가 내 쪽으로 왔다. 의외였다.

"태수 씨야말로 이런 델…… 자주 드나드나요."

"나야 올 자격이 충분하지. ××두 쪽을 엄연히 달았거든."

그는 어지간히 취해 있었다. 미숙은 내 옆구리를 찌르며 안절부절못했다.

"너 먼저 갈래? 그렇게 거북하면."

"정말 그래도 되는 거지?"

그녀는 살았다는 듯이 뺑소니를 쳤다. 태수는 부연 막걸리를 다시 한 사발 들이키고는 게슴츠레한 눈으로 나를 오래오래 쏘아보기만 했다.

앳된 갈망이 깃들였던 눈이 붉게 충혈돼 있을 뿐 아무런 이야기도 읽을 수 없었다. 이번엔 막걸리 사발이 내 쪽으로 넘어왔다.

"자 마셔."

나는 거역할 수 없는 명령에라도 복종하듯 맛도 모르고 꿀꺽꿀꺽 막걸리를 들이마셨다. 시척지근하고도 속이 후련했다.

"안주를 먹어야지."

그는 다 식은 빈대떡 한 쪽을 찢어 내 입에다 쑤셔 넣을 듯이 들이댔다. 나는 그것도 순순히 받아먹었다.

그러곤 할 일이 없었다. 그도 술을 별로 즐기지 않는 편인 듯, 막걸리를 더 청하지 않고 내 거동만 빤히 살피고 있었다. 어쩌면 조금도 안 취해 있는 것도 같았다.

"이런 데서 만날 줄이야."

불쑥, 그러나 차분히 중얼거렸다.

"신기루는 무엇으로 이루어졌을까요?"

나는 불쑥, 차분히, 그러나 약간 뚱딴지같은 소리를 했다.

그는 입귀로 삐뚜름히 웃을 뿐, 내 물음을 묵살했다.

"수증기 같은 걸까?"

나는 다시 혼잣말처럼 중얼거렸다.

나는 그가 하도 바라만 보는 것이 민망해서 드럼통 위에서 깍지를 끼고 있던 내 한 손을 불쑥 내밀며,

"나를 만져보고 싶잖아요?"

"왜, 뭣 하러."

"내가 수증기로 돼 있는지 뼈와 살로 돼 있는지 알아보고 싶잖아요?"

그가 내 손을 아프게 쥐었다. 점점 더 아프게 쥐었다. 나는 비명

을 참고, 그의 눈에 취기가 가시고, 서서히 갈망이 타는 것을 대견하게 지켜보았다.

나에게 가장 현실적이고 상식적인 소망을 품은 그가 처음으로 고맙게 생각되었다.

지금 손이 조이고 아픈 것 이상의 아픔, 사람이 육신을 지녔기에 맛볼 수 있는 여러 형태의 아픔을 그를 통해 경험하고 싶었다.

그에 의해 내가 육신을 지닌 인간이란 확신과 육신을 지닌 기쁨을 얻고 싶었다.

"쎈데."

자기가 아무리 조여도 내가 비명을 안 지르니까 슬그머니 힘을 빼면서 말했다.

"힘이 겨우 고것뿐이에요?"

"으스러뜨릴 수도 있지만 차마 그럴 수야……."

"아유, 겁보."

이번에는 내 쪽에서 그의 손을 애무했다. 적당히 크고 든든한 손이었다. 사람들이 육신을 지녔다는 건 얼마나 크나큰 축복일까?

"아직도 볼이 붉은 소년이 있는 집을 꿈꾸나요?"

"왜 나빠? 볼이 붉은 사내아이, 착한 아내, 찌개 끓는 화로, 커튼 늘어진 창, 그런 건 너무 평범해서 경아야 뭐 흥미 있을라구."

"흥미가 있어지는군요, 점점."

"점점?"

"네, 점점 색칠을 하듯, 눈에 보이게 그런 것이 흥미 있어지는군요. 꿈이 아닌 모든 것이, 수증기가 아닌 모든 것이. 다시는 꿈을 꾸기도, 남의 꿈이 되기도 싫어요, 다시는."

나는 푸념하듯 말하고 그에게 기대며 눈을 감았다.

"막걸리 한 사발로 취하는 거 아냐? 가자구. 자, 남들이 보잖아."

"그래, 가요."

나는 비틀비틀 일어섰다.

눈꼴사납게 계집애가 어디서 술주정이냐는 듯한 여러 시선을 받고 나는 유유히 대폿집의 넓지 않은 토방을 가로질렀다. 실은 나도 조금도 취해 있지 않았다.

그까짓 부연 막걸리 한 사발쯤으로 정신이 어떻게 될 리가 없는데 나는 그저 취하는 체하는 게 재미있었다.

비틀거리며 내 체중을 좀 남에게 기댄다든가 곧장 갈 길을 마음 내키는 대로 곡선으로 휘저으며 걷는다든가 하며, 옆에서 쩔쩔매며 난처해하는 것을 보는 게 재미있었다.

그렇게 비틀비틀 계동 어귀까지 왔다. 나는 자세를 바로잡으며 의젓해졌다.

"좀 괜찮아? 미안해. 경아에게 술을 먹이다니. 나야말로 취했었나 봐."

"취한 기분이란 어떤 걸까?"

"지금 당해 보고도 몰라. 조금 어지럽고 조금 유쾌하고 그런 거지."

"그럼 고추 먹고 맴맴, 담배 먹고 맴맴 하고 맴을 돈 기분과 흡사하겠군요."

"글쎄 그렇든가."

"어렸을 땐 맴을 돌고, 커가면 술을 배우고, 사람들은 원래가 똑바로 선 채 움직이지 않는 세상이 권태롭고 답답해 못 견디게 태어났나 봐."

"다 왔어. 들어갔다 가도 되겠지?"

"뭣 하려요?"

"차 한 잔쯤 대접해 봐."

"그뿐이에요? 겨우 그뿐?"

"그럼 식사라도 대접할 거야?"

"나를, 내 육신을 아프게 상처 내보지 않겠어요? 아까 팔을 비틀듯이 그것보다 훨씬 더 아프게. 내 육신이 다시 수증기가 되어 허공에 걸려 있지 못하도록 깊은 상처를 내보지 않겠어요?"

나는 태수를 내 방으로 청해 들였다. 알맞게 따숩고, 고즈넉하고 은밀한 내 처소로. 亞자 창과 덧문까지 첩첩이 닫고 나는 그에게 안겼다. 나는 그의 것이 되었다.

17

청량한 가을 아침이었다. 이 층 침실에서 늦잠을 즐기고 있는 남편의 머리맡에 묵묵히 커피와 조간신문을 대령했다.

커튼을 젖히니 밝은 빛과 비췻빛 하늘이 한꺼번에 침실로 넘쳐왔다. 깊은 가을인 것이다.

마당에서는 노란 은행잎이 한 잎 두 잎 떨어지고 또 떨어지고 있었다. 바람이 지나가나 보다. 갑자기 잔가지들이 떨더니 낙엽이 한결 찬란해진다. 필시 나무들은 우수수 하는 그 춥디추운 울음을 울 것이다.

두꺼운 유리 때문에 나는 그 소리를 들을 수 없었다. 나는 그 소리가 듣고 싶었다. 마치 목마름처럼 걷잡을 수 없이 그 소리가 듣고 싶었다. 나는 신경질적으로 주레주레 달린 방범용 쇠붙이들을 젖히고, 돌려 빼고 창문을 활짝 열었다.

창밖 공기가 좀 더 찰 뿐, 바람은 이미 멎어 있었다. 그러나 나는 몸을 으스스 떨고 춥디추운 아우성 소리를 듣고 있었다. 그것은 어쩌면 나무들의 울음이 아닌 은밀한 곳에서 울려오는 또 하나의 나의 몸부림 소리인지도 모를 일이었다.

남편 태수가 미처 소유하지도 상처내지도 못한 또 하나의 나. 그의 체온이 끝내 데울 수 없었던 또 하나의 나.

문득 가슴 한구석에 둔탁한 아픔이 온다.

"창문을 좀 닫구려. 감기 들겠소."

남편의 짜증 섞인 음성을 못 들은 척 나는 또 한 번의 바람이 지나가기를 기다렸다.

우수수 나무들은 몸서리를 치며 찬란한 황금빛 조각을 땅으로 떨구었다. 푹신하면서도 까실한, 아늑하면서도 서럽던 융단의 감촉이 전신에 생생히 되돌아온다.

"창문 좀 닫으라니까."

재채기를 크게 한 남편이 드디어 큰소리를 지른다.

저 융단 위에 뒹굴기에는 나는 너무 늙은 것일까? 아니 너무 많은 군더더기들을 거느린 것일까?

노란 조각이 한 잎 창문으로 가볍게 날아들었다. 나는 그제야 창을 닫고 돌아섰다.

남편은 신문에 날아와 앉은 은행잎을 먼지처럼 무심히 떨구고 신문을 집어 들다 말고 나를 쳐다본다.

부스스한 머리에 피곤한 눈, 문득 낯이라도 가리고 싶게 이 평범한 중년의 사나이가 낯설다.

"원 사람두. 일요일인데 늦잠 좀 잤기로서니 그렇게 해서 사람을 깨울 게 뭐람."

"차…… 참 그렇군요."

나는 어슬프게 웃고,

"오늘이 벌써 일요일이군요."

아무 뜻도 없는 소리를 입 속에서 웅얼거리며 그의 곁에 앉았다.

"오늘 좀 푹 쉬었으면 좋으련만 훈이란 놈이 어디 가자고 또 졸라대지 않을까 몰라."

그는 서서히 나를 상식적인 그의 아내의 궤도로 끌어들인다.

나는 방바닥에 떨어진 은행잎을 집어 코끝에 대고는 그의 어깨 너머로 신문의 활자를 훑었다.

문화란에 '고(故) 옥희도 씨 유작전 S화관에서——' 먼 옛날 같은 앳된 날, 그지없이 향기로운 관을 씌우고 싶었던 옥희도란 이름 위에 '故' 자가 붙은 것이다.

좀 전에 둔탁한 아픔을 느낀 자리가 예리하게 쑤셔왔다.

오열이라든가 하다못해 신음이라든가, 그런 아픔을 나눌 엄살이 전혀 마련되지 않은 온전한 나만의 비통.

나는 숨을 죽이고 지그시 아픔을 견디며, 또 하나의 아픈 날을 회상한다. 꼭 이만큼이나 아팠던 날을.

그것은 아마 나의 고가가 헐리던 날이었을 게다.

남편은 결혼식을 치르자 제일 먼저 고가의 철거를 주장했다. 터무니없이 넓은 대지에 불합리한 구조로 서 있는 음침한 고가는 불필요한 방들만 많고 손댈 수 없이 퇴락했으니, 깨끗이 헐어내고 대지의 반쯤을 처분해서 쓸모 있는 견고한 양옥을 짓자는 것이었다.

너무도 당연한 소리였다. 반대할 이유라곤 없었다.

고가의 철거는 신속히 이루어졌다. 나는 그 해체를 견딜 수 없는 아픔으로 지켰다.

우아한 추녀와 드높은 용마루는 헌 기왓장으로 해체되고, 웅장한 대들보와 길들은 기둥목, 아른거리던 바둑 마루는 허술한 장작더미처럼 나자빠졌다.

숱한 애환을 가려주던 '亞' 자 창들이 문짝 장수의 손구루마에 난폭하게 실렸다.

남편은 이런 장사꾼들과 몇 푼의 돈 때문에 큰 소리로 삿대질까지 해가며 영악하게 흥정을 했다.

남편 하나는 참 잘 만났느니라고 사돈댁——지금의 동서——은 연신 뻐드러진 이를 드러내고 내 등을 쳤다.

이렇게 해서 나의 고가는 완전히 해체되어 몇 푼의 돈으로 바뀌었나 보다.

아버지와 오빠들이 그렇게도 사랑하던 집, 어머니가 임종의 날까지 그렇게도 집착하던 고가. 그것을 생면부지의 낯선 사나이가 산산이 해체해 놓고 만 것이다.

그러나 생각해 보면 고가의 해체는 행랑채에 구멍이 뚫린 날부터 이미 비롯된 것이었고 한번 시작된 해체는 누구에 의해서도 끝막음을 보아야 할 것이 아닌가.

다시는, 다시는 아침 햇살 속이 기왓골에 서리를 이고 서 있는 숙연한 고가를 볼 수 없다니.

그러나 나는 나 자신의 육신이 해체되는 듯한 아픔을 의연히 견디었다. 실상 나는 고가의 해체에 곁들여 나 자신의 해체를 시도하고 있었는지도 모를 일이었다.

남편이 쓸모없이 불편한 고가를 해체시켜 우리의 새 생활을 담을 새 집을 설계하듯이, 나는 아직도 그의 아내로서 편치 못한 나를 해체시켜, 그의 아내로서 편한 나로 뜯어 맞추고 싶었다.

쓸모 있고 견고한, 그러나 속되고 네모난 집이 남편의 설계대로 이루어졌다. 현대식 시설을 갖춘 부엌과 잔디와 조그만 분수까지 있는 정원이 있는 아담하고 밝은 집. 모두가 남편의 뜻대로 되었다.

다만 나는 후원의 은행나무들만은 그대로 두기를 완강히 고집했다. 넓지 않은 정원에 안 어울리는 거목들이 때로는 서늘한 그늘을 주었지만 때로는 새 집을 너무도 침침하게 뒤덮었다.

그러나 나는 아직도 그것들의 빛, 그것들의 속삭임, 그것들의 아우성을 가끔가끔 필요로 했다.

그러고 보니 아직도 해체되지 않은 한 모퉁이가 내 은밀한 곳에 남겨진 것이다.

그것이 지금 아픈 것이다. 많이……. 아니 그저 조금 견딜 수는 있을 만큼 조금 아픈 것이다.

"옥희도 씨 유작전이 있군."

남편도 지금 그 기사를 읽고 있는 모양이다.

"죽은 후에 유작전이나 열어주면 뭘해. 살아서는 개인전 한 번 못 가져 본 분을."

"……."

"흥, 그분 그림이 외국 사람들 사이에 꽤 인기가 있는 모양인데, 모를 일이야."

'흥, 잡종의 쌍판을 헐값으로 그려준 대가를 제법 받는 셈인가.'

"죽은 후에 추켜세우는 것처럼 싱거운 건 없더라. 아마 어떤 비평가의 농간이겠지……."

'흥, 당신이 생각해 낼 만한 천박한 추측이군.'

"에이 모르겠다. 예술이니 나발이니. 살아서 잘 먹고 편히 사는 게 제일이지."

'암, 몰라야죠. 당신 따위가 알 게 뭐예요. 그분은 그렇게밖에 살 수 없었다는 걸 당신 따위가 알 게 뭐예요.'

남편은 신문을 떨구고 기지개를 늘어지게 폈다.

나는, 젖힌 그의 얼굴에서 동굴처럼 뚫린 콧구멍과 그 속을 무성하게 채운 코털을 보며 잠깐 모멸과 혐오를 느꼈다.

"아빠, 일어났어?"

훈이란 녀석이 도어를 빠끔히 열고 기웃대다가 침대에 걸터앉아 있는 아빠를 보더니 달음질쳐 와 덥석 안긴다.

손에 사과는 안 들었을망정 볼이 붉은 소년이다. 볼이 붉은 소년뿐이랴. 눈매 고운 소녀도 있다.

"누나는 아직 안 일어났니?"

"누나는 벌써 일어나서 세수까지 한걸. 그리고 나보고 아빠 깼나 보고 오랬어."

"왜 아빠 깨는 것이 그렇게 궁금들 할까?"

"흐응, 아빠 이번 공일엔 꼬옥 어디 데리고 간대놓고……."

"그랬던가……."

"흐응, 꼬옥이라 그래놓고 또 약속 안 지킬려고……."

다정한 부자다.

나는 우두커니 은행잎을 코에 댄 채 있을 리 없는 훈향 같은 걸 더듬는다.

"여보. 오늘은 암만 해도 아이들을 데리고 좀 나가야 체면이 서겠는데…… 어디가 좋을까?"

"글쎄요……."

우수수…… 창 너머로 나무들의 떨림만 보고도 나는 자꾸 그 소리를 듣는다.

"방향이야 천천히 정하도록 하고…… 여보, 어서 준비를 하구려. 도시락도 좀 쌀까?"

"그래 그래. 엄마 김밥 싸줘 응?"

시종 시들하게 듣고만 있던 내가 못마땅한지 훈이는 내 무릎으로 옮겨와 그 실팍한 궁둥이로 궁둥방아를 찧으며 조르기 시작한다.

"그래 그래. 엄마가 김밥 맛있게 싸줄게, 아빠하고 누나하고 그렇게 잘 다녀와요."

"아아니, 그럼 당신은 안 가겠단 말요?"

"글쎄요. 그럴까 봐요."

"그럼 나 혼자 홀아비처럼 청승맞게 아이들을 몰고 다니란 말야? 무슨 소리야."

그는 천부당만부당하다는 얼굴이다.

"어디 좀 갈 데가 있어서요."

"어딜 혼자서?"

"옥희도 씨 유작전에요."

나는 그 짧은 소리를 필요 이상으로 결연히 말했기 때문에 훈이도 칭얼대기를 멈추었다.

잠시 어색한 침묵이 흘렀다.

어른들의 영문 모를 침묵에 움찔했던 훈이가 다시 아까보다 더욱 격렬하게 엉덩방아를 찧는다.

"몰라 몰라. 엄마 땜에 다 망친다. 난 몰라, 난 몰라."

건강한 몸부림이 내 무릎에 상쾌하다. 나는 훈이를 꼭 안으면서 와락 격한 모정을 느낀다.

그러나 어쩔 수 없는 것이다. 오늘 옥희도 씨의 유작전을 봐야 한다는 내 갈망은 도저히 어쩔 수 없는 것이다.

"훈아, 이리 온."

남편이 가라앉은 소리와는 반대로 좀 난폭한 동작으로 훈이를 자기 무릎으로 끌어갔다.

"오늘은 아빠가 훈이하고 재미나게 놀아주지. 뭐든지 해주지……."

남편은 계속해서 칭얼대는 훈이를 용케도 계속해서 좋은 말로 달래고 있었다.

나는 덤덤히 그의 자제를 지켜보다가 아래층으로 내려왔다.

아침 식사는 너무 조용하고 좀 맛없게 진행되었다. 남편이 어떻

302

게 타일렀는지 아이들은 시무룩해 있을 뿐 보채지는 않았다.

나는 새로 맞춘 코발트블루의 실크 코트를 걸치고 은행나무 밑에서 잠시 서성댔다.

내 의상이 은행나무의 노란 빛과 그지없이 화사한 조화를 이룬데 나는 만족했다.

고가가 즐비하던 좁고 어둡던 계동 골목은 대부분 양옥으로 개조되고 밝고 깨끗했다.

"같이 갈까 봐."

문득 남편이 겸연쩍은 듯이 내 옆을 따르고 있었다.

"아이들은 어떡허고요?"

"적당히 잘 달랬어. 우리 아이들이야 나 닮아서 다 유순하니까."

될수록 혼자이고 싶었으나 나는 지금 그를 뿌리칠 수 있을 만큼 모질지 못하다.

"하루쯤 아이들 좀 보시면 어때서."

"나도 그분의 그림이 보고 싶군."

"그뿐이에요?"

"당신이 오늘은 좀 더 예뻐 보이는군. 달갑게 에스코트하고 싶게 말야."

"고맙군요."

S회관 화랑은 삼 층이었다. 숨차게 계단을 오르자마자 화랑 입구였고 나는 미처 화랑을 들어서기도 전에 입구를 통해 한 그루의 커다란 나목(裸木)을 보았다.

나는 좌우에 걸린 그림들을 제쳐놓고 빨려들 듯이 곧장 나무 앞으로 다가갔다.

나무 옆을 두 여인이, 아기를 업은 한 여인은 서성대고 짐을 인한 여인은 총총히 지나가고 있었다.

내가 지난날, 어두운 단칸방에서 본 한발 속의 고목(枯木), 그러나 지금의 나에겐 웬일인지 그게 고목이 아니라 나목(裸木)이었다. 그것은 비슷하면서도 아주 달랐다.

김장철 소스리바람에 떠는 나목, 이제 막 마지막 낙엽을 끝낸 김장철 나목이기에 봄은 아직 멀건만 그의 수심엔 봄에의 향기가 애달프도록 절실하다.

그러나 보채지 않고 늠름하게, 여러 가지(枝)들이 빈틈없이 완전한 조화를 이룬 채 서 있는 나목, 그 옆을 지나는 춥디추운 김장철 여인들.

여인들의 눈앞엔 겨울이 있고, 나목에겐 아직 멀지만 봄에의 믿음이 있다.

봄에의 믿음. 나목을 저리도 의연(毅然)하게 함이 바로 봄에의 믿음이리라.

나는 홀연히 옥희도 씨가 바로 저 나목이었음을 안다. 그가 불우했던 시절, 온 민족이 암담했던 시절, 그 시절을 그는 바로 저 김장철의 나목처럼 살았음을 나는 알고 있다.

나는 또한 내가 그 나목 곁을 잠깐 스쳐간 여인이었을 뿐임, 부질없이 피곤한 심신을 달랠 녹음을 기대하며 그 옆을 서성댄 철없는 여인이었을 뿐임을 깨닫는다.

「나무와 여인」. 그 그림은 벌써 한 외국인의 소장으로 돼 있었다.

나는 S회관을 나와 잠깐 망연했다. 오랜 여행 끝에 낯선 역에 내린 듯한 피곤인지 절망인지 모를 망연함, 그런 망연함에서 남편이 나를 구했다.

"어디서 차라도 한잔 하고 쉬었다 갈까?"

"저기가 어때요?"

나는 턱으로 바로 눈앞에 보이는 덕수궁을 가리켰다.

덕수궁 속의 은행의 낙엽은 한층 더 찬란했다.

우리는 은행나무 밑 벤치에 앉아서 황금빛 세례에 몸을 맡겼다.

아이들이 뛰고, 연인들이 거닐고, 퇴색한 잔디에 쏟아지는 가을의 양광은 차라리 봄보다 따습다.

"아이들을 데려올걸."

남편이 다시 나를 상식적인 세계로 끌어들인다.

빨간 풍선을 놓친 계집아이가 자지러지게 운다. 구름 한 점 없는 하늘로 빠져들 듯이 풍선이 멀어져간다.

드디어 빨간 점을 놓치고 만 나는 눈물이 솟도록 하늘의 푸름이 눈부시다.

옆에 앉은 남편도 풍선을 쫓았던가 고개를 젖힌 채 눈이 함빡 하늘을 담고 있다.

그러나 그뿐, 이미 그의 눈엔 십 년 전의 앳된 갈망은 없다. 그뿐이랴. 여자를 소유하고 가정을 갖고 싶다는 세속적인 소망 외에는 한 번도 야망이나 고뇌가 깃들여 보지 않은 눈. 부스스한 머리가 늘어진 이마에 어느새 굵은 주름이 자리 잡기 시작한 중년의 그가 나는 또다시 낯설다.

저만치서 고등학생들이 배드민턴을 친다. 콕이 나비처럼 경쾌하게 날아와 라켓에 부딪치는 소리가 마치 젊은 연인들의 찰나적인 키스의 파열음처럼 감각적으로 들린다.

나는 충동적으로 그의 이마의 주름진 곳에 그런 키스를 퍼부었다.

그가 낯선 게 견딜 수 없어서였다. 그가 아주 타인처럼 낯선 게 견딜 수 없어서였다.

나무들의 그림자가 길어지고 우수수 바람이 온다.

이미 낙엽을 끝낸 분수 가의 어린 나무들이 벌거숭이 몸을 애처롭게 떨며 서로의 가지를 비빈다.

그러나 그뿐, 어린 나무들은 서로의 거리를 조금도 좁히지 못한 채 바람이 간 후에도 마냥 떨고 있었다.

부처님 근처

초는 한 갑에 백이십 원, 만수향은 백 원이라고 한다. 나는 시치미 딱 떼고 이백 원만 내주고 일부러 핸드백을 소리 나게 닫았다.

"이십 원 더 주셔얍지요."

"아저씨도 괜히 그러셔, 이런 초는 백 원이면 어디서나 살 수 있는 건데."

나는 꽁치 한 마리에 오 원을 깎을 때라든가, 콩나물 이십 원어치에 기어코 덤을 한 움큼 더 뺏어낼 때처럼, 뻔뻔스럽고 익숙한 추파를 주인남자에게 던지면서, 초와 만수향을 어머니가 들고 있는 쇼핑백 속에 밀어 넣었다.

"얘가, 깎을 게 따로 있지."

어머니는 나를 거칠게 밀어젖히고, 주섬주섬 치마를 걷어 올리더니 속바지에 꿰매 단 커다란 주머니에서 십 원짜리 동전 두 닢을 꺼내 주인남자에게 공손히 바치고 두어 번 굽실거리기까지 한다.

물건 깎는 데라면, 나보다 한술 더 뜨던 어머니.

어머니는 방금 내가 한 짓을 인색한 짓으로 못마땅해하기보다는 부처님에 대한 정성 부족으로 받아들이고 황공해하고 있는 눈치다.

가게를 나와 같이 걸으면서도 어머니는 내내 시무룩하고 엄숙했다. 어머니의 이런 엄숙함에는 다분히 의식적이요, 과장된 허풍이 보였다. 마치 유치원 원아 앞에서 유희를 가르치는 보모같이 열심스럽고 과장된 표정과 몸짓으로 그녀는 내가 그녀의 엄숙함을 흉내 내기를 꾀고 있었다.

일전에 어머니가 나를 꾀어서, 박수무당 집에 데리고 갈 때도 꼭 저렇게 어마어마하게 엄숙했으렷다. 퉤, 퉤. 생각이 어쩌다 박수무당에게로 미치자 나는 길바닥이 그 녀석의 상판때기라도 되는 듯이 함부로 침을 뱉고, 부르르 진저리까지 쳤다.

나는 어머니를 따라 절에 가고 있는 일에 대해, 이미 후회를 시작하고 있었다.

그러나 우리는 벌써 ㅂ사(寺) 앞에 와 있었다.

ㅂ사는 창건한 지 300여 년을 줄곧 여승들만으로 유지해 온 유서 깊은 절이요, 여신도가 많기로도 아마 우리나라에서 으뜸이리라는 어머니의 말로 짐작하고 있었던 것보다 훨씬 그 규모가 컸다. 그것을 절이라기보다는 성새(城塞) 같은 모습으로 촘촘한 주택가를 위압하고 있었다.

우리 식도 양식도 아닌, 기와지붕의 육중한 이 층 콘크리트 건물이 ㄷ자로 담장처럼 법당을 포함한 사찰 경내와 주택가를 차단하고 있어, 주택가에서 본 ㅂ사는, 아무런 겉치장도 안 한 벌거벗은 콘크리트의 냉혹한 재질감과, 이 층 건물에 재래식 기와지붕이라는 부조화에서 오는 우스꽝스러움이 뒤범벅된 불안한 위엄을 갖추고 있었다.

그러나 경내로 들어서자 바로 우러러 뵈도록 돌층계 위에 높이 자리 잡은 법당은 단청이 아름답고, 무엇보다도 전형적인 사찰 양식의 목조 건물인 것이 반가웠다. 어머니는 법당을 향해 합장하고 예배했다.

경내로 들어서서 본 콘크리트 건물은 외부에서 본 것과는 전연 다른 모습을 하고 있어 나는 어리둥절했다. 외부로 향해서 그렇게도 폐쇄적이고 음험하던 모습이 안으로는 너무도 밝게 열려 있었다. 벽이라곤 없이 온통 번들번들한 유리 분합문만으로 되어 있고, 그 속에는 마치 요정의 객실 같은 드넓은 장판방이 즐비하니 잇달아 있었다.

그중 제일 큰, 국민학교 교실을 두 개쯤 터놓은 듯한 장판방 앞에는 고무신이 수없이 많이 늘어 놓여 있고 신도들의 염불 소리가 낭랑하게 들려왔다.

"나무대비관세음 원아속지일체법
나무대비관세음 원아조득지혜안
나무대비관세음 원아속도일체중
나무대비관세음 원아조득선방편……."

생소하지 않은 염불 소리여서 반가웠다. 생소하기는커녕 잘하면 따라 할 수도 있으리만큼 귀에 익은 소리다.

부우연 이른 아침, 나는 영락없이 아랫방에서 들리는 어머니의 염불 소리에 선잠이 깨게 마련이었다. 아이들 시간밥 짓기에도 아직 이른 시간이었다. 나는 남편이 그 소리에 깨면 어쩌나 조마조마하면서도 그 소리가 싫지는 않았었다. 어쩌면 나는 그 소리로 나의 하루를 안심스러워하려 들었는지도 모른다.

그리고 난 또 어머니의 그 염불 때문에, 아이들의 환경 조사서의 종교란에 서슴지 않고 불교라고 써넣을 수도 있었다. 그건 다행한 일이었다. 아이들은 환경 조사서에 '무'가 많은 것을 몹시 싫어했으니까.

넓은 방 한가운데는 테이블과 방석이 깔린 의자가 놓여 있고, 신도들은 그 테이블을 중심으로 양편으로 마주보게 빽빽이 늘어앉아 있었다.

예식장에서 남녀가 서로 패를 갈라 앉듯이, 여기서는 노소(老少)가 패를 갈라 서로 마주 보도록 나눠 앉아 있었다. 나는 젊은이들이 있는 쪽으로 가 자리를 잡으려 했으나 어머니는 내 손을 꼭 잡아 전면이 안치된 불상 앞으로 이끌었다.

"절을 해라. 먼저 불전을 놓고."

불상은 울긋불긋한 벽화를 배경으로, 비단방석을 깔고 쇼윈도같이 생긴 유리장 속에 들어앉아 있었다. 유리장 속에 들어앉아 있어서 그런지 꼭 종로 4가 근처의 만물전 진열장 속의 불상처럼 세속스럽고 가짜스러워 보였다.

유리장 앞, 넓은 불단에는 스테인리스 촛대가 수도 없이 여러 개 놓여 있고 촛대마다 촛불이 꼬마전구처럼 움직이지도 않고 켜져 있었다. 빈 촛대도 없는데 어머니는 우리가 사온 새 초에 불을 붙이더니 켜져 있는 남의 촛불을 손끝으로 눌러 끄고 대신 우리 초를 꽂았다. 딴 사람들도 다 그렇게 하는 모양으로 심만 조금씩 그슬린 새 초들이 즐비하니 촛대 사이를 뒹굴고 있고, 유리장 바로 앞, 좀 더 높은 단에는 백 원, 오백 원 지폐가 한 삼태기나 되게 쌓여 있었다.

나는 핸드백에서 오백 원권을 꺼내 그 무더기 위에 더했다. 백원짜리도 갖고 있었고, 좀 아깝기도 했지만, 아까 초 살 때 이십 원 때문에 어머니의 마음을 언짢게 해드린 것이 뉘우쳐져 이번엔 한번 어머니를 흐뭇하게 해드리고 싶어서였다. 그러나 어머니는 내 오백 원짜리를 보자 안색이 달라지더니 어쩔 셈인지 수북한 불전 무더기를 겁도 없이 헤치고는 백 원짜리 넉 장을 집어내는 게 아닌가.

"내 미리 일러둔다는 게 고만……. 쯧쯧, 잔돈을 좀 바꿔가지고 오지 않구. 불전 놀 데가 여기 한 곳뿐인 줄 아니? 이따가 법당에도 올라가 봐야지, 칠성각에도 가봐야지, 산신당에도 가봐야지, 어서 절이나 하지 뭘 그러구 있어?"

그렇잖아도 불전을 거슬러 가진 게 부끄러워 죽겠던 판이라 나는 부랴부랴 절을 하였다. 앉아서 염불을 외는 신도도 많았지만 절을 하고 있는 신도들도 많아, 앞의 여자 궁둥이가 내 코빼기를 들이받고, 또 내 엉덩이론 내 뒤 여자 이마를 들이받았다.

그래도 나는 절을 하고 또 하고, 또 했다. 그럴 수밖에 없었다. 다리가 아파왔지만 나는 계속 절을 할 수밖에 없었다. 마치 매스게임의 일원이 된 것처럼 나는 내 둘레의 열심스런 율동으로부터 고립할 용기가 없었다.

"고만 좀 앉자꾸나."

어머니는 퍽 만족스러워했다. 나는 기뻤다. 이제 앉아서 쉴 수 있게 된 것과, 내 열심스런 절로 어머니를 흡족하게 해드린 것이. 나는 젊은이들이 있는 쪽으로 가 앉으려 했으나, 어머니는 그쪽은 방바닥이 차다고 굳이 나를 자기 옆에 앉혔다.

신도들은 자꾸 모여들고, 자꾸 남의 촛불을 꺼버리고 자기의 새 촛불을 켜고, 앉아서 염불하던 신도 중에도 발작적으로 일어나 남의 촛불을 끄고 자기의 새 촛불을 켜는 이가 있고, 모두모두 절을 하고, 또 하고, 거듭거듭 합장하고, 절하고 또 하고, 그럴 때마다 긴 치맛자락이 휘장처럼 갈라지고 인조 속치마, 테토론 속치마, 털 속치마에 싸인 안반 같은 궁둥이가 보꾹을 향해 치솟았다.

큰 화로만 한 스테인리스 향로에 촘촘히 꽂힌 만수향에서 피어오르는 푸른 연기는 넓은 방을 짙은 안개처럼 채우고, 목구멍을 따갑게 찌른다. 공기가 탁해 가슴이 억눌린 듯이 답답하다. 그래도 난 잘 참는다. 염불은 주로 극성맞게 절을 할 기운이 없는 늙은 신도들이 하고 있다.

"나모라 다나 다라 야야 나막알약 바로기제 새바라야 모리사다 바야 마하사다바야 마하가로 니가야 옴 살바바예수……."

이 소리 역시 아침마다 들어놔서 따라할 수 있을 만큼 익숙하다. 그러나 마치 마법사의 주문 같아 그 뜻은 도무지 짐작도 안 된다.

언젠가 나는 어머니에게 그 뜻을 물어본 일이 있다. 어머니는 내 물음을 교묘히 피했다. 뜻이 뭐 그리 대단하냐고 하면서 이런 이야길 했다. 예전 어떤 아낙네가 싸움터에 나간 남편의 안부를 주야로 걱정하던 끝에, 깊은 산중의 고승을 찾아가 남편의 무사를 위해 자기가 할 수 있는 치성은 뭐냐고 물었단다. 고승은 그녀에게 매일같이, 앉으나 서나, 그저 정성껏 나무아미타불만 부르라고 일러줬다. 그 자리서부터 나무아미타불을 부르며 돌아오던 아낙네는 동구 밖 개울을 건너다 그만 잊어버리고 말았다. 아무리 노심초사해도 생각나지 않았다. 생각다 못해 그녀는 동네의 학식 높은 이를 찾아 잊어버린 염불을 가르쳐주기를 간청했다. 학식은 높지만 짓궂고 천박한 이 사람은 그녀에게 음탕하기 짝이 없는 쌍소리를 가르쳤다. 그녀는 주야로 그 쌍소리를 외었고, 동네 사람들은 생과부 노릇 끝에 서방에 미친년이라 비웃었다. 그러나 그녀는 정성껏 외고 또 외었다. 남편은 마침내 살아서 돌아왔다. 그가 넘긴 몇 번의 죽음의 고비는 도저히 부처님의 신통력이 아니고는 설명할 수 없는 것이었다.

말의 뜻이란 겉모양 같은 거고, 거기 담긴 정성, 믿음이 참 알맹이라고 어머니는 말하고 싶은 거였다.

그러나 나는 뜻으로 염불을 납득하려 든다든가, 짤막한 지식으로 불교와 불교 의식을 이해하려 드는 버릇을 버리지 못했다. 실상 불교에 대한 내 지식이란 퍽 짧을뿐더러, 지극히 교과서적이고 상식적인 것이었고, 더 나쁜 것은 신앙이 전연 곁들지 않고 맨송맨송한 것이었다.

결국 50점 정도의 시험 답안지를 쓸 수 있는, 예수나 마호메트에 대해서도 그만큼은 알고 있는, 그런 정도의 지식을 안경처럼 코에 걸고 불교를 바라보려 들었다.

그래서 나는 사찰 경내의 법당과 나란히 자리 잡은 칠성각이니 산신당이니가 도무지 못마땅했고, 어머니는 부처님이고 칠성님이고 그저 우리를 보살펴주는 분으로, 여러 분 계실수록 고맙고 황공해했다.

칠성각은 어머니가 ㅂ사의 신도가 되기 전부터 있었던 모양이나 산신당은 불당 뒤 암벽 위에 요즈음 새로 생긴 것으로 이것의 건립을 위해 신도들로부터 대대적인 시주를 받았다. 그때 어머니는 내 눈치를 민망하도록 오래 살펴가며 거의 애걸하다시피 시주할 돈을 요구했고, 나는 절에 산신당이 아랑곳이냐고, 펄펄 뛰며 중들을 걸어 가짜라느니, 순 엉터리 사기꾼이라느니 욕지거리만 실컷 하고 한 푼도 내놓지 않았다. 뿐만 아니라 어머니가 어쩌하든 시주를 안 하고는 못 배기리라 짐작한 나는 거의 어머니에게 맡기다시피 하고 있던 살림살이까지 영악스럽게 간섭해, 한 푼이라도 시주로 새나갈까 봐 극성을 떨었다.

그것은 어머니에 대한 심한 모욕이요 학대였다——왜 또 성미를 부리니——어머니는 이 한마디로 내 학대를 잘 견디고 또 시주는 시주대로 한 눈치였다. 환갑 때 해드린 금반지를 어느 틈엔지 끼고 있지 않았다.

어머니는 내가 성미를 부리는 것을 참는 데 너무 익숙해 있었다. 나는 주기적으로 무슨 꼬투리든지 잡아가지고, 또는 아무 꼬투리도 없이 성미를 부렸고 어머니는 병간호하듯이 내 고약한 성미를 간호

했다.

만수향의 연기는 정말 지독했다. 침을 삼키려 해도 목구멍에 통증이 왔다. 그래도 눈을 지그시 감고 잘 견디고 있던 나는 신도들이 일제히 일어서는 기미에 따라 일어서며 이제야 끝났나 보다고 휴우 한숨을 내쉬었다.

그러나 끝이 아니라 이제부터 시작인 모양이었다. 아까부터 빈 채로 한가운데 놓여 있던 의자에 눈썹까지 흰 노스님이 붉디붉은 가사를 두르고 꾸불꾸불 옹이가 많은 지팡이를 짚고 와 앉고 따라 들어온 여러 명의 비구니들이 우선 부처님께 예배하고 노스님께 예배하고, 분합문 쪽으로 등을 돌리고 노스님을 마주보는 위치에 나란히 앉는다.

"법문을 해주실 스님이란다. 먼 곳에서 일부러 오시지."

어머니가 소곤소곤 내 귀에 속삭였다. 신도들은 일제히 노스님을 향해 절을 했다. 절의 횟수는 한정이 없었다. 노스님이 눈을 지그시 감고 낭랑한 목소리로 염불을 시작하자, 비구니들도 따라하고 신도들도 자리에 앉아 눈을 감고 염불을 시작했다.

그러나 몇몇 젊은 신도들은 여전히 불상 앞에 촛불 켜고 만수향을 켜고 절을 하는 것을 그치지 않았다. 좀 나이 든 비구니가, 다들 앉으라고, 제발 만수향만은 고만 켜달라고, 목이 잠겨 염불을 잘 할 수 없다고 애걸조로 말하였으나 그녀들은 들은 둥 만 둥 신들린 무당처럼 너울너울 절하기를 멈출 줄을 몰랐다.

그런 중에도 노스님의 법문이 시작되었다. 세존께서 마침내 해탈하시고 참자유를 얻으신 후, 진리를 펴시는 이야기를, 주로 세존께서 행하신 기적——어마어마하게 큰 독사를 바리때에 거두셨다든가, 무서운 홍수 속에서 성난 물결을 양편으로 물리치시고 마른 땅에서 계셨다든가——을 중심으로 쉬운 말로 해나갔다. 그것은 퍽 재미있는 얘기였지만, 세존께서 고뇌에서 해탈하시기까지의 고뇌, 헤매임을 없이하실 수 있기까지의 헤매임은 전연 언급하지 않았으므로 재미있지만 졸린 이야기일 수밖에 없었다.

난 그런 이야기를 재미있어 하기에는 너무 나이를 먹은 것이다.

재미있는 건 노스님의 법문보다는 아직도 극성스럽게 절을 계속하고 있는 젊은 신도들의 모습이었다. 팔을 크게 벌려 공중에 커다란 호(弧)를 그리고는 조용히 가슴에 모아 합장하고는 꿇어 엎드리는데, 손바닥을 공손히 땅바닥에 붙이는 여자가 있는가 하면, 손바닥을 세워 울타리처럼 만드는 여자도 있고, 부처님을 향해 구걸하듯이 두 손바닥을 쩍 펴서 내밀며 엎드리는 여자도 있었다. 그리고 한결같이 절 그 자체에 깊이 도취되어 있었다.

부처님께서는 '바르게 깨달은 이, 해탈한 이야말로 예배받기에 합당한 이'라고 하셨으니 절에 와서 절을 하는 건 지극히 마땅한 일이고, 그래서 절을 절이라 부른다고 하지 않는가.

그러나 이 여자들이 부처님을 온갖 번뇌, 집착, 욕심으로부터 해탈한 분으로 숭앙하고, 저다지도 간절한 예배를 드리고 있다고 봐주기는 암만해도 좀 민망한 것이, 절하는 데만 열중해 있는 여잘수록 뭔가 물욕적인 것을 짙게, 탁하게 풍기고 있었다. 마치 복중에 온몸이 지글지글 끓어오르는 땀방울처럼 염치없이 끈적끈적하고도 번들번들하게.

나는 법문을 듣는 게, 남 절하는 걸 보는 게, 앉아 있는 게 점점 진저리가 나 몸을 비비 틀었다가 하품을 소리 나게 했다가 핸드백 뚜껑으로 똑딱똑딱 장난을 치다가 이빨로 손톱을 질겅질겅 씹었다가 했다. 옆에 앉아 있는 노인네들도 중얼중얼 잡담들을 했다.

"저 여편네들은 다리 힘도 장사야. 저렇게 줄창 절을 하니……."

"아마 올해도 천 번 채우는 여편네 몇 나겠는데."

"작년보다 더 나면 더 났지 덜 나진 않을 거요. 절을 천 번 하고 그해에 남편 사업이 불 일어나듯 했다고 자랑하는 여편네도 있잖습디까. 지금도 그 집엔 돈이 자가사리 끓듯 한답디다."

"그래서 올해도 저 극성들이구면. 젠장, 아무리 돈이 좋긴 하지만 우리 같은 늙은이야 어디 다리 힘이 있어야 근처라도 가보지."

"글쎄 말이오. 보살님이나 나나 밤에 꾹꾹 주물러줄 영감이라도 있으면 또 몰라. 힛히히……."

"그래 저 젊은것들은 서방이 주물러준답디까?"

"아 보살님은 저번에 젊은년들 서방 자랑하는 소리도 못 들으셨소? 재수불공 드리고 가서 다리 아파 죽겠다고 엄살을 부리면 서방이 쩔쩔매면서 밤새도록 주물러준다고……."

"에이, 잡년들 같으니라구."

"그래 정말 정초 재수불공에 절을 천 번 하면 재수가 트일까?"

"왜? 보살님은 참 영감님이 있으니까 생각이 다른가 보구려."

"누가 그까짓 송장 다 된 영감님 바라고 하는 소리요. 아들이 하도 되는 노릇이 없으니까 하 답답해서……."

"보살님, 좋은 수가 있어요. 그 무슨 절이라든가, 우이동 어디 산속에 있는 절인데 거기 석불이 기가 막히게 영검하답디다. 한 가지 소원만 빌면 꼭 들어주신다던데 같이 안 가 보겠수?"

"그럼 그럴까. 나도 그런 소릴 어디서 들은 것 같아."

"에구, 이 보살님들이, 거기가 얼마나 멀다구 섣불리 나설려구 그래. 차라리 여기서 천 번 절을 하는 게 낫지. 거긴 자가용 가진 부자들만 와서 돈을 휴지처럼 뿌리는 데예요."

"돈이야 여기선 휴지 같잖은가 뭐. 작년 사월 파일만 해도 돈을 중들이 주체를 못해 가마니에다 우거지처럼 처넣고 발로 꽉꽉 밟아서 은행으로 메구 갔다지 않소."

"설마……."

"보살님도, 설마가 뭐예요. 장사치고 부처님이나 예수 파는 장사만큼 수지맞는 장사도 없다오. 우리도 어디 절이나 하나 이룩할까 젠장."

"보살님, 그 염불밑천 가지구……."

노인네들답지 않게 키득키득 웃는다. 그러곤 이야기가 딸, 며느리가 해준 옷자랑, 패물자랑으로 옮겨간다. 그리고 또 언제는 누구 칠순 잔치, 누구 손자며느리 보는 날, 노인네들의 화제는 무궁무진하다.

노스님의 법문이 막바지에 이른 모양으로 잠겼던 목소리가 별안간 우렁차게 트이더니, 모든 것이 탐욕의 불로, 노여움의 불로, 슬픔 괴로움 두려움의 불로 타고 있다고 외친다.

감히 그른 말씀이라고 반박할 여지가 조금도 없는 옳은 말씀인데도, 전연 심금에 와닿지 않고 공소한 게, 다분히 쇼적이다.

차라리 만수향이 타고 있다고, 촛불이 타고 있다고, 우리 모두의 목구멍이 타고 있다고 외쳤더라면 얼마나 당면하고 절실한 문제로서 모두의 공감을 모을 수 있었을까?

만수향의 연기는 정말 지독했다. 나는 타는 듯이 아픈 목구멍의 통증을 더 이상 참을 수가 없었다.

나는 일어서서 가까스로 노인들 사이를 헤집고 사잇문으로 해서 마루방으로 해서 난간이 딸린 쪽마루로 해서 댓돌에 놓은 고무신을 찾아 신을 수 있었다. 살 것 같았다. 나는 입을 크게 벌려 숨을 헉헉 들이쉬고는 재채기를 수없이 해댔다.

어느 틈에 어머니가 따라 나와 아무 말도 안 하고 내 눈치만 본다.

"저 먼저 가도 되죠? 으스스한 게 어째 감기라도 들 것 같네요. 어머닌 천천히 오시죠 뭐."

"얘야, 먼저 가다니, 정작 제사도 안 보고?"

"참, 참 내 정신 좀 봐."

난 멍청이 같은 소리를 지르며 킬킬 웃기까지 했다.

오늘은 어머니가 다니시는 ㅂ사에서 음력 정초에, 날 받아 행하는 재수불공날이자 아버지의 22주 기일이기도 했다. 22주기……그런데도 절에서나마 제사를 지내기는 오늘이 처음이었고, 제사를 덮어둔 사연, 지내기로 정해지기까지의 사연으로 오늘이 어머니에겐 무척 감개 깊은 날일 터인데, 난 또 어머니를 섭섭하게 해드린 모양이다.

"자식도…… 난 또 네가 박수무당 집에서처럼 도망을 칠까 봐 겁이 나서 부랴부랴 따라 나왔지 뭐니."

어머니는 내가 제사 지내는 일에 무심한 것을 마땅찮아 하기는커녕 도망 안 친 것만 다행스러워했다. 그런 어머니가 난 측은했다.

"오래 기다려야 되나?"

나는 혼잣말처럼 중얼거리고 또 한 번 재채기를 했다.

"뭘, 불공도 곧 끝나겠지만, 그전에라도 해달라지 뭐. 내 지금 담당 스님께 이르고 올게. 넌 여기 꼭 섰거라."

"위패 모신 데는 어딘데요? 거기 가 있을래요. 추워서 그래요."

"너 혼자? 아서라. 곧 올게."

어머니는 정말 한달음에 다녀왔다. 어머니는 신바람이 나 보였고 그런 어머니가 측은해서 난 가슴이 뭉클했다.

위패를 모셔둔 방은 법당 밑의 방이었다. 법당은 외견상 돌층계 위에 자리 잡은 단층 건물 같았으나, 돌층계 뒤에 위패 모신 방으로 통하는 문이 있고, 법당도 이를테면 이 층 건물의 위층인 셈이었다.

어머니는 내 손을 꼬옥 잡았다. 내가 박수무당 집에서 도망친 것을 충격 때문이었다고 오해하고 있는 어머니는 제사 지내는 일이 내게 다시 한번 충격이 될까 봐 조마조마한 눈치였다. 난 어머니를 안심시키려고 비실비실 웃으며, 재채기를 함부로 해댔다.

썰렁하고 우중충한 마루방은 삼면 벽이 온통 위패와 사진들로 메워져 있었다. 아버지와 오빠의 위패는 사진과 함께 나란히 있었다. 종이로 만든 흰 연꽃 속에 들어앉아서.

사진은 처음 보는 것이었다. 고인들에게 그렇게 큰 사진은 없었으니, 아마 요즈음 어머니가 작은 사진을 사진관에 갖고 가 확대시킨 모양으로 지나치게 수정이 가해져, 어머니가 일러주지 않았으면 못 알아볼 지경이었다. 뭐, 이목구비가 특별히 다르게 된 것은 아닌데도 짙은 화장을 입힌 얼굴처럼 살갗에서 우러나는 표정이 없어서 백치스러워 보였다. 둘이 똑같이, 부자지간에 있음 직한 나이 차이도 지워진 채 그냥 둘은 닮아 있었다. 어머니를 많이 닮은 나는 어머니를 흉내 내 슬프고 엄숙한 얼굴을 하고 그들과 마주섰다. 이십 년 전의 한 가족은 이렇게 모인 것이다. 나는 정말 아무렇지도 않았다.

곧 제상이 들어와 위패 앞에 놓이고 어린 스님이 목탁을 치며 염불을 시작했다. 제상은 초라하고 염불은 서툴렀다.

"간소하게 해주십사고 했다. 정성이 제일이지 뭐."

어머니는 안 해도 좋을 변명을 웅얼웅얼 했다. 나는 그냥 조금 웃었다. 어머니는 초를 켜는 일, 만수향을 켜는 일, 정안수를 드리는 일을 나에게 시켰고 절은 같이 했다. 나는 네 번 절하고 다소곳이 물러섰다. 어머니는 더 오래 했다. 여러 번 하는 게 아니라 한 번 한 번을 오래했다. 정성스럽고도 곱게 몸을 숙여 오랫동안 잠이라도 든 듯이 엎드렸다 일어났다. 그리고 음식이 차려지지 않은 오빠의 사진에다 대고도 그렇게 했다. 엎드린 어머니는 등이 좁고 어깨는 수척하고 회색빛 쪽은 아기 주먹보다도 작았다. 아들의 위패 앞에 엎드려야 하는 욕된 배리(背理)에도 그녀는 다소곳할 뿐이었다.

그러나 나는 어머니의 조용하지만 절실한 몸짓을 통해 이 두 죽음이 얼마나 오래, 얼마나 심하게 우리의 일상을 훼방 놓았던가를, 그 훼방으로부터 놓여나려는 간망이 얼마나 간절한 것인가를 아프게 느꼈다. 그것은 소리 없는 통곡이요, 몸짓 없는 몸부림이었다. 그리고 나도 지금 정말은 아무렇지도 않지는 않다는 것을 깨달았다.

우리는 다정하고 오붓한 한 식구들이었다. 남자 둘, 여자 둘의. 그러나 어느 날 갑자기 두 남자 식구가 차례차례로 죽어갔다. 아주 끔찍한 모습으로. 그리고 그 끔찍한 사상(死相)으로 이십여 년 동안이나 여자들을 얽맸다.

6·25가 터지고 한동안 오빠는 꽤나 신이 나 보였다. 오빠는 그전부터 좌익운동에 가담하여 심심찮게 말썽을 일으켜오던 터라 신날 만도 했을 테고, 그런 오빠 때문에 적잖이 속을 썩이던 아버지도 때가 때이니만큼 내버려두려는 눈치였다.

그러나 어느 날부터인가 오빠는 바깥출입을 뚝 끊고 안방에 누워 담배만 온종일 뻐끔뻐끔 피우고, 수염이 무성하게 자라도 깎을 체도 안 했다. 누가 찾아와도 없다고 따돌리지는 않고 만나긴 만나는데 뭔가 상대방을 몹시 불쾌하게 해서 보내는 것 같았다. 우리는 날로 심해지는 폭격에서보다 오빠의 이런 태도에서 더 위급한 폭발물 같은 위험을 느끼고 있었다. 어느 날 늘 찾아오던 오빠의 '동무'가 총잡이를 앞세우고 찾아왔다. 마당에 마주 선 채 웅얼웅얼 대화가 오고갔다. 조용한, 거의 졸립도록 권태로운 말의 주고받음이었다. 별안간 오빠가 "못해." 하고 악을 썼다. 상대방이 "못해? 죽인대도?" "죽어도 싫다니까." 목숨은 어처구니없이 조급하게 흥정된 모양이다. 총잡이가 정말 총을 쐈다. 한 방도 아닌 여러 방을, 가슴과 목과 얼굴과 이마에.

그들은 갔다. 우리 식구는, 나는 얼마나 소름끼치게 참혹하고 추악한 죽음을 목도하고 처리해야 했던가? 형체를 알아볼 수 없이 산산이 망가진 상체의 살점과 뇌수와 응고된 선혈을 주워 모으며 우리 식구는 모질게도 악 한 마디 안 썼다. 그런 죽음, 반동으로서의 죽음은 당시의 상황으론 극히 떳떳치 못한 욕된 죽음이었으니 곡을 하고 아우성을 칠 계제가 못 됐다. 믿을 만한 인부를 사 쉬쉬 감쪽같이 뒤처리를 했다.

우리는 마치 새끼를 낳고는 탯덩이를 집어삼키고 구정물까지 싹싹 핥아먹는 짐승처럼 앙큼하고 태연하게 한 죽음을 꼴깍 삼킨 것이었다.

그 후 아버지가 조금씩 이상해지기 시작했다. 빨갱이라면 이를 갈아도 시원찮을 그분이 그때 한자리 하고 있는 친구를 찾아가 구질구질 아첨을 떠는 눈치더니, 일을 봐준다고 쫓아다니고 어이없게도 숨어 들어앉은 친구의 자제를 밀고까지 하는 모양이었다. 그들이 승승장구할 때도 아닌, 패세가 분명할 시기에 이 무슨 망령인지.

세상이 바뀌고 아버지는 원한을 산 사람들의 고발로 잡혀갔다. 1.4후퇴를 며칠 안 남기고 용케도 풀려나온 아버지는 전신이 매 맞은 자국과 동상으로 푸릇푸릇 짓무르고 해지고 퉁퉁 부은 채 썩은 냄새를 심하게 풍기는 송장이었다. 그래도 그 끔찍한 몰골로 목숨은 붙어 있어 우리를 피란도 못 가게 서울에 묶어놓았다가, 1.4후퇴 후의 텅 빈 서울에서 돌아가셨다. 그것은 오빠의 죽음보다 더 끔찍한, 차마 눈 뜨곤 볼 수 없는 죽음의 모습이었다. 우리는 아버지의 죽음도 감쪽같이 처리했다. 아아, 우리는 이미 그런 일에 익숙해져 있었다.

당시의 서울에선 알리려야 알릴 만한 곳도 없었지만, 서울이 수복되고 나자 빨갱이로서 매 맞아 죽은 아버지의 죽음은 욕되고 수치스런 것이었기 때문에 가까운 친척에게까지 그 일을 속이자고 어머니와 나는 공모했다. 공모를 더욱 빈틈없이 하기 위해 우리는 이사까지 갔다.

난리 통엔 죽은 이도 많았지만 죽었는지 살았는지도 모르게 없어진 이도 많았으므로 나의 아버지와 오빠도 일가친척에게 없어진 이로 알려졌다. 그것은 실로 일거양득이었다. 행방불명이란 생과 사에 똑같이 반반씩의 확률이 있으므로 우리 모녀의 불행도 남의 눈에 반쯤은 줄어서 비쳐졌을 게 아닌가.

이렇게 해서 우리 모녀는 앙큼하게도 두 죽음을, 두 무서운 사상(死相)을 눈썹 하나 까딱 안 하고 꼴깍 삼켜버렸던 것이다.

물론 우리는 제사도 안 지냈다. 그들은 행방불명이니까.

사람이 죽으면 아이고 아이고 곡을 한다. 눈물이 마르면 침을 몰래몰래 발라가며, 기운이 빠지면 박카스를 꼴깍꼴깍 마셔가며 아이고 아이고 곡을 하고, 조상객을 치르고, 노름꾼을 치르고, 거지를 치르고, 복잡하고 복잡한 밑도 끝도 없는 여러 가지 절차를 치르고 복잡한 절차 때문에 웃어른과 아랫사람과 말다툼도 치르고, 차례에 제사에 또 제사를 치른다. 그래서 살아남은 사람은 기운이 빠질 대로 빠지고 진저리가 나고, 빈털터리가 되고 지긋지긋해지면서 죽은 사람에게서까지 정나미가 떨어진다. 비로소 산 사람은 죽은 사람으로부터 자유로워진 것이다.

그런데 우리는 사자(死者)를 삼킨 것이다. 은밀히, 음험하게. 어머니와 나는 교외의 조그만 집에 살면서 나는 밥벌이를 다녀야 했다.

어둑어둑해지는 저녁나절 집에 돌아올 때, 앞서 가는 젊은 남자의 뒤통수가 잘생기고 걸음걸이가 근사했다고 치자. 그 무렵의 나는 그런 일로도 감미로운 기대로 가슴이 두근거릴 수 있는 그런 나이였다. 그러나 나는 무서웠다. 앞서 가는 사람이 행여 돌아다볼까 봐, 돌아다보는 그의 얼굴이 꼭 피투성이의 무너져 내린 살덩이일 것 같아 나는 무서웠다. 나는 지독스런 혐오감으로 몸을 떨며 온몸에 식은땀을 흘렸다. 내 처녀 시절, 내 인생의 가장 빛나는 시절을 나는 이렇게 지긋지긋하게 보냈다. 무서운 게, 무서워하며 사는 게 지긋지긋했다.

너도 결혼을 해야지. 처자식만 알 착실한 남자하고. 어느 날 어머니가 그랬다. 나는 어머니의 그 말에 대번에 동의했다. 처자식만 아는 착실한 남자라는 말이 내 마음에 쏙 들었다. 처자식의 먹이를 벌어들이는 것 외에는 자기가 속한 사회에 섣불리 참여하지도 저항하지도 않는 남자, 그런 뜻이 아니겠는가. 그런 남자가 좋고말고. 그리고 나는 왠지 그런 남자와 결혼함으로써 오빠와 아버지에게 복수라도 하는 기분이었고, 무엇보다도 사는 일에 지쳐 있기도 하였다.

나는 그런 남자를 만나 결혼했다. 그리고 애를 낳고 또 낳았다. 애에 대한 내 욕심은 채워질 줄 몰랐다. 알게 뭐람, 언제 또 어떤 시대의 횡포가, 광기가, 검은 총구가 되어 내 아이의 가슴을 향해 겨누어질지 알게 뭐람. 뭘 믿고 아이를 둘만 낳을까. 셋도 적지. 넷도 적고말고. 다섯, 여섯…… 나는 몸서리를 치면서 자꾸 아이를 낳았다. 남편이 참다못해 불임수술을 할 때까지 내 출산은 계속됐다.

처자식만 아는 남편, 많은 아이들. 그래도 나는 행복하지 않았다.

사는 게 매가리가 없고 시들시들하고 구질구질하고 답답하고 넌더리가 났다. 사는 즐거움, 나는 흥미를 받아들이는 감수성이 마치 망가진 용수철처럼 매가리가 없이 풀려 있었다.

싱싱한 것은 아무것도 없었다. 무서움증조차도 처녀 적 같은 싱싱함을 이미 상실하고 있었다.

나는 이제 망령이 어두운 골목길에 피투성이의 유령이 되어 나타날까 봐 무서워하는 대신, 유령도 못 되고 어느 구석에 꽉 처박혀 있는 망령을 지지리도 못난 것으로 얕잡고 있기까지 했다.

그런데 문제는 바로 그 망령이 처박혀 있는 곳이었다. 나는 그들이 있는 곳을 명치 근처에서 체증을 의식하듯 내 내부의 한가운데서 늘 의식해야만 했다. 그 느낌은 아주 고약했다. 어머니와 함께 두 죽음을 꿀꺽 삼켰을 당시의 그 뭉클하기도 하고, 뭔가가 철썩 무너져 내리는 것 같기도 하고, 속이 뒤틀리게 메슥거리기도 하던 그 고약한 느낌은 아무리 날이 지나도 희미해지지 않았다.

자업자득이었다. 나는 그것들을 삼켰으니까. 나는 망령들을 내 내부에 가뒀으니까. 나의 망령들은 언젠가는 토해내지 않으면 치유될 수 없는 체증이 되어 내 내부의 한가운데에 가로놓여 있을 수밖에 없었다. 차차 나는 더 묘한 것을 깨닫게 되었다. 내가 망령을 가둔 것이 아니라 실상은 내가 망령에게 갇힌 꼴이라는 것을, 나는 망령에게 갇힘으로써 온갖 사는 즐거움, 세상 아름다움으로부터 완전히 격리당하고 있다는 것을.

나는 늘 두 죽음을 억울하고 원통한 것으로 생각해 왔는데 그 생각조차 바뀌어갔다. 정말로 억울한 것은 죽은 그들이 아니라 그 죽음을 목도해야 했던 나일지도 모른다 싶었다. 그 나이에, 내 인생의 가장 빛나는 시기에, 가장 반짝거리고 향기로운 시기에 그런 것을, 그 끔찍한 것을 보았다니, 그리고 그것을 소리도 없이 삼켜야 했다니! 정말이지 정말이지 억울한 것은 그들이 아니라 나인 것이다.

나는 그들로부터 자유로워지고 싶었다. 삼킨 죽음을 토해 내고 싶었다. 그 무렵 나는 낯선 길모퉁이 초상집에서 들리는 곡성에도 황홀해져 그곳을 떠나지 못하고 오래 서성대기가 일쑤였다. 저들은 목이 쉬도록 곡을 함으로써, 엄살을 떪으로써, 그들이 겪은 죽음으로부터 놓여나리라. 나에겐 곡성이 마치 자유의 노래였다.

그사이 세상도 많이 변했다. 6·25란, 우리가 겪은 수난의 시대를 보는 눈에도 많은 여유들이 생기고, 그 시대를 나의 아버지나 오빠 같이 지지리도 못나게 살다간 사람들을 보는 눈도 관대해졌다.

나는 이때다, 이때를 놓치지 말고 나도 곡을 하리라, 나도 자유로워지리라 마음먹었다. 나의 곡의 방법이란 우선 숨겼던 것을 털어놓는 일이었다.

이렇게 해서 나는 어머니의 허락도 없이 어머니와의 공모에서 이탈했다.

나는 만나는 사람마다 붙잡고 그 이야길 시켰다. 실상은 말야, 6·25때 말야, 우리 아버진 말야, 우리 오빤 말야, 오래 묵은 체증을 토하듯이 이야길 시켰다. 그러나 아무도 내 비밀을 재미있어 하지도 귀를 기울여주지도 않았다.

듣는 사람이 없는 곡성이 무슨 의미가 있을까? 상주도 문상객이 있어야 곡을 할 게 아닌가?

그 시대를 보는 눈이 관대해졌다는 건 그만큼 무관심해졌다는 의미도 된다는 것을 나는 비로소 알았다.

친척들 중에도, 친구들 중에도 그까짓 이십 년 전의 난리 때 일어났던 일을 대수로운 일로 받아들이는 사람은 아무도 없었다. 그들의 관심은 땅을 도봉 지구에 사두는 게 더 유리한가 영동 지구에 사두는 게 더 유리한가에 있었고, 사채놀이의 수익이 더 높은가 증권 투자의 수익이 더 높은가에 있었다. 그들의 관심은 오로지 어떡하면 더 잘살 수 있나에 대해 곤충의 촉각처럼 예민할 따름이었다.

내가 아는 이는 다 나보다 부자인데도 내 곡성을 들어줄 수 있을 만큼 한가한 이는 정말 아무도 없었다. 그들은 남보다 더 나은 집, 더 앞서는 문화 시설에의 경주로 막벌이꾼보다 더 지쳐 있었고, 그들이 가진 것은 늘 그들의 욕망에 훨씬 미치지 못해 거러지보다 더 허기가 져 있었다.

내 지각한 곡성은 이렇게 맞받아주는 문상객을 못 만나 한번 시원히 뽑아보지도 못하고 싱겁게 끝났다.

나는 내 괴로움이 얼마나 외로운 것일 수밖에 없나를 뒤늦게 깨달은 것이다.

내가 삼킨 죽음은 여전히 내 내부의 한가운데 가로걸려 체증처럼 신경통처럼 내 일상을 훼방 놓았다. 나는 여전히 사는 게 재미없고 시시하고 따분하고 이가 들끓는 누더기처럼 지긋지긋해 벗어던질 수 있는 거라면 벗어던져 흠뻑 방망이질을 해주고 싶었다.

간혹 꿈에서 피 묻은 얼굴이라도 보면 식은땀이나 실컷 흘리고 깨어나서는 오늘도 재수 옴붙었어, 퉤퉤, 하루를 살기도 전에 내던지고, 그러다가도 문득 6·25때 말야, 사실은 말야, 우리 아버지는 말야, 하고 이야기가 하고 싶어졌다.

나는 그 이야기가 하고 싶어 정말 미칠 것 같았다. 나는 아직도 그 이야길 쏟아놓길 단념 못하고 있었다. 어떡하면 그들이 내 얘기를 끝까지 들어줄까, 어떡하면 그들을 재미나게 할까, 어떡하면 그들로부터 동정까지 받을 수 있을까. 나는 심심하면 속으로 내 얘기를 들어줄 사람의 비위까지 어림짐작으로 맞춰가며 요모조모 내 이야길 꾸며갔다.

나는 어느 틈에 내 이야기로 소설을 쓰고 있었던 것이다. 토악질하듯이 괴롭게 몸부림을 치며, 토악질하듯이 시원해하며.

임금님 귀는 당나귀 귀라고 대나무숲에서 외친 이발사의 행복을 나도 누리는 듯했다. 그러나 이발사의 행복도 대나무숲으로 하여금 임금님 귀는 당나귀 귀라는 요란한 공명을 얻어냄으로써 완벽했던 것이지 그 스스로의 외침만으론 미흡했던 게 아닐까?

그런 뜻에서도 나는 내 소설을 활자화하기로 결심했고 그것은 이루어졌다.

내 글이지만 활자가 되고 나니 원고지에서 육필로 대할 때보다 객관성을 가지고 읽을 수 있었고, 읽고 난 나는 거짓말이라고 외칠 밖에 없었다. 이 경우의 거짓말이란 사실이 아니란 뜻보다 소설적인 진실이 아니란 뜻이었음 직하고 하여튼 나는 기가 팍 죽었다.

이런 나의 실패는 나의 능력 부족의 탓도 있었고 내 이야기를 들어줄 사람과 내가 사는 시대의 비위를 지나치게 의식한 탓도 있었겠지만 가장 큰 이유는 두 죽음이 내가 작품화할 수 있을 만큼, 즉 여유 있게 전모를 파악할 수 있을 만큼의 거리로 물러나주지 않고 너무 나에게 바싹 다붙어 있기 때문이기도 했다.

모든 체험은 시간과 함께 뒤로 물러나 원경(遠景)이 됨으로써 말초적인 것이 생략되는 대신 비로소 그 전모를 드러낸다. 그러나 내가 겪은 두 죽음은 이십여 년이란 세월이 흐른 후에도 거의 피부적인 촉감으로 나에게 밀착돼 있어 도저히 관조할 수 있는 거리로 뿌리쳐 내지 못했던 것이다.

이런 실패로 우울해진 나는 자주 어머니에게나 엄살을 떨밖에 없었다. 죽음을 같이 삼킨 공범자인 어머니가 딸과 사위에게 얹혀 사는 것에 별 불만 없이 떳떳하고 건강한 생활인의 자세를 유지하고 있는 게 못마땅하기도 했고, 내 엄살이 먹혀 들어갈 만한 곳으로 내가 마지막 택한 상대가 어머니이기도 했다. 그때까지만 해도 우리들의 공범의 비밀은 공범자끼리도 잘 지켜져 모녀가 그 끔찍한 일을 입에 담는 일이란 없었던 터였다.

나는 조금씩 어머니에게 그 이야길 시켰다. 꿈에 아버지를 봤다든가, 피투성이 오빠를 봤다든가, 그런 꿈을 꾸면 재수가 없다든가 하고.

어머니는 내가 기대했던 것보다 더 놀라워했다. 죽으면 가시손이 된다더니, 그러면 그렇지 휴우. 어머니는 우리가 돈복이 없이 못 사는 것, 내가 자주 앓는 것, 아이들이 상급 학교 시험에 떨어지는 것까지 곱게 못 죽은 원귀의 탓으로 돌리는 눈치였고, 그것이야말로 내가 어머니에게 엄살을 떨기 전부터 늘 어머니를 괴롭혀 오던 문제였던 것 같았다.

나는 늘 조마조마했더랬느니라. 하루도 마음 편한 날이 있더랜 줄 아니. 그렇게 끔찍하게 죽은 이들을 지노귀굿이라도 해줘 봤니, 일 년에 한번 제사라도 지내 봤니. 천도(薦度) 못 받은 원귀가 갈 데가 어디 있겠니.

망령은 나뿐 아니라 어머니도 간섭하고 있었던 것이다. 전연 다른 방법으로.

어머니의 불도에의 신심이 이 무렵부터 한층 더해 갔다. 내가 소설을 써서 그들을 내 내부로부터 토해 내려고 몸부림을 치는 동안 어머니는 그들을 극락으로 천도하려고 열심히 절에 다니셨다.

그것만으론 부족했던지 용한 박수무당을 찾아 무꾸리를 하더니 기어코 지노귀굿까지 벌여놓고 말았다. 불명까지 받은 어엿한 보살님이신 어머니는 절과 무당집을 동시에 다니는 것에 조금치의 부끄러움이나 망설임도 없었고 이런 어머니를 나는 어느 만큼 딱해하기도 하고 어느 만큼은 경멸하기도 했다.

나는 무슨 핑계든지 대고 지노귀굿엔 따라가지 않으려고 했다. 겉으론 무꾸리니 지노귀니를 가볍게 일소에 부치는 척했지만 실상은 난 좀 무서워하고 있었다. 그것은 아주 터무니없는 공포감이었다. 마치 처녀 적, 앞서 가는 남자의 준수한 뒷모습에서 느닷없이 피 묻은 얼굴을 환각하고 떨던 것 같은.

그러나 지노귀굿 날의 어머니의 태도는 뜻밖에 강압적이고도 엄숙했다. 핑계가 아닌 진짜 볼일도 있었는데도 나는 끽소리 한마디 못하고 어머니를 따를 수밖에 없었고, 도리어 박수무당에게 양해를 얻어 잠시 그 집을 빠져나와 볼일을 봐야 했다.

내가 다시 그 집에 들어갔을 때, 마침 박수무당에겐 아버지의 혼백이 올라 있었다. 박수는 다짜고짜 나를 얼싸안더니, 에구구 요 매정한 것아, 이제야 오는구나, 에구구 보고지고 보고지고 오매에도 못 잊던 내 딸아, 어디 한번 마지막으로 만져나 보자, 하고 구성지게 느껴울면서 나를 얼싸안더니 볼을 비비고 몸을 더듬었다. 박수에게선 시척지근한 막걸리 냄새가 지독하게 풍기고 손길은 흉측스러웠다. 그의 한 팔이 허리를 조이더니 다른 한 팔이 엉덩이를 더듬자 나는 그를 밀치고 도망쳤다. 어머니는 지금까지도 그때 내가 도망친 것을 아버지의 혼백의 넋두리를 들은 충격 때문인 것으로 오해하고 있다.

그리고 그때의 박수의 공수에 의해 올해부터 아버지와 오빠의 제사를 절에서나마 받들기로 한 것이다.

그동안 혼백인들 얼마나 야속했을까, 배는 또 얼마나 주렸을까, 남의 제사에라도 따라가 눈치 보며 얻어먹었겠지, 그 도도한 분이. 쯧쯧, 제사도 못 지내는 주제에 한 끼도 안 거르고 내 목구멍엔 밥을 넘기는 게 꼭 가시 같더라니, 박수가 참 영검도 하더라, 꼭 집어 내드라니까. 너 그때 도망가기 참 잘했지. 끝까지 들었더라면 아마 기절이라도 했을 게다. 몸도 약한 게, 아버지 혼백이 들어와 그동안 이승과 저승 사이를 떠돌아다니며 설움 받은 넋두릴 얼마나 서럽게 한 줄 아니, 호령은 또 얼마나 내렸다고, 목석만도 도척만도 못한 것들이라고. 호령이야 암만 들어도 싸지, 싸고말고, 어쩌면 그 양반 성미가 돌아가고 나서고 그렇게 여전하신지…… 어머니는 지노귀굿 날 아버지 혼백과 만난 얘기를 두고두고 했다.

어머니는 절을 수없이 하고 또 했다. 한 번 한 번을 한결같이 정성스럽고도 간곡하게, 이제 그만 제상을 물리라는 스님의 말이 몇 번 있은 후에야 어머니의 절은 끝났다. 물린 제상이 곧 밥상이 되어 다시 들어왔다. 나는 퍽 시장했으므로 많이 먹었다. 뭇국에 밥을 말고 튀각을 와지직와지직 깨물며 여러 가지 나물을 뒤섞어서 소담스럽게 퍼먹었다. 어머니는 국 국물만 조금씩 더 잡숫는 게 기진맥진해 보였다. 벼르고 벼르던 일을 한 후의 허탈감으로 진지 잡술 기운도 없는 것 같았다. 마치 오늘날까지 어머니의 기력을 지탱해 온 게 다만 제사 지내기 위해서였던 것처럼 그것을 마친 후의 어머니는 툭 건드리면 무너져 내릴 듯이 무력해 보였다.

그래도 어머니는 곧장 집으로 돌아가려 들지 않고 당초의 계획대로 나를 법당으로 칠성각으로 산신당으로 데리고 다니며 절을 시키고 불전을 놓게 했다. 나는 어쩐 일인지 절 속에 있는 산신당이니 칠성각에 대한 반발, 종교적인 것과 무당적인 것과의 뒤죽박죽에 대한 냉소를 자중하고 있었다. 젠장, 이게 무슨 꼴이람. 나는 너무 고분고분한 나 자신에 화가 나서 하다못해 아까처럼 재채기라도 하려 했으나 그것조차 마음대로 되지 않았다.

절을 너무 여러 번 해서 다리가 후들거리고 현기증이 났다.

"어머니 피곤하시죠?"

"아니 괜찮다."

어머니는 곱게 웃었다.

"택시 타고 갈까?"

"관둬라. 오늘 너 과용했지?"

나는 택시를 잡아 어머니를 억지로 밀어 넣고 나도 옆에 탔다. 어머니는 내 손을 꼭 잡으며

"고맙다, 네가 딸 노릇 잘해 줘서. 여름에 네 오래비 제삿날도 잊

지 말아라."

"어머니가 그때 가서 가르쳐주시면 되잖아요."

"그렇긴 하다만 늙은이 일을 뉘 아니. 언제 어떨려는지. 그래도 잊지 마라, 응?"

나는 그냥 웃었다.

"웃을 일이 아니래도, 죽은 이들이 극락에 가야 산 사람이 다 편한 법이야. 난 이제 죽어도 한이 없다. 밤낮 걸리던 일을 해서."

어머니는 머리를 내 어깨에 기대더니 눈을 감았다. 오래 그러고 있었다. 잠이 드신 것 같았다. 조그만 머리는 전연 무게를 지니지 않은 채 내 어깨에 곱게 얹혀 있고 마디 굵은 손으로 내 손을 가볍게 쥔 채.

차는 무슨 일인지 자주자주 급정거를 하고, 그럴 때마다 어머니의 머리가 위태롭게 흔들리고 나는 속이 덜 좋아 신트림을 했다. 시척지근하고 고약한 것을 입 속에서 되새김질하며 나는 내가 먹은 여러 가지 나물들을 하나하나 다시 생각해 내고 그것들 중 하나라도 다시는 또 먹을 것 같지 않은 싫증을 느꼈다. 그리고 오늘 겪은 일, 재수불공, 요란한 벽화를 배경으로 비단 방석을 깔고 지폐를 한 삼태기나 안고 앉았던 불상, 여신도들의 광적이고도 주술적인 몸짓의 절, 초와 만수향의 엄청난 낭비와 탁한 공기, 보살님들의 수다, 시주한 사람들의 이름이 시주한 액수에 비례한 크기로 초석마다 기둥마다 새겨진 산신당과 칠성각, 종교적인 것과 무당적인 것과의 조잡하기 짝이 없는 뒤죽박죽, 이 모든 것이 또 하나의 역겨운 신트림이 되어 와락와락 치밀었다. 그것은 박수무당 집에서의 혐오감보다 더하면 더했지 조금도 덜한 게 아니었다. 박수무당 집엔 적어도 뒤죽박죽은 없었지 않나.

도로가 포장이 안 된 우리 동네로 들어서자 차는 형편없이 덜컹댔다. 게다가 운전수까지 까닭 없이 쌍, 제기랄, 씨발, 퉤퉤 하며 차를 거칠게 몰아, 창밖의 을씨년스러운 빈촌의 겨울 풍경이 심하게 출렁댔다.

어깨에 얹혔던 어머니의 머리가 스르르 내 가슴으로 미끄러져 내렸다. 마치 풀어진 비단 머플러가 흘러내리듯이 소리도 없이, 무게도 없이, 슬몃.

나는 어머니를 편히 안았다. 이렇게 깊이 잠들 수가 있을까? 평온하고 천진하기가 꼭 애기 같았다. 어머니는 지쳐 있기도 했겠지만 무엇보다도 마음을 턱 놓았기 때문에 더욱 깊은, 마치 혼수상태 같은 잠에 빠져 있었다. 정말 애기 같았다. 나는 마치 내가 내 어머니의 어머니가 된 듯, 내 깊은 곳에서 자비심 같은 게 솟구치는 걸 느끼며 가엾은 내 어머니를 안았다. 사람이 살아야 한다는 것은 얼마나 서럽고도 서러운 업일까, 어머니를 안으니 문득 그런 생각이 났다.

거칠고도 말랑한 손의 희미한 온기, 손목에서 뛰는 약한 맥박, 그것만 없다면 지금 내 품의 어머니는 꼭 죽어 있는 것 같았다. 오오, 죽은 사람, 참 이렇게 고운 사상(死相)도 있겠구나! 이 평화로움, 이 천진함, 나는 별안간 세차게 가슴이 두근거렸다. 언젠가는 그래, 언젠가는 어머니는 지금 잠드신 것 같은 고운 사상을 내게 보여줄 게 아닌가. 나는 그것을 볼 수 있을 것이다. 고운 죽음이 얼마나 큰 축복이 될 것인지를 나는 알고 있다. 흉한 죽음이 얼마나 집요한 저주인가를 알기 때문에. 아아, 이제 다신 어머니에게 엄살일랑 떨지 말아야겠다. 어머니의 고운 죽음을 위해서. 나는 처음으로 털끝만큼의 혐오감도 없이 한 죽음을 생각할 수 있었던 것이다. 혐오감은커녕 샘물 같은 희열로 그것을 생각했다면 불효일까, 불효라도 좋다. 나는 내 어머니의 죽음으로 내 오랜 얽매임을 풀고 자유로워질 실마리를 삼아볼 작정이다.

지렁이 울음소리

  남편은 TV 채널 돌리는 데 독특한 기술을 가지고 있었다. 7에서
9로, 9에서 11로, 이 매혹적인 홀수에서 홀수로 옮아가는 길에 아무
리 바빠도 거쳐야 하는 8이나 10이란 공허한 짝수를 용케도 냉큼냉
큼 건너뛰어 곧장 7에서 9로, 9에서 11로, 또 11에서 9로, 9에서 7
로 전광석화처럼 채널을 돌리는 것이었다. 이렇게 그는 일 초의 십
분의 일도 치를 떨게 아까워하며 바보에서 반벙어리로, 반벙어리에
서 폭군으로, 폭군에서 계모로, 계모에서 악처로, ××쇼에서 ○○
쇼로, ○○쇼에서 △쇼로·깡충깡충 구경을 즐겼다.
  남편에게 TV 구경 말고도 꼭 TV 구경만큼이나 즐기는 게 또 하
나 있다. 그것은 군것질이었다. 그는 꼭 이 두 가지를 동시에 즐기
려 들었다. 술이나 담배를 전연 못하는 그가 주로 즐기는 군것질은
감미(甘味)가 몹시 짙고도 말랑한 것이어서, 단팥이 잔뜩 든 생과자
라든가 찹쌀떡, 시골에서 고아 온 눅진한 조청 따위를 맛있게 맛있
게 먹으며 입술 언저리를 야금야금 핥으며, 몸을 이리저리 뒤척이

며 줄기차게 연속극과 쇼에 재미나 했다. 아니 연속극도 맛있어 하더라고 하는 편이 옳을지도 모른다. 나에겐 그가 흡사 연속극도 단팥과 함께 먹고 있는 것같이 보였기 때문이다. 실상 두뇌나 심장이 전연 가담하지 않은 즐거움의 표정이란 음식을 맛있어 하는 표정과 얼마나 닮은 것일까.

이를테면 어떤 연속극은, 거피한 다디단 흰 팥이 노르께하게 구워진 겉꺼풀에 살짝 싸인 구리만주 같은가 자못 우물우물 맛있어 하는가 하면, 어떤 연속극은 찐득하니 꿀 같은 팥을 얇은 찹쌀꺼풀로 싼 찹쌀떡 맛인가 짜닥짜닥 맛있어 하고, 어떤 연속극은 백항아리에 담긴 눅진한 수수조청을 여자처럼 토실한 집게손가락에 듬뿍 감아올려 빨아먹는 맛인가 쪽쪽 맛있어 하고, 이 정도의 차이를 바보와 벙어리 사이에, 벙어리와 폭군 사이에 보였을 뿐 결코 어떤 감동은커녕 안타까움이라든가 동정, 흥분을 나타내는 일이 없었다.

그는 그냥 맛있어 하고, 맛있음을 그냥 즐겼다.

그는 신문이나 잡지 또는 뜬소문을 통해 그에게 전해지는 온갖 세상사도 TV 연속극 보듯이 즐겼고, 그가 브라운관 속에서 일어나는 일을 자기 일로 착각하는 따위의 어리석은 구경꾼이 아닌 것처럼 세상사와 그와의 행복을 연관 지어 생각하는 따위의 주제넘은 짓은 절대로 하지 않았다.

그의 일상은 다만 편안하고 행복했다. 그렇다고 그에게 아주 근심이 없는 것은 아니었다. 심심하지 않을 만큼 그에게 근심이 생겼지만 그는 아주 신속히 그 근심의 해결책을 발견하고는 그 근심이 없었던 때보다 한층 더 행복해졌다.

현대란 얼마나 살기 좋은 시댄가? 현대가 청부 맡을 수 없는 근심 걱정이란 게 도대체 있을 수 있을까? 한가지의 근심을 위해 여남은 가지도 넘는 해결책이 아양을 떨며 달려드는 시대인 것이다.

어느 날, 남편은 그의 정력이 전만 못하다고 느꼈다. 제기랄, 사십을 넘긴 지가 엊그제 같은데 벌써 이게 무슨 꼴이람. 그러나 그는 결코 오래 비참해할 필요가 없는 것이다. 아주 신속히 아주 신효한 정력제의 이름을 알아내고야 말았기 때문이다.

그걸 구태여 어디서였다고 설명할 필요는 없다. 출근 버스 속에 소나기처럼 쏟아지던 CM송에서였는지, 친구들의 음담패설에서였는지, 7에서 9로, 9에서 11로의 그 전광석화 같은 잇짬에서였는지, 하여튼 그 방면의 뜻만 있다 하면 곧 그것은 얻어지게 마련이었고, 그 정력제의 효과야말로 어쩌면 그 호들갑스러운 선전이 무색하지 않을 만큼 그렇게도 신통한 것일까?

감기도 몸살도 흰 머리칼도, 남편에게 일어날 수 있는 이런 자자분한 불행들은 다 같은 방법으로 재빨리 해결을 보고 이런 것들 말고 딴 불행이 일어날 가능성이라곤 조금도 없었다. 왜냐하면 그는 은행이란 안전한 직장에서 순조로운 승진을 하고 있었고 자기 몫의 수익성이 있는 부동산이 있었고, 건강한 자식과 아름다운 아내가 있었으니 말이다. 거듭 말해 두지만 그는 편안하고 행복했다.

그런데 이렇게 행복한 남편의 아름다운 아내인 나는 TV 연속극도 단것도 안 좋아했다. 나는 단것이 이나 위장에 해롭다고 믿고 있었고 TV는 바보상자라는 말에 깊이 공감하고 있었고, 연속극이 퇴폐적 단세포적 어쩌구저쩌구하며, 자못 고상하고도 혹독하게 매도되는 소리에 귀 기울이기를 즐겼다.

나는 내가 누릴 수 있는 온갖 편한 것의 혜택의 편이 아니고 늘 그 해독의 편이었다. 불량식품, 부정식품, 살인 가스, ××공해에다 또 ○○공해……. 아아, 현대란 얼마나 살기 힘든 끔찍한 시댄가.

남편이 정력제를 복용하자 정력제의 해독을 굳게 믿는 나는 그 호르몬제가 남편의 체내에서 도착(倒錯)을 일으켜 가뜩이나 여자처럼 섬세한 피부를 가진 남편의 유방이 수밀도처럼 부풀어 오르리라는 예감으로 전전긍긍하였고, 머리 염색체의 과용으로 곧 머리가 홀랑 벗겨지리라, 풍만한 유방을 가진 대머리, 그런 그로테스크한 상상으로 몸서리를 쳤다. 그러고 보니 내 생활이란 게 너무 무사태평해 난 좀 심심했었나 보다. 아아, 심심하다는 것은 불행한 것보다는 사뭇 급수가 떨어지는 불행이면서도 지독한 불행일 때가 있다.

그러나 나는 내가 혹시 불행한 거나 아닌가 하는 의혹을 가져볼 수조차 없었다. 꼭 제 시각에 들어올 뿐더러 들어올 때마다 케이크 상자를 잊은 적이 없는 남편, 그뿐일까, 건강하고 ××은행의 지점장, 그뿐일까, 빌딩이라고 부르기는 좀 뭣하지만 꽤 길목이 좋은 곳에 있는 2층 점포까지 부모의 유산으로 물려받아 또박또박 적지 않은 월세까지 들여오는 남편에 알토란 같은 삼남매까지 둔 여자가 어떻게 감히 불행할 수 있단 말인가? 벼락을 맞을 노릇이지.

다달이 집세를 가지고 들어와서는 아까워서 죽겠다는 듯이 다시 한번 침을 묻혀 어루만지듯이 세어보고 내놓는 점포 2층 미장원의 올드미스, 월세를 꼭 보수로 해다가 거만하게 디미는 양장점의 과부 마담, 독촉을 받고서도 보름은 넘어 끌다가 들어와서는 불경기 타령을 한 시간 가량 늘어놓고 헌 돈으로만 골라 내놓는 식품점 주인인 5남매의 아버지, 이런 사람들이 내 팔자를 얼마나 부러워하고 샘을 내고 있나를 나는 너무도 잘 알고 있다. 그뿐일까, 친정, 일가 시집붙이들의 입방아에 끊임없이 오르내리며, 때로는 우리 내외의 궁합이 들먹여지기도 하고 내 관상이 들춰지기도 하며, 행복이란 바로 이런 것이다라는 산 표본이 돼주고 있는 내가 아닌가. 이런 내가 어떻게 감히 불행할 수 있단 말인가.

이를테면 나를 부러워하는 내 이웃들이야말로 나를 행복이란 영지(領地)에 가둬놓고 꼼짝 못하게 하는 울타리 같은 거였다. 울타리가 있는 한 나는 행복할 수밖에 없었고, 내가 행복한 한 울타리는 있을 수밖에 없었다. 이런 묘한 상관관계는 꽤 질긴 것이어서 나는 평생 거기서부터 자유로워질 수 있을 것 같지 않았다. 나는 이렇게 내 행복을 철석같이 믿고는 있었으나 행복한 것의 행복감과는 무관했다.

만약 나에게 아이들만 없었다면, 그리고 그중 한 아이가 일으킨 조그만 사건만 없었다면 내가 내 행복을 타진해 볼 기회란 아마 영영 없었을 것이다.

맏아들이 고등학교 이 학년이 되자 차츰 대학입시 준비를 시켜야겠다고 벼르는데 느닷없이 이 녀석이 미술 대학을 가겠노라고 하는 게 아닌가? 남편은 한마디로 어처구니없어 했다.

"너는 서울 상대를 가야 해. 그래야 은행이나 큰 기업체 취직을 바라보지. 뭐니 뭐니 해도 생활 안정이 제일이니라. 봐라. 지금의 네 애비를. 뭬 그럴 게 있나. 뭬 걱정인가. 장차 버둥다리치고 먹고 살려고 하는 고생인데 그래 그게 싫어 뭐 미술 대학이나 가겠어? 이런 못난 놈."

남편은 말끝마다 자기 스스로를 예로 들어가며 안정된 생활의 행복을 찬양하고 또 찬양하며 아들을 타일렀다.

"봐라. 지금의 네 애비를. 뭬 그럴 게 있나." 이 말을 할 때마다 남편의 입가에 떠오르는 득의와 회심의 미소가 나는 싫고 징그러워, 남편의 그런 미소가 형편없이 구겨질 일이 일어나기를 나는 옆에서 간절히 바랐다. 그러나 끝내 부자간에는 아무 일도 일어나지 않았다. 아들은 다소곳이 아버지의 말을 경청하더니 열심히 과외 공부를 해보겠다고 했다. 행복한 집답게 부자간의 언쟁도 해피 엔드였다.

그러자 내 내부에서 별안간 힘찬 반란이 일어났다. (그것만은 안 돼. 그것만은 참을 수 없어. 그럴 수는 없어.)

일찍 들어와서 따뜻한 아랫목에 누워서 연속극과 조청을 맛있게 맛있게 먹는 게 남편인 건 어쩔 수 없다손 치더라도 그게 장차의 내 아들인 것은 도저히 참을 수 없는 일로 여겨졌다.

나는 그 후에도 심심하면 '그럴 수는 없다.'라고 혼자 도리질까지 해가며 중얼거리는 일이 잦았다. 아니, 심심할 때뿐만도 아니었다. 외출하려고 체경 앞에서 검은 비로드 코트 위에 은빛 밍크 목도리를 두르는 그 쾌적한 순간에도, 문갑 위 수반의 카네이션이 TV 연속극의 소박맞은 여편네의 통곡 소리에 가늘게 떨고, 한결같이 편안하고 맛있는 얼굴로 구경을 즐기던 남편이 조금이라도 거북한 듯 몸을 뒤척이면 내 무릎을 내주기 위해 앉음새를 무너뜨리며 모나리자 같은 미소라도 띠어야 할 화평의 한때에도 '그럴 수는 없어. 그것만은 참을 수 없어.' 하는 격렬한 외침이 심한 딸꾹질처럼, 오장육부에 경련을 일으키며 치솟았다.

물론 나는 내 이런 분별없는 딸꾹질을 한 번도 밖으로 토해 내는 일이 없이 잘 삼켰기 때문에 표면상 아무 일도 일어나지는 않았지만 내부는 딸꾹질의 내공(內攻)을 받아 조금씩 교란되고 있었다. 매일매일 조청과 정력제와 연속극을 물리지도 않고 맛있게 삼키는 오동통한 중년의 남자가 내 남편이라는 게 몹시 억울하게 여겨지는가 하면, 내가 갖고 있는 행복의 조건들이 표절한 미사여구처럼 공소하게 느껴지기도 했다.

나는 간간이 제법 불행한 얼굴을 하고는 살림살이를 시들해하고 귀찮아했다. 그럴 법도 했다. 결혼한 지 이십 년을 줄창 행복하기만 했으니 이제 어지간히 행복에 지칠 때도 되지 않았겠는가.

나는 고운 리본을 오려서 꽃을 만든다. 내가 아마 권태기에 처해 있을 거라고 단정한 어느 친구의 권고로 시작한 취미 생활이었다.

그 친구는 참 많은 것을 알고 있었다. 권태기의 취미 생활, 권태기의 화장법, 권태기의 식생활, 권태기의 성생활…… 얼마든지 알고 있었다. 내 남편이 알고 있는 정력제의 가짓수만큼도 더 많은 권태기의 요법을 알고 있었다.

나는 너무 쉽게 꽃 만들기를 익힌다. 둥그런 채반에 노란 개나리가 치렁치렁 늘어지고 또 늘어진다. 양귀비도 만들고, 모란도 만들고, 등꽃도 만들고, 장미도 만든다. 어때요? 남편에게 자랑까지 해본다.

"호오, 당신에게 이런 재주가 있었다니. 이 개나리는 꼭 진짜 같구려. 참 좋은 세상이야. 난 요전에 친구녀석 차에 가지에 달린 채 매달린 귤을 진짜인 줄 알고 따먹을 뻔했다니까."

"그래서 좋은 세상일 게 뭐 있어요? 잡숫지도 못했으면서……."

"그게 진짜면 녀석 차에 그렇게 맨날 그대로 매달려 있을 수가 있겠어? 그러니 얼마나 경제적이야. 당신도 이젠 솜씨를 익혔으니 그까짓 생화를 왜 사겠어."

나는 불현듯 겨울의 남대문 꽃시장에 있고 싶어진다. 그 따습고 난만한 고장에. 국화, 카네이션, 금잔화, 동백, 프리지어, 튤립, 사이네리아…… 이런 꽃들이 어우러진 훈향, 갓 들어온 꽃의 신선한 훈향, 어제 들어온 꽃의 난숙한 훈향, 그제 그끄제 들어온 꽃들과 잘못 다루어 떨어뜨려 짓밟힌 채 썩어가는 꽃잎과 이파리의 퇴폐적인 훈향. 콧방울을 팽배시켜 이런 훈향을 가슴 가득히 들이마실 때의 즐거운 현훈(眩暈), 뜨거운 부정(不貞)을 청정하게 저지를 것 같은 설렘, 십 년은 젊어진 것 같은, 아니 이십 년 전 청순과 방일(放逸)이 조금치의 모순도 없이 공존하던 19세의 나날 같은 자유, 이런 것들을 그 고장에서 누리고 싶었다.

그러나 다음다음 날쯤 내가 실제로 그 고장에 들렀을 때 집에서 조바심했던 것 같은 짙은 즐거움을 누릴 수는 없었다. 나는 마치 배반을 당한 후처럼 고독하고 우울해질 수밖에 없었다.

나는 그 후에도 그것 비슷한 조바심을 하고 나들이를 나서는 일이 잦았다. 느닷없이 고속버스를 타고 가 낯선 고장에 내리고 싶다든가 박물관에 가 맏며느리처럼 무던한 이조 백자 항아리 앞에 서고 싶다든가 이런 생각이 떠오를 때마다 소풍 전야의 국민학생처럼 들떴다가도 막상 그 짓을 해보면 심심했다. 그럴 밖에 없는 것이 내가 시도해 본 그런 짓들이란 게 아무리 엉뚱해도, 그 행동반경이 내가 속한 울타리 밖으로 벗어나 본 적이란 없었으니까.

"실례지만……, 혹 숙이가 아닌지."

남자는 반말을 하려다가 뒤늦게 아까운 듯이 "요" 소리를 보탠다. 그날도 나는 심한 조바심과 짜증 끝에 일 없이 싸돌아다니다가 어떤 다방에 들러서 쉬고 있었다. 허술한 중년의 남자가 스스럼없이 내 옆에 앉으며 아는 척을 했다.

"댁은?"

나는 새침하니 그로부터 좀 떨어져 앉으며 짧게 물었다. 여자 이름의 '숙' 자 돌림이란 김씨 성만큼도 더 흔하다. 그런 얕은 수에 넘어가 흐들흐들 웃을 수도 없지 않은가.

"아니 정말 나를 모르겠어, 요?"

이번에도 반말을 하려다가 가까스로 "요" 소리를 하며 답답한 듯 자기 손으로 자기 얼굴을 가리킨다. 그런 동작이 제법 활달하고, 양복 소맷부리가 닳아서 풀어진 올이 몇 가닥 늘어져 있는 게 뵌다.

낯익다. 얼굴이 아니라 소맷부리에 늘어진 몇 가닥 올이.

"어머머, 욕쟁이, 아니 아니 저 이태우 선생님 아니세요?"

"그래 그래 이제야 알아보누만. 이태우야. 아니 아니 욕쟁이야. 하하하……."

이번엔 거리낌 없이 "요" 소리를 떼버리곤 크게 웃는다.

어쩜 여태껏 소맷부리에 닳아서 풀어진 올을 늘어뜨리고 다닐 게 뭐람. 이십 년 전 여학교 시절의 젊은 국어 선생은 지금 못 알아보리만큼 늙었지만 소맷부리에 늘어진 올과 큰 팔짓만은 그때 그대로다.

"조금도 안 변하셨어요."

"안 변하긴 처음엔 알아도 못 보고선."

그는 내가 변하지 않았다고 한 것을 늙지 않았다는 말로 받아들인 모양이다. 그러나 인사성으로라도 안 늙었다고는 할 수 없게, 물론 그사이에 흐른 이십 년을 가산하고 봐주더라도 그는 너무 늙어 있었다. 꽤 멋있던 이였는데.

"숙이도 날 알아보자 내 별명이 먼저 생각났나 보지?"

"딴 애들도 더러 만나셨더랬나요?"

"별로……. 간혹 만나면 또 뭘 하나, 도망가기에들 바쁜걸. '욕쟁이'니 '분통'이니 외마디 소리를 지르면서 말야. 여학생들이란 가르쳐봐야 다 그렇고 그런 거지 뭐."

그런 말을 하면서도 개탄하거나 괘씸해하려는 눈치가 전연 안 보인다. 세상이 허망한 게 어찌 여학생 가르치는 것뿐이랴, 온통 다 사는 것이란 그렇구 그런 것이지 하듯이 담담했다. 나는 어쩐지 그런 그가 나를 속이고 있는 것 같았다. 애당초 내가 이 이십 년 동안에 마흔 살은 더 집어먹은 듯 늙어버린 그를 이태우 선생이라고 쉽게 알아본 게 어찌 소맷부리로 늘어진 몇 가닥 올 때문만이었을까.

그는 가슴 속에 분통(憤痛)을, 욕을 간직하고 있을 터였고, 안주머니에 두둑한 지폐 뭉치를 간직하고 있는 자가 그 나름으로 독특한 표정을 가지고 있듯이 그는 욕쟁이라는 그 자신의 별명에 어울리는 그 독특한 표정이 있었다. 나는 아직도 선명하게 기억하고 있다. 그가 욕을 잔뜩 참고 있을 때의 암울하고 고뇌로운 표정을, 참다 못해 드디어 욕을 배설하려는 찰나의 반짝하도록 빛나는 표정을. 그 순간적인 섬광. 방금 내가 그를 알아보았을 때에도 나는 그런 것들을 보았을 터였다. 아니 보았기 때문에 알아봤을 터였다. 그런데 그는 왠지 나를 아주 속여 보려고 작정한 모양이다. 좀체 그의 본색을 드러내지 않는다. 본색을 감춘 그는 흡사 쉬 개발될 것 같지 않은 변두리의 복덕방 영감 같다.

"선생님도 그래 도망가는 녀석들을 그냥 두셨어요? 붙들어서 한바탕 욕을 해주실 일이지."

나는 어떻게든 그를 다시 욕쟁이로 만들어야 했다. 만약 그가 잊었다면 기억시켜서라도.

"설마 내가 아직도 욕쟁이일라구. 그때만 해도 어지간히 철딱서니가 없었나 보지. 여학생을 앞에 놓고 맨날 점잖지 못한 험구만 늘어놓았었으니."

그는 겸연쩍은 듯이 뒤통수를 긁으며 축 처진 탁한 소리로 길길 웃는다. 그럼 그는 몰라보게 늙었을 뿐 아니라 몰라보게 점잖아지기까지 했단 말인가?

이십여 년 전 A여고의 국어 선생으로 젊고 패기만만하고 훤칠하기까지 해서 여학생들의 사춘깃적 짝사랑을 한 몸에 받으면서도 '욕쟁이'란 과히 멋있지 못한 별명을 얻은 데는 그럴 만한 이유가 있었다.

해방 후 미군정에서 정부 수립을 전후한 시기, 당시만 해도 여학생들이 꼭 대학에까지 진학하려 들지 않았거니와 뚜렷한 대학 입시 요강이 있는 것도 아니었고, 아직 지정된 국정 교과서조차 없었던 때라 상급반의 국어 시간이란 시간 배당만 많지, 자연히 교사 재량으로 시시하게 보낼 수도 알차게 보낼 수도 있는, 융통성이 많은 시간이 될 수밖에 없었다. 이태우 선생은 열심히 독립 선언문을 설명하다가 하품 소리가 들리고 분위기가 조금이라도 따분해질 양이면 별안간 걸쭉한 소리로 익살과 군소리를 섞어가며 「용부가(庸婦歌)」를 뽑아 아이들을 웃겨놓고 「청산에 살어리랏다」나 「가시리」 같은 고려 가요를 흥겹게 읊조리며 혼자 도취하다가 정색하고 윤동주의 시를 딴 사람같이 젖은 목소리로 정성스레 낭송해 들려주기도 했다. 아주 정성스럽고도 감동스레. 몇 번이고.

나는 지금도 욀 수 있다. 그때 이태우 선생이 외던 것처럼 정성스레 "죽는 날까지 하늘을 우러러 한 점 부끄럼이 없기를, 잎새에 이는 바람에도 나는 괴로워했다……."라든가 "괴로웠던 사나이, 행복한 예수 그리스도에게처럼 십자가가 허락된다면 모가지를 드리우고 꽃처럼 피어나는 피를 어두워가는 하늘 밑에 조용히 흘리겠습니다." 따위를. 그리고 그때의 그 피가 말개지고 정신이 고상해지는 듯한 기분까지 지금 다시 되살릴 수 있다.

이렇게 해서 한번 딴 길로 흐르기 시작한 수업은 좀체 제자리로 돌아오지를 않고, 드디어는 국어 교과와는 전연 상관없는 딴 길로 들고, 그럴수록 이태우 선생은 점점 신이 났다. 이것저것 닥치는 대로 세상사에 참견을 하고 비분강개를 터뜨렸다. 모든 것이 뒤죽박죽인 시대였다. 좌우 대립으로 정계가 불안한 틈에 모리배와 정상배가 미군정을 둘러싸고 혀 꼬부라진 영어를 씨부렁대며 사욕을 채우고, 친일파가 한층 극성맞고 탐스럽게 애국과 민주주의를 노래 부르고, 또 부를 때다.

이태우 선생은 악을 써가며 이런 것들을 개탄하고 때로는 누구누구 이름까지 쳐들어가며 욕을 하는가 하면 그때 이미 조금씩 싹수가 보이기 시작한 금전만능의 풍조를 고래고래 소리를 질러가며 경계했다. 그의 욕은 걸쭉하고 거침없었고 흥분해서 팔을 휘두를 때는 으레 낡은 양복 소맷부리에 풀어진 올이 몇 가닥 너덜댔다.

때로는 그 당시 거의 전 국민적인 숭앙을 받던 이승만 박사에게
까지 욕을 퍼붓는 수가 있어 듣는 쪽이 오히려 식은땀을 흘릴 지경
이었는데도 빨갱이라고 내쫓기지 않고 견딘 것은 아마 교장과 동향
인 이북 출신, 자유를 찾아 38선을 넘은 월남민이었기 때문도 있겠
고 학생들 사이의 인기 때문도 있었을 게다.

그의 이런 비분강개는 웅변이면서도 웅변에 따르는 허황함이 없
이, 듣는 사람에게 절실하게 와닿는 무엇이 있었다. 무릇 비분강개
란 다분히 냉소적이게 마련이고, 신랄하면 신랄할수록 당사자는 초
연한 입장이거나 스스로의 독설에 취하는 정도가 고작인데 그의 그
것은 좀 달랐다. 그는 통분이 절정에 달했을 때 꼭 등줄기에 커다란
등창이 몹시 쑤시는 듯한 얼굴을 했다. 그것이 조금도 쇼 같잖고 어
찌나 실감이 나는지 보고 있던 나도 덩달아 등줄기에 어떤 아픔이
전류처럼 흘렀더랬다고 기억된다. 그는 아마 그 시대의 병폐를 남
의 상처로서 근심한 게 아니라 자기의 등창으로 삼고 앓고자 했던
것이다. 그만큼 그는 그 시대를 사랑했었나 보다.

그는 이런 소리도 했다.

"내 별명이 욕쟁이지, 아마. 변명할 여지가 없다. 그렇지만 말이
다, 내 자유, 내 민주주의엔 적어도 사연이 있단 말이다. 기막힌 사
연이. 그것을 위해 내 부모, 내 고향, 내 목숨까지 걸었었거든. (아
마 38선을 넘은 얘기인 모양이다.) 그게 썩고 병드는 것을 어찌 얌전
하게 보고만 있을 수 있겠니? 귀한 자식에게 매질하는 아픈 마음으
로 하는 욕이지 미워서 하는 욕은 아니니라."

그가 '자유'와 '민주주의'를 입에 담을 때의 표정을 뭣에 비길
까? 신령님을 받드는 무당, 무지개를 우러르는 소년, 진열장 속의
다이아몬드를 선망하는 가난한 연인들, 풀 끝의 아침이슬을 보는

344

서정시인, 3년 기근 끝에 처음으로 이밥을 혀끝에 굴려보는 농민, 그런 것들에게나 비길까. 아무튼 나는 지금도 그가 읊던 「가시리」와 그가 읊던 윤동주의 시는 그대로 흉내 낼 수 있어도 그가 읊듯이 '자유'와 '민주주의'를 그렇게 다디달게, 그렇게 경건하게 발음할 수는 도저히 없다. 그의 사연 같은 사연이 나에겐 없기 때문일까.

"숙이 소식은 언젠가 한 번 들었지. 아주 잘 살고 있다고?"

나는 마땅히 "네." 하고는 남부러울 게 없는 중년 부인다운 여유와 기품 있는 미소라도 지어 보여야 했다. 그러나 그게 여의치 않았다. 나는 어느 때보다 심하게 편안한 것, 행복한 것과 나와의 위화감을 느끼고 있었다.

"그렇지만 그때가 좋을 때였어요. 선생님께 배울 때가."

"하하하 즐거운 여고시절이라 이 말인가? 꼭 시체 유행가 구절 같군."

그는 예의 탁하고 처진 소리로 길길길길길 오래 웃었다. 욕에도 찌꺼기라는 게 있다면 아마 저 '길길길길길' 이야말로 그거로구나 하는 생각이 든다. 나는 아직도 그에게서 욕을 기다리고 있었다. 그가 아직도 욕쟁이이길 바라고 있었다.

"선생님 아직도 교직에?"

"아니 벌써 언제 고만뒀다고. 사변 치르고 아마 서너 해나 더 해 먹었더랬나 몰라."

"왜요?"

나는 나무라는 듯이 날카롭게 물었다.

"돈도 좀 벌고 싶고, 선생질이 어지간히 싫증도 나고 해서. 제기랄, 교실에 사제지간에 감동이란 게 없어지고 보니 무슨 맛으로 지랄을 하겠어. 잘난 지식장사를 하느니 차라리 보따리장사를 하지."

나는 조금씩 기뻐하고 있었다. 그가 욕을 시작할 기미를 보였기 때문이다.

"그래서요?"

"뭐가 그래서야. 이것저것 한마디로 불운의 연속이야. 그렇다고 해서 내가 아주 운을 못 만난 게 아니고 일의 어떤 고비에서, 어떤 일에고 고비가 있게 마련이거든, 그 중요한 고비까지 잘 밀고 가던 내가 갑자기 그 결정적인 고비에서 불운의 편을 들고 말거든."

그리고 어처구니없다는 듯이 또 길길길길길 꼭 욕의 찌꺼기 같은 웃음을 오래 웃었다. 나도 따라서 우습지도 않는 코미디를 보고 웃는 식모처럼 헤프게 킬킬댔다.

"정말야. 불운이 날 잡은 게 아니라 내가 불운을 잡았다니까."

문득, 나는 내가 여태껏 당면한 모든 편하고 좋은 것의 혜택의 면보다 그 해독의 면을 먼저 보는 내 비정상적인 감수성이, 실은 내 천성이 아니라 바로 이태우 선생으로부터 그렇게 길들여진 것이다, 나는 그의 가르침의 결실인 것이다라는 생각이 들었다. 나는 그의 욕을 좋아했거든. 그래서 그를 닮고 있었던 거야.

"참, 누굴 기다릴 텐데? 누구? 오야지? 자릴 비켜야겠군. 실은 저기서 내 친구놈들이 아까부터 찡긋찡긋 쑥덕쑥덕 야단이로구만."

이태우 선생은 궁둥이를 들며 얼마 멀지 않은 자릴 턱으로 가리켰다. 그곳엔 중년에서 노년에 걸친 허술한 남자들이 댓 명 이쪽을 보고 징그럽게 웃고 있었다. 그는 자리를 뜨며 뭔가 결심한 듯 주먹으로 테이블 귀퉁이를 탁 내리치더니

"요오시, 이번엔 기마에로 앗싸리 쇼오불 처버려야지." 했다. 그가 그쪽 자리로 옮겨가자 일제히들 길길길길길 웃어대는 소리가 들렸다. 이번 길길길은 욕의 찌꺼기가 아니라 누추한 색정(色情)의 찌꺼기 같은 거였다. 나는 구정물을 뒤집어쓴 듯이 불쾌했다. 비단 '길길길' 때문만은 아니었다. '오야지' 니 '요오시' 니 '기마에' 니

'앗싸리'니 '쇼오부'니 하는 소리를 이태우 선생의 입에서 듣다니 기가 막혔다.

그가 욕쟁이 국어 선생이었을 시절, 그때만 해도 여학생들의 언어생활에서 일본말이 완전히 청산되지 않았을 때였다. 그는 국어 선생다운 결벽성으로 어쩌다가라도 귀에 들어오는 일본말을 절대로 그냥 지나치는 일이 없이 장본인을 찾아내어 핀잔을 주고, 그러다가 흥분하면 욕도 했다.

"이 자식들아 그래 너희들은 밸도 없나. 그 지긋지긋한 왜놈의 말을 또 입에 담아. 또다시 내 귀에 그 간사한 왜말이 들어왔단 봐라. 노예근성이 뼛속까지 박힌 놈으로 알고 회초리로 다리몽둥이를 분질러뜨려놀 테니까."

눈을 부릅뜨고 이런 지독한 소리를 했다. 그 이태우 선생이 뭐 앗싸리 쇼오부를 칠 테라고?

나는 그들 쪽을 돌아보지도 않고 물론 이태우 선생에게 따로 인사도 없이 그냥 그 다방을 나왔다. 재수 나쁜 날이었다.

그러나 그 후 며칠이 지나자 나는 자꾸만 그 다방에 다시 가보고 싶어졌다.

나는 '길길길'도 '앗싸리 쇼오부'도 쉽게 잊어버렸다. 다만 등창의 아픔을 참고 고래고래 소리치던 그의 비분강개만은 잊을 수가 없었다. 나는 그것을 좋아했던 것이다.

그가 지금 와서 욕쟁이가 아닌 척하는 것은 참을 수 없는 배신이다. 나는 그의 배신을 용서할 수 없다. 어떻든 그를 다시 욕쟁이로 만들고 말 테다.

그의 욕이 내 생활을 꿰뚫고 내 행복을 간섭하고, 그의 욕이 이 기름진 시대를 동강내어 그 싱싱한 단면을 보여주며 이것은 허파, 이것은 염통, 이것은 똥집, 이것은 암종, 이것은 기생충 하고 고래

고래 소리 지르게 하고 싶다. 나는 이런 부질없는 소망으로 몸이 달 았다.

참다못해 나는 다시 그 다방을 찾기 시작했고 몇 번이나 허탕을 친 끝에 그를 다시 만날 수 있었다. 그는 전보다 더 풀이 죽어 있었 다. 그는 애가 몇이냐는 등 남편은 뭘 하느냐는 등 시시한 소리를 몇 마디 하다가 자기 패거리들한테로 갔다. 그들은 내 쪽을 보면서 요전보다 더 노골적으로 야비하게 길길댔다.

다시는 만나지 말아야지. 나는 구정물을 뒤집어쓴 복슬강아지처 럼 온몸으로 진저리를 치며 그 다방을 나왔다.

그러나 나는 며칠 후 다시 그를 만날 수 있는 장소에 나타났고, 그 후 자주자주 만났고, 만나는 장소도 그 길길대는 친구들을 피해 요리조리 호젓한 곳으로 바뀌었다.

우리는 그사이에 조금씩 서로를 알기 시작했다. 그는 내가 애가 몇이고 내 남편이 뭘 해먹고 사는 사람인가를 알았을 테고, 아마 월 수입이 얼마나 되나까지 어림했을 테고, 내가 더할 나위 없이 행복 하다는 것을 알았을 것이다.

나는 그가 외손주는 보았으나 아직 친손주가 없다는 것, 그도 그 럴 것이 외아들이 이제 겨우 고등학교생 적이라는 것을 알았고, 사 모님이 M백화점에서 양품점을 해서 살림은 그럭저럭 꾸려나가나 집에서의 그의 체면이 말이 아니라는 것을 알았고, 요새 어떤 일을 그 길길대는 친구들과 꾸미고 있는데 곧 잘될 듯 될 듯하면서 아직 잘되지 않았지만 꼭 잘되고 말 것이라는 것을 알았다.

그런데 나는 아직도 그가 욕쟁이일 수 있나, 그 통쾌한 욕의 연료 가 될 분노가 조금이라도 그에게 남아 있나, 그것만은 탐지해 내지 못한 채였다. 물론 나는 그의 욕을 유치하려고 내 딴에는 지능적으 로 내 꼴을 피했다. 그래도 나는 그냥 그가 어느 날엔가 욕을 하리라고 기다리며 바랐다.

자연히 그와의 만남은 내 쪽이 능동적이고 그는 당하고만 있는 셈이었다. 그는 점점 침울해졌다. 그 때문인지 그의 사업 때문인지, 말수도 줄고 길길대지도 않았다. 내 집요한 소망이 그를 시들게 하는 것처럼 그는 하루하루 풀이 죽어갔다.

나는 차츰 그에게서 욕을 짜내기는 건포도에서 포도즙을 짜내기보다 어렵다는 것을 깨닫게 되었다. 나는 그를 만나기를 그만두지 않았다. 내 앞에서 그는 어떻게든 서울 대학을 가야 된다는 부모의 광기에 꼼짝없이 사로잡힌 3년 재수생처럼 죽고 싶은 얼굴을 했다가, 엉뚱한 학의를 보였다가 했지만 나는 그를 쉽사리 자유롭게 해줄 것 같지 않았다.

우리들의 사귐은 이렇게 기름 안 친 기계의 운동처럼 고단하고 힘들고 쇳소리가 나게 지긋지긋했다.

그래도 나는 그가 다시 욕쟁이이기를 단념 못하고 집요하게 따라다녔다.

나는 본래 천성으로 그렇게 끈덕진 데가 있었나 보다.

어머니는 내가 갓난아이 때부터 말 못할 고집쟁이였다고 내가 고집을 부릴 때마다 "쯧쯧, 세 살 적 버릇이 여든까지 간다더니." 하며 심히 못마땅해했다. 그리고 세 살도 못 됐을 적 얘길 해주곤 했다.

나는 너무 일찍부터 아우를 봐서 돌도 되기 전에 어머니의 젖은 말라붙었다. 그런데 나는 한사코 암죽도 미음도 안 받아먹고 빈 젖만 악착같이 빨았다. 키니네나 고춧가루까지 발라도 막무가내였다. 어머니 젖꼭지는 문드러지고 피가 솟았다. 참다못해 어머니는 사람 살리라고 처절한 비명을 지르고 결국은 비명을 듣고서야 나는 젖꼭지를 놓아주었다. 어머니도 약아져서 아프기 전에 미리 엄살로 비명을 질러봤지만 소용이 없었다. 고 어린 게 어떻게 알고, 꼭 정 참을 수 없는 비명에만 젖꼭지를 놓아주었다.

"참 지독한 계집애였지." 어머니는 그 얘기를 할 때마다 몸서리를 쳤다.

나는 그때의 나를 조금이라도 기억할 리가 없다. 그러나 그때의 나를 완전히 이해할 수 있다. 이미 나를 배반하고 젖줄의 방향을 배 안에 있는 다른 생명에게로 바꾼 잔인한 모성에게 내가 기대한 건 이미 젖줄은 아니었을 게다.

그래. 그때 내가 원한 건 젖줄 대신 바로 비명이었던 것이다.

지금의 나도 그때처럼 이미 이태우 선생으로부터 욕을 단념하고 비명이라도 신음이라도 기다리고 있는지도 모른다.

그러던 어느 날, 이태우 선생이 기다리고 있어야 할 다방에 그 대 신 리본처럼 접은 편지가 기다리고 있었다. 성의 없이 갈겨쓴 글씨 가 지저분하게 비틀대고 있었다.

——숙이, 난 또 한번 불운을 잡기로 했어. 제기랄. 아마 이게 내가 잡은 불운의 마지막이겠지. 다신 사업 같은 걸 할 것 같잖고, 누가 날 한 패거리로 다시 붙여줄 것 같지도 않으니까. 숙이 정말이지, 맹 세코 정말이지, 불운이 날 잡은 게 아니고, 내가 불운을 잡았다니까. 들어보겠어. 이번 일도 (다분히 사기성을 띤 일, 돈 없이 돈 버는 일 이란 다 그렇구 그렇듯이) 거진 다 된 거래. 마지막으로 도장만 하나 맡으면 입으로 굴러들어온 떡이나 마찬가지라는군. 그런데 그 도장 을 쥔 높은 양반이 내 옛 제자라나. 당연히 내가 도장을 맡는 일을 맡고 말았지. 실상 난 이번 일을 꾸미는 데 숙이와 재미를 보느라고 (내 패거리들이 한 소리야.) 방관만 하고 있었으니 그 일이라도 해야 만 면목이 설 판이었어. 그러니 나를 위해선 얼마나 잘된 노릇이야.

힘 안 들이고 생색낼 큰일을 맡게 됐으니. 그런데 난 그 제자라는 높은 사람을 만나보지도 않고 그 일을 하기가 싫어졌어. 제기랄. 내 일은 꼭 이렇게 되고 만다니까. 다시 친구들을 볼 면목도 없게 됐어. 나는 서류 일체를 찢어버리고 내친 김에 아주 호주머니를 말끔히 정리하다 보니 숙이와 찍은 천연색 사진이 한 장 남게 되더군. 왜 그때 고궁에서 5분 만에 나온다고 사진사가 어물쩍대며 찍은 거 있잖아. 숙이는 돈만 내고 사진은 별로 탐탁해하지도 않길래 내가 넣어둔 거야. 이것밖엔 지금 나에겐 아무것도 없어. 좀 괴롭군. 독한 소주나 한 병 마시고 싸구려 여관방에서 자고 들어갈까 해. 그런데 이 사진 때문에 좀 이상한 생각이 들어. 그 여관방에 만약 연탄가스라도 들어와 내가 죽는다면 이 사진, 내 단 하나의 소지품은 어떤 구실을 할까 하는 생각 말야. 아마 적잖이 숙이를 난처하게 할 거야. 더구나 내 친구들은 숙이와 내가 이상한 사이인 줄 알고들 있으니. 난처해지는 숙이를 상상하는 게 즐거워. 여태껏 숙이가 날 난처하게 한 복수심에서일까. 내가 너무 야비한가? 난 내 즐거운 공상 때문에 그까짓 연탄가스를 기다릴 게 없이 소주에 청산가리를 타 마실까 하는 생각까지 들어. 숙이 겁나지? 그러니 아무리 스승이었다손 치더라도 유부녀가 외간 남자를 괜히 만나는 게 아냐. 이로울 건 하나도 없다니까. 죽어버릴 생각을 하니 그래도 절차는 갖출 만큼 갖춰야 할 게 아닌가고 유서 삼아 이것을 쓰는 거야. 내가 좀 치사한가? 그렇지만 안 죽을지도 모르겠어. 청산가리가 그렇게 쉽사리 구해질는지도 모르겠고 연탄가스가 새는 방에 들게 될는지도 두고 봐야 아는 거니까. 그렇지만 우리는 다시는 안 만나는 게 좋겠어. 유부녀가 외간 남자를 자주 만나 이로울 건 없다니까. 물론 숙이에겐 내가 외간 남자가 아니라 욕쟁이였다는 걸 나는 알아. 그렇지만 숙이, 요새는 나 같은 고전적 욕쟁이의 시대는 아닌가 봐. 내가 너무 비겁한가? 그러니 나

를 내버려둬 줘. 나를 숙이의 기대로부터 풀어줘. 나에게 욕을 조르
지 말아줘. 날 고만 쥐어짜. 제발 날 살려줘—.

　　　　　　　　소주병을 따기 전 맑은 정신으로 이태우.
　追伸. 원 세상에 유서에 살려달라고 쓰는 머저리가 다 있으니……

　그는 이렇게 죽었다. 그가 그날 청산가리를 구했는지, 연탄가스
가 새는 여관방이라도 구했는지, 그도 저도 못 구하고 나로부터 잠
적한 건지 그것은 모르지만 어차피 나에게 있어서 그는 죽은 것이다.
　일요일 아침이었다. 남편은 늦잠에서 깨어나 이불 속에서 조간
신문을 읽고 있었다. 남편이 저렇게 신문을 오래 보는 적은 없었는
데. 신문에 가려 남편의 얼굴은 볼 수 없었지만 그의 손이 부들부들
떨고 있지 않은가.
　대문짝만 한 사진, '의문의 변사체', '품고 죽은 사진', '치정 사
건', '혼외정사' 이런 활자들의 엄청난 파괴력에 내 울타리가 우르
르 유약하게 무너지는 소리가 들린다. 나는 마침내 질긴 내 울타리
로부터 자유로워진 것이다. 아니 울타리 밖의 회오리바람 같은 자
유 속에 내던져진 것이다. 나는 두렵다. 내가 소유하게 된 자유가.
나는 도저히 그것을 감당할 것 같지 않다. 벌써 비틀대기 시작한다.
　나는 정말로 몸의 중심을 잃고 비틀대다가 쟁반에 받쳐 들고 온
커피를 요 바닥에 엎질렀다.
　"왜 그래? 하마터면 델 뻔했잖아."
　남편은 후닥닥 놀라며 보고 있던 신문을 치운다. 그는 아직도 키
들키들 웃고 있다.
　"미안해요. 근데 무슨 재밌는 기사라도 읽으셨어요?"
　나는 안도의 숨을 내쉬면서 아직도 목소리는 좀 떨린다.
　"응. 몬로는 시인이었대."

"네?"

"마릴린 몬로 있잖아? 왕년의 육체파 여우 말야. 그 여자가 글쎄 생전에 시를 썼었다는구만. 아마도 곧 시집까지 나올 모양이야."

"그래 책 광고라도 났어요?"

"급하긴 젠장. 해외 토픽이야. 요새 신문에서 볼 거라곤 해외 토픽밖에 더 있어? 그렇지만 몬로가 시를 썼다니 사람 웃기는군. 그렇게 몸뚱이가 기막히게 좋은 여자가 뭐 답답해 시를 썼겠어. 책이나 팔아먹으려는 협잡이 뻔하지."

일요일 아침의 남편은 한층 행복하다. 마치 그 '몸뚱이가 좋은 여자'의 몸뚱이를 구석구석 싫도록 주물러댄 경험이라도 있는 것처럼 그 방면에 도통한 듯한 음탕하고 권태롭고 느글느글한 웃음을 흘리면서 기지개를 늘어지게 켠다. 나에게 아무 일도 안 일어나고 만 것이다. 다만 몬로라도 간음하고 난 척하는 남편이 아니꼬우면 나도 그동안 서방질이라도 한 척 능글스러울 수도 있을 것이다.

침실에 일요일 아침 시간이 늪처럼 고이고, 음습하고 권태로운 욕망이 수초처럼 흐늘흐늘 흐느적대며 몸에 감긴다. 나는 남편에게 익숙하게 붙잡힌다. 나에게 그의 몬로가 돼달라는 눈치다. 나는 그의 몬로가 된 채 내가 짜낸 이태우 선생의 비명을, 신음을 생각한다.

"날 놔줘." "제발 날 살려줘." 그건 어떤 소리 빛깔을 하고 있었을까. 지렁이 울음소리 같았을까 몰라. 그 신음을 육성으로 들어두지 못한 건 참 분하다.

이별의 김포공항

노파는 손녀의 오늘따라 유별난 친절이 거북하다 못해 슬그머니 심통이 난다. 흥, 내가 미국을 가게 되니까 너도 별수 없이 나에게 아첨을 떠는구나, 누가 모를 줄 알구……. 노파의 소견머리는 고작 이쯤밖에 안 움직인다. 그만큼 노파는 식구들의 지청구에만 익숙해 있다.

제 에미를 닮아 새침하고 곱살스러운 데라곤 손톱만큼도 없던 손녀딸년이 할머니 서울 구경을 제가 맡고 나선 것도 수상한데 박물관에 들어오자 등에 손을 돌려 부축까지 해주며 저것은 법주사 팔상전을 본뜬 것, 저것은 불국사의 어디어디를 본뜬 것 하며 열심히 설명까지 하자 노파는 무슨 말인지 하나도 알아들을 수 없거니와 친절 그 자체를 받아들이기에도 너무 서투르다. 손녀가 환성을 지르며 손가락질하는 데를 바라보며 집 한번 으리으리 잘 지어놨다 싶더라도, 흥 저까짓 거 미국엔 백 층도 넘는 집이 수두룩하다는데 곧 미국 할머니가 될 내가 저까짓 것에 놀랄까 보냐고 코방귀를 뀐다.

머리숱하며 몸집하며 이목구비가 자리 잡은 간살하며 어디 한군데 넉넉한 데라곤 없이 옹색하고 박하게만 생긴 노파가 남을 얕잡을 때만은 갑자기 의기양양하고 되바라지며 밝고 귀여운 얼굴이 된다. 꼭 불이 켜진 꼬마전구같이. 요새 이 꼬마전구는 꺼져 있는 동안보다 켜져 있는 동안이 훨씬 많다.

노파는 곧 미국을 가게 모든 수속이 다 끝나 있다. 딸의 덕에. 노파에겐 이 딸의 덕이란 게 암만해도 진수성찬 끝에 구정물 마신 것 모양 꺼림칙했지만 아들 넷 중 맏이만 빼놓고 세 아들이 다 미국에 있다는 생각을 하면 다시 고개가 뻣뻣해지며 당당해진다. 노파에게 미국이란 우선 먹을 것, 입을 것이 지천인 부자나라도 되었지만, 서울 장안만 한 넓이의 고장도 되어서 딸하고 수틀리면 아들네로, 그 아들하고도 틀리면 다음 아들네로 몽당치마에 바람을 일으키며 한걸음에 달려갈 수 있는 것으로 되어 있다. 그러나 실상 노파의 자식들 중 미국에 있는 건 딸뿐이고, 둘째아들은 서독에, 셋째아들은 브라질에, 넷째아들은 괌도(島)에 가 있다.

세 아들들이 어쩌다 일이 잠깐 빗나가 지금 미국 아닌 고장에 뿔뿔이 흩어져 있긴 하지만 그들의 당초 목적은 미국이었고 미국으로 이민 갈 연줄을 찾아 눈에 핏발이 서 동분서주할 때부터 노파는 "미국, 미국, 미국에만 갈 수 있으면!" 하는 아들들의 잠꼬대 같은 탄식 소리를 귀에 못이 박히게 들어왔고, 그러는 사이에 노파에게 미국이란 가기는 힘들지만 갈 수만 있으면 그야말로 누구에게나 금시발복의 땅이란 고정관념이 뿌리박았다. 노파의 아들들은 미국에 있어야 했다. '서독'이니, '브라질'이니, '괌'이니는 서울의 누상동이니 아현동이니 청진동이니 하는 것처럼 미국 속의 어떤 동네 이름쯤으로 족했다.

하다못해 브라질이나 괌을 우리나라의 서울 부산쯤으로 멀찍멀찍 떼어놓고 생각할 만큼의 소견도 노파에겐 없었다. 그도 그럴 것이 구파발의 찢어지게 가난한 농사꾼의 딸로 자라 서울로 시집이라고 온답시고 겨우 무악재 고개 너머 현저동 떠돌이 막벌이꾼한테로 시집와서 그 동네에서 자식 낳고 난리 겪고 과부 되고, 혼잣손으로 자식 기르느라 고생하고, 속 썩이고 하는 새에 세상 구경은 고사하고, 서울 구경 한번 제대로 날 잡아 해본 일이라곤 없는 노파였다.

해봤다면 아마 철없는 새댁 시절 선바위 국사당에 큰 굿이 들었단 소문은 바로 선바위 밑의 동네인 현저동 일대엔 곡마단 소식처럼 빠르게 퍼졌고, 곧 닐니리 덩더꿍 하는 피리 장구 소리가 자자하게 들려오면 워낙 구경도 좋아하거니와 서발막대 거칠 것 없는 살림살이라 훌훌 털고 일어나 동네 조무래기들과 어울려 엉덩춤을 추며 선바위로 치달아 온종일 굿 구경을 실컷 하고 내친 김에 인왕산 성터까지 올라가 굽어본 서울.

언제나 남들처럼 나들이옷 차려입고 동물원이랑 화신상회랑 동양극장이랑 구경을 해보나 생각하면 심란해지고 울컥 친정 생각까지 치밀어, 북으로 구파발 쪽을 바라보면 불과 삼십 리 밖이라는 친정이 하도 아득한 산 너머 또 산 너머라 그만 울음이 북받치던, 그게 바로 노파가 본 가장 넓은 세상이었으니, 지금도 이 세상의 크기를 그때의 그녀의 시야(視野)만 한 됫박으로 측량할 밖에 없지 않겠는가.

하다못해 육이오 난리 통에 남들 다 가는 피란이라도 가봤더라면 노파의 세상을 되는 됫박이 좀 후해졌을 법도 한데 그도 못해 본 노파다. 처음으로 내 집이라고 장만한 현저동 막바지 오막살이가 폭격에 폭삭 주저앉고, 남편 죽고, 수복이 되자 기둥처럼 의지하던 맏아들마저 군인 나가고, 올망졸망 딸린 밥바가지 어린것들, 그뿐일까, 지지리 고생 끝에 망신살까지 뻗쳐 남 같으면 단산을 하고도 남을, 마흔 살을 네댓이나 넘어선 나이에 뱃속에 유복자까지 있고 보니 아무리 중공군이 무섭대도 움직거릴 형편이 못되었다. 숫제 죽어주었으면, 뱃속에서 죽든지 낳다가 죽든지 아무튼 꼭 죽어주었으면 하고 바라던 뱃속의 것은 죽지 않고 태어났고, 딸이었고, 지금 미국에 가 있는 막내딸이자 고명딸이다.

그 딸자식이 에밀 미국에 데려가! 개천에서 용이 나도 분수가 있지, 하긴 위해 기른 자식보다 천덕꾸러기 자식 덕을 본다고들 하더니만.

자식의 효도를 후광 삼은 자신을 의식하자 노파는 한층 거드름을 피우며 서투른 갈지자걸음을 걷는다. 박물관 내부로 들어서자 사람들이 줄을 지어 유리장 속을 들여다보며 천천히 움직이는 게 아마 구경거리가 대단한 모양이다. 손녀의 손길은 한층 친근해진다. 관람객이 예상외로 많아 행여 할머니를 잃어버리기라도 할까 봐 겁이 나서인지 숫제 할머니 허리를 한 팔로 꽉 감아쥐고 교묘히 인파를 헤쳐 유리장 앞으로 뚫고 들어간다. 손녀는 아직 어린 나이인 데 비해 키가 훤칠해 노파보다는 모가지 하나는 더 크다. 단정하게 차려입은 감색 교복에 흰 깃이 청초하다.

무슨 휘황한 금붙이라도 들어 있는 줄로 여겼던 유리장 속엔 뚝배기 조각에 이지러진 질그릇 나부랭이가 들어 있다. 노파는 어이가 없다. 그러나 손녀는 눈을 빛내며 이것은 무문토기, 저것은 빗살무늬토기 하고 어려운 말로 설명까지 하려 든다.

쯧쯧, 이것도 보물이라고 이렇게 으리으리한 집에 모셔놨으니 한심하군 한심해. 게다가 뚝배기면 뚝배기, 사금파리면 사금파리지 아니꼽게시리 뭔 이름도 그렇게 지랄같이 유식하게 붙여놨노.

노파의 표정은 꼬마전구 같은 귀여운 오만에서 차라리 남남스러운 연민으로 바뀐다. 소녀는 노파의 이런 연민을 읽자 가슴이 답답해지며 어떤 절망에 빠진다.

소녀는 안다. 소녀는 여러 번 보아서 알고 있다. 바로 저런 남남 스러운 메마른 연민이야말로 비행기 표까지 끊어놓고 나서 떠나는 날까지의 마지막 얼굴이란 것을. 삼촌들도 그랬었고 고모도 그랬었다. 소녀는 지금 서독에 있는 큰삼촌, 괌에 가 있는 셋째삼촌, 미국에 가 있는 고모를 생각할 때마다 그들 개개인의 특징이 그녀의 기억 속에서 점점 흐려지는 반면, 그들이 어떻게든 외국으로 뜨기로 작정하고, 그 연줄을 찾고 수속을 밟느라 쏘다닐 당시의 그들 공통의 몸짓——흡사 덫에 걸린 들짐승의 몸부림이나 난파선의 쥐들의 불온한 반란이 저러려니 싶게 지랄스럽고 발악적인 몸짓만은 날이 갈수록 도리어 생생하게 기억하고 있다.

그들은 당초에 하나같이 미국에 가기만을 원했다. 난리 통에 아버지 여의고 어린 나이로 손쉬운 대로 미군부대 주위를 맴돌며 구두닦이니 하우스보이니를 하며 잔뼈가 굵고, 부대의 잡역부가 되기도 하고, 장교 식당 웨이터가 되기도 하고, 그러는 사이에 제법 영어회화에 자신이 생기기도 했고, 말을 하다가 애매한 대목에 가서는 어깨를 움찔 추스르며 입을 삐쭉해 보이는 양키들 특유의 제스처까지 익숙해 갔다. 그러나 한 해 한 해 미군은 감축되었고, 어느 틈에 그들도 미군 부대 내에서의 직업을 잃게 되었고, 한국 기관에 직장을 구하려니 학벌이 없다는 설움이 톡톡했고, 이런저런 열등감과 영어를 잘한다는 우월감의 콤플렉스가 필연적으로 그들을 미국행으로 몰았는지도 모른다. 또 가난이 극심했던 어린 시절, 그들의 동심이 최초로 눈뜬 이 세상의 신비와 경이가 바로 미제(美製)와 달러에의 경이였으니 그 본고장에의 동경이야 당연하지 않겠는가.

그들이 미군 부대에서 떨려나 몇 군데 한국 기관의 말단 노무직을 전전하다가 결국 그들 말짝으로 '더럽고 아니꼬워서 정말 못해

먹겠어' 서 미국으로 날기로 결심을 하고 눈에 핏발이 서 싸다닐 무렵의 집안의 복다구니와 난장판은 소녀가 아직 어린 시절이었는데도 악몽처럼 잊혀지지 않는다.

미국으로 이민 갈 연줄을 생판으로 뚫어내려니 더러는 해외취업을 알선한답시는 사기꾼한테 당하기도 하고, 교제비도 수월찮게 드는 모양이었다. 소녀의 아버지인 맏형은 동생들이 벌어다 보탤 땐 좋았어도 뜯어가는 데야 부처님이 아닌 바에야 고운 소리가 나올 턱이 없으니, 싸움질이 그칠 날이 없었다. 형제간에 싸움질이 무르익으면 반드시 곁달아 고부간에 싸움이 악다구니쳤다. 노파는 작은 아들 편을 들다가 며느리는 남편 편을 들다가 자연히 그렇게 되고 마는 모양이었다.

두 패의 고함과 악다구니에 가장 자주 오르내리는 말은 그저 미국, 미국, 미국이었다. 미국, 미국, 미국…… 미국 어쩌구저쩌구, 미국 이러쿵저러쿵.

"이놈아, 미국이면 다냐? 집안은 기둥뿌리가 물러나도 미국에만 가면 너 누가 거저 먹여준다던. 미국에 가서 돈 벌 놈이 여기선 왜 못 벌어. 인제 정말 진절머리가 난다. 네 미국 치다꺼리. 동생 미국 보내는 것도 좋지만 나도 내 자식을 먹여 살리고 봐야지."

"흥, 형이 날 공불시켰소, 뭘 형 노릇한 게 있소? 미국에만 보내달라는 밖에. 미국만 가면 그까짓 돈 열 배로 늘려 갚는다구요. 형이 그럴수록 나는 미국에 가고 말아요. 미국에 가야 난 사람구실 한단 말예요."

"여보 내버려둬요. 제 재주껏 미국엘 가든지 천국엘 가든지 우리야 굿이나 보고 떡이나 먹읍시다. 당신도 자식새끼 거지 안 만들려거든 인제 그 말 같잖은 허황한 소리에 작작 솔깃해하고 일찌거니 속 차려요. 흥, 미국은 뭐 아무나 가는 줄 알구……. 못된 송아지 엉덩이에서 뿔 난다고, 집안이 망하려니까 어디서 미국 바람은 들어 가지고."

이쯤 되면 가만히 듣고만 있을 노파가 아니다.

"아니 이런 앙큼한 년 봤나. 듣자하니 못하는 말이 없구나. 시동생이 돈 벌어다 보탤 땐 아가리가 함박만 하게 헤벌어져 가지고 맛있는 것도 삼촌 거, 따뜻한 것도 삼촌 거 하며 알랑을 떨더니 이제 와서 뭐? 이년, 내 아들이 벌어다 바친 돈 냉큼 내놔라. 요리 뺏고, 조리 뺏고, 장가갈 밑천하게 계 들어 준다고 뺏고, 적금 들어 모갯돈 만들어 준다고 뺏고, 그 돈 다 어쨌니? 썩 내놔라. 내 손으로 당장 미국 보낼 테니. 아이고 분해. 맏며느리가 딴 주머니 차는 집안이 안 망하고 배겨. 아이고 분해. 내 팔자야."

이렇게 되면 소녀의 아버지는 아가리 닥치고 국으로 처박혀 있지 못하겠느냐고 소녀의 어머니를 한 대 쥐어박고, 얻어맞은 어머니는 큰 소리로 통곡을 하고, 할머니는 나를 쳐라, 나를 쳐, 에미 대신 계집 치는 네 속셈 누가 모를 줄 알구 하며 마룻장을 두드리고, 삼촌은 나는 외로운 놈입니다, 나는 불쌍한 놈입니다, 아무도 내 마음은 모릅니다 하고 연극 대사 같은 독백을 하고 소녀는 지금 생각해도 그때 그 사파전(四巴戰)은 누가 누구하고 어떻게 편을 짠 싸움인지 켯속이 도무지 아리송하다.

끝내 일이 뜻대로 안 돼 결국 미국행은 단념하게 되었지만, 그렇다고 외국행을 단념한 것은 아니었다. 미국행이 목적이 아니라 우선 이곳을 떠나는 게 목적이었다. 일단 떠나기로 작정하고 몸보다 마음이 먼저 떠버리고만 제 집, 제 나라에 좀처럼 다시 정이 들게 되지를 않는 모양이었다.

공연히 신경질을 부리고, 눈을 부라리고, 입이 거칠어지고 꼭 누가 자기를 옭아매 두기라도 한다는 듯이 몸부림을 치고 발광을 해댔다. 하릴없이 덫에 걸린 들짐승의 몸부림이었다. 술만 먹었다 하면 이런 혼자만의 몸짓이 식구나 세간에까지 피해를 주는 난동으로 변하고, 제풀에 지치면 배우지 못한 게 한이라느니 기술 없는 게 한이라느니 하며 계집애처럼 훌쩍거리다가 잠이 들었다.

그러면서도 뒷구멍으로 무슨 수를 썼던지, 어디를 어떻게 들쑤석거렸던지 제가끔 서독이니 브라질이니 괌이니로 일자리를 얻어 갈 연줄을 찾아내고야 말았다.

그러나 그 수속을 밟는 동안에도 발광증은 더하면 더했지 가라앉지를 않았다. 수속을 밟다보면 항용 복잡하고 까다로운 대목에 부딪히게 되고, 그럴 때마다 행여 일이 잘못돼 전번 미국행처럼 좌절을 겪을까 봐 미리 질겁을 해서 필요 이상 초조해했다.

늘 안절부절못했다. 집에 있을 적에도 궁둥이를 붙이고 앉았지를 못하고, 양손을 바지 포켓에 찌르고 어깨를 우그리고 험악한 인상을 쓰고는 아랫목에서 윗목으로 윗목에서 아랫목으로 왔다 갔다 하기를 시계불알처럼 지치지도 않고 반복하며 중얼대던 독기 서린 독백, "쌍, 엽전들 하는 짓이란 그저 치사하고 더러워서⋯⋯. 쌍, 나도 오기가 있는 놈인데, 암 오기가 있구말구. 그저 한번 떴다 하면 내 다시 이놈의 고장에 돌아오나 봐라. 오줌을 깔겨도 이놈의 고장에다 겨냥하고 깔겨줄걸⋯⋯."

어쩌구 하던 것까지 소녀는 지금도 기억하고 있다.

양말이 안 해져서 또 육갑 떠는군 하고 소녀의 어머니는 뒤에서 빈정댔지만, 소녀는 그 당시의 삼촌들의 모습을 회상할 때마다 웬일인지 삼촌들의 발목에서 절그럭절그럭 쇠사슬 끄는 소리라도 났던 것처럼 기억돼 소름이 끼친다.

그 당시의 기억이 소녀에게 이렇게 강렬하게 남아 있는 것은 이민을 둘러싼 삼촌들의 초조한 몸짓이 조금도 교양이니 체면 따위로 위장되지 않은 원색적이었던 까닭도 있겠고, 이민으로 연유한 그 당시의 소녀의 가정의 불화와 궁핍이라는 불쾌한 회상 때문도 있겠다.

그러나 절그럭대는 쇠사슬 소리는 실제로 그런 소리가 났을 리도 만무하거니와 소녀의 기억 속에 당초부터 있었던 것도 아니다. 소녀가 자라면서 어린 시절의 단순한 기억에 기억 이상의 어떤 의식을 갖게 된 후부터 그 장면에 무심히 삽입하게 된 효과음 같은 거였던 것이다.

그러니까 소녀의 소름끼치는 혼란은 왜 삼촌들이 조국을 쇠사슬을 자르는 죄수와 덫을 물어뜯는 짐승같이 난폭하게 필사적으로, 난파선을 버리는 쥐들처럼 수단 방법 가리지 않고 교활하게 도망쳤느냐에서 비롯된다.

삼촌들로부터는 아주 드문드문 편지가 왔다. 처음에는 돈이라도 좀 부쳐올까 해서 식구들은 편지를 퍽 기다렸으나 이젠 시들해지고 말았다. 편지에는 돈을 많이 번다는 소리도 돈을 부쳐줄 테라는 소리도 없었다. 그냥 바빠서 죽겠다는 소리뿐이었다. 어느 만큼 바쁘냐 하면 편지 쓸 새도 없이, 집을 그리워할 새도 없이 바쁘다는 거였다. 자랑 같기도 하고 편지를 자주 못 쓰는 핑계 같기도 하였다.

답장은 주로 소녀가 썼다. 소녀의 아버지는 돈도 안 부쳐오고, 마지못해서 몇 자 휘갈겨 보내는 안부편지를 자못 시답잖게 아니꼽게 여기고 있었다. '흥, 저만 바쁜가, 이쪽은 안 바쁘고.' 이건 사뭇 바쁜 것의 대결이었다. 대결에선 형 내외가 이겼달 수도 있었다. 아우는 가끔밖에 편지를 못 쓸 만큼 바빴고, 형은 전연 편지를 못 쓸 만큼 바빴으니까.

노파는 물론 편지를 쓰고 싶었으나 쓸 줄을 몰랐다. 결국 소녀가 대필을 해야 했다. 노파는 구구절절 편지 사연을 일러줬다. 먼저 애

간장이 타게 궁금하고, 보고 싶은 사연과 암만해도 살아생전 너희들을 못 보고 죽을 것 같다는 탄식 섞인 엄살과 그러고는 돈을 좀 부쳐달라는, 늙은이가 돈 한 푼 없이 형 내외에게 얹혀살려니 구박이 막심하다는 애걸로써 끝을 맺게 되어 있었다. 그러나 소녀는 늘 돈 부쳐달라는 대목을 빼먹었다. 대필에 사기를 쳤다고나 할까, 돈 달라는 소리를 어머니가 아들에게 하는 소리로서 할 수 없었다. "막봉이 보아라. 세월은 유수 같아 어언간에 봄이 가고⋯⋯." 어쩌구 할 때까지는 완전 아들을 그리는 늙은 어머니가 되었다가도 돈 달라는 소리를 하려면 마치 그녀가 대한민국이 되고, 상대방이 브라질이나 괌이라도 된 것 같아지면서 그런 치사한 소리를 도저히 할 수 없어진다.

그런 까닭을 알 리 없는 노파는 꿈자리만 좀 좋아도 편지를 기다리고 요행 꿈이 들어맞아 편지를 받게 되면 그냥 안부편지에 지나지 않는 것을 알고 나서도 행여 언제쯤 돈을 부쳐준다는 눈치라도 채려는 듯이 거듭 읽어주기를 졸랐다. 소녀는 노파와는 또 다른 의미로 삼촌들의 편지에 관심이 있었다. 삼촌들이 소원대로 이 나라를 떠나 어느 만큼은 이 나라로부터 자유로워진 지금, 그들에게 그들의 조국인 이 나라는 어떤 뜻을 지니게 되었을까가 소녀는 알고 싶었다. 그러나 소녀는 노파와 함께 번번이 허탕을 칠 수밖에 없었다.

어떤 편지에는 김치에 대한 거의 환장할 것 같은 허기증을 호소해 오는 수도 있었다. 소녀는 반갑고 좀 고소하다. 그러나 곧 씁쓸해진다. 장가라도 들면 여자가 김치쯤 담가주겠지. 아무튼 그것은 미각의 호소이지 정신의 호소는 아니잖는가? 거창하게 무슨 애국이니 애족이니 그런 것은 아니더라도 평범한 인간정신과 조국과의 상관관계에 소녀는 조바심 같은 궁금증을 갖고 있었다.

어쩌면 소녀는 그것을 분명히 알아냄으로써 삼촌들의 떠날 당시의 광적인 몸부림으로 하여 그녀가 빠져들게 된 혼란으로부터 놓여날 수 있기를 바라고 있는지도 모른다. 그러나 아무것도 분명해진 것이 없는 채 노파까지 며칠 있으면 떠나게 되어 있다.

소녀는 또다시 떠나 보내는 일을 겪는 게 싫다. 그것은 섭섭하다는 느낌과는 또 다르다. 소녀는 실상 할머니하고 아기자기한 정이 있는 것도 아니다. 무릇 딸들이 다 그렇듯이 소녀도 어머니 편이어서 어머니가 이제야 시집살이를 면하게 되었구나 싶어 다행스럽기까지 하다. 또 이번 할머니의 경우는 삼촌들의 경우하고는 또 달라 미국에 간호사로 가 있는 고모의 초청으로 여비까지 그쪽의 부담이라 삼촌들 때처럼 사기꾼한테 당한 적도, 수속이 난관에 부딪친 적도 없었고, 돈 때문에 싸움질이 있었던 것도 아니다.

다만 소녀가 싫은 것은 떠나는 것이 확정되고 나서부터 떠나는 날까지의 긴 동안이다. 삼촌들 때도 그랬었다. 떠나는 날만 받아놨다 하면 번연히 한솥의 밥을, 한 상에서 김치에 된장을 해서 먹었을 터인데도 문득문득 버터에 스테이크라도 먹은 듯이 느글느글해지면서, 아주 이 집 식구와는 처지가 달라진 듯한 여유 있는 얼굴을 해가지고 기회만 있으면 노골적인 연민까지 베풀려 드는 데야 정말 참을 수가 없었다. 그 무렵의 삼촌들은 하다못해 골목에서 복닥거리며 노는 아이들도 그냥 지나쳐 보지를 않고, 꼭 구제품을 안고 고아원을 찾아온, 자선이 취미인 코 큰 사람 같은 아니꼬운 연민의 표정으로 혀를 차며 불쌍해하려 들었다. "원, 없는 사람들이 어쩌자고 아이들은 저렇게 무책임하게 많이 낳아놔서…… 고생문들이 훤하구나, 훤해." 하늘을 쳐다보고도 "하늘 한번 지랄같이 푸르구나. 한심하군, 한심해." 매사가 이런 투였다.

노파에게서까지 이런 눈치를 읽자, 소녀는 노파를 부축했던 다정한 손길에 맥이 스르르 빠진다. 그렇다고 소녀가 이번 박물관 구경으로 노파가 별안간 고려자기에의 심미안이라도 트이길 바랐던 것은 아니다. 그런 심미안은 소녀도 있을 리 없고, 박물관 구경조차 처음이다. 떠나기 전에 효도로 극장 구경이나 시켜드리고 점심이나 사드리라는 돈으로 소녀 임의로 박물관을 택한 것은 어쩌다 그냥 그렇게 된 것뿐이었다.

일껏 찾아간 국산 영화를 상영하는 극장 간판에는 머리를 풀어 산발하고 한쪽 입귀로는 피를 흘리는 여자의 얼굴이 끔찍하리만큼 크게 그려져 있고, '한국적 한(恨)의 미학의 극치'라는 알쏭달쏭한 선전문구가 씌어 있었다.

극장 앞까지 잘 따라온 노파도 간판에 미리 질렸는지 내키지 않는 얼굴을 하고, 금강산도 식후경이라는데 점심이나 먼저 먹자고 했다. 곰탕집에서 노파는 왕성한 식욕을 보여 곰탕도 곱빼기로 들고, 김치는 두 그릇이나 비웠다. 소녀는 또 한번 삼촌들의 편지를 생각했다. 창공을 나는 연이 제아무리 자유로워 뵈도 연줄을 통해 실패에 묶였듯이 세계 어디에 가 있어도 김치 맛을 잊지 못함으로써 한국인임을 면할 수 없을 삼촌들, 고모, 그리고 할머니를 생각했다. 그리고 조국을 떠나 있는 이들과 조국과의 연과 실패 같은 관계의 비밀이 겨우 김치 맛일까 하는 소녀다운 치졸한 감상에 빠졌다.

그러나 한층 치졸한 짓은 극장 구경을 그만두고 박물관으로 노파를 이끈 일이었을 게다. 곰탕집에서 나온 소녀와 노파는 극장으로 갈 밖에 없었는데 노파가 오늘 저녁 꿈자리가 사나울까 겁난다면서 진저리를 쳤다. 아마 그 간판 때문일 게다. 소녀도 동감이었지만 딴 서울 구경도 생각나지 않았다. 소녀는 갑자기 오후의 해가 주체할 수 없이 길게 느껴지면서 갈 곳이 전연 없다는 답답함으로 숨통이 막혀왔다. 소녀는 노파를 부축하고 곰탕집이 있는 골목을 나

와 싸구려 구둣방이 늘어선 큰길에서도 어디로 가야 할지를 정하지
못해 심한 낭패감을 겪으면서도 노파에겐 그런 내심을 들키지 않으
려고 짐짓 태연한 척했다. 그런데도 곰탕의 포식으로 어지간히 행
복해진 노파는 네 마음은 내가 다 안다, 알고말고 하는 듯이 한층
돋보이게 행복해지면서 소녀에게 큰 선심을 썼다.

"애, 애쓰지 마라. 구경은 무슨……. 이까짓 데 뭐 볼 게 있겠다
구. 괜히 돈만 없어지. 나야 미국가면 별의별 구경 다 할걸. 돈은 네
가 감췄다가 아쉴 때 용돈이나 쓰렴."

갑자기 소녀는 갈 곳을 박물관으로 정했다. 소녀는 당당하고 의
젓해졌다.

이렇게 해서 오게 된 박물관이다. 그러나 노파는 뚝배기 조각보
다 더 나은 것이 나타난 후에도 시들해하고 지루해하긴 마찬가지였
다. 방이 바뀔 때마다 노파는 가운데 마련한 푹신한 의자를 제일 반
가워하고 거기에 앉았으려고만 했다. 그러고는 아직 멀었느냐고 재
촉도 하고 이까짓 데도 돈 내고 들어왔으냐고 억울해하기도 했다.
드디어 소녀도 노파를 무시하고 자기만 구경에 열중한 양 할 밖에
없었다. 실상 소녀가 노파를 박물관까지 이끈 것 자체가 즉흥적인
일종의 몸짓이었을 뿐, 이런 일로 노파를 어떻게 해볼 수 있으리라
생각한 건 아니었다.

언제나 이 재미없는 구경이 끝나 집에 가서 편히 눕나 하는 생각
만 하면서 손녀의 뒤만 따르던 노파는 어느 방인지 들어서니까 공
기가 썰렁해지면서, 형광등 불빛이 반쯤은 퇴색해 침침한 듯하면서
도, 대낮의 빛이 쏟아져 들어와 바닥에 티끌까지 보이는 게 아마 마
지막 방인가 싶다. 넓은 출구를 통해 눈부시게 환한 가을 뜰에 곱게
물든 은행나무가 살랑이는 게 보인다. 금붙이 소리라도 날 듯싶다.

노파의 얼굴이 놀라움과 기쁨으로 일그러졌다가 이내 외경의 빛

을 띠며 엄숙하게 굳어진다. 출구가 가까워서가 아니다. 그 마지막 방에는 대형 불상들이 진열되어 있었던 것이다. 불상들이 너무 많아 노파는 갈팡질팡하다가 드디어 제일 큰 돌부처에게 먼저 예배한다. 예배는 거듭된다. 노파는 누구에게 들은 바도 없이 제아무리 별의별 것이 다 있고, 미제만 쓰는 부자나라 미국에도 부처님만은 안 계시리라는 것을 그냥 안다. 그것을 알자 마치 망망한 허공에 혼자 내던져진 듯한 고독과 공포에 사로잡힌다. 그 순간 노파의 고독과 공포는 아들딸이 자그마치 사남매나 돈 잘 벌고, 잘 살고 있는 곁으로 효도 받으러 간다는 크나큰 기쁨과 긍지로도 보상할 수 없는 절실한 것이다.

노파는 영검을 믿으며 지성껏 빌기를 좋아했었다. 부처님에게뿐 아니라 새댁 때부터 보아 와서 한 식구처럼 익숙한 국사당(國師堂) 벽의 여러 신령 화상들——신장님이니 용왕님이니 칠성님이니 삼불제석님에게 비는 것도 좋아했고, 인왕산 기슭의 선바위니 형제바위니 하는 바윗덩이에 소원을 빌기도 좋아했다.

그렇다고 남들처럼 국사당에서 징 치고 꽹과리 치고 큰 굿 한번 해본 바 없고, 두둑이 시주하고 명산대찰에 공 한번 드린 적 없는 주제에, 어쩌면 그러니까 더욱, 부처님이나 산신령이나 그럴싸한 바위에다 대고 소원을 빌고 답답한 사연을 하소연하는 것을 낙으로 삼았다.

훗날 소원이 이루어졌느냐 안 이루어졌느냐는 그리 큰 문제가 아니었다. 빌 때의, 뭐든지 꼭 이루어질 것 같고, 사는 것이 외롭거나 겁나지 않고, 마치 든든한 빽이 생긴 것 같고, 제신(諸神)들과 영통이 이루어진 듯한 그 짜릿한 도취경을 노파는 사랑했던 것이다.

뜻하지 않게 부처님을 뵈올 수 있었던 감격과 다시는 이런 기회가 없겠거니 하는 초조로 기구하고픈 게 한꺼번에 오열처럼 복받쳐

오르는 바람에 도리어 노파는 단 한 가지의 소원도 말할 수 없다.

제일 먼저 아직 어리지만 장차 자기 집의 대를 잇고 조상을 받들 단 하나의 손주인 길남이란 놈의 수명장수가 떠올랐다간 그보다는 먼저 올해 삼재가 들어 그저 조심스럽기만 한 맏아들이 무사하기를, 그리고 돈벌이도 좀 나아지기를 소원하는 게 더 급하게 여겨졌다가, 먼 딴 나라 땅에서 고생하고 있는 작은아들들 일이 더 걱정스러운가 하면, 딸도 걱정스럽고 자기가 비행기 타고 미국까지 탈 없이 갈 수 있을까가 도무지 미덥지 못해 그것도 빌고 싶고…… 이런 것들은 다 당장 코앞의 걱정이고, 먼 후일까지 지금 빌어두고 싶고, 자기의 사후 세계까지 지금 빌어두고 싶고, 노파의 조그만 머리엔 빌어두고 싶은 것이 쇄도해서 갈피를 잡을 수 없다.

"부처님, 석가모니 부처님, 그저, 비나이다. 그저그저…… 부처님, 제 마음 아시지요. 네, 제 마음 아시지요."

비는 데 당해서 노파가 이렇게 말주변이 없어 보긴 처음이다. 그러나 노파의 마음은 술술술 많은 말을 했을 때보다 오히려 빠르게 안정되어 오로지 경건할 따름이다. 부처님께서 저절로 다 아시고 다 들어주실 것 같다. 고맙다. 너무 고마워 노파는 손녀를 불러 돈 남은 걸 다 달래서 불상의 무릎 위에 공손히 바친다. 그리고 다시 "부처님 제 마음 아시지요."를 되풀이하고, 절을 되풀이하고 불상을 우러른다. 불상은 네 마음 내 다 알고말고 하는 듯이 빙그레 웃고 있다. 노파의 마음은 법열과도 같은 희열로 빛난다.

해가 설핏하긴 해도 바깥의 모든 것은 아직 한낮의 밝음 속에 눈부시다. 장장 반만년의 문화사를 훑어 내렸는데도 가을의 오후는 아직 저물지 않은 것이다.

"아무 데서나 좀 쉬었다 가자꾸나."

노파는 햇빛 속에서 어지럽기도 하고 온몸이 흘러내리듯이 피곤하다. 그러고도 편안하다. 노파는 쉬고도 싶거니와 편안함을 좀 더 오래 간직하고 있고 싶은 것이다.

경회루 연못가엔 회장저고리나 색동저고리에 빛깔 고운 비단치마를 차려입은 아가씨들이 한때 희희낙락 산책을 즐기고 있다. 수면이 이 고운 빛깔들을 거울처럼 되받았다간 미풍이라도 불면, 이 고운 빛들이 잘게 부서지기도 하고, 너울너울 출렁이기도 하는 게 그림처럼 아름다웠다. 신사복차림의 청년이 두어 명 뒤따르며 열심히 카메라의 셔터를 누르고 있다. 심한 피로 때문인지 노파의 시선은 초점 없이 멍한 게 사고가 정지된 사람 같고, 검버섯이 거뭇거뭇하고 주름이 밀려 깊은 고랑을 이루고 있는 피부는 고목의 수피(樹皮) 같다. 소녀는 가만가만 할머니의 손을 만져본다. 말랑하다.

"네 고모가 미국에서 뭐 한댔지?"

노파가 혼잣말처럼 푸듯이 중얼댄다. 여태껏 고모 생각을 하고 있었구나 싶으니 소녀는 내심 짚이는 게 있어 뜨끔하다.

"간호원이오."

"한 달에 얼마나 번댔지? 여기 돈으로 셈해서 말야."

"이십오만 원쯤……."

노파의 눈에 점점 생기가 돌더니 예의 꼬마전구 같은 오만을 회복한다.

"네 고모한테 네 에민 너무했느니라. 사람이 그러는 게 아냐."

고모가 미국으로 떠날 때의 얘기인 것이다. 소녀도 그땐 자기 어머니가 너무했다 싶다. 삼촌들처럼 떠들썩하지도 않고, 집안 돈도 축내지 않고, 제 주변으로 감쪽같이 수속을 끝내고 떠난 고모다. 소녀의 어머니도 그게 신통하고 고마웠던지 갈 때 입을 옷 한 벌 고급으로 해주마고 벼르더니, 내일이면 떠날 날인데 오늘 사왔다는 옷이 반코트 비슷한 윗도리 한 가지인데 싸구려티가 더럭더럭 나는 날림 물건이었다. 노파도 그걸 단박에 알아봤다. 아니 그래 딴 데도 아니고 미국엘 가는데, 저런 식모데기 같은 옷을 입혀 보내야 옳으냐고 며느리에게 대들었다. 며느리도 지지 않고 잔뜩 얕잡는 투로

"어머닌 그저 미국 미국, 미국만 가면 큰 출세나 하는 건 줄 아시지만 그게 아녜요. 고모가 뭐 벼슬이라도 해갖고 미국 가는 줄 아세요? 알고 보면 똥 치러 가는 거예요, 똥. 어머니도 속 좀 작작 차리세요."

며느리는 시어머니의 기대를 꺾으려고 보조간호원으로 가는 것을 똥 치러 간다는 극단적인 표현을 하고도 모자라 보조간호원이란 간호원이 하기 싫은 일을 시키려고 두는 것이니까, 간호원이 하기 싫은 일이야 똥 싸는 환자 똥 치는 일밖에 더 있겠느냐, 그리고 그런 일이란 워낙 욕지기나게 더러운 일이어서 돈을 아무리 많이 주어도 자기 나라에선 할 사람을 구할 수가 없어 외국에서 사들인다고 제멋대로 풀이까지 했다.

그날 저녁 고모는 무릎까지 오는 번들번들한 장화를 사 신고 들어왔다. 하루 종일 분하고 원통해서 눈이 거꾸로 박혔던 노파는 먼저 그 장화 얼마 주고 산 거냐고 앙칼지게 따졌다. 칠천 원인가 줬다고 하자

"이년 이 싸가지 없는 년, 미국으로 똥 치러 가는 주제에 뭐 칠천 원짜리 구두? 꼴좋다. 꼴좋아, 천 원짜리 오버에 칠천 원짜리 구두 꼴좋다."

이런 넋두리는 그날 밤새도록 계속됐다. 애꿎은 장화를 쥐어뜯으며, "이년 똥 치러 미국까지 가는 싸가지 없는 년."——이것이 노파와 딸의 이 땅에서의 마지막 밤이었던 것이다. 이것이 노파가 하나밖에 없는 딸을 먼 길 떠나보내면서 한 모정의 소리였던 것이다.

드디어 노파가 떠날 날도 내일로 다가왔다. 그러나 노파의 이 땅

에서의 마지막 밤도 흐뭇한 밤은 못 되었다.

노파는 마지막 밤을 맏손주인 길남이와 자고 싶었다. 꼭 그러고 싶었다.

아직 어리고 하나밖에 없는 사내놈이라 오냐오냐해서 길러서 그런지 제 에미만 바치고 할미를 통 안 따르는 놈이었지만 하룻밤만 같이 자면 잘 사귈 수 있을 것 같았다.

그놈을 꼭 껴안고 그 신통하고 대견한 귀물인 고추도 좀 주물러 보고, 잠결에 하는 발길질도 당하고, 이불도 덮어주고 토실한 뺨에 뽀뽀도 해주고 그리고 무엇보다도 밤새도록 그놈을 품에 품고 있고 싶었다.

그러나 공교롭게도 노파가 떠나는 날이 며느리 친정어머니 환갑 날이라고 며느리는 전날부터 친정으로 갔다. 친정에서 자고 다음 날 비행장으로 곧장 나올 속셈인 모양으로 딸들에게 저녁에도 할머니 불고기 해드리고 내일 아침에도 할머니 불고기 해드리는 거 잊지 말라고 신신당부하는 것으로 효부노릇을 한바탕 하고 갔다.

길남이만은 꼭 떼어놓고 갔으면 싶었는데, 길남이는 막무가내 제 에미 치마꼬리를 안 놓고, 그래도 에미가 딱 떼어놓으면 젖먹이도 아니겠다 못 떼어놓을 것도 없겠는데 "그래 그래 같이 가자. 할머니 오늘 밤은 푹 쉬셔야지." 하고 큰 선심이나 쓰듯이 데리고 가버렸다,

노파는 밤새도록 그게 서운해서 몰래 울었다. 자고 나도 그게 무슨 한처럼 묵직한 응어리가 되어 가슴에 걸려 있었다.

며느리는 다음 날 비행장에도 겨우 시간 전에 대와서 남편과 딸들에게 어서어서 할머니 배웅하고 외갓집에 가서 외할머니 환갑상 받으시는 데 잔 드려야 한다고 설쳤다.

배웅을 빨리 하게 하려면 빨리 갈 밖에 없겠다 싶어 노파는 또 한

번 야속하다. 노파는 길남이를 와락 껴안았다. 아프다고 울려고 했다. 할 수 없이 놓아주고 고사리 같은 손을 꼭 쥐었다. 또 아프다고 울려고 했다.

소녀는 할머니가 입고 있는 촌스럽게 번들대는 합섬 양단 치마 저고리와 은비녀가 삐딱하게 꽂힌 쪼그맣고 허술한 쪽과, 목에 걸어 거북하게 앞가슴에 늘어져 있는 BONANZA란 흰 글씨가 새겨진 빨간 숄더백과, 그런 겉치장의 부조화가 딴 여행객들과 이루는 또 하나의 우스꽝스러운 부조화와, 끝내 길남이에 대한 강한 애착을 못 끊는 짓무른 노안을 지켜보면서 거의 육체적이랄 수도 있는 아픔을 가슴 깊은 곳에 느낀다.

떠나는 편에서나 떠나보내는 편에서나 이건 정말 못할 노릇이다 싶다. 차라리 삼촌들처럼 다시는 돌아오나 봐라, 내 어디서 오줌을 깔겨도 이놈의 고장에다 겨냥하고 깔길걸 어쩌구 폭언을 퍼부으며 의기양양 걸어 나가는 것을 보는 편이 속편했던 것 같다. 소녀는 막연하나마 삼촌 시대의 위악(僞惡)을 이해할 것도 같다.

시간이 없다고 어서어서 나가시라고 며느리가 재촉을 했다. 제 친정에미 환갑상 받을 시간에 늦겠다는 건지 비행기 뜰 시간에 늦겠다는 건지 분명치 않은 채, 가슴에 걸려 있는 뜨거운 응어리를 시원히 풀지도 못한 채 노파는 딴 사람들과 휩쓸려 출국의 최종절차를 마치고 비행기가 보이는 광장으로 나섰다. 비행기가 있는 데까지 타고 갈 버스가 대기하고 있다. 남이 하는 대로 버스에 올라탄다. 모두 젊은이들뿐이다.

한 젊은이가 할머닌 어디까지 가십니까고 상냥하게 말을 건다.

"그 뭐라나, 미국의 어디메드라? 참, 쌍포리코라던가."

"네, 샌프란시스코요. 저도 그리로 가는데요."

젊은이가 광대같이 우스꽝을 떨며 노파를 껴안았다. 노파도 반

가워서 젊은이 손을 덥석 잡았다가 놓으면서

"참 내 정신 좀 봐. 내가 이러구 있을 게 아니라 버스 떠나기 전에 식구들에게 든든한 동행이 있다는 걸 알려줘야지. 이 늙은일 혼자 떠나보내고 발길들이 안 돌아설 텐데."

노파는 허겁지겁 버스를 내린다. 노파는 그냥 가족들을, 특히 길남이를 다시 보고 싶을 뿐이다. 버스에서 내린 노파는 송영대 밑으로 달려가 송영대를 쳐다보며 악을 쓴다.

"얘들아, 마침 쌍포리코까지 같이 갈 동행을 만났다. 아주 친절한 젊은이야. 내 걱정들은 마라."

그러나 아무 반응이 없다. 낯선 사람들이 킬킬거릴 뿐이다. 다시 쳐다봐도 송영대에 밀집한 사람 중 낯익은 얼굴은 하나도 없다. 벌써 환갑집으로 가버린 모양이다.

다시 확인하고 싶으나 시야가 자꾸만 부옇게 흐려져 그게 여의치 않다. 별안간 송영대에 나와 있는 사람들 보기가 부끄러워져서 숨듯이 다시 버스에 오른다. 버스를 내려서 다시 비행기를 타고 그동안 내내 노파는 혼돈 속을 가듯 눈앞이 지척을 분간 못하게 부옇고 의식조차 흐리멍덩하다. 아까의 젊은이가 노파를 부축해 주려다 말고 딴 젊은이들과 섞여서 시시덕댄다.

마침내 기체가 이륙하는 것을 노파는 심한 충격과 함께 의식한다. 그것은 누구나 느낄 수 있는 물리적인 충격이 아니라 노파 하나만의 것인 아무도 헤아릴 수 없는 크나큰 충격이다.

몇백 년쯤 묵은 고목이 어떤 거대한 힘에 의해 몽땅 뽑히는 일이 있다면 그때 받는 고목의 충격이 바로 이러하리라. 노파의 의식이 비로소 혼돈을 헤치고 뿌리 뽑힌 고목으로서의 스스로를 인식한다.

비행기 속의 젊은이들은 노파의 아들들이 그랬던 것처럼 조국을 뜨는 마당에 일말의 애수조차 없이 다만 기쁘고, 빛나는 얼굴을 하고 있다. 그래서 그런지 조금도 동류의식을 느낄 수 없다. 노파는 외롭다.

"할머니 울잖아? 애기같이, 우리도 안 우는데. 울지 마 우린 같은 처지야."

아까의 젊은이가 광대 같은 표정으로 어리광을 떨며 노파를 웃기려 든다.

하긴 저들도 뿌리 뽑혔달 수도 있겠지. 그러나 저들은 묘목이다. 어디에고 다시 뿌리를 내릴 수 있는 묘목이다. 그러나 난 틀렸어. 난 죽은 목숨이야.

노파는 노파의 아들들이 이를 갈며 싫어했고 진저리를 치며 놓여나기를 갈망했던 이 땅의 모든 구질구질한 것까지 자기가 얼마나 사랑했던가를 안다. 노파는 마치 자기 시신을 보듯 이 숨 막히는 공포로 뽑혀 나동그라진 거대한 나무와 지상으로 노출된 수만 가닥의 수근(樹根)이 말라비틀어지는 참담한 모습을 환상하며 심장을 쥐어짜듯이 서럽게 운다.

일찍이 이렇게 서럽게 운 적도, 이렇게 서럽게 운 사람도 이 세상엔 없겠거니 싶다. 산 채로 자기의 시신을 볼 수 있는 그런 끔찍한 불행을 겪은 사람이 나 말고 어디 또 있을 수 있단 말인가. 노파의 울음은 자기 자신에게 바치는 조곡(弔哭)인 만큼 처절하다.

젊은이들은 노파의 이런 울음소리가 못 견디게 듣기 싫다. 타고 있는 게 비행기만 아니라면 훌쩍 뛰어내린들 조금도 찻삯 같은 거 안 아까우리만큼 듣기 싫다. 이런 기분 나쁜 음색은 생전 처음 들어보는가 싶다.

부끄러움을 가르칩니다

침침한 조명에 익숙해진 후, 다시 한번 휘둘러보아도 아는 얼굴
은 없다. 내가 제일 먼저 온 모양이다. 콤팩트를 꺼내 얼굴을 비춰
본다. 눈 화장이 암만해도 눈에 거슬린다. 눈을 크고 맑게 보이게
하기는커녕, 잘하면 곱살하게 보일 수도 있을 눈가에 잔주름을 노
추(老醜)로 만들어 강조하고 있다. 눈가뿐 아니라 얼굴 전체가 몰라
보게 늙어 있다. 연일의 겹친 피로 때문일까?

서울에 이사라고 온 후 갈현동에 임시로 거처를 정하고 집을 사
러 다니는 일이 이만저만 고된 일이 아니어서 나는 요새 거의 몸살
이 날 지경이었다. 그도 그럴 것이 상계동의 친정에서는 그 근처로
오라고 미리 몇 채 돌봐놓고 있다니 인사성으로라도 그 근처에 가
서 보러 다니는 척 안 할 수 없었고, 수유동의 시집에선 또 이왕 서
울로 왔으면 시집 근처에 사는 걸 마땅한 일로 아는 눈치기에 그 근
처도 가서 보는 척했다. 그러나 정작 남편의 꿍꿍잇속은 또 달라서
주머니 사정에도 맞고 겉보기도 괜찮은 집을 구하려면 화곡동쯤이

알맞은 걸로 귀띔을 하니 그쪽도 안 가볼 수 없고, 그러자니 갈현동에서 상계동으로, 다시 수유동으로, 수유동에서 화곡동으로, 서울 동쪽 변두리에서 서쪽 변두리로, 남쪽 변두리에서 북쪽 변두리로, 중심가는 가로지르기만 하면서 싸다닌 셈이다.

그래 그런지 나는 과연 서울은 크구나 놀라기도 질리기도 했지만, 이곳이 내 고향이구나 하는 그윽한 감회는 전연 없었다. 그야 아무리 서울에서 나서 자랐기로서니 차라리 고향이 없는 것으로 자처할지언정 서울을 고향으로 대접할 사람은 없지만, 나는 그래도 고향으로서의 선명한 영상을 갖고 있었고, 가끔 그림엽서를 꺼내 보듯이 그 영상을 되살리며 향수를 앓았더랬었다.

바퀴가 불안전하게 탈탈거리는 손수레에 피란 보따리와 올망졸망한 어린 동생들을 태우고, 두 살 터울인 남동생과 번갈아 밀며 끌며 돌아다보고 또 돌아다본 폐허의 서울——그땐 하늘이 낮고 부드럽게 흐려 있었고, 눈이 조금씩 조금씩 흩날리기 시작했었고, 폐허 사이에 도괴를 면하고 제법 의젓하게 서 있는 건물들도 창문이란 창문은 화염을 토해낸 시커먼 그을음 자국으로 아궁이처럼 음험하게 뚫려 있었고, 북으로부터의 포성이 바로 무악재 고개 너머에서 나는 듯 가까웠고, 사람들은 이고 지고 총총히 총총히 이 고장을 등지고 있었다.

아침 느지막이 중학다리 집을 떠나 종로 광교 을지로 입구 남대문까지 우린 너무 느리게 걸었고, 어머니가 이렇게 굼벵이처럼 걷다간 해 안에 한강도 못 건너겠다고 걱정을 하는 바람에 이제부터 앞만 보고 기운 내서 열심히 가야겠다고, 마지막 돌아보는 셈치고 돌아다본 시야에 문득 남대문이 의연히 서 있었다.

눈발을 통해 본 남대문은 일찍이 본 일이 없을 만큼 아름답고 웅장했다. 눈발은 성기고 가늘어서 길엔 아직 쌓이기 전인데 기왓골과 등에만 살짝 쌓여서 기와의 선이 화선지에 먹물로 그은 것처럼 부드럽게 번져 보이는 게 그지없이 정답기도 했지만 전체를 한 덩어리로 볼 땐 산처럼 거대하고 준엄해 내 옹색한 시야를 압도하고 넘쳤다.

나는 이상한 감동으로 가슴이 더워왔다. 남대문의 미(美)의 극치의 순간을 보는 대가로 이 간난의 피란길이 마련되었다 한들 어찌 거역할 수 있으랴 싶었다. 그건 결코 안이하게 보아질 수는 없는, 꼭 어떤 비통한 희생의 보상이어야 할 것 같은 생각이 들었기 때문이다.

나는 거의 종교적인 경건으로 예배하듯 남대문을 우러르고 돌아서서 남으로 남으로 걸었다. 이상하게도 훨씬 덜 절망스러웠다.

그 후 피란 생활이 맺어준 인연으로 오늘날까지 계속된 오랜 객지생활에서도 그때 눈발을 통해 본 남대문의 비장미의 영상은 조금도 퇴색함이 없이, 어머니나 동생들이나 중학동 옛집이나 그 밖의 내 소녀 시절의 앳된 추억이 서린 서울의 어느 곳보다 훨씬 더 강력한 향수의 구심점이 되었다.

그러나 막상 서울로 돌아온 지 달포가 넘는 동안 거의 매일같이 도심을 가로지르면서 남대문을 볼 기회도 많았건만 번번이 딴 데로 한눈을 파느라 놓치고 말았다. 그렇게 서울은 번화하고, 쳐다보고 우러러볼 높은 집도 많았거니와, 차와 사람이 너무 많아 버스에 앉아서도 줄창 조마조마하고 아슬아슬해하기에 정신을 빼앗겼다. 그러는 사이에 남대문에 대한 흥미를 쉽사리 잃어갔다. 나는 이미 이 고장이 남대문의 정기(精氣) 따위가 지배할 고장이 아니란 걸, 남대문 따위는 이미 오래전에 이 고장의 새로운 질서에서 소외됐음을 눈치 챘기 때문이다.

그것을 눈치 채자 이 고장의 희번드르르한 치장 뒤에 감춰진 뒤죽박죽까지 모두 알아버린 느낌이 들어버렸다.

그러나 뭐니 뭐니 해도 가장 심한 뒤죽박죽의 상태에 있는 건 나 자신이었다. 바쁜 길을 가다가도 건널목의 신호등에 푸른 불이 켜져 사람들이 일제히 건너는 것을 보면 나는 건널 필요가 없는데도 덩달아 건넜다. 번화가의 횡단보도를 푸른 신호등을 곧바로 쳐다보며 여러 사람들과 어깨를 나란히 건너는 게 나는 그렇게 떳떳하고 좋을 수가 없었다. 그렇게 건너지 않아야 될 길을 몇 번 덩달아 건너다보면 완전히 방향 감각을 잃고, 그날의 할 일조차 잊고, 촌닭처럼 서투르게 허둥지둥하다가 우두망찰을 했다. 꼭 뭣에 홀린 듯 신나는 분주 끝에 오는 절망적인 우두망찰——비단 길을 가다가뿐 아니라 나는 자주 이런 느낌을 경험했다. 서울 살림의 시작만 해도 그렇다.

남편은 꼭 집을 살 듯이 나와 복덕방 영감을 속이다가 하루아침에 전셋집으로 바꾸더니 부랴부랴 이사를 하고는 응접세트다 화장대다 문갑이다 하고 번질번질한 세간들을 사들이는 바람에 전셋집이란 서운함도 잊고 집을 꾸미는 재미에 신바람이 나서 바삐 돌아가다가도, 김포가 지척인 화곡동 특유의 비행기 소리가 유리창이란 유리창을 들들들 흔들면서 모가지라도 도려낼 듯이 낮게 지나가면 마치 온 집안이 얇은 유리로 되어 있어 당장 박살이 날 듯한 겁에 질렸다가 굉음이 무사히 멀어지면 일손에 맥이 쑥 빠지면서 예의 우두망찰에 빠졌다.

남편은 촌티 좀 작작 내라고, 그까짓 소리에 정신이 나갈 게 뭐냐고 얕봤지만 남편은 잘못 알고 있었다. 나는 그럴 때 정신이 나가는 게 아니라 드는 느낌이었다. 비행기 소리가 멀어지고 들들대던 유리창도 멎은 후의 해맑은 정적의 일순, 나는 우리 살림이 얼마나 어벙한 허구 위에 섰나를 똑똑히 보는 것이었다. 그러나 그런 동안을 오래 갖는 일은 별로 없었다. 남편은 늘 나를 바쁘게 하려 들었다. 나는 늘 허둥지둥해야만 했다. 남편의 성품이 본래 그렇기도 했지만, 서울로 이사를 오자 한층 의욕이 왕성해져 단박에 떼돈을 벌듯이 설쳐댔다. 그의 눈은 의욕 과잉으로 핏발이 서 있었고, 몸은 동에 번쩍, 서에 번쩍, 한마디로 눈부셨다. 그는 나도 자기의 손발처럼 덩달아 바쁠 것을 강요했다. 그러나 나는 그게 잘 되지를 않았다. 나는 그의 분망을 이해할 수도 없었다.

아홉 시에 중요한 용건으로 만날 사람이 있으니 서둘러야겠다고 시계를 골백번도 더 보면서도, 별로 급한 것 같지도 않은 전화를 몇 통화씩 거는가 하면, 통화중인 곳에는 욕지거리를 해가면서도 끈질기게 돌리다가 아홉 시를 삼십 분도 못 남겨놓고서야 벼락이 떨어지는 소리를 질러대면서 옷을 주워 입고, 내가 골라주는 넥타이를 마땅찮아 하고, 다시 고른 것도 또 신통찮아 하고, 거듭거듭 그 짓을 하면서 그는 교묘하게 자기가 이렇게 늦고 만 것이 마치 내 탓인 것처럼 뒤집어씌웠다. 그리고 겨우 고른다는 게 내가 처음 골랐던 것을 다시 고른 것도 모르고 만족해하다가, 다시 시계를 보는 불난 집을 뛰쳐나가듯 곤두박질을 치면서 뛰어나갔다간 오 분도 안돼서 숨이 턱에 닿아서 되돌아와서 중요한 서류를 잊고 나갔다고 찾아내라고 고함을 쳐댔다. 그럴 때 만약 내가 조금도 당황하지 않고 보관했던 서류를 단박에 첫째 서랍에서 꺼내주면 도리어 남편은 나를 핀잔주려 들었다. 답답하다느니 안차고 다라지다느니 하면서. 그런 핀잔을 듣지 않으려면 나도 덩달아 "어머머, 큰일 났네. 이 일을 어쩌누. 글쎄 그 서류를 어디 뒀드라. 에구구…… 내 정신이야." 하며 하던 일을 내던지고 뱅뱅 맴을 돌며, 발을 구르며 이 서랍 저 사람 날쌔게 빼보고, 말을 안 듣는 서랍을 냅다 빼 동댕이치며, 콩 볶듯이 날뛴 끝에 서류를 찾아내야만 했다.

매사를 이런 투로 그에게 장단을 맞춰야 했다. 난 그게 서툴렀다. 그도 그것을 알고 있어 젠장 서로 장단이 맞아야 뭘 해먹지 하는 투정을 자주 했다. 나는 늘 피곤했지만 육체적인 노동 끝에 오는 쾌적한 피로가 아니라 불쾌한 조음(噪音)에 맞춰 서투르게 몸을 흔들어댄 것 같은 허망한 피로였고, 몸의 피로라기보다는 마음의 피로였다.

남편은 나가 있는 동안에도 숙제를 내주듯이 나에게 여러 가지 일을 시켰다. 동회나 구청에서 무슨무슨 증명을 떼다 놓으라든가, 어디어디서 전화가 오면 용건을 듣기만 해서 메모해 두라든가, 어디어디서 오는 전화에는 어떻게 대답을 하고, 무슨 말을 물어오면 어떻게 둘러댈 것 등인데 그것은 거의가 다 거짓말이어서 혹시 잊을까, 혹시 뒤바뀔까 겁도 났고, 남편이 각계각층의 인사를 너무도 많이 알고 있는 것에 놀라기도 했다. 남편의 능란한 허풍은 많은 유명 인사와 유력 인사를 알고 있을 뿐 아니라, 그들과 꾸미는 웅대한 사업의 참모 본부가 바로 화곡동 우리의 전셋집과 전세 전화인 듯한 착각까지를 나에게 일으킴으로써 나를 질리게 했다. 그래서 실제로는 잘못 걸려온 전화와 어디서 연락 없었느냐는 남편의 전화 외에는 걸려오는 전화도 없었는데도 나는 온종일 긴장하여 그 일에 나를 얽맸다. 남편이 없는 낮 동안 전화가 남편 대신 내 상전 노릇을 하는 셈이었다.

나는 우리의 전셋집도 마땅찮았지만 그놈의 전세 전화가 더 싫었다. 그래서 그런지 나는 좀처럼 내 서울 살림에 재미를 붙이지 못했다. 서울 살림이자 한창 깨가 쏟아질 신접살림인데도 말이다. 나는 이 나이에 인제 신접살림이었다. 나는 세 번이나 결혼을 했고, 지금의 남편이 내 세 번째 남편이니까 그럴 수밖에 없었다.

그래도 그 전세 전화 덕분에 이십여 년 만에 돌아온 서울에서 쉽사리 옛 동창들과 연락이 닿은 것이다. 연락이 닿았다기보다는 당했다고 하는 것이 옳겠다. 나는 누구에게 전화번호 한번 대준 적이 없는데도 나를 찾는 전화가 걸려오기 시작했다.

"어머머…… 정말 너구나. 서울에 아주 왔다며? 어쩌면 서울에 와서도 그렇게 꼼짝 않고 들어앉아 있을 수가 있니. 요런 깍쟁이, 얼마나 보고 싶었다고. 보고 싶다. 보고 싶어."

정말 보고 싶어 죽겠다는 듯이 안달을 떠는 전화가 예서제서 걸려오더니, 몇몇이 모여서 나를 만나기로 약속이 된 모양이다. 저희들 멋대로 정한 시일과 장소가 나에게 통고됐다. 나는 옛 동창을 만나는 일이 좀 뜨악하고 좀 귀찮았지만, 만나기가 아주 싫을 것도 없어서 그냥 찧고 까부는 대로 당하고 있을 밖에 없었다.

나는 보고 싶다는 느낌, 특히 여자 친구끼리 보고 싶다는 느낌을 암만해도 이해할 수 없었다. 되레 남편이 적극적이었다.

"거 참 잘됐구려. 오래간만에 나가 바람 좀 쐬고 와요. 사람은 그저 사람을 많이 알아놔야 되는 거야. 다 써먹을 데가 있다구. 있구 말구. 줄이나 빽이 별건가. 그렇구 그런 거지. 당신 동창 중에라도 재벌이나 고관 사모님 없으란 법 없잖아. 하다못해 세리(稅吏) 마누라라도 있어봐. 그게 어디게."

공연히 흥분해서 눈을 번쩍이고 삿대질까지 했다. 그러곤 엄숙하게 덧붙였다.

"어떡허든 우리도 한밑천 잡아 한번 잘 살아봅시다."

나는 울컥 징그러운 생각이 났다. 그러곤 아아, 아아, 징그럽다고 생각했다. 내가 남편을 징그럽다고 생각하는 건 아주 나쁜 징조였다. 더 나쁜 것은 숨 가쁘게 아아, 징그럽다고 생각하는 거였다. 첫 남편과 헤어질 때도 그랬었고, 두 번째 남편과 헤어질 때도 그랬었다. 남들이 알기로는, 내가 첫 남편과 헤어진 것은 애를 못 낳아서 쫓겨난 것으로, 두 번째 남편과 헤어진 것은 그까짓 일부종사 못한 팔자 두 번 고치나 세 번 고치나지 하는 팔자 사나운 헌 계집이면 으레 그렇게 하는 빤한 소행쯤으로 되어 있을 터였다. 내가 겪은 아아 징그럽다는 아무도 모른다.

그럼 나는 이번 남편과도 헤어지게 되려나 싶어 다시 콤팩트를 꺼내 얼굴을 비춰본다. 또 한 번 시집을 가기에는 너무 늙었다는 확인으로 스스로를 겁주기 위해서다. 눈가의 뚜렷한 늙음보다 차라리 더 짙은 온몸의 피로, 그냥저냥 안정하고 싶다는 생각이 새삼 간절하다.

콤팩트 뚜껑을 찰카닥 닫는데 화려한 한복차림의 여자가 두리번거리며 들어선다. 어둑한 다방 안을 저녁노을처럼 물들일 듯 강렬한 오렌지 빛 한복이다. 희숙이었다. 우리는 동시에 서로를 알아보고 요란한 호들갑을 떨면서 반가워했다. 곧 영미도 왔다. 영미는 말없이 나를 포옹했다. 서양 여자들처럼 그렇게 하는 게 영미에겐 썩잘 어울렸지만, 당하는 나는 너무 쑥스러워 촌닭처럼 비실비실 어색하게 굴었다.

"예뻐졌다 얘."

"정말 몰라보게 예뻐졌어."

이십여 년 만에 만난 친구라면 우선 눈에 띄는 게 늙음일 게다. 그런데도 그 대목은 살짝 건너뛰어 다만 예뻐졌다고 한다. 그게 아마 서울식 인산가 보다. 나는 뭐라고 답례를 해야 할지를 모른다. 그냥 나를 시골뜨기처럼 느낄 뿐이다.

"그래, 서울로 아주 왔다며? 잘됐다. 잘됐어. 온 지 얼마나 되지?"

"글쎄 거진 두어 달 됐나 아마……."

"뭐 두어 달이나. 그래 그동안 나 보고 싶은 생각이 조금도 안 나던? 요런 깍쟁이."

영미가 눈을 흘기며 내 넓적다리를 꼬집는다. 영미는 나하고 단짝이었다. 그러나 나는 그동안 영미를 보고 싶어 해 본 적이 거의 없었고, 이렇게 만나서도 희숙이보다 영미가 더 반가울 것도 없다. 다방 속은 소음과 담배 연기로 가득 차 있었다. 우리는 언성을 높여 수다를 떨었다. 희숙이 등지고 앉은 벽에는 고흐의 복사판이 걸려 있다. 하늘은 땅을 향해 무너져 내리고, 땅은 하늘을 향해 삿대질을 하며 끓어오르는 악몽 같은 그림이었다. 희숙의 오렌지 빛 한복은 질 좋은 실크여서 매무새가 흐르는 듯 아름다웠지만 유감스럽게도 낡은 싸구려 내복이 소맷부리로 넘실대고, 다이아 반지를 낀 손은 거칠고 상스러웠다. 고생고생 하다가 한밑천 잡은 지 얼마 안 되는 남편을 가진 여편네 티가 더덕더덕 났다. 한밑천 잡는다는 게 바로 저런 거로구나 하는 생각이 들자 입맛이 썼다. 영미의 양장은 수수하고 비교적 세련된 편이었으나, 중년을 넘은 직업여성의 피곤과 싫증 같은 게 짙게 느껴져 오랫동안 맞벌이로 알뜰살뜰 살림을 꾸려온 티를 숨길 수 없었다.

나는 그것만으로 옛 친구를 다 알아버린 느낌이었다. 마치 노련한 전당포 주인영감이 물건을 감정하고 값을 매기듯이 나는 그녀들을 순식간에 감정했고, 홍, 너희들도 별거 아니로구나 하고 값을 매겼고, 나는 내 감정을 추호도 의심치 않았다. 나는 그녀들의 수다에 시들하게 참견하고 시들하게 대꾸했다.

그렇다고 내가 남편의 각본대로 그녀들이 고관이나 재벌의 사모님이었기를 바랐던 것은 아니다. 그냥 내가 한눈에 알아낸 것 이상의 것을 그녀들에게서 알아내고픈 흥미가 전연 일지를 않았다.

"참 네 남편은 뭐하는 사람이냐?"

희숙이가 물었다.

"응, 사업하는 이야."

"사업? 무슨 사업인데."

"일본과 기술 제휴한 전자 회사."

나는 아무렇게나 말했다. 그러나 지금 당장 꾸며댄 거짓말은 아니었다. 남편이 계획하고 있는 일 중의 하나인 것만은 분명했다. 이를테면 들은풍월이었다.

레지가 커피에 카네이션을 한 방울 뚝 떨어뜨리고 갔다. 꼭 콧물만큼 떨어졌다. 나는 흐르지도 않은 콧물을 훌쩍 들이마시고는 찻잔을 들었다.

"그래? 참 이상하다. 난 네 남편이 충청도 토박이 호농이라고 들었는데 언제 사업가가 됐니?"

영미가 야무지게 따지고 들었다.

"너만 이상하니? 나도 이상하다. 내가 알고 있기론 얘 남편이 대학 교수쯤 될 텐데."

희숙이 능구렁이 같은 소리로 능글댔다. 둘의 눈이 같은 목적으로 합세해서 더욱 악랄하게 더욱 짓궂게 빛났다. 그제야 나는 그녀들이 진작부터 내가 세 번씩이나 결혼한 걸 알고 있었다고 깨닫는다. 늦게 그걸 깨달은 게 좀 분했지만 이제라도 깨달은 바에야 뻔뻔히 맞설 수밖에 없었다.

나는 짐짓 재미나 죽겠다는 듯이 손뼉을 치며 웃어댔다.

"맞았다 맞았어. 너희들 둘 다 맞았어."

"뭐라고?"

"첫 번째 남편은 토박이 시골 부자였고, 두 번째 남편은 지방대 강사였고, 지금 남편은 사업가니, 안 그래?"

"그럼 넌 정말 세 번씩이나 개가를 했단 말이니?"

개가란 참 듣기 싫은 말이다. 그래도 난 개의치 않고 너그럽게 다시 한번 웃어주곤

"아니지, 한 번은 어차피 초혼이었을 테니 개가는 두 번이면 족하지."

내가 개가란 말을 얼마나 멋있게 자랑스럽게 했는지 내 두 친구는 완전히 질린 것 같았다. 나는 내가 이겼다고 생각하면서도 조금도 유쾌하지 않아서 이마를 몹시 찡그렸다.

"너 참 많이 변했구나. 부끄럼도 꽤는 타더니."

영미가 경멸하듯이 말했다. 내 앳된 시절을 말하는가 보다. 요새 여학생들은 그렇지도 않지만 우리 때만 해도 여학생이 수줍어하는 것은 애교요 예절이었다. 그러나 내 경우는 특히 그게 좀 심했던 것 같다.

조그만 실수에도 부끄럽다든가 창피하다든가 하는 생각도 미처 들기 전에 얼굴부터 빨개졌고, 얼굴이 달아오르는 열기를 의식하자 하찮은 일에 큰 죄나 지은 것처럼 얼굴이 빨개지고 마는 내 변변치 못한 성품이 싫고 부끄러워 한층 얼굴이 빨개지면서 엉망으로 쩔쩔맸다. 그렇다고 내 부끄럼은 실수한 경우에만 타는 게 아니었다. 간혹 수학 시험의 최고 득점자로 내 이름을 부를 때도 자랑스러워하기는커녕 내가 얼마나 남들에겐 공부 안 하는 척하느라 학교에선 소설책만 읽다가 집에선 밤을 꼬박 새워 공부했던가가 생각나고, 그래서 내 흉물스러움이 만천하에 폭로된 것이 부끄러워 쥐구멍이라도 있다면 들어갈 듯이 위축됐다. 혹시 내가 쓴 작문을 잘됐다고 선생님이 아이들 앞에서 읽어주기라도 하면, 저 구절은 어디서 표절한 것, 저 느낌은 어디서 훔쳐온 것 하고 한 구절 한 구절이 읽을 때마다 나를 찌르는 것 같아 안절부절못했다.

분명히 내 내부에는 유독 부끄러움에 과민한 병적인 감수성이 있어서 나는 늘 그 부분을 까진 피부를 보호하듯 조심조심 보호해야 했다. 그러자니 나는 늘 얌전하고 말썽 안 부리는, 눈에 안 띄는 모범생이었다.

여학교를 미처 졸업하기 전에 난리(6·25)를 만났다. 여름내 남다 겪는 고생도 겪고 겨울엔 남 다 가는 피란도 갔다.

그 통에 나같이 고생 많이 한 사람이 어디 있겠냐고 나서 봤댔자 엄살밖에 안 되겠지만, 난리 통일수록 무자식 상팔자라는데 우린 너무 아이들이 많았다. 아버지도 안 계신 데다가 내가 맏이니 집에 의지할 장정 식구란 없는 셈이었다.

우리 식구의 생활의 기반은 세(貰)나 먹던 중학동 넓은 고가밖에 없었는데, 집을 떠메고 갈 재간은커녕 식구 목숨 하나라도 안 빼놓고 이끌고 가기도 힘에 겨워, 반반한 옷가지 하나 제대로 못 가지고 떠난 처지라 곧 식량이 바닥이 났다.

그래도 피란민을 위한 밀가루 무상 배급 같은 게 불규칙하게나마 있어 근근이 연명은 할 수 있었으나 그 무렵에 동생들이 먹고 또 먹어대는 꼴이라니 영락없이 밑 빠진 가마솥이었다. 먹고 또 먹고도 빼빼 말라서 글겅글겅 온종일 먹을 것에 환장을 해쌓았다.

어머니와 나는 빈 솥바닥을 득득 소리 나게 긁으며

"난리 통엔 어른은 배곯아 죽고, 애새끼는 배 터져 죽는다더니 맞다 맞아. 우리가 그 꼴 되겠다."

하고 한숨을 쉬었다.

그때부터 어머니는 툭하면 "이 웬수 같은 놈의 새끼들." 하며 아이들을 불문곡직하고 흠뻑 두들겨 패주는 버릇이 생겼다. "이 웬수야, 뒈져라 뒈져." 하며 정말 전생부터의 원수라도 노려보듯이 아이들을 노려보며 삿대질을 하던 무서운 어머니와, 아이들의 악마구리 끓듯 하던 울음소리를 나는 지금도 끔찍스러운 지옥도의 한 폭으로 생생하게 기억한다.

봄이 오고 나는 동생들과 먹을 만한 풀을 캐러 온종일 들과 산을 주린 짐승처럼 헤매는 게 일과였다. 어느 날 우리는 산 너머 불탄 학교 자리가 있는 샛노란 황무지 같은 들판에 통나무를 켜서 늘어 놓은 것 같은 콘셋이 들어선 것을 발견했다. 누런 지프차와 트럭이 부릉부릉 빵빵 하는 신나는 소리를 내며 그 근처로 들어오고 나가 고 했다. 미군 부대가 주둔한 것이다. 우리는 괜히 신바람이 났다. 갑자기 풀을 캐러 다니는 일이 치사하고 못난 짓 같은 생각이 들 었다.

산 너머에 부대가 생겼다는 소문은 빠르게 온 동네로 퍼졌다. 큰 살판이나 난 듯한 이상한 활기가 이 피란민과 원주민이 삼 대 일쯤 인 마을에 넘쳤다. 벌써 아이들은 산나물을 넣고 끓인 멀건 수제빗 국에다 코를 들이대고 킁킁대면서 누르께한 육기(肉氣) 냄새를 맡 지 못해 안달을 해쌓았다.

그러나 먼저 퍼진 것은 육기나 기름기가 아니라 느글느글한 화 냥기였다. 마치 항구에 정박한 큰 선박에서 폐유가 흘러나와 항구 의 해수를 오염시키듯 이 미군 콘셋에서 흘러나온 수상쩍은 에로티 시즘이 단박에 온 마을을 뒤덮었다. 이상한 그림이 나돌고, 계집애 들은 엉덩이를 휘젓는 망측한 걸음걸이로 괜히 히죽히죽 웃으며 싸 다니고, 아이들까지 혀 꼬부라진 소리를 한두 마디씩 지껄이며 양 키만 보면 팔때기를 걷어붙이고 이상한 흉내를 냈다.

때맞춰 야미 퍼머쟁이가 집집마다 찾아다니며 계집애들을 꼬셔 서, 머리에 고약한 냄새가 나는 약을 칠하고 돌돌 말아 숯이 든 쇠 집게로 찝어놓더니 고실고실 볶아냈다. 그 시절에 한창 유행하던 불퍼머였다. 퍼머하다가 머리통이 군데군데 데는 것쯤은 약과였다.

LAUNDRY니, D.P.니 하는 꼬부랑글씨 간판이 붙은 집까지 생겨 났다. 물론 이런 현상은 눈에 띄게 겉에 나타난 현상이고 더 많은 사람들이 조용히 눈살을 찌푸리고, 원주민이라면 과년한 딸을 딴 고장의 친척집으로 피신을 시키고, 피란민이라면 아예 식구가 몽땅 멀찍이 딴 곳으로 거처를 옮겼다. 그러나 이런 짓은 다 돈푼이나 있는 배부른 사람들 짓이었고 없는 사람들은 살판난 듯이 생기가 나서 도대체 어떤 수를 쓰면 저 껌을 쩌덕쩌덕 씹으며 지프차를 부릉부릉 몰고 다니는 코큰 사람 호주머니에 든 신기한 달러돈을 끌어낼 수 있을까, 어떡하면 레이션 박스 속에 든 별의별 달고 향기롭고 고소한 것의 맛을 남보다 먼저 보나, 혹시 저 산 너머 부대 철조망 속에서 양키들 시중드는 일자리라도 하나 얻어걸리지 않나 그런 생각만 했다. 어떻든 그런 움직임은 마을을 생기 있게 했다.

돈푼이나 좀 있는 사람이나, 점잖은 체하려는 사람들이 눈살을 찌푸리고 개탄을 하든 말든 아랑곳하지 않았다. 흥, 너희들도 두어 끼 굶어만 보렴, 점잖은 개 부뚜막에 올라간다고 아마 한술 더 뜨면 더 뜰 걸 이런 투였다.

타관에서 하나둘 양색시들까지 모여들기 시작하자 이 동네는 점점 기지촌의 면모를 갖추었다. 그러자 불퍼머로 머리를 볶은 처녀들 사이에 급속도로 화장법이 보급되었다. 횟뎃박을 쓰고, 입술을 새빨갛게 칠하고 눈썹을 그리고, 껌을 씹는 아가씨들이 늘어났다. 그래도 아무리 어려운 피란민의 딸들이라도 여염집 처녀가 곧장 양색시가 되는 법은 없었다. 처음엔 그래도 부대 내의 하우스걸이나 웨이트리스니 하는 떳떳한 이름으로 취직이 돼서 들어갔다. 아들녀석들도 하우스보이 취직이 꽤 되는 모양이었다.

집집마다 먹는 것에서 누르께하고 느글느글한 냄새가 풍기고 까실하던 살결이 제법 윤기가 돌았다. 우리 집만 여전히 가난했고, 어린 동생들은 문자 그대로 아귀 귀신이 된 것처럼 먹여도 먹여도 허기져 했고, 남 먹는 것만 보면 환장을 하려 들었다.

어머니의 신경질은 하루하루 더해 갔다. 동생들 대신 나를 심히 들볶았다. 어느 날 느닷없이 퍼머쟁이를 데려오더니 나보고도 그 불화로를 뒤집어쓰는 불퍼머를 하라고 종주먹을 댔다. 그러나 아무리 해도 내 고집을 꺾을 수 없게 되자 어머니는 한바탕 욕지거리를 하더니 홧김에 자기의 트레머리를 뚝 끊어버리더니 불화로를 뒤집어쓰고 머리를 볶았다.

가난과 굶주림으로 가뜩이나 새카맣게 말라비틀어진 얼굴에 고실고실 들고일어나 새둥우리처럼 된 머리가 덮치니 그 꼴이 말이 아니었다. 그것만으로도 넉넉히 비참의 극인데, 어머니는 게다가 화장까지 시작했다. 어디서 분가루랑 입술연지 토막을 얻어다가 깨진 거울 앞에서 치덕거렸다. 그러곤 낮도깨비처럼 길가를 오락가락했다. 나는 부끄러워할 수조차 없었다. 불쌍한 어머니, 그러나 내가 어떻게 도울 수 있단 말인가.

어느 날 어머니가 발작적으로 울음을 터뜨리더니 가슴을 풀어헤치고 맨살을 드러냈다. 희끗희끗 비늘이 돋은 암갈색의 시들시들한 피부가 늑골을 셀 수 있을 만큼, 가슴에 찰싹 달라붙어 있고 어중간히 매달린 검은 젖꼭지가 몇 년 묵은 대추처럼 초라하니 말라비틀어져 있었다. 어머니는 그 가슴을 손톱으로 박박 할퀴며 푸념을 했다. 누웠던 비늘이 일어서며 흰 줄이 가더니 드디어 붉게 핏기가 솟았다. 끔찍한 모습이었다.

"이년아, 똑똑히 봐둬라. 이 인정머리 없는 독한 년아. 이 에미 꼬락서니를 봐두란 말이다. 어디 양갈보짓이라도 해먹겠나. 어느 눈먼 양키라도 뎀벼야 해먹지. 아무리 해먹고 싶어도 이년아, 양갈보짓을 어떻게 혼자 해먹니. 우리 식군 다 굶어죽었다, 죽었다. 이 독살스러운 년아, 이 도도한 년아. 한강물에 배 떠나간 자국 있다던? 이 같잖은 년아."

나는 무서워서 온몸이 오그라드는 것 같았다. 아마 그 순간 내 내부의 부끄러움을 타는 어린 감수성이 영영 두터운 딱지를 붙이고 말았을 게다. 제 딸을 양갈보짓 시키지 못해 눈이 뒤집힌 여자를 어머니로 가진 여자, 그 가슴의 징그러운 젖을 빨고 자란 여자가 어떻게 감히 부끄럽다는 사치스러운 감정을 간직할 수 있을 것인가.

그 후 나는 시집을 갔다. 어린 나이였지만 예전 같으면 애어멈이 되고도 남을 나이였다. 양갈보짓 시켜먹긴 싹수가 노랗고, 열 식구 버는 것보다 한 입 더는 게 낫다는 옛말도 있으니 그까짓 거 후닥닥 치워버리는 게 어떻겠느냐는 중신에미 말에 어머니는 솔깃했고, 나도 순종했다. 나는 시집가는 것도 양갈보짓 하는 것도 똑같이 싫었지만 그렇게 했다.

그렇다고 내가 시집가는 게 양갈보짓보다 더 도덕적이라고 판단했던 것은 아니다. 나는 양갈보짓을 해서, 딸을 그 짓을 시키지 못해 환장을 한 어머니를 만족시키기도, 누나는 굶건 말건 저희들 배만 채우려는 아귀 귀신 같은 동생들을 부양하기도 싫었다. 나는 내 희생의 덕을 어느 누구도 보게 하고 싶지 않았다.

나는 시골에서는 부자라고 일컬어지는 집에 30이 넘은 신랑의 후취로 들어갔다. 시골의 호농가라고 서울까지 소문이 난 것은 환도 후에 어머니가 자기 형편이 피자, 어머니다운 허영을 만족시키기 위해 그렇게 풍겼을 뿐, 실상은 중농 정도의 농사를 짓는 집안이었다. 다만 농사꾼 상대로 돈놀이도 하고, 돈 생기는 일이라면 남의 이목 가리지 않고 이것저것 손을 대 농사꾼답지 않게 약게 살면서 착실히 돈푼깨나 주무르는 눈치였다.

낡고 값싼 세간과 장독, 솥뚜껑 등이 온통 기름독에서 빼낸 것처럼 반질반질 윤이 나는 집이었다. 소위 길이 들었다는 그 윤기는 정갈과는 또 다른 느낌으로 나를 압박했다.

신랑은 무식하고 교만했다. 나는 여태껏 자기의 무식과 자기의 돈에 그렇게 자신을 가진 사람을 본 적이 없다. 그는 자기 외의 딴 사람의 삶에 대한 상상력이 철저하게 막혀 있었다.

다행히 전실 애들은 없었으나 충충시하에 시동생 시누이들 시중으로부터 세간의 윤기를 유지시키기 위한 끊임없는 걸레질까지 온갖 드난이 내 것이었다. 그러나 나는 배가 고프지 않아도 되었다. 배가 고프지 않다는 게 얼마나 좋은 일인가. 나는 그것을 알기 때문에 자유에의 가슴 설레는 유혹이나, 딴 사람들은 도대체 어떻게 살고 있을까 하는 미칠 듯한 궁금증을 누르고 그 짓을 십 년 동안이나 할 수 있었다. 배불리 먹고 건강했는데도 나는 애기를 낳지 못했다. 그래서 나는 시앗을 보았고 나는 시집을 떠났다. 남의 집에 들어와 애 하나 못 낳는 주제에 시앗 좀 봤다고 시집을 안 사는 년이 그게 어디 성한 년이냐고 시집 식구들은 욕을 했지만 나는 그렇게 했다.

이혼이란 확실히 결혼보다는 경사스러운 일이 못 되지만 나는 그 일을 내가 선택했고, 내가 생전 처음 어떤 선택을 행사했다는 데 기쁨마저 느꼈다.

둘째 남편인 지방 대학 강사는 실물을 처음 만나기는 친구의 소개를 통해서였지만, 그 사람에 대해서 알기는 미리부터였다. 그는 지방 신문에 칼럼 같은 걸 기고하고 있었는데 나는 그의 글을 몇 개 안 읽고도 쉽사리 그에게 반하고 말았다. 돈이니 명예니 하는 것에 담박하고, 돈이니 명예니와 상관없는 보잘것없는 것들에 따뜻한 시선을 보냄으로써 거기서 자기의 삶을 가꾸고 풍부하게 할 어떤 의미를 찾아낼 줄 아는 사람으로 그를 이해했다. 그것은 내가 겪은 최초의 생생한 경이였다. 또 그의 글에는 구질구질한 소도시 T시에 대한 향토애가 서정시처럼 아름답게 그려져 있어 나는 T시 주변의 농촌에서 겪은 슬픈 일 때문에 도저히 정들 것 같지 않던 T시를 고향처럼 정답게 느끼기도 했다.

소개받은 그는 내가 동경하고 상상하던 것보다 암울하고 이지러진 표정을 하고 있었지만, 그가 상처한 지 얼마 안 된다는 사실 때문에 그 이지러짐조차 가슴이 저릴 만큼 감동스럽게 받아들여졌다.

곧 나는 그에게 열을 올렸다. 나는 꼭 한 번 행복해 보고 싶었다. 나는 엄마를 잃은 불쌍한 그의 어린애들을 사탕과 과자로 매수하고, 눈웃음과 뽀뽀와 모성애의 흉내로써 아첨을 떨고 해서 그의 가정에 깊숙이 파고들어 마침내 그의 아내가 되었다.

그러나 나는 곧 내가 속았다는 걸 알아야 했다. 그는 겁쟁이고 비겁하고 거짓말쟁이였다. 순엉터리였다. 그의 본심은 돈과 명예에 기갈이 들려 있었고 T시와 T대학 강사 자리를 지긋지긋해하고 있었다. 그는 자기가 이런 곳에서 썩긴 너무 아까운 존재라고 억울해했고, 서울의 일류 대학에서 자기의 명성을 흠모하고 모시러 오지 않는 것에 앙심을 품기도 했다. 그의 명성에 대한 자신이란 것이 또 사람을 웃겼다. 자기의 전공 공부에는 게으르고 자신도 없는 주제에 잡문 나부랭이나 써가지고 지방신문을 통해 매명(賣名)을 부지런히 해쌓는 것으로 그런 엉뚱한 자만을 갖는 것이다. 더욱 웃기는 것은 그는 그의 글을 통해 결코 도시, 돈, 명예에 대한 그의 절실한 연정을 눈곱만큼도 내비치는 일이 없이 늘 신랄한 매도를 일삼는다는 거였다. 도저히 구제할 수 없이 비비 꼬인 남자였다.

그도 나와 결혼한 걸 후회하는 눈치였다. 자기같이 학문밖에 모르는 선비는 유능한 여편네를 얻어야 출셋길이 트이는 건데, 처덕이 더럽게 없어서 맨날 이 꼴이란 소리를 서슴지 않고 했다. 누구는 부인 덕에 어떻게 영전을, 누구는 처가에서 밀어주어 어떻게 출셋길을 달리는데 난 무슨 놈의 팔자가 어떻게 옴이 붙었기에 재취마저 저런 밥이나 죽일 재주밖에 없는 년이 얻어걸렸는지 모르겠다고 이지러진 얼굴을 더욱 이지러뜨리고 욕을 하기도 했다. 공부는 하기 싫은 주제에 엄마더러 치맛바람 일으켜 일등을 시켜달라고 생떼를 쓰는 개구쟁이라면 차라리 귀여운 맛이라도 있겠는데 수염이 희끗희끗한 초로의 사나이가 이 꼴이니 정밖에 떨어질 게 없었다.

우린 헤어졌다. 첫 번째 이혼보다 두 번째 이혼은 훨씬 쉬웠다. 정 좀 떨어졌다고 간단히 헤어지고, 그럴 수 있었던 것은 내가 뭐 서양 여자들처럼 애정 생활에 철저해서라기보다는 애가 없었다는 극히 동양적인 이유에서였는지 모른다.

세 번째 남편은 T시에선 돈 좀 번 것으로 소문난 장사꾼이었다. 상처하고 십여 년을 후취를 맞지 않고, 남매를 키워 출가시키고 비로소 후췻감을 물색한다는 데 우선 호감이 갔다. 나는 전실 애를 거느린다는 일이 결코 쉽지 않다는 걸 두 번째 결혼을 통해 알고 있었고, 애를 낳을 자신도 없었으므로 더 바랄 것 없는 좋은 혼처였다. 삼세번에 득한다는 옛말대로 나는 세 번째 결혼은 꼭 성공하고 싶었다. 그가 장사꾼이란 것도 마음에 들었다. 이윤을 추구하는 게 떳떳한 본분이니 대학 강사님 같은 위선은 필요 없을 게 아닌가. 과연 그는 그의 철저한 배금(拜金)주의를 조금도 위장하려들지 않았다. "한밑천 잡아 잘 살아보자.", 그의 동분서주는 이 한마디에 요약됐다.

"경희도 이리로 나오기로 했는데 어쩐 일일까?"

희숙이 하품을 하며 시계를 보았다.

"경희?"

"왜 경희 몰라? 얼굴이 이쁘고 송곳니가 하나 덧니고, 너처럼 부끄럼을 유별나게 타던 애 말야. 웃을 땐 덧니가 부끄러워 손으로 가리는 버릇이 있었지. 총각 선생이 뭘 물으면 얼굴이 홍당무가 돼서 엉뚱한 대답을 해서 별별 소문을 다 뿌리던 애 말야."

"걘 여전하단다. 여전히 젊고 여전히 이쁘고 부끄럼 잘 타고, 시집을 잘 가서 고생을 몰라서 그런지 무슨 애가 고대로야."

나는 느닷없이 경희에게 강한 적개심을 느꼈다. 오랜만에 느껴보는 격하고 성싱한 느낌이었다. 빨리 보고 싶었다. 경희를, 부끄럼 타는 경희를 보고 싶었다. 나는 마치 경희가 이 세상의 부끄럼 타는 마지막 인간이라도 되는 듯이, 지금이 바로 그 사라져가는 표정을 봐둘 마지막 기회라도 되는 듯이 초조했다.

"왜 이렇게 안 올까? 집으로 전화 연락 좀 안 될까."

전화를 걸고 돌아온 영미가 약간 아니꼬운 듯이 입을 비죽대며

"저희 집으로 다들 오란다. 뭐 귀한 손님이 오셔서 못 나왔다나. 귀한 손님이라야 뻔하지. 와이로 가져온 손님일 거야. 가자, 가서 점심이나 얻어먹자. 걔 속셈 뻔하지 뭐. 아마 저 잘사는 거 자랑시키려고 그러는 걸 거야."

누구라면 알 만한 고위층에 속하는 남편을 가졌다는 경희는 그 나름으로 선망과 질투의 대상인 성싶었다. 그러나 한남동 경희네가 가까워지자 희숙과 영미의 태도는 묘하게 나를 적대시하는 방향으로 변하고 있었다. 경희가 얼마나 으리으리하게 잘사는가를 입에 거품을 물고 세세히 열거하면서 내 반응을 빤히 관찰하는 걸 알 수 있었다. 아마 경희네 사는 걸 보고 내가 얼마나 놀라고 부러워하나에 따라 내가 사는 형편까지 짐작해 내려는 속셈이 분명했다. 이 친구들은 내가 어느 만큼 사나 그게 궁금할 텐데 아마 아직 그걸 추리해 내지 못한 모양이다. 하긴 이 친구들이 그걸 알 리 없다. 나도 모르는 일이니까. 나는 아직 내 남편이 부잔지, 빈털터린지, 빚덩어린지 그걸 도무지 모르겠다. 사람들은 만나면 친구끼리건 친척끼리건 우선 상대방의 그것부터 알고 싶어 하는데 나는 내 남편의 그것도 모르니 하긴 좀 답답하다.

경희넨 집도 컸고 정원도 넓었지만 난 별로 눈부셔하지 않았다. 내 집보다 규모가 크고, 좀 더 희번드르르한데도 어딘지 내 집과 비슷했다. 편리한 양옥 구조가 다 그렇듯이 그저 그렇구 그랬다. 세간도 그랬다. 하긴 경희네 안방 자개 문갑과 내 집 자개 문갑이 같은 값일 리 없고, 그 문갑 위에 놓인 청자가 우리 집 것과 같은 육백 원짜리 가짜일 리는 만무하다 하겠다. 그러나 경희나 나나 이런 가장집기들에게 약간의 용도와 금전적 가치와 전시 효과 외엔 특별한 심미안이나 애정을 두지 않긴 마찬가지일 테니, 그것들이 무의미하기도 마찬가지일 게 아닌가. 나는 조금도 위축되거나 비실비실하지 않았다. 경희는 품위도 우정도 잃지 않을 한도 내에서 절도 있게 나를 반가워했다. 그러고 나서 남편은 뭐하는 사람이냐고 물었다. 영미가 약간 입을 비죽대며 "뭐 일본과 기술 제휴한 전자 회사 사장이라나 봐." 했다. 곧이어 희숙이 "글쎄 그 사람이 얘 세 번째 남편이래지 뭐니." 하고 덧붙였다.

경희는 정숙한 여자가 못 들을 망측한 소리를 들었다는 듯이 얼굴을 곱게 붉히더니 "계집애두." 하며 손을 입에 대고 웃었다. 덧니가 부끄러워 비롯된, 그녀의 손으로 입 가리고 웃는 버릇은 이제 덧니의 매력까지를 계산하고 있어 세련된 포즈일 뿐이다. 뱅어처럼 가늘고 거의 골격을 느낄 수 없는 유연한 손가락에 커트가 정교한 에메랄드의 침착하고 심오한 녹색이 그녀의 귀부인다운 품위를 한층 더해 주고 있다. 아름다운 포즈였다. 그러나 부끄러움은 아니었다. 노련한 연기자처럼 미적 효과를 충분히 계산한 아름다운 포즈일 뿐이었다. 부끄러움의 알맹이는 퇴화하고 겉껍질만이 포즈로 잔존하고 있을 뿐이었다. 나는 실망과 안도를 동시에 느꼈다.

경희는 내 남편이 한다는 일에 각별한 관심을 보이며 자기가 요새 나가는 일본어 학원에 같이 다니지 않겠느냐고 했다.

"너희 남편이 일본 사람과 교제하려면 네 도움이 많이 필요할걸. 요샌 남편이 출세하려면 뒤에서 여자가 뒷받침을 잘 해줘야 해. 그러니 두말 말고 일본말 좀 배워둬라. 내가 배우는 거야 그냥 교양삼아 배우는 거지만 말야."

"너야 어디 일본말만 배웠니. 각 나라 말 다 조금씩 배워봤잖아."

희숙이가 비굴하게 웃으며 끼어들었다.

"그야 해외 여행할 때마다 그때그때 그 나라 인사말 정도 배워갖고 간 거지 뭐."

나는 집에 와서 남편에게 비교적 소상히 그날의 얘기를 했다. 만나본 동창 중 경희 같은 소위 고위층의 부인이 있다는 소리에 남편은 점괘를 맞힌 박수무당처럼 징그럽게 좋아했다.

"거 보라구 내가 뭐랬나. 당신 친구 중에라고 고관의 부인 없으란 법 있겠느냐고 내가 안 그랬어. 잘됐어. 잘됐어. 뭐? 일본어 학원? 다녀야지, 암 다녀야구말구. 그런 여자하고 같이 다닐 기휠 놓치면 안 되지. 그게 다 처세술이라구. 교제술이란 게 다 그렇구 그런 거지 별건가."

그러고 나선 개화기의 우국지사처럼 자못 엄숙하고 침통해지면서

"아는 것이 힘이라구. 배워야 산다구. 배워서 남 주나."

하고 악을 썼다. 경희의 권유에서라기보다는 남편의 성화에 못 이겨 나는 곧 일어 학원엘 나가게 되었다. 또 다른 이유가 있다면, 만약 또 이혼을 하게 되면, 일본어로 자립의 밑천을 삼아볼까 하는 생각도 있었다. 요샌 관광 안내원이 괜찮은 직업이라 하지 않나.

일어 학원에서 경희를 만나는 일은 드물었다. 그녀는 중급반이요 나는 초급반인 탓도 있었고, 그녀는 별로 열심스러운 학생이 못되어서 결석이 잦았다. 간혹 만나더라도 암만해도 강사를 집으로 초빙해야 할까 보다느니, 아무한테도 제가 아무개 부인이란 발설을

말라느니, 이를테면 자기 신분에 신경을 쓰는 소리나 해서 거리감만 점점 느끼게 했다.

내 일본말은 늘지 않았다. 일제 때 배운 거라 대강은 알아들으니 쉬 익힐 법도 한데 강사인 일녀의 발음에 따라 '오하요' 니 '사요나라' 니 소리가 도무지 돼 나오지를 않았다.

일어 학원이 있는 종로 일대에는 일어 학원 말고도 학원이 무수히 많았다. 서울 아이들은 보통 학교를 두 군데 이상이나 다니나 보다. 영수 학관, 대입 학원, 고입 학원, 고시 학원, 예비 고사반, 연합 고사반, 모의 고사반, 종합반, 정통 영어반, 공통 수학반, 서울대반, 연고대반, 이대반…… 이 무수한 학원으로 무거운 책가방을 든 학생들이 몰려 들어가고 쏟아져 나오고 했다. 자식을 길러본 경험이 없는 나는 이들이 은근히 탐나기도 했지만 이들의 반항적인 몸짓과 곧 허물어질 듯한 피곤을 이해할 수 없어 겁도 났다.

어느 날 어디로 가는 길인지 일본인 관광객이 한 떼, 여자 안내원의 뒤를 따라 이 거리를 지나고 있었다. 어느 촌구석에서 왔는지 야박스럽고, 경망스럽고, 교활하고, 게다가 촌티까지 더덕더덕 나는 일본인들에 비하면 우리나라 안내원 여자는 너무 멋쟁이라 개 발에 편자처럼 민망해 보였다. 그녀는 멋쟁이일 뿐 아니라 경제제일주의의 나라의 외화 획득의 역군답게 다부지고 발랄하고 긍지에 차 보였다. 마침 학생들이 쏟아져 나와 관광객과 아무렇게나 뒤섞였다. 그러자 이 안내원 여자는 관광객들 사이를 바느질하듯 누비며 소곤소곤 속삭였다.

"아노──미나사마, 고찌라 아따리까라 스리니 고주이 나사이마세." (저 여러분, 이 근처부터 소매치기에 주의하십시오.)

처음엔 나는 왜 내가 그 말뜻을 알아들었을까 하고 무척 무안하게 생각했다. 그러다가 차츰 몸이 더워오면서 어떤 느낌이 왔다. 아아, 그것은 부끄러움이었다. 그 느낌은 고통스럽게 왔다. 전신이 마비됐던 환자가 어떤 신비한 자극에 의해 감각이 되돌아오는 일이 있다면, 필시 이렇게 고통스럽게 돌아오리라. 그리고 이렇게 환희롭게. 나는 내 부끄러움의 통증을 감수했고, 자랑을 느꼈다.

나는 마치 내 내부에 불이 켜진 듯이 온몸이 붉게 뜨겁게 달아오르는 걸 느꼈다.

내 주위에는 많은 학생들이 출렁이고 그들은 학교에서 배운 것만으론 모자라 ××학원, ○○학관, △△학원 등에서 별의별 지식을 다 배웠을 거다. 그러나 아무도 부끄러움은 안 가르쳤을 거다.

나는 각종 학원의 아크릴 간판의 밀림 사이에 '부끄러움을 가르칩니다', '부끄러움을 가르칩니다' 라는 깃발을 펄러덩펄러덩 훨훨 휘날리고 싶다. 아니, 굳이 깃발이 아니라도 좋다. 조그만 손수건이라도 팔랑팔랑 날려야 할 것 같다. '부끄러움을 가르칩니다', '부끄러움을 가르칩니다' 라고. 아아, 꼭 그래야 할 것 같다. 모처럼 돌아온 내 부끄러움이 나만의 것이어서는 안 될 것 같다.

카메라와 워커

　나에게는 조카가 하나 있다. 가끔 나는 내가 내 아이들보다 조카를 더 사랑하고 있는 게 아닌가 하고 생각할 때마다 조카가 생후 사 개월, 내가 스무 살 때 겪은 육이오 사변을 생각 안 할 수 없다. 그때 며칠 건너로 오빠와 올케가 차례로 참혹한 죽음을 당하자 어머니와 나는 어린 조카를 키울 일이 도무지 막막하기만 했다. 우유는 고사하고 밥물이라도 끓일 몇 줌의 흰쌀을 구할 주변머리도 경황도 없었다. 어머니는 푸성귀하고 보리하고 끓인 멀건 국물을 아기 입에 퍼 넣었다. 설탕도 못 넣은 이런 국물을 아기는 도리질하며 내뱉고 밤새도록 목이 쉬게 울었다. 어머니는 쯧쯧 불쌍한 거 할미 젖이라도 빨아보렴 하며 자기의 앞가슴을 헤쳤다. 담벼락 같은 가슴에 곧 떨어져버릴 병든 조그만 열매처럼 매달린 젖꼭지를 아기는 역시 도리질로 거부했다. 아기는 젖꼭지를 물어도 보기 전에 조그만 손으로 가슴을 더듬어만 보고도 알았던 것이다. 결코 젖줄을 간직한 가슴이 아니란 것을.

"늙은이 젖도 자주 빨면 젖이 나온다던데."

어머니는 아기가 젖을 물기만 하면 자기 젖에서 당장 젖이 펑펑 쏟아질 텐데, 아기가 안 빨아서 아기 배가 곯는 양 안타까워하다가 드디어는 아기의 엉덩이를 두들기기 시작했다. 토실한 엉덩이에 어머니의 손가락 자국이 선명히 솟아오르고 아기는 목이 쉬어서 차마 들을 수 없는 이상한 소리를 내면서, 울음을 토했다 숨이 깔딱 막혔다 했다.

그때 나는 별안간 내 가슴에 퍼진 실핏줄들이 찌릿찌릿하면서 뿌듯해지는 걸 느꼈다. 아니, 실핏줄이 아니라 바로 젖줄이다. 나는 그렇게 확신했다.

나는 올케가 해산하고 나서 아기에게 젖을 주려고 처음으로 사람들 앞에서 헤친 가슴의 잔뜩 분 탐스럽고 단단한 젖보다 훨씬 더 아름답고도 풍만한 젖가슴을 갖고 있었다. 이 젖이 돌기 시작하고 있다고 나는 확신했다.

젖이 돌 때는 가슴이 찌릿찌릿하면서 뿌듯해진다는 건 올케한테 들은 소린데 그것까지 똑같지 않나.

나는 어머니로부터 아기를 거칠게 빼앗아 안았다. 그리고 서슴지 않고 앞가슴을 헤쳤다. 아기의 손이 내 살찐 젖무덤을 더듬더니 이내 울음을 뚝 그치고 다급하게 "흐응, 흐응." 하며 허겁지겁 온 얼굴로 내 가슴으로 파고들었다.

그러나 내 젖꼭지가 채 아기의 마른 입술에 닿기도 전에 어머니의 거친 손에 나는 아기를 빼앗기고 말았다. 어머니의 얼굴은 딸의 간음 현장이라도 목격한 것처럼 분노와 수치로 핏기마저 가셔 있었다.

"세상에, 망측해라. 처녀애가, 없는 일이다. 암 없는 일이고말고."

아기는 코언저리가 새파랗게 질려 사색이 돌 만큼 자지러지게 울기 시작했지만 목이 잠겨 늙은이 가래 끓는 소리같이 기분 나쁜 소리가 끊겼다 이어졌다 했다.

나는 아기의 이런 울음소리를 듣자 느닷없이 가슴에서 젖줄이 넘쳐, 정말로 펑펑 넘쳐 옷섶을 흥건히 적시고 있는 것처럼 느끼며 이런 풍요한 젖줄과 목마른 아기를 굳이 떼어놓는 어머니에게 격렬한 적의마저 품었다.

그런 일은 오빠와 올케의 죽음이 정리되기도 전, 그러니까 상중의 일이었으니 상중의 일치곤 그리 대단한 일은 아닐지도 모른다. 난리 중에 벼락 맞듯 두 참사를 한꺼번에 당한 집안 사정이 오죽했으며, 그런 일을 당하기까지의 사연인들 오죽했을까만, 나는 유독 조카의 목마름, 배고픔의 광경만을 딴 일과 뚝 떼어서 밑도 끝도 없이 선명하게 기억한다.

설사 난리 중이 아닌 평화 시라도 졸지에 엄마를 잃은 아기는 당분간은 배고프고 내팽개쳐지는 게 스스로가 타고난 박복이 아니겠는가. 그런데도 그때의 그 일이 차마 못할 짓의 기억으로 아직도 생생하니 아프다.

그것은 아마 젖줄이 솟은 것 같은 신기한 기억 때문일 것이다. 그때 내가 젖을 물릴 수 있었다손 치더라도 젖이 나왔을 리 없다는 걸 그 후 나도 알긴 알게 되었다. 그렇지만 그때 가슴이 찌릿찌릿하니 뿌듯하게 옷섶을 적시며 넘치던 게 전연 아무것도 아니었다고는 도저히 생각할 수 없다. 조카에 대한 고모 이상의 것, 이를테면 모성이 아니었던가 싶다.

그 후 아기는 푸성귀하고 보리하고 끓인 푸르죽죽한 국물도 잘 받아먹게 되었다. 때로는 그것보다는 좀 나은 아기의 먹을 것을 장만할 수 있을 때도 있었다. 그러나 나는 자주자주 어쩔 줄을 몰라 했다. 딱딱한 놋숟갈을 착살맞도록 쪽쪽 핥는 아기의 부드러운 입술에 젖을 물리고 싶다는 생각과 처녀가 젖을 빨린다는 건 아주 망측한 일이란 생각 사이에 억눌러서 어쩔 줄을 몰랐던 것이다.

그 후 수복이 되고, 나는 미군 부대 하우스걸 같은 걸 하면서 아기에게 우유를 먹일 수 있었고 놋숟갈 대신 고무젖꼭지를 물릴 수 있었다. 피란을 다니면서도 아기에겐 미제 우유를 먹일 수 있었다. 나는 자유를 위해 피란을 가는 게 아니라 돈만 있으면 우유를 살 수 있는 세상을 따라 남으로 움직였다.

조카는 잔병치레 하나 안 하고 잘 컸다. 천덕꾸러기란 다 그렇게 크게 마련이라고 어머니는 말했지만 나는 그 말이 듣기 싫었다. 어머니라고 당신 앞에 남겨진 이 집 대를 이을 단 하나의 핏줄인 손자가 소중하지 않을 리야 없겠지만 난 지 백날 만에 애비 에미를 잡아먹은——어머니는 이런 끔찍스러운 말을 썼다——손자를 가끔가끔 불길스러운 듯 구박을 했다. 아아, 어머니는 왜 이 조그만 아기의 팔자 따위가 그 육이오 사변같이 엄청나게 큰 불길스러운 일을 일으킬 수 있다고 생각한 것일까.

조카는 말을 배우면서 아줌마 소리를 제일 먼저 했지만 아기들 말이 으레 그렇듯이 발음이 정확지 않아 '아윰마', 조금 응석을 부리면 '암마'로 들렸다. 어머니는 그걸 몹시 싫어해서 '아줌마' 대신 '고모'라는 말을 가르치기 시작했다. 잘못해서 아윰마 소리가 나오면 엉덩이를 맞아야 했다. 어머니는 "이 경을 칠 녀석, 또다시 그런 소릴 할런 안 할런." 하며 엉덩이를 모질게 찰싹찰싹 때렸다.

그리고 나한테는 조카를 너무 귀여워하는 게 아니라고 했다. 모르는 사람이 보면 꼭 모자지간같이 보인다는 거였다. 실제로 누구도 그러고 아무개도 그러는데, "따님하고 외손주하고 사시는구만, 사위는 군인 나갔수? 납치 당했수?" 하더라는 거였다. 그만큼 그 시절엔 집에 장정 남자 식구가 없는 건 조금도 이상스럽지 않았다.

그러다가 혼인길 막히는 거 아닌지 모르겠다고 어머니는 근심했다. 조카는 최초의 말 "암마" 소리를 엉덩이를 맞아가며 부정당하고부터는 말없는 아이로 자랐다. 그리고 나는 혼인길이 트이어 시집을 갔다. 마치 자식을 떼어놓고 개가해 가는 과부처럼 청승맞은 기분으로 죄의식조차 느끼며 시집을 갔다. 부부만의 단출한 살림이고 보니 친정 출입이 잦았다.

방마다 세를 들인 커다란 낡은 집 안방의 옴두꺼비 같은 구식 세간들 사이에서 할머니하고 단둘이 살아야 하는 어린 조카가 문득 불쌍한 생각이 나면 곧장 달려가곤 했다. 새로 난 장난감도 사고 주전부리할 것도 사가지고 가서 한바탕 유쾌하게 수선을 떨다 왔다. 이런 나를 어머니는 시집을 가도 하나도 철이 안 난 주책바가지라고 나무라며 못마땅해하고, 사위에겐 미안쩍어 하기도 했지만, 나는 그게 아니었다. 나는 친정집의 곰팡내 나는 음습한 분위기로 해서 조카의 동심에까지 곰팡이가 슬까 봐 내가 햇빛이고자 바람이고자 그렇게 하는 거였다. 실제로 나를 맞는 조카의 얼굴은 음지가 양지로 변하는 것처럼 환하게 변했다.

나도 첫 애기를 낳게 되었다. 꼭 둘째 아기를 낳는 기분이었다. 둘째 아기를 낳는 엄마라면 누구나 하는 근심, 아우에게 사랑을 빼앗긴 맏이의 상처받은 동심을 어떻게 위무할 것인가 하는 근심과 똑같은 근심을 나는 내 조카 때문에 했으니 말이다.

내 첫애는 딸이었고, 나는 내 딸이 엄마 아빠 소리보다 오빠 소리를 먼저 할 만큼 따로 사는 친정 조카를 우리 식구처럼, 식구라도 상식구처럼 키우는 데 지나칠 만큼 신경을 썼다. 남편이 딸애를 주려고 과자를 사와도 "이건 오빠 거." 하며 우선 몇 개 집어두었고, 신발을 한 켤레 사려도 "이건 오빠 거, 이건 혜란이 거." 매사를 이런 식으로 했다.

마침내 조카가 국민학교에 들어가게 됐다. 나는 꼭 첫애를 국민학교에 보내게 된 젊은 엄마처럼 흥분해서 어쩔 줄을 몰랐다. 매일 딸을 데리고 따라가서 "혜란아 오빠 찾아내 봐, 조오기, 조오기 있지. 우리 혜란이 오빠가 제일 잘 하네. 노래도 제일 잘 하고 유희도 제일 잘 하고, 그치 혜란아." 하며 수선을 떨었다.

그러나 고모는 고모지 아무려면 엄마만 할 수야 있겠는가. 나는 지금도 조카의 첫 소풍날을 잊을 수 없다. 그때도 국민학교 일 학년 첫 소풍은 창경원이었다.

어머니는 아침부터 줄창 조카를 따라다니기로 하고 나는 점심을 싸가지고 나중에 가서 창경원 속에서 만나기로 했다. 만나는 장소는 연못가로 하여 행여 어긋나는 일이 있을까 봐 나는 용의주도하게 남편이 결혼 전에 차던 팔목시계까지 어머니 팔목에 채워드렸다. 그러고도 나는 어머니가 못 미더워 골백번도 더 "열한 시 정각에, 연못가." 소리를 했더랬다. 그런 내가 한 시간이나 더 늦게 가고 말았다. 도시락도 요리책을 봐가며 좀 멋을 부려봤지만, 내 모양을 내는 데 분수없이 시간을 잡아먹었다. 미장원에 가서 머리도 새로 했고, 화장도 정성들여 했고, 옷도 거울 앞에서 몇 번을 갈아입어 봤는지 모른다. 그때만 해도 내 용모에 어느 만큼은 자신이 있을 때라 나는 군계일학처럼 딴 엄마들 사이에서 뛰어나길 바랐었다. 그래서 조카까지가 그런 우월감으로 엄마 대신 고모라는 서운함을 메울 수 있기를 바랐었다. 그러다가 그만 한 시간이나 지각을 하고만 것이다.

어머니는 미련하게도 그 한 시간 동안을 줄창 연못가에서 나만 기다리느라 정작 아이들이 해산하는 것도 모르고 있었다. 부랴부랴 어머니를 몰아세워 아이들이 집합해서 단체 놀이를 벌이던 곳으로 갔으나 아이들은 이미 뿔뿔이 헤어져 가족들과 점심을 먹고 있었다. 거의 한 시간이나 넘어 창경원 안을 미친 듯이 헤맨 끝에 조카를 만났다. 조카는 그때까지 그래도 국민학교 일 학년생으로서의 체면상 가까스로 참았던 울음을 내 치마폭에 얼굴을 묻자마자 서럽게 터뜨렸다. 철들고 나서 그렇게 몹시 운 것은 처음이어서 나는 당황했다. "고모가 나쁘다, 나쁜 년이다." 나는 정말 내가 나를 때리는 시늉까지 해가며 달래다 못해 같이 울어버리고 말았다.

점심시간은 엉망일 수밖에 없었다. 워낙 몹시 운 끝이라 울음을 그치고 나서도 흑흑 느끼느라 김밥 하나를 제대로 못 넘겼다. 내 조그만 허영이 불쌍한 조카의 일 학년 첫 소풍의 추억을 이렇게 슬프게 얼룩져놓고 만 것이다.

내가 그애의 엄마라면 뭣 하러 그런 허영을 부렸겠는가. 내가 내 아이들보다 조카를 더 사랑한다는 느낌에는 그런 허영과도 공통된 과장과 허위가 있음직도 하다.

조카는 자랄수록 죽은 오빠를 닮아갔다. 아들이 애비 닮은 것은 당연한데도 어머니와 나는 그게 못마땅하고 꺼림칙했다. 외모가 닮은 건 어쩔 수 없다손 치더라도 말이 없는 것까지 닮은 걸 보면 속까지 닮았을까 봐 제일 그게 걱정이었다.

오빠는 늘 침울한 편이었고 너무 말이 없었다. 그래도 가끔 친구들과 어울릴 때면 도맡아 떠들어댔던 것으로 미루어, 본래의 성품이 그랬던 게 아니라 집안 식구와 공통의 화제가 없었더랬는 게 아닌가 싶다. 집안 여자들이 흥미 있어 하는 살림 걱정, 살림 재미, 친척의 소문, 계절의 변화 등에 오빠는 도무지 무관했다. 오빠는 일제 말기에 전문학교까지 나온 주제에 해방되고도 직장이라곤 가져본 적이 없다. 나는 이런 오빠를 막연히 빨갱이라고 생각했었다. 오빠 방의 책이 맨 그런 책이었고, 친구들과 떠드는 소리를 엿들어 봐도 누가 들으면 큰일 날 불온한 소리였기 때문이다.

나는 어머니에게 오빠가 빨갱이일 거라고 일러바쳐 어머니를 전
전긍긍하게 했다. 어머니는 서둘러서 오빠를 장가들였다. 외아들
이니 빨리 손을 봐야겠기도 했지만, 처자식이 생기면 자연히 책임
이란 것을 의식하게 될 테고 그러면 위험한 짓도 삼가게 되려니와
직업도 갖게 될지도 모른다는 게 어머니의 속셈이었다.

오빠는 순순히 장가를 들어주었고, 이내 첫 애기를 본 게 또 아들
이어서 제법 푸짐하게 백날 잔치까지 하고 나서 며칠 만에 육이오
가 터졌다. 나는 속으로 이제야말로 오빠가 활개 칠 세상이 왔나보
다고 생각했다. 처음엔 내 추측이 들어맞는 것 같았다. 불안할 만큼
생기가 나서 뻔질나게 외출을 했다. 그러다가 다시 침울해지더니
바깥출입을 끊고 들어앉았다가 친한 친구한테 반강제로 끌려 나간
후 죽어서 돌아왔다. 그 후 올케까지 친정으로 쌀을 얻으러 가다 폭
사를 해, 내 조카는 그만 고아가 되고 만 것이다.

그래서 우리 모녀는 지금까지도 오빠가 빨갱이였는지, 흰둥이였
는지, 아예 그런 사상 문제엔 집안일에 관심이 없었던 것처럼 관심
도 없었는지, 그것조차 분명히 알고 있지를 못하다. 다만 어머니는
아들 치다꺼리만 했지 한 번도 아들이 벌어오는 밥을 못 얻어 잡쉬
본 게 가슴 깊이 맺힌 한이어서 아무쪼록 오래 사셔서 하루라도 손
자가 벌어오는 밥을 얻어 잡쉬보는 게 소원이시다. 손자가 좋은 학
교 나와서 착실한 직장을 가지고 결혼해서 일요일이면 처자식 데리
고 카메라 메고 놀러나가고 당신은 집을 봐주는 게 평생소원이시다.

카메라 메고 공일날 야외에 나갈 만큼의 출세랄까 안정이랄까
그게 어머니가 훈이(내 조카 이름)에게 바라는 전부였고, 나도 어머
니가 노후에 카메라 메고 야외에 나간 손자 내외의 집을 봐주는 정
도의 행복은 누리게 하고 싶었다.

훈이가 고등학교 이학년이 되자 반을 문과 이과로 나누게 되었

고, 훈이가 나한테는 아무 상의도 안 하고 문과를 택한 걸 나는 나중에야 알았다. 나는 우선 그런 문제를 나한테는 상의 한마디 안 한 게 서운했고, 어머니는 어머니대로 오빠가 전문학교에서 문과였다는 것만으로 덮어놓고 문과를 싫어했다. 그래도 나는 훈이 편이 되어 고등학교 문과가 반드시 장래 문학 지망을 의미하지는 않는다고 어머니를 설득하려 했지만 어머니는 지레 겁을 먹고 있었다. 어머니는 오빠가 평생 사회에 참여해서 돈 한 푼 벌어들인 일이 없는 주제에 까닭 없이 죽어야 하는 일엔 끼어들고 말았다는 사실이 문과 출신이라는 것과 반드시 무슨 상관이 있다고 믿고 있었기 때문이다.

나는 그럴 리가 없다고 어머니를 위로하면서도 속으론 어머니 생각에 동조하고 있었으므로 더 늦기 전에 일을 바로잡아보리라 마음먹었다. 나는 학교에 쫓아가서 담임선생님에게 애걸하다시피 해서 훈이가 문과에서 이과로 전과를 할 수 있도록 했다. 그러고 나서 훈이를 설득하려 들었다. 나는 막연히 훈이를 두려워하면서 중언부언 내 말을 했고, 훈이는 언제나처럼 말없이 젊은이다운 대담한 시선으로 나를 쏘아보았다.

"훈아, 너희 담임선생님이 그러시는데 너는 인문계보다는 이공계가 더 적성에 맞는대. 좀 좋아. 공대 같은 데 가면 요새 공장이 많이 생겨서 공대 출신이 제일 잘 팔린다더라. 넌 큰 기업체에 취직해서 착실하게 일해서 돈도 모으고 연애도 하고 결혼도 해서 살림 재미도 보고 재산도 늘리고, 그러고 살아야 돼. 문과 가서 뭐하겠니? 그야 상대나 법대로도 풀릴 수 있지만 그게 그리 쉬우냐, 까딱하단 문학이나 철학이나 하기가 꼭 알맞지. 아서라 아서. 사람이 어떡허면 편하고 재미나게 사느냐를 생각하지 않고, 사람은 왜 사나, 뭐 이런 게지. 돈을 어떡허면 많이 벌 수 있나 생각보다 돈은 왜 버나 뭐 이런 생각 말이야. 그리고 오늘 고깃국을 먹었으면 내일은 갈

비쩜을 먹을 궁리를 하는 게 순선데, 내 이웃은 우거짓국도 못 먹었는데 나만 고깃국을 먹은 게 아닌가 하고 이미 뱃속에 들은 고깃국조차 의심하는 바보짓 말이다. 이렇게 자꾸 생각이 빗나가기 시작하면 영 사람 버리고 마는 거야. 어떡허든 너는 이 사회에 순응해서 이득을 보는 사람이 돼야지 괜히 사회의 병폐란 병폐는 도맡아 허풍을 떨면서 앓는 소리를 내는 사람이 될 건 없잖아."

"고모, 아버지가 그런 사람이었나요?"

훈이가 내 말의 중턱을 자르며 푸듯이 말했다. 나는 당황했다. 훈이가 아버지에 대해 뭘 물어본 게 이번이 처음이라 그렇기도 했지만, 내가 오빠에 대해 오랫동안 몰래 추측하고 있던 걸 훈이한테 느닷없이 들키고 만 것 같아 더 그랬다.

나는 아니라고 강하게 부인하고 다시 아까 한 소리를 간곡하게 되풀이했다. 내 말에 감동했는지 귀찮아서 그랬는지 아무튼 훈이는 내가 옮겨준 대로 이과에 잘 다녔다. 그러나 형편없이 성적은 떨어졌다. 때마침 공대가 붐을 이룰 때라 우수한 지원자가 많이 몰려 훈이는 대학 입시에 낙방했고, 재수는 막무가내 싫다고 해서 삼류 대학 공대 토목과에 들어갔다.

훈이가 대학에 다니는 사 년 동안 내내 대학가는 어수선해서 데모, 휴교, 조기 방학의 악순환의 연속이었다. 데모가 있을 때마다 나는 훈이가 그런 데 휩쓸릴까 봐 애를 태우고 미리미리 타이르고 했다.

"행여 그런 데 끼지 마라. 관심도 갖지 마라. 너는 기술자가 될 사람야. 세상이 어떻게 되든 밥벌이 걱정은 안 해도 될 기술자란 말야. 기술자는 명확한 해답을 얻어낼 수 있는 문제에만 관심을 가지면 되는 거야. 알았지?"

그리고는 혹시 꾐에 빠져서라도 그런 데 끼어들었다간 졸업 후

취직도 못하고 일생 망치기 십상이라고 공갈을 쳤고, 너는 꼭 대기업에 취직해서 안정된 생활을 누리고 예쁜 색시 얻어 일요일이면 카메라 메고 동부인해서 야외로 놀러나갈 만큼은 재미있게 살아야 한다고 설교를 했다. 훈이는 한 번도 말대꾸하는 법이 없었지만 거칠고 대담한, 그리고 경멸하는 듯한 시선으로 나를 쏘아봤다. 그러면 나는 괜히 부끄러워져서 딴전을 보며 지껄여댔다. 나는 부끄럼을 타면서도 꽤나 줄기차게 그런 말을 훈이에게 했었나 보다. 대학교 졸업반 때 나는 돈의 여유가 좀 생긴 김에 훈이에게 카메라를 하나 사주고 싶어 의향을 물어봤더니 단호하게 거절하며 하는 말이

"고모, 난 카메라라면 지긋지긋해. 이가 갈려. 생전 그런 거 안 가질 거야."

그럭저럭 무사히 졸업하고 입대했지만 곧 의가사 제대를 할 수가 있었다. 이제 취직 문제만 남았는데 이것만은 그렇게 쉽지가 않았다. 대기업은커녕 착실한 중소기업의 문턱도 낮지는 않았다. 막상 취직 문제에 부딪치고 보니 남의 떡이 커 보이는 식으로 이공계보다는 인문계 출신의 문호가 훨씬 넓어 보이는 게 우선 나로서는 적잖이 속상하는 일이었다. 그래도 다행인 건 훈이가 그런 문제에 나를 원망하려는 기색이 조금도 안 보이는 거였다. 말없이 고분고분 취직 시험을 수없이 보고, 보는 족족 떨어졌다. 어떤 곳에선 아예 서류 심사부터 낙방을 시키는 걸 보면 대학교 성적이 시원치 않았던 것 같다.

어머니와 나는 한 번도 훈이가 대통령이나 장군이나, 재벌이나 판검사나 그런 게 되기를 바란 적이 없다. 정직하고 벌어먹을 수 있는 기술 가르쳐 대기업에 붙여, 공일날 카메라 메고 야외에 나갈 만큼의 사람 사는 낙을 누릴 수 있기를 바랐을 뿐이다. 그런데 그나마도 쉽게 되어주지를 않았다. 취직 시험도 하도 여러 번 치르니, 보

러 가기도 보러 가라기도 점점 서로 미안하게 되었다. 이 년 가까이를 이렇게 지겹게 보내던 훈이 어느 날 나에게 해외 취업의 길을 뚫을 수 있을 것 같으니 교제비로 돈을 좀 달라는 당돌한 요구를 해 왔다.

"뭐라고, 해외 취업? 그럼 외국에 나가 살겠단 말이지. 그건 안 된다."

"왜요 고모, 쩨쩨하게 돈이 아까워서? 아니면 고모가 영영 할머니를 떠맡게 될까 봐 겁나서?"

훈이는 두 개의 간략한 질문을 거침없이 당당하게 했다. 마치 이 두 가지 이유 외에 딴 이유란 있을 수도 없다는 말투였다. 나는 뒷에 얻어맞은 듯이 아연했다.

글쎄 어떻게 설명할 수 있을 것인가. 그 녀석이 꼭 이 땅에서, 내 눈앞에서 잘 살아주었으면 하는 내 간절한 소망의 참뜻을, 지랄같이 무책임한 전쟁이 만들어놓은 고아인 저 녀석을, 온 정성을 다해 남부럽지 않게 키운 게 결코 내 어머니를 떠맡기고자 함이 아니었음을 어떻게 납득시킬 수 있담.

제가 잘되고 잘사는 것으로, 다만 그것만으로 나는 내가 겪은 더럽고 잔인한 전쟁에 대해 통쾌한 복수를 할 수 있고 그때 받은 깊숙한 상처의 치유를 확인받을 수 있다는 걸 어떻게 저 녀석에게 알릴 수 있을 것인가.

나는 그 녀석을 똑바로 바라보았다. 그 녀석도 나를 똑바로 바라보았다. 시선이 강하게 부딪쳤으나 나는 단절감을 느꼈다. 문득 이 녀석 치다꺼리에 구역질 같은 걸 느꼈으나 가까스로 평정을 가장했다.

"해외 취업은 당분간 보류하렴. 할머니 때문이든 돈 때문이든 그건 네 마음대로 생각해도 좋다. 그리고 취직 문젠데, 너무 고지식하게 정문만 뚫으려고 했던 것 같아. 방법을 좀 바꾸어서 뒷문으로 통하는 길을 알아봐야겠다. 돈이 좀 들더라도……."

"홍, 돈 때문은 아니다 그 말을 하고 싶은 거죠?"

녀석이 나를 노골적으로 미워하며 대들었다. 나는 대꾸도 하지 않았다. 어머니는 곁에서 내가 늘그막에 이렇게 천덕꾸러기가 될 줄은 몰랐다면서 훌쩍였다.

취직 운동이란 게 막상 부딪쳐보니 할 노릇이 아니었다. 우리를 위해 발 벗고 나서 애써 줄 유력한 친척이나 친구가 있는 것도 아니니, 그저 좀 잘산다는 동창을 찾아가 남편을 통해 부탁을 좀 하려면 단박 아니꼽게 나오기가 일쑤였다. 토목과 출신만 아니더라도 어떻게 해보겠는데 요새 워낙 건설업계가 전반적인 불황이라 어쩌구 하면서 마치 제가 이 나라 건설업계를 손아귀에 쥔 듯이 허풍과 엄살을 겸해서 떠는 사람도 있는가 하면 선뜻 이력서나 가져와보라는 곳도 있긴 있었다. 감지덕지 이력서 가져가봤댔자 별게 아니었다. 이력선 시큰둥하게 밀어 넣고 기다려보라니 기다릴 수밖에 없지만 가타부타 무슨 뒷소식이 있어야 텐데 그저 감감 무소식인 데야 다시 어떻게 빌붙어볼 도리가 없었다.

그러다가 겨우 얻어걸린 게 Y건설의 영동 고속도로 현장의 측량 기사보 자리였다. 거기 현장 소장으로 가 있는 친구 남편이 서울 집에 다니러 온 김에 해온 연락으로 본인만 좋다면 당장 데리고 가겠다는 거였다. Y건설이라면 국내 건설업계에서는 다섯 손가락 안에 드는 업체였지만 정식 사원이 아니라 현장 사무소장 재량으로 채용하는 임시 직원으로 오라는 거니 우선은 섭섭할 밖에 없었다. 그래도 한 반 년만 현장에서 일 배우고 고생하면 본사 정식 사원으로 상신해 주겠다는 단서가 붙긴 붙었다. 마다할 계제가 아니었다.

현장 소장이 가르쳐준 준비물은 두둑한 침구, 겨울 내복, 라이너가 달린 잠바, 작업복, 바지, 워커 등이었다. 4월도 하순으로 접어들어 서울에선 벚꽃놀이가 한창인데 현장은 해발 육백 미터의 고지대라 아직도 영하의 추위에 눈이 가끔 내린다고 했다. 어머니는 대문간에서 울면서 훈이를 떠나보내고 나는 마장동 시외버스장까지 전송을 나갔다. 생전 처음 집을 떠나 객지 생활로 들어가는 훈이에게 그저 자주 편지하라는 말밖에 할 말이 없었다.

"자주 편지해. 그리고 아무리 고생이 되더라도 육 개월만 참아다고. 그동안에 무슨 수를 써서든지 정식 사원으로 발령 나도록 해줄 테니까. 발령 난 다음엔 곧 또 서울로 오도록 운동하면 될 테고. 문제없어, 다 잘될 거야."

나는 훈이가 별로 내 말을 귀담아듣지 않는 줄 알면서도 희떠운 장담을 했다. 훈이를 위로하기 위해서라기보다는 내 불안을 달래기 위해서였다.

짐작했던 대로 훈이한테서는 안부편지 한 장이 없었다. 한 달에 서너 번씩 서울 집에 다니러 오는 현장 소장을 통해 훈이한테 별일이 없다는 소식이라도 듣게 망정이지 그렇지 않으면 꼭 무슨 사고라도 난 것 같아 달려가 보지 않고는 못 배겼을 게다. 어머니는 나만 보면 듣기 싫은 소리를 했다.

이 년이나 놀리고 나서 취직이라고 시켜준답시고 어떤 삼수갑산으로 귀양을 보냈기에 이렇게 한 번 다니러오지도 못하느냐고 하기도 했고, 집세만 받아먹어도 굶지는 않을 텐데 그게 어떤 귀한 자식이라고 객지로 노동벌이를 보냈느냐고도 했다. 대학 문턱에도 못가본 사람도 아침이면 신사복에 넥타이 매고 출근하던데 헌다헌 대학 나온 애가 노동벌이가 웬 말인가, 아무리 애비 에미 없고, 출세한 친척이 없기로서니 이런 서럽고 억울할 데가 어디 있냐고 통곡을 하는 때도 있었다. 나는 이런 일을 묵묵히 견디었다. 그야 어머니 말대로 훈이가 취직을 안 한대도 뎅그런 집 한 채는 있으니 밥을 굶지는 않겠다. 취직이 단순히 밥벌이만을 의미한다면 훈이는 취직을 안 해도 되겠다. 나는 다만 훈이가 자기가 배운 일을 통해 이 땅과 맺어지고, 이 땅에 정붙이기를 바랐을 뿐이다.

나는 열심히 현장 소장네를 찾아다녔고, 찾아갈 때마다 선물을 잊지 않았다. 어떤 낌새를 눈치 보기 위해서였다. 본사에서 특채가 있는 듯한 낌새만 보이면, 좀 어떻게 상신을 하고 중역하고 교제해 달라고 슬쩍 케이크 상자 속에 수표를 넣어준다는 '와이로' 쓰기를 하겠는데 영 그런 낌새는 보이지 않았다.

한여름이 되도록 훈이는 한 번 다니러 오는 법도 없고, 엽서 한 장 보내주지 않았다. 아무리 무소식이 희소식이라지만 이건 너무한다 싶었다. 훈이가 가 있는 곳은 변변히 봄도 안 거치고 곧장 여름으로 접어들었다기에 여름옷도 우송해 주었고 편지도 부지런히 써 부쳤다. 8월에는 오빠와 올케의 제사가 며칠 건너로 있어서 이번만은 상경하겠지 싶으면서도 미심쩍어 미리 전보까지 쳤다. 그러나 훈이는 올라오지 않았다. 어머니는 이럴 수는 없다, 아무래도 무슨 일이 있는 거지로 시작해서 여태껏 꾼 온갖 불길스러운 꿈을 놀라운 기억력으로 주워섬기는 것이었다. 내 여태껏 입에 담기조차 사위스러워 참고 있었다만 지금 생각하니 진작 일러줄 걸 그랬나 보다는 게 어머니의 긴 사설의 결론이기도 했다.

어머니 꿈대로라면 훈이가 불도저에 깔려 암매장이라도 당한 걸 친구 남편인 현장 소장이 깜쪽같이 숨기고 있는 것 같았다. 한번 그런 생각이 들자 걷잡을 수가 없었다. 편지가 없는 건 무소식이 희소식으로 돌린다 치더라도 산간벽지에서 도대체 공일날을 뭘로 소일하는 것일까. 다방이나 당구장 오락실이 그리워서라도 공일마다는 못 오더라도 한 달에 두어 번쯤은 상경해야 배길 텐데 말이다. 대학

사 년과 놀고 있던 이 년 동안을 순전히 그런 데만 맴돌며 살았으니까. 의심이 나기 시작하니 한이 없었다. 도대체 온갖 도시적인 것과 훈이를 떼어놓고 생각하는 것조차 무리였다.

계집애처럼 앞뒤에 라인이 든 야한 빛깔의 와이셔츠에 줄무늬 합섬 바지에, 반짝거리는 구두를 신고 대담하고 권태로운 시선으로 아무나 아무거나 마구 얕잡으며 빙빙 다방에서 당구장으로, 탁구장에서 오락실로 날이 저물면 맥주홀이나 대폿집으로 쏘다니다가 밤 늦게 흐느적흐느적 들어와서도 뭐가 미진한지 라디오의 음악 프로를 최대한의 볼륨으로 틀어 온 집안의 정적을 무참히 짓이기던 녀석이 산간벽지의 도로공사 현장에 어떤 모습으로 있을까가 좀처럼 상상이 안 되었다. 떠나기 전 남대문 시장에서 사준 염색한 미군 작업복과 워커와 녀석을 아무리 내 상상 속에서 결합을 시켜보려도 되지를 않았다.

드디어 나는 현장에 찾아가보기로 결심했다. 떠나기로 한 날 아침부터 비가 억수로 퍼부었다. 그렇다고 미루기도 싫어서 어떻든 강릉행 버스를 탔다. 훈이가 가 있는 영동 고속도로 현장은 강릉 못 미처 진부(珍富)에서 다시 갈아타야 하는 곳에 있었다. 버스가 서울을 떠나 팔당을 지나 양주, 양평 땅으로 접어들면서 포장도로는 끝나고 시뻘건 흙탕길로 변했다. 게다가 길 오른쪽은 바로 한강 줄기요, 왼쪽은 당장 무너져 내릴 듯한 절벽이었다. 여름내 비가 잦았어서 그런지 흙탕물이 굽이치는 한강 줄기가 제법 망망한 대하로 보였고, 버스가 달리는 길은 너무도 좁고 고르지 못했다. 당장 노반이 무너져 내리며 버스가 한강물로 거꾸로 박힐 것 같아 엉치가 옴찔옴찔했다. 그래도 버스는 줄기찬 빗발 속을 잘도 달렸다.

문득 나는 만약에 여기서 차사고로 내가 죽더라도 내가 왜 이 버스를 탔던가가 알려졌으면 좋겠다고 생각했다. 내 고모로서의 지극

한 정성이 널리 알려져 신문에 보도되고 그걸 Y건설 사장이 읽게
되고 그러면 훈이를 제꺽 발령을 내 본사로 끌어올릴지 알 게 뭔가
하는 실로 더럽고 치사한 생각을 했다. 나는 이 더럽고 치사한 공상
에 실컷 탐닉했다. 그러고 나서야 내가 죽은 후의 내 아이들을 생각
했다. 아마 서너 달쯤 있다가 계모가 생기겠지. 그렇지만 내 아이들
은 아무리 생각해도 계모에게 들볶여서 불행해질 아이들이 아니었
다. 도리어 계모를 교묘히 들볶고 골탕먹여줄 게다. 계모를 지능적
으로 불행하게 할 게다. 나는 마치 내가 죽어서 그런 일을 구경하고
있는 것처럼 고소해하기까지 했다. 그러고 보니 나는 내 자식을 조
카인 훈이보다 덜 사랑해 키웠는지는 몰라도, 그게 더 잘 키운 건지
도 모른다고 생각되었다.

버스가 강원도 지방으로 접어들자 산을 휘감은 비탈길이 많아
헉헉 숨이 차 했지만 그곳은 맑은 날씨여서 훨씬 덜 불안했다. 진부
에 닿은 것은 서울을 떠난 지 여섯 시간 만이었다. 거기서 유천리까
지 갈 버스를 기다릴 동안의 요기를 하기 위해 국밥집엘 들렀다.

국밥집은 Y건설의 마크가 붙은 초록색 모자를 쓴 남자들로 붐볐
다. 현장이 가까우리라는 예감으로 우선 반가웠고 뭔가 가슴이 두
근대기도 했다. 그러나 몇 사람을 붙들고 물어도 김훈이란 측량기
사를 안다는 사람이 없었다. 다만 현장 사무소가 있는 유천리까지
는 굳이 버스를 기다릴 거 없이 택시를 타도 오백 원이면 간다는 걸
알 수 있었을 뿐이었다.

진부라는 면소재지는 거리의 끝에서 끝이 한눈에 들어오는 조그
만 고장인데 다방도 서너 군데 되고 중국집, 불고깃집 등 음식점엔
Y건설의 초록 모자, S토건의 빨강 모자 천지였다. 주위의 고속도로
공사로 활기를 띠고 호경기를 누리고 있는 고장이란 걸 한눈에 알
수 있었다.

운전수가 내려놓아준 Y건설 현장 사무소는 엉성한 가건물이었지만 여러 동이 연이어 있어 규모가 컸고, 넓은 광장에는 지프차, 트럭, 덤프트럭, 불도저 같은 차들이 멎어 있고 파란 모자를 쓴 사람들이 웅성거려 활기에 차 보였다. 다행히 김훈이를 알고 있는 사람을 단박에 만날 수 있었다. 몇 십리 밖 현장에 나가 있지만 곧 돌아올 시간이니 기다려보라고 했다. 저녁때라 트럭이 현장으로부터 파란 모자에 작업복을 입은 사람들을 가득 실어다간 너른 마당에 쏟아놓았다. 먼지를 뽀얗게 쓴 사람들이 앞개울에서 세수 먼저 하곤 곧장 식당이라 쓴 곳으로 들어갔다.

저만치 한여름의 옥수수밭이 짙푸르고, 마을의 집들은 온통 약속이나 한 듯이 주황 아니면 빨간 지붕을 이고 있었다. 나는 이런 독한 원색의 대결에 피로감과 혐오감을 함께 느꼈다. 그러나 첩첩한 산들은 전나무가 무성하고 저 멀리 오대산의 산봉우리들은 웅장했고, 곳곳에 맑은 시냇물이 흐르고 있어 그 소리가 귀에 상쾌했다.

이제나저제나 훈이를 실은 차가 들어오기만을 기다리는데 전연 훈이 같지 않은 젊은이가 나에게 "고모." 하면서 다가왔다. 훈이는 그동안 몰라보게 살이 빠진 데다가 머리와 눈썹이 뽀얗게 보일 만큼 흙먼지를 뒤집어쓰고 있어 못 알아봤던 것이다. 나는 훈이를 확인하자 반가움과 노여움이 뒤죽박죽된 격정으로 목이 메었다.

"망할 녀석, 이렇게 잘 있으면서 어쩌면 엽서 한 장이 없니?"

훈이는 아무런 대꾸도 안 하고 앞장서서 개울로 갔다. 세수를 하곤 꽁무니에서 꾀죄죄한 타월을 떼다가 얼굴을 북북 문질렀다. 타월에서 너무 역한 쉰내가 나서 나는 얼굴을 찡그렸다. 훈이가 뜻 모를 웃음을 희미하게 웃었다. 이제야 제 살갗을 드러낸 얼굴은 옹기그릇처럼 암갈색의 광택이 났고, 드러난 이빨만이 징그럽도록 선명하게 희었다.

"어디로 좀 가자꾸나."

"주임한테 얘기하고——."

"아직도 퇴근 시간 안 됐니? 일곱 시가 넘었는데."

"밤일이 있어."

"뭐 밤에도 측량을 다녀?"

"밤일은 측량이 아니라 제도(製圖)야."

그러고는 터벅터벅 사무실로 들어갔다. 한참 만에 나오더니 말 없이 앞장을 섰다.

"저녁을 어디서 먹는다지? 네 하숙집에 가서 닭이나 한 마리 잡 아달래 먹으면 안 될까?"

"진부까지 나가서 먹지 뭐."

"진부에 특별히 음식 잘하는 집이라도 있니?"

"아뇨. 그냥 진부까지 나가보고파서."

할 수 없이 다시 진부로 나왔다. 손바닥만 한 진부의 야경에 훈 이가 사뭇 휘황해하고 흥분까지 하고 있다는 걸 알 수 있었다.

"너는 이까짓 데도 자주 나와보지 못한 게로구나. 낮에 보니 너 희 회사 사람들이 널렸더라만."

"그런 사람들은 기술직이 아냐. 관리직이나 그 밖에도 빈들댈 수 있는 직종이야 수두룩하니까."

"그까짓 공사판에도——."

"네, 그까짓 공사판에도요."

녀석이 갑자기 씹어뱉듯이 말했다. 그리고 말없이 불고깃집으로 들어갔다. 한증막처럼 후텁지근한 속 여기저기서 지글대는 고기 냄 새에 나는 구역질을 느꼈다. 그러나 훈이는 땀을 뻘뻘 흘리면서 무 섭게 먹어댔다. 식성이 까다롭고 소식이던 훈이로만 알고 있던 나 는 무참한 느낌으로 이런 왕성한 식욕을 지켜봤다.

"하숙집 식사가 안 좋은가 보지."

"하숙집에선 잠만 자고 식사는 회사 식당에서 하는걸."

"그래, 그럼 식사는 거저겠네?"

"거저가 뭐야, 봉급에서 꼬박꼬박 제해."

"봉급은 얼마나 받는데?"

실상은 가장 궁금했던 걸 이제야 자연스럽게 물었다.

"거진 한 삼만 원 되지만 식비 빼고 하숙비 주고 나면 몇 천 원 떨어질까 말까야. 가끔 소주 파티에 빠질 수도 없고, 그 재미도 없인 정말 못 참아내겠는걸 뭐. 집에다 돈 부쳐달란 소리 안 하는 것만도 내 딴엔 큰 안간힘이라구."

"그래 회사 식당 식사가 먹을 만하니."

"기똥차지, 기똥차. 그거 얻어먹고 폴대 메고 하루 몇 십리씩 산골을 누비는 나도 기똥차구."

말 안 해도 그 지칠 줄 모르는 식욕과 게걸스러운 먹음새만 봐도 알 만했다.

"하여튼 짜식들 사람 부리는 솜씨 또한 기똥차게 악랄하다구. 아침 일곱 시서부터 폴대 메고 헤맬 데 안 헤맬 데 다 헤매다 기진맥진 돌아온 놈에게 그 지독한 저녁을 멕이곤 또 밤일을 시켜가면서도 주임에, 과장에, 소장에 번갈아가며 연방 공갈을 친다구. 뭐 우리 공구의 공사 진척이 제일 늦는다나. 하루 공사가 늦으면 어느 만큼 회사에 손해를 끼친다는 기맥힌 계산을 그분들한테 들으면 봉급이 적다든가 식사가 형편없다든가 하는 불평은커녕 회사에 큰 손해를 끼치고 있는 죄인이란 생각이 먼저 들어 기를 못 펴게 되니 더러워서──."

엄청난 양의 불고기를 먹어치운 훈이는 커피도 먹고 싶다고 다방엘 가자고 했다. 다방에는 Y건설 패거리가 텔레비전을 둘러싼 앞자리에 앉아서 마담에 레지까지 불러다가 잡담을 하고 있었다. 훈이도 그중 몇과는 인사를 나누었으나 가서 끼지는 않았다. 잔뜩 찡그리고 커피를 홀쩍 들이켜더니 오나가나 저치들 꼴 보기 싫어 기분 잡친다고 빨리 가자고 했다.

훈이의 하숙방은 협소하고 더러웠다. 벗어만 놓고 빨지 않은 옷가지들이 여기저기 걸레뭉치처럼 쌓여가지곤 시척지근하고도 고릿한 야릇한 악취를 풍겼다. 그러나 워커를 벗어던진 훈이의 발에서 풍기는 악취에다 대면 아무것도 아니었다. 사람이 빨래 안 하고 청소 안 하면 돼지만도 못한 것 같았다.

"좀 씻고 자렴."

그러나 씻기는커녕 옷도 안 벗은 채 아무렇게나 쓰러지더니 코를 골기 시작했다. 나는 나 누울 곳을 마련하기 위해서도 방을 대강 치워야 했다. 썩은 내 나는 옷가지 사이엔 소주병, 고등어 통조림 먹다 남은 것, 깡 종류의 과자 부스러기 등이 숨어 있어 악취를 더해 주고 있었다. 활자로 된 거라곤 흔한 주간지 하나 없는 황폐한 방구석이 이 녀석의 황폐한 내부를 들여다보는 것 같아 내 마음은 암담했다.

더위와 악취와 이 생각 저 생각으로 한잠도 못 잔 나는 주인 여자가 일어난 기척을 듣고 따라 일어나 그동안 신세가 많았다고 치하도 하고 자기 소개도 했다. 주인 여자는 시골 여자답지 않게 냉담하고 도도하게 "신세진 거 하나도 없습니다." 했다. 같은 말이라도 아 다르고 어 다르다고 이건 겸사의 말이 아닌, 돈 받고 하숙 치는 관계일 뿐 신세를 주고받는 관계가 아님을 강조하는 말투였다.

나는 더욱 훈이가 안쓰러워지면서 자꾸 마음이 약해지고 있었다. 우선 산더미 같은 빨래를 개울로 날랐다. 비누가 없어 한길가 잡화상에 갔더니 생소한 메이커 제품인 생선 비린내가 역한 비누가

한 장에 백 원씩이나 했다. 비누를 사가지고 와서도 나는 선뜻 빨랫
거리를 물에 담그지를 못했다.

훈이가 나를 따라 서울로 가겠다고 할 것은 뻔하고 그렇게 되면
젖은 빨래는 곤란할 것 같아서였다. 실상 나는 그렇게 되길 바라고
있었다. 이대로 나만 떠날 수는 도저히 없었다.

어느 틈에 칫솔을 문 훈이가 내 곁에 와 서 있었다.

"고모 왜 그러고 있어. 빨래가 너무 많아 질린 게지. 대강 땟국이
나 빼."

"애야, 이놈의 고장 참 고약하더라. 글쎄 이 거지 같은 빨랫비누
가 백 원이란다."

"고모도, 소주 값이 얼만 줄 알면 더 놀랄걸."

"녀석도 제가 언제 적 모주꾼이라고. 근데 산골 인심이 어째 이
모양이냐."

"관광 붐 때문일 거야. 바로 여기가 오대산 월정사 입구거든. 우
리가 뚫는 영동 고속도로 인터체인지도 이곳에 생길 테고, 돈맛들
이 들 대로 들어서 서울놈 돈 긁어먹으려고 눈에 핏발이 섰다니
까. 글쎄 이 옥수수 고장에서 여태껏 옥수수 한 자루를 못 얻어먹어
봤다면 말 다했지 뭐. 돈 주고 사 먹을려면야 먹어봤겠지만 나도 오
기가 있다구, 안 사먹어. 고모, 나 오늘 농땡이 부리고 말 테니까,
월정사 구경 시켜줄래. 주임은 고모 온 거 아니까 한번 사바사바해
볼게."

그러곤 꽁무니에 찼던 타월까지 내 빨랫거리에 휙 던져 보태고
는 부리나케 현장 사무소 쪽으로 갔다. 이내 옥수수밭에 가려서 모
습이 안 보였다. 참 옥수수도 많은 고장이었다. 그러나 훈이가 그거
하나 여태껏 못 얻어먹었다고 생각하니 부아가 부글부글 치솟는 걸
느꼈다.

나는 개울물을 돌로 막고 빨래를 담갔다. 빨래를 하면서 보니 내복과 이불 호청에는 이까지 들끓고 있었다. 세상에 요즈음은 아무리 구더기 밑살같이 사는 집구석이기로서니 이는 없이 살건만 이게 웬일일까. 나는 형편없는 식사와 중노동을 악으로 버틴 훈이를 뜯어먹은 이를 지겹게 눌러 죽이다 못해 한동안 멍하니 앉아 있었다.

　"농땡이 잘 안 되겠는데, 고모."

　풀이 죽어 돌아온 훈이의 말이었다.

　"그까짓 농땡이 칠 거 없다. 같이 가자 서울로. 몸이나 성할 때 일찌거니 집어치는 게 낫겠다."

　"그건 싫어."

　"왜 싫어?"

　훈이의 싫다는 대답을 나는 전연 예기치 못했으므로 당황할 밖에 없었다.

　"나는 더 비참해지고 싶어. 그래서 고모나 할머니가 철석같이 믿고 있는 기술이니 정직이니 근면이니 하는 것이 결국엔 어떤 보상이 되어 돌아오나를 똑똑히 확인하고 싶어. 그리고 그걸 고모나 할머니에게 보여주고 싶어."

　"그걸 우리에게 보여서 어쩌겠다는 거야? 그걸로 우리에게 복수라도 하겠다 이 말이냐?"

　나는 훈이 말에 무서움증 같은 걸 느꼈기 때문에 흥분해서 악을 쓰며 덤벼들었다.

　"고모 그렇게 흥분하지 말아. 나는 다만 고모가 꾸미고, 고모가 애써 된 이 일의 파국을 통해서 고모와 할머니로부터, 그리고 이 나라로부터 순조롭게 놓여날 수 있기를 바라고 있을 뿐이야. 그렇지만 고모, 오해는 마. 내가 파국을 재촉하고 있다고 생각하지는 마. 나는 내 나름으로 이곳에서의 일에 최선을 다하고 있어. 그러노라면 누가 알아, 일이 고모의 당초 계획대로 잘 풀릴지. 나도 어느 만큼은 그쪽도 원하고 있어. 파국만을 원하고 있는 게 아냐."

"그래 참, 잘될 수도 있을 거야. 잘될 여지는 아직도 충분히 있고말고."

나는 별안간 잘될 가능성에 강한 집착을 느끼며 태도를 표변했다.

"그렇지만 고모, 잘되게 하려고 너무 급하게 굴진 마. 와이로 쓰고 빌붙고 하느라 돈 없애고 자존심 상하고 하지 말란 말야. 여기 와보니 육 개월만 기다리라는 임시직 신세로 삼사 년을 현장으로만 굴러다니는 친구가 수두룩해. 임시직에겐 봉급 조금 주고, 일요일도 없이 부려먹고, 책임은 없고, 얼마나 좋아, 회사측으로선 훌륭한 경영 합리화지."

훈이는 버스 정류장까지 나를 배웅했다. 진부까지 나가는 완행 버스는 좀처럼 오지 않았다. 그동안 나는 뭔가 훈이에게 이야기해야 될 것 같은 심한 압박감을 느꼈다. 나는 내가 여기까지 오는 동안 길이 나빠 얼마나 고생을 하고 시간을 많이 잡아먹었나를 과장해서 들려주면서 고속도로가 뚫리면 서울서 강릉까지가 얼마나 가까워지고 편안해지겠느냐, 너는 이런 국토 건설 사업에 이바지하고 있는 걸 자랑으로 삼아야 한다고 이야기했다.

녀석이 구역질 같은 소리로 "웃기네." 했다. 때마침 바캉스 시즌이라 자가용이 연이어 강릉으로, 월정사로 달리면서 우리에게 흙먼지를 뒤집어씌웠다. 훈이도 한몫 참여한 영동 고속도로가 개통되면 더 많은 자가용과 관광버스가 그 위에서 쾌속을 즐기겠지. 훈이도 그 생각을 하면서 "웃기네." 했을 생각을 하고 나는 내가 한 말에 심한 부끄러움을 느꼈다.

드디어 버스가 오고 나는 그것을 혼자서 탔다. 나는 훈이에게 몇 번이나 돌아가라고 손짓했으나 훈이는 시골 버스가 떠나기까지의 그 지루한 동안을 워커에 뿌리라도 내린 듯이 꼼짝 않고 서 있었다. 나는 그게 보기 싫어 먼 딴 데를 바라보았다. 논의 벼는 비단폭처럼 선연하게 푸르고, 옥수수밭은 비로드처럼 부드럽게 푸르고, 먼 오대산의 연봉의 기상은 웅장하고, 오대산에서 흘러내린 맑은 물이 도처에서 내와 개울을 이루고 있다. 아름다운 고장이다. 이 땅 어디메고 아름답지 않은 곳이 있으랴.

그러나 아직도 얼마나 뿌리 내리기 힘든 고장인가.

훈이가 젖먹이일 적, 그때 그 지랄 같은 전쟁이 지나가면서 이 나라 온 땅이 불모화해 사람들의 삶이 뿌리를 송두리째 뽑아 던지는 걸 본 나이기에, 지레 겁을 먹고 훈이를 이 땅에 뿌리 내리기 쉬운 가장 무난한 품종으로 키우는 데까지 신경을 써가며 키웠다. 그런데 그게 빗나가고 만 것을 나는 자인했다. 뭐가 잘못된 것일까. 나는 가슴이 답답해서 절로 한숨을 쉬었다. 그러나 후회는 아니었다. 훈이를 키우는 일을 지금부터 다시 시작할 수 있다면 이러이러하게 키우리라는 새로운 방도를 전연 알고 있지 못하니, 후회라기보다는 혼란이었다.

도둑맞은 가난

상훈이가 오늘 또 좀 아니꼽게 굴었다. 찌개 냄비를 열자 두부점 위에 하필 커다란 멸치란 놈이 올라와 있었고, 그걸 본 상훈이는 허연 멸치 눈깔 징그럽다고 대가리는 좀 따고 넣으면 어떻겠느냐고 했다. 점잖게 눈살까지 찌푸리며 그런 소리를 했다. 나는 그 자리에서 이보란 듯이 대가리를 따서 입 속에 넣고 자근자근 씹으며 대가리에 영양분이 더 많은 것도 모르느냐고 대거리를 했다.

멸치가 아무리 커도 멸치는 멸친데 그까짓 멸치 대가리에 달린 파리똥만 한 눈깔 따위에 다 신경을 쓰는 상훈이가 나는 아니꼽기도 하거니와 막연히 불안하기도 했다.

나는 내가 저를 얼마나 마땅찮아하고 있나를 나타내기 위해 입을 삐죽하며 눈을 보얗게 흘겨줬다. 그러나 상훈이는 탓하지 않고 곧 내가 하는 대로 덩달아 두부점과 우거지를 헤치고 멸치를 찾아 먹기 시작했다.

"제기랄 눈감고 죽은 놈은 한 놈도 없잖아."

"제명에 못 죽었으니까 그렇지 뭐."

"그럼 도미나 대구 같은 점잖은 생선도 눈뜨고 죽게."

"그럼 그걸 말이라고 해."

우린 같이 낄낄대며 아침을 게 눈 감추듯 달게 먹었다.

"어때, 여자하고 같이 사니까 좋지?"

"응, 그렇지만 방이 너무 좁아서 너 불편하지 않아?"

나는 이 동네선 이만한 방에 대여섯 식구씩은 다 산다며, 저하고 나하고 같이 살게 된 후 절약되는 돈 액수를 또 한 번 조목조목 따져 들어갔다. 나는 그것을 따질 때마다 신바람이 났다. 먼저, 절약되는 액수 중 제일 큰 몫을 차지하는 방세 사천 원, 그러고 나서 연탄값, 반찬값, 양념값 등 덜 드는 걸 시시콜콜 따지자면 한이 없었다. 그렇지만 두 가구가 한 가구가 됨으로써 이익 보는 수돗값, 전깃값, 오물세까지 따지면서도 가장 중요한 건 일부러 빼먹었다. 서로 좋아한다는 것, 실상은 이게 둘이 같이 사는 가장 중요한 이유일 텐데 나는 그 말을 번번이 빼먹었다. 그 말에 부끄럼을 타기도 했지만, 그 말만은 상훈이가 나에게 하게 하고 싶었다. 나는 같이 살자는 제안을 내 쪽에서 먼저 하면서도 그 말을 안 했다. 심지어 두 방을 쓰다가 한 방 쓰면 연탄을 네 장에서 두 장으로 절약하는 데 그치는 게 아니라, 둘이 한 이불 속에서 꼭 껴안고 잠으로써 다시 하루 반 장 내지 한 장의 연탄을 더 절약할 수 있다는 소리까지 거침없이 하는 배짱이 그 소리는 안 했다. 안 한 게 아니라 아껴두었다. 언제고 제가 나에게 그 소리를 하게 할 테다. 나는 그렇게 벼르고 있을 뿐이다.

도시락을 싸서 상훈이를 먼저 내보내고 나는 서둘러 설음질을 했다. 상훈이는 멕기 공장에 다녔다. 은반지를 감쪽같이 금반지로 만들기도 하고 백통수저를 은수저로 만들기도 하는 곳이란다. 아무려면 진짜 금반지하곤 어디가 달라도 다르겠지 했더니 절대로 눈으로 봐선 다른 걸 알 수 없을 만큼 그 멕기 기술이란 게 희한하단다.

내가 설음질을 할 때쯤은 나란히 달린 여섯 개의 방마다 설음질할 시간이었다. 방 앞에 달린 쪽마루에서 설음질들을 했다. 쪽마루 밑에는 연탄아궁이가 있고, 쪽마루 위에는 식기, 바께쓰, 간장병 따위가 있으니까 쪽마루가 조리대, 싱크대가 되는 셈이었다. 집주인이 셋방에 부엌을 만들어준답시고 추녀 끝에서 블록담까지 사이의 무명폭만 한 하늘을 아예 슬레이트와 루핑 조각으로 막아버려 명색이 부엌인 이 속은 침침하고 환기도 안 된다. 늘 연탄가스와 음식 냄새로 숨이 막힐 것 같다. 매캐하고 짜고 고리타분하고 시척지근한 냄새가 밖에서 갓 들어서면 눈이 실 만큼 독했다. 이 냄새는 방에도 옷에도 이부자리에도 배어 있었다. 내 몸에서도 이 냄새가 날 것이다.

그러나 나는 이 냄새를 부끄러워하거나 싫어하면 안 된다. 우리 어머니와 아버지와 오빠가 이 냄새를 싫어했기 때문이다. 이 냄새를 맡느니 차라리 죽는 게 낫다고 생각하고 어느 날 죽어버렸기 때문이다. 나만 남겨놓고 죽어버렸기 때문이다. 나는 이런 못난 부모 동기에 복수하는 뜻에서도 이 냄새에 길들여져야 하는 것이다.

설음질들을 하면서 누구나 나에게 말을 시키지 못해 안달을 하고 있다는 걸 나는 안다. 내가 끌어들인 청년에 대해 모두 궁금한 모양이었다. 그러나 별 악의가 있어 뵈지는 않았다. 제일 끝방 아줌마가 혀를 끌끌 차며 힐끗 내 눈치를 보는 꼴이 냉수라도 떠놓고 예를 갖추라는 소리가 또 나올 것 같았다. 나라고 그런 소리를 아주 귀담아듣지 않는 건 아니었다. 그까짓 거 예만 갖출까, 이왕이면 여섯 방 아줌마들에게 국수 대접인들 못할까도 싶었다. 그렇지만 상훈이 제가 먼저 나를 좋아한다고 하기 전에 그런 일로 돈을 쓰다니

어림도 없다.

그래서 나는 아무도 나에게 말을 못 시키게 목청껏 노래를 뽑으며 설음질을 했다. 그까짓 두 식구 설음질, 저 푸른 초원 위에 그림 같은 집을 짓고——한 곡을 부를 사이도 안 걸렸다. 나뿐 아니라 이곳 셋방 여자들은 설음질을 대개 이렇게 후다닥 엉터리로 해치웠다. 공장이나 취로 사업장으로 나갈 시간이 바쁘기 때문이었다.

밖은 바람이 칼날같이 매운 겨울 아침이었다. 바람이 쓰레질하듯 길바닥을 핥으며 연탄재와 더러운 종잇조각을 한군데로 수북이 쌓아놓았다가 다시 회오리바람이 되어 공중 높이 말아 올려 삼지사방으로 더러운 진애(塵埃)를 살포했다. 뺨이 아리고 눈앞의 모든 것이 흙먼지 속에 부옇게 흐려 뵀다. 비탈에 닥지닥지 붙은 집들의 지붕을 덮은 슬레이트나 함석 조각이 이상한 소리를 내며 몸을 뒤틀었다.

고개가 목도리 속에 자라 모가지처럼 움츠러들었거나 아예 머리통은 눈만 내놓고 강도처럼 복면을 하고서도 용케 만나는 사람마다 서로 잘 알아봤다. 거의 매일 같은 시간에 만나는 얼굴이기 때문이었다. 삽을 들고 취로 사업장으로 나가던 어떤 아줌마는 눈을 찡긋하며 너 요새 재미 좋다며 하기도 했다. 그럴 때 이 아줌마는 겹겹이 걸친 누더기 밖으로까지 이상하도록 짙은 색정적인 걸 발산했다. 나는 사춘기에 암내 내는 동물을 보았을 때처럼 부끄러움과 징그러움과 미묘한 호기심을 동시에 이 여자한테 느꼈다. 그리고 연탄 반 장을 아끼기 위해서라는 핑계로 한 이불 속에서 꼭 껴안고 자는 상훈이와의 뭔가 막연히 미흡한 교접을 생각하고 불안해졌다. 모든 것이 얼어붙은 겨울 아침의 산동네 골목골목은 살아 있는 것처럼 힘차게 꿈틀거리고, 만나는 사람마다 마치 여름 아침의 억센 푸성귀처럼 청청한 생기에 넘쳐 있다. 가난을 정면으로 억척스럽게 사는 사람들의 이런 특이한 발랄함을 우리 어머니는 얼마나 치를 떨며 경멸했던가. 배알도 없는 것들이 천덕스럽고 극성스럽기만 하다고. 그래서 어머니는 아버지와 아들을 꼬여서 같이 죽어버렸던 것이다. 흡사 찌개 속의 멸치처럼 눈을 동자 없이 하얗게 뒤집어쓴 추한 주검과, 냄새나는 가난을 나에게 떠맡기고.

그들이 죽기를 무릅쓰고 거부한 가난을 내가 지금 얼마나 친근하게 동반하고 있나에 나는 뭉클하니 뜨거운 쾌감을 느꼈다. 그들은 겉으론 가난을 경멸하는 척했지만 실상은 두려워하고 있었다는 걸 나는 안다. 나는 뽐내기 좋아하는 소년처럼 가슴을 펴고 비탈길을 곤두박질하듯 달렸다.

공장이라 부를 것도 없는 서너 간 정도의 온돌방에는 쏙닥거려 놓은 헝겊 조각이 무더기로 쌓여 있고 창가엔 세 대의 미싱이 놓여 있다. 주인아줌마가 피륙을 겹겹이 겹쳐놓고 본을 대고 면도칼로 오리는 일을 하다가 나를 쳐다보고 희미하게 웃었다. 나는 주인아줌마가 피륙을 이렇게 잘게 쏙닥거리는 걸 볼 때마다 가슴에 통증이 올 만큼 아까운 생각이 들었다. 인형도 입을 것은 다 입는다. 팬티도 만들고 앞치마도 만들고 브래지어도 만들어야 한다. 원피스엔 주머니도 달고 단추도 달고 수까지 놔야 한다. 속치마에 레이스도 달아야 한다. 이런 일은 다 철저한 분업으로 이루어지기 때문에 코딱지만 한 인형옷 하나 만드는데도 몇 사람의 손이 가야 한다. 나는 온종일 아줌마가 쏙닥거려 놓은 걸 미싱으로 박기만 하면 된다. 꼬마옷을 한없이 박음질하다 보면 나는 마치 내가 꼬마 나라에 유배되어 옷 짓는 노예 노릇을 하고 있는 것처럼 느꼈다.

주인아줌마도 저녁때쯤은 지쳐서 나더러 어깨를 쳐달라며 같잖은 것들이 옷들도 육실하게 입어싼다고 욕을 했다. 그렇지만 그것들이 옷을 입어쌓지 않고 벌거벗고 살게 되는 날이면 주인아줌마도 나도 밥줄이 끊어지고 만다는 걸 모를 리가 없다.

나는 미싱을 놀리며 언제고 양재를 배울 것을 꿈꿀 때가 제일 즐거웠다. 옷다운 옷을 만드는 일류 재봉사가 되어 일류 양장점에 고용될 날을 막연히 꿈꾸며 재봉틀을 놀리면, 이런 단조로운 작업도 한결 덜 지루했다. 내가 일류 재봉사가 된 후에도 상훈이가 멕기 공장 직공이어도 괜찮을까, 그걸 잘 모르겠어서 약간 고민도 되었다. 은반지를 감쪽같이 금반지로 만드는 일은 확실히 신기한 일이지만 너무 요술기가 있어서 사기꾼 같은 일이 아닐까 하는 생각도 들었다. 그렇지만 상훈이 말로는 장사꾼들이 그걸 갖다가 금반지로 속여 파는 일은 없고 다만 금반지를 끼고 싶지만 돈이 없는 사람들에게 싸게 팔 뿐이라니 얼마나 좋은 일인가도 싶었다. 실상은 나도 그런 거라면 하나 끼고 싶었다. 언제고 한번은 상훈이가 나를 좋아한다는 소리를 하긴 할 테고, 그때 넌지시 멕기한 금반지를 내 손에 끼워주면서 그런 소리를 한다면 얼마나 무드가 날까. 그러면 나는 누구에게도 그게 멕기한 반지란 걸 알리지 말아야지. 이런 공상은 절로 웃음이 비죽비죽 나올 만큼 행복한 공상이었다.

그러나 주인아줌마는 남의 속도 모르고 즐겁고 훈훈한 공상에 구정물을 끼얹는 것 같은 소리를 했다. 밑도 끝도 없이 푸듯이

"쯧쯧, 네 에미년은 죽일 년이다. 죽일 년이고말고."

어머니는 몇 달 전에 이미 죽었고, 주인아줌마는 누구보다도 그걸 잘 알고 있을 터인데도 그걸 욕이라고 했다. 어머니가 죽었을 때도 제일 먼저 달려와 준 이 아줌마는 이런 몹쓸 년 봤나, 이런 죽일 년 봤나, 하고 치를 떨었다.

아줌마는 우리가 지독하게 가난해진 후에도 우리와 왕래하던 어머니의 단 하나의 친구였고, 어머니의 허영을 어느 만큼은 이해했던 친구이기도 했다. 아버지 회사가 망해서 아버지가 머리가 허연

나이에 퇴직금 한 푼 못 받고 실직했을 때 어머니가 앞으로의 생활 대책을 논의했던 단 하나의 친구도 이 아줌마였다. 아줌마는 소싯적에 과부가 되어 이것저것 안 해 본 일이 없었기 때문이었다. 아줌마는 우선 우리가 그동안 한 푼의 저축도 없이 살았다는 걸 알고 어안이 벙벙해했다. 너 그동안 내가 태워준 계만 해도 몇 구전데 그 몫돈 다 어쨌느냐고 따졌다. 어머니는 조금도 풀이 죽지 않은 채, 넌 월급쟁이 생활을 몰라서 그렇지 다달이 적지 않이 적자가 나게 마련이고 곗돈으로 그 적자 메우기도 바빴었다고 발뺌을 했다. 아줌마는 너 앞으로 고생 좀 해도 싸다며 방이나 한 칸 전세나 주어서 식료품가게나 내보라고 일러주었다. 다행히 집이 길목이 좋으니까 두 내외가 열심히 뛰면 생활은 될 거라고 했다.

그러나 어머니는 아줌마 말을 따르지 않았다. 사회적으로 어엿하게 출세한 남편 갖고, 생활 기반이 확고하게 잡힌 친구들 보기 창피하게시리 어떻게 구멍가게를 할 수 있느냐는 거였다. 사람이 한번 본때 있게 살아보려면 통이 크고 투기성이 있어야 하고 기회를 잘 잡아야 하는데 지금이 바로 그 기회라고 어머니는 아버지를 충동질했다. 아버지가 회사에 잘 다녀 착실하게 생활을 꾸려나갈 때도 어머니는 외출만 했다 돌아오면 신경질을 부렸었다. 남들은 수단들이 좋아 작년 다르고 올해 다르게 살림이 늘고 으리으리하게들 사는데 이놈의 집구석은 어떻게 된 게 맨날 요 모양 요 꼴로 사는지 모르겠다고, 아버지를 상전이 하인 들볶듯 들볶아쳤다. 그러니까 어머니는 아버지의 실직이 아버지가 쩨쩨한 월급쟁이 생활을 면하고 통이 큰 사업가가 될 좋은 계기가 되길 바랐던 것이다.

그래서 어머니는 수억대를 가지고 있다는 부자 친구네를 뻔질나게 드나들더니 드디어 집을 담보로 목돈을 빌릴 수가 있었다. 어머니의 이런 내조에 힘입어 아버지는 사무실을 얻고, 전화 놓고 회전

의자 돌리고, 급사도 두고 사장 노릇을 시작했다. 어머니는 하루에
도 몇 번씩 아버지 회사에 전화 걸기를 좋아했다. 응, 미스 최야? 여
기 사장님 댁인데 사장님 좀 바꿔줘. 그 소리를 하고 싶어 못 살아
했다. 그러나 미처 그 소리에 사모님다운 가락이 붙기도 전에 회사
는 망하고 집까지 내쫓겼다. 저당권 설정하고 빌린 돈을 이자도 원
금도 한 푼도 안 갚았으니 명의가 이전되고 내쫓기는 건 당연한 결
과라는 거였다. 그 밖에도 조금씩 얻어다 쓴 푼돈 때문에 세간살이
까지 돈 될 만한 건 다 빼앗겼다. 어머니는 어머니의 부자 친구한테
네가 이렇게 나올 줄은 정말 몰랐다고 원망하다가 나중에는 미친
듯이 대들었지만 모든 것이 그 친구의 뜻대로 되고 말았다. 나는 지
금도 우아하고 기품 있는 어머니의 그 부자 친구가 눈썹 하나 까딱
안 하고 우리의 모든 것을 빼앗아가던 날을 생생하게 기억한다.

그래도 그 친구는 우리를 거리로 내쫓지를 않고 전세방을 하나
얻어주었다. 너는 고생해 싸지만 네 자식들이 불쌍해서 베푸는 동
정이라고 하면서.

이렇게 어머니의 친구들은 인형옷 만드는 집 아줌마건, 수억대
를 주무르는 부자 친구건 모두 어머니에게 고생을 해서 싸다고 그
랬었다. 그러나 죽어도 싸다곤 안 그랬었다.

어머니는 전세방에 나앉은 후에도 도저히 자식들 공부를 계속시
킬 수가 없다는 현실을 인정하려 들지를 않았다. 세상에, 개돼지도
아니고 인두겁을 쓴 사람으로서 어떻게 자식 대학 공부를 안 시키
겠느냐고 철없이 설쳤다. 아버지도 어머니도 어디 가서 한 푼이라
도 벌 궁리는 안 하고 그저 공부 공부 하면서 전셋돈을 빼다가 오빠
들 삼류 대학 등록금 하고, 내 고등학교 등록금 하고, 그러곤 사글
세방으로 옮겨 앉았다. 그러나 학교고 뭐고 다 고만둬야 할 날은 어
김없이 왔고, 기어이 보증금도 없이 월세만 사천 원인 산동네까지

가는 신세가 되고 말았다. 그러면서도 어머니는 우리가 알거지가
됐다는 걸 인정하려 들지 않았다. 고리타분하고 시척지근한 가난의
냄새에 발작적으로 진저리를 쳤고, 가난한 사람들의 끈질긴 생활력
을 더러운 짐승처럼 징그러워했고, 끝내 가난뱅이하곤 상종을 안
했다. 아무리 없는 것들이기로서니 아무리 상것들이기로서니 인두
겁을 쓰고 어떻게 이런 굴 속 같은 방에서 이렇게 비위생적으로, 이
런 지독한 냄새를 풍기며 살 수 있을까 하고 흉을 보았다.

그러면서도 어머니는 우리 살림을 제일 더럽게 해서 우리 쪽마
루엔 설음질도 안 한 그릇들이 다음 끼니때까지 그대로 헤벌려져
있어 온 동네 파리가 살판난 듯 엉겨 붙게 내버려두었다. 어머니는
이렇게 가난에 길들여지기를 한사코 거부했던 것이다.

인형옷 만드는 집 아줌마가 어머니에게 자기 집에 와서 그 일이
라도 거들어서 새끼들 굶기지는 않아야 할 것 아니냐고 몇 번이나
권하다 못해 나한테 너라도 나와보지 않으련 했다. 나는 얼씨구 하
고 거기 나가서 그 앙증한 옷을 만드는 일을 배웠다. 그 일은 재봉
틀이나 노릴 줄 알면 되는, 기술이랄 것도 없는 쉬운 일이었다. 내
가 하는 것을 며칠 지켜보던 아줌마는 한 달에 만 원씩 주마고 했
다. 너니까 너희 식구 살려주는 셈치고 특별히 후하게 준다는 거였
다. 그날 나는 그 소식으로 식구를 즐겁게 하고 싶어 한달음으로 집
으로 달려왔다. 만 원이라야 집세 빼면 다섯 식구 쌀값도 안 떨어질
푼돈이었지만, 식구 중 제일 어린 내가 만 원을 벌 수 있으니 식구
가 다 발 벗고, 체면치레도 벗고 나서면 제가끔 만 원씩이야 못 벌
어들일까 싶었다.

합심하면 살 수 있어요. 이 동네 사람들이 다들 그렇게 사니까
창피할 것 하나도 없어요. 아이들도 벌고 어른들도 벌고, 노인들도
벌고, 개같이 벌어서 정승같이 살고들 있어요. 텔레비전 놓고 사는

집도 있고, 며칠에 한 번씩 돼지고기 구워 먹으면서 사는 집도 있고 아무튼 시끌시끌 노래도 부르고 낄낄낄 웃기도 하며 살고 있어요. 우리도 그렇게 살아요, 네. 우리 식군 노인도 없고 아이도 없고 다 벌 수 있잖아요. 서로 기대지 않고 다 나가서 벌면 못 살 것도 없단 말예요. 나는 이렇게 열심히 식구들을 부추겼다. 그러나 어머니는 오냐 우리가 너한테 기댈까 봐, 안 기댄다 안 기대 두고 보렴 하더니 그 다음 날 내가 공장에서 돌아왔을 때 우리 식구는 죽어 있었다. 가을이라곤 하지만 노염이 가시지 않은 무더운 날, 방에 연탄불을 피워놓고 문틈은 꼭꼭 봉하고 네 식구가 나란히 죽어 있었다. 나만 빼놓고 자기들끼리만 죽어 있었다.

공장에서 돌아오는 길에 아무리 늦어도 시장에 들르는 게 내가 상훈이하고 함께 살게 된 후 새로 생긴 버릇이었다. 생선가게 앞에서 나는 대구와 도미를 구경했다. 생선은 아무리 점잖은 고급 생선이라도 눈뜨고 죽는다고 아침에 상훈이한테 장담했지만 어째 좀 어정쩡해서 다시 확인해 봤다. 모든 생선이 해맑은 눈을 동그랗게 뜨고 좌판에 누워 있었다. 생선은 눈은 있어도 눈꺼풀이 없겠거니 싶자 웃음이 쿡쿡 치밀었다.

나는 짜게 절인 고등어를 한 손 샀다. 고등어란 놈을 연탄불에 얹어서 구우려면 기름이 많은 놈이라 연기도 몹시 나겠지만 냄새도 지독할 게다. 아마 터널 속 같은 여섯 가구 공동의 부엌을 짜고 비린 고등어 굽는 냄새로 꽉 채울 게다. 나는 의기양양해서 산동네를 향해 종종걸음을 쳤다. 상훈이는 먼저 와 있으면서 아무것도 안 해놓고 벌렁 누워 있었다.

"먼저 온 사람이 밥해 놓기로 했잖아."

상훈이는 들은 척도 안 하고 담배만 한 개비 꼬나물었다.

"너 정말 이러기야. 네가 날 부려먹을려면, 네가 날 먹여살려얄

게 아냐. 안 그래. 누가 누구 덕 보려고 같이 사는 거 아니잖아."

우리 생활비를 서로 공평하게 반분해서 부담하고 있으니만큼 가사에 소모하는 노동력도 그러기로 했던 것인데 암만해도 노동력에선 내가 밑지고 있는 것 같아 억울한 생각이 들었다.

"오늘은 좀 내버려둬 줘."

상훈이는 풀이 죽어 있었다. 슬픔을 억제하고 있는 것같이도 보였다.

"왜 공장에서 무슨 기분 나쁜 일이라도 있었어?"

나는 대번에 상냥해지고 말았다.

"만식이, 그치가 오늘 기어코 공장에서 피를 토했잖아."

"어머머, 그럼 걔가 정말 폐병쟁이였구나. 그래서? 그래서 어떻게 됐어?"

나는 만식이를 만난 일은 없지만 상훈이한테서 창백하고 늘 밭은기침을 콜록콜록한다는 얘기를 들어서 알고 있었다. 암만해도 폐병쟁이 같다고 같이 점심 먹을 때가 제일 기분 나쁘다고 했었다.

"별안간 각혈을 하고 정신을 못 차리고 쓰러지니까 주인은 송장 치게 될까 봐 겁이 나는지 빨리 집에 업어다주라고 괜히 우리들만 갖고 호통을 치잖아. 그래서 업어다주고 주인이 준 돈도 전해 주고 그리고 왔지 뭐."

"주인이 돈을 얼마나 주었는데."

"얼만 얼마야, 어제까지 일한 거 일당으로 쳐줬지."

"깍쟁이 자식. 그건 그렇고, 그래 너희들은 가만히 보고만 있었어?"

"보고만 있잖으면 어떡해?"

"친구가 그 꼴이 됐는데도 같이 일하던 공장 친구들이 보고만 있었단 말이지. 그러고도 마음이 편하단 말이지? 그러면 못써. 뭐니 뭐니 해도 어려울 땐 어려운 사람들끼리 도와야지, 그러면 못쓴다구."

상훈이는 그래도 내 말을 못 알아듣고 어리둥절해했다. 그럴 때의 그는 몹시 아둔하고 맹추스러워 보였다. 가난뱅이답지 않게 수려한 이목구비도 백치스러워 보였다. 나는 그런 그에게 맹렬한 저항을 느꼈다. 그래서 와락 짜증을 내면서 없는 사람끼리 그러면 못쓴다고 돈을 추렴해 가지고 문병 가서 가족을 위로하고 특히 본인에겐 곧 나을 테니 걱정 말고 몸조리나 잘하라고 거짓말을 시켜야 한다고 가르쳤다. 죽을 때까지 가끔가끔 그렇게 해줘야 된다고 타일렀다. 죽을 때까지라면 한없이 긴 동안 같지만 각혈을 했다니 살면 얼마나 살랴, 나는 처연한 기분으로 그런 계산까지 했다.

우리는 맛없게 저녁을 먹고, 말없이 뜨악하게 앉았다가 자리에 들었다. 외풍이 센 방에선 그저 눕는 게 제일이었다. 이불 밖으로 코를 내놓으면 코끝이 시리게 외풍이 세고 방바닥이라야 겨우 냉기가 가신 방에서 우린 어쩔 수 없이 서로를 밀착시켰다. 그리고 한 이불 속에 든 남녀라면 누구나 할 수 있는 짓을 하면서도 나는 이게 아닌데, 아아, 이게 아닌데 하고 생각했다. 그건 우리가 둘 다 서로 그 방면에 풋내기라는 데서 오는 초조감하곤 달랐다. 나는 그 짓을 통해 따뜻하고 평화스러운 느낌이 되길 바랐지만 정반대의 느낌으로 끝나게 마련이었다. 그래서 나는 울고 싶었다. 그러나 억지로 참았다. 나는 행복했던 적에도 울기 잘하는 계집애였어서 울고 난 후에 모든 것이 씻겨 내린 듯한 상쾌감을 알고 있었다. 그러나 나는 지금 모든 것을 씻겨낸 후의 내 모습을 보는 것을 원치 않았다.

아침에 나는 우리 공동의 예금통장을 상훈이에게 주면서, 돈을 거두려면 먼저 그 주동자가 선뜻 돈을 내놓고 나서 남에게 손을 벌리는 게 순서이고, 그렇게 해야 일이 쉬울 거라고 일러줬다. 얼마간이라도 걷히는 대로 빨리 갖다주라고 신신당부를 하고 공장에 나와서도 뭔가 좋은 일을 하고 있다는 걸로 온종일 마음이 흐뭇했다. 내가 살고도 남아 남을 돕는다. 생각만 해도 자랑스러웠다.

그러나 밤에 집에 돌아온 나는 기절을 할 만큼 놀랄밖에 없었다. 예금통장에 잔고가 한 푼도 남아 있지를 않았다. 몽땅 털어 폐병쟁이한테 갖다줬다는 거였다. 삼만 원이 넘는 돈을 몽땅, 그게 어떤 돈이라고. 정말이지 미치고 환장을 하지 않고서는 도저히 그럴 수는 없는 일이었고 나 역시 미치고 환장을 하지 않고서는 도저히 참아줄 수 없는 일이었다.

"미안하게 됐어. 그렇지만 말야, 네가 몰라서 그렇지 누구한테 돈을 걷니? 다 말도 못하게 지독한 가난뱅이들뿐인걸."

"뭐라구. 모두 가난뱅이들뿐이라구? 그럼 우린 뭐니? 우린 부자니 응? 우린 부자야?"

나는 내 분을 내가 이기지 못해 그의 멱살을 잡고 질질 끌어다가 골통을 벽에다 콩콩 부딪쳐주었다. 그래도 그는 태평스레 히죽히죽 웃었다. 그는 삼만여 원 중 반이 넘는 돈이 자기 돈인데도 조금도 아까워하지 않고 있었다. 그렇다고 그가 그 폐병쟁이를 뼈아프게 동정했던 것도 아니란 걸 나는 안다. 둘 다 그에겐 조금도 절실하지 않았다. 바로 그것이 문제였다. 따라서 도와주고 싶은데 돈은 아깝고, 그래서 돈을 꺼냈다 넣었다, 이천 원을 내놓을까, 삼천 원을 내놓을까, 천 원 상관으로 십 분도 넘어 괴로워하고 도와줄까 말까로 한 시간도 넘어 애타심과 이기심이 투쟁을 하는 그 뼈아픈 갈등을 전연 겪지 않고, 헌신짝 버리듯 무심히 삼만여 원을 그냥 버렸던 것이다. 그걸 깨닫자 나는 오한처럼 오싹 기분 나쁜 불안감을 느꼈다.

"넌 뭐니. 넌 뭐야? 이 새끼야. 넌 부자니, 부자야?"

나는 불안을 털어버리려고 다시 악을 썼지만 그는 여전히 히죽

히죽 웃기만 했다. 나는 제풀에 지쳤다. 나는 기진맥진 지칠 대로 지쳤는데도 좀처럼 잠들지 못했는데 그는 곧 잠들었다. 나는 수명이 다 돼 침침한 이십 촉짜리 형광등 밑에서 그의 자는 얼굴을 곰곰이 들여다보았다. 도대체 넌 뭐냐? 삼만 원이 넘는 돈을 헌신짝처럼 버리고 편히 잠들 수 있는 너는 뭐냐. 기가 죽지 않는 건 좋다고 치자. 그렇지만 너의 그건 가난뱅이들의 억척스럽고 모진 그 청청함하곤 확실히 다르다. 전연 이질적인 것이다. 나는 깊이 전율했다.

내가 상훈이를 만난 것은 오 원짜리 풀빵을 굽는 포장 친 구루마 앞에서였다. 나는 한눈에 그가 그 근처에 즐비한 가내 공업 하는 공장의 직공이라는 걸 알 수 있었다. 그런데 풀빵을 먹는 꼴이 여간만 꼴불견인 게 아니었다. 손이 더럽다는 걸 지나치게 의식해서 그랬겠지만 풀빵을 맨손으로 잡지를 않고 어디서 났는지 오돌토돌한 꽃무늬가 있는 하얀 종이 냅킨으로 싸서 집어먹고, 다 먹고 나서는 그 냅킨으로 입언저리를 자못 점잖게 꾹꾹 눌러 닦았다.

같은 오 원짜리 풀빵을 먹으면서 그까짓 종이 한 장으로 이곳에서 풀빵을 먹고 있는 배고프고 피곤한 저녁나절의 직공들 사이에서 우월감 같은 걸 누리고 있는 게 몹시 꼴사납게 보였다. 그때 나는 도시락도 못 싸가지고 다닐 때라 배가 몹시 고팠기 때문에 풀빵을 계속해서 정신없이 집어먹었다. 다 먹고 나서야 냅킨으로 싸서 먹던 아니꼬운 녀석이 여태껏 나를 지켜보고 있었다는 걸 알았다. 너 그렇게 먹고도 목메지 않니. 어디서 차나 한잔 사줄까 하고 그가 수작을 붙였다. 차를 사준다는 소리에 나는 배꼽을 움켜잡고 숨이 막히게 웃고 또 웃었다. 저 얼간이 같은 게 여자를 꼬시길 때, 다방에나 가자로 시작한다는 건 그래도 어디서 들어서 알고 있구나 싶어 그게 그렇게 우스울 수가 없었다. 저하고 나하고 그 주제꼴하며 풀빵 먹는 뱃속하며 다방이 아랑곳인가. 그렇지만 차츰 나는 이 얼간이가 마음에 들었고, 풀빵집에서 못 만나고 마는 날은 하루를 헛산 것같이 허수했다. 혼자 산다고 하기에 나처럼 고아려니 했고, 그래서 같이 살자고 내 쪽에서 먼저 꼬드겼고——이것이 내가 상훈이를 알게 되고 같이 살게 된 전부였다.

폐병쟁이 사건이 있은 후도 우리는 같이 살았지만, 나는 가끔가끔 그에게 발작적으로 신경질을 부렸다. 나는 삼만 원 때문에 그를 그렇게 들볶는 척했지만 실상은 그게 아니었다. 그가 폐병쟁이에 대해 완전히 잊어버리고 하루하루를 편히 사는 게 가끔 미운 생각이 났고 그래서 그렇게 들볶는 거였다.

그러던 어느 날 그는 아무런 예고 없이 집에 들어오지 않았다. 다음 날도 그 다음 날도 계속 들어오지 않았다. 기다리다 기다리다 드디어 나는 굴욕감을 무릅쓰고 멕기 공장에 찾아가 보았다. 멕기 공장에도 안 나온다는 거였다. 주인이 나에게 무서운 소리를 했다. 어디서 사고가 나도 크게 났을 게 틀림이 없다는 거였다. 다른 데로 날으려면 월급도 당겨쓰고 구멍가게 외상도 잔뜩 지고 날으는 법인데 월급 셈도 안 해 가지고 없어졌으니 차에 치여 죽었든지 깡패 칼에 맞아 죽었든지 둘 중의 하나겠지 하고 자못 자신 있게 장담을 했다.

그날 나는 별의별 끔찍한 공상을 다하며 잠을 못 잤지만 그를 위해 무엇을 어떻게 해야 되는지에 대해서는 전연 알지를 못했다. 서울 장안이 어느 만큼 크고 복잡한가 나는 그것을 제대로 파악조차 할 수 없는 채 다만 겁이 날 뿐이었다. 나는 밤마다 오그리고 새우잠을 자면서 홀쩍홀쩍 울고 아침에는 여전히 공장에 나갔다. 밥벌이를 위해서도 공장에는 나가야 했지만 공장에 나가 있는 동안 그가 돌아와 있을지도 모른다는 생각, 꼭 돌아와 있을 것만 같은 확신으로 하루를 보내고, 방에 불이 켜져 있는 것을 믿으며, 산동네의 비탈길을 미친 듯이 달음질치는 뜨겁고 부푼 기대의 시간을 위해서 공장에 나가는 거였다. 나는 기적이란 사람 눈에 안 띄게 몰래 일어나는 것으로 막연히 알고 있었고, 그래서 내 방에서 기적이 일어나게 하기 위해서도 매일 방을 비워줘야 하는 것이었다. 나는 매일 허탕을 치면서도 매일 기다렸다. 내가 할 수 있는 일은 그것밖에 없었다.

어느 날, 내 방에 불이 켜져 있었다. 그리고 상훈이가 돌아와 있었다. 그는 냉랭하고 남남스러운 얼굴로 나를 맞았다. 그는 좋은 옷을 입고 있었고, 머리끝에서 발끝까지 깨끗했다. 그래서 그런지 그가 내 방에 앉아 있는 게 아주 비현실적으로 보였다. 나는 그가 비참하게 돼서 돌아오는 경우만 상상했지 이렇게 훌륭하게 돼서 돌아오는 경우를 전연 예기치 못했으므로 우두망찰을 했다. 잠시라도 어디로 도망갔다 다시 나타날 수 있으면 뭔가 좀 수습할 수 있을 것 같았다.

"웬일이야?"

나는 내가 들어도 내 목소리 같지 않은 가래가 걸린 듯한 잠긴 소리로 겨우 이렇게 말했다.

"응, 돈 갚으려고. 그때 그게 삼만 얼마더라?"

그는 은행원처럼 친절하고 사무적인 태도로 말했다. 나는 내 속에서 꿈틀대던 정다운 것들이 영영 사라져가고 있는 것처럼 느꼈다. 지독한 혼란이 왔다.

문득 그의 옷깃에서 빛나는 대학 배지가 눈에 띄고, 방바닥에 그의 것인 듯한 술이 두꺼운 책까지 눈에 띈다. 번개처럼 어떤 생각이 머릿속에 떠올랐다. 나는 겁먹은 소리로 악을 썼다.

"너 미쳤니? 너 기어코 도둑질을 했구나. 해도 왕창. 그리고 가짜 대학생짓까지. 너 정말 미쳤니?"

그러자 그게 다 나 때문인 것 같았다. 삼만 원 때문에 허구한 날 들볶은 나 때문인 것 같았다. 나는 더럭 겁도 났지만 심장이 찐하도록 감동했다. 그래서 나는 잔뜩 울상을 하고 그에게 안기려고 했다. 그러나 그는 나를 고상하게 거부했다.

"여봐, 이러지 말고 이제부터 내가 하는 소리를 정신 차리고 똑똑히 들어. 나는 미치지도 않았고 도둑놈은 더구나 아냐. 나는 부잣집 도련님이고 보시는 바와 같이 대학생이야. 아버지가 좀 별난 분이실 뿐이야. 아들자식이 너무 고생을 모르고 자라는 걸 걱정하셔서 방학 동안에 어디 가서 고생 좀 실컷 하고, 돈 귀한 줄도 좀 알고 오라고 무일푼으로 나를 내쫓으셨던 거야. 알아듣겠어?"

어떻게 그걸 알아들을 수가 있단 말인가. 우리 어머니는 부자들이 얼마나 호강들을 하며 사나에 대해 아는 척하기를 좋아했었다. 세상에 돈만 있으면 안 되는 게 없고 못하는 게 없고, 인생의 온갖 열락이 돈 주위에 아양을 떨며 모여든다고 했다. 그렇지만 가난뱅이짓을 장난 삼아 해보는 부자들에 대해선 들은 바가 없다.

"우리 아버진 좋은 분이야. 요즈음 세상에 보기 드문 분이지. 자식들에게 호강 대신 여러 가지 어려움을 겪게 하고 싶으셨던 거야. 덕택에 나는 이번 방학에 아주 소중한 경험을 할 수 있었지. 돈 주고도 살 수 없는 귀한 경험이었어."

참 생각난다. 인형옷 만드는 집 아줌마가 텔레비전 연속극 얘길 하면서, 재벌의 아들이 인생 공부 삼아 물장산가 뭔가 하는 얘기를 하던 것이 생각났다. 아무리 연속극이라지만 구역질나는 얘기라고 생각했다. 도대체 가난을 뭘로 알고 즈네들이 희롱을 하려고 해. 부자들이 제 돈 갖고 무슨 짓을 하든 아랑곳할 바 아니지만 가난을 희롱하는 것만은 용서할 수 없지 않은가. 가난한 계집을 희롱하는 건 용서할 수 있다손 치더라도 가난 그 자체를 희롱하는 건 용서할 수 없다. 더군다나 내 가난은 그게 어떤 가난이라고. 내 가난은 나에게 있어서 소명(召命)이다.

"아버진 만족하고 계셔, 내가 그동안 그 지독한 생활을 잘 견딘 걸. 그래서 친구분한테도 자식들을 그렇게 고되게 키우는 걸 권하실 모양이야. 실상 요새 있는 사람들, 자식을 너무 연하게 키우거든."

맙소사. 이제부터 부자들 사회에선 가난장난이 유행할 거란다. 기름진 영감님들이 모여 앉아, 자네 자식 거기 아직 안 보냈나? 웬 걸, 지금 여권 수속중이네. 누가 그까짓 미국 말인가, 빈민굴 말일세 하고.

"그래서 아버지가 기분 좋아하시는 낌새를 타가지고 네 얘기를 했어. 이런저런 빈민굴의 비참한 실정을 말씀드리다가 대수롭지 않게 슬쩍 내비쳤지. 글쎄 하룻밤에 연탄 반 장을 애끼자고 체온을 나누기 위한 남자를 한 이불 속에 끌어들이는 여자애가 다 있더라고 말야. 물론 끌려들어간 남자가 나였단 소리는 빼고. 그랬더니 아버지가 의외로 깊은 관심을 보이시고 집에 데려다 잔심부름이라도 시키다가 쓸 만하면 어디 야학이라도 보내자고 하시잖아. 좋은 기회야. 이 기회에 이런 끔찍한 생활을 청산해. 이건 끔찍할 뿐더러 부끄러운 생활이야. 연탄을 애끼기 위해 남자를 끌어들이는 생활을 너도 부끄러워할 줄 알아야 돼."

암 부끄럽고말고. 부끄럽다. 부끄럽다. 부끄럽다. 당장 이 몸이 수증기처럼 사라질 수 있으면 사라지고 싶게 부끄럽다. 부끄럽다.

"자 돈 여기 있어. 다시 데릴러 올 테니 옷가지라도 준비해. 당장이라도 데리고 가고 싶지만 그런 꼴로 갈 순 없잖아."

나는 돈을 받아 그의 얼굴에 내동댕이치고 그리고 그를 내쫓았다. 여섯 방의 식구들이 맨발로 뛰어나와 구경을 할 만큼 목이 터지게 악다구니를 치고 갖은 욕설을 퍼부어 그가 혼비백산 도망치게 만들었다.

"가엾게스리 미쳤구나."

그는 구두짝을 주섬주섬 집어 들고 도망치면서 중얼거렸지만 아마 곧 나에 대해 잊어버리게 될 것이다. 폐병쟁이를 잊어버리듯이 쉬 잊어버릴 것이다.

나는 그를 쫓아 보내고 내가 얼마나 떳떳하고 용감하게 내 가난을 지켰나를 스스로 뽐내며 내 방으로 돌아왔다. 그런데 내 방은 좀 전까지의 내 방이 아니었다. 빗발로 얼룩얼룩 얼룩진 채 한쪽이 축 처진 반자지, 군데군데 속살이 드러난 더러운 벽지, 자크가 고장 난 비닐 트렁크, 절뚝발이 날림 호마이카 상, 제 몸보다 더 큰 배터리와 서로 결박을 짓고 있는 낡은 트랜지스터 라디오, 우그러진 양은 냄비와 양은 식기들——, 이런 것들이 어제와 똑같은 자리에 있는데도 어제의 것이 아니었다. 그것들은 다만 무의미하고 추했다. 어제의 그것들은 서로 일사불란 나의 가난을 구성하고 있었지만, 지금 그것들은 분해되어 추한 무용지물일 뿐이었다. 판잣집이 헐리고 나면 판잣집을 구성했던 나무 판대기, 슬레이트, 진흙덩이, 시멘트 벽돌, 문짝들이 무의미한 쓰레기더미가 되듯이 내 가난을 구성했던 내 살림살이들이 무의미하고 더러운 잡동사니가 되어 거기 내동댕이쳐져 있었다. 나는 그것들을 다시 수습할 수 있을 것 같지가 않았다. 내 방에는 이미 가난조차 없었다. 나는 상훈이가 가난을 훔쳐갔다는 걸 비로소 깨달았다. 나는 분해서 이를 부드득 갈았다. 그러나 내 가난을, 내 가난의 의미를 무슨 수로 돌려받을 수 있을 것인가.

나는 우리 집안의 몰락의 과정을 통해 부자들이 얼마나 탐욕스러운가를 알고 있는 터였다. 아흔아홉 냥 가진 놈이 한 냥을 탐내는 성미를 알고 있는 터였다. 그러나 부자들이 가난을 탐내리라고는 꿈에도 못 생각해 본 일이었다. 그들의 빛나는 학력, 경력만 갖고는

성이 안 차 가난까지를 훔쳐다가 그들의 다채로운 삶을 한층 다채롭게 할 에피소드로 삼고 싶어 한다는 건 미처 몰랐다.

나는 우리가 부자한테 모든 것을 빼앗겼을 때도 느껴보지 못한 깜깜한 절망을 가난을 도둑맞고 나서 비로소 느꼈다.

나는 쓰레기더미에 쓰레기를 더하듯이 내 방 속에, 무의미한 황폐의 한가운데 몸을 던지고 뼈가 저린 추위에 온몸을 내맡겼다.

고단한 세월 속의 삶

유종호

1

박완서(朴婉緖)의 「나목」은 전쟁과 청춘의 책이다. 환도하기 이전인 전쟁 중의 서울을 무대로 전개되는 이 작품에서 전쟁의 현장은 단 한 번도 그 모습을 드러내지 않는다. 그러나 멀지 않은 곳에서 전쟁이 진행되고 있다는 사실은 작중 인물들의 의식과 행동을 규제하고 있다는 점에서 전쟁은 단순한 배경임을 넘어서 일차적인 작중 현실을 이루고 있다. 작품 속에서 벌어지는 사건과 줄거리가 유독 전시에나 가능한 것이라고는 할 수 없지만, 전쟁의 여러 충격과의 함수 관계가 분명해짐에 따라서 그 의미가 드러난다는 점에서 이 책을 전쟁의 책이라고 부르는 것을 정당화해 준다. 한편 젊음의 실상과 그 뜻하는 바를 이모저모로 싱싱하게 모여주고 있어 이 책은 우리 문학에서 희귀한 청춘의 책이 되고 있다. 젊음의 불안과 추위와 아슬아슬함, 그리고 그 잠재적인 폭발성을 포함하는 순수함이 구김 없이 드러난 이 책은 독자들에게 청춘은 아름답다는 속된 말이 사실일지도 모른다는 생각을 강력하게 불러일으켜 주기도 한다.

이 책의 주인공은 이경이라는 작중 설자(作中說者)이고, 이 작중 설자의 가족 있는 화가에 대한 강렬하나 짧을 수밖에 없었던 사랑이 줏대 되는 줄거리를 이루고 있다. 서울이 하나의 기지촌과 같았던 전쟁 중 미군 PX에 근무하는 주인공은 미군 초상화를 그려주는 환쟁이들 가운데서 화가로서 일가를 이루고 있었던 옥희도 씨를 발견하게 된다. 전쟁 통에 두 아들을 한꺼번에 잃고 정신이 반쯤 나가버린 어머니와 살면서 답답하고 암울한 집안에 정을 못 붙이고 있던 주인공은 이내 주변의 혐오스러운 사람들과는 무엇인가 달라 보이는 이 탈속한 화가에게 끌린다. "여자와 남자가 이루는 풍경, 거기엔 적어도 춥지 않은 무엇이 있었다. 저들도 춥기 때문에 어쩔 수 없이 사랑을 할지도 모른다. 어쩌면 나도 추운 김에 아쉬운 대로 옆에 있는 옥희도 씨라도 좋아해 볼까 보다고 뚱딴지같은 생각을 하느라 별로 무섭다는 생각도 없이 어두운 길목들을 지났다." 이렇게 시작된 사랑의 감정은 두 사람이 위스키를 따라 마시는 장난감 침팬지 앞에서 만나게 되는 도수가 불어감에 따라 절실한 것이 되어 간다. 감기로 일터에 나오지 못한 옥희도 씨를 일터에서 알게 된 황태수란 청년과 함께 찾아간 여주인공은 옥희도 씨 내외가 아주 귀엽다는 듯이 너그러운 웃음으로 바라보는 것을 지그시 견디지 않으면 안 되었고 "어떤 심한 모욕도 이보다는 견디기 쉬웠으리라."라고 생각한다. 두 사람은 완구점과 명동의 성당 사이를 거닐며 사랑을 계속하지만 완구점과 성당 사이의 공간은 이 사랑이 짧을 수밖에 없고 현실에서 여물 수 없음을 드러내는 상징적인 공간이기도 하다. 몇 차례의 아슬아슬한 고비를 넘긴 뒤 여주인공은 애초에 "그를 사랑하지 않았고 사랑하지 않는 사이의 홀가분함을 추호도 양보하고 싶지 않았다."라는 태수와 맺어지게 된다. 그사이 어머니의 죽음으로 해서 사실상의 처녀 고아가 된 여주인공에게 남겨진 가장 순리에 맞는 길이라고 생각된다. 마지막 장에서 중년에 접어든 주인공 내외가 옥희도 씨의 유작전을 참관하는 것으로 책이 끝난다.

이러한 어설픈 개요는 당연히 이 책의 한 모서리밖에 드러내주지 않는다. 젊음과 사랑의 책인 것 이상으로 이 책은 전쟁과 불모(不毛)한 삶의 책인 것이다. 주인공들의 '완구점과 성당' 사이의 사랑을 가능케 했고 그 깨끗함과 대조를 이루며 나타나는 것은 억세고 잡스러운 사람에 대한 혐오감이다. 다이아나 김 같은 여인이 그 대표적인 인물이겠는데 기실 여주인공의 옥희도 씨에 대한 사랑을 결정적으로 만들어주는 계기는 다이아나 김에게 곤욕을 당하고 난 그의 상심한 눈길이었다. "어리석지 않게 선량한 눈에 담긴 피로와 상심…… 순간 그의 상심이 예리한 아픔으로 나를 찔렀다." 속되고 잡스러운 것에 대한 강렬한 모멸은 다이아나 김이 사실상 동정에 값하는 생활인이고 장한 어머니랄 수도 있다는 사실이 드러난 후에도 감소되지 않는다. "사람들이, 특히 착하고 어리석은 사람들이 어머니라는 이름에 너무 관대한 게 나에겐 견딜 수 없이 화가 났다. 난 그녀가 어머니라고 해서 그녀에 대한 내 모멸의 십 분의 일도 상쇄시킬 수는 없었다." 속되고 잡스러운 것에 대한 적의는 온갖 인위적인 것, 점잖은 체하는 것, 도덕적인 것으로 확대된다. 그것은 똑같이 속된 것으로 정의된다. 따라서 주인공은 다이아나 김이 동거하던 남자에게 처자식이 있음을 알고도 첩 노릇도 못하겠고 남의 남편을 아주 빼앗을 수도 없었다며 "내가 물러나는 게 제일 깨끗하고 도리에 합당"한 일이었다고 털어놓을 때 "언닌 화냥년만도 훨씬 못하군요." 하고 서슴없이 내뱉는다. "아니꼽게도 그녀의 체념에는 도덕적인 만족이 있다."

그러나 주인공이 옥희도 씨에게 쏠리게 되는 것을 그녀의 반속
지향(反俗志向)만으로 설명하는 것은 일면적임을 면치 못한다. 우
리는 주인공의 심층을 더 헤쳐볼 필요가 있다. 옥희도 씨와의 사랑
이 마무리 지어지지 않을 수 없는 시기에 벌어진 다소 연극적이나
능숙하게 처리된 삼자대면의 자리에서 처자 있는 화가는 여주인공
에게 이렇게 말한다. "경아, 경아는 나로부터 놓여나야 돼. 경아는
나를 사랑한 게 아냐. 나를 통해 아버지를 환상하고 있었던 것뿐이
야. 이제 그 환상으로부터 자유로워져 봐. 응? 용감히 혼자가 되는
거야." 실상을 꿰뚫어볼 수 있었던 성숙한 화가가 토로한 이 말은
다목적인 것이기도 하나 사태의 일단을 잘 파악하고 있음이 사실
이다. 그러나 주인공의 심층은 한결 두껍고 복합적이다. 그중의 하
나는 전쟁의 중압이다. 주인공을 비롯한 등장인물들의 생활을 송두
리째 뒤흔들어 놓은 전쟁은 아직도 계속되고 있고 언제 끝날지도
모른다. 전쟁 속에서 두 오빠를 잃었고 어머니마저 정상이 아닌 상
태가 되어 엉망으로 불행해진 주인공은 한편으로는 전쟁의 계속으
로 인한 재앙의 고른 분배를 원하고 있기조차 하다. 그것은 "남의
불행을 고명으로 해야 더욱더 고숩고 맛난 자기의 행복"을 음미하
는 듯이 보이는 사람들에 대한 숨김없는 반응이다. "속에선 하나의
심술궂은 생각이 사납게 일었다. 전쟁은 아직 끝나지 않았다고, 전
쟁이 몇 번이고 되풀이될 테고 그사이에 전쟁은 사람들에게 재난을
골고루 나누리라고. 나는 다만 재난의 분배를 일찍 받았을 뿐이라
고." 전쟁이 계속되리라는 생각은 앳된 여주인공에게 장래 일을 합
리적, 타산적으로 설계할 여유를 주지 않는다. 타산적이고 현실적
인 설계는 여주인공으로 하여금 황태수의 접근에 좀 더 고무적인
반응을 줄 수 있었을지도 모른다. 그러나 여주인공은 이 장래의 배

우자에게 알고 지내는 사이 이상의 감정의 경사를 느끼지 못하는 것이다. 즉 내일을 기약할 수 없는 전쟁 속의 삶이 내일에 대한 설계로 이어질 수 없는 옥희도 씨에의 지금 바로 이곳에서의 사랑을 간절한 것으로 만들고 있는 셈이다.

옥희도 씨에의 사랑에서 우리는 또 어머니에 대한 여주인공의 적의나 복수 감정을 읽을 수도 있다. 공교롭게도 큰아버지의 내방으로 은신처를 바꾼 날 밤 두 오빠는 폭격 혹은 포격으로 무참하게 죽는다. 그 충격으로 오랜 병을 앓게 된 어머니는 정신이 들었을 때 "어쩌면 하늘도 무심하시지. 아들들은 몽땅 잡아가시고 계집애만 남겨놓으셨노." 하는 원성과도 같고 주문과도 같은 말을 한다. 이 말에 주인공은 잉여로 살아남은 자기 자신에 대한 미안감과 죽은 아들에 대한 탄식을 자기의 삶을 잉여의 것으로 치부하고 그 위에 포개어놓는 어머니에 대해 강렬한 미움을 느낀다. 야속한 어머니에의 미움은 어머니를 비참하게 하기 위해서 죽고 싶다는 자기 파멸에 대한 의지를 느끼게도 한다. 물론 그것은 단일한 충동에서 먼 복합적이고 앰비벌런트한 것으로서 주인공은 이내 살고 싶다고 속으로 외친다. 자기 파멸과 뜨거운 삶을 강렬히 체험하고 싶다는 동시공존적인 충동이 앞에 적은 것 같은 복합적인 요인과 상승하여 여주인공의 옥희도 씨에 대한 공감과 사랑의 계기를 필연적인 것이 되게 준비해 두었다고 할 수 있다.

여주인공이 미국인 일등병의 구애에 호응하여 경서 호텔로 찾아갔다가 정사 직전에 외마디 소리를 지르며 도망쳐 나오는 장면은 시사하는 바가 많다. 이 13장은 이 책 가운데서 가장 부자연스럽고 억지스러우며 그렇기 때문에 또 설득력이 없는 부분이기도 하다. 그러나 「나목」의 핵심적 주제를 어느 모로는 가장 잘 드러내주고 있다는 점에서는 그다음의 14장과 함께 우리의 주목에 값한다. 여주인공이 순순히 경서 호텔로 찾아가 미군의 애무에 몸을 맡기는 것은 일종의 자기 파멸에의 충동이랄 수가 있다. 사실 웬만큼 눈치 있는 독자들은 여주인공이 안전하고 탈 없이 그곳을 빠져나오리라는 것을 예감하게 되지만 그것이 두 오빠의 죽음과 연관되리라고는 예측하지 못하고 또 그 의미는 다음 장에 가서야 뚜렷해진다. 어쨌거나 위기의 순간에 우리들의 사랑스러운 여주인공은 부서지지 않는다. "나는 지금 당장 내 육신이 죠오에 의해 처참하게 망가질 것 같았다. 혁이 오빠와 욱이 오빠의 육신처럼 호청을 붉게 물들이며 참담하고 추악하게 조각날 것 같았다. 도망쳐야지. 도망쳐야지." 그녀는 사실 도망에 성공한다. "프리이즈 돈 브레이크 미." 하고 애걸한 것은 사실이지만. 이 장면과 조금 앞의 무참히 찢겨진 젊은 육체의 환시(幻視)는 심층적으로 보아 의미심장하다. 미국 병사인 죠오에게 몸을 여는 것이 파멸을 의미한다는 직관은 세상의 통속적 도덕에 의해서 매개되었다기보다는 두 오빠의 죽음을 초래한 어둠의 힘이 그대로 자기마저 휩쓸려 한다는 것을 아는 이를테면 육체적 직관이다. 그것은 전쟁을 몰고 온 어둠의 힘에 대한 날카로운 통찰을 담고 있으며 억지스러운 허풍기에도 불구하고 이 장면을 몹시 인상적인 것으로 만들어주고 있다.

중년이 된 여주인공이 '나목'에 의해서 촉발되는 감개는 이 작품의 열쇠 같은 구절이 되어주고 있다. "나는 홀연히 옥희도 씨가 바로 저 나목이었음을 안다. 그가 불우했던 시절, 온 민족이 암담했던 시절, 그 시절을 그는 바로 저 김장철의 나목처럼 살았음을 나는 알고 있다. 나는 또한 내가 그 나목 곁을 잠깐 스쳐간 여인이었을 뿐임을, 부질없이 피곤한 심신을 달랠 녹음을 기대하며 그 옆을 서성댄 철없는 여인이었을 뿐임을 깨닫는다." 그러나 나목은 비단 옥희도 씨의 표상으로 그치지 않고 사람살이의 근원적인 외로움의 표상으로 이어진다. 사실 위에 적은 감개에 이어서 여주인공은 세속적인 소망의 두루뭉수리인 남편을 한 사람의 낯선 이방인으로 느끼고 느닷없이 그의 이마에 입을 맞춘다. 그러나 그것이 진하게 얽혀 있는 사람들 사이에서도 어쩔 수 없이 간헐적으로 드러나게 마련인 사람살이의 홀로임을 달래주지 못한다. 젊은 시절 침팬지를 바라보고 있는 옥희도 씨가 고독을 앓고 있으며 그를 도와줄 수 없다고 느꼈던 여주인공은 중년의 종장에서 모든 사람들이 서로의 가지를 비비댈 수는 있으나 서로의 거리를 좁힐 수 없는 어린 나목들임을 다시 확인하는 것이다.

이 책에는 많은 생동하는 작중 인물이 나온다. 정신이 반쯤 나간 어머니, 오만한 사촌 오빠, 그리고 특히 사람 좋고 수다스런 태수의 형수, 혐오감을 자아내는 다이아나 김 등의 성격 묘사는 일품이다. 물론 어색한 장면이나 서둘러서 충분히 형상화되지 못한 장면도 허다하다. 여주인공이 옥희도 씨의 부인과 실랑이를 벌이는 장면이나 기타를 놓고 어머니와 격투를 벌이는 장면 등에서 우리는 그것을 느낀다. 그러나 이 모든 것을 까부수고 남는 것은 주인공의 앙증스러우리만큼 섬세하고 날카로운 감수성이 포착한 음영 짙은 삶의 실상과 사랑에의 갈구다. "역시 사랑이란 말은 하도 여러 사람의 입에 오르내리느라 옥희도 씨를 향한 내 지극한 열망을 담기에는 너무도 닳아 있었다. ……나는 별수 없이 또 사랑이란 소리를 강조하면서 그와 나 사이엔 암만해도 딴 낱말이 필요하다고 느꼈다. 아무도 안 써본 슬프고 진한 어휘가."

「나목」은 모든 사람들이 쓰는 너무도 닳아 있는 말들을 통해서 무구(無垢)한 젊음의 그리움과 외로움과 미움과 설움을 담은 슬프고 진한 전쟁과 청춘의 책이다.

2

「나목」의 작가가 6년이 지난 후에 쓴 장편 소설 「휘청거리는 오후」는 그 규모에 있어 훨씬 크고 세부의 치밀함에 있어 한결 성숙한 필치를 보여주고 있다. 전직 학교 교사였으며 소규모의 전자 제품 공장을 경영하는 허성 씨네 집안을 중심으로 해서 전쟁이 있은 지 사반세기 후에 이 땅의 세상살이의 실상을 아주 냉혹하게 그리고 있다. 박완서도 "부자도 가난뱅이도 아닌 보통으로 사는 사람의 생활과 양심의 몰락을 통해 우리가 사는 시대의 정직한 단면"을 보여주고자 했다고 후기에 적고 있다. 딸 삼형제를 둔 허성 씨네 5인 가족이 큰 부자가 아닌 것은 분명하지만 딸 삼형제에게 두루 고등 교육을 베풀 수 있었다는 것은 국민 전체를 고려에 넣을 때 부자가 아니랄 수도 없을 것 같다. 굳이 유별해 보자면 꽤 여유 있는 소시민이랄 수가 있겠는데 작품은 맏딸의 맞선 보기에서 시작해서 딸 삼형제의 배우자 찾기의 과정을 보여주고 이 과정에서 물심양면으로 몰락한 허성 씨의 자살로 끝나고 있다.

먹을 것과 성(性)의 분배는 한 사회의 통합 원리의 근본을 이루는 것으로서 그것이 어떻게 수행되고 있는가 하는 것은 그 사회 속의 삶의 결과 가치관을 헤아리는 데에서 가장 시사적인 국면이다. 이 책이 초희라는 인물의 구체를 통해서 결혼 시장의 생태를 맨 먼저 보여주고 있는 것은 그러니까 당연하다.

속되고 극성스럽고 잡스러운 것에 한 모멸은 「나목」의 중요한 모티프이고 그것은 주로 앳된 여주인공의 시점을 통해서 통렬히 매도되고 있으며 화가 옥희도 씨에게서 그 역상(逆像)을 찾아내고 있다. 「휘청거리는 오후」에서도 내면성이 결여된 물질주의와 돈을 토대로 한 광내기에서 어떻게든 남보다 이겨야겠다는 경쟁 심리로 뒤

얽힌 속된 것은 거의 광기의 경지로 묘사되고 있으며 이 속된 것을 매도할 때의 작가의 필치는 앙증스럽고 얄미울 정도로 능숙하다. 허성 씨의 부인인 민 여사와 맏딸 초희는 배금주의에 넋을 잃은 사람들의 전형이 되어주고 있으며 속된 것의 매도는 대개 한 시대의 유물처럼 내면 황폐의 거리에서 비슬비슬하는 허성 씨의 시점을 통해서 이루어지고 있다. 그러나 우리는 가령 초희 모녀를 돈독이 오른 천박한 잡것들이라고 그냥 매도하기만 하면 되는 것일까. 허성 씨는 젊은 시절의 민 여사가 아니 얼마 전까지만 하더라도 지금과는 생판 달랐다고 생각하고 있다. 우리는 무엇이 민 여사를 정나미 떨어지는 허욕의 비계덩이로 만들었는가를 위해 많은 것을 생각할 필요가 없다. 초희는 케이크 집의 케이크처럼 다듬어진 유망한 청년과 맞선을 보고 난 후를 다룬 제2장 '파탄(破綻)'에서 허성 씨에게 이렇게 말한다.

그렇지만 아빠, 난 아빠보다 더 좋아하는 게 딱 하나 있어. 그건 부자들이 할 수 있는 부자들의 생활의 재미야. 나는 철이 나고 우리가 가난하다는 걸 알게 되면서부터 그걸 동경했었고 어떡허든 그걸 가져보고 싶었어. 아빠, 내가 그걸 가지려는 걸 방해하지 마. 나는 아빠가 그 사람을 좋아하지 않는다는 걸 알고도 남아. 그 사람과 아빠는 너무도 이질적이야. 그렇지만 아빠가 좋아하지 않는 것으로 딸을 설득하려 들지 마. 돈보다는 사랑이 제일이라는 유치한 설교 같은 건 더군다나 하지 마. 난 그런 소리가 먹혀들 만큼 정신적인 계집애가 아냐.

초희 모녀의 극성맞아 보이는 탐욕스러움은 가난에서 비롯되었고 한 경제 단위로서의 집안의 생활비 조달책인 허성 씨는 초희 모녀의 배금주의적 가치관의 형성에 간접적인 책임을 지고 있다. 허성 씨가 이러한 역설적 상황을 분명히 의식하고 있는 것은 아니나 막연히는 의식하고 있기 때문에 그의 가치관으로 보아서는 분명히 타락된 공장 운영을 묵인했다가 이미 시작된 몰락의 길에 박차를 가하게 된다. 사실 그는 비싸지 못한 동정에 값할는지는 모르지만 시장 지향성(市場志向性)의 인간 군상들이 억척스럽게 움직이고 있는 사회에서 톱니가 잘 맞지 않는 사람이다. 그는 몰락할 수밖에 없고 더욱 비극적인 것은 억척 맞은 사람들이 잘살기 위해서 될수록 그 수효가 많이 요구되는 사회적으로 쓸모 있는 희생자의 한 사람이다. 사실 공 회장같이 돈 잘 버는 비계덩이가 번영을 구가하기 위해서는 허성 씨 같은 사람이 될수록 많이 필요하다는 것은 슬픈 사실이다.

돈을 선택함으로써 공 회장의 후처로 들어갔던 맏딸의 결혼생활은 완전한 실패로 끝나고 정신병원에서 치료를 받는 사태로까지 발전한다. 그러나 사랑을 선택하여 가난과 결혼한 우희는 대학을 나온 것이 개천에서 용 났다는 표현을 얻을 정도로 궁한 집안의 맏며느리로 들어가 순식간에 젊음도 잃고 궁상맞은 주부로 퇴색해 버린다. 초희와의 대조라는 소설적 대비 때문이기도 하겠지만 우희의 길은 너무나 불모스럽다. 어쨌든 우희의 선택도 행복의 기약과는 거리가 멀달 수밖에 없다.

마지막으로 남은 말희를 위해서 남아준 선택은 매우 한정된 것일 수밖에 없다. 그것은 돈이나 가난한 사랑이란 양립할 수 없는 배타적 선택이 아니라 두 가지의 조화로운, 짓궂게 얘기해서 적당한 타협의 산물이다. 돈도 있고 사랑도 알고 또 허성 씨가 질색으로 알고 있는 속된 잡스러움에서도 먼 선택이다. 이것이 얼마나 어려운 것인가 하는 것은 말희의 짝 찾기가 아주 어색하고도 궁색한 우연에 의해서 매개되었으며 또 그들이 이 땅에서 삶을 지속하지 못하고 이민 길에 나선다는 전말이 생생하게 보여주고 있다. 다시 말하면 작가는 오늘의 이 상황 속에서 행복의 조건을 찾아 그들의 행복을 완성시켜 줄 자신이 없는 것이다.

19세기 중엽의 영국 산업소설에는 산업화 과정이 사람들에게 준 충격 특히 근로자들의 삶의 비인간화 과정이 끔찍하리만큼 생생하게 그려져 있다. 작중 인물들의 참담한 생활을 그리는 작가들은 등장인물들을 비참 일색으로만 남겨둘 수 없다는 문학 관습상의 압력과 독자들의 압력을 함께 받았다. 이를 피하기 위해 작가들이 궁리해 낸 데우스 엑스 마키나(deus ex machina)는 알지 못하던 친척의 죽음으로 굴러들어온 유산과 캐나다나 미국으로의 이민이었다. 이러한 궁색한 방책은 「휘청거리는 오후」에서도 그대로 응용되고 있다. 그러나 그것은 "말희네의 외국행이 문제의 회피이듯이 허성 씨의 자살 역시 문제의 참된 해결을 가져올 수 없다."라고 한 염무웅 씨의 소론을 정당화시켜 주는 것만은 아니라고 생각된다. 말희네의 이민과 허성 씨의 자살은 적어도 오늘의 우리 터전에서 균형 잡힌 가치관을 디디고 선 조화로운 행복이 철저하게 불가능하다는 것을 음화적(陰畵的)으로 함축하고 있다. 그리고 허성 씨와 같이 착하고 점잖은 사람의 존속을 허용치 않을 정도로 우리의 오늘은 살벌하게 황폐해 있음을 함축하고 있다.

우리는 근대화란 존칭을 받고 있는 근자의 사회 변화에 대한 많은 발언을 들어왔다. 그 사회 변화에서의 수혜자라 할 수 있는 유복한 소시민인 허성 씨네 집안을 엿본 우리는 그들이 행복과는 너무나 먼 곳에서 허우적거리고 있음을 발견한다. 우리의 사회 변화가 허성 씨네보다 훨씬 못사는 사람들의 낮은 임금을 통해서 이루어졌음을 유념해 둘 필요가 있다. 「휘청거리는 오후」는 근자의 사회 변화가 우리들의 삶을 어떻게 변화시켰는가에 대한 구체적이고 설득력 있는 문학적 답변이다. 글의 성질상 우리는 이 작품의 주제가 드러내고 있는 것의 의미를 추적해 보았지만 그것은 작품의 한 모서리에 지나지 않는다. 우리는 이 소설이 매우 재미있으며 세상살이의 구체를 정확하고 실감 있게 그리는 데 극히 뛰어난 작가가 자기의 재능과 솜씨를 마음껏 발휘한 작품임을 강조할 필요가 있다. 여러 등장인물이 그때그때 상황에서 겪게 되는 절망과 허욕과 노여움과 설움과 분함과 기쁨에 독자들은 고스란히 빨려 들어가 그것을 제 일처럼 경험하게 된다. 작가의 섬세하고 유연한 필치에서 우리말은 이를 데 없이 적절하고 정확한 단위로 맺어진다. 우리가 살고 있는 세월과 터전을 정리해 보고 싶은 사람들에게, 또 이 정신의 쑥대밭에서 어떻게 살 것인가를 모색하는 사람들에게, 그리고 아직도 행복을 추구하는 사람들에게 「휘청거리는 오후」 읽기는 매우 뜻 깊은 경험이 되어줄 것이다.

3

우리는 앞에서 「나목」이 전쟁과 청춘의 책임을 보았고 「휘청거리는 오후」가 물질주의와 배금주의의 위세 앞에서 휘청거리는 사람다움의 여러 가치를 건드리고 있음을 보았다. 이에 더하여 우리는 박완서의 단편들 또한 이러한 기본 모티프를 중심으로 해서 회전하고 있음을 보게 된다.

젊음의 문턱에서 1950년의 전쟁을 체험했던 거의 모든 작가에게 그렇듯이 전쟁은 박완서에게도 하나의 잊을 수 없는 강박관념이 되어 있다. 전쟁을 싸움의 현장에서 치렀던 것이 아닌 만큼 그의 눈길은 싸움과 이에 따른 정치적 변화에 쏠려 있다. 전후 30년 동안 1950년의 비극은 되풀이해서 문학의 주제가 되어왔지만 독자 쪽에서도 작가 쪽에서도 이에 식상하게 되었다는 증거는 없다. 그만큼 그것은 작가에게나 독자에게나 떨쳐버릴 수 없는 상흔의 기억이 되어주고 있다. 1950년대 비극의 되풀이되는 작품화는 어째서 일회적인 트로이 전쟁이 그리스뿐 아니라 고전 고대의 기억의 원천으로 되풀이 상고되고 있는가 하는 사정을 짐작하게 한다. 어쨌거나 박완서의 많은 단편들에서 전쟁은 「나목」에서처럼 직접적인 배경이 되어주고 있다.

가령 우리는 「카메라와 워커」를 예로 들 수가 있다. 일인칭의 작중 설자는 「나목」의 여주인공이 그렇듯이 난리 통에 오빠를 잃는다. 첫돌도 채 못 되어 부모를 잃은 조카 훈이가 고등학교에서 문과 선택을 하자 집안에서 억지로 이과로 돌려놓는다. "어머니는 오빠가 평생 사회에 참여해서 돈 한 푼 벌어들인 일이 없는 주제에 까닭없이 죽어야 하는 일엔 끼어들고 말았다는 사실이 문과 출신이라는 것과 반드시 무슨 상관이 있다고 믿고 있었기 때문이다." 모녀의 합동 작전으로 문과 지망을 단념시키고 나서 할머니가 훈이에게 기대하는 것은 "좋은 학교 나와서 착실한 직장 가지고 결혼해서 일요일이면 처자식 데리고 카메라 메고 놀러 나가고 당신은 집을 봐주는 게 평생소원이시다." 이와 같은 무사안온한 소시민적 행복의 성취는 그러나 쉽사리 이루어지지 않는다. 할머니와 고모의 소원대로 훈이는 공과 대학을 나와 기사가 되었으나 그는 워커를 신고 벽지의 도로 공사판에서 형편없는 몰골로 혹사당하고 있다.

훈이가 젖먹이일 적, 그때 그 지랄 같은 전쟁이 지나가면서 이 나라 온 땅이 불모화해 사람들의 삶이 뿌리를 송두리째 뽑아 던지는 걸 본 나이기에, 지레 겁을 먹고 훈이를 이 땅에 뿌리 내리기 쉬운 가장 무난한 품종으로 키우는 데까지 신경을 써가며 키웠다. 그런데 그게 빗나가고 만 것을 나는 자인했다. 뭐가 잘못된 것일까. 나는 가슴이 답답해서 절로 한숨을 쉬었다. 그러나 후회는 아니었다. 훈이를 키우는 일을 지금부터 다시 시작할 수 있다면 이러이러하게 키우리라는 새로운 방도를 전연 알고 있지 못하니, 후회라기보다는 혼란이었다.

기술직보다는 관리직이 우대받고 있다는 우리 사회의 일단을 이 작품은 잘 드러내주고 있다. 또 누구나 쉽게 얘기하는 최근의 '근대화'가 얼마나 많은 사람들의 처참한 희생과 노고에 의존하고 있는가 하는 것도 잘 드러내주고 있다. 이러한 세태와 일상의 자상한 관심, 그리고 그 성공적인 표출이 이 작품의 설득력에 기여한 점을 부정할 수는 없다. 그러나 이 작품의 핵심에서 우리에게 호소하고 있는 것은 1950년의 비극 체험과 이를 통해 체득한 목숨 보전에 대한 갈구라는 모티프이다. 사람의 목숨을 앗아가는 우연의 희롱이 평상시라 하더라도 없을 리 없고 실상 사람의 목숨이란 이러한 우연한 희롱에 영 무방비 상태로 노출되고 있다. 그러나 1950년의 전쟁 전후에 있었던 사람 손에 의한 방자스러운 목숨의 대량 파기는 사람의 손에서 이루어진 만큼 우리들의 회한을 떨리게 하고 짙게 한다. 목숨 보전에의 갈구가 다시 목숨의 천대로 떨어져 있는 역설적 상황으로 우리의 시선을 모으게 하는 작가의 눈길은 사뭇 날카롭고 호소력이 크다. 그 점에서 「카메라와 워커」는 전쟁의 후일담으로서 보다 큰 무게와 의미를 얻고 있으며 바로 그 점에서 「나목」의 연장선상에 놓여있는 작품이다. 언뜻 보아 이민 현상을 빈정대고 있으며 조국을 등지는 허영의 무리들의 허상을 쫓고 있는 듯이 보이는 「이별의 김포공항」에서도 전쟁 체험은 작품 등장인물의 인간 형성에 결정적으로 작용한다. 그리고 그것이 결코 과장된 문학적 장치가 아니라는 것은 작품의 정독이 쉽게 확신시켜 주는 사실이기도 하다. 역사적 사건이 인간 형성에 끼치는 굉장한 충격에 관한 통찰이야말로 이 작가의 강점의 하나를 이루고 있다.

박완서 작품의 또 하나의 모티프를 이루고 있으며 「휘청거리는 오후」에서 유감없이 그 솜씨가 드러나 있는 것은 물질주의적 속물 경향에 대한 철저한 반대와 잡스럽고 염치없는 허영에 대한 신랄한 드러냄이다. 속물 성향과 잡스러움에 대한 공격은 너러나는 사람살이의 슬픈 허망스러움은 느껴지지 않고 그저 혐오스러움만이 민망스럽게 드러날 때도 있다. 이럴 때 우리는 "미움이, 치사함에 대한 미움이 우리의 표정을 형편없이 일그러뜨리고 설령 그것이 不正에 대한 노여움이라 할지라도 노여움이 우리의 목소리를 쉬게 한 것을 용서해 달라."라고 한 시인의 시구를 떠올리면서 어떤 훈기를 아쉬워하게 되기도 한다. 그러나 이것은 모두 작가의 反俗 성향이 치열함과 가차 없음을 드러내주는 증거에 지나지 않는다.

「지렁이 울음소리」는 이 작가의 反俗 성향의 치열함과 그 내력을 소상히 밝혀주고 있다는 점에서 시사적이다. 무사안온한 소시민적 행복을 성취해서 이웃사람들의 선망을 받고 있는 작중 설자는 馴致된 행복에 저항감을 느낀다. "나는 이렇게 내 행복을 철석같이 믿고는 있었으나 행복한 것의 행복감과는 무관했다." 범속한 행복의 굴레에 대하여 작중설자는 순간적인 반역의 꿈을 피우곤 한다.

나는 불현듯 겨울의 남대문 꽃시장에 있고 싶어진다. 그 따습고 난만한 고장에. 국화, 카네이션, 금잔화, 동백, 프리지어, 튤립, 사이네리아…… 이런 꽃들이 어우러진 훈향 …… 콧방울을 팽배시켜 이런 훈향을 가슴 가득히 들이마실 때의 즐거운 현훈(眩暈), 뜨거운 부정(不貞)을 청정하게 저지를 것 같은 설렘, 십 년은 젊어진 것 같은, 아니 이십 년 전 청순과 방일(放逸)이 조금치의 모순도 없이 공존하던 19세의 나날 같은 자유, 이런 것들을 그 고장에서 누리고 싶었다.

이러한 낭만적 충동에 몸을 맡길 정도로 작중설자는 무분별하지가 않다. 엠마 보바리가 되기에는 너무 말짱하고 야무지며 사려가 깊다. 속물주의의 화신 같은 이가 남편이란 사실을 억울하게 생각하고 스스로 소유하고 있는 "행복의 조건들이 표절한 미사여구처럼" 느껴지기는 하나 일상적 행복에 대한 순치가 어느 정도 순조롭게 진척되어 있는 터이다. 그녀는 우연히 만났던 옛날 스승에게서 반속과 반역의 잔상을 찾아보려 한다. 이미 그 늙은 전직 교사는 옛날의 반속의 자리에서는 멀리 떨어져 있었다. 그녀는 그것을 복원시켜 보려고 시도하나 그런 시도는 당연히 무위로 끝나 버리고 만다. 어디에서고 범속과 안온함의 일상적인 질서가 지배하고 있을 뿐 그것을 넘어서는 것에 대한 지향은 찾아볼 수 없다. 작중 설자가 황홀한 탈출의 순간을 상상했던 장소가 온실의 꽃시장이고 실제로 그곳에서 느낀 것이 배반감이었다는 것은 시사적이다. 일상을 넘어선 초일상적 질서에 대한 그리움과 짤막하나마 짜릿한 눈길이 이 작품의 기본 동력이 되어 있고 박완서 작품의 반속 지향의 원천이 되어주고 있다. 그리고 그의 작품 세계를 매력 있게 해주고 있는 것은 비판적 반속 지향이 있을 수 있는 충족된 행복에의 그리움을 끊임없이 상기시켜 준다는 사실이다.

(연세대학교 특임 교수 · 국문학)

작가 연보

1931년 경기도 개풍군에서 태어남.

1934년 아버지를 여의고 어머니, 오빠와 상경.

1950년 서울대 문리대 국문과 입학. 6·25로 중퇴하고 미군부대 초
상화부에 취직.

1953년 결혼. 이후 1남 4녀의 자녀를 두다.

1970년 『나목』으로《여성동아》의 여류장편소설에 당선.

1971년 「세모」, 「어떤 나들이」 발표. 여성문제에 대한 관심의 싹
을 키워나가기 시작.

1972년 「세상에서 제일 무거운 틀니」 발표. 「한발기」를《여성동
아》에 연재. 이 작품은 1978년 수문서관에서 『목마른 계
절』로 출판됨.

1973년 「부처님 근처」, 「지렁이 울음소리」, 「주말농장」 발표.

1974년 「맏사위」, 「연인들」, 「이별의 김포공항」, 「어느 시시한 사
내 이야기」, 「닮은 방들」, 「부끄러움을 가르칩니다」, 「재

수굿」 발표.

1975년 「카메라와 워커」, 「도둑맞은 가난」, 「서글픈 순방」, 「겨울 나들이」, 「저렇게 많이!」 발표.

1976년 첫 창작집 『부끄러움을 가르칩니다』 출간. 단편 「어떤 야만」, 「포말의 집」, 「배반의 여름」, 「조그만 체험기」 발표.

1977년 「흑과부」, 「돌아온 땅」, 「상」, 「꿈을 찍는 사진사」, 「여인들」, 「그 살벌했던 날의 할미꽃」 발표.

1978년 「악사의 아이들」, 「꿈과 같이」, 「공항에서 만난 사람」, 「집보기는 그렇게 끝났다」 발표.

1979년 「내가 놓친 화합」, 「황혼」, 「우리들의 부자」, 「추적자」 발표. 『도시의 흉년』 출간.

1980년 『살아있는 날의 시작』 출간. 「그 가을의 사흘 동안」으로 한국문학 작가상 수상. 「엄마의 말뚝 1」, 「육복」, 「침묵과 실어」 발표. 《한국문학》에 「오만과 몽상」 연재 시작.

1981년 「엄마의 말뚝 2」로 제5회 이상문학상 수상. 「쥬디 할머니」, 「천변풍경」 발표. 『도둑맞은 가난』 출간.

1982년 「로열박스」, 「무중」, 「유실」 발표.

1983년 「그의 외롭고 쓸쓸한 밤」, 「아저씨의 훈장」, 「무서운 아이들」, 「소묘」 발표.

1984년 「재이산」, 「울음소리」, 「저녁의 해후」, 「어느 이야기꾼의 수렁」, 「지 알고 내 알고 하늘이 알건만」 발표.

1985년 「해산바가지」, 「초대」, 「애보기가 쉽다고?」, 「사람의 일기」, 「저물녘의 황홀」 발표. 장편 『서 있는 여자』 출간.

1986년 「비애의 장」, 「꽃을 찾아서」 발표.

1987년 「저문날의 삽화 1」, 「저문날의 삽화 2」, 「저문날의 삽화 3」, 「저문날의 삽화 4」 발표.

1988년 「저문날의 삽화 5」 발표.

1989년 『그대 아직 꿈꾸고 있는가』 출간. 「복원되지 못한 것들을 위하여」, 「가」 발표.

1990년 『미망』, 수필집 『나는 왜 작은 일에만 분개하는가』 출간.

1992년 『그 많던 싱아는 누가 다 먹었을까』, 『박완서 문학앨범』 출간.

1995년 『박완서 소설 전집』 출간.

1998년 『너무도 쓸쓸한 당신』 출간.

1999년 제14회 만해문학상 수상.

2000년 『아주 오래된 농담』, 『자전거 도둑』 출간.

2001년 제1회 황순원 문학상 수상.

2002년 『그 산이 정말 거기 있었을까』, 『옛날의 사금파리』, 『두부』, 『엄마의 말뚝』 출간.

2004년 『그 남자네 집』 출간.

2005년 수필집 『잃어버린 여행 가방』 출간.

2007년 『친절한 복희씨』, 수필집 『호미』 출간.

2010년 수필집 『못 가본 길이 더 아름답다』 출간.

2011년 1월 22일 담낭암으로 별세.

오늘의 작가총서 11

나목 · 도둑맞은 가난

1판 1쇄 펴냄 1981년 4월 10일
1판 10쇄 펴냄 1994년 9월 1일
2판 1쇄 펴냄 1997년 5월 10일
2판 7쇄 펴냄 2004년 7월 10일
3판 1쇄 펴냄 2005년 10월 1일
3판 24쇄 펴냄 2024년 7월 17일

지은이 · 박완서
발행인 · 박근섭, 박상준
펴낸곳 · (주) 민음사

출판등록 1966. 5. 19. 제16-490호
서울특별시 강남구 도산대로1길 62(신사동)
강남출판문화센터 5층 (우편번호 06027)
대표전화 02-515-2000 팩시밀리 02-515-2007

www.minumsa.com

ISBN 978-89-374-2011-5 04810
ISBN 978-89-374-2000-9 (세트)

＊잘못 만들어진 책은 구입처에서 교환해 드립니다.